GOLDMANN

W0401581

Buch

East Tupelo, ein paar armselige Häuser im hintersten Winkel von Mississippi. Hier wurde Elvis Presley, das größte Rockidol aller Zeiten, geboren; hier, im tiefsten amerikanischen Süden, verbrachte »The King of Rock 'n' Roll« die einsamen Jahre seiner Kindheit. »Heartbreak Hotel« erzählt seine bewegende Geschichte, erzählt von der Unschuld eines jungen Mannes und dessen einziger großen Liebe, von seinem kometenhaften Aufstieg, den Affären und berüchtigten Exzessen. Es ist ein fesselndes Epos von der Enge des Kleinstadtlebens und dem Traum vom großen Glück, von plötzlichem Reichtum und dem kalten Glanz des Ruhms. Mit dem Gespür und der Meisterschaft eines begnadeten Erzählers weckt Mark Childress den unverwechselbaren Rhythmus einer Zeit und ihrer Musik zu neuem Leben, beschwört das Lebensgefühl des amerikanischen Südens und komponiert daraus das faszinierende Leben eines einzigartigen Menschen: Elvis Presley, der für viele zum Symbol einer ganzen Ära, ja des amerikanischen Traums schlechthin wurde.

»Unvergeßlich… Die Beschwörung einer amerikanischen Legende und der Zeit und des Ortes, die ihr den Weg zum Ruhm geebnet haben. Childress trifft dies alles verblüffend genau.«
Los Angeles Times

Autor

Mark Childress, geboren in Monroeville, Alabama, arbeitete als Journalist und Zeitschriftenredakteur. Internationalen Ruhm erwarb er sich mit seinem Romanerfolg »Verrückt in Alabama«. Childress lebt abwechselnd in San Francisco und in Costa Rica.

Bereits im Goldmann Verlag erschienen

Verrückt in Alabama. Roman. Gebunden (30471)

Mark Childress

Heartbreak Hotel

Roman

Deutsch von Hans M. Herzog

GOLDMANN VERLAG

Die amerikanische Originalausgabe
erschien unter dem Titel »Tender« bei Ballantine Books, New York

Umwelthinweis:
Alle bedruckten Materialien dieses Taschenbuches
sind chlorfrei und umweltschonend.
Das Papier enthält Recycling-Anteile.

Der Goldmann Verlag
ist ein Unternehmen der Verlagsgruppe Bertelsmann

Deutsche Erstausgabe November 1995
Copyright © der Originalausgabe 1990
by Mark Childress
Copyright © der deutschsprachigen Ausgabe 1995
by Wilhelm Goldmann Verlag, München
»Blue Moon of Kentucky« by Bill Monroe.
Copyright © 1947, 1954 (renewed) by Peer International Corp.
All rights reserved. Used by permission.
Umschlaggestaltung: Design Team München
Satz: Uhl + Massopust, Aalen
Druck: Graphischer Großbetrieb Pößneck
Verlagsnummer: 42308
Redaktion: Thomas Tebbe/Stefanie Wewetzer
T.T. · Herstellung: Sebastian Strohmaier
Made in Germany
ISBN 3-442-42308-2

1 3 5 7 9 10 8 6 4 2

Für meine Mutter und meinen Vater

BATON ROUGE

Plötzlich geht die gesamte Beleuchtung aus. Zwanzigtausend Mädchen springen kreischend auf. Elvis steht knapp außer Sichtweite in der Dunkelheit, befingert den samtigen Rand des Vorhangs. Er ist der Blitz kurz vor dem Einschlagen. Er ist Elvis Presley, und alle diese Mädchen kreischen nach ihm.

Drei Schlagzeuger erzeugen Trommeldonner. Die Blechbläser stehen auf und schmettern einen Tusch. Sämtliche Scheinwerfer gehen im selben Augenblick an… fünfzigtausend Watt gleißen auf die weiße Bühne hinab… aber Elvis erscheint immer noch nicht.

Laß sie warten. Laß sie drum betteln. Elvis weiß, wie man das macht. Er hat es Hunderte Male gemacht. Er will alle heiß machen und auf die Folter spannen. Zögere es so lange hinaus, bis sie es keine Sekunde länger aushalten. Dann noch ein wenig darüber hinaus und zusehen, wie sich ihre Frustration in reine Lust verwandelt.

Er schiebt eine Locke aus den Augen, zieht seinen mit Edelsteinen besetzten Gürtel hoch und trabt in das Scheinwerferlicht hinaus.

Das Louisiana Coliseum verwandelt sich in ein Tohuwabohu aus kreischenden Mädchen und blitzenden Blitzlichtwürfeln, als Tausende von Kodaks den Augenblick festhalten, in dem Elvis auf die Bühne stürmt und sich das Mikrofon schnappt.

Die Mädchen lieben ihn. Sie lieben ihn. Sie vergessen sich und rennen zum Licht. Sie schreien auf, schubsen und stoßen mit den Hüften gegeneinander, ein Meer von Händen winkt durch die Luft.

Die Trompeten kreischen in hohen Tönen. Elvis stolziert von einer Seite zur anderen über die Bühne, läßt seinen Satinumhang glitzernde Kreise beschreiben. Sein neues Kostüm wiegt vierzig Pfund und hat vierzehntausend Dollar gekostet: ein handbestickter Overall aus elastischem Satinimitat, vom Rücken zum Brustkorb springt ein wilder, aus Goldfäden und Straß, künstlichen Smaragden und Saphiren applizierter bengalischer Tiger.

Er löst die Druckknöpfe unter seinen Armen, wirbelt das Cape über seinem Kopf und wirft es nach hinten, vor die Füße des Bandleaders. Ein Bühnenarbeiter hastet herbei, um es in Sicherheit zu bringen.

Die Mädchen kreischen dem Glitzertiger zu. Mit erhobenen Armen dreht Elvis sich einmal um die eigene Achse, damit sie das Tier von allen Seiten bewundern können.

Er wischt die Tolle mit den Fingern aus der Stirn, grinst sein berühmtes schiefes Grinsen – halb Drohung, halb Aufforderung. Jedes Mädchen mit Hormonen im Körper weiß genau, was er meint, wenn er seine Lippen verächtlich schürzt, ein Zeichen, wie gleichgültig ihm all ihre Aufregung ist. Gucken könnt ihr, soviel ihr wollt, Mädchen, aber nee, anfassen is nich. Gefällt euch das Bein? Gefällt's euch? Hier ist noch mehr davon. Seht euch das an. Hier oben steht ein Blitz im Tigeranzug, Ladys. Dieser Rocker macht euch verrückt.

Er nimmt seine berühmte Pose ein, bei der er ein Bein seitlich vorschiebt und sich seine blaue Fender Stratocaster wie eine Maschinenpistole über die Hüfte legt, bereit, jeden umzupusten, der ihm zu nahe kommt.

Er beugt sich zum Mikrofon vor. »Tja, guten Abend.«

Das löst einen neuen Tumult aus, der anhält, bis Elvis der Band ein Zeichen gibt anzufangen. Er stolziert mit dem Mikroständer zum Bühnenrand, gerade außer Reichweite der Mädchen.

Der Lead-Schlagzeuger schlägt einen Trommelwirbel, und Elvis fängt an zu singen:

Well since my baby left me…

Diesen alten Song kennen die Mädchen auswendig. Sie kreischen von der ersten Textzeile an. Einen Augenblick lang scheint es, als wollten sie versuchen, die Bühne zu stürmen und Elvis die Kleider vom Leib zu reißen, so wie früher.

Das hat Elvis selbst zu verantworten. Die Mädchen brauchen ihn. Er bringt sie zum Kreischen. In ihrem Leben dürfen sie sonst nicht kreischen. Nur wenn Elvis auf der Bühne steht und mit den Hüften wackelt, auf seine Gitarre eindrischt, »You're Breaking My Heart« oder »Rockin' Saturday Night« ruft oder irgendeinen anderen Song, den sie so gut kennen, daß das erste Wumm-Bumm der Baßgitarre dafür sorgt, daß sich ihre Blütenblätter öffnen, daß sich ihre Körpersäfte vermischen und aufschäumen... erst wenn Elvis in der überlieferten Reihenfolge auf ihre Ekstaseknöpfe A, B und C drückt... dann erst lassen die Mädchen alle Vernunft fahren und geben sich dem süßen, leichtfertigen Wahn hin.

Sie hopsen auf und ab, kreischen, werden an ihren geheimen Stellen feucht und warm.

Elvis grinst. Er ist von Licht erfüllt.

Wie ein Stripteasetänzer zieht er eins der sorgsam gefalteten Halstücher aus seiner Geheimtasche, Stückchen für Stückchen. Er wedelt damit durch die Luft, läßt es dann über den Köpfen der Mädchen los – sie kämpfen und schlagen sich darum.

Elvis verfolgt das Tuch mit den Augen. Ein Mädchen bekommt es zu fassen. Sie schwenkt es über ihrem Kopf, wendet sich triumphierend den anderen zu.

Sie ist kein Mädchen.

Sie ist eine vollschlanke wasserstoffblonde Frau jenseits der Fünfzig. Älter als Elvis' Mutter bei ihrem Tod.

Da kann er nicht umhin zu bemerken, daß sein Publikum hauptsächlich aus Frauen mittleren Alters besteht, mit Dauerwellen, Haarspray und in ihren besten Sonntagskleidern. Hatten sie nicht gekreischt wie Mädchen? Sie haben ihre Sitzplätze verlassen und drängen hinunter zur Bühne, knipsen pausenlos mit ihren Fotoapparaten, betteln Elvis um eins seiner Halstücher an.

Die Illusion ist zerplatzt, aber sie wissen es nicht.

Er zieht noch ein Halstuch heraus, läßt es los. Er wackelt

mit dem Bein. Er läßt sich auf ein Knie fallen. Die Frauen kreischen.

Er singt die Songs, die sie hören wollen, einen nach dem anderen.

Er schaut zur Decke des Saales. Er kann an den Scheinwerferbatterien vorbeischauen, durch die Stahlträger und das Dach, bis hinauf in den Himmel. Er sieht die Sterne an ihrem Ort, Wolken schweben durch den blauen sternenbesetzten Himmel. Er sieht seine lächelnde Mutter, die auf ihn wartet.

Das Konzert ist zu Ende. Elvis springt in die Kulisse.

Urplötzlich verschwindet das Licht aus ihm.

Red West legt ihm das Cape um die Schultern. »Gute Show, Boß.« Vier Wachleute traben vorneweg, lassen die Lichtkegel ihrer Taschenlampen um Elvis' Füße spielen, während er durch den dunklen unterirdischen Gang schreitet. Beifall und Kreischen verhallen hinter ihm, dazu die Stimme des Ansagers: »Meine Damen und Herren, soeben verläßt Elvis das Gebäude…«

Mit laufendem Motor wartet die Limousine in der unterirdischen Garage. Elvis holt seine verspiegelte Rundumsonnenbrille heraus und rutscht auf den Rücksitz.

Red springt nach ihm in den Wagen. »Los!«

Der Mann am Steuer fährt mit vier quietschenden Reifen an. Die Limousine schießt die Auffahrt hoch, durch zwei Reihen Polizeiwagen, und ist auf der Autobahn, bevor die Frauen im Konzertsaal Gelegenheit finden, mit Kreischen aufzuhören.

Elvis sackt in den Sitz. Er hat sich völlig verausgabt. Innerlich ist er leer.

Red macht seine massigen Beine auf dem Wagenboden lang. »Du warst heute abend Spitze, Boß.«

»Sprich nicht mit mir, Red.« Er will möglichst schnell zum Flughafen und in seinen Schlafanzug kommen, ein kurzer Besuch vom Doc, und dann ab in den Nachthimmel. Er wird's schon schaffen. Er hat es wieder einmal überlebt.

Die Sirenen der Polizeieskorte im Ohr, fährt er zum Flughafen.

Die Wagenkolonne rauscht am Flughafengebäude vorbei und auf die Rollbahn, macht neben Elvis' privater Boeing 707 halt.

Er quält sich aus der Limousine, die tragbare Treppe hinauf und in seine Kabine. Red knallt die Luke hinter ihm zu.

Elvis streift das Cape ab und zerrt sofort an Reißverschlüssen und Druckknöpfen, entledigt sich seines Kostüms. Er schnallt den Hüftgürtel ab… welche Erleichterung, seinen Bauch raushängen zu lassen und seit Stunden zum erstenmal wieder so richtig durchatmen zu können. »Geh mal rüber, Red«, sagt er und läßt das Gummiband seiner Unterhose schnappen. »Sag dem Doc, er soll nach hinten kommen.«

»Ganz wie du willst.« Red mustert ihn eine Weile, verschwindet dann. Red hält nichts vom Doc.

Elvis zieht seinen blauen Seidenpyjama an, läßt sich auf dem Bett nieder und wartet. Er empfindet sein Luxusflugzeug als beruhigend – den flauschigen blauen Teppich, Eichentäfelung, die mitternachtsblaue samtene Tagesdecke auf dem Bett aus Mahagoni. Er hat seine Herkunft hinter sich gelassen, wie seine Mutter vielleicht gesagt hätte.

Das Flugzeug rollt vom Flughafengebäude fort.

Elvis spürt, wie der Fußboden unter dem sich nähernden Red erzittert. Man sollte meinen, wenn man drei Komma zwei Millionen Dollar für ein Flugzeug ausgibt, könnten sie einem einen Fußboden liefern, der nicht wackelt wie irgendein billiger Wohnwagen in Tupelo im Staate Mississippi, aber so isses nun mal, und Red füllt die Türöffnung aus, noch größer als früher, als er die Abwehrreihe der Humes High-School verstärkte. »Der Doc sagt, noch nicht. Er sagt, du sollst bis nach dem Start warten, dann kommt er nach hinten.«

»Verflucht noch mal«, sagt Elvis. »Was glaubt er eigentlich, für wen er arbeitet, für dich oder für mich?«

»Keine Ahnung«, sagt Red. »Frag doch ihn. Und Bob sagt, du sollst deinen Sicherheitsgurt schließen.«

»Schon gut, schon gut.« Elvis streckt sich auf dem Bett aus. Er läßt die goldene, aus achtzehnkarätigem Gold gefertigte Schnalle zuschnappen, die er auf Drängen der Bundesluftfahrtbehörde hat einbauen lassen. »Sag dem Doc, er soll ja seinen Arsch hierherbewegen, sobald wir uns in den Lüften befinden.«

»Na klar.« Red verzieht sich nach vorn.

Das Flugzeug braust lärmend die Startbahn hinunter und hebt ab.

Elvis ruft sich lang ausgestreckt den Ausdruck der Gesichter in den ersten Reihen in Erinnerung. Das sind die Frauen, die am heftigsten kämpfen, am längsten anstehen, um ihm am nächsten zu sein. Elvis konzentriert sich auf einzelne Gesichter; jeder von ihnen schenkt er ein kleines Blinzeln, ein spöttisches Lächeln, etwas, woran sie sich ihr Leben lang erinnern kann.

Manchmal, so wie heute abend, fallen die Jahre von ihm ab. Dann ist er wieder ein vollendeter Junge, der letzte Junge auf dem Planeten, der einzige Junge, den sie jemals lieben werden.

Heute abend haben sie ihn geliebt. Er war gut. Sie hatten nicht erwartet, daß er gut sein würde. Wahrscheinlich waren sie gekommen, um selbst zu sehen, was nach all der schlechten Presse, den Krankenhausaufenthalten und Konzertabsagen noch von ihm übrig war.

Gut zu sein ist nicht leicht, doch in letzter Zeit hat Elvis herausgefunden, wie viel schwieriger es ist, Nacht für Nacht schlecht zu sein. Da oben zu stehen, sich abzuquälen und so zu tun als ob, ist dreimal so anstrengend.

Um das auszugleichen sind haufenweise Medikamente nötig.

Jetzt taucht der gute Doc mit seinem Koffer auf. In seinen Augen liegt eine Güte, die allein schon ein Rezept ist – *Ich weiß, was los ist, ich weiß, was du brauchst. Dir wird's besser gehen, sobald du's kriegst.* »Guter Auftritt heute abend?«

»Spitzenklasse«, sagte Elvis. »Hören Sie, ich will nicht einschlafen, finde aber keine Ruhe. Ich fliege.«

Der Doc öffnet seinen Wunderkoffer. »Keine Bange, wir sorgen schon für eine weiche Landung.«

Solange man intramuskulär injiziert, ist man nicht richtig süchtig, sagt wenigstens der Doc. Man braucht sich keine Sorgen zu machen, bevor man ein Verlangen verspürt, es direkt in die Ader zu bekommen – und keine Bange, lange vorher reduzieren wir ganz allmählich. Wir stabilisieren dich.

»Ich weiß nicht recht, Doc.« Elvis rollt den Ärmel hoch. »Ich bin andauernd echt müde, aber aufgedreht, verstehen Sie?«

»Sie müssen mal etwas ausspannen«, sagt der Doc und betupft Elvis' Arm. Der Doc gibt die beste Spritze der Welt. Er nimmt den Arm fest in die Hand und klopft gegen das Fleisch, klopf klopf klopf, bis es gefühllos wird, dann klopft die eine Hand weiter, während die andere Hand heimlich nach unten greift, die Nadel holt und – zack! – so schnell – boing! – rein damit in den Arm, daß man nicht mal weiß, daß man gestochen worden ist.

Aber du weißt, daß der Doc das richtige Rezept hat, wenn sich schon eine Minute später die Ruhe in deinen Knochen ausbreitet, all deine Anspannungen glättet.

»Eine Kleinigkeit.« Der Doc schließt seinen Koffer und macht sich leise aus dem Staub.

Elvis entschwebt auf der abschwellenden Woge des Beruhigungsmittels. Heute abend hat er all diese Frauen betrunken gemacht. Jetzt ist er an der Reihe, sich wohl zu fühlen.

Elvis! Elvis! schreiend werfen sie sich über die Rampenlichter, als wäre er taub oder zu dämlich, um seinen eigenen Namen zu kennen. Sie jammern und reißen sich an den Haaren, zerknüllen Papiertaschentücher, lecken sich die Lippen bei dem Versuch, an ihn heranzukommen, nur eine einzige Fingerspitze an seine Haut zu legen, so daß sie eines Tages ihre Enkel auf ihre Schöße heben, auf den unsterblichen Elvis Presley im Fernsehen deuten und sagen können: »Siehst du? Siehst du ihn? Den Mann habe ich mal berührt.«

Er schwebt, lächelt in sich hinein.

Nach langer Zeit an einem schummrigen, gemütlichen Ort überkommt ihn ein stechender Drang zu pinkeln. Er versucht, den Sicherheitsgurt zu öffnen, entdeckt aber, daß die Schnalle wie zugeschweißt ist.

Er fummelt daran herum. Er drückt mit dem Daumen gegen den goldenen Verschluß. Ergebnislos.

Sein dicker Bauch läßt sich nicht unter dem Gurt durchquetschen. Sein Kopf befindet sich zu dicht am Kopfende des Bettes, als daß er in diese Richtung rauskommen könnte.

Er ist gefangen. Gefangen auf seinem eigenen Bett in seinem eigenen Flugzeug in zehntausend Metern Höhe.

Er greift nach dem Hörer des rosa »Princess«-Telefons. Seine Hand verfehlt das Telefon, findet es dann doch.

In der weiter vorn gelegenen Kabine nimmt Red ab. »Yeah, Boß.«

Elvis sagt: »Redholmichhierraus.«

»Wie war das? Ich hab's nicht verstanden, Boß.«

Elvis leckt sich die Lippen. Was ist bloß mit seiner Zunge los? Seine Zunge und der Sicherheitsgurt haben sich verschworen, ihn bis in alle Ewigkeit hier festzuhalten, wie ein umgekippter Maikäfer auf dem Rücken liegend.

Er kriegt zwei Wörter über die Lippen, die wie »stecke fest« klingen.

»Also wirklich, Elvis, hör mal, laß mal gut sein«, beschwert sich Red. »Wir sitzen gerade hier und spielen Karten, okay?«

Elvis sagt »Scheiße« und schleudert das Telefon gegen die Wand. Dann versucht er, es wieder aufzuheben, kommt aber nicht heran: Er ist gefangen. Er hört Red »Boß? Boß?« quäken, spürt dann dessen schwere Schritte durch den Flugzeugboden.

Red steht in der Tür und schaut nach unten.

Elvis stöhnt, zerrt schwach an dem Gurtverschluß. »Er ist... ist kaputt. Hol mich raus.«

Red beugt sich vor und läßt das Ding aufschnappen, klickschnapp. »So.« Er tritt zurück, verschränkt die Arme.

Elvis erträgt das Mitleid in Reds Blick nicht. Der Sicherheitsgurt hat ihn vor seinem ältesten Freund zum Narren gemacht.

Er versucht, sich vorsichtig von der Matratze zu erheben. Er kommt nicht dahinter, wie sich das am besten bewerkstelligen läßt. Er ist so daran gewöhnt, daß andere Leute Dinge für ihn erledigen, daß sein Körper die Bewegungen vergessen hat.

»Red«, sagt er mit schwerer Zunge, »ich brauche Hilfe.«

Red tritt seitlich ans Bett. »Ich wünschte, du könntest dich selber sehen«, murmelt er. »Herrgott noch mal.«

Elvis starrt zu seinem Freund auf wie ein Mensch, der aus dem Tod ins Leben späht, aus der Dunkelheit in ein helles Zimmer. »Ich weiß auch nicht, Red«, sagt er. »Es war nicht immer so.«

TUPELO
1935–1948

1

Gladys Presley und ihre Mutter saßen am Fenster und kommunizierten mit der Geisterwelt. Die Fingerspitzen auf dem Rand der herzförmigen Planchette ruhend, balancierten sie die Alphabettafel zwischen sich auf den Knien. Die Nadel in ihrem Pergaminkreis glitt rasch über die Tafel, prallte von »JA« oder »NEIN« ab und verharrte schließlich über dem geheimnisvollen Orakel, dem Umriß eines Mannes mit Turban, der eine in der Luft schwebende schwarze Glaskugel streichelte.

»Is ganz schön sprunghaft heute«, sagte Doll. Wie sie da auf dem Stuhl thronte, daß ihre Füße kaum den Boden kitzelten, sah sie wie eine kleine, alte, graue Puppe aus. »Du hältst sie in Bewegung.«

»Gar nicht wahr«, meinte ihre Tochter. »Ich berühr sie kaum.«

»Nimm deine Hände weg, und dann woll'n wir mal sehen.«

Gladys verschränkte die Hände auf ihrem dicken aufgequollenen Bauch. Sie war schwanger bis in die Zehenspitzen.

Für Visionen, Omen und Vorzeichen war Gladys schon immer empfänglich gewesen. Das in ihr heranwachsende neue Leben ließ die Stimmen noch deutlicher werden.

Gladys wußte Dinge, die anderen Menschen verborgen blieben. In dem Glitzern von Spiegelscherben im Garten erkannte sie ein Zeichen des Himmels. Auf dem Boden ihrer Teetasse entdeckte sie schiefe Burgen und Schlangen. Manchmal gelang es ihr, der Alphabettafel normales Englisch zu entlocken.

Unter Dolls Händen rutschte die Planchette nirgendwohin. »Siehste? Wenn ich's selber mach, rührt se sich nich vom Fleck.«

»Um eine deutliche Verbindung herzustellen, sind zwei erforderlich. Steht im Schachteldeckel.« Gladys wischte mit ihrem Taschentuch über die Tafel, um die Gleitfähigkeit zu verbessern, dann betrachtete sie den Zettel, auf dem sie die bisher erhaltene Botschaft des Geistes notiert hatte.

KRIEGST EINEN TOTEN WENN JEMAND GOTT IST JUNGE
SEGNEN NEIN NEIN NEIN
LARRY EIN RICHTIGES LEBEN WENN DU MICH LEBENDIG
KRIEGST

»Man wird nicht so richtig schlau draus«, sagte Gladys. »Wer das wohl sein mag? Papa ist es wohl nicht. Es könnte Vetter Larry sein.«

»Larry ist nicht tot«, sagte Doll, »sondern bloß wunderlich.«

Gladys sagte: »Jede Wette, wenn man so wunderlich wie Larry ist, muß man nicht tot sein, um durch dieses Ding zu reden.«

Doll hustete, zündete sich eine Chesterfield an. »Laß es ein Weilchen in Ruhe.«

Gladys fröstelte in dem durch das Fenster wehenden kalten Luftzug. In dieser einsamen Gegend in Mississippi schien es, als wäre der Winter dieses Jahres kälter als irgendwo sonst auf der Welt. Der Himmel gefror weiß, die Wälder verblaßten zu Grau. Eisregen prasselte schräg heran. Der Nordwind jagte durch die kiefernbestandene Ebene, vereiste die Äste und Zäune East Tupelos und pfiff durch die Dielenritzen.

Als Gladys den Zeiger an den Rand der Alphabettafel rückte, spürte sie einen festen Schlag in ihrem Bauch, einen winzigen Zeh, der auf ihre weichste Stelle zielte. »Mama«, sagte sie, »falls du je stirbst, ob du dich dann auf diesem Ding mit mir unterhalten kannst?«

»Kann ich mir nicht vorstellen«, antwortete Doll. »Es muß eine bessere Möglichkeit geben. Ich würde mit dir telefonieren.«

»Ha. Soll wohl 'n Witz sein«, sagte Gladys. »Wir können doch kaum die Stromrechnung bezahlen.«

»Es muß einfach besser werden«, sagte ihre Mutter, während

sich ihre Finger wieder an ihren Platz schoben. »Vielleicht sollten wir die Tafel was fragen. Was das neue Jahr bringen wird.«

Gladys ruckelte auf dem Stuhl nach vorn. »Ich weiß jetzt. Laß uns was über das Baby rausfinden.«

»Tritt es?«

»Wie verrückt.«

»Du hast es ganz schön schwer gehabt«, sagte Doll. »Beim ersten ist das immer so.«

»Du hast gut reden. Du wirst schließlich nicht getreten.« Gladys schob sich eine Kirschpraline in den Mund. Schuldbewußt genoß sie den süßen Sirup. Sie wußte nicht mehr, wann sie sich das letzte Mal im Spiegel betrachtet und ihr schönes Gesicht gesehen hatte, ehe sie in die Breite gegangen war und die roten Flecken auf ihrer hübschen dunklen Haut aufgetaucht waren. Ihr ganzer Körper war aufgedunsen.

Sie hing ihren trüben Gedanken nach. Sie lauschte dem Stöhnen des Windes, den Stimmen von Geistern.

Die Planchette schwebte in die Ecke der Tafel und wartete auf ihre Frage.

»Na schön, Täfelchen«, sagte sie. »Wird es ein Junge?«

Der Zeiger beschrieb einen kleinen Kreis und bewegte sich zur Zahl 2.

»Ja oder nein, Täfelchen. Nun sag schon. Ist es ein Junge?«

Der Zeiger flitzte zu dem Wort JA, beschrieb ungeduldig einen Kreis, dann zurück zu JA.

Doll drückte ihre Zigarette aus. »Offenbar ist er sich da ziemlich sicher.«

»Ich wußte es«, sagte Gladys. »Jetzt haben wir unsere Verbindung. Sag mir, wie lange ich warten muß, Täfelchen. Sag mir, wie viele Tage.«

Die Planchette glitt unverzüglich zur Zahl 5.

»Fünf Tage? Ich danke dir, Herr. Das ist eine gute Nachricht. Welcher Tag ist das, Mama?«

»Freitag.«

Die Nadel umkreiste die 2, wie um etwas hervorzuheben.

Doll sagte: »Schwöre, daß du sie nicht herumschiebst.«

»Ich glaube, du machst es«, entgegnete Gladys. »Na los, Mr. Tafel, erzähl uns was, womit wir was anfangen können. Sag uns, wie er ist. Wird er mal ein guter Junge?«

Der Zeiger beschrieb einen energischen Bogen zu dem Wort NEIN, dann wieder NEIN, NEIN NEIN NEIN. Er eilte um die Tafel, immer schneller, raste unter ihren Fingern. Das hölzerne Herz machte einen kleinen Sprung und fiel einen knappen halben Meter tief vom Rand der Tafel.

»Anscheinend müssen wir uns keine Sorgen machen, daß er zu brav wird«, sagte Doll.

Gladys stellte das Herz fest auf die Tafel zurück. Doll berührte es behutsam, als könne es ihr einen Schlag versetzen. Die Planchette beschrieb eine Acht, ließ sich erst auf dem Buchstaben *S*, dann auf *C, H, A* und dem *U* nieder.

»›Schau‹?« Gladys blickte auf. »Was soll das heißen, ›Schau‹?« Sie sah aus dem Fenster.

Ein Flattern in ihrem Brustkorb, als breite ein Vogel seine Schwingen aus. Sie hatte eine herrliche Vision: ein blauer Himmel, ein zarter weißer Wolkenwirbel und zwei Knaben, blond und wohlgestaltet wie Engel, die händchenhaltend im Blauen schwebten.

Sie erhob sich von ihrem Stuhl. Die Alphabettafel glitt zu Boden. Das war ihre Vision. Es waren ihre Jungen. Doll konnte sie nicht sehen.

Die beiden sagten etwas... wollten ihr ihre Namen verraten... doch die Fensterscheibe ließ keinen Laut durch. Gladys war stolz darauf, wie die beiden ohne Flügel schweben konnten. Lachend flogen sie durch den Himmel und zogen einander an den Ohren.

Schneeregen prasselte gegen das Fenster. Die Bäume bogen sich unter ihrem Mantel aus Eis.

Doll betrachtete Gladys' verzückten Gesichtsausdruck.

»O Mama, ich hab sie gesehen. Es sind Zwillinge. Jungen. Ich hab sie beide gesehen, klar und deutlich.«

»Hast du nicht.«

»In meinem ganzen Leben hab ich noch nie etwas so deutlich

gesehen! Ich hab bloß mal aus dem Fenster geschaut, und da waren sie. Zwei Jungen. Sahen genau gleich aus. Darum bin ich – lieber Himmel, darum bin ich so dick! Dr. Hunt hat mir nie gesagt, daß es zwei sind! Zwei können wir uns nicht leisten!«

»Nun wart's erst mal ab, Schatz.« Doll griff nach ihrer Hand. »Mach dich nicht verrückt, weil irgendeine wilde Vorstellung in deinem Kopf herumspukt. Du hast doch nicht gespürt, daß zwei treten, oder?«

»Nein...« Gladys strich sich über den Bauch, versuchte sich zu erinnern.

»Dieses Spiel ist dir zu Kopf gestiegen.« Doll half ihr auf den Stuhl.

»Zwei Jungen.« Gladys' Stimme klang verträumt. »Und sie werden mal berühmt sein. Wie das Lindbergh-Baby.«

»Sag so was bloß nicht«, sagte Doll. »Diese arme Frau. Gott bewahre, daß dir so was zustößt.«

»Na, du weißt schon, was ich meine«, sagte Gladys. »Sie werden nicht zu irgendwelchen unnützen Burschen heranwachsen.«

Doll musterte ihre Tochter eine Zeitlang, ging dann Wasser für den Teekessel holen. »Du bist wirklich mächtig dick«, sagte sie. »Is aber kein gutes Zeichen, wenn man so übersinnlich wird. Da krieg ich ja 'ne Gänsehaut.«

»Zwillinge bedeuten Glück«, sagte Gladys und schaute durch das Fenster. Das Eis sah wunderschön aus, wie es das Rückgrat der Bäume brach.

2

Vernon hatte sich neben dem Holzofen auf zwei Stühlen breitgemacht und schlief einmal so richtig aus, als ihn Doll an der Schulter rüttelte und sagte: »Vernon, es ist Zeit.«

Er preßte die Augen zu. Gerade war er mitten in einem Traum, der fast genauso war wie das Leben, nur daß die Leute ihn freundlich behandelten und ihm alles gaben, was er wollte.

Doch jetzt war er wach. Das Geschrei aus dem Hinterzimmer kam von seiner Frau. Und für Vernon Presley war es mitten in der Nacht.

Er fand seine Stiefel, quetschte seine Füße hinein. Dann fiel ihm seine Hose ein. Er zog die Stiefel wieder aus und fing von vorn an. Das Gewinsel aus dem Schlafzimmer steigerte sich zu einem gräßlichen Schrei.

»Ich bin schon weg, bin unterwegs«, brüllte Vernon und tanzte auf einem Bein über den Boden.

Er schnappte sich die erste am Ständer hängende Jacke, bekam aber seinen anderen Arm nicht hinein. Es war Gladys' Jacke. Immer mit der Ruhe, Vernon. Nimm dir Zeit und vermassel jetzt nichts.

Er steckte seinen Kopf durch den Vorhang. Seine Frau lag auf dem Bett und war ungeheuer dick. Sie lag flach auf dem Rücken, die Knie ragten empor. In ihren Augen spiegelte sich Entsetzen.

»Beeil dich mal«, sagte Doll, die gerade ein Handtuch auswrang. »Die Fruchtblase ist geplatzt, und ihre Wehen werden immer stärker.«

Vernon lief zur Tür hinaus. Auf dem Weg den Hügel hinauf zum Haus seines Daddys ging ihm Gladys' gequältes Gesicht nicht aus dem Sinn. Er jagte die Stufen hoch, durch die Tür, rannte durch die Küche und rief nach seinem Daddy und dem Autoschlüssel.

Mit roten Augen trottete Jessie herein und kratzte sich am Arm.

»Der Wagen, Pop, es ist soweit! Ich muß den Arzt holen!«

»Der Schlüssel steckt, du Trottel«, sagte Jessie. »Was is los, irgend jemand krank?«

»Gladys kriegt ihr Baby!« An seinem Vater vorbei lief Vernon hinaus. »Geh wieder ins Bett.«

Jessie taperte hinter ihm zur Tür. »Kalte Nacht für ein Baby...«

Vernon lief und betete, daß der alte Ford ansprang.

Er stieg ein, trat das Gaspedal durch und betätigte den Anlasser. Der Motor ruckte und tuckerte, wollte sich aber nicht drehen.

Vernon legte sein Gesicht auf das Lenkrad. Es war die kälteste finstere Nacht aller Zeiten. Er war neunzehn Jahre alt, und die ganze Welt war drauf und dran, über ihm zusammenzukrachen. Er liebte Gladys, aber auf einmal sah sie wie eine Art Ungeheuer aus. Seine Frau… wie war er bloß zu einer Ehefrau gekommen? Er hatte nicht einmal eine Freundin gehabt. Der böse Teil seines Ichs hätte am liebsten einen niedrigen Gang eingelegt, den Pickup-Truck den Hügel hinab zu Aurelias Tanzbar rollen lassen und eine Schlägerei angezettelt, irgendein mageres kleines Mädchen gesucht, das sich auf seinen Schoß setzte. Oder noch besser, auf der Landstraße irgendwohin fahren, wo ihn niemand kannte.

Doch das war Blödsinn. Alles, was er hatte, war in diesem Häuschen – seine Frau, sein Gewehr, sein Werkzeugkasten. Seine Pflicht. Darauf kam's an. Auf die verdammte Pflicht. Daß er geschworen hatte, ihr treu zu sein, komme, was da wolle.

Jede Faser seines Körpers flehte den Motor an, anzuspringen, und er versuchte es noch mal, und er sprang an.

Er tastete nach der Gangschaltung und fuhr los. Leichter Schneeregen machte die Saltillo Road spiegelglatt. Die Hinterreifen des Pickups rutschten irrwitzig um die erste Kurve.

Vernon rang mit dem Lenkrad. Der Wagen glitt abwärts und auf die Fernstraße nach Birmingham. Briefkästen huschten vorbei.

Er fuhr von der Straße in den Garten des Arztes und lehnte sich auf die Hupe, bis er an den Treppenstufen angekommen war.

Dr. Hunt kam in seinem Bademantel nach draußen, verschlafen und mürrisch angesichts der Reifenspuren auf seinen Rosenbeeten. Doch er ging und holte seine Tasche, ohne Vernon auch nur zu fragen, wie er eigentlich zu bezahlen gedachte.

Vernon ging auf der Veranda auf und ab. Jedes einzelne dieser Bretter hatte er eigenhändig angenagelt, doch bis zu dieser

Nacht hatte er seine Veranda nicht wirklich gekannt. Im grellen Schein der Glühbirne zählte er die Bretter und hockte sich hin, um Äste und Wurmlöcher zu betrachten, die abgenutzte Kante der Stufe, wo Füße aufgetreten waren. Gladys schrie. Vernon fuhr mit der Hand über das Geländer. Wäre besser, wenn er sich ein Stück Schmirgelpapier holte und es glättete, bevor sich noch jemand einen Splitter einfing. Er hatte es so eilig gehabt, das Dach fertig zu kriegen, daß er auf all die Feinheiten verzichtet hatte. Gladys schrie... Wenn Wilbur Dees ein gutes Jahr hatte und Vernon beim Milchausfahren mehr Kunden bekäme, könnte er vielleicht einen Eimer Farbe kaufen, damit das Häuschen weniger wie ein Schuppen aussah. Wenigstens war das Dach nicht undicht, und es waren ihre eigenen vier Wände...

Gladys schrie, als läge sie im Sterben.

Vernon ging die Treppe hinunter und in den Garten hinaus. Sie tat ihm leid wegen ihrer Schmerzen, doch er gestattete sich nicht, daran zu denken. Doll hatte ihn aufgefordert, nicht im Weg herumzustehen, und Vernon hatte gehorcht. Eher würde er erfrieren als wieder reinzugehen, bevor es ausgestanden war. Er wußte, daß er ein ziemlicher Angsthase war; offenbar erwartete niemand etwas anderes von ihm.

Er stand im Garten, atmete die klirrend kalte Luft durch die Nase und zerquetschte gefrorenes Gras mit den Füßen. Der Himmel war überall so finster, als wäre man blind.

Er stellte sich vor, wie er bei Aurelia ein Bier trank, die Füße auf einen Stuhl gelegt. In seinem Tagtraum zog jemand den Victrola auf, und heraus kam eine zittrige Stimme, ein Mädchen sang davon, wie in ihrem Herzen Saiten klirrten...

Die Tür quietschte. Der Arzt trat auf die Veranda. Sein kühler, unergründlicher Blick war der eines Mannes, der es gewohnt war, schlechte Nachrichten zu überbringen. »Die Entbindung verlief gut«, sagte er, »aber das Kind wurde tot geboren.«

Vernon öffnete den Mund. Heraus kam nichts.

Aus dem Haus drang ein herzzerreißendes Klagen. Der Arzt blinzelte. »Ich geh wohl besser zu ihr. Kommen Sie hier draußen zurecht? Ich hole Sie später rein.«

Vernons Herz zog sich zusammen. »War es...«

»Es war ein Junge«, antwortete der Doktor. Er ging wieder ins Haus.

Eine Zeitlang erstarben ihre Schreie, um dann wieder einzusetzen, ein unheimlicher Rhythmus, der Vernon an ihre Leidenschaft erinnerte. Das hatte sie in diese Lage gebracht. Er wußte genau, wann es passiert war. An einem warmen Sonntag im April, nachmittags, nach einem Picknick mit Grillfest bei der Kirche. Sie waren satt und glücklich nach Hause gekommen, hatten sich zu einem Nickerchen hingelegt, und die leichte Brise, die durch die Fenster kam, brachte Vernon auf lüsterne Gedanken. Er machte sich daran, sie in die Tat umzusetzen. Er brachte sie soweit, daß sie lange gequälte Schreie ausstieß. In dem Augenblick, als alles passierte, wurde ihm schwarz vor Augen, und er vergaß, wo er war. Als er aufwachte, lag er lang auf der Seite, und Gladys tätschelte sein Gesicht und sagte: »Vernon? Vernon?«

Er wußte, bei diesem Mal war etwas anders gewesen.

Er stand an der Tür und versuchte, sich einen Ruck zu geben und einzutreten. Eigentlich sollte er die Tür öffnen, zu seiner Frau gehen und das tote Baby aus dem Zimmer schaffen, damit sie aufhörte zu schreien.

Als er die Hand nach dem Türgriff ausstreckte, sprang ein Funke auf seinen Finger über. Er nahm das als ein Zeichen und zog seine Hand zurück.

Doll kam zur Tür, die Augen weit aufgerissen. »Sie hat wieder Wehen gekriegt.«

»Sie hat... ?«

»Der Arzt dachte, sie wäre fertig, er hat gerade das... Kind gewaschen, da sagt sie, es ginge wieder los, der gleiche Schmerz. Sie kriegt noch eins, genau wie sie's gesagt hat.«

»Allmächtiger.« Vernon quetschte sich an ihr vorbei durch die Tür. Im Haus klapperte er trotz der ihn umgebenden Hitze mit den Zähnen.

In dem anderen Zimmer rief Gladys: »Oh! Aufhören!«

Doll packte Vernons Arm. »Geh da nicht rein.«

Er riß den Vorhang beiseite. Der größte Schock für ihn war, den Arzt vor Gladys' gespreizten Beinen auf den Knien liegen zu sehen. Sie lag für jedermann weit offen da.

Ihr Blick war unverwandt auf die Zimmerdecke gerichtet. Ihre Nasenlöcher blähten sich. Weiße Hände krallten sich in das Laken. Jetzt, in ihrem Schmerz, war sie wunderschön – ganz und gar kein Ungeheuer, sondern ein verängstigtes Tier, das kämpfte, wild und lebendig war. Die Stärke in ihrem Gesicht war Vernon noch nie aufgefallen. Ihre Lippe blutete, wo sie draufgebissen hatte.

Der Arzt kniete vor ihr und murmelte: »So ist's gut, gut so, und jetzt pressen, es kommt...« In beruhigend-monotonem Singsang, seine Hände in Bewegung, die Brille auf dem Kopf nach hinten geschoben. Auf dem Nachttisch glänzten seine Instrumente.

Vernon sagte: »Ich bin hier bei dir, Schatz.« Seine Kehle zog sich zusammen. Auf der Kommode lag eine von einem weißen Kissenbezug bedeckte Erhebung. Vernon hob den Bezug an. Da lag sein erstgeborener Sohn auf der Seite, auf einem weißen Waschlappen. Er war blau. Die Augen hatte er geschlossen, unglaublich winzige Fäuste an sein Kinn gedrückt. Die Nabelschnur endete zwischen seinen Beinen. Sein Fuß war nicht größer als Vernons Daumen.

»Unser Baby ist wunderschön, Schatz«, sagte er. »Halt durch und sei tapfer.«

»Au! Herrgott! Ohh!«

»Es kommt!« rief Doll.

»Sei tapfer...« Aus dem Augenwinkel sah Vernon das Messer des Doktors aufblitzen.

Gladys weinte. Der Doktor schlang seine Faust um ein Paar winzige schmierige Fußknöchel und zog das Neugeborene an die Luft. Mit der flachen Hand versetzte er ihm einen tüchtigen Klaps. Ein Husten, ein kaum merkliches Zischen, dann wurde aus einem Plärren ein lauter Schrei.

Der Arzt wiegte ihn in der Hand, berührte grinsend den winzigen Schniepel mit einem Finger. »Sehen Sie! Ein Junge!«

Und das war er: rosa und häßlich, eine an den Kopf gepappte Krone aus schwarzen Haaren, die Gesichtszüge vom Druck seiner Reise zusammengequetscht. Der Doktor schob ihm einen Finger in den Mund, fuhr ihm damit über das Zahnfleisch und schlenkerte einen Schleimfaden zu Boden. Das Kind amtete tief durch und füllte das Zimmer mit seinem Gebrüll.

»O Gott«, sagte Vernon, »es ist ein Junge, und es geht ihm gut«, fiel auf die Knie und weinte.

Der Doktor bugsierte Vernon auf die Veranda. »Kümmern Sie sich um sie. Am Anfang wird sie's nicht leicht haben. Aber sie hat ja einen guten gesunden Jungen, das bringt sie auf andere Gedanken. Sind Sie wieder auf dem Damm ?«

»Klar.« Vernons Stimme klang alt. »Bißchen wacklig, schätze ich.«

»Mr. Dancey hat ein paar Särge in der Größe«, sagte der Doktor. »Ich werde veranlassen, daß er Ihnen einen auf Kredit rüberschickt. Ich gebe Ihnen den Rat, das Kind zu beerdigen und nach vorn zu sehen. Lassen Sie nicht zu, daß sie zu lange drüber nachgrübelt.« Er ging in den Garten hinaus. »Am Montag muß ich in Shakerag einen Hausbesuch machen. Unterwegs schaue ich bei Ihnen vorbei.«

»Doc, wir sind Ihnen wirklich dankbar.«

»Gern geschehen. Machen Sie's gut.« Der Arzt stieg in seinen Dodge und fuhr davon.

Vernon schaltete die Verandalampe aus. Der Himmel hatte eine verblüffende edelsteinblaue Färbung und war mit Sternen übersät.

Vielleicht war das so etwas wie eine von Gladys' Visionen – der Himmel strahlte in diesem unnatürlichen Blau, um von Vernons Söhnen zu künden.

Ein Sohn war direkt und ohne anzuhalten in den Himmel gekommen. Der andere war drinnen im Haus und lebte.

Vernon spürte, wie sich seine Jugend von ihm verabschiedete.

Er streckte die Hand aus, um sie aufzuhalten, aber sie war verschwunden. Jetzt konnte er nicht weinen oder davonlaufen. Er war ein Daddy. Er mußte lernen, sich wie ein Mann zu benehmen.

3

Der Junge des Bestatters brachte einen Sarg, nicht größer als eine Schuhschachtel, die vollendete Kopie eines Erwachsenensarges – geschnitzte Bordüren an den Seiten, ein Engelsmedaillon auf dem Deckel, innen mit bauschigem blauen Baumwollsatin ausgelegt. Vernon zog dem toten Kind ein Baumwollkleidchen an und legte es hinein.

Doll schaukelte in einer Ecke, summte dem Bündel in ihren Armen etwas vor. Frieden stieg auf, wie Rauch aus einem Schornstein. In einem Sessel hielt Vernon ein Nickerchen.

Am Nachmittag trafen die Tanten und Cousinen und die Damen von der Kirche ein, brachten Schüsseln voller Brathähnchen und Schinken in Aspik, Kartoffelsalat, Wackelpudding in drei Farben, eine Speise aus Süßkartoffeln, Schinkenbrötchen, Roggenpastete…

Doll geleitete die Damen hinein und wieder heraus. Sie ließ sie eine Weile dastehen und über dem winzigen Sarg die Hände ringen, führte sie dann durch das hintere Zimmer, damit sie einen Blick auf Gladys und das überlebende Kind werfen konnten. Vernon saß auf einem Stuhl in der Ecke. Sein Daddy, Jessie, und seine Mutter, Minnie Mae, übernahmen statt seiner den größten Teil des Empfangs. Die Totenwache hielt auch noch nach Einbruch der Dunkelheit an. Prediger Bayley kam vorbei und blieb lange bei Gladys in dem anderen Zimmer. Als er herauskam, lud er sich einen großen Teller voll und ließ sich neben Vernon nieder. »Sie ist eine starke kleine Frau«, sagte er, »stark im Herrn«, und gab dann noch ein paar Bibelsprüche zum besten. Sie beteten eine Weile und sprachen über den Trauergottesdienst.

Vernon war ein durchaus gläubiger Kirchgänger, aber ihm war nicht wohl dabei, daß der Pfarrer in seinem Haus war, um alles zu begutachten. Bei Gott, Vernon hatte so ziemlich jede namhafte Sünde begangen, abgesehen von Müßiggang, und die wahrscheinlich auch, ohne zu wissen, was es war. Als der Pfarrer seinen Kaffee austrank und ging, wurde Vernon leichter ums Herz.

Doll scheuchte den letzten Besucher hinaus, nahm dann ihre Schürze ab und sagte: »Vernon, ich habe mein eigenes Haus, das vor die Hunde geht. Ich komme später wieder. Kümmer du dich um sie.« Sie zog ihren Mantel an. »Red ihr diese Schnapsidee aus, daß sie morgen nach Priceville fahren will.«

»Jawoll, M'am.« Er reckte seine Arme. »Du bist bestimmt fix und alle, Doll. Du warst immer mittenmang dabei.«

»Arme Gladys…« Doll blieb vor dem Spiegel stehen und rückte ihren Hut zurecht. »Wenigstens hat sie diesen prima Jungen.«

»Das sagen die Leute schon den ganzen Tag lang.« Vernon half ihr in den Mantel. »Soll ich Johnny zupfeifen, daß er mit dem Wagen runterkommt?«

»Nein«, sagte sie, »ich glaube, ein Spaziergang an der frischen Luft täte mir ganz gut.«

Er beugte sich aus der Tür hinter ihr her, atmete Dunst aus. »Es ist so kalt.«

»Morgen früh bin ich wieder da«, sagte sie. »Kümmer du dich um sie.«

Vernon schaute ihr aus dem Fenster nach, bis sie weg war.

Den ganzen Tag, während all des Kommens und Gehens, der Umarmungen und gemurmelten Beileidsbekundungen, hatte er sich auf Armeslänge in der Nähe des Sarges gehalten, hatte ihn bewacht, sich nach einem ruhigen Augenblick gesehnt.

Jetzt sah er sich verstohlen im Zimmer um, beugte sich hinunter und küßte den Deckel der Kiste.

Er zog seine Hose hoch und trat durch den Vorhang. Im Schlafzimmer roch es nach Franzbranntwein und Talkum. Die Nachttischlampe verbreitete ein warmes Licht. Gladys lehnte an Kissen, ihr kastanienbraunes Haar fiel ihr über die Schultern – so wie sie es getragen hatte, als sie beide frisch verliebt waren. Sie lächelte, und einen Moment lang wurde es in Vernons Leben hell. Er stieß einen langen leisen Seufzer aus – diese Luft hatte er seit gestern nacht angehalten. »Gut siehst du aus«, sagte er.

»Komm her.« Sie klopfte auf die Bettdecken.

»Sie sind alle weg.« Er ließ sich sachte auf dem Bettrand nieder. »Wie fühlst du dich?«

»Großartig«, sagte sie und blinzelte schläfrig. »Ich hab eine halbe Flasche von diesem Zeug geschluckt.«

»Hast du Schmerzen?«

Sie lachte, ein leises musikalisches Geräusch. »Und ob. Als hätten sie mich in zwei Teile gerissen.«

»Du hast gute Arbeit geleistet«, sagte er. »Ich war stolz auf dich.« Er spürte ihre warme Hand unter seiner. Er folgte ihrem Blick zu dem alten Fichtenholz-Kinderbettchen neben dem Kamin. »Ich hab ihn noch nicht mal im Arm gehalten.«

»Bring ihn her«, sagte sie.

Vernon rappelte sich auf und durchquerte das Zimmer. Im Halbdunkel war der neugeborene Knabe ein Bild des Friedens: auf dem Rücken schlafend, einen Daumen im Mund. »Ich trau mich nicht, ihn anzufassen, er ist so winzig.«

»Er wird schon nicht zerbrechen«, sagte Gladys. »Leg einfach eine Hand unter seinen Kopf.«

Vernon packte seinen Sohn in eine Armbeuge und schlich zum Bett zurück. »Hier, nimm du ihn.«

»Ist er nicht schön.« Gladys legte ihn sich auf den Schoß. »Tante Ella sagt, er hat meinen Mund, aber alle anderen finden, daß er wie du aussieht.«

»Noch sieht er eigentlich nach kaum einem aus«, befand Vernon.

Das Baby verzog das Gesicht zu einem rosa Gähnen. Gladys kitzelte ihn unter dem Kinn. »Hallo, du. Hallo, großer Mann. Na los. Wach auf und guck deinen Daddy an.«

»Hallo«, sagte Vernon in der gequetschten hohen Stimme, mit

der Leute zu Säuglingen sprechen. »He du! He! Wie heißt du denn?« Vernon legte seinen kleinen Finger in die winzige Handfläche. »Donnerwetter, sieh dir das an! Sieh mal, Schatz, was der für einen festen Griff hat!«

»Er heißt Elvis Aron Presley, das hört sich doch gut an, findest du nicht auch?« sagte Gladys. »Rufen werden wir ihn Elvis. Von Doll weiß ich, daß das ›der König‹ bedeutet. Was sagt man dazu.« Der Neugeborene gab ein Quengelgeräusch von sich. »Was gibt's, großer Mann, hast du Hunger?« Gladys streifte den Träger ihres Nachthemds ab; ihre weiße linke Brust sackte heraus.

Das Baby saugte in der Luft, bis sein Mund die Brustwarze fand, sich daran festmachte und heftig zu saugen begann.

Vernon glotzte verblüfft. Er hatte sich selbst an dieser Warze versucht, doch auf einmal war da jemand, der wußte, wie er Milch herausbekam.

Ein träges Lächeln erschien auf Gladys' Gesicht. »Du solltest dich sehen. Hast du noch nie 'ne Frau stillen sehn?«

»Doch. Aber nicht dich.« Er fuhr mit seinem Finger über die weichen Härchen auf ihrem Unterarm, ihre gerötete Haut. Er berührte ihre Brust und spürte die herausfließende Milch.

»Doll und ich haben uns passende Namen ausgedacht«, sagte sie. »Der hier ist Elvis Aron. Sein Bruder heißt Jessie Garon. Elvis und Jessie. Gefällt's dir?«

»Klingt gut«, antwortete Vernon. »Ganz wie du willst.«

»Es sind auch deine Kinder.«

Er drückte einen Finger gegen ihre Brust, nahm ihn wieder weg und sah zu, wie der weiße Fleck verschwand.

Gladys' Blicke liebkosten das Kind. »Mama hat gesagt, du hättest dich drüben um Jessie gekümmert.«

Er zuckte die Schultern. »Alle haben so getan, als wäre ich überhaupt nicht da.«

»Geh und bring ihn rüber«, sagte sie.

Vernon blieb ganz ruhig liegen und berührte sie am Arm.

»Geh und hol ihn, Schatz. Er friert da drüben, so ganz allein.«

Vernon hustete. »Ihm geht's gut.«

»Er ist so leise«, sagte Gladys und lächelte leicht vor sich hin. »Ich will ihn sehen. Hol ihn her.«

Vernon musterte sie eine Zeitlang. »Doll hat gesagt, vielleicht wolltest du uns morgen nach Priceville begleiten.«

Gladys behielt ihr Lächeln bei. »Sie hat gesagt, ihr bringt Jessie dahin. Ich muß ihn begleiten.«

Vernon bemühte sich, möglichst sanft zu klingen. »Der Arzt sagt, du solltest mindestens eine Woche lang im Bett bleiben. Ich werd mich um ihn kümmern.«

»Ich weiß wirklich nicht, warum sich alle wegen meinem Baby so anstellen«, sagte sie, und hinter dem watteweichen Nebel des Beruhigungsmittels hörte Vernon die Schärfe in ihrer Stimme. »Ich kann fahren. Ich bin doch kein Krüppel. Du mußt für mich keinen Finger krümmen.«

»Aber Schatz, deswegen bin ich doch hier«, versuchte er es anders. »Mädchen für alles. Was du auch willst, ich hol's dir.«

Ihre Stimme wurde strenger. »Dann steh doch auf und hol mein Baby und bring es mir.«

»Auf einmal ist es nur noch *dein* Baby«, stellte Vernon fest.

»Es *ist* mein Baby! Alle tun so, als hätte ich kein Recht, ihn zu sehen! Du holst ihn jetzt sofort, Vernon, sonst stehe ich auf und hol ihn selber!« Ihr Gesicht lief rot an.

»Moment, Moment…« Vernon hielt die Hände hoch. »Sieh mal. Du hast einen Kunden verloren.« Der kleine Mund hatte die Brustwarze losgelassen und sog geschäftig Luft ein.

Während Gladys Abhilfe schaffte, floh Vernon aus dem Zimmer. Er schämte sich seines Zorns. Ihm fiel ein, daß der Arzt gesagt hatte, wie schwer es für sie sein würde. Und Gladys war ohnehin für Stimmungen, Weinkrämpfe und gelegentliche Gefühlsausbrüche anfällig. Ein- oder zweimal die Woche sagte sie etwas, bei dem Vernon sich fragte, ob sich bei ihr eine Schraube gelockert hatte. Etwa wenn sie Vernon um drei Uhr morgens weckte, um ihm ihren Traum zu erzählen, Franklin D. Roosevelt habe einen roten Drachen steigen lassen. Einige Leute mochten sie vielleicht für verrückt halten, aber die liebten sie nicht so, wie Vernon sie liebte, und sie wußten nicht, auf wie seltsame Weise ihre Vorahnungen eintrafen. So druckte keine Woche später die Zeitung *Commercial Appeal* ein Foto von FDR mit einem kleinen Jungen und einem Drachen ... Oder ein Neugeborenes entpuppte sich als Zwillinge ...

Vernon nahm den Deckel ab und hob den toten Knaben heraus. Er sah genauso aus wie der lebendige, nur blau. Vernon trug ihn im Arm.

Gladys hatte sich zwischen die Kissen gelegt und wiegte Elvis an ihrer Seite. Sie schaute auf ... dieses strahlende Lächeln ... »Ohh, guck mal ...«

Sie nahm Jessie und schmiegte ihn gegen die andere Seite, strich seine Haare glatt. »Ich hab dir doch gesagt, daß er friert. Guck mal, wie süß er ist. Guck mal, Elvis, guck hier ist dein Bruder.«

Vernon stützte sich auf die Kommode. Ihm fiel nichts ein, was er hätte sagen können.

»Warum wollen sie ihn beerdigen?« murmelte sie. »Er ist nicht mal einen Tag alt. Ich glaube, das sollten wir nicht zulassen.«

»Schatz, wir können ihn nicht hier behalten.«

«Warum nicht?«

»Es geht nun mal nicht, Gladys, was ist bloß los mit dir? Das Baby ... der Kleine ist tot.«

»Ist er gar nicht.« Sie streichelte mit dem Daumen über den kleinen weißen Hals. »Ihm war nur kalt.«

»Ich glaube, du hast zu viel von diesem Zeug genommen.«

Sie berührte seine Hand. »Komm und leg dich zu uns unter die Decken. Sagt: ›Komm schon, Daddy, komm hierher, wo es warm ist.‹«

»Gladys. Also, ich bring ihn jetzt zurück.«

»Nein.« Sie zog die Überdecke bis unters Kinn.

Vernon stand da und sah zu ihr runter. Ihr benebeltes Lächeln weckte in ihm den Wunsch nachzugeben. Er hörte sich selbst, wie er Entschuldigungen für sie fand. Hatte er sich nicht gebückt, um den Sarg zu küssen, als er dachte, niemand könne ihn sehen? Was war hierbei anders?

Er ließ sich vorsichtig auf dem Bett nieder. Es war nur für eine

Nacht. Wenigstens eine gemeinsame Nacht konnten sie haben. Er schaltete die Lampe aus und kuschelte sich an, wo es warm war.

1

East Tupelo war eine Ansammlung ärmlicher Häuser in einer miesen gottverlassenen Ecke von Mississippi. Auf der anderen Seite der Eisenbahnschienen und der Fernstraße nach Memphis lag Tupelo, der große Ort mit seiner Hemdenfabrik und dem Sägewerk, der Konservenfabrik und den Entkörnungsmaschinen, dem Paramount-Kino sowie einer Ampel an der wichtigsten Straßenkreuzung. Die Läden um den Platz vor dem Gerichtsgebäude gehörten alten Männern, doch energiegeladene junge Frauen machten die ganze Arbeit. Wollte man etwas unternehmen, ging man zum Platz, in die Kirche oder ins Kino. Die Männer des Ortes suchten Aurelias Tanzbar auf, wenn sie mal etwas anderes unternehmen wollten.

Ab und an gab es Schönwetterperioden, doch die meiste Zeit über war es eine rauhe Gegend. Die Sommer waren zu heiß, die Winter zu kalt und stürmisch. Die Straßen waren staubig oder schlammig, je nach Jahreszeit. Ohne Vorwarnung brausten Tornados vom Himmel herab. Feuerameisen bildeten Schwärme, die groß genug waren, einen Menschen zu töten.

Der größte Teil von Lee County gehörte vier reichen Weißen. Alle anderen waren arm. Dazwischen gab es nichts. Die Menschen lebten hier, weil sie schon immer hier gelebt hatten.

Außerhalb der Stadt, auf einem sandigen Friedhof neben der Kirche der Priceville Assembly of God, versammelten sich sieben Trauergäste um ein schmales Loch. Zwei der Männer ließen einen winzigen Sarg hinab und zogen die Seile wieder hoch. Der Pfarrer las den dreiundzwanzigsten Psalm vor.

Ein Schatten huschte über das Grab.

Vernon Presley wiegte seinen schreienden Sohn. Gladys starrte auf den Hügel aus rotem Lehm.

Vernon brachte sie nach Hause. In ihrer Trauer widmete sie sich um so intensiver Elvis. Sie strickte ihm Schühchen und Mützchen. Sie badete, stillte und puderte ihn und saß stunden-, tagelang neben seinem Kinderbettchen, während er schlief. Sie spielte mit seinen Zehen, sang ihm Lieder über Affen und den Zirkus vor. Er war pfiffig, für so ein winziges rotes Etwas, das nicht einmal etwas mit den Augen fixieren konnte. Er drehte den Kopf, um ihrem durch die Luft wedelnden Finger zu folgen.

Nachdem er sich monatelang vernachlässigt gefühlt hatte, begab sich Vernon in Aurelias Tanzbar. Biertrinkend saß er in dem roten Licht und war bekümmert, weil sich seine Frau so an ihre Trauer klammerte, an die das Kind umgebende Luft. Es hatte etwas Krankhaftes.

Aber Vernon fand heraus, daß er schon nach vier oder fünf Bier und einem Glas Whisky nicht mehr daran dachte.

Er schuldete Wilbur Dees über zweihundert Dollar, doch ein zweiter Whisky spülte sogar diesen Gedanken aus seinem Kopf. Er konnte sich auf die Theke stützen, Gesichter anglotzen, die in sein Gesichtsfeld hineinragten und wieder verschwanden, und über absolut gar nichts nachdenken, bis es Zeit wurde, sich irgendwo fallen zu lassen und vor dem Morgengrauen aufzustehen, um Milchkannen auf die Ladefläche eines Lastwagens zu wuchten.

Eines Morgens schaffte Vernon es nicht vor Viertel nach sieben.

Wilbur Dees wartete schon auf ihn, mit einem verkniffenen kleinen Grinsen und einem Scheck über vier Dollar. »Presley, soviel bin ich Ihnen schuldig«, sagte er. »Wie Sie wissen, wird Milch in der Tageshitze schlecht. Fünfzig Männer stehen nach Ihrer Arbeit Schlange. Ziehen Sie Leine.«

»Wilbur«, protestierte Vernon, »wie soll ich die Hypothek abbezahlen, wenn Sie mich nicht arbeiten lassen?«

»Entweder Sie überlegen sich bald was, oder ich übernehme das Haus«, sagte Wilbur. »Hier in der Gegend brauchen wir keine Penner.«

Vernon starrte den Scheck an. Er trug ihn die Straße runter zu Aurelias Tanzbar, wo er ihn Lether Gable und Gladys' Bruder Travis zeigte. Die beiden waren gerade von der Nachtschicht in der Hemdenfabrik gekommen und schon betrunken. Als sie begriffen, was geschehen war, schrien sie und fluchten und sagten, Wilbur Dees sei der widerwärtigste Mistkerl in Mississippi, einem Familienvater die Arbeit wegzunehmen. Sie riefen nach Whisky und brachten einen Trinkspruch auf Wilburs schmerzhaftes Ableben aus. Aurelia forderte sie auf, leiser zu sein.

Gladys' Bruder Travis warf einen Blick auf den Scheck. »Vier Dollar«, höhnte er. »Tag für Tag warst du vor Sonnenaufgang da, solange ich – Teufel, Vernon, wie lange hast du da gearbeitet?«

»Zwei Jahre und 'n bißchen.«

»Zwei Jahre. Morgen könntest du vom Blitz getroffen werden, und denk bloß mal, womit du dann die letzten beiden Jahre deines Lebens zugebracht hättest. Dir für Wilbur Dees den Arsch aufgerissen.« Travis schwenkte den Scheck durch die Luft. »Wir sollten ihn zwingen, das Ding zu fressen.«

»Laß mal sehen.« Lether Gable schnappte sich den Scheck und strich ihn auf dem Tisch glatt. »Ich glaube, da gibt's was Besseres.«

Lether hatte dunkle Augen mit schweren Lidern und drei Goldzähne; er war immer in der Nähe, wenn jemand Stichverletzungen abbekam, wurde aber nie mit einem Messer gesehen. Er sah zur Theke. »Aurelia. Hast du einen Füller mit blauer Tinte?«

Travis richtete sich auf. »Lether führt was im Schilde. Sieh dir seine Augen an.«

»Was führst du im Schilde?« fragte Vernon.

Aurelia kam mit einem Füller angewatschelt. »Süßer, ich wußte gar nicht, daß du schreiben kannst.«

Lether beugte sich über den Tisch. »Zwischen diesem Scheck und einem Scheck über vierzig Dollar besteht kein großer Unterschied.« Er machte ein paar Striche. »Und den hab ich gerade beseitigt.«

»Moment mal!« Vernon schnappte sich den Scheck. Hinter

der 4 fand sich jetzt eine Null. In der zweiten Zeile stand statt Wilburs »vier« jetzt »vierzig«. Die Tinte und die krakelige Schrift stimmten. Lether Gable war der geborene Fälscher.

Vernon trank einen Schluck Whisky. Je länger er dasaß, desto besser gefiel ihm die Idee. Wilbur hatte ihm nicht mal Gelegenheit gegeben, sich eine Ausrede einfallen zu lassen.

Nicht lange, und Vernon marschierte die Main Street hinunter zur Bank of Tupelo, flankiert von Lether und Travis, die ihn drängten weiterzugehen. Mrs. Loomis mit ihrem Dutt und dem Wollkleid reichte ihm vier brandneue Zehner und erkundigte sich nach Gladys und dem kleinen Elvis. Vernon sagte: »Es geht ihnen gut, danke, Ma'am.«

Er bildete sich ein, daß ihre Blicke ihn auf seinem Weg zur Tür durchbohrten, doch er gelangte unbehelligt nach draußen.

»Wir hätten vierhundert draus machen sollen«, sagte Lether. Unterwegs zu Aurelia, wo sie das Geld vertranken, lachten sie mächtig über Wilbur Dees.

Vernon wankte an diesem Abend nach Hause, wo Gladys ihre Mutter pflegte, die angefangen hatte zu husten. Am nächsten Tag rang Doll nach Atem.

Dr. Hunt diagnostizierte Tuberkulose und brachte sie zu einem Gerät im Krankenhaus von Tupelo. Sie verfiel zusehends.

Drei Wochen später versammelten sie sich auf dem Friedhof von Priceville um eine weitere Grube.

Vernon machte sich Vorwürfe. Er hatte das Gefühl, Gott zahle ihm sein Verbrechen heim. Er schwor, sich von nun an nie wieder etwas zuschulden kommen zu lassen.

Gladys versuchte, über die Alphabettafel mit Doll Kontakt aufzunehmen. Vernon sagte ihr, sie verhalte sich albern, und es sei gefährlich, sich mit diesem Geisterzeugs einzulassen. Gladys saß da, beide Hände auf dem Zeiger, und wartete auf eine Verbindung.

An einem strahlenden Aprilmorgen kamen zwei Hilfssheriffs an die Tür. Auf dem Rücksitz ihres Wagens hatten sie Lether und Travis. Höflich erkundigten sie sich, ob Vernon zu Hause sei.

Gladys verspürte den Drang, etwas zu verbergen, egal was. »Was haben Sie mit ihm vor?«

Der größere der beiden sagte: »Würden Sie ihn freundlicherweise bitten, nach draußen zu kommen?«

»Er schläft«, sagte Gladys. »Warum kommen Sie nicht morgen wieder?«

Vernon kam zur Tür. »Ist schon in Ordnung, Schatz. Eh du dich versiehst, bin ich wieder da.« Er folgte den Hilfssheriffs zum Wagen.

Vernons Daddy bezahlte die Kaution für Vernon und Travis, Lether Gable ließ er im Gefängnis schmoren.

Vernon versuchte zu erklären, wie gut ihm Lethers Idee damals vorgekommen sei. Doch Gladys sagte dazu bloß: »Vernon. Wie konntest du nur so dämlich sein?« Er konnte ihren Gesichtsausdruck bei diesen Worten nicht ertragen. Ihm fiel keine Antwort ein.

Der Anwalt riet Vernon, sich der Fälschung schuldig zu bekennen und zu erzählen, wie ihn die beiden anderen dazu angestiftet hätten, aber Vernon weigerte sich. Er sei kein Verräter, sagte er.

Im letzten Moment änderte er seine Meinung und bat den Richter um Gnade, doch der kannte keine. Vernon, Travis und Lether bekamen jeder drei Jahre Arbeitslager im Staatsgefängnis von Parchman.

Am ersten Montag im Juni lud der Sheriff Vernon samt ein paar Farbigen auf die Ladefläche eines Lasters und fuhr von den Hügeln runter ins Mississippi-Delta, das so flach und weit war, daß man glatt vergessen konnte, daß es überhaupt so etwas wie Hügel oder Berge gab. In diesen Jahren wünschte sich Vernon oft, er hätte sich die Landschaft besser angesehen. Jener staubige Nachmittag im Wagen war sein letzter als unschuldiger Mann. Kam man erst einmal nach Parchman, war man sein Leben lang schuldig.

Zuerst wollte sich Vernon nicht mit den Negern auf den Baumwollfeldern einlassen, aber ein Sommer unter derselben brütendheißen Sonne machte dem Unterschied ein Ende.

Stechende Insekten, die Wächter und die Sonne waren ihre gemeinsamen Feinde – und die Uhr, die Tag für Tag langsamer tickte.

Vernon war ein Musterssträfling. Nach einem Jahr erlaubte man ihm, einen Brief nach Hause zu schreiben.

Liebe Gladys!
Nach dem was ich getan habe wäre ich nicht überrascht, nie wieder von Dir zu hören. Wenn ich dir noch etwas bedeute, ist das für mich genug.
Ich könnte eine Million mal schreiben wie leid es mir tut aber das würde dir nicht helfen, aus dem herauszukommen, wo ich Dich hingebracht habe. Außerdem weißt Du ja schon wie leid es mir tut, ha ha. Wie geht es dir. Mir geht es gut. Hier ist es spätabends und zu heiß (Aug!). Sie nehmen einen hier hart ran aber wenn man tut was sie sagen lassen sie einen in Ruhe.
Bestimmt wächst der Junge schnell. Keine Bange L. sehe ich nie, hab aber vorige Woche Travis gesehen er arbeitet in einer Kolonne im nächsten Lager. Er sah gut und gesunt aus. Arbeite nicht zu schwer eh Du dich versiehst komme ich nach Haus und ich will nicht daß deine hübschen Hände von einer Nähmaschine völlig vernabt sind. (Nur ein Scherz)
Tja das wars wohl erstmal für heute.

Dein Dich liebender Mann,
Vernon Presley

Die ganze Zeit über hielt Gladys felsenfest zu Vernon. Sie schämte sich nicht. Wenn jemand fragte, sagte sie, ihr Mann sei unten in Parchman und sitze für etwas, das er nicht gewollt hatte.

An einem grauen Tag im März fuhr Gladys mit dem Bus runter nach Parchman. Die Gefängnisaufseherin nahm ihr die Dose Butterkekse weg, die sie Vernon gebacken hatte, und ließ sie in einer kleinen gläsernen Kabine warten. Auf der anderen Seite tauchte Vernon in seiner weißen Gefängniskluft auf. Sie preßten ihre Hände gegen das Glas und sprachen in Telefonhörer.

»Komm bald nach Hause, Vernon«, sagte sie. »Du fehlst mir sehr.«

»Sobald ich kann, Schatz. Sie sind jetzt damit beim Gefängnisausschuß. Ich kriege ganz sicher irgendwas für gute Führung erlassen.«

In seinen Augen sah Gladys, daß ihm die zwei Jahre in Parchman zugesetzt hatten. Das wilde Funkeln war aus seinem Blick verschwunden.

Ein Wärter kam und brachte ihn weg.

Gladys trat aus der Kabine. Lächelnd sagte die Aufseherin, die Kekse seien beschlagnahmt worden. Sie hatte sich nicht einmal die Mühe gemacht, die Krümel vom Revers ihrer Uniform zu wischen.

Das war der allerschlimmste Moment, als Gladys diese Krümel bemerkte.

Im Bus nach Hause schrieb sie einen langen Brief, in dem sie Vernon anflehte, nicht zu fliehen oder sonst was zu tun, nur um diesem schrecklichen Ort zu entkommen. Sie trug den Brief drei Tag lang in ihrer Handtasche mit sich herum, ehe sie ihn wegwarf. Litt er nicht schon genug?

Sie ließ sich in ihr beengtes Leben zurückfallen, in das kleine Zimmer hinter dem Haus von Vernons Eltern, wo sie mit ihrem kleinen Kind wohnte, seit Wilbur Dees sie aus dem Haus geworfen hatte. Jessie Presley war nett zu ihr; Minnie Mae hielt sich meist in ihrem Zimmer auf und legte Puzzles.

Jeden Morgen um sechs ging Gladys in die Hemdenfabrik, gleich neben einer gewissen Dot Simmons, von der sie mit einem nicht enden wollenden Strom von Insider-Klatsch und -Tratsch über Hollywood-Stars unterhalten wurde.

»Hast du gewußt, daß Vivien Leigh mit David O. Selznick ins Bett gehen mußte, bevor er sie die Scarlett spielen ließ?« rief Dot eines Tages gegen Schichtende. Dutzende von Singer-Maschinen verursachten in dem riesigen Nähraum einen Höllenlärm.

Gladys legte einen Ärmel unter die Stahlnadel. »Kommt

drauf an, wie der Mann aussah«, sagte sie. »Wahrscheinlich hätt' ich's genauso gemacht, wenn sie mich die Scarlett hätten spielen lassen.«

Dot bekam einen Lachanfall. »Du bist vielleicht eine Nummer!« Es pfiff zum Schichtende. Der letzte Ärmel fuhr unter den Arm der Maschine und fiel dann in den Korb.

Das Dröhnen der Maschinen verflog wie Kopfschmerzen. Gladys schnitt den Faden ab. »Ich hatte mal genauso einen tollen Teint wie Vivien Leigh«, sagte sie.

Dot packte die Mittagessensreste in ihren Leinenbeutel. »Komm, wir gehen noch mal rein. Heute abend.«

Gladys reckte sich und stand auf. »Ach Gott, wär das toll. Du weißt doch, ich kann nicht.«

»Warum denn nicht? Dieses eine Mal kann doch deine Schwester abends für dich einspringen. Und wir sitzen in der zweiten Reihe und lassen sie in unseren Schößen Atlanta verbrennen.«

»Führe mich nicht in Versuchung.« Gladys schob ihren schweren Korb auf Rädern die Maschinenreihe entlang. Die breite Tür glänzte im Licht der Nachmittagssonne.

Blinzelnd trat Gladys ins Freie. Der Geruch von Maschinenöl wurde vom Wind weggeweht. Die Fabrik stand am Waldrand in einer Gegend, die Mill Town hieß. Noch waren die Bäume kahl, doch ein zartes Grün überzog die Äste. Vergangenen Sonntag waren die Hartriegelbüsche aufgeblüht; ihr feiner Blütenstaub schwebte zwischen den Bäumen.

Dot sagte: »Das ist das erste echte Lächeln, das ich seit Menschengedenken bei dir gesehen habe.«

»Es liegt an dem Tag.« Gladys streckte die Arme aus, saugte mit ihrer Haut die warme Luft auf. »Ich dachte, so einen Tag würden wir nie wieder kriegen.«

Lächelnd schlenderte Dot mit einer Gruppe anderer junger Frauen aus dem Zuschneideraum.

Zum erstenmal seit sich der Schatten über sie gelegt hatte, fühlte sich Gladys heute wieder wie ein Mensch. Aus einem Stück. Sie schlenderte gemächlich die Bahngleise entlang.

Immer noch trauerte sie um Doll und den kleinen Jessie, sehnte sich nach Vernon und sorgte sich, daß ihr inniggeliebter Junge im Schlaf aufhören würde zu atmen oder unter einen Zug geriete. Aber an einem so herrlichen Tag gelang es ihr, diese Ängste abzuschütteln. Ihre Trauer schmeckte alt.

Unter ihren Füßen knirschte Schotter. Grashüpfer hopsten durch das frische Gras. Nicht mehr lange, und Vernon war frei, und dann fing ihr gemeinsames Leben wieder an. Sie würden sich frühmorgens lieben und einen guten Jungen großziehen, der sich um sie kümmerte, wenn sie alt waren.

Sie blieb stehen, um eine Löwenzahnblüte zu pflücken, und da kam er auch schon durch die Büsche, ein blaubehemdeter vierjähriger Blitz, der auf ihre Beine zielte…

»Wumm!«

»Oh, du hast mich erwischt!« rief sie, griff sich an die Seite und sank ins Gras. Sie legte eine Hand über die Augen und stellte sich tot.

Elvis kreischte: »Steh auf, Mama, steh auf und mach das noch mal!«

Gladys gab ein theatralisches Stöhnen von sich.

»Satnin ist ins Gras gefaaal-lenn«, sang er und schlang seine Arme um sie.

»Ach, ich Arme«, jammerte sie. »Sieh nur, was du deiner Mama angetan hast.« Sie packte sein Handgelenk, zog ihn an sich und drückte ihn, daß ihm Hören und Sehen verging. »Du Süßer.« Kichernd versuchte er sich loszureißen, doch sie sagte: »Ho-ho! Jetzt hab ich dich!« und das mit der Stimme einer bösen Hexe, während sie ihn auf ihren Schoß drückte und nach Herzenslust küßte.

»Satnin, hör auf«, quengelte er. Als er noch kleiner war, hatte Elvis »Satnin« statt »Gladys« gesagt, und der Name war hängengeblieben. (Aus irgendeinem Grund, den niemand so recht verstand, hatte er als Baby Minnie Mae »Dodger« genannt.)

»Halt still, Junge.« Gladys leckte ihren Finger und stupste damit gegen eine kleine verschorfte Wunde neben seinem Ohr. Sie hatte nicht mal ein ordentliches Foto von ihm. Jedesmal wenn der Fotograf in den Ort kam, hatte Elvis eine Schramme im Gesicht, weil er mit dem Kopf zuerst in einen Laubhaufen gesprungen oder sonst irgendwie herumgetollt war. Gladys befürchtete, Leute könnten das Foto sehen und glauben, sie schlüge ihn – sie, die nicht mal seinen Haaren mit einer Schere zu nahe kam.

»Warst du heute lieb zu Tante Irene?«

»Hm-m.«

Er war ein ausgesprochen hübscher Junge: seidige blonde Haare wie die seines Vaters, nur noch weicher; ein liebes ovales Gesicht und Gladys' braune Haut; große braune Hundeaugen, einen Schmollmund; ein geheimnisvolles, kluges Gesicht. Er war zwar robust, aber ein wenig ernst – der alte Jessie behauptete, er sehe wie Winston Churchill aus –, und für einen Jungen weinte er sehr viel.

Vor seinem ersten Geburtstag fing er an zu sprechen. Er führte lange Selbstgespräche. Gern trug er Mützen und baute Straßen im Sand, warf sich quer über einen Stuhl oder glotzte Insekten an. Wenn ein Zug vorbeifuhr, lachte er und klatschte in die Hände. Wie vom Donner gerührt lauschte er, sobald sein Onkel Johnny die Gitarre stimmte.

Gladys fragte: »Hab ich dir heute gefehlt?«

»Hm-m.«

»Du hast mir auch gefehlt.« Sie zog die zerdrückte Löwenzahnblume aus der Tasche und reichte sie ihm. »Hast du dein Mittag gegessen?«

Ein Schatten zog über sein Gesicht. Er setzte sich ins Gras und zupfte die Blüte vom Stengel.

»Was gab's denn?« fragte sie.

»Weiß ich nicht.«

Sie verwuschelte seine Haare, fühlte ihm die Stirn. »Was ist los mit dir? Bist du krank?« Von seinem traurigen Gesichtsausdruck abgesehen, sah er gesund aus.

Auf einmal füllten sich seine Augen mit Tränen. »Ich will meinen Daddy«, sagte er.

»Nicht weinen, Elvis, Schatz. Komm mal her zu mir.« Sie

schloß ihn fest in die Arme. »Hat Tante Irene etwas über deinen Daddy gesagt?«

»Hm-m.« Seine Stimme zitterte.

»Erzähl Satnin, was sie gesagt hat.«

»Sie hat gesagt, wenn ich böse bin und, und… wenn ich böse bin, kommt er nicht nach Hause.«

»Hör mir zu. Daddy liebt dich. Sobald er kann, kommt er nach Hause. Eh du dich versiehst, ist er hier. Es war nicht lieb von Tante Irene, so was zu dir zu sagen.« Gladys spannte die Kiefermuskeln. »In seinen Briefen schreibt Daddy andauernd von dir, hab ich dir das nicht vorgelesen?«

»Ich weiß nicht«, sagte Elvis.

»Und ob er das tut. Er hat dir einen brandneuen Ball geschickt, weißt du noch? Er liebt dich, Schatz. Er kann's kaum abwarten, nach Hause zu kommen und dich zu sehen.«

Elvis blinzelte. Sein Blick wanderte zu etwas, das im hohen Gras raschelte. Er entzog sich seiner Mutter und rannte los, um nachzusehen, was es war.

Gladys lief den Hügel hoch hinter ihm her. Dieser Junge war ihr Leben. Sie wollte ihn immer im Auge behalten.

5

Elvis mochte Sonntage. Die Sonne ging langsamer auf. Alle blieben länger im Bett. Er konnte das ganze Haus nach Belieben erkunden. Er schlich sich zur Veranda, um Großmamas Hunden guten Morgen zu sagen, durch den kühlen Garten zum Außenklo (ein kurzes Pinkeln, weit draußen in der Dunkelheit), dann in die Küche, sich einen Kanten Maisbrot holen.

Aus dem hinteren Teil des Hauses kam ein Geräusch – ein knarzendes Husten, als spränge ein Auto an. Elvis' Großpapa schlurfte in die Küche. Weiße Haarbüschel standen von seinem Kopf ab. Die Luft um ihn herum roch schal. Seine Hand zitterte, als er nach der Kaffeekanne griff.

»He, Großpapa!«

Der alte Mann schreckte hoch und nuschelte irgendwas, was aber ohne sein Gebiß nicht zu verstehen war. Er bückte sich, um im Herd zu stochern.

Elvis lief ins Freie, die drei größten Stöcke holen, die er finden konnte. Sonntags morgens war Großpapa immer mürrisch. Das hatte etwas damit zu tun, was er Samstag abends machte, wenn er mit seinen Freunden in der Küche hockte und Whisky aus einer Flasche trank. Da sang und lachte er besonders laut. Sonntags war dann die ganze Freude in ihm aufgebraucht.

Als Elvis mit dem Feuerholz durch die Tür kam, scheuchte ihn Großpapa mit einer Handbewegung fort, als könne ihn das leiseste Geräusch in Stücke brechen.

Elvis legte die Stöcke möglichst leise hin und zog sich in das Zimmer zurück, wo seine Mutter schlief. Sie roch lieblicher, wie Rosen. Ihr Kopf war unter Kissen vergraben, ein Fuß baumelte über die Bettkante. Er schnappte sich den großen Zeh.

Wie eine Krabbe piekte der zweite Zeh seinen Finger. Elvis schrie auf und sprang kichernd zurück.

Das Kissen rührte sich. "Wer schnappt sich da meinen Zeh?«

»He, Satnin. Heut ist Sonntag. Steh auf.« Er kitzelte sie an einer weichen Stelle unter dem Fuß, bis sie sich genötigt sah, ihn zu sich aufs Bett zu heben.

»Na *los*« , sagte er. »Großpapa ist schon auf.«

»Bestimmt sieht er hübsch aus, nach all dem Gejaule letzte Nacht", sagte sie.

Elvis grinste. »Er sieht wie'n – er sieht wie'n *Ungeheuer* aus.«

»Also, psst, du Frecher...« Sie mußte lächeln.

Eine Reihe neuer Geräusche war zu hören: das Blubbern der Kaffeekanne, das schleifende Geräusch von Onkel Vesters Tür, Tante Clettes' Geschnatter, das Hundegebell im Garten.

»Wir wollen noch ein bißchen liegenbleiben, bis Clettes die Brötchen in den Ofen geschoben hat.« Gladys streckte sich. »Ich war grad mitten in einem besonders schönen Traum.« Elvis kuschelte sich in ihre Armbeuge. Sie fuhr mit den Fingern durch seine Haare. »Gestern nacht hab ich dich wieder reden hören«, sagte sie. "Mit wem hast du geredet?«

»Mit meinem Freund«, sagte Elvis.

»Wie heißt er?«

»Weiß nicht.«

Wie sieht er aus?«

»Wie ich«, sagte Elvis.

Ihre Finger hielten inne.

Eine Bratpfanne kratzte auf dem Herd.

Sie strich ihm weiter sanft über die Haare. »Du und dein Freund, ihr unterhaltet euch viel, stimmt's?«

»Hm-m.«

»Bist du einsam, Schatz? Du bist jetzt ein großer Junge. Große Jungen können richtige Freunde kennenlernen. Sie müssen nicht nur so tun als ob.«

Elvis schwieg. Es war ihm peinlich. Sein Freund im Spiegel war ein Geheimnis.

Seine Mutter zog ihr rotgetupftes Kleid an. Bei dem Reißverschluß half ihr Elvis. Sie legte den Kopf schräg und bürstete mit langen kräftigen Strichen ihre Haare.

»Zieh die schwarze Hose mit den Bügelfalten an«, sagte sie. »Und das weiße Hemd. Nein, Schatz. Das saubere. Schau, wohin ich zeige.«

Elvis zwängte sich in die Hose. Er fand es toll, wenn sich seine Mutter schön machte. Er glaubte, daß sich bestimmt jeder Junge auf der Welt eine so hübsche Mutter wünschte.

»Lange kannst du diese Hose nicht mehr tragen«, sagte sie. »Du wächst zu schnell.« Sie knöpfte das Hemd zu und befestigte die Träger, so daß ihm die Hose bis unter die Brust rutschte. »Los. Geh zu Tisch. Ich komm gleich nach.«

Elvis lief wie von der Pistole geschossen los. Die Erwachsenen streiften durch die Küche, gossen Kaffee ein. Großpapa hatte sein Gebiß gefunden und nutzte es für sein Frühstück.

Onkel Vester sagte: »Tachchen, Elvis.«

Elvis erwiderte den Gruß und rutschte auf einen Stuhl.

Tante Clettes ließ ein Spiegelei auf seinen Teller gleiten. »Wo ist deine Mama?«

»Kommt gleich.«

»Ihre Eier werden kalt«, sagte Clettes. »Ich werd nicht den ganzen Vormittag hier am Herd stehen. Auch andere Leute müssen sich anziehen.«

»Sei still, Clettes«, sagte Vester.

Genau in diesem Moment öffnete Gladys die Tür, als hätte sie dahinter gelauscht. »Morgen, allerseits.«

Sie sagten »Morgen« und widmeten sich wieder ihren Tellern.

Der alte Jessie sah wie ein anderer Mensch aus – er war gekämmt, gepudert, sauber rasiert und trug seinen braunen maßgefertigten Nadelstreifenanzug mit den Perlmuttknöpfen. Er sagte immer, von einem Mann in einem Maßanzug hätten die Leute eine hohe Meinung.

»Schwester, die Brötchen riechen gut«, sagte Gladys.

Clettes berührte die Ringe unter ihren Augen. Nach dem Aufwachen brauchte Clettes immer eine ganze Weile, bis sie wieder wie ein Mensch aussah. »Hoffentlich sind die Eier noch genießbar«, sagte sie.

Vester widmete sich intensiv der Sportseite des *Commercial Appeal.*

»Du siehst heute morgen mächtig malerisch aus, Gladys«, sagte Großpapa. »Wie der erste Frühlingstag.«

»Herrgott, ich wünschte, es wär so. Soweit bin ich noch lange nicht.« Gladys breitete ihre Serviette aus. »Trotzdem danke, Mr. Jessie, das hast du nett gesagt.«

Clettes hielt die Pfanne hoch. »Möchtest du etwas Maisgrütze?«

Gladys lächelte ihr schönstes, frühlingshaftestes Lächeln und sagte nein, danke. Offenbar gewann sie gerade irgendeinen Wettstreit gegen Clettes. Clettes schlug mit einem Löffel an den Topf. »Auch gut. Dann kriegen's eben die Hunde.«

Sie ging zur Tür. Die Hunde bedankten sich lärmend.

»Lebensmittelverschwendung«, sagte Großpapa. »Dafür kannst du in der Hölle schmoren.«

»Nicht, wenn es ein Hund frißt«, sagte der hinter seiner Zeitung versteckte Vester. »Das gilt nur, wenn man Essen ins Feuer wirft. Solange es gegessen wird, kann einem nichts passieren.«

»Wir fragen Prediger Bayley« , erwiderte Großpapa.

Clettes schnitt eine Grimasse. »Danke, daß du mich verteidigt hast, Vester.« Klirrend warf sie das Geschirr in die Waschwanne und stapfte in ihr Zimmer. Vester faltete die Zeitung und folgte ihr.

Zurück blieben Großpapa mit Elvis und Gladys sowie die Hunde, die an der Tür schnuffelten, weil sie noch mehr Grütze wollten.

Mit der Kante seines Brötchens säuberte Großpapa seinen Teller. »Diese Clettes geht mir auf die Nerven«, sagte er. »Dabei hab ich den Jungs gesagt, sie sollten keine Schwestern heiraten. Wenn du mich fragst, hat Vernon das bessere Ende abbekommen.«

»Pst, Mr. Jessie, sie hört dich sonst noch.« Gladys unterdrückte ein leichtes Lächeln. »Du sollst nicht so auf ihr herumhacken.«

Großpapa stieß ein verächtliches Geräusch aus, eine Mischung aus Husten und Lachen.

»Fünf Minuten«, rief Vester von vorne.

»Ich hab Dodgers Tee gemacht«, sagte Gladys. »Wie geht's ihr heute morgen?«

Großpapa sagte, er wisse es nicht. Seit Menschengedenken hatten er und Dodger im selben Bett geschlafen, aber sie kümmerten sich nicht groß umeinander. Dodger verbrachte die ganze Zeit über ihren Puzzles, legte Millionen Teile zu Bildern der Küste Englands oder deutscher Märchenschlösser zusammen.

Unruhe breitete sich im Haus aus – Türen schlugen, schnelle Schritte, alle Erwachsenen hasteten gleichzeitig in die Küche, waren aufbruchbereit.

Vester, Clettes und Großpapa quetschten sich zu Onkel Johnny auf die vordere Sitzbank des Pickups; Elvis kraxelte über die Ladeklappe und setzte sich neben seine Mutter, den Rücken gegen das Fahrerhaus. Der Wagen holperte den Garten hinunter und wirbelte dabei eine rosa Staubwolke auf. Gladys raffte ihre Haare mit einer Hand zusammen.

Elvis sah zu, wie die Welt nach hinten wegglitt, die Straße sich wie ein Teppich aus roter Erde entrollte. Eine Hirschfamilie stob durch ein Bohnenfeld davon. Der Wagen fuhr durch sonnige und schattige Streifen.

Elvis hielt die Hand in den Wind hinaus und ließ sie springen wie einen Fisch.

»So verlierst du noch mal deine Hand«, sagte seine Mutter; doch offenbar hatte sie es nicht ernst gemeint, denn sie verbot es ihm nicht.

Im Hof vor der Priceville Assembly of God standen überall Pickups und andere Autos. Elvis sprang hinunter und rannte in Richtung Friedhof. Gladys ließ ihn laufen. An Sonntagen durfte er mit den anderen Kindern herumtoben, da die Kirche ein gutes Stück von der Straße entfernt lag und immer zahlreiche Erwachsene in der Nähe waren, die ihn im Auge behalten konnten.

Eine Horde älterer Jungen trieb sich neben dem halbverfallenen Grabstein eines konföderierten Soldaten namens Augustus P. L. Brantley herum. Vor diesem Stein hatten die Jungen großen Respekt. Jeder Konföderierte mit einem so eindrucksvollen Namen war garantiert mit einer Flagge der Südstaatler, einem Gewehr oder irgendeinem anderen Schatz begraben worden, den man unbedingt ausbuddeln mußte. Sie waren gerade dabei, Pläne für dieses Vorhaben zu schmieden, als Elvis in ihren Kreis spazierte.

»Der Sarg vermodert einfach«, sagte der dicke rothaarige Ronnie Bass. »Wenn man mit seinem Spaten gräbt, dann ist das so, als würde man in eine Schicht Kuchen stechen.«

Darüber lachten einige der Jungen; andere ahmten Würggeräusche nach. Sie ignorierten Elvis geflissentlich, weil er jünger war.

Er hielt sich am Baum fest und hörte ihnen zu.

»Das weißt du doch gar nicht, Ronnie Bass«, sagte einer. »Das hast du dir bloß ausgedacht.«

»Wenn nicht, dreh ich meiner Mutter den Hals um, ich schwör's«, sagte Ronnie Bass, und keiner bezweifelte auch nur einen Augenblick lang, daß er der Typ war, der so etwas fertigbrachte. »Jack Fox und ich wollten mal seine Urgroßmutter ausgraben. War nichts mehr übrig, nur Streifen in der Erde.«

Die Jungen erschauerten. Die Kirchenglocke läutete, und sie sprangen zwischen den Steinen davon.

Elvis lief zu seiner Mutter.

Sie gingen hinein; dort gab es Düsternis und drei kleine hohe Fenster, Kiefernholzbänke, eine Kanzel, ein Klavier, den Geruch alter Gesangbücher und Staub. Eine Hälfte der Kirche wurde von Presleys gefüllt, und Gladys' Familie, die Smiths, nahm so ziemlich den restlichen Platz ein, so daß man überall neben Verwandten saß. Großpapa hatte einen Platz in der zweiten Reihe freigehalten.

Der Prediger hatte sich verspätet, und Bruder Wilson gab bekannt: »Schlagt bitte das Lied Nummer einhundertzwölf auf, ›Jesus meine Zuversicht‹, wenn ihr es nicht schon auswendig kennt.«

Fast alle konnten es, und als Schwester Wilson die erste Note anschlug, sangen sie mit. Ein tiefer maskuliner Grundton trug die Frauen und Kinder mit ihren zittrigen Sopranstimmen.

Elvis sang mit weit offenem Mund und gab sich Mühe, seine Stimme aus den anderen herauszuhören.

Prediger Bayley kam den Mittelgang hinunter und wischte dabei Staub von seinem Mantel. Als Schwester Wilson das letzte Amen beendete, stand er mit gefalteten Händen da, dann trat er in die Kanzel. »Verzeiht meine Verspätung«, sagte er, »aber euer Pastor wurde heute morgen von einem Ford Modell ›A‹ im Stich gelassen und mußte auf ein Maultier zurückgreifen.«

Gelächter huschte durch die Bankreihen. Elvis barg seinen Kopf in dem Schoß seiner Mutter.

Die heutige Predigt begann mit einer Bibelstelle aus dem ersten Buch Moses: Und Gott der Herr sprach etwas, und jemand erschrak, und er ließ ab von seinen Missetaten oder so ähnlich.

Bei Prediger Bayleys monotonem Geleier schweiften Elvis' Gedanken ab. Es war herrlich, auf dem weichen Schoß seiner Mutter zu liegen und die roten Knubbel und die Härchen auf den Nacken der in der Reihe vor ihnen sitzenden Leute zu betrachten. Er stieg aus der Bank empor, schwebte in der Luft und sah auf sich selbst hinab.

Schwester Wilson erweckte die gesamte Versammlung zu neuem Leben, als sie kraftvoll »Nimm den Namen Jesus mit dir« intonierte. Der Spendenteller machte sich auf den Weg und füllte sich mit Fünf- und Fünfundzwanzigcentmünzen sowie dem einen oder anderen zerknitterten Dollarschein. Gladys gab Elvis ein Zehncentstück zum Hineinlegen.

Nach einem abschließenden Gebet entließ der Prediger sie und nahm zum Händeschütteln an der Tür Aufstellung.

Gladys stand da und unterhielt sich mit ihrer älteren Schwester Christine, als hätten sie einander seit Jahren nicht gesehen. Onkel Johnny, Vester und Christines Mann Noah standen herum und rauchten mit den anderen Männern Zigaretten. Großpapa stand im Altarraum, die Hand auf die Schulter des Predigers gelegt, der nickte.

Gladys rief Elvis rüber und wischte über seinen Hosenboden. »Sieh mal, wie groß er wird, Christine.«

Tante Christine drückte seinen Arm. »Ich hab dich hinter mir singen hören, Elvis«, sagte sie. »Du singst wirklich schön.«

»Ja, das ist wirklich wahr«, sagte Gladys. »Wie ein Engel.«

Elvis errötete, wußte aber, daß es stimmte, und es war ein gutes Gefühl, sie das sagen zu hören.

»Ich geh jetzt besser, sonst dreht Noah noch durch«, sagte Christine. »Ich habe Kartoffelsalat gemacht. Bis später dann.«

Onkel Johnny ließ den Pickup an, und sie alle stiegen ein. Die Sonne versteckte sich hinter einer Wolke; Gladys legte fröstelnd den Arm um Elvis, als der Wagen auf die Hauptstraße holperte.

Elvis winkte einer farbigen Familie zu, die neben der Straße ging – zuerst der Daddy, gefolgt von der Mama und einer ganzen Reihe Kinder im Gänsemarsch und in weißer Sonntagskleidung.

»Satnin, in welche Kirche gehen sie?«

»Sie haben ihre eigene Kirche in Mount Zion.«

Der Wagen bog in die Saltillo Road ein. Gladys hielt eine

Hand ins Freie, Handfläche nach oben. »Mr. Jessie hatte recht. Es fängt an zu regnen.«

Die Tröpfchen fielen schneller. Alle zwängten sich aus dem Pickup und hasteten ins Haus.

Elvis ging in das kleine Zimmer neben der Küche und mühte sich mit seinem Hemd ab. Die Manschetten blieben an seinen Handgelenken hängen. Er stand da, die Hände hinter dem Rücken gefesselt, bis er herausfand, wie er einen Fuß auf seinen Hemdenschoß stellen und sich befreien konnte.

Regen trommelte auf das Dach. Elvis zog sich eine Latzhose und ein einfaches blaues Hemd an und ging über den Flur. Durch die Haustür sah er draußen auf der Veranda gerade noch ein Stückchen seiner Mutter. Er öffnete die Tür. Seine Mutter lag in den Armen eines großgewachsenen Mannes, der sie an sich zog, sie auf den Mund küßte.

Elvis erstarrte.

Sie waren so sehr miteinander beschäftigt, daß sie ihn nicht hörten. Vom Dach pladderte der Regen herab.

Er sah mit weitaufgerissenen Augen zu. Seltsame Blitzschläge durchfuhren ihn. Eigentlich müßte er sich auf den Mann stürzen und ihn von seiner Mutter wegprügeln...

Offenbar hatte er ein Geräusch gemacht. Gladys hörte auf zu küssen und drehte sich um. Sie zuckte zusammen, rang sich ein Lächeln ab. »Elvis. Erinnerst du dich noch an deinen Daddy?«

Der Mann zupfte an seiner Hose. Er war groß und hager wie auf seinem Foto, hatte große Ohren und eine starke, gutaussehende Kinnpartie. »Hallo, mein Sohn. Du bist wirklich groß geworden.« Er streckte beide Hände aus. Elvis blieb, wo er war.

»Laß ihm ein bißchen Zeit«, sagte seine Mutter. »Schatz, wir hätten dich nicht so erschrecken dürfen. Ist schon in Ordnung. Ihr werdet euch ganz schnell aneinander gewöhnen.«

Elvis stellte sich hinter sie. Seine Gedanken rasten. Das war der Mann auf dem Foto. Der Mann aus den Briefen.

»Erinnerst du dich nicht mehr an mich, Junge? Wahrscheinlich nicht.« Er hatte traurige, freundliche Augen, aber etwas hielt Elvis zurück.

Sein Vater sagte: »Na ja. Was hältste davon, wenn wir uns die Familie mal näher ansehen. Verdammt, ich bin zu Hause!« Er schlug mit der Hand gegen die Tür.

Gladys lachte, umarmte ihn von hinten. »Das kann man wohl sagen. Ich glaub's einfach nicht. Du bist wirklich zu Hause.«

Lachend traten sie ein und riefen den anderen etwas zu. Elvis blieb auf der Veranda und sah in den Regen hinaus.

Er hatte von seinem Daddy geträumt, um seinen Daddy geweint, sich nach ihm gesehnt, und auf einmal tauchte dieser große fremde Mann hier auf. Elvis hatte Angst. Wie lange mochte dieser Mann hierbleiben? Was gab ihm das Recht, Elvis' Mutter so zu küssen?

Er öffnete die Tür. Alle schrien und lachten und klopften dem Mann auf den Rücken, umarmten ihn, riefen Dodger herbei, Vester, sieh mal, es ist Vernon, er ist wieder da, gelobt sei der Herr!

Der Mann umarmte jeden.

Elvis schob sich ins Haus, um die Aufregung herum.

Sein Vater entdeckte ihn, lachte und packte ihn mit starken Händen. »Seht euch diesen Jungen an, Leute! Hab ich nicht den tollsten Jungen in Mississippi?« Er riß Elvis hoch in die Luft und auf seine Hüfte.

Elvis rückte sich zurecht, atmete die väterlichen Ausdünstungen von Schweiß und Zigarettenrauch ein. Seine Mutter sah so glücklich aus, aber warum weinte sie dann? Elvis vergrub das Gesicht im Hemd seines Vaters und fing auch an zu weinen.

Aus irgendeinem Grund brachte das alle zum Lachen.

6

Der andere Junge kam auf einem Mondstrahl herbei. Seine silbrige Stimme brachte Elvis dazu, sich in seinem Kinderbettchen kerzengerade aufzusetzen.

Schau in den Spiegel.

Elvis senkte seine nackten Füße vorsichtig auf den Boden.

Seine Mama und sein Daddy schnauften und schnieften im Himmelbett.

Elvis schlich sich den Flur entlang ins Wohnzimmer. Ein Strahl Mondlicht fiel durch das Fenster, wurde von dem ovalen Spiegel reflektiert und füllte das Zimmer mit fahlem Leuchten.

Elvis betrachtete seine aus dem Nachthemd herausragenden dürren Beinchen, die wirren Haare.

Er drückte eine Hand auf das kühle silbrige Glas. Die Hand des anderen Jungen streckte sich ihr entgegen.

Elvis lächelte. Der andere Junge lächelte.

Der andere Junge war genau wie Elvis, sah man von den merkwürdigen Dingen ab, die er Elvis ins Ohr flüsterte.

Du mußt jetzt allein schlafen.

Elvis sagte: »Ich bin ein großer Junge.«

Es ist ungerecht. Im Bett ist jede Menge Platz für alle. Du könntest dich weit hinten in die Ecke verdrücken, dann würdste kaum Platz wegnehmen.

»Ich darf nicht«, sagte Elvis.

Es ist kalt, wenn du allein da drüben liegst. Und wenn du einen Alptraum hast?

Die Stimme war schwach, doch in der Stille des Wohnzimmers hörte Elvis ihren Hall. Er wußte, daß sie aus dem Inneren seines Kopfes stammen mußte, aber seine eigene Stimme war es nicht. Sie sagte Dinge, die er nie zu sagen gewagt hätte. Sie erzählte ihm Dinge, die er gar nicht wußte.

Gähnend schlang er seine Arme um sich.

Alles war besser, als nur du und Mama und ich zusammen waren. Da hat sie dich immer geliebt.

»Ich bin müde«, sagte Elvis.

Du kannst zu ihnen ins Bett kriechen. Das merken sie gar nicht. Du kannst dich in eine kleine Ecke vom Bett quetschen.

Elvis dachte darüber nach. Vielleicht sagte sein Vater: Geh wieder zurück ins Kinderbett, dann ginge er eben zurück ins Kinderbett. Er schlich über den Flur in ihr Zimmer, zur Längsseite ihres Bettes. Er hob den Rand der Bettdecke gerade so weit an, daß er drunterkriechen konnte.

Er schmiegte sich an das angewinkelte Bein seiner Mutter. Ihre Wärme sickerte in die Matratze und wärmte die Laken. Mit einem Seufzen streckte sie die Hand nach unten. Ihre Finger schliefen in seinen Haaren ein.

7

Alle brauchten eine ganze Weile, um sich an Vernon zu gewöhnen. Sobald er zur Tür hereinkam, war er da. Neun Monate lang spielte er in seinem Bademantel Solitär, rauchte Zigaretten und ging gelegentlich Mr. Bobo in der Eisenwarenhandlung zur Hand. In seiner Freizeit brachte er Elvis bei, wie man einen Baseball fängt, und erzählte ihm Geschichten, die er im Gefängnis gehört hatte. »Sohn, daß du ja nie da reinkommst«, sagte er dann gewöhnlich. »Es ist zu verflucht schwer, wieder rauszukommen.«

Gladys arbeitete sechs Tage die Woche in der Hemdenfabrik. Sie war so froh, Vernon wieder zu Hause zu haben, daß sie ihm nicht wegen einer Arbeitsstelle oder einem eigenen Haus in den Ohren liegen wollte.

Elvis, seine Mama und sein Daddy waren jetzt wie jede Familie. Sie hatten einander lieb. Sie sangen gemeinsam in der Kirche. Mit etwas Anleitung durch Vernon begann Elvis, sich Wörter aus dem Gesangbuch anzueignen. Gegen Ende des Sommers las er die Frühstücksflockenschachtel und den Dick-Tracy-Comic in der Zeitung.

Elvis beobachtete seinen Vater beim Rasieren und Schlafen; er merkte, wie sich seine Hände bewegten und wie sich sein Lachen explosionsartig löste. Er beobachtete, wie die Blicke seines Vaters seiner Mutter durch das Zimmer folgten.

Eines Morgens bekam er zum erstenmal seinen nackten Vater zu sehen. Er war entsetzt über den Anblick der knubbeligen rosa Schlange, die zwischen den vielen Haaren baumelte. Eine Zeitlang stellte er sich vor, sie sei auf irgendeine schreckliche Mißbildung zurückzuführen.

Im September darauf machte sich Elvis zum erstenmal auf den Schulweg. Seine Mutter brachte ihn bis zur Tür. Elvis roch saubere Kleidung, neue Buntstifte, unangespitzte Bleistifte. Eine nette Dame in einem roten Kleid steckte ihm ein Namensschild ans Hemd und sorgte dafür, daß er sich in eine Schlange ängstlicher Jungen und Mädchen einreihte.

Die Dame sagte: »Hier entlang, Klasse«, und führte sie in einen Raum mit großen Fenstern und Reihen von Stühlen, an denen kleine Tische befestigt waren. Sie hielt ihnen eine Rede über Betragen und holte dann ein paar Holztiere, mit denen sie spielen sollten. Später mußten sich alle auf einen Baumwollteppich legen und ein Nickerchen machen. Niemand schlief.

Elvis gefiel es in der Schule. Es machte Spaß, den lieben langen Tag mit richtigen Kindern spielen zu können. Er hörte der Lehrerin zwar nicht immer zu, doch das Singen und die Spiele gefielen ihm – besonders »Der Kaiser schickt Soldaten aus«, da er herausgefunden hatte, daß er immer die Reihe durchbrechen konnte, wenn er es zwischen zwei Mädchen versuchte.

In diesem Jahr bat er den Weihnachtsmann um ein Schwesterchen. Statt dessen bekam er ein Päckchen Wunderkerzen und ein Windrad aus Glanzpapier an einem Stab.

Am nächsten Tag zog sich sein Vater gute Kleidung an, packte den Koffer und verkündete, er fahre nach Memphis, um Arbeit zu suchen. »Hier brauche ich mir keine Hoffnungen zu machen«, sagte er. »Dank Wilbur Dees komme ich hier auf keinen grünen Zweig mehr.«

Gladys' Augen glänzten vor Tränen. »Du bist doch erst seit kurzem wieder hier, Vernon. Du kannst nicht verschwinden und uns wieder allein lassen.«

»Süße, hier unten kennt mich jeder« , sagte er. »Ich bin vorbestraft, klar? Ich kann nicht zum Militär. Aber in den Rüstungsfabriken in Memphis nehmen sie jeden. Da krieg ich was, das weiß ich.« Nach langem Schweigen sagte Gladys: »Vielleicht hast du recht. Ist vermutlich besser als Gefängnis.«

»Da oben zahlen sie gutes Geld. Ich hol uns hier raus, Gladys. Wart's nur ab.«

Elvis blieb in der Tür stehen. Ihm tat es nicht leid, daß sein Daddy wegging. Er hatte seine Mutter gern für sich allein.

Vernon tätschelte ihm den Kopf und küßte Gladys. »Alles Gute.« Er knöpfte seinen Mantel zu, ging zur Hauptstraße, hielt den Daumen hoch.

Aus dem Garten hinter dem Haus sahen Elvis und Gladys zu, wie ein großer schwarzer Dodge anhielt. Vernon winkte zum Abschied und stieg ein.

In derselben Nacht erzählte der Spiegel Elvis, seine schlimmen Gedanken hätten seinen Daddy aus dem Haus gedrängt. Elvis lief auf sein Zimmer, drückte das Gesicht ins Kissen und weinte, bis sein Hals weh tat.

Danach unterhielt er sich häufiger mit seinem heimlichen Freund. Die silbrige Stimme sagte ihm Dinge, die er tun sollte – böse Dinge wie Salz in die Zuckerdose kippen oder genau dann gegen die Wand des Hühnerstalls klopfen, wenn die Hennen einschliefen. Jedesmal, wenn Elvis sich so etwas traute, wurde er erwischt und mußte sich am Ende auf einen Stuhl in die Ecke setzen.

Der Spiegel sagte, es sei nur eine Frage der Zeit, bis Elvis erwachsen sei, und dann könne ihm keiner irgendwas verbieten.

Vernon wischte Fußböden in einer Flugzeugfabrik in West Memphis. Freitags kam er fast immer nach Hause, erschöpft, aber bepackt mit neuem Geld, einer Tüte Pfefferminzstangen und Geschichten von seinem Leben in Memphis: über die ausgeflippten Typen in seiner Pension, die alten Bluessänger an den Rinnsteinen der Beale Street, den sanft dahinfließenden Strom. Die geschäftige Stadt.

An diesen Abenden, nachdem Vernon sein Bad genommen hatte und sie um den Tisch herum saßen und zu Abend aßen, sah Gladys immer am glücklichsten aus. Eines Freitags erzählte sie ihnen, was sie einmal geträumt hatte: daß sie in ihrem eigenen Häuschen wohnten, mit grünen Fensterläden und Blumen im Garten.

Drei Wochen später bekam Vernon eine Lohnerhöhung, und sie zogen zwei Straßen weiter, in die Kelly Street. Das Haus hatte zwar keine Fensterläden, doch Gladys behauptete, es sei das Haus aus ihrem Traum. Es hatte vier hübsche Zimmer, gelbe Blumen im Garten und einen baufälligen Schuppen, in dem Elvis spielte und wo sich sein Freund verstecken konnte.

Ein Sommer verging und noch einer.

Gladys hatte die Vision, sie würden in einer Lotterie ein Rundfunkgerät gewinnen, aber das geschah nicht.

Vernon verlor seine Arbeit in der Rüstungsfabrik, kam nach Hause, fand Arbeit in einem Sägewerk. Nie hatten sie Geld.

In dem Jahr, als Elvis neun wurde, verletzte er sich die Lippe, als er auf dem Schulhof beim Baseball am dritten Mal in Elmer Russells Daumen rutschte. Die Deutschen kapitulierten. Der Präsident starb. Der neue Präsident warf eine große Bombe auf Japan. Die Japse gaben auf. Allwöchentlich fand in Tupelo eine Parade für einen heimkehrenden Helden statt. Vernon verlor seine Arbeit im Sägewerk.

Eines Nachts hörte Elvis aus der Küche aufgeregte Stimmen. Er stahl sich zur Tür. Sie stand einen Spaltbreit offen. Vernon stützte sein Kinn in beide Hände.

Gladys saß da und sah in die andere Richtung. »Du mußt etwas tun«, sagte sie. »Ich kann nicht alle Entscheidungen treffen. Du mußt Arbeit finden. Sie haben mich auf eine halbe Stelle gesetzt. Wir können die Miete nicht zahlen.«

Vernon seufzte. »Wir kommen einfach auf keinen grünen Zweig.«

»Nicht wenn du den ganzen Tag lang hier herumlungerst und mit Elvis Fangen spielst« , entgegnete Gladys, »statt ein gutes Beispiel zu geben.«

»Ach, laß mich doch in Ruhe«, sagte er.

»Sei froh, daß ich das nicht tue« – jetzt geriet sie erst richtig in Rage –, »wenn wir nämlich bis Freitag nicht zweiundsechzig Dollar auftreiben, bin ich das einzige, was dir auf dieser Welt noch bleibt. Dann sitzen wir nämlich auf der Straße.«

Vernon schaute auf. »Ich suche uns eine billigere Bleibe.«

Er fand ein Haus an der Berry Street für zwanzig Dollar

Miete im Monat, fünfzehn Dollar mehr, als es wert war. Elvis und seine Mutter starrten es aus dem Hof an. Die Fensterscheiben waren kaputt, das Verandadach eingestürzt. Die Bäume hatte der Vormieter als Feuerholz benutzt und gefällt.

Vernon ignorierte ihren Gesichtsausdruck. »Das reparieren wir«, sagte er und stieß die Tür auf, um zu zeigen, wie gut sie funktionierte.

Sie transportierten ihre Habe in Johnnys Pickup. Gladys pappte Zeitungen über die Fenster, schrubbte die Fußböden, zerstäubte Flit in der Luft und gab sich Elvis zuliebe demonstrativ fröhlich.

Elvis rümpfte die Nase. »Hier drin stinkt's.«

»Das kommt vom Insektenspray.«

»Warum müssen wir hier wohnen?« Er kannte den Grund, aber irgend etwas Boshaftes in ihm ließ ihn diese Frage stellen.

»Was glaubst du denn? Weil wir arm sind. Leg die Kissen da drüben hin.«

Er schlängelte sich durch das Kartonchaos. »Niemand ist so arm wie wir, hm, Mama?«

»Immerhin haben wir ein Dach überm Kopf.« Gladys musterte ein Loch in der Zimmerdecke. »Du kannst an jedem beliebigen Abend runter zu den Bahngleisen gehen und Leute finden, denen es schlechter geht als uns.«

Gladys erzählte Elvis immer, er könne werden, was immer er wollte. Sie sagte, er sei mit dem Glück für zwei bedacht worden – mit dem Talent, dem Schicksal und dem Glück seines Zwillingsbruders und seinem eigenen.

»Manchmal glaube ich, du hast auch noch das Glück deines Vaters abbekommen« , sagte sie, nachdem Vernon bei Wilsons chemischer Reinigung gekündigt worden war. »Der arme Mann hat *nie* welches.«

Elvis hatte einen so echten Traum, daß er schweißgebadet aufwachte: Sein Vater rannte ständig in ein brennendes Haus hinein und wieder raus und versuchte, die Möbel zu retten.

Er behielt seinen Alptraum für sich. Er war sich bewußt, daß er anders als andere Jungen aussah. Er hatte ein fast zu hübsches Gesicht: Sein zarter Mund, die langen Wimpern sahen aus wie die eines Mädchens. Er betrachtete sich stundenlang im Spiegel.

Er war Gladys' Junge, war es seit seinem ersten Atemzug auf Erden gewesen. Sie sagte ihm, wann er aufstehen, was er anziehen, wie er essen, wie er sich benehmen, was er sagen sollte, wenn ein Erwachsener mit ihm sprach, und was man sonst noch so wissen mußte.

Er mochte die kleinen goldenen Flecken in ihren graugrünen Augen; ihre Augen lächelten ihn immer an, auch wenn ihr Mund es nicht tat. Sie hatte die Angewohnheit, ihr Gesicht in eine Hand zu legen, die Welt von der Seite zu betrachten. Sie hatte weiches, glattes Haar von der Farbe eines neuen Kupferpennys, das sie mit einem weißen Satinband zu einem Pferdeschwanz bändigte. Sie ging mit straffen Schultern, das Kinn emporgereckt, mit schwingendem Pferdeschwanz, und hielt rechts und links nach jemandem Ausschau, der Elvis Schaden zufügen könnte.

Eines Tages kam ein großer Junge in den Garten, wo Elvis mit seinem Kipper und Dodgers Kelle einen ganzen Vormittag damit zugebracht hatte, ein Netz von Spielzeugstraßen in den Sand zu buddeln. Der Junge hatte böse Augen, und aus seiner Nase lief Rotz. Völlig grundlos nahm er Elvis den Kipper weg und trat Löcher in seine Straßen. Elvis hockte sich in den Sand und fing an zu weinen. Der Junge schrie »Heulsuse!« und stapfte Elvis' Phantasiestadt zu einem großen Haufen nutzlosen Sands zusammen.

Etwa zu diesem Zeitpunkt kam Gladys aus der Tür gestürmt und brüllte: »Komm her zu mir, du Rüpel du!« Und ehe sich der Junge aufraffen konnte, das Weite zu suchen, lief sie quer durch den Garten, packte ihn an einem Ohr, zwang ihn so, sich zu bücken, und versohlte ihm mit der freien Hand das Hinterteil, prügelte ihn den ganzen Weg bis zur Straße hinunter. »Und laß dich von mir bloß *nie wieder* in *meinem* Garten erwischen!« O-beinig machte sich der Junge aus dem Staub, ohne sich noch einmal umzusehen.

Elvis wußte, daß andere Jungen ihren Müttern nicht so nahestanden, aber der Spiegel erzählte ihm, sie hätten halt nicht das Glück, eine Mutter zu haben, die sich jede Minute um sie sorgte und kümmerte. Als er den Jungen sagte, er dürfe nicht im Bach schwimmen, nannten sie ihn Muttersöhnchen. Er wurde ganz heiß im Gesicht und lief vor sich hin schimpfend nach Hause.

Diese Jungs brauchte er nicht. Seine Mutter war der einzige Mensch, den er brauchte... sonst keinen, nicht einmal seinen Daddy. Sein Daddy liebte Elvis, wenn er zu Hause war, aber das war gar nicht so oft.

Gladys verrenkte sich den Rücken und konnte vier Wochen lang nicht arbeiten. Elvis sah den Stapel ungeöffneter Rechnungen auf der Kommode immer höher werden und wußte, was das bedeutete.

Wenn jemand an die Tür klopfte, versteckten sich Gladys und Elvis hinter den Vorhängen, bis sich derjenige wieder in sein Auto setzte und wegfuhr.

Unter der Woche aßen sie Maiskuchen und Gemüse. Sonntags bei Großpapa schlug sich Elvis den Bauch so mit Hackbraten und Hefebrötchen voll, daß es eine Woche lang vorhielt. Tante Clettes machte jedesmal eine Bemerkung über seinen Appetit.

Im April zerriß er den Hosenboden seiner Schulhose. Gladys mußte sie mit einem grellgelben Garn flicken, das nicht einmal ansatzweise paßte. Die letzten Wochen der vierten Klasse schlich Elvis mit zur Wand gedrehtem Rücken durch die Gegend.

Eines Sommerabends lag er in der Nähe des Fensters und lauschte, wie seine Eltern redeten, wenn sie dachten, er schliefe. Ihre Stimmen klangen sanfter. Sie stritten sich viel weniger. Vernon erzählte Geschichten aus seiner Zeit in Memphis. Gladys hörte zu, lachte und betüttelte ihn.

Sie kamen Elvis wie andere Menschen vor. Er grübelte darüber nach, während er in den Schlaf glitt.

Die Stimme seines Vaters beendete einen schönen Traum: »Aufstehen, Sohn, wir müssen umziehen.«

Elvis schüttelte sich und wurde wach.

Es war tiefste Nacht. Vernon hatte seine blaue Arbeitshose an, kein Hemd, seinen zerschlissenen Bademantel. Eine Haarsträhne hing ihm in die Augen. »Keine Zeit für Erklärungen. Zieh dich bloß an. Dann lauf los und hilf deiner Mutter.« Er stolperte durch das Zimmer und sammelte Sachen in eine Kiste.

Elvis ging durch die Tür und stand vor seiner weinenden Mutter. Der Anblick ließ ihn erschauern. »Satnin, was ist los?«

»Nichts.« Sie bedeckte ihre Augen.

»Wohin fahren wir?«

Sie putzte sich mit einer Ecke des Lakens ihre Nase. »Zieh dich an. Wie können heute nacht nicht hier bleiben.«

Er zitterte in seiner Unterhose. »Nicht weinen«, sagte er.

Vernon steckte den Kopf durch die Tür. »Nun komm schon, Schatz.«

»Ich mach so schnell ich kann!« Gladys warf ihm einen bitterbösen Blick zu.

Elvis ging, Hose und Hemd anziehen.

Sein Vater kam mit dem Karton und einer Papiertüte herein. »Tu alle Klamotten aus deiner Schublade hier rein.«

»Warum weint Mama?«

Vernon setzte sich vorsichtig auf die Bettkante. »Nun ja, ich werd's dir verraten, Sohn. Sie hatte nicht erwartet, daß wir mitten in der Nacht umziehen müssen. Ich übrigens auch nicht.«

»Warum ziehen wir um?«

»Mr. Tyrell Banks will seine Miete, und ich habe sie nicht. Und jetzt geh deinem alten Dad zur Hand, okay?«

»Okay.« Elvis rieb sich die Augen.

Vernon stand auf und begab sich in die Küche.

Elvis packte seine Hemden und Strümpfe, Pfeilspitzen, Baseball und dazugehörigen Handschuh, Sonntagsschuhe und den Silberdollar, den ihm sein Großpapa zu seinem neunten Geburtstag geschenkt hatte. Der alte Mann hatte ihm gesagt, wenn er diesen Dollar nie aus der Hand gab – nie der Versuchung nachgab, ihn auszugeben –, würde er nie völlig pleite sein.

Elvis wußte, eigentlich müßte er den Dollar seinem Daddy geben, damit der ihn Mr. Tyrell Banks weitergab, aber er wollte sein letztes Geld nicht dem Mann geben, der seine Mama zum Weinen brachte.

Im Spiegel tauchte neben seinem Bild das seiner Mutter auf. »Mach schon, Schatz« , sagte sie, »Daddy ist draußen und läßt den Wagen an.«

»Ich will hier bleiben.« Elvis drehte sich um. »Mir gefällt dieses Haus.«

Gladys schaute zur Zimmerdecke hoch. »Gib mir Kraft«, seufzte sie. »Schatz, je schneller wir hier verschwinden, desto besser. Und jetzt komm.«

Mit Pappkartons und Papiertüten beladen, quälten sie sich die Treppe hinunter zum geöffneten Kofferraum des Plymouth. Die Sterne waren hinter Wolken verborgen. Die Luft war feucht und kühl.

Vernon saß am Steuer und ließ den Motor aufheulen.

»Nun mach mal halblang«, schrie Gladys. Sie stopfte die Tüten in den Kofferraum, schmiß die Kofferraumklappe zu und brachte Elvis zur Beifahrertür. »Setz dich hinten hin.«

Elvis fuhr am liebsten vorne, hütete sich aber, zu widersprechen, wenn die Stimme seiner Mutter so schneidend klang. Er quetschte sich auf die Rückbank und hoffte, daß sein Vater auch nicht widersprach.

»Ade und nichts wie weg.« Vernon wirkte beinahe vergnügt. »Ich bin ganz deiner Meinung, Gladys. Wir haben in etlichen gräßlichen Löchern gehaust, aber das hier war das schlimmste. Überall sonst kann's nur besser sein. Sogar wenn wir bei den Eltern einziehen.«

Sie warf ihre Tür zu. »Wir können nicht mitten in der Nacht da einfallen.«

»Da hast du recht.« Vernon gähnte, drückte mit dem Fuß auf das Gaspedal.

»Mach nicht so ’n Krach. Du weckst noch die Nachbarn auf.«

»Das sind nicht mehr unsere Nachbarn«, entgegnete Vernon.

Gladys sah ihn lange an und brach dann in Gelächter aus. Vernon stimmte ein.

Elvis wußte, daß sie beide den Verstand verloren hatten.

Der Plymouth knatterte den Hügel hinunter. Am Fuß der Auffahrt stand ein Pickup-Truck, der Motor im Leerlauf, Scheinwerfer an, im Fahrerfenster stützte sich ein fleischiger Arm auf.

»Da ist er«, hauchte Vernon.

Als sie vorbeifuhren, steckte Gladys den Kopf aus dem Fenster und schrie: »Tyrell Banks, du Drecksack!«

Elvis sackte tiefer in seinen Sitz, wie vom Donner gerührt. Er hätte nie gedacht, daß solche Worte über die Lippen seiner Mutter kommen konnten.

Sie brüllte vor Lachen, und Vernon lachte auch.

Wie konnten sie nur lachen? Schämten sie sich nicht, arm zu sein?

Elvis schämte und fürchtete sich. Wohin fuhren sie jetzt? Wie konnten sie Frühstück oder Mittagessen kaufen? Wo sollten sie schlafen? In welche Schule sollte er gehen?

»Ihr weckt noch alle *auf!«* rief er.

Gladys hörte auf zu lachen. Sie drehte sich um und sah ihn an. »Wir werden noch alle aufwecken«, sagte sie zu Vernon.

»Teufel auch, warum eigentlich nicht!« brüllte Vernon aus dem Fenster. »Wacht auf! Wacht auf! Huhuu! Die Presleys machen sich aus dem Staub!« und dazu hupte er. »Kopf hoch, Sohn. Es könnte schlimmer sein.«

»Recht hat er, Elvis«, sagte seine Mutter. »Wir sind alle zusammen, und wir haben unser Auto...«

»Wir haben nicht mal ein Dach über dem Kopf.« Elvis war nicht bereit, glücklich zu sein, und wenn sie sich noch so große Mühe gaben. Alles war zu verwirrend, dieser aufgesetzte Frohsinn, den sie vortäuschten, um ihn an der Nase herumzuführen.

Sie fuhren durch die leeren Straßen Tupelos. Das einzige Licht stammte von der Leuchtreklame des Paramount-Kinos.

Gladys musterte Elvis über ihre Rückenlehne hinweg. »Weißt du«, sagte sie, »deine Großmutter Doll hat immer gesagt, Lachen ist besser als Weinen. Manchmal steckt fast dasselbe Gefühl dahinter.«

»Ein Dach über dem Kopf« , wiederholte Vernon. »Das hat er von dir, Gladys.«

»Er hat bloß Angst«, sagte sie. »Elvis. Hör mir zu. Du mußt dir keine Sorgen machen. Wir finden schon was Neues.«

Vernon sagte: »Es gibt immer noch das Whispering Pines.«

»Da bringst du dieses Kind nicht hin.«

»Och, Schatz, warum denn nicht? Es ist billig.«

»Genau wie alle, die dort absteigen«, entgegnete sie.

»Sieh's doch mal so. Wahrscheinlich sind wir das erste Ehepaar, das sie da je gesehen haben. Vielleicht *geben* sie uns ja ein Zimmer.«

Er bog von der alten Landstraße nach Oxford rechts ab.

Auf dem Schild des Whispering Pines Touristenhotels sah man einen blauen, blinzelnden Neonmann im Mond. Die Zimmer waren so angeordnet, daß Gäste direkt vor ihren Türen parken konnten. Vor fast jeder Tür stand ein Auto.

»Heute nacht ist der Bär los«, sagte Vernon und stellte den Motor ab. »Bleibt hier. Haltet die Augen offen. Man kann nie wissen, wen ihr zu sehen bekommt.« Er stieg aus und klingelte an der mit »BÜRO« beschrifteten Tür. Umgehend wurde dahinter Licht gemacht, und ein Mann in einem Hawaiihemd tauchte auf.

»Elvis, aufrecht hinsetzen, damit er dich sehen kann«, sagte Gladys.

Vernon plauderte und deutete in Richtung Auto. Der Mann beugte sich um den Türpfosten, um besser sehen zu können.

Kurz darauf kam Vernon mit einem Schlüssel zurück. »Tolle Sache, es ist noch Raum in der Herberge«, verkündete er und ließ den Motor an. »Drei Dollar. Wir haben es zum halben Preis bekommen.«

Elvis folgte seinem Vater in das Zimmer Nummer acht. Es war nicht größer als ihr altes Zimmer neben Großpapas Küche,

Decke und Wände aus glänzender gelber Kiefer, von dunklen Stellen und Ästen durchsetzt. Es gab ein Doppelbett, einen Stuhl, und auf der Frisierkommode stand ein elfenbeinfarbenes Radio.

Gladys ging an die Tür. »O Vernon, es ist sogar dasselbe Zimmer«, hauchte sie.

»Keine Ahnung, wie du das noch wissen kannst. Es ist schon lange her.« Vernon knipste die Badezimmerlampe an. »Die sehen doch alle gleich aus.«

Elvis sah sich die Lampe an, einen Gipscowboy auf einem bockenden Mustang. »Haben wir hier schon mal übernachtet?«

»Dein Vater und ich, einmal«, antwortete seine Mutter mit einem kleinen geheimnisvollen Lächeln. »Da warst du noch nicht mal auf der Welt.«

Elvis schaltete das Radio an. Atmosphärische Störungen. Er drehte am Stationsknopf. Als erstes deutliches Signal hörte er das Gitarrengeklimper und die klagende Stimme eines alten Mannes.

»Stell es lauter«, sagte Gladys und schloß die Tür. »Das ist Red Foley.«

Im Hintergrund machte sich ein Quartett von Sängern bemerkbar. Red Foley sang, als müsse er gleich weinen.

When I was no more than a towheaded boy
I found an old hound dog named Blue
He followed me home from the churchhouse one day
His eyes said: »I'm the dog for you«

Gladys wandte sich ab und zog sich das weiße Baumwollnachthemd über den Kopf.

Elvis ließ sich im Schneidersitz auf den Boden sinken. Red Foleys Stimme klang dünn und schrill; Elvis stellte ihn sich grobknochig und zottelig vor, ein bißchen wie Onkel Johnny, mit traurigen Augen und einer Lücke zwischen den Vorderzähnen.

We played in the fields and we swam in the streams
We did the things boys and dogs do
If ever a lad had a friend in the world
Let me tell you, son, I had Old Blue

Red erzählte seine traurige Geschichte mit einfachen Worten, die jeder verstand. In den Texten aller Songs, die Elvis je im Radio gehört hatte, kam dauernd irgendwas mit Liebe vor, die ihn kaltließ – aber diese Geschichte hätte genausogut ihm zustoßen können.

The end of the day, we were running for home
That snake meant to strike out at me
I just didn't see it, it happened so fast
Old Blue laid his head on my knee

Elvis stellte sich einen rothaarigen, langohrigen Hund vor, wie er mit unergründlichen und fragenden Augen zu seinem Herrchen aufsah. Zu seiner Überraschung merkte er, wie sich in seinem Hals ein Trauerkloß bildete.

Die Tragödie nahm ihren Lauf. Zwischen den Strophen schob sich das Quartett mit seinem Uu-III-uuu in den Vordergrund. Der Gitarrist zupfte eine kleine Melodie und ließ in dieser Zeit die Worte wirken.

Elvis wurde immer trauriger. Der alte Blue war Joes bester Freund. Seine Zeit war gekommen. Und Joe mußte die schreckliche Tat eigenhändig erledigen.

Vernon war gerade auf dem Weg ins Bad und verdrehte die Augen. Das war Elvis egal. Sollte er sich lustig machen. Er wußte nicht, was für ein Gefühl es war, traurig zu sein. Er hörte ja nicht, wie Elvis' Herz pochte, was der Reiz dieses Liedes, seine liebliche Melancholie bewirkten. Elvis vergrub sich im Bettvorleger. Und da hatte er geglaubt, sein Leben sei schwer... ihn würde niemand dazu bringen, seinen Hund zu erschießen.

Elvis lauschte mit seinem ganzen Körper, als bekäme er überall neue Ohren. Die Worte, der klagende Tonfall, die wehmütige

Gitarre – alles vereinte sich zu einem düsteren köstlichen Gefühl.

Well the rest of my life has been hard, in a way
I'm weary, the river is wide
But I know I'll be happy in heaven one day
When I have Old Blue by my side

Elvis saß mit offenem Mund da. Noch nie in seinem Leben hatte er so ein Lied gehört, das seine ganze traurige Geschichte in ein paar Minuten erzählte, und dann war es vorbei, pling, pling, tschüs, Blue. Am liebsten hätte er geweint. Er wollte das Lied noch mal hören.

Er starrte das Radio an. Wie konnte ein Radio so ein Gefühl in ihm auslösen?

Der arme Joe hatte keinen Hund. Elvis hatte kein Dach über dem Kopf. Die Welt ist so ungerecht zu Jungen, die versuchen, brav zu sein.

Seine Mutter streckte sich auf dem Bett aus. »Gefällt dir das Lied, Schatz?«

Elvis nickte. Er traute sich nicht zu sprechen, weil er womöglich in Tränen ausbrechen könnte, und dafür war er zu alt.

»Mir gefällt es auch. Nimm dir diese Kissen und mach dir hier vorn ein Lager.«

Vernon kam aus dem Bad und zog seine Hose aus. Er bückte sich, half Elvis, die Decken auf dem Fußboden auszubreiten. »Dieser Bettvorleger müßte weich genug sein, Sohn«, sagte er und streckte die Hand aus, um Elvis über die Haare zu streichen. Elvis zuckte zurück. Er wollte sich von seinem Vater nicht berühren lassen. Er legte sich auf den Boden und zog das Kissen über seinen Kopf.

Vernon ließ sich aufs Bett fallen. »Morgen früh sieht alles freundlicher aus«, sagte er, als er das Licht ausschaltete.

Das Bett quietschte, während sich die beiden zurechtlegten. Draußen knallten Autotüren. Ein Haufen lachender Leute ließ sich mächtig viel Zeit, ihre Zimmer aufzusuchen.

»Doll würde sterben, wenn sie uns hier sehen könnte«, sagte Gladys im Dunkeln.

»Das hast du beim letztenmal auch gesagt«, entgegnete Vernon.

Elvis drehte sich um. Er lag mit den Händen hinter dem Kopf da und beobachtete durch die Jalousien das Spiel der Schatten. Er trauerte um den alten Blue und um den Jungen, der ihn geliebt hatte.

8

Vor Sonnenaufgang ließ ein Auto nach dem anderen den Motor an und verließ das Whispering Pines. Elvis hockte neben dem Fenster auf dem Boden und sah zu. Er hatte nur eine oder zwei Stunden geschlafen, ehe ihn der Hunger und das Ungewohnte der Unterkunft weckten.

Der Fußboden war hart. Der Bettvorleger roch eigenartig. Elvis' Magen war eine leere Höhle. Mit dem Finger zog er eine Lamelle der Jalousie herunter. Der blaue Neonmann im Mond blinzelte, und sein breites anzügliches Grinsen war Elvis unangenehm.

Er versuchte, sich zwischen seine Mama und seinen Daddy zu quetschen, doch die beiden fielen auch so schon fast vom Bett. Vernon schob ihn knurrend weg.

Elvis ging ins Bad, knipste das Licht an. Die strahlend weißen Fliesen blendeten ihn. Er schloß seine Augen, bis sie sich an die Helligkeit gewöhnt hatten.

Über dem Waschbecken hing ein kaputter Spiegel.

Elvis kletterte auf den Badewannenrand und betrachtete sich mit zusammengekniffenen Augen. »Bist du da?« flüsterte er.

Wohin du auch gehst.

»Man hat uns aus unserem Haus geworfen. Ich muß auf dem Fußboden schlafen.«

Mama wollte nicht hierherkommen. Sie ist klüger als Daddy. Soviel weißt du jetzt.

»Er hat überhaupt kein Glück«, sagte Elvis. Das war die Lieblingserklärung seiner Mutter.

Hat er sich wenigstens geschämt? Nein. Witze hat er darüber gemacht.

»Er hat versucht, uns aufzuheitern.«

Du solltest ihm mal eine Lehre erteilen. Großpapas Haus ist nicht weit entfernt. Die Straße runter und über die Bahngleise. Du könntest hingehen und ein Häppchen essen. Erdnußbutter und Kräcker. Das ist nicht Weglaufen. Wenn sie aufwachen, wird ihnen leid tun, was sie dir angetan haben.

»Sie werden wütend sein.« Elvis steckte sich zwei Finger in den Mund und zog die Wangen auseinander, äffte gräßlich nach, wie wütend sie sein würden.

Du würdest nicht von zu Hause fortlaufen. Du hast doch gar kein Zuhause.

»Ich weiß nicht...«

Vielleicht wären sie sogar froh drüber, einen Mund weniger stopfen zu müssen.

»Nein, das wären sie nicht.«

So könntest du es jedenfalls rausfinden.

Elvis stieg von der Badewanne herunter.

Die Idee machte ihn ganz kribbelig. Etwas so Aufsässiges und Gefährliches hatte er noch nie gemacht. Er könnte ihnen zeigen, daß er nicht nur ein Hund war, den sie mitten in der Nacht mit sich zerren und zum Schlafen auf den Fußboden legen konnten.

Manchmal machte er, was ihm der Spiegel sagte, obwohl er *wußte,* daß es falsch war. Vor Aufregung spürte er ganz hinten im Hals ein Kratzen, was ihm verriet, daß es wieder soweit war.

Er knipste das Licht aus, schlich in das Zimmer, wo seine Eltern schliefen, und zog sich leise an. Er ging weg. Nicht weit – nur zu Großpapas Haus –, aber er ging.

Er öffnete die Tür einen Spaltweit. Ein Lichtstrahl wanderte über das Bett seiner Eltern. Sie rührten sich nicht.

Leise schloß er die Tür. Vernons Plymouth war der letzte Wagen auf dem Parkplatz. In einem blühenden Baum lachte eine

Spottdrossel. Die Morgendämmerung färbte alles grau, nur den glänzendblauen Mann im Mond nicht.

Elvis stapfte durch ein unkrautüberwuchertes Stück Land zur Straße.

Er stellte sich vor, wie seine Mutter da drüben aufwachte und merkte, daß er verschwunden war. In ihrem Nachthemd würde sie auf der Suche nach ihm bis zur Straße hinunterlaufen.

Wenn er sich jetzt wieder zurückschlich und auf seinen Platz legte, würde sie es nie erfahren.

Muttersöhnchen.

Er straffte die Schultern und ging schnell, bis er vom Whispering Pines aus nicht mehr zu sehen war.

Das Wummern der Lastwagen auf der Fernstraße war weiter weg als vermutet. Eichelhäher schnatterten und sprangen durch die Bäume. Elvis ging immer weiter und zählte sich murmelnd seine Kränkungen auf.

Die Sonne stieg am Himmel empor und färbte die Gräben neben der Straße rosa.

Schließlich erreichte er das hohe Gras an der Böschung der Fernstraße nach Birmingham. Er hielt nach irgend etwas Ausschau, das ihm zeigen würde, wohin er gehen mußte. Das einzige Zeichen war ein von wilden Weinranken bewachsener Mann im Mond, der in Richtung Whispering Pines blickte. Ihm schien es, als erstreckten sich der Wald und das schwarze Band der Straße endlos in beide Richtungen.

Drei Autos brausten vorbei, auf die aufgehende Sonne zu. Elvis folgte ihnen.

Eine Zeitlang blieb er am Straßenrand, doch der Verkehr raste so dicht und so schnell vorüber, daß er sich unten im Graben vorankämpfte. Dann wurde aus dem Graben ein Sumpf, und er mußte es wieder darauf ankommen lassen und den Seitenstreifen benutzen.

Ein Müllwagen brauste vorbei und wirbelte eine Kies- und Staubfahne auf.

Elvis verlor den Halt und stolperte die Böschung hinab in den knöcheltiefen Schlamm.

Dieser Plan haute nicht hin.

Er kraxelte die gegenüberliegende Böschung hoch auf die Bahngleise. In seinen Schuhen schwappte es.

Er machte sich auf den Weg, die Schienen entlang, und summte die Melodie von »Old Blue«, während er von einer Schwelle zur anderen hüpfte. Sobald er den Dreh raushatte, wie man mit einem Sprung zwei Schwellen überwand, kam er ziemlich gut voran. Richtig gut voran kam er in dem Moment, als ihn der gellende Pfiff einer Zugpfeife senkrecht in die Luft springen ließ.

Er landete auf einem Knie, drehte sich um und blickte in das grell leuchtende Auge eines Zuges.

Er kletterte vom Bahndamm hinunter, durch den Graben und die gegenüberliegende Böschung hinauf.

Der Zug donnerte vorbei, daß die Erde bebte und die Luft von seiner Pfeife erzitterte, groß und schwer und rasend schnell genug, um alles auszulöschen, was ihm unter die Räder kommen mochte.

Elvis wartete lange, bis die Erde nicht mehr bebte. Er riß sich von einer Brombeerranke los und ging benommen wieder die Fernstraße entlang.

Die Straße erstreckte sich glänzend zum Horizont. Wie ein schlechtes Omen flatterte ein Krähenschwarm über einem Bohnenfeld.

Elvis beschloß zu beten. Das hatten sie in der Sonntagsschule gesagt: Bete um Hilfe, wenn du in Schwierigkeiten bist. Er schloß die Augen. Er mußte sich überwinden, um Rettung aus Schwierigkeiten zu erbitten, die er sich selbst zuzuschreiben hatte, aber er tat es.

Er stellte sich vor, Gott werde ihm sagen, er solle einfach ins Whispering Pines zurückgehen und diese Torheit beenden.

Ein großer Lastwagen näherte sich polternd mit quietschenden Bremsen.

Elvis öffnete die Augen. Kein Lastwagen, ein blauer Klapperkasten von einem Bus, auf dessen Seite stand:

Bus der African Methodist Episcopal Church von Greater Mount Zion (Lobet den Herrn)

Der Bus hielt an. Die Tür schlug auf. Der hinter dem Lenkrad sitzende große, schwere Neger in einem weißen Chorumhang schaute nach unten. »Junge, was machst du hier draußen?«

»Ich geh nach Hause«, sagte Elvis.

»Kann ich mir denken. Willst du mitfahren?«

Zwanzig Neger drängten sich an den Fenstern, um auf Elvis hinunterzuschauen. Unter der Motorhaube krachte es, Rattata *wumm!* Rattata *wumm!*, als könne es der Bus kaum erwarten, seine Fahrt fortzusetzen.

Der Fahrer sagte: »Na los, wir sind spät dran.«

»Ich weiß nicht recht, ich welche Richtung ich muß.«

Der große Mann streckte die Hand nach dem Türgriff aus. »Entweder du steigst ein, oder du bleibst draußen.«

»Okay. Ich meine: Jawohl, Sir, bitte, ich steig ein.« Elvis machte einen Schritt hinauf in die stickige, dicke Luft, in den Duft von Gardenien und Haaröl Marke »Wildroot«. Sämtliche Augen verschwanden von den Fenstern und richteten sich auf ihn.

Die sehr schwarzen Leute waren weiß und rosa, hellgelb und blau gekleidet. Die kleinen Mädchen hatten Schleifen im Haar, die Damen Obst an den Hüten.

Elvis nahm Platz. Er spürte, wie alle um ihn herum ausatmeten, doch keiner sagte ein Wort. Der Bus ruckelte weiter. Bevor er eingestiegen war, hatten sie wahrscheinlich gesungen oder geredet. Seine Ohren glühten.

Er betrachtete den goldenen Ring im Ohr des Fahrers, die Falten in seinem fleischigen Nacken.

Der Mann sagte in seinen Rückspiegel: »Hast du einen Namen?«

»Elvis. Elvis Presley.«

»Tja, Mr. Wandersmann Presley, ich bin Bruder Love. Love heiß ich und Liebe geb ich. Wo wohnst du?«

»East Tupelo.«

Diese Information verbreitete sich nach hinten durch den Bus.

»Das sind acht Kilometer von hier. Wie bist du ganz allein so weit gekommen?«

Die Wahrheit kam Elvis zu kompliziert vor. Er antwortete: »Ich hab mich verlaufen.«

»Das will ich meinen«, sagte Bruder Love. »Ich kann dich hinfahren, muß aber zuerst diese Leute hier zur Kirche bringen. Können den Herrn nicht warten lassen.«

Die jüngeren Kinder starrten Elvis mit großen Augen an.

Er lehnte sich zurück und schaute aus dem Fenster, wäre am liebsten in seinem Sitz versunken.

Der Bus bog in einen sandigen Pfad ein, holperte über die Schienen und quer über ein breites Maisfeld bis zu einem Hain großer Eichen.

Elvis blieb sitzen, während die Leute ihre Bibeln und Hüte einsammelten und nacheinander an ihm vorbei die Stufen hinunter und in den Garten gingen.

Die African Methodist Episcopal Church von Greater Mount Zion war ein mit ziegelsteingemusterter Dachpappe gedecktes, baufälliges altes Bauernhaus. Alle versammelten sich unter den Bäumen, plauderten und sahen den Kindern beim Spielen zu, genau wie in der Priceville Assembly of God.

»Ich geh wohl einfach zur Hauptstraße runter und mach mich auf den Heimweg«, sagte Elvis.

»So weit kannst du nicht gehen.« Bruder Love mühte sich ab, seine Schnürsenkel zu erreichen. »Ich fahr dich, sobald wir fertig sind. Dauert höchstens eine Stunde. Viel länger halten die Leute nicht durch.«

Jemand bimmelte mit einer Handglocke.

Elvis fragte: »Sind Sie der Prediger?«

»Nein, ich bin bloß ein Bruder, aber ich hab alle Liedertexte hier oben.« Er tippte sich mit einem Finger seitlich an den Kopf. »Komm mit hinein und hör dir mal an, wie richtig gesungen wird.«

»Ich kann da nicht rein.«

»Warum nicht? Hast du Angst, daß du schwarz wirst?« Bruder Love lachte, ein lautes Poltern, und hievte sich aus seinem Sitz. »Die Farbigen verwehren keinem den Besuch unserer Kirche, Süßer. So was macht nur ihr Weißen.«

Elvis' Herz pochte immer noch heftig aufgrund seiner Begegnung mit dem Zug. Er mußte nach Hause, das wußte er, doch der Bruder hatte recht; er konnte keine acht Kilometer gehen.

Er stieg hinter dem großen, schweren Mann aus dem Bus. Eine Gruppe Kinder umringte sie und zerrte Bruder Love an den Händen zum Bauernhaus. Sein Eintreffen bewirkte, daß die Menschen sich sammelten und eintraten.

Elvis ließ sich von der Menge mittragen. Er kam sich weißer vor als sonst jemand auf der weiten Welt, doch nachdem ihn sich alle gut angesehen hatten, widmeten sie sich dem Kirchgang.

Die Wände des Bauernhauses hatte man bis auf die Stützbalken abgerissen, um für die Gemeinde Platz zu schaffen. Zahlreiche Klappstühle waren ordentlich aufgereiht worden; die Kanzel bestand aus einem auf senkrecht stehenden Dachlatten genagelten Fichtenholzbrett. Die Leute plauderten und umarmten einander, scharrten mit den Stühlen und ihren unbequemen Sonntagsschuhen auf dem Boden. An der Wand hing ein großes buntes Gemälde von Jesus – ein Jesus, gutaussehend wie ein Filmschauspieler, mit lockigen braunen Haaren und einem Spitzbart wie der von Errol Flynn.

Bruder Love bedeutete Elvis, er solle sich zu den Kindern im Hintergrund stellen.

Er entdeckte ein unauffälliges Plätzchen an der Mauer, zwischen einem hochgewachsenen O-beinigen Jungen und einem Mädchen mit Stöckelschuhen und drei Zöpfen.

Der Bruder streckte die Arme in die Höhe und ging den Mittelgang hinunter, beendete das Geplauder mit seinen Händen. Er hatte es nicht eilig. Lächelnd begrüßte er die Leute, übte mit seiner Stimme – »Hmm yeah, oh whoa yea-ah, gelobet sei seien Naaaamee...«

Ein hellhäutiger milchgesichtiger Mann in einem schwarzen Gesellschaftsanzug trat an das Pult. »Springt auf, ihr Sünder!« rief er. »Springt auf und lauft hinaus! Hier drin können wir euch nicht brauchen!«

Aufregung durchzuckte die Menge. »Amen!« riefen ganz vorn zwei Frauen.

»All ihr Dämonen und Teufel, alle, die ihr euch weigert, dem Wort des Herrn gemäß zu leben – ihr steht jetzt auf und lauft, ihr sollt nicht gehen, sondern sofort aus der Tür dieses Hauses *laufen!* Hier drin brauchen wir euch nicht!«

»Gelobt sei der Herr!«

Elvis grinste. Der Mann sah so sanft und jugendlich und freundlich aus, aber diese Worte schossen wie Pistolenkugeln aus seinem Mund. »Alle Schurken und Heiden, Gotteslästerer und Pöbel, all ihr sündigen unchristlichen gottlosen Mammon- und Satansanbeter, höret meine Warnung wohl! In diesem Haus werdet ihr keinen Freund finden!«

»Nein, Sir!«

»Nein!«

»Euch können wir hier drin nicht brauuuchen!« Er schwenkte die Arme. »Wir alle lieben den Herrn.«

»O ja!«

Elvis fand es großartig, wie sich die Zuhörer mit ihren Rufen in die Predigt einschalteten, die Pausen im Rhythmus des Mannes synkopierten. Das paßte zusammen wie Musik.

Der Prediger hielt die Hände hoch. »Ich verspüre das Bedürfnis nach einem Lied« , sagte er. »Bruder Love, wärest du so freundlich?«

»Aber ja«, sagte der Bruder.

»Verjage mit deinem Lied die Teufel!« Der Prediger warf die Arme in die Luft und begab sich in eine Ecke des Raums.

Bruder Love streckte die Hände aus.

Well chillun let me tell you I done travel glo-ry's rooooad before –

»Sag's uns, Bruder!«

I been up that hill, and down that hill, and roll that stone away from the hoooole, chillun –

»Ooh! Yea!«

Yes I beennnnn. Huh. Lookin' for my Lord.

»Yeah!«

But he gone
Yeah! Hey! that Jesus been gone
Yeah! Hey!

And he never

Nev-er
gon-na
Come here no mo

»Oh, yeah!«

Elvis stand mit offenem Mund da. Der leise sprechende Bruder hatte eine mächtige, stampfende Singstimme, tief wie ein Faß. Offenbar dachte er sich das Lied aus, während er sang.

He say bring *me down some wine,*
Mary mama – done stuck *me in my side,*
Mary mama – hep me – hep *me girl –*

Er hielt inne... alle im Raum atmeten tief durch.

Elvis drückte sich gegen die Wand, schwindlig vor Freude.

Dann stimmte Bruder Love einen ausgelassenen Spiritual an, einen Refrain, den jeder singen konnte, und jeder tat es.

Tell... me tell me, Jesus
When you comin' home?

Oh, die konnten wirklich singen. Mit dem freudigen Überschwang ihres Lärms ließen sie die Fenster erzittern. Würde nicht Jesus genau so ein Lied an einem Sonntagmorgen gern hören? Sie sangen aus voller Kehle. Sie sangen, um das Dach wegzupusten, um die Vögel verstummen zu lassen, um jeden anderen Gesang zu beenden.

Die erbärmliche Gemeinde in Priceville würde in der Welle ertrinken, die ihre allererste Note verursachte.

Bruder Love rief den Text einen halben Takt früher. *»And if he tell you...«* Die Menge gab ihm die Worte zurück...*»tell you. tell you...« – »where he gone« – »wheeeeere he gone« –*

Auf Elvis' Nacken standen die Haare zu Berge – ein körperlicher Reiz, sogar noch stärker als die Welle von Trauer, die über ihm zusammengeschlagen war, als er vorige Nacht von dem alten Blue gehört hatte. Das alte Bauernhaus erbebte unter seinen Füßen. Nie hätte er gedacht, daß Musik in seinem Inneren solch eine Gewalt auslösen könnte... daß in seinem Brustkorb solche Gewitterstürme tosten und brausten.

Er vergaß, wer er war, und fing an, in die Hände zu klatschen, mitzusingen: *»Telll you tell you...«* Die Menschen um ihn her hüpften und brüllten und tanzten, waren alle in Verzückung geraten.

Das bezopfte Mädchen hopste kreischend auf und nieder.

Ihr spitzer Absatz bohrte sich so fest in Elvis' rechten Fuß, daß er dachte, er werde ohnmächtig.

Er wankte zur Tür. Weiße Flecke tanzten vor seinen Augen. Er ließ sich gegen das Geländer fallen, hangelte sich die Treppe zum Garten hinunter und brach auf dem Sand zusammen. Er umklammerte seinen armen, gequälten Fuß.

Hinter ihm stampfte das Spiritual weiter, höher und immer höher – wie hoch hinauf wollten sie denn noch?

»Wie geht's dir?«

Er schaute auf. Das Mädchen, das ihm auf den Fuß getreten hatte, betrachtete ihn durch die Tür; auf ihrem Kopf ragte ihr Extrazopf in die Höhe. Bei dem Anblick eines im Garten lang daliegenden Elvis' glänzten ihre Augen.

»Es geht schon«, antwortete er und zog den Schuh aus.

Sie entschuldigte sich und verschwand im Haus.

Sie hatte es zwar nicht absichtlich getan, doch Elvis nahm den Zwischenfall als Zeichen. Er gehörte nicht hierher. Er war zufällig unter ihren Fuß geraten. Er war keiner von ihnen, ganz gleich, wie sehr ihn ihre Musik mitriß und begeisterte.

Er rieb sich mit dem Daumen über seinen schmerzhaft pochenden Fuß.

Ihn überraschte, daß Neger etwas besser konnten als Weiße. Auf den Gedanken wäre er nie gekommen. Sein Leben lang hatte er das Gegenteil gehört. Seine Mama, sein Daddy und die Verwandten rümpften die Nase, wenn ein Farbiger sie von der Seite ansah; wahrscheinlich wären sie gestorben, wenn sie gesehen hätten, wie Elvis sich aufgeführt, in einer Kirche voller Neger gesungen und getanzt hatte.

Er fand es aufregend, daß er über eine so wichtige Sache wie die Neger vielleicht besser Bescheid wußte als seine Mama und sein Daddy.

Aber sie hatten den Gesang nicht gehört! Musik beeinflußte sie nicht so intensiv wie ihn! Sie hörten Red Foley über den alten Blue singen und hielten das für nichts weiter als irgendein trauriges Lied; bei ihnen hinterließ es nicht jene schreckliche Leere, die Elvis aus dem Schlaf geholt und ihn im Morgengrauen über die Straße hatte wandern lassen.

Allmählich wurde das Spiritual leiser, und eine Predigt trat an seine Stelle, von Rufen und übriggebliebenen Melodiefetzen durchsetzt.

Bruder Love tauchte in der Tür auf. »Da bist du ja«, sagte er. »Was machst du hier draußen? Dir gefällt wohl unser Gesang nicht?«

»Doch!« sagte Elvis. »Er ist... so etwas habe ich noch nie gehört. Ehrlich. Bloß – ich muß unbedingt nach Hause. Sie machen sich Sorgen um mich.«

»Wenn du noch ein Weilchen bleibst, kriegst du was zu essen«, sagte Bruder Love. »Wir speisen die Hungrigen und bringen die nach Hause, die schmerzenden Fußes sind.«

Elvis zog seinen Schuh wieder an. »Es geht nicht. Ich kriege sonst Schwierigkeiten.«

»Das muß nicht sein.« Der Bruder begab sich zum Bus. »Er predigt noch mindestens eine halbe Stunde lang. Ich schätze, ich kann dich heimfahren und vor dem Essen wieder hier sein.«

Für einen so schweren Mann war Bruder Love flink.

Elvis humpelte hinter ihm drein. »Ihr singt alle so stark«, sagte er. »So hab ich noch nie jemanden singen hören.«

»Singst du gern, Master Presley?«

»Klar«, sagte Elvis und wurde rot. Bruder Love hatte den Finger auf die wunde Stelle gelegt.

»Mir ist aufgefallen, wie du da hinten einen Mordsspaß hattest.« Der Bruder ließ den Motor an – Rattata *wumm!* »Komm ruhig her und sing mit uns. Komm einfach, wenn du soweit bist.«

»Ich weiß nicht, ob meine Eltern mich lassen« , sagte Elvis.

»Frag sie einfach. Möglich isses.«

Der Bus holperte über die Furchen im Feld auf die Straße. Elvis schmiegte sich in den Vordersitz.

Er stellte sich den sonntäglich gedeckten Tisch bei Großpapa vor: Brathähnchen, Bratkartoffeln mit Gumboschoten und Kürbis, Butterbohnen, Maiskroketten und Tante Clettes' Käse-Zwiebelkuchen. Rauchiger Eistee über groben Eisstücken. *Dewberry Cobbler.*

Allerdings war kaum anzunehmen, daß sie ihm groß was zu Mittag geben würden, nach dem, was er getan hatte. Wahrscheinlich eine Scheibe Weißbrot und eine Tracht Prügel.

Trübselig und schweigend fuhr er dahin, aus Angst vor seiner Strafe.

»Presley, was haste ganz allein auf der Straße gemacht?«

»Wollte zu meinem Großpapa.«

Bruder Loves Ohrring blitzte auf, als er sich umdrehte. »Mann, dir stehen die Probleme ins Gesicht geschrieben«, sagte er. »Biste zufällig von zu Hause weggelaufen?«

»Nein« , antwortete Elvis. »Meine Eltern und ich – wir haben zur Zeit eigentlich kein Zuhause.« Er spähte durch die Windschutzscheibe. »Sehen Sie den großen Baum da oben? Da können Sie mich absetzen.«

Bruder Love hielt am Straßenrand. »Da steht doch bloß ein Schuppen.«

»Es ist gleich hinter dem Hügel«, sagte Elvis. »Wissen Sie, ich bin Ihnen echt dankbar, daß Sie mich mitgenommen haben.«

»Wer Musik mag, dem helf ich immer«, sagte Bruder Love. »Befolg meinen Rat. Komm jederzeit vorbei.«

»Ich werd's versuchen«, sagte Elvis. »So was hab ich noch nie gehört.«

»Passiert jeden Sonntagmorgen.« Der Bruder grinste.

Elvis kletterte nach unten.

Bruder Love beschrieb mit dem Bus einen unmöglichen Kreis, landete fast im Graben; er fuhr weiter, mähte Unkraut nieder und bekam das Gefährt irgendwie zurück auf die Straße, in die andere Richtung. Er quetschte seinen Arm durch das Fenster und winkte zum Abschied.

Elvis winkte zurück. Die Musik summte immer noch in den Knochen seines Armes. Er wünschte, die Fahrt hätte länger gedauert, dann würde er nicht hier stehen und über die unkrautbedeckte Anhöhe auf Großpapas Schornstein starren.

Seine Füße wogen zweitausend Pfund das Stück. Er schob den linken vorwärts, dann den rechten, quälte sich den Hang hinauf, hielt gelegentlich an, um gegen einen Ameisenhügel zu treten oder irgendein dahinhuschendes Etwas zu betrachten. Ihm kam eine vage Erinnerung an einen längst vergangenen Tag an genau dieser Stelle – er lief auf seine Mutter zu, die ihm die Arme entgegenstreckte. Sie war so froh gewesen, ihn zu sehen.

Jetzt haßte sie ihn garantiert. Es war gemein von ihm, wegzulaufen und ihr Sorgen zu bereiten. Das Feuer seiner Rebellion flackerte nur noch; als er den hinteren Zaun erreichte, zischte es und erstarb.

Sie waren da. Der Plymouth stand unter einem Baum. Großpapas Pickup wartete, die Ladeklappe unten. Hühner pickten und gackerten im Hühnerhof.

Das kleine schiefe Haus, in dem Elvis geboren war, stand weiter unten am Hang in Richtung Saltillo Road. Es war leer, die Haustür baumelte an einem Scharnier. Wenn man so wollte, dachte Elvis, gehörte dieses Haus ihm. Nur er war dort zur Welt gekommen. Seine Mama hatte gesagt, sie könnten noch immer dort wohnen, in ihrem eigenen Häuschen nicht weit von Großpapa und Dodger entfernt, gäbe es nicht einen gewissen Wilbur Dees. Sie sagte, es sei wie in der Bibel, in der Geschichte von dem räudigen Hund.

Elvis konnte sich eine Zeitlang da unten verstecken und überlegen, was zu tun war.

Oder er könnte gleich ins große Haus reinplatzen und hinnehmen, was ihm bevorstand.

Wenn er wartete, würde es nur schlimmer werden. Wie wenn man ein Pflaster von einer Wunde riß. Den Schmerz schnell hinter sich bringen.

Er huschte zwischen zwei Stacheldrähten durch. Die Hühner beachteten ihn nicht. Er ging geradewegs an dem Holzschuppen vorbei, vorbei am Pumpenhaus und dem Feigenbaum, die Treppe hoch, durch die mit Fliegendraht bespannte Tür und rein in die Küche.

Großpapas Hunde sprangen auf, bellten, schlugen an. Von den Hunden und dem Geruch des Sonntagsessens abgesehen, war die Küche leer.

Elvis schnappte sich ein Maisbrötchen und verschlang es in drei Bissen, schluckte so gierig, daß er beinahe erstickte.

Er durchquerte das Haus, gefolgt von den jaulenden Hunden.

Alle waren auf der Veranda: seine Mutter und Großpapa, Vernon, Vester und Clettes, die im *Commercial Appeal* blätterten; Dodger döste in einem Schaukelstuhl.

Zwecklos, sich zu verstecken. Elvis atmete tief durch und schob sich durch die Fliegengittertür.

Alle außer Dodger drehten sich um und sahen ihn an.

»Hey, Elvis«, sagte seine Mutter.

Er wartete, daß sie noch etwas anderes sagte. Eine unbehagliche Weile lang lächelte sie ihn nur an.

Großpapa widmete sich wieder dem Stock, an dem er schnitzte, die anderen ihrer Zeitung.

Schließlich mußte Elvis etwas sagen: »Ich... ich konnte da nicht schlafen. Darum bin ich spazierengegangen.«

»Das haben wir uns gedacht«, sagte Gladys. »Hast du Hunger?«

»Hm-m.«

»Dann lauf los und wasch dich. Dodger hat dir einen Teller aufgehoben.«

Elvis mochte seinen Ohren und Augen nicht trauen. Seine Mutter *lächelte* ihn an.

Wie auf Wolken schwebte er ins Haus. Diese Angst, in die er sich hineingesteigert hatte... und sie schauten kaum von der Zeitung auf. Als hätte er die ganze Zeit über im Garten hinter dem Haus mit seinen Zehen gespielt. Nicht einmal ein: »Wo bist du gewesen?«

Mitten im Flur kam er drauf. Er kam zurück auf den Boden.

Es war schlimmer als irgendeine der gräßlichen Bestrafungen, die er sich ausgemalt hatte.

Der Spiegel hatte recht.

Keiner hatte sich um ihn gesorgt. Nicht im geringsten.

Er war ihnen egal. Er hätte den ganzen Tag wegbleiben können, und sie hätten es nicht bemerkt. Sie hatten sich nicht mal gefragt, wie er allein fünfzehn Kilometer zurücklegen konnte.

Aber das da draußen konnte doch unmöglich seine Mutter sein, seine eigene Mutter, die ihn nicht mal aus den Augen ließ...

Elvis drehte sich um.

Alle waren sie aufgestanden und beobachteten ihn durch das Fenster.

Seine Mutter lächelte nicht mehr.

Ihr Lächeln war seine Bestrafung gewesen. Ihr beiläufiges Wie-geht's-dir-denn-so war nur gespielt. Sie hatte sich mit den anderen verschworen, Elvis einen entsetzlichen Augenblick lang in dem Glauben zu lassen, daß er ihr so wenig bedeutete.

Es war schlimmer als sein Vergehen. Elvis lief nach hinten ins Haus und warf sich quer auf Großpapas Bett.

9

Nie vergaß er dieses eine Mal, als seine Mutter grausam zu ihm gewesen war. Er verstaute diese Erinnerung und quälte sich immer dann damit, wenn er sich zu sicher fühlte.

Er liebte seine Mutter so sehr, daß ihm das Herz weh tat. Manchmal lag er im Bett, stellte sich vor, sie sei gestorben, und suhlte sich in seiner Trauer. Er hatte das dumpfe Gefühl, er könnte als Erwachsener vielleicht irgendeine Methode finden, um zu verhindern, daß sie starb.

Er konnte sich nicht vorstellen, ohne sie auf der Welt zu leben. Vielleicht würde er sich dann umbringen müssen.

Das Leben war schön, doch schon spürte er das Finstere, Tragische, das hinter dieser Lieblichkeit lauerte – wenn die Menschen in deiner Umgebung plötzlich wegstarben, wenn die Wände deines Lebens allmählich zerbröckelten.

Er wußte, er sollte sich von solch schlimmen Grübeleien losreißen. Seine Mutter erzählte ihm dauernd, wie mächtig Gedanken sein konnten, und daß man den Menschen, die man liebte, nur gute Gedanken zukommen lassen sollte – als könne sie hören, was für ein Motor sich in seinem Kopf drehte.

Doch irgendwie vermischte sich Elvis' Groll mit der Vorstellung, sie verlieren zu können; irgendwann stellte er sich vor, daß Gladys starb und er schuld daran wäre, weil er böse auf sie gewesen war.

Nie hatte sie ein Wort über das Whispering Pines verloren oder ihn gefragt, warum und wohin er weggelaufen sei. Nie erwähnte er Bruder Love oder die neue Art zu singen, die er gehört hatte.

Immer wieder nahm er sich vor fortzuschleichen, nach Mount Zion zu trampen und mehr davon zu hören, doch in seinem Kopf wurde die Entfernung zwischen hier und dort immer größer, bis die Strecke unendlich lang war.

Dieser ganze Sommer bestand nur aus Trauer, merkwürdigem Wetter und Geldmangel.

Elvis kam allmählich dahinter, wie die Erwachsenen waren. Sie meinten ungefähr die Hälfte von dem, was sie sagten. Sie konnten ja sagen und im selben Augenblick nein meinen. Sie konnten lächelnd sagen: »O Schwester Wilson, was für ein hübsches Kleid!« und sich gleich darauf umdrehen und über ihre orthopädischen Schuhe spotten.

Wenn einem Erwachsene nicht direkt in die Augen sehen konnten, logen sie. Wenn sie genug von dir hatten und dich früh mit der Behauptung zu Bett schickten, es sei zu deinem eigenen Besten, stand fest, daß sie logen.

Und als Elvis' Lehrerin Mrs. Dempsey ihn in der fünften Klasse einmal nach der Morgenandacht zu sich rief, um ihm mitzuteilen, sie habe noch nie jemanden so herrlich »God Bless America« singen hören, sagte Elvis: »Vielen Dank, Ma'am«, dachte aber bei sich: Ach, die lügt.

Doch als er später am selben Tag mit seiner Mutter nach Hause ging, ging ihm auf, daß es für Mrs. Dempsey keinen vernünftigen Grund gegeben hätte, ihn nur zu sich zu rufen, um ihm eine Lüge zu erzählen. Etwas von dem, was sie gesagt hatte, mußte sie wohl ernst gemeint haben...

Vor Freude wurde er puterrot. Seine Mutter fühlte ihm die Stirn, um festzustellen, ob er Fieber bekam.

Am nächsten Morgen ließ Mrs. Dempsey zur Staatsbürgerkunde alle auf dem Basketballplatz in Reih und Glied antreten, dann mußte Elvis vortreten. »Wir werden jetzt Mr. Potts aufsuchen«, sagte sie und ging mit ihm die Kinderreihe entlang zum Flur.

Elvis folgte schamerfüllt. Die anderen glotzten, als er vorbeikam, froh, daß er gehen mußte und nicht sie. Nur die schlimmsten Kinder wurden zu Mr. Potts gebracht.

Elvis hatte keine Ahnung, worin sein Vergehen bestand. Ob sie wohl gehört hatte, wie er ihren Spitznamen laut dachte?

Sie sagte, er solle sich auf einen Stuhl neben den Getränkeautomaten setzen. Durch eine halboffene Tür konnte er einen Blick in das Lehrerzimmer werfen, wo die sittsamen Damen hingingen, um Zigaretten zu rauchen, Coca-Colas zu trinken und zu lachen. Die Luft war blau von ihrem Qualm. Während Elvis hinsah, schob Mrs. Moore, Lehrerin der dritten Klasse, gerade ihren Rock die Oberschenkel hoch und zog an ihren Strumpfbändern.

Ein weißer Schlüpfer blitzte auf – er schaute weg.

Mr. Potts' Tür ging auf.

»Komm rein, Elvis«, sagte Mrs. Dempsey.

Er erhob sich wie benebelt. Bitte, bloß keine Tracht Prügel. Eine Moralpredigt wäre schon schlimm genug, aber wenn in der ganzen Schule die Runde machte, daß das berühmte Paddel von Mr. Potts' Wand heruntergeholt worden war, gehörte Elvis künftig zu den unglücklichen Jungen, die sich in einer Ecke des Schulhofs versammelten, taten, als ob sie Grashalme rauchten und als seien sie harte Burschen, um zu überspielen, daß keins der netten Kinder etwas mit ihnen zu tun haben wollte.

Mr. Potts saß da, die Füße auf seinem Schreibtisch, Hände hinter dem Kopf, an den Seiten ragten dürre Ellbogen wie Flügel heraus. Er war lang und dünn, hatte einen glänzenden Kahlkopf und eine glänzende Hornbrille. Mr. Potts war nicht nur der Rektor, sondern auch der Sportlehrer; sein furchteinflößender Ruf rührte von jenem Tag her, als er Elmer Russell zugebrüllt hatte, er solle den Abtreffball nicht länger wie eine Memme werfen, woraufhin Elmer den Ball so hart warf, daß er Emma Davis Foster einen offenen Schienbeinbruch zufügte.

Mr. Potts räusperte sich, ließ aber die Füße auf seinem Schreibtisch liegen. »Miz Dempsey sagt, sie hält dich für 'n echten Gene Autry«, sagte er.

Mrs. Dempsey trat hinter ihn. »Elvis, ich habe Mr. Potts von deinem Gesang erzählt. Er möchte dich singen hören.«

Elvis schluckte. Er hatte keine Ahnung, was sie meinte. Ob er während des Unterrichts gesungen hatte, ohne es zu merken?

»Sing«, befahl Mr. Potts.

»Sie meinen, hier?« Elvis hatte das Gefühl, daß sie ihn demütigen wollten und sich dabei Zeit ließen.

»Verzeihung, Mr. Potts« , sagte Mrs. Dempsey. »Ich hätte es dem Kind erklären müssen, bevor ich es herbrachte. Elvis, unsere Schule wurde gebeten, für den Talentwettbewerb auf dem Jahrmarkt nächsten Monat einen Schüler auszuwählen. Ich habe Mr. Potts erzählt, wie hübsch du singen kannst, und wenn er meiner Meinung ist, wirst du die gesamte Schule vertreten.« Sie strahlte auf ihn herab. »Ist das nicht herrlich? Und jetzt möchte ich, daß du ›God Bless America‹ singst, genau wie bei der Andacht.«

Elvis war zuerst verlegen, dann erleichtert, und schließlich machte sich auf seinem Gesicht ein dümmliches Grinsen breit. »Ich soll auf dem Jahrmarkt singen?«

»Miz Dempsey, ich habe auch noch wichtigere Arbeit zu erledigen«, sagte Mr. Potts.

»Klar, Elvis, los geht's«, sagte sie und sang mit ihrer dünnen Sopranostimme vor: »God... bless A-merica...«

Leise nahm Elvis den Text auf. »... land that I love...«

Mit geschlossenen Augen sang er sich irgendwie durch die erste und weiter in die zweite Strophe, wurde in der dritten lauter und sang das Lied ganz bis zu Ende. Noch nie hatte er es allein von A bis Z gesungen. Allein singen war etwas anderes – einsamer, aufregender. Bis zu seinem Todestag würde er sich fragen, wie er sich an all die Worte hatte erinnern können.

Er sang mit geschlossenen Augen. Er sah ein verschwommenes weißes Licht vor sich, wo das Lied war. Er schaute in sich hinein, in sein eigenes brennendes Licht. Als er die Augen öffnete, lächelte Mr. Potts, und die Lehrerin wand sich vor Stolz. »Hab ich's Ihnen nicht gesagt, Mr. Potts?«

Der Rektor schwang seine Füße zu Boden. »Ich sag Ihnen was. Wenn er sich bis dahin nichts zuschulden kommen läßt, nehmen Sie ihn mit raus. Vielleicht haben wir ja eine Chance.«

Elvis hopste innerlich auf und nieder. Mr. Potts gefiel sein Gesang! Sie wollten ihn vor Leuten singen lassen, die er noch nicht einmal gesehen hatte! Am liebsten hätte er sich das Paddel geschnappt, die Fensterscheibe zerdeppert und laut Frohes neues Jahr! gerufen.

»Keine Sorge«, sagte Mrs. Dempsey gerade, »er ist ein braver Junge. Zwar ist er mit seinen Gedanken manchmal woanders...«

»Ach ja, und besorgen Sie ihm ein anderes Lied« , sagte Mr. Potts. »Besorgen Sie ihm ein Lied, mit dem wir einen Preis gewinnen.«

»Das werden wir«, sagte Mrs. Dempsey und eilte zur Tür. »Komm schon, Elvis, wir wollen Mr. Potts allein lassen. Bedank dich bei ihm.«

»Danke schön«, sagte Elvis.

»Hol du für uns ein blaues Band«, sagte Mr. Potts.

Einige Lehrerinnen machten lange Hälse, um zu sehen, wer da sang. Die eine oder andere klatschte, als Elvis herauskam.

Er deutete eine kleine Verbeugung an.

Sie lachten. Die Tür fiel langsam ins Schloß. Elvis folgte seiner Lehrerin über den Flur. »Ich weiß ein Lied, das ich singen kann«, sagte er.

»Du schneidest bestimmt gut ab. Deine Mutter soll mich anrufen, dann erfährt sie von mir alles Nähere.«

Elvis blieb stehen. Seine Mutter konnte nicht anrufen. Selbst wenn sie es sich hätten leisten können, würde sein Großpapa nie ein Telefon zulassen.

»Hören Sie...« Elvis beeilte sich, um sie noch einzuholen. »Sie holt mich nach der Schule ab. Vielleicht können Sie dann mit ihr reden.«

Mrs. Dempsey sagte, das ginge in Ordnung. Elvis schwebte in seinem Hochgefühl in die Turnhalle zurück, wo die anderen eine große farbige Landkarte von Mississippi betrachteten. Er ging an ihnen vorbei zu seinem Platz und gab sich Mühe, sein Grinsen zu unterdrücken. Er spürte, wie es plötzlich still wurde, als alle versuchten dahinterzukommen, warum er so glücklich aussah.

10

Elvis kämmte sich zum vierten Mal die Haare. Da er sich nicht mit dem Spiegel unterhalten wollte, spiegelte er sich im Glas von Großpapas Standuhr. Das Messingpendel schwang hin und her. Es war zehn nach elf. Der Talentwettbewerb fing erst nachmittags um halb vier an. Elvis glaubte, bis dahin würde er vor Ungeduld sterben.

Großpapa hatte sich frühmorgens zum Messegelände begeben, um seine Hühner zu verkaufen. Vester und Clettes waren mitgekommen, um sicherzugehen, daß er in diesem Jahr einen guten Preis erzielte und das Federvieh nicht einfach an seine Freunde verschenkte. Ihr Baby ließen sie tagsüber bei Tante Christine. Elvis dachte, es müsse da drüben eine ordentliche Mütze Schlaf bekommen, denn hier in diesem Haus tat es nichts außer schreien, schreien und noch mal schreien.

Elvis hatte lange gewartet, bis er sich dazu durchrang, sein Kostüm anzuziehen. Jetzt traute er sich nicht mehr ins Freie. Seine Mutter hatte ihm ein Sandwich mit Erdnußbutter und Banane gemacht, doch er traute sich nicht, es zu essen; falls er Erdnußbutter auf sein gestärktes weißes Hemd bekam, war alles aus und vorbei. Gladys würde ihn nie auf die Bühne lassen.

Von seinem Onkel Johnny hatte er sich einen schwarzen Cowboyhut und ein ledernes Pistolenhalfter geliehen; damit die Sachen paßten, hatte er den Gürtel mit einer Sicherheitsnadel enger gesteckt und Papier in den Hut gestopft. Er sah rauh, hart im Nehmen und zu allem bereit aus, ein perfekter Pistolenheld.

Als Gladys zur Arbeit gegangen war, hatte sie ihm eingeschärft, sich ja nicht vor zwölf Uhr mittags in der Hemdenfabrik sehen zu lassen. »Ich weiß, wie aufgeregt du sein wirst«, sagte sie, »aber Mrs. Crawley hat was dagegen, wenn Kinder im Eingangsbereich herumlungern.«

Elvis wünschte, er könnte den Uhrzeigern einen Schubs geben, damit die Zeit so schnell lief, wie sie sollte.

Heute war Mittwoch, Kindertag auf der Mississippi-Alabama-Landwirtschaftsausstellung, der größten Messe mit angeschlossenem Rummel für die umliegenden zehn Countys.

Am Montag war Elvis' Daddy ins Lafayette County aufgebrochen, da er gerüchteweise gehört hatte, dort würden Helfer bei Straßenbauarbeiten benötigt. »Tut mir leid, daß ich deinen großen Tag verpasse, Sohn«, sagte er zum Abschied. »Los, mach sie fertig.«

Elvis stellte sich pausenlos vor, wie er auf der Bühne stand, während ihm seine Mutter und eine Million anderer Leute beim Singen zuhörten. Er mußte sich mit irgend etwas beschäftigen, während die Zeit dahinschlich. Dieser lange Leerlauf brachte ihn allmählich ins Schwitzen.

Er schlenderte in Dodgers Zimmer. Wie immer, und zwar völlig wetterunabhängig, war sie in ihr gehäkeltes Umhängetuch eingewickelt und beugte sich über ihr Puzzle. Seit August arbeitete sie an dieser einen Szenerie: eine abweisende ferne Küste, zerklüftete Berge, die steil ins Meer abfielen. Bisher breitete es sich über den größten Teil zweier Kartentische aus. Wenn es fertig war, würde es so groß sein wie Dodgers Bett.

Die Wellen, die Bäume auf den Felsen, der milchige Himmel wiesen Lücken und ausgefranste Ränder auf. Dem auf dem Kap stehenden Leuchtturm fehlte die Spitze – drei oder vier Teile, die sich irgendwo in Dodgers sorgfältig getrennten Häufchen aus weißen Teilen, blauen Teilen und weißen Teilen mit blauen Rändern verbargen. Vermutlich suchte sie diese Teile seit Tagen.

»He, du hast die Steilküste fertig«, sagte Elvis. »Das sieht gut aus.«

Dodger rückte das Umhängetuch zurecht und betrachtete die Landschaft in der Nähe ihres Ellbogens. »Wenn du helfen willst, halt den Mund und such nach Baumstämmen.«

Angeblich machte es Spaß, Dodger bei ihrem Puzzle zu helfen, aber wenn man nicht leise war und sich permanent konzentrierte, jagte sie einen aus dem Zimmer. Wie sie Elvis beobachtete, strahlte sie Ungeduld aus. Früher war sie mal umgänglich gewesen, aber in letzter Zeit nicht mehr. Ständig beschwerte sie sich, ihr sei kalt. Auch wenn sie kaum über fünfzig oder sechzig Jahre alt sein konnte, führte sie sich auf, als wäre sie achtzig.

Elvis fielen drei merkwürdig geformte weißliche Teile am Rand des Meeres auf. Sie paßten zwar eigentlich nicht an die

Stellen, wo Dodger sie hinhaben wollte, aber sie hatte die Teile mit dem Daumen festgedrückt und hineingequetscht.

Als sie gerade nicht hinsah, klaubte Elvis sie heraus und setzte sie in die Lücken über dem Leuchtturm ein. Da paßten sie genau hin. Dodgers Blick wanderte an den Rändern des Puzzles entlang und blieb an der Stelle hängen, wo die drei Teile fehlten. Dann sah sie den Leuchtturm.

»Hm.« Sie trank ein Schlückchen Tee. »Wo hast du die gefunden?«

»Auf dem Fußboden«, sagte Elvis, »unter dem Teppichrand.« Er wußte, seine Lüge war sinnlos, doch versuchen mußte er es.

»Damit gewinnst du wohl einen Preis«, sagte sie, klang aber alles andere als zufrieden.

Bei dem Wort Preis klingelte es bei Elvis. Er stieß sich von dem Tisch ab und lief durch den Flur zur Standuhr. Fast halb zwölf – er mußte los!

Er schnappte sich seinen Hut, den Gürtel und die Spielzeugpistolen, stopfte sich das Cowboyhalstuch in die Tasche, rannte mit dem Ruf »Tschüs, Dodger!« über den Flur und türenschlagend aus dem Haus.

Fast wäre er bis zur Straße gerannt, als es ihm einfiel – langsam! Mach keine Schweißflecken in dein Hemd! Fall nicht hin und reiß dir nicht das Gesicht auf!

Vergiß nicht den ganzen Text, sonst stehst du da wie ein Idiot, bis sie dich von der Bühne zerren müssen!

Oh, das wäre schlimmer als der Tod.

Sollte das passieren, könnte Elvis immer noch »God Bless America« singen. Aber so weit würde es auf keinen Fall kommen. Er kannte den Text so gut *the things boys and dogs do,* die Worte zogen sich durch seinen Kopf *laid his head on my knee,* bis er das Gefühl hatte, er müsse *alone with old Blue* verrückt werden, wenn er an irgendwas anderes dachte *I'll be happy in heaven one day.*

Wochenlang hatte er das Lied jetzt schon laut, lange und überall geübt, bis sämtliche Familienmitglieder herumliefen und es leise vor sich hin summten.

Er machte sich entlang der Gleise in Richtung Mill Town auf den Weg. Auf beiden Bahndämmen lagen Unmengen alter Reifen, Möbel und Metallschrott.

Inzwischen sah sich Elvis ungefähr alle fünf Schritte um, wenn er auf einem Eisenbahngleis ging. Er atmete tief durch und sprintete über den Eisenbahnviadukt. Jetzt mußte er unter all den Leuten, die aus der Tupelo Kleiderfabrik strömten, seine Mutter finden.

Es war das größte Gebäude in Tupelo: weißgetünchtes Blech, vierstöckig, fensterlos, schlicht. An den meisten Tagen dröhnte das Getöse von Nähmaschinen aus seinem offenen Maul, doch jetzt strömten statt dessen lachende und plaudernde Arbeiterinnen heraus. Die Geschäftsführung hatte die Fabrik eine halbe Schicht früher geschlossen, damit die Arbeiterinnen ihre Kinder auf den Jahrmarkt begleiten konnten.

Elvis entdeckte seine Mutter bei einer Gruppe Frauen, die sich unter einer Akazie versammelt hatten, wo sie sich gegenseitig die Fusseln von den Kleidern bürsteten. Sie war die hübscheste von ihnen – der kastanienbraune Pferdeschwanz baumelte hin und her, ihre großen, weit offenen Augen sahen aus wie die eines Kätzchens. Elvis schlängelte sich durch ein Grüppchen kleinerer Kinder auf Fahrrädern (alle hatten ein Rad, nur Elvis nicht) und rannte dann auf den Baum zu.

Als sie ihn sah, strahlte sie. »Guck mal, Dot, guck dir meinen Jungen an«, sagte sie und winkte ihm zu.

Ein kleines verschrumpeltes Vögelchen von einer Frau hörte auf, Fadenreste von Gladys' Kleid zu klauben, und sah Elvis direkt in die Augen. »Du bist mir vielleicht ein Hübscher« , sagte sie. »Hallo. Ich bin Dot. Miz Simmons. Kennst du mich noch? Ich bin die beste Freundin deiner Mutter.«

Elvis dachte: Schon möglich, aber ich bin ihr bester Freund, doch da seine Mutter zusah, lächelte er und sagte guten Tag.

Gladys sagte: »Elvis, wo ist deine Krawatte?«

Er zog sie aus der Hosentasche.

»Zeig mal her. Ich hab diese Krawatte gebügelt. Gib her, ich bewahre sie für dich auf.« Sie verstaute sie in ihrer Handtasche.

Die Frauen aus der Fabrik strahlten auf ihn herab.

»Er ist wirklich süß, Gladys« , sagte eine. »Sag ihm, er soll seinen Hut aufsetzen! Wie alt ist er?«

Elvis hielt den Hut in der Hand. »Ich bin zehn.«

Dot Simmons sagte: »Süß ist das falsche Wort. Seht euch doch mal diese Augen an. Das sind Valentinos Augen.«

»Wer ist Valentino?« fragte Elvis. Sie lachten, als hätte er einen Witz gerissen.

»Er war ein Filmstar« , klärte ihn seine Mutter auf.

»Ein Filmstar mit Schlafzimmerblick« , sagte die kleine Frau. »Glaub mir, Gladys, gib diesem Knaben sieben Jahre, und er kann jede Frau in Tupelo haben.«

Die Damen kicherten und stießen verlegene Juchzer aus.

Elvis gefiel diese Aufmerksamkeit, doch seine Mutter errötete. »Dot! Pst! Er darf nicht mehr herkommen, wenn du so redest.«

»'tschuldigung, Elvis«, sagte Dot. »Beachte mich gar nicht. Wie ich höre, trägst du auf dem Jahrmarkt ein Lied vor.«

»Ja, Ma'am.«

»Wir werden alle dasein und dir die Daumen drücken«, versprach sie. »Gladys, geht ihr schon vor?«

»Und ob, Miss Schandmaul.« Gladys griff sich ihre Handtasche. »Komm schon, Elvis, wir verlassen diese schlimmen Mädels.«

»Tschüs, Elvis«, riefen sie. Er verbeugte sich leicht. Sie lachten.

Seine Mutter sagte: »Komm endlich und mach nicht so 'ne Schau.«

Sie gingen die Oak Street hinunter. Die Villen der Hemdenfabrikbesitzer standen auf breiten, gepflegten Rasenflächen, zurückgesetzt von der Straße.

»Hast du dein Lied geübt?« fragte Gladys.

»Klar.«

»Die Zähne geputzt?«

»Jawohl, Ma'am«, sagte er.

»Nervös?«

»Nicht besonders«, sagte Elvis. »Du glaubst doch nicht, daß furchtbar viele Leute dasein werden?«

»Keine Ahnung.« Gladys lächelte. »Die ganze Fabrik hat freibekommen. Und auf dem Fest ist heute Kindertag. Es wird garantiert voll.«

»Das macht nichts«, sagte Elvis und versuchte, seine schwammigen Knie zu ignorieren. »Ich weiß nicht recht. Findest du, ich sollte vielleicht ein anderes Lied singen oder was?«

»Warum? Es ist ein großartiges Lied. Wem dieses Lied nicht gefällt, der spinnt.«

Elvis rieb sich den Zeh. »Ich wünschte, Daddy wäre da.«

»Er kann nun mal nicht.« Sie drückte seinen Arm. »Du verstehst das doch, oder?«

»Jawohl, Ma'am.«

»Was ist bloß los mit dir? Kopf hoch! Heute ist dein großer Tag! Sobald du die Bühne betrittst, siehst du einfach nur auf mich und tust, als wären all die vielen Fremden gar nicht da. Sing so wie gestern abend. Du machst das schon. Ich werde ganz stolz auf dich sein.«

Für Elvis waren diese Worte und ihre Berührung so etwas wie Balsam. Sie glaubte an ihn. Solange er sich ganz auf das Lied konzentrierte und die große Gelegenheit nutzte, konnte er es schaffen. Er konnte gut singen. Alle sagten das. Seine Mutter auch.

Sie kamen an den Rand der Innenstadt, durchquerten eine ärmere Wohngegend mit gebleichten weißen Häusern. Verwahrloste Hunde bellten alles und jeden an. Inzwischen waren mehr Menschen auf den Straßen, alle unterwegs in eine Richtung.

Da war er – hinter den Bäumen! Der Jahrmarkt! Er fand einmal im Jahr statt, und jedes Jahr war er besser. Das Riesenrad schwang seine schaukelnden Gondeln in den Himmel empor. Wimpel flatterten von Zeltspitzen. In der Luft lagen die Gerüche von Dung und frischem Heu, Zuckerwatte und Würstchen im Mais-Schlafrock, das Blöken von Kühen und alberne Dampforgelmusik.

Man konnte das Festgelände unmöglich betreten, ohne sich einen Weg durch Zelte, Zeltschnüre und unverhoffte Sackgassen zu bahnen, doch für all diese Mühe wurde man mit einem wunderschönen Anblick belohnt. Banner flatterten im Wind. Von dem blitzenden Torbogen an seinem einen Ende angefangen, schien sich der breite Mittelweg endlos weit zu erstrecken. Schon zur Mittagszeit waren sämtliche Leuchtreklamen eingeschaltet:

ROYAL · DIXIANA · SHOWS

Der glitzernde Torbogen führte zu den Attraktionen: der kleinste Mann der Welt, der Riesenindianer, der Polyp, der Tornado, das Taifunrad, der Autoskooter, die Überschlagschaukel, das Ich-rate-dein-Gewicht-Mädchen, der Hau-den-Lukas, Anreißer, Marktschreier, Schausteller und Flittchen, Kinder und Stofftiere sämtlicher Altersklassen. In der Nähe des Eingangs standen die Klassiker: Karussell und Riesenrad. Kleine Kinder machten ängstlich lange Hälse, um herauszufinden, wofür sie sich angestellt hatten. Landstreicher wühlten im Müll nach Würstchen im Mais-Schlafrock. Von den Fahrgeschäften herab ergoß sich kreischendes Gelächter.

Elvis packte die Hand seiner Mutter, rief sich die Attraktionen noch einmal in Erinnerung.

»Dieses Jahr ist der Rummel noch größer«, sagte Gladys. »Das kann man fast gar nicht alles aufnehmen.«

»Ich will fahren.«

»Warte, bis du gesungen hast. Wenn du jetzt fährst, wird dir noch übel.«

»Och, bitte, Mama. Nur einmal.«

»Ich habe nein gesagt.« Sie lotste ihn an dem Torbogen vorbei. »Der Rummel ist noch den ganzen Tag hier. Du kommst jetzt mit.«

Das plötzlich von einem Imbißwagen aufsteigende Aroma ließ Elvis weit nach rechts abschwenken. Zuckerwatte. Er setzte sein hoffnungsvollstes Lächeln auf.

»Und zusehen, wie du dich von oben bis unten damit bekleckerst? Auf keinen Fall. Ich hab dir doch ein Sandwich gemacht. Hast du's nicht gegessen?«

Elvis zuckte die Schultern. »Da war ich noch nicht hungrig.«

»Komm, wir gehen da hinten hin.« Sie machte sich auf den Weg zur ersten Messehalle.

Die nächste Stunde schlenderte Elvis ein paar Schritte hinter seiner Mutter durch die riesigen Hallen. Das einzige Ausstellungsstück, das Elvis sehen wollte, kam erst ganz zum Schluß. Gladys blieb an jedem Steppdeckenstand, jedem Probiertisch mit Dattelpflaumenmarmelade und jeder Lotteriebude stehen. Sie sammelte Broschüren und Heftchen ein, die sie Elvis reichte, während sie haltmachte, um mit Schwester Wilson zu tratschen oder Annie Selwins Neugeborenes unter dem Kinn zu kitzeln.

Elvis legte die Broschüren unterwegs auf den Tischen ab. Er trödelte, wartete und übte insgeheim sein Lied.

Endlich entdeckte er sie, die alles überragend am hintersten Ende der letzten Ausstellungshalle stand: die berühmte Riesenkuh der Seale-Lilly-Molkerei in Jackson.

»Ich geh mal zur Kuh«, sagte er und machte sich aus dem Staub, bevor Gladys ein Wort sagen konnte.

Diese letzte Halle war der Riesenkuh und den wahrhaft langweiligen Ausstellungsstücken vorbehalten: der Energiekooperative, den Versicherungsunternehmen, den Waschmaschinen und Kochherden, den Dauerwellenapparaten, automatischen Melkmaschinen, Heuballenpressen, Erbsenschälern und den Nerzfarmen für den Hinterhof. In diesem Gebäude manifestierte sich das einzige bißchen Spaß in der Kuh.

Alljährlich kehrte sie ins Lee County zurück, wo sie auf ihrem Tieflader-Anhänger stand und mit ihrem aufgemalten weißen Auge über allem wachte. Sie war riesig und rot, aus glänzendem Pappmaché geformt, und auf der Seite hatte man ihr die Worte SEALE-LILLY eingebrannt. Elvis sah erfreut, daß sie mit ihrem Kopf immer noch die Dachsparren berührte; in dem einen Jahr war sie nicht viel geschrumpft.

Ihre Pflegerin, eine hübsche Blondine, stand an einem Tisch neben dem riesigen rechten Vorderbein und verteilte Gratisproben Milch. Es gab nicht viele Interessenten. Elvis vermutete, daß so ziemlich jeder schon mal Milch probiert hatte und niemandem auf der Messe groß der Sinn danach stand. Hätte sie kostenlos Coca-Cola verteilt, hätten die Leute bis vor die Türen angestanden. Die meisten beachteten sie nicht, sondern glotzten die Kuh an.

»Mußt du diese große Kuh auch melken, Süße?« rief ihr ein Mann mit groben Gesichtszügen zu.

»Nein, Sir«, antwortete sie grimmig lächelnd.

Der Mann ging feixend weiter.

Die Milchfrau sah irgendwohin, als Elvis näher trat. Sie mochte fünfundzwanzig oder vierzig Jahre alt sein; blonde Haare waren mit Spray zu einer Säule auf ihrem Kopf getürmt, wie bei den Frauen in der Illustrierten *Life*. Die Arbeit schien ihr keinen Spaß zu machen.

Elvis schaute zu dem glänzenden Brustkasten der Kuh hinauf. »Wie groß ist das Ding?«

»Zehn Meter fünfzig, einschließlich Anhänger«, antwortete sie.

Er sagte: »Ganz schön groß.«

Die Frau faßte sich an ihre Haare, als löse sich eine Strähne. Jetzt erst fiel ihr Elvis' Kostüm auf. »Möchtest du etwas Milch?«

»Klar.« Sie tat ihm leid.

Aus einem beschlagenen verchromten Krug goß sie die Milch in einen Pappbecher, der an der Seite das Bild einer Kuh und die Aufschrift trug: MILCH VON DER GRÖSSTEN KUH DER WELT.

Sie war kalt und schaumig und schmeckte genau wie jede andere Milch.

»Du hast dich wirklich feingemacht für den Jahrmarkt«, sagte sie.

»Ich trete im Talentwettbewerb auf.«

»Ach ja? Welches Talent hast du? Bist du Cowboy?«

»Ich bin Sänger«, antwortete Elvis, und als ihm klar wurde,

daß er einer war – oder heute nachmittag sein würde –, sandte ihm das ein Prickeln über die Kopfhaut.

»Um wieviel Uhr singst du denn?« fragte sie. »Mal sehen, ob ich vorbeikommen und zuhören kann.«

»Um halb vier, glaub ich.« »Okay. Dann sing mal schön.«

Elvis wollte ihr den Pappbecher zurückgeben; sie sagte, er könne ihn behalten. In diesem Moment kam seine Mutter vorbei. »Mama, willst du einen Schluck Milch, kostenlos?«

»Nein, danke«, sagte Gladys und schenkte der Milchfrau ein zerstreutes Lächeln. »Sie verlosen hier nicht zufällig etwas, oder?«

»Nein, Ma'am.«

Gladys lotste Elvis am Arm um die Flanke der Kuh herum. »Ich habe hier an jeder Verlosung teilgenommen«, berichtete sie. »Ich habe wieder einmal so eine Ahnung. Wir werden garantiert etwas gewinnen. Garantiert. Sie verschenken eine Reise nach New Orleans. Hoffentlich gewinnen wir die.«

»Nimmst du mich mit?«

»Es hieß: eine Reise für zwei. Aber vielleicht können wir das Auto nehmen und alle mitkommen. Ich hab das Gefühl, daß wir gewinnen.« Sie strahlte, als sei ihre Gewinnzahl schon ausgerufen worden. »Vielleicht bedeutet es ja auch, daß du den Talentwettbewerb gewinnst.«

Bei dieser Vorstellung schlug ihm das Herz bis zum Hals. So etwas hätte er nie zu hoffen gewagt. »Ich weiß nicht, Mama. Ich werd's versuchen.«

Ein schummeriger Gang führte in die Geflügelscheune, wo gurrende, gackernde, zerzauste, zickige Vögel aller nur denkbaren Sorten die in langen Reihen aufgestellten Maschendrahtkäfige füllten. Die wirklich ausgefallenen Züchtungen – Tauben, die wie Hamster aussahen, Hähne, die für ihre kleinen Körper viel zu große Schwänze hatten – befanden sich in einem eigenen Gang.

Elvis entdeckte seinen Großpapa, der auf einem Stuhl thronte, umgeben von seinen Käfigen mit schlichten, weißen Dominicker-Hühnern. Offenbar hatte er kein einziges verkauft.

Er hielt die Hände in die Höhe. »Hua, paßt auf.«

Elvis blieb abrupt stehen. »Hast du irgendwelche Hühner verkauft?«

»Sie haben einfach ihre verdammten Regeln geändert.«

»Tag auch, Mr. Jessie«, sagte Gladys und klopfte ihm auf die Schulter. Sie nahm ihren Hut ab. »Wo sind Vester und Clettes?«

»Kaum waren wir hier, hat sie sich wegen des Kleinen Sorgen gemacht und erst Ruhe gegeben, als Vester sie zurückgebracht hat.«

»Sie macht sich zuviel Sorgen«, sagte Gladys. »Wie war das mit den Regeln?«

»Der junge Samples kam vorbei, der vom Messevorstand, als ich grade meine Käfige aufgestellt hab«, sagte Jessie. »Sagt: Hey, guten Morgen, Mr. Presley, wie geht's denn so, dann sagt er, der Messevorstand hat dieses Jahr eine neue Regel erlassen. Auf der Messe darf kein Viehzeugs verkauft werden. Von jetzt an darf man Vögel nur noch ausstellen. Achtundzwanzig Jahre hab ich meine Hühner auf dieser Messe verkauft, und das hab ich ihm auch klargemacht. Und wie.«

»Das ist wirklich schade«, sagte Gladys.

»Da hast du verflucht recht, daß das wirklich schade ist, 'tschuldige meine Ausdrucksweise«, sagte er und tippte an seine Hutkrempe. »Für wen hält der sich eigentlich? Ich hab gesagt, Edwin Samples, ich weiß noch, wie du dir auf dem Karussell in die Hosen gepullert hast, also komm mir nicht dumm.«

Gladys verzog das Gesicht und lachte.

Jessie war immer noch wütend. »Ich hab gesagt, ihr wollt auf eurer Messe keine eßbaren Hühner, sondern diese Hüte auf zwei Beinen.« Mit der Hand fächelte er seinem Gesicht Kühlung zu.

Elvis drehte sich der Magen um – er wurde allmählich nervös. »Mama, ich glaub, es ist gleich soweit.«

»Mr. Jessie, komm doch mit und hör Elvis beim Singen zu.«

»Muß hier warten, bis Vester mit meinem Pickup zurückkommt. Oder es ist euch lieber, daß ich die Hühner nach Hause trage.«

»Och, komm schon, Großpapa«, bettelte Elvis und zerrte ihn am Ellbogen.

»Genau«, sagte Gladys, »das bringt dich auf andere Gedanken.«

Er schüttelte den Kopf. »Ich kann hier nicht weg. Wenn die Leute diese Hühner nicht kaufen können, werden sie sie stehlen. Die Leute wollen ein Huhn, das sie *essen* können.«

Gladys sagte: »Dann sehen wir uns nachher zu Hause.«

»He, Junge, komm mal her.« Jessie streckte die Hand aus. »Du mußt den Mädels im Publikum zuzwinkern. So gewinnt man. Ich wünsch dir viel Glück.«

Er klopfte Elvis auf die Schulter. Der lief hinter seiner Mutter her. Sie traten aus dem Stall an die frische Luft.

Gladys bückte sich, machte ihm den obersten Hemdenknopf zu, klappte seinen Kragen hoch, wickelte die Krawatte auf. »Steh still. Ich kann den Schlips nicht binden, wenn du dich so windest.«

»Es tut weh. Er ist zu eng.«

»Du wächst zu schnell, das ist das Problem.« Sie stellte sich hinter ihn, um den Knoten zu binden. »Das Hemd habe ich dir gerade erst gekauft.«

Elvis protestierte mit gequetschter Stimme: »Ich kann nicht singen, wenn ich ersticke!«

»Jedenfalls siehst du hübsch aus.« Sie legte letzte Hand an den Knoten, packte ihn an der Schulter und drehte ihn herum. »Du hast es geschafft, das Hemd ist frisch und sauber. Ich bin stolz auf dich.«

Er zupfte am Kragen.

»Wehe, du reißt den Knopf ab...«

Die unverwechselbaren Gerüche von Schweinestall, Kuhstall und Huftierausstellung begleiteten sie auf dem Weg zu der Arena, wo Elvis singen würde. Es handelte sich um einen kreisrunden Ascheplatz mit einer Grasfläche in der Mitte und nicht überdachten Holztribünen, die eine Manege für Pferdevorführungen umgaben. Auf der anderen Seite stand die überdachte Haupttribüne, und vor ihr die Bühne.

Auf dieser Tribüne wimmelte es von Menschen. Die Massen strömten auch auf die Holztribünen an beiden Seiten. Noch mehr Leute säumten den Zaun.

Auf der Haupttribüne standen Hunderte und Aberhunderte von Menschen; Elvis hätte nie gedacht, daß so viele Leute auf dem ganzen Jahrmarkt wären. Er spürte, wie sich eine völlig neue Angst in ihm breitmachte, sein Blut gefrieren ließ.

Kleine kalte Schweißperlen bildeten sich auf seiner Stirn.

»Sieh doch mal« , sagte seine Mutter, »wie süß! Die Baby-Show.«

Elvis steckte seine Hände in die Hosentaschen und glotzte. Auf der Bühne wimmelte es von Kleinkindern.

Anscheinend hatte man jedes Kleinkind im Lee County herausgeputzt und als Ausstellungsstück zur Messe gebracht, genau wie die sauren Gurken, die Marmeladen und Schweine. Geschniegelt und gebügelt traten sie in blauem Velours, weißer Baumwolle und rosa Taft an, mit Schleifen im Haar, Haaröl und Schuhwichse. Jedem hatte man irgendwo an seiner Kleidung eine Nummer angesteckt. Die Menge in den Seitentribünen bestand aus ihren Familien, die strahlten und winkten und auf der Bühne nur ein einziges Kind sahen.

In der ersten Reihe saßen fünf Preisrichterinnen mittleren Alters und notierten sich Punkte auf den Notizblöcken auf ihren Schößen. Jemand hatte eine Schallplatte mit Kindergartenmusik aufgelegt, zu der die Kleinen tanzen sollten. Sie stolperten tapsig umher, einige weinten. Ein paar winkten grinsend ihren Müttern zu. Die Preisrichterinnen machten sich Notizen.

Dann setzte sich das Weinen durch und verbreitete sich wie ein Lauffeuer über die Bühne. Selbst die grinsenden Kinder hörten auf zu grinsen und betrachteten die weinenden, um herauszufinden, ob sie etwas verpaßten.

Die Erwachsenen auf der Bühne sahen fix und fertig aus.

Mit einem durchdringenden Kratzen blieb die Platte stehen. Ans Mikrofon trat eine Frau, die wie eine Lehrerin aussah. »Meine Damen und Herren, damit ist unsere Baby-Show wohl beendet. Kommen Sie bitte Ihre Kinder abholen. Die

Entscheidungen der Preisrichterinnen werden in Bälde vorliegen.«

»Hast du die Nummer eins-null-fünf gesehen?« sagte Gladys. »Oh, so ein süßes Püppchen. Die wird gewinnen.«

»Keine Ahnung, wie du sie auseinanderhalten kannst«, sagte Elvis.

Eltern stiegen von den Seitentribünen, um die heulenden, verstörten Kandidaten abzuholen. Die Chef-Preisrichterin trat ans Mikrofon und fing an, eine lange Liste von Siegern vorzulesen. Jeder Name ließ dieses oder jenes Grüppchen in Jubel ausbrechen, doch Wellen der Enttäuschung durchliefen die Menge, als die Liste immer länger wurde und manche Namen immer noch nicht gefallen waren.

Dann die Bekanntgabe des großen Preises: »Gratulation an die Kandidatin Nummer einhundertfünf, Debbie Sue Bradley, unsere neue kleine Miss Tupelo. Debbie Sue ist vier Jahre alt, die Tochter von Mr. und Mrs. Donald Bradley aus Tupelo.«

»Mama! Eins-null-fünf!«

»Was hab ich dir gesagt«, erwiderte Gladys.

Die freudestrahlenden Eltern begleiteten ihre kleine Miss zurück auf die Bühne, wo sie einen Strauß Blumen, eine Satinschärpe und eine glitzernde Krone erhielt. Alles paßte ihr genau, was Elvis mißtrauisch machte. Sie nahm die Auszeichnungen mit strahlendem, arrogantem Lächeln und einem angeberischen Knicks entgegen.

»Ist sie nicht hübsch«, sagte Gladys, als betrachte sie eine seltene Blume.

»Sie haben ihr einfach ein paar Kunststückchen beigebracht«, entgegnete Elvis. »Na und?«

»Also, Elvis, sie ist wunderbar. Wenn man dich anhört, könnte man sie für eine Art kleines Ungeheuer halten.«

»Das ist sie bestimmt.«

»Du bist gräßlich. Sie ist entzückend. Sie hat wunderhübsche Haare, und ihre Mutter muß sie garantiert nicht festhalten, um sie zu waschen.«

Elvis sagte: »Die Unterlegenen sind genausogut.«

»Es kann nicht jeder gewinnen. Vergiß das nicht.«

Die Hektik auf der Bühne legte sich. Ältere Schüler liefen geschäftig umher und sammelten Rasseln und Schnuller ein.

Eine Gruppe Männer und Frauen nahmen in der ersten Sitzreihe Platz. Das mußten die Preisrichter für den Talentwettbewerb sein. Sie sahen aus, als wären sie strenger und weniger leicht beeinflußbar als die für die Baby-Show zuständigen Damen.

Viele Eltern der Kleinkinder hatten für den Talentwettbewerb wieder Platz genommen, und jetzt trafen die talentierten Kinder samt ihren Eltern ein, außerdem Leute, deren müde Füße sich vom Jahrmarkt erholen mußten.

Gladys berührte Elvis' Schulter. »Halt dich bereit für den Fall, daß du als erster dran bist.«

»Das können sie mir nicht antun«, sagte er. Doch er hängte sich für alle Fälle den Pistolengürtel um die Hüften und machte die Schnalle zu.

Er war überwältigt von der Größe der Arena und den vielen Gesichtern. Er war schon oft hier gewesen, doch noch nie war ihm die Anlage so riesig vorgekommen. Wie konnte er am hellichten Tage singen, und ganz Tupelo sah zu?

»Ich bitte um Ihre Aufmerksamkeit!« dröhnte eine Stimme, begleitet von einem pfeifenden Störgeräusch, das alle auf der Haupttribüne zusammenzucken ließ. Das schauderhafte Geräusch kam von einer kleinen, untersetzten und bebrillten Frau. Sie trat zurück, als befürchte sie, einen tödlichen Stromstoß von dem Mikrofon verpaßt zu kriegen. Sie bewegte die Lippen, doch kein Laut war zu hören, dann ertönte ein Krachen, und danach ging gar nichts mehr.

»Moment! Moment!« rief ein neben der Bühne stehender Mann. »Es wird gerade repariert.«

Die plumpe Lehrerin faltete geduldig lächelnd die Hände vor ihrem Körper, bemüht vorbildhaft. Als sie aus der Kulisse ein Zeichen bekam, machte sie einen neuen Anlauf. »Guten Tag, meine Damen und Herren, liebe Jungen und Mädchen, ich heiße Bertie Claire. Im Namen der Schul- und Erziehungsbehörde von Lee County begrüße ich Sie zum dreizehnten alljährlichen Talentwettbewerb auf der Landwirtschaftsausstellung. Das Thema des diesjährigen Wettbewerbs sollte eigentlich ›Frieden unter Sternen‹ heißen, aber da das Autocrashrennen auf den heutigen Abend verlegt wurde, findet unser Wettbewerb eben nachmittags statt.«

Trotz vereinzelten Gelächters fuhr sie fort: »Die Preisrichter werden Leistung, Auftreten, Haltung und besondere Ausstrahlung bewerten. Dreizehn Preise werden verliehen. Unsere Kandidaten mögen sich jetzt in dem abgetrennten Bereich hinter der Bühne einfinden. Die Veranstaltung wird in Kürze beginnen. Vielen herzlichen Dank.« Sie verbeugte sich und trat ab. Ein paar Leute klatschten.

»Elvis, es ist soweit.« Seine Mutter bückte sich. »Ich sehe dir von hier aus zu. Geh einfach nach hinten und übe dein Lied im stillen. Du wirst das schon machen, Schatz. Mama ist ganz in der Nähe.« Sie küßte ihn und scheuchte ihn weg.

Er gesellte sich zu einer Anzahl nervös dreinblickender Kinder, die sich hinter einem samtenen Absperrungsseil versammelten. Er suchte sich eine Stelle, von der aus er einen freien Blick auf die Bühnenmitte hatte.

Mrs. Claire verkündete, Pamela Foster sei als erste dran. Ein an der Seite stehendes brünettes Mädchen stieß einen spitzen Schrei aus, als sei sie niedergestochen worden.

Doris Ann Mason sei als zweite dran, sagte Mrs. Claire. Ein unscheinbares Mädchen mit Zahnspange wich bis an die Absperrung zurück und biß sich auf die Lippen.

Elvis fühlte sich besser, als er ihre Mienen sah; sie wirkten noch unsicherer und eingeschüchterter als er.

Er atmete tief durch und trat auch nach hinten, machte sich Mut. Jetzt war er auf sich allein gestellt. Ein Junge und ein Mikrofon. Er konnte die Sache vermasseln oder da rausgehen und sein Lied singen. Es war ein gutes Lied. Es sollte jedem gefallen.

Mrs. Claire las immer noch die Namen vor. Elvis war sich fast sicher, daß sie ihn vergessen hatten, als sie sagte:

»Elvis Presley, vierzehnter, und die fünfzehnte und letzte ist dann Mary Lynn Bradley. Gibt es noch Fragen?«

Niemand sagte ein Wort.

Elvis dachte: Vorletzter ist ein guter Platz. Sollen es alle anderen vor mir hinter sich bringen.

»Wenn ihr vier Minuten überschreitet, muß ich euch unterbrechen.« Mrs. Claire betätigte einen Essensgong aus Messing. »Los geht's. Ihr Mädchen könnt in dem Spiegel da drüben eure Frisur überprüfen. Euch allen viel Glück.«

Pamela Foster entpuppte sich als Steptänzerin, genau wie Doris Ann Mason und etliche andere. Sämtliche Schülerinnen aus Miss Irmas Tanzschule waren zu dem Wettbewerb angemeldet. Elvis sah, wie Miss Irma mit ihren straff zurückgekämmten schwarzen Haaren und geschminkten Augen an den Kostümen der Mädchen herumzupfte. Er hoffte, daß sich die Tänzerinnen gegenseitig eliminierten, so daß er eine Chance bekam.

Er betrachtete das Publikum. Er ging den Text seines Liedes durch. Er sah eigentlich keinen der anderen Teilnehmer; was sie taten, bekam er höchstens aus den Augenwinkeln mit. Er ignorierte sie, außer wenn sie Fehler machten. Dann durchzuckten ihn kleine Wellen der Freude.

Er durfte auf keinen Fall zu laut singen, wie ein gewisser Pigeon Stevens aus Oxford, bei dem das Mikrofon so laut aufheulte, daß allen Leuten die Trommelfelle platzten. Wanda Darnell aus Taylor hatte genau das entgegengesetzte Problem: Ihr Lied verschwand auf dem Weg von den Lippen zum Mikro; tonlos schien sie die Worte zu einer Schallplatte zu sprechen, die jemand vergessen hatte aufzulegen.

Elvis machte seine Mutter in der vierten Reihe ausfindig, und die Milchfrau hockte ganz vorn. Er schaute verstohlen in den Spiegel. Nicht mehr lange, und die Krawatte würde ihn erdrosseln. Wenn er es recht bedachte, ließ ihn der Schlips mitsamt dem eleganten, übergroßen Hut ein wenig lächerlich aussehen, wie einen Desperado, den man für die Sonntagsschule feingemacht hatte.

Er lockerte den Knoten.

Wenn er den Schlips ganz abnahm, würde Gladys ihn umbringen. Statt dessen schlang er ihn locker um den Hals und band ihn seitlich zusammen, so daß die beiden Enden wie ein schmales Halstuch herabhingen.

Er hörte die silberhellen Worte des Spiegels: viel Glück...

Das Warten hatte fast ein Ende. Der zwölften Künstlerin, einer kleinen rothaarigen Steptänzerin, widerfuhr die Demütigung, von Mrs. Claires Gong gestoppt zu werden. Sie hörte auf zu steppen und schlich beschämt von dannen.

Die Glückszahl dreizehn hatte ein pickliger dicker Junge aus Pine Flat, ein Sechstkläßler namens Rocky Paul. Überraschend anmutig begab er sich zu dem Spinett, setzte sich auf den Hocker und legte die Hände auf die Tasten. An den Knöpfen wölbte sich sein Hemd. Das Fett an seinen Armen wabbelte, während sich seine Hände über die Tasten bewegten, und seine Hände zitterten. Elvis konnte sie sehen.

Aber Rocky konnte spielen. Er trug ein temperamentvoll klingendes Stück vor, das sehr hoch begann und ein wenig schreckhaft herumhüpfte, ehe es mit Donner, Blitz und Krach ganz tief nach unten ging. Es folgte ein einfacher Mittelteil, und Elvis fiel auf, wie Rockys Hände immer heftiger zitterten. Und dann, wumms, an der leisesten, einfachsten Stelle, verweigerten die Finger des Jungen endgültig den Dienst.

Er saß in der Stille und starrte auf seine Hände.

Alle wußten, daß das Stück nicht zu Ende war. Jemand hustete. Niemand klatschte. Zu klatschen wäre grausam gewesen.

Mrs. Claire ging hinaus und begleitete ihn in die Kulisse; dabei flüsterte sie ihm etwas ins Ohr. Mit der freien Hand winkte sie Elvis auf die Bühne.

Elvis, es ist soweit.

Er atmete tief und langsam ein, dann wieder aus. Er trat ans Mikrofon. Unterwegs fiel ihm ein, daß er lächeln sollte. Er versuchte, sich gar nicht erst vorzustellen, was seine Mutter wohl von seinem Krawatten-Halstuch hielt.

Hier, in der Bühnenmitte, war die Luft dünn. Das spätnachmittägliche Licht fiel wie Scheinwerferkegel in goldenen Strahlen herab.

Noch ein anderes Licht leuchtete, nämlich das in den Augen Hunderter Fremder. Sie hatten jeden Auftretenden beklatscht, nur Rocky Paul nicht, und selbst das war eine freundliche Geste gewesen. Elvis hoffte, daß sie auch ihm gegenüber ein wenig Liebenswürdigkeit aufbrachten.

Er neigte sich zum Mikro und spürte ein elektrisches Prickeln in seinen Lippen. »Hallo, ähem, ich heiße Elvis Presley und besuche Miss Dempseys Klasse in der East Tupelo Consolidated School. Ich singe Ihnen jetzt ein Lied. Es heißt ›Old Blue‹.«

Beim Üben des Liedes hatte Elvis sich vorgestellt, wie Red Foleys Gitarre in seinem Kopf loslegte. Jetzt beugte er sich so weit vor, daß er beinahe das Mikrofon küßte, und rief sich die ersten geklimperten Noten in Erinnerung.

When I was no more than a towheaded boy
I found an old hound dog named Blue

Seine Stimme klang gewaltig, wurde durch ein Wunder der Technik in den Raum katapultiert, die oberen Ränge der Haupttribüne warfen seine klaren, hohen Töne wieder zu ihm zurück.

We played in the fields and we swam in the streams
We did the things boys and dogs do
If ever a lad had a friend in the world
Let me tell you, son, I had Old Blue

Das Lied täuschte das Publikum; zunächst lächelten die Leute – sie glaubten, ein kitschiges altmodisches Lied zu erkennen, wenn sie es hörten. Doch als die Geschichte weiterging, von Elvis so rein und klar gesungen, wie er nur konnte, sah er, wie sich ihre Mienen veränderten. Er spürte, wie sich jeder einzelne Zuhörer wünschte, daß er es richtig machte. Niemand will, daß du erstarrst und auf deine Hände stierst! Du nimmst alle guten Wünsche auf, die dir die Leute mit ihren Blicken übermitteln, wendest sie um und schickst sie ihnen zurück. Sorgst dafür, daß sie sich freuen, dich zu hören. Sing, als wolltest du gehört werden.

Als er schließlich den armen alten Blue in den Himmel geschickt hatte, wo er auf Joe wartete, sah Elvis echte Tränen in den Augen der in der ersten Reihe sitzenden Milchfrau von Seale-Lilly.

But I know I'll be happy in heaven one day
When I have Old Blue by my side

Auf das Ende folgte ein regelrechter Beifallssturm. In Elvis' Ohren war der Applaus lauter als der gesamte bisherige Beifall zusammengenommen. Er machte einen Diener, verbeugte sich erneut und lief von der Bühne. Die lächelnde Mrs. Claire klatschte in die Hände. »Was für ein wunderschönes Lied!« rief sie.

Er kam freudestrahlend die Treppe herunter, noch benommen von dem Licht, das er direkt vor seinen Augen hatte schweben sehen. Es war ein von innen kommendes Licht. Es leuchtete auf, wenn er sang, und gerade eben, als er für diese große, freundliche Menschenmenge gesungen hatte, strahlte und funkelte es. Er wollte mehr davon. Er fühlte sich hungrig und zufrieden zugleich.

Er ging zum Spiegel, um herauszufinden, ob er irgendwie anders aussah. Seine Augen glänzten. Er atmete zu schwer. Sein Stetson-Cowboyhut saß schief.

Am liebsten wäre er sofort wieder auf die Bühne gelaufen, um noch ein Lied zu singen, »God Bless America«, alles, egal was, wollte nur mehr von dieser Zuneigung spüren, die sich in großen Wellen über ihn ergoß.

Er wußte, er hatte gewonnen.

Und warum auch nicht? Er hatte den meisten Beifall bekommen. Das konnte keiner bestreiten. Er mußte einfach der Sieger sein. Er warf noch einen kurzen Blick auf die letzte Teilnehmerin, Mary Lynn Bradley aus Tupelo, sechs Jahre alt.

Bradley. Mary Lynn Bradley.

Das kleine Mädchen, das die Baby-Show gewonnen hatte, hatte die gleichen glänzenden Korkenzieherlöckchen gehabt und hieß... Debbie Sue Bradley. Das mußte ihre Schwester Mary Lynn sein, die da einen Tambourstock herumwirbelte, »Sentimental Journey« sang und einen Steptanz aufs Parkett legte, alles auf einmal.

Elvis trat näher und sah zu.

Mary Lynn vollführte eine Pirouette nach der anderen, ließ mit ihrer lauten durchdringenden Stimme kein einziges Wort des Liedtextes aus. Sie berührte beide Enden des Stocks mit einem Streichholz und wirbelte nun einen Feuerkreis durch die Luft. Sie beendete »Sentimental Journey« und begann mit »God Bless America« – das war Elvis' Lied! –, und doch mußte er zugeben, daß sie wirklich Dampf und klippklapp machte und die Flammen durch die Luft wirbelte und ihre glänzenden blonden Locken schüttelte. Er merkte, wie ihm übel wurde.

Sie warf den Stock in hohem Bogen durch die Luft, drehte sich wie eine Eiskunstläuferin um die eigene Achse und fing das Ding hinter dem Rücken, ohne ihre Haare in Brand zu stecken. Die Leute standen in den Sitzreihen und jubelten.

Und im Nu – genauso schnell wie er gewonnen hatte – wußte Elvis, daß er verloren hatte.

Mary Lynn blieb und genoß ihre Ovationen. Als sie die Bühne verließ, klatschte sogar Elvis. Sie lief vorbei, ohne sich umzudrehen, direkt in die Arme ihrer strahlenden Eltern, Mr. und Mrs. Donald Bradley.

Sie war gut. Wahrscheinlich hielt sie sich für besser als sie war. Sie war ein Bombenerfolg, wie es ihre Eltern ihr beigebracht hatten.

Die Preisrichter hatten keine Wahl. Sie gaben ihr den ersten Preis. Elvis bekam den zweiten – ein rotes Band, einen Fünfdollarschein, den ganzen Abend lang Gratisfahrten auf dem gesamten Jahrmarkt und noch eine Runde freundlichen Applaus.

Rocky Paul wurde Dritter, offensichtlich aus Mitleid, doch er grinste und verbeugte sich, als sei ihm das nicht bewußt, schwenkte den Dollarschein über seinem Kopf und bekam den größten Applaus von allen. Er hatte rote Augen.

Gladys drängte sich durch die Menge, schrie: »Elvis!« und umarmte ihn, drückte ihn an sich. »Du warst phantastisch. Phantastisch! Du Halunke, gib mir den Schlips!«

Auch Mrs. Dempsey umarmte ihn, war des Lobes voll. »Mr. Potts wird genauso stolz sein, als ob du den ersten Preis gewonnen hättest, das weiß ich«, verkündete sie.

Die Frau vom Milchstand eilte herbei und schlang die Arme um Elvis. »Oh, du hast mich zum Weinen gebracht!« sagte sie. »Schau, du hast mein Make-up ruiniert! Das war phantastisch, Kind!«

Elvis grinste bloß und bedankte sich. Er hörte gar nicht mehr, was die anderen sagten; die Woge der Freude hatte ihn in eine andere Welt gespült. Der zweite Platz war genausogut wie der erste, wenn man wußte, daß man besser war. Wenn man zum erstenmal die ganz besondere Luft in der Bühnenmitte geatmet hatte. Es war besser, als in der Kirche zu singen – alle sahen ihn an, mochten ihn, beachteten ihn.

Seine Mutter bugsierte ihn durch den Menschenauflauf, der zum Autocrashrennen unterwegs war. Als sie gerade am Royal-Dixiana-Schild vorbeikamen, sagte die Lautsprecherstimme: »Gladys Presley, kommen Sie bitte in die Hauptausstellungshalle und nehmen Sie Ihren Preis in Empfang. Gladys Presley.«

Ihre Hände sausten vors Gesicht. »Oh, ich hab gewonnen!«

»Mama!« Elvis hopste auf und nieder. »Komm schon, nichts wie hin!«

Sie eilten an den vielen unglücklichen Menschen vorbei, deren Namen nicht soeben vom Lautsprecher aufgerufen worden waren. Sie mußten fünf verschiedene Leute fragen, ehe sie den Mann fanden, der Gladys' Tombolaschein in der Hand hielt.

»Gratuliere!« sagte er. »Wir haben Ihren Namen gezogen.«

Gladys schlug die Hände zusammen. »Oh, was hab ich gewonnen?«

»Den Korbkinderwagen ›Royal Princess‹«, antwortete der Mann strahlend.

Ihre Miene erstarrte. »Den was?«

»Den Korbkinderwagen ›Royal Princess‹«, wiederholte er. »Das Spitzenmodell der Firma Monkey Ward. Sie haben doch an der Tombola der Baby-Show teilgenommen, oder?« Er hielt den Zettel mit ihrem Namen hoch.

»Schon möglich«, sagte Gladys. Ein Schatten huschte über ihre Augen. Sie wandte sich ab.

»Bringen Sie diesen Gutschein zu Ward« , sagte der Mann. »Die liefern Ihnen das Teil frei Haus.«

»Ich danke Ihnen vielmals«, sagte Gladys. »Elvis, schau mich nicht so an und komm. Danke sehr, Mister.«

Elvis folgte ihr zum Rummelplatz.

»Vielleicht können wir es verkaufen oder so was«, sagte sie und steckte das Papier in ihre Handtasche.

»Aber du hast gewonnen, Satnin, und ob. Du hast gesagt, du würdest was gewinnen, und so war's.«

»Paß mal auf, Schatz«, sagte sie. »Ich bin völlig erledigt. Ich geh jetzt heim und erzähle allen, wie gut du gesungen hast. Du hast mich heut wirklich stolz gemacht. Du darfst hierbleiben und dich so lange vergnügen wie du willst.«

»Ist das dein Ernst? Wirklich?« Elvis traute seinen Ohren nicht. »Ganz allein?«

»So isses, aber schön vorsichtig sein...«

Elvis drehte sich den ganzen Abend lang durch die Luft, mit dem Kopf nach unten, wirbelte umher, machte unendlich viele Fahrten. Jede einzelne Fahrt machte er fünfzehnmal. Er ließ sich das Gehirn durcheinanderwirbeln. Er ging erst nach Hause, als die Schiffschaukel schloß. Er war zehn Jahre alt, und er hatte etwas gefunden, das er gut konnte.

11

Der Tag auf dem Jahrmarkt war der Tag in Tupelo, der den Presleys am angenehmsten in Erinnerung blieb und den Vernon verpaßte, weil er hinter einem Straßenbautrupp herhastete, den es, wie sich herausstellte, überhaupt nicht gab. Hundemüde und enttäuscht kam er nach Hause, wo Gladys noch ganz aufgewühlt von Elvis' Singen berichtete. »Er ist der geborene Sänger«, sagte sie, noch ehe sie ihm ein Häppchen zu essen anbot. »Er ist ein kleines Genie, so wie Shirley Temple.«

»Wie alt war Shirley Temple, als sie anfing, etwa drei?« sagte Vernon mit nachsichtigem Lächeln. »Elvis ist fast elf. Er hat seine beste Zeit hinter sich.«

»Dot Simmons sagt, Judy Garland verdient an jedem Film eine Million Dollar, und sie ist nicht mal als Talent auf die Welt gekommen. Es stimmt. Ihre Mutter hat sie nach Hollywood gebracht und zum Star gemacht. So was müssen wir auch für Elvis tun.«

»Ist ja toll« , sagte Vernon. »Hollywood. Gibt es in diesem Haus irgendwas zu essen?«

»Ich sag's dir, er hätte den ersten Platz machen müssen, und so wär's auch gekommen, wenn diese Bradleys sich nicht mit den Preisrichtern abgesprochen hätten.«

»Wo ist er eigentlich?«

»Spielt im Schuppen.«

»Er spielt immer irgendwo allein.«

»Ich weiß... Alle anderen Jungen haben Fahrräder, und ich bring es nicht übers Herz, ihn zu zwingen, mit ihnen zu spielen.«

"Das ist nicht gut für ihn, Gladys. Er verbringt zu viel Zeit allein. Ich weiß nicht, warum du so 'n Getue um ihn machst. Vermutlich wird er dadurch noch merkwürdiger, als er ohnehin schon ist.«

»Aber Vernon, er ist nicht merkwürdig. Er ist etwas Außergewöhnliches. Ich hab dir immer gesagt, wie außergewöhnlich er ist. Du hättest ihn hören sollen. Auf dem ganzen Gelände blieb kein Auge trocken. Jeder hat davon gesprochen. Weißt du, daß der Radiosender WELO den Wettbewerb übertragen hat? Christine hat es im Schönheitssalon gehört. Amelia Self hat mich auf der Straße angehalten.«

Vernon grinste. »Natürlich war er gut. Das Talent hat er von seiner Familie väterlicherseits.«

»O Vernon, begreifst du denn nicht, daß ich es ernst meine?«

»Süße...« Er trat seine Schuhe in die Ecke. »Ich sag dir was. Du und Dot, ihr kündigt eure Jobs und bringt Elvis nach Hollywood, damit er ein Filmstar wird. Ich bleib hier und esse zu Abend. Wie klingt das?«

»Dich kümmert nur dein Magen und sonst nichts«, sagte sie.

Plötzlich wirkte Vernon müder und älter. »Irgendwie erschlägt das alles andere, Gladys. Ich esse jetzt seit fünf Tagen Thunfisch aus der Dose.«

Gladys wollte gerade etwas Bissiges erwidern, doch als sie sah, wie erledigt er war, schlang sie ihm statt dessen die Arme um den Hals. »Mein armer Vernon, tut mir leid«, sagte sie. »Warum hat dich denn dieser Vorarbeiter für nichts und wieder nichts die weite Strecke fahren lassen?«

»Vermutlich weil ich einfach ein Glückspilz bin«, sagte er, und dann, in nüchternem Tonfall: »Ich verrat dir was. Es hatte nicht viel gefehlt, und ich wäre nicht zurückgekommen.«

Gladys starrte ihn an. »Was hast du gesagt?«

Er streckte die Arme. Seine Ellbogen knackten. »Ich hab in einer Tankstelle in Sardis gesessen und darauf gewartet, daß ich von jemand fünfzig Cent schnorren konnte, um genug Benzin für die Heimfahrt zu kaufen. Und da dachte ich: Junge, wo willst du in dieser miesen Welt eigentlich hin? Zurück, um ihr zu sagen, daß du schon wieder versagt hast? Und da fiel mir auf, na ja, daß die Straße in zwei Richtungen führt.«

»O Schatz...« Sie drückte ihn noch fester. »Bist du nicht froh, zu Hause zu sein?«

»Das ist nicht mein Zuhause, sondern Daddys«, sagte er und betrachtete seine Fingernägel. »Ich kann nicht mal für ein eigenes Zuhause sorgen.«

»Warum wurmt dich das so?« fragte Gladys. »Ich beklage mich doch gar nicht. Es wird sich schon bald was ergeben. Miz Crawley sagt, gleich im neuen Jahr brauchen sie neue Männer beim Be- und Entladen.«

»Na, da klimpert doch sofort das Bargeld in meiner Tasche, was?« Er klang verbittert.

Gladys ließ ihn los und ging zur Anrichte. »Du hast bloß Hunger, das ist alles.« Sie nahm sich ein Messer und schnitt eine Tomatenscheibe ab. »Ich hab noch etwas leckeren Frühstücksspeck übrig. Ich mach dir ein Sandwich. Leg du einfach die Füße hoch und ruh dich aus.«

»Seien wir doch ehrlich, Gladys. Mit mir hast du kein Glück gehabt.« Seine Augen waren unendlich starr. »Nichts ist für uns gut gelaufen. Du wärst besser dran gewesen, wenn du so ziemlich jeden anderen geheiratet hättest.«

»Da hast du recht«, sagte sie und klapperte mit einem Messer im Mayonnaiseglas. »Glaub ja nicht, daß ich darüber nicht schon nachgedacht habe. Hätte ich Eddie Spencer oder Walter Andrews geheiratet, würde ich heute in einem hübschen Haus wohnen und eine farbige Hausangestellte haben.« Sie schnitt das Sandwich schräg durch, so wie sie es für Elvis geschnitten hätte, und legte es vor Vernon hin. »Hier. Iß das.«

Er trank einen großen Schluck aus seinem Bierglas und vertilgte das Sandwich in vier Bissen. »Warum hast du's nicht getan?« fragte er kauend. »Einen von denen geheiratet, meine ich.«

»Du weißt warum«, sagte Gladys. »Wir haben getan, was wir tun mußten. Jetzt müssen wir eben damit leben.«

»Wie du das sagst, klingt es ziemlich bitter.«

»Da wir schon mal bei bitter sind, verrat ich dir noch was. Falls du jemals abhaust und mich so sitzenläßt« – sie wackelte mit dem Finger –, »werd ich dir folgen und dich finden, und dann wird's dir noch leid tun, daß du je geboren wurdest.«

Vernon verdrehte die Augen. »Das war deutlich.«

Ein leichtes Lächeln schlich sich in ihr Gesicht. »Außerdem liebe ich dich, und dagegen war ich schon immer machtlos.«

Er erhob sich, immer noch Frühstücksspeckreste zwischen den Zähnen, und umarmte sie. Und so standen sie da und spürten die Ecken und Kurven ihrer beider Körper.

»Er ist draußen, hast du gesagt?«

»Im Schuppen« , flüsterte Gladys. »Da bleibt er stundenlang. Manchmal frage ich mich, was er da treibt. Ich glaube, er braucht eine Beschäftigung.«

»Glaubst du, er könnte reinkommen?«
Sie schüttelte den Kopf. Er küßte sie.
»Mm, Speck«, sagte sie.
Vernon hakte die Fliegentür ein, für alle Fälle. »Wo sind die anderen?«
»Die sind ins Kino gegangen«, sagte Gladys.
Er grinste. »Hoffentlich ist es eine Doppelvorstellung.«
Sie öffnete den Reißverschluß an ihrem Rücken. »Willkommen zu Hause, Vernon.«
»Teufel auch, es ist schön, zu Hause zu sein«, sagte er lachend und packte sie.

12

Was treiben sie bloß da drin, fragte sich Elvis. Offenbar machte es Spaß, wenn man danach ging, wie seine Mutter kicherte, aber offenbar tat es auch weh, da sie ab und zu einen spitzen Schrei ausstieß, der echt klang, und sein Daddy knurrte, und dann klangen die beiden wie zwei kämpfende Hunde.

Je länger er lauschte, desto mehr kam es ihm vor, als hätten sie Spaß an dem, was sie machten. Das Lachen seiner Mutter klang eindeutig nach Freude.

Elvis hatte auf eigene Faust genug Informationen gesammelt, um zu merken, daß etwas Wichtiges im Gange war und er eigentlich nicht unter dem Fenster hätte lauschen dürfen.

Mit vier Jahren hatte er seine Cousine Daisy in einem Treppenhaus in die Enge gedrängt und von ihr verlangt, ihren Schlüpfer runterzuziehen und ihm zu zeigen, was da unten war. Daisy gehorchte, doch es gab nicht viel zu sehen – eine kleine rosa Hautfalte wie ein Lächeln, genau da, wo ihr Ding sein müßte.

Lange Zeit stellte Elvis keinen Zusammenhang her zwischen dem und dem Aussehen seiner Mutter, wenn sie sich zum Baden auszog. Es war einfach nicht das gleiche. Er grübelte drüber nach. Auch sein Vater hatte da unten Haare. Vielleicht kommen die Haare dazu, wenn man größer wird.

Mehr erfuhr er von den Triplett-Jungs, die in ihrem Haus in der Dolores Street das Sagen hatten, weil ihr Vater andauernd arbeitete und ihre Mutter tot war. Die Tripletts rochen merkwürdig und versuchten immer wieder, Elvis zu Dingen anzustacheln, die er gar nicht tun wollte, wie etwa Geld seiner Mutter aus der Handtasche klauen. Dennoch, wenn sie sich über schmutzige Dinge unterhielten, übte das unbestreitbar eine seltsame Anziehungskraft auf ihn aus.

So wie sie es erklärten, steckte der Mann sein Ding in die Frau. Elvis begriff nicht recht, wie – vorne oder hinten? – und ob der Mann das Baby da reinpinkelte oder warum man sich überhaupt diese Mühe machte. Die Tripletts würden ihn bestimmt auslachen, wenn er fragte, daher blieb seine Vorstellung von der Sache vage.

Eines Nachmittags brachte Willis Triplett die kleine farbige Sally mit in das Haus in der Dolores Street, während Elvis gerade da war. Willis verkündete, er habe Sally eine Schachtel Schokorosinen versprochen, wenn es die Jungen mit ihr machen dürften, und sie sei einverstanden. Natürlich hatte sie keine Ahnung, was sie tun wollten; genausowenig wie Elvis oder die anderen Jungen, die im Keller der Tripletts herumstanden, mit den Füßen scharrten und abwarteten, was die anderen taten.

Willis Triplett sagte, er habe sich gedacht, ein anderer sollte den Anfang machen, schließlich habe er Sally ja dazu überredet.

Sally sagte, sie sehe keine Süßigkeiten; wo die denn seien? Willis erwiderte, sie solle Leine ziehen und ihnen nicht länger die Zeit stehlen. Sie streckte ihnen die Zunge raus und lief nach Hause.

Als Elvis nachts in seinem Bett daran dachte, bemerkte er verblüfft, daß sein Ding steif war und hochstand, wie morgens, wenn er pullern mußte. Es tat irgendwie komisch weh, was gar nicht so schlimm war, sobald er sich daran gewöhnt hatte. Doch kaum dachte er an etwas anderes, schrumpfte es wieder.

Als er jetzt zwischen Dodgers blauen Hortensien unter dem Fenster kauerte, spürte er wieder, wie sein Pimmel steif wurde, und er nahm an, es müsse ein mächtiges Gefühl sein, so wie seine Mama sich benahm. Sie stöhnte und seufzte.

Elvis sah sich nach etwas um, mit dessen Hilfe er einen Blick über den Fenstersims werfen und selbst nachsehen konnte. Es machte ihn verrückt. Offenbar wußten alle anderen bestens darüber Bescheid.

Unter der Verandatreppe entdeckte er einen umgekippten Betonblock und machte sich daran, ihn durch den Sand zu zerren. Der Lärm aus dem Haus hätte ein Rudel bellender Hunde übertönt. »Au!« rief sie. »Au! Au!«

Elvis drehte den Block auf eine Seite und stieg leise hinauf.

Sonnenschein fiel durch die obersten Fensterscheiben und in einem breiten Streifen quer übers Bett, wo der nackte Hintern seines Vaters auf und nieder hopste, das Bein seiner Mutter zu einer Seite abgespreizt – wo war ihr anderes Bein? –, sie waren ineinander verkeilt, aufeinander befestigt, miteinander verbunden, rollten...

Er reckte sich, um besser sehen zu können. Der Block kippte unter ihm um. In Zeitlupe fiel Elvis in den Dreck.

Er suchte das Weite, rannte über den Hof zum Schuppen, die Scham brannte ein Loch vor seinen Augen ein.

In seinem Kopf kamen eine ganze Reihe unterschiedlicher Vorstellungen zusammen. Wenn ein Mann und eine Frau ein Baby machen, legen sie sich hin, geben Tiergeräusche von sich und stoßen gegeneinander. Irgendwie hing das mit der Erregung und der komischen Steifheit in Elvis' Hose zusammen, mit der Lehrerin, deren weiße Unterhose er kurz hatte aufblitzen sehen, mit Cousine Daisy, mit gewissen Sachen, die er von den Triplett-Jungs über Mädchen gehört hatte...

Er schämte sich. Offenbar taten es eine Menge Leute, sonst gäbe es keine Babys. Dennoch schämte er sich für sie. Er hatte sich etwas Sanftes und Liebevolles vorgestellt, so als bekäme man angenehm den Rücken abgerubbelt, daß es kitzelte – aber nie und nimmer so ein verschwitztes, nacktes Getobe! Wenn es das ist, was sie machen, dachte Elvis, wenn man erwartet, daß ich so was mache, tja, dann können sie's behalten. Wer braucht schon Babys? Sie schreien und pinkeln sich in die Hosen und haben von nichts 'ne Ahnung.

Er kauerte sich unter die Konifere und zerrieb einen Zweig zwischen den Fingern, um daran zu riechen.

Er könnte reinlaufen und ihnen sagen, sie sollten aufhören!

Aber er hatte gesehen, wie sein Vater die Fliegentür eingehakt hatte. Darum war er überhaupt erst aus dem Schuppen gekommen und hatte unter dem Fenster herumgeschnüffelt.

Er schlich über den Hof, durch die große offene Tür und über die wacklige Leiter auf den Heuboden.

Sein Versteck lag in der dunkelsten Ecke des Bodens, hinter einem Pappkartonstapel. Elvis schob den größten Karton nach rechts, ging durch den Geheimeingang und schob den Karton wieder an seinen Platz zurück. Das war seine letzte Kontaktstelle mit der Außenwelt.

Er knipste die Glühbirne an. Ihr vierzig Watt starker Schein offenbarte jeden Zentimeter seines Reichs – Comic-Hefte von X-Man, Space Man und Superman, sein rotes Band für den zweiten Platz auf der Messe, eine von Tante Irene weggeworfene Ausgabe der Illustrierten *Confidential,* voller Büstenhalter-Anzeigen, sowie den »Big Chief« -Notizblock, der Elvis' Zeichnungen, Kritzeleien und geheime Listen enthielt.

Er malte die Umrisse imaginärer Inseln, die ihm eines Tages gehören sollten. Er zeichnete kunstvolle Villen, vor denen große Lastwagen zusammenstießen. Er entwarf Plakate für seine zukünftigen Gesangsauftritte, einschließlich schmückender Umrandungen und Texte, die er dem *Memphis Commercial Appeal* entnahm.

Der einzigartige. Der umwerfende

ELVIS PRESLEY

singt Ihre Lieblingslieder!!!
Live!
Und höchstpersönlich!
Allabendlich zwei Konzerte!

Er nahm seinen Bleistift, leckte die Spitze an und schrieb seinen Namen auf ein leeres Blatt Papier.

Elvis

Das sah ganz gut aus. Aber wie wär's mit

· · · elvis · · ·

Noch besser. Er schrieb seinen Namen fünfzehnmal in verschiedenen Schriften – mal in großen sperrigen Buchstaben, dann wieder hauchdünn.

Seine Gedanken rasten zurück zu dem Lichtstreifen, der durch das Fenster fiel, zu dem sich bewegenden weißen Fleisch... Er skizzierte die Umrisse ihrer Körper, wie sich die Hüfte seines Vaters mit ihr verband...

Oh. Seine eigene Mutter. Er sah sie. Es erregte ihn. Das war zwar schrecklich, aber so war es nun mal. Er zerknüllte das Blatt und schmiß es in die Ecke.

Er füllte ein ganzes leeres Blatt Papier mit einem Wort:

ELVIS!

Durch die Wände des Schuppens drang das Quietschen der Hintertür, dann die helle Stimme seiner Mutter am Spätnachmittag – »Elvis? Komm jetzt rein, es ist gleich Abendessenszeit.«

13

In diesem Jahr bekam Elvis zu Weihnachten ein Briefchen: »Lieber Elvis, diesmal reicht es noch nicht ganz, aber bald das Fahrrad, Ehrenwort. Sei ein braver Junge, Dein Weihnachtsmann.«

Sein elfter Geburtstag verging mit einem Kuchen und einer

Kerze, ohne Geschenke. Er wartete und wartete auf ein Baby, doch seine Mutter wurde nicht dicker.

Er sang immerzu. Er ging in die Schule und in die Kirche und in Gangsterfilme, begleitet von seinen Onkeln Johnny und Hardy, die seine Mutter davon überzeugt hatten, daß er alt genug sei.

Wenn er in der Dunkelheit zur Leinwand hinaufstarrte, träumte Elvis davon, mehr Geld zu haben als sonst jemand auf der Welt. Dann würde er seiner Mama einen Pelzmantel kaufen, wie ihn die betörende Frau im Film trug. Seinem Daddy einen langen, glänzenden schwarzen Cadillac. Und sich selbst auch einen. Er schämte sich, daß seine Eltern arm waren. Er tat, als wäre sein Leben ein einziger großer Irrtum. In Wahrheit war er das Kind eleganter reicher Leute, wie er sie im Kino sah, und bei seiner Geburt mit Vernons und Gladys' Baby vertauscht worden.

Er hatte die Pflicht, so vergnügt wie möglich zu sein, bis seine richtigen Eltern kamen und ihn retteten.

Er schlang so schnell Popcorn in sich rein, daß kleine Stückchen auf sein Hemd fielen.

Johnny stieß ihn in die Seite und sagte: »Achte auf diesen Typ da, der ist gefährlich«, dann brüllte Hardy: »Mach ihn fertig! Mach ihn fertig!«, und der Mann im Zweireiher ging in einem Kugelhagel zu Boden.

Das ganze Publikum stöhnte auf, nur Elvis nicht. Er betrachtete die schicke Kleidung des Toten. Wenn er ein Filmstar wäre, würde er auch solche Klamotten tragen – frische Bügelfalten, hohe Kragen, polierte Schuhe, adrettes Einschußloch in der Brusttasche. Selbst tot sah der Mann noch gut aus.

Nach Elvis' großem Tag auf dem Jahrmarkt hatte seine Mutter ihren Griff ein wenig gelockert. Zwar brachte sie ihn immer noch täglich zur Schule und zurück, doch eines Sonntags ließ sie ihn ganz allein zur Kindermatinee ins Paramount-Kino gehen.

Er saß in der zweiten Reihe. Eine Unmenge Zeichentrickfilmchen huschte vorbei, gefolgt von altmodischen Filmen, die, in denen nicht geredet wurde. Vor der Leinwand nahm ein Mann an einem Klavier Platz und spielte Musik, die zu der Handlung paßte.

Zuerst zeigten sie einen Kurzfilm über Polizisten, die auf einem Lastwagen durch die Gegend fuhren und sich gegenseitig mit Gummiknüppeln auf die Köpfe schlugen. Dann wurde der Mann an seinem Klavier lauter und entlockte den Tasten eine bombastische Melodie.

Paramount Pictures zeigt

»DER SCHEICH«

nach dem Roman von
Miss E. M. Hull

Elvis riß die Augen auf, als er die nächste Vorspannzeile sah.

In der Hauptrolle
RUDOLPH VALENTINO
mit
Agnes Ayres

Er kauerte sich in seinen Sitz. Das würde gut werden. Dot Simmons, die Freundin seiner Mutter, hatte schließlich gesagt, Elvis habe Valentinos Augen.

Der Film fing langweilig an, die Geschichte einer pedantischen Engländerin, die es irgendwie allein in die Wüste verschlagen hatte. Als die Kinder im Zuschauerraum merkten, daß es kein lustiger Film war, unterhielten sie sich, liefen die Gänge rauf und runter und bewarfen einander mit Popcorn.

Dann tauchte Valentino auf, schritt in einem Zelt mit teppichbelegtem Boden auf und ab. Die Kamera rückte zum erstenmal nahe heran, und tatsächlich, Valentino hatte magische Augen – gleißend schwarze Edelsteine in seinem schönen, feingeschnittenen Gesicht.

Offenbar war er entweder kurzsichtig oder starrte auf etwas

in weiter Ferne. Er war geschminkt, damit die dramatischen Konturen der seine Augen umgebenden Knochen besser zur Geltung kamen.

Schlafzimmerblick, so hatte sie das genannt. Elvis wollte solche Augen haben, Augen, über die man redete. Vermutlich konnte man das üben – wenn man sich im Spiegel unverwandt musterte.

Kein anderer schenkte dem Film Beachtung, doch Elvis saß wie gebannt davor. Der Scheich entführte die junge Frau und küßte sie auf die Wange. Elvis stellte sich vor, wie sie aussehen würden, wenn sie diese Sache mit den Verrenkungen tun und nackt auf den weichen Satinkissen herumrollen würden. Nach einem längeren Zwischenspiel, während dem das Mädchen schreckliche Angst hatte, verliebten sie sich ineinander. Im späteren Verlauf der Geschichte gestand Valentino, er sei gar kein Scheich, sondern der verkleidete Graf von Glengarryl. Sie küßten sich. Ende.

Doch es war nicht das Ende. Der Film hatte Elvis in seinen Bann gezogen. Er grübelte noch die ganze nächste Woche über ihn nach. Ihm ließ keine Ruhe, wie Valentino ihn von der Leinwand aus zu beobachten schien. Er übte den Schlafzimmerblick im Spiegel.

Am nächsten Samstag ging er wieder ins Paramount und ließ die Wochenschau über sich ergehen, dieselben endlosen Zeichentrickfilme.

Der Klavierspieler nahm Platz und haute in die Tasten. Der Hauptfilm hieß *Tarzan und die goldene Stadt.* Von Valentino weit und breit nichts zu sehen. Elvis ging ins Foyer und horchte die Popcornverkäuferin aus, doch die wußte von nichts.

Gladys sagte, es gebe kein Geld fürs Kino mehr, ob er nicht wüßte, daß sie arm seien?

Doch, das wußte er.

Eines Nachmittags fuhr Vernon hupend auf den Hof, ein glückliches breites Lächeln im Gesicht. »Schatz, ich habe Arbeit«, brüllte er.

Gladys warf die Arme hoch, lief die Treppe hinunter, zerrte ihn aus dem Wagen und umarmte ihn. Elvis kam hinzu und umarmte ihn auch, dachte aber gleich: Was für Arbeit?

»Das ist ja großartig!« rief Gladys. »Was für Arbeit?«

»Süßigkeiten verkaufen.«

»Süßigkeiten! O Mann!« Elvis hopste quer über den Hof und wieder zurück. Endlich eine Arbeit, mit der er in der Schule angeben konnte!

»Von Haus zu Haus?« Gladys bemühte sich zu lächeln.

»Nein, hör zu, es ist was Besseres« , sagte er, »es ist eine richtige Arbeit, Ehrenwort. Ich bin Handelsvertreter, fester Lohn plus Provision« – dabei hellte sich Gladys' Miene auf –, »für eine neue Firma aus Nashville. Die Firma R. R. Parker. Sie stellen Plink Planks und Howdy Hos und Sweet Tooth her.«

»Von denen hab ich noch nie was gehört«, sagte Elvis.

»Nein, Sohn, aber das wirst du noch. Sie werden den Süßwarenmarkt erobern. Und ich bin von Anfang an dabei. Nach dem Abendessen probieren wir ein paar, was sagst du dazu?« Vernon hob ihn hoch und wirbelte ihn durch die Luft, ehe ihm einfiel, daß er sich den Rücken ausrenken könnte. Er setzte Elvis ab und klopfte ihm auf die Schulter. »Ab mit dir, Sportsfreund. Geh spielen, ich muß mich mit deiner Mama unterhalten.«

Elvis schlurfte aus dem Zimmer. Erwachsene wollten einen nie so lange um sich haben, wie man bleiben wollte.

Gleich nach dem Abwasch öffnete Vernon seine braune Süßwarentasche und verteilte Proben an alle. Jeder machte eine Bemerkung, wie hübsch die Verpackungen aussahen. Vernon sagte ihnen, sie sollten den Süßkram ruhig auspacken und essen.

Elvis probierte als erstes den Plink-Plank-Riegel. Er war in der Mitte hart und außen klebrig, an beiden Enden spritzte rotes Gelee heraus. Er schmeckte wie Hustensirup mit Kirschgeschmack.

Die Howdy Hos sahen vielversprechender aus; genaugenommen sahen sie wie Smarties aus. Doch statt Schokolade enthielten sie eine Masse mit Zitronengeschmack, die Elvis den Mund zusammenzog.

Nach dem ersten Bissen rührte keiner mehr etwas davon an. Dodger wickelte die Verpackung wieder um den Rest ihres Plink Plank.

Elvis packte den letzten Riegel aus, der Sweet Tooth hieß.

Er bestand aus Karamel mit ein paar Erdnüssen und klebrigem Zeug, nicht gerade ein Snickers, aber so was in der Art. »Dieser hier, der Sweet Tooth«, sagte er, »ist gar nicht so übel.«

»Oh, das Zeug schmeckt gräßlich«, sagte Gladys mit einem Blick auf die Verpackung in ihrer Hand. Die rote klebrige Masse aus einem Plink Plank war überall auf ihren Rock gespritzt. »Vernon, was sind das für Leute? Hast du dieses Zeugs mal probiert?«

»Stimmt was nicht, Schatz?« Beunruhigt riß er die Augen auf. »Du weißt doch, daß ich mir nichts aus Süßem mache...«

»Oje.« Hardy zerknüllte seine Verpackung und machte sich rasch aus dem Staub.

Gladys sagte: »Wie um alles in der Welt konntest du bei diesen Leuten eine Arbeit annehmen, ohne das Zeug erst mal zu probieren?«

»Sieh mal, ich hab Bestellungen von überall. Der Mann hat mir einen Wochenlohn im voraus gegeben. Achtzehn Dollar. Guck mal.« Er klappte seine Brieftasche auf und reichte sie ihr.

»Vernon. Schatz. Ich liebe dich«, sagte Gladys. »Ich werd dich immer lieben. Ich weiß zwar nicht, wer diese Bestellungen aufgegeben hat, garantiere dir aber, daß sie nichts von *dem hier* probiert haben.«

Vernon klappte seine Brieftasche zusammen und steckte sie weg. »Na schön, Gladys, ich hab's gehört«, sagte er. »Ich verdiene gutes Geld, das ist alles. Vermutlich hab ich mit 'nem kleinen Lob gerechnet.«

»Das hat gar nichts mit dir zu tun, Schatz.« Sie schüttelte den Kopf. »Diese Süßigkeiten könntest du nicht mal 'nem Verhungernden verkaufen. Das Zeug ist schrecklich, Schatz. Ich meine, es schmeckt eklig.« Sie schwenkte das Plink-Plank-Einwickelpapier durch die Luft, betupfte ihren Rock mit einer Serviette und konnte nicht anders, sie mußte lachen.

Vernon lachte auch, gerade genug, daß Elvis anfing zu kichern, und schließlich brachen alle in Gelächter aus – sogar Großpapa, sogar Tante Irene, die geblieben war, um einen Streit mitzuerleben. Sie lachten, bis ihnen die Tränen kamen

Eines Montag morgens brach Vernon mit seinem Musterkoffer auf. Jeder Kaufmann in Lee County hatte eine Stinkwut auf ihn. Dutzende Kunden hatten ihr Geld zurückverlangt. Kleidungsstücke waren beschmutzt worden, Zähne abgebrochen. Die Kaufleute fluchten und fuchtelten Vernon mit Einwickelpapierchen vor der Nase herum.

Er gab alles Geld zurück, das er kassiert hatte. Er entschuldigte sich, bis er Bauchschmerzen bekam. Er sagte allen, es sei eine schlechte Lieferung, man arbeite in der Fabrik an dem Problem, er werde sich sehr bald wieder melden.

Der Mann von R. R. Parker war aus dem Hotel abgereist, in dem Vernon ihn getroffen hatte. Aus dem Foyer meldete Vernon ein Ferngespräch nach Nashville an, doch der Firmenanschluß war abgestellt worden.

»Wenigstens hast du kein Geld verloren«, sagte Gladys, als er abends nach Hause kam. »Es war dir ein wenig peinlich, doch darüber kommst du hinweg.«

»Das glaubst du«, sagte Vernon und sah ganz elend aus. »Ich hab dem Mann hundert Dollar Anzahlung für den Süßkram gegeben.«

»Du... du hast was? Ich dachte, er hätte dich bezahlt! Woher um alles in der Welt hast du soviel Geld bekommen?«

»Ich hab's mir von Daddy geliehen« , antwortete Vernon. »Ich sag dir was, Schatz, vermutlich gab's gar keine Firma R. R. Parker. Bloß der eine Mann mit einer Wagenladung ekligem Süßkram. Wahrscheinlich fährt er durch die Gegend und zieht Trotteln wie mir eins über, für hundert Dollar pro Schlag.«

»Das hast du gesagt«, erwiderte Gladys, »nicht ich.«

Als der alte Jessie herausfand, daß seine Ersparnisse weg waren und zwar auf Nimmerwiedersehen, bekam er einen Wutanfall, der sich gewaschen hatte. Er gab Vernon eine Woche Zeit, eine neue Bleibe zu finden.

Am ersten März zogen sie in ein weißes schindelgedecktes Haus an der North Green Street. »Ich schwör's, das ist Tupelos letzte Chance« , erklärte Vernon auf der Türschwelle. »Wenn es diesmal nicht klappt...«

»Pst. Sag so was nicht. Das bringt noch Unglück«, sagte Gladys. »Es ist hübsch hier.«

Auf der Suche nach Spiegeln lief Elvis über den Flur. Er fand drei, darunter einen schönen runden in einem blaugestrichenen Zimmer, das, wie es hieß, für ihn bestimmt war. »Hier drin hört sich's so leer an«, rief er und lauschte bewundernd dem Hall seiner Stimme.

»Sobald wir unsere Sachen holen, hört es sich anders an«, sagte seine Mutter.

Sie hatte recht. Sie zogen ein, als wären sie zu Hause, endlich und für immer. Jemand hatte im Garten Osterglocken gepflanzt; Gladys sagte, jede, die sich öffne, sei das Geschenk eines Fremden. Sie blieb länger auf der Arbeit, um Vorhänge für die Fenster zu nähen. Vernon strich die Veranda an. Elvis jätete Unkraut und räumte den Holzschuppen aus.

Eines Freitag morgens im April, an einem wunderschönen Tag, fingen die Vögel an zu singen. Federwolken zogen durch den Himmel. Als Elvis während des Rechenunterrichts aus dem Fenster sah, fiel ihm auf, daß die Wolken schneller zogen.

Als die Glocke zum Unterrichtsende bimmelte und er ins Freie trat, war der Schulhof in ein warmes gelbes Licht getaucht. Ein seltsames Leuchten lag in der Luft; jedes Staubteilchen schien zu glänzen.

Eine Wand bedrohlicher Wolken zog im Westen herauf, von Blitzadern durchzogen. Ein trockener Trommelwirbel. Von dort bis zum anderen Ende der Stadt bellten Hunde.

Im Eiltempo rannten die Kinder nach Hause oder zu den hinter der Schule wartenden gelben Bussen.

Elvis wartete einen Blitz ab und zählte dann: eins eintausend, zwei eintausend... Wenn er nicht herumtrödelte, könnte er es ohne naßgeregnet zu werden bis nach Hause schaffen. Er lief eine rote Lehmböschung hinunter, über die alte Landstraße.

Er bahnte sich einen Weg durch Bambusgehölze, eine Wiese voller dorniger Brombeerranken, den Garten des unheimlichen Mr. Brewster mit seinen übermalten Fensterscheiben und verrammelten Türen. Die Wolken türmten sich blau und drohend auf. Die Luft war zu windstill.

Gerade als Bewegung in die Luft kam, erreichte er das Ende der North Green Street. Laub fegte über das Pflaster. Ein kalter Regenspritzer traf seine Wange. Er war außer Atem, verlangsamte seine Schritte aber nicht. Als er am Haus ankam, jagte seine Mutter fliegenden Wäschestücken durch den ganzen Garten nach. Bettlaken kullerten über das Gras. Vernons Hemden tanzten auf Luftwirbeln, als würden sie von Geistern getragen.

»Elvis, hilf mir doch, es fliegt alles weg!«

»Ich... ich bin... den ganzen Weg gelaufen«, keuchte er, schnappte sich Strümpfe und Unterwäsche und verfolgte Gladys' Nachthemd bis in die Rosenbüsche der Templetons.

»Guck mal, das ist ja Dolls bestickter Kissenbezug! Schnapp ihn dir!«

Ein kleinerer Wirbelwind erwischte das Ding und brachte es in Elvis' Reichweite. »Mama, wir müssen... ins Haus gehen!«

Der Wind frischte zu einer schweren Bö auf. Regentropfen sausten waagerecht vorbei.

Dann ertönte ein Geräusch vom untersten Ende der Tonleiter, noch unter dem Donnergrollen – ein Zischen wie atmosphärische Störungen im Radio, das von einer Seite des Himmels und von überall zugleich kam. Unterbrochen wurde das Zischen von lautem Knallen, Bersten.

Das war das Geräusch von Häusern und Bäumen, die in Stücke gerissen wurden.

Sie ließen die Wäsche fliegen. Jeder lief in eine andere Richtung.

»Nein, nicht ins Haus, da ist es nicht sicher!« schrie Gladys. »Komm mit, schnell!«

Elvis lief hinter ihr drein die Straße hinunter, durch den Garten der Familie Purvis, einen Hang hinauf und in den Wald. Sein

Herz pochte ihm bis zum Hals. Der Himmel verdunkelte sich und schien sich herabzusenken. Es roch nach Regen.

Das Zischen steigerte sich zu einem Dröhnen, wie ein Zug, ein Zug, der sich selbständig gemacht hatte und direkt auf sie zukam.

Gladys lief durch die Dornbüsche auf eine Öffnung in der Erde zu – ein Spalt am Rand des Hanges. Sie lief darauf zu, als wäre sie bereits mit dem Wissen zur Welt gekommen, wo sich die Öffnung befand. Sie war gerade groß genug, daß man sich auf Händen und Knien hindurchquetschen konnte.

Sie fanden sich in einer finsteren kleinen Höhle wieder, verschlungen und voller Spinnweben, zu dunkel, um etwas sehen zu können.

»Bist du wohlauf?« flüsterte Gladys.

Elvis preßte die Zähne aufeinander und machte »Nn-hh«, was soviel wie ja hieß.

Sie schlang die Arme um ihn.

Direkt vor dem Loch sahen sie ein mattes goldenes Leuchten, feiner Staub wirbelte, sie hörten, wie Bäume entwurzelt und zersplittert wurden.

»Wir singen jetzt, also los«, befahl Gladys und stimmte das Lied selber an – *Ah-amaaazing Grace.*

In der Nähe der Höhle hörte Elvis ein gewaltiges metallisches Krachen und Dröhnen, doch er öffnete den Mund und sang.

How sweet the sound
That saved a wretch like me...

Der Sturm wurde dermaßen laut, daß er das Lied übertönte, aber sie sangen weiter.

Ein Knacken in Elvis' Ohren. Es machte Wumm!, als eine Staubwolke in die Höhlenöffnung drang. Das Licht draußen wurde grün. Offenbar zog etwas Großes und Dunkles über sie hinweg.

I'was blind, but now I see... Die Welt erzitterte einen Augenblick lang, streckte, dehnte und ordnete sich langsam, und dann erstarb der Krach des Orchesters, *to sing God's praise*, und die Dunkelheit verzog sich.

Sie hörten auf zu singen. Der Sturm legte sich, wie ein lebendes Wesen, das zögerte, sich umdrehte und lauschte, sich wieder auf den Weg machte.

»Uns ist nichts passiert, uns ist nichts passiert«, flüsterte Gladys wie ein Gebet.

Elvis klammerte sich an sie. »Kommt... kommt es zurück?«

»Ich weiß nicht. Wir bleiben hier. Hier sind wir sicher.«

Mama, ich hab Angst.

»Wir singen noch was. O Gott, was können wir singen. Laß uns ›Dixie‹ singen.« Sie fing an, und Elvis stimmte ein, und der Sturm kam nicht zurück, um sie zu holen. Das Lied sorgte dafür, daß ihnen im Dunkeln nichts geschah.

Nach einer Weile war wieder das Geräusch von normalem Wind zu hören. Regen prasselte nieder. Elvis wurde wieder so mutig, daß er sich draußen umsehen wollte. Gladys sagte, Windhosen seien in Grüppchen unterwegs, und er solle besser erst dann den Kopf rausstecken, wenn sie Entwarnung gebe.

»O Herr, hoffentlich ist deinem Daddy nichts passiert«, sagte sie und fuhr fort: »Wir müssen an etwas anderes denken. Laß uns über den Jahrmarkt reden. Erzähl mir, wie es war, als du da oben vor all den Leuten gestanden hast. Ich brächte das um nichts in der Welt fertig...«

In den Monaten, die seit dem Jahrmarkt vergangen waren, hatten Elvis und Gladys seinen Auftritt Dutzende Male durchlebt – Elvis bekam nie genug. In der Schule war er tagelang ein Held gewesen, nachdem ihn Mrs. Dempsey bei der Morgenandacht »Old Blue« singen ließ und fast jedes Kind geklatscht hatte. Inzwischen baten ihn seine Tanten und Onkel, bei Familientreffen zu singen. Schwester Wilson hatte ihn aufgefordert, dem Kirchenchor beizutreten. Er sagte, er habe zu viele Hausaufgaben zu machen, doch in Wahrheit kam ihm der Chor der Priceville-Gemeinde ein bißchen zu mickrig vor, schließlich wollte er ja ein berühmter Filmstar wie Valentino oder Errol Flynn werden.

Elvis sang gern allein vor Zuhörern. Es gab nichts Aufregenderes. Es war köstlicher als der köstlichste Kuchen, den er je gegessen hatte, wenn ihn Leute ansahen, ihn gut fanden, die Köpfe schräg legten und lächelten, weil sie ihn singen hörten. Das wollte er noch oft erleben.

»Ich glaube, ich hab noch nie erlebt, wie so viele Menschen jemandem solche Aufmerksamkeit geschenkt haben«, sagte seine Mutter im Dunkeln. »Du bist einfach auf die Bühne gegangen, hast den Mund geöffnet und gesungen. Ohne großes Aufheben.«

»Sie haben lange geklatscht«, sagte Elvis, »stimmt's? Jedenfalls kam es mir so vor.«

»Und wie. Sie haben bestimmt eine ganze Minute lang geklatscht.«

»Na ja, vielleicht war's eine halbe Minute.«

Draußen tobten der Wind und der Regen, aber nie hatte sich ein Unwetter so sanft angehört.

Gladys lockerte ihren Griff um ihn. »Liebling, du weißt doch, wie traurig dein Daddy und ich waren, weil wir dir zu Weihnachten oder zu deinem Geburtstag nichts geben konnten. Du weißt ja, wie gern wir dir etwas schenken möchten. Ich hab mir überlegt, wenn nicht alles weggeweht ist, was uns gehört, dann könnten wir vielleicht eine Kleinigkeit für dich besorgen.«

»O Mann!« Elvis hauchte dem Tornado für diese Entwicklung ein kleines Dankeschön hinterher. »Das ist wirklich toll, Satnin, ich möchte schon so lange ein Fahrrad haben! Krieg ich das rote? Das gibt's in Mr. Bobos Eisenwaren...«

»Moment mal, Schatz, halt«, sagte sie. »Ich hab mir die Fahrräder angesehen. Was du haben willst, kostet dreiundsechzig Dollar. Weißt du, wieviel Geld das ist?«

»Jawohl, Ma'am.« Eben erst hatte Elvis das Fahrrad bekommen, und schon nahm sie es ihm wieder weg.

»Das sind drei Monatsmieten«, sagte sie. »Das ist einfach zu viel.«

»Aber Mama, du hast es doch versprochen. Jeder hat ein Rad. Ich bin der einzige...«

»Nun warte mal und hör mir zu. Ich war wegen der Geschirrtücher unten bei Mr. Bobo, und während ich so dastehe und überlege, welches ich nehme, guck ich hoch, und da hat er doch drei oder vier verschiedene Gitarren an der Wand hängen! Hast du die schon mal gesehen?«

»Nein«, antwortete Elvis eingeschnappt. Immer hieß es nein, das kannst du nicht haben, wir sind zu arm, warum nimmst du nicht lieber das hier, das ist billig? »Ich will keine Gitarre.«

»Woher willst du das eigentlich wissen? Denk doch erst mal drüber nach. Wenn du eine Gitarre hättest, könntest du Lieder lernen und singen üben. Ich würd' mich zu gern abends draußen auf die Veranda setzen und dir zuhören.«

»Ich hab versucht, die Gitarre von Onkel Johnny zu spielen«, sagte Elvis. »Davon tun mir die Finger weh.«

»Also, Schatz, man nimmt nicht einfach eine Gitarre in die Hand und fängt an zu spielen. So was muß man üben, bis man es kann.«

Elvis schnippte irgendein Ungeziefer von seinem Hals. »Ist mir egal«, sagte er. »Ich will keine.«

»Wir beide gehen mal hin und sehen sie uns an, dann änderst du deine Meinung.«

Elvis sagte: »Ich will nur eins haben, nämlich ein Fahrrad, und wenn ich keins kriege, will ich gar nichts.«

»Verschon mich mit deinen vorlauten Sprüchen, junger Mann«, erwiderte Gladys, und sogar in einer Höhle, einem Unterschlupf vor Tornados, wurde er bei diesem Befehlston vorsichtig. »Gerade hast du noch gesagt, wieviel Spaß es gemacht hat, vor den Leuten zu singen. Hättest du eine Gitarre, könntest du singen und spielen. Also mach mal halblang.«

Elvis unterbrach sein Schmollen lange genug, um darüber nachzudenken. Jimmie Rodgers hatte eine Gitarre, und es schadete ihm nicht. Genau wie Roy Acuff und natürlich Red Foley.

Mit einer Gitarre hätten seine Hände etwas zu tun, während er sang. Oft genug hatte er auf einem Stock herumgeschrammelt und so getan, als wäre es eine Gitarre. »Weiß nicht«, sagte er, »vielleicht könnten wir uns ja mal eine ansehen.«

Der Regen ließ nach. Elvis bat, für einen kurzen Blick seinen Kopf ins Freie stecken zu dürfen.

»Ich weiß nicht«, sagte Gladys. »Vielleicht hast du recht. Dein Daddy ängstigt sich bestimmt zu Tode. Du bleibst hier. Laß mich zuerst gehen.« Sie kroch nach draußen, rief ihn dann zu sich.

Elvis wand sich durch das Loch. Der Wald sah genauso aus wie vorher, nur dunkler.

»Ich hätte schwören können... vielleicht ist er bloß über uns weggezogen«, sagte Gladys. »Na ja, dem Herrn sei jedenfalls Dank, damit ist die Dürre beendet. Gehen wir nach Hause.«

Sie stahlen sich den Hügel hinunter. Elvis war seine große bohrende Angst irgendwie peinlich. Als er am Ende des Pfads und am Garten der Purvis' ankam, sah er, was der Sturm angerichtet hatte.

Das Haus der Familie Purvis war ein leergefegtes Fundament. Ein paar Bruchstücke lagen noch herum, doch der größte Teil des Hauses war einfach irgendwo anders hingeweht worden. Die Familie Purvis hatte sich im Garten neben der Betonplatte versammelt. Roland, ein Klassenkamerad von Elvis, versuchte seine Mutter zu trösten.

Das Haus neben dem der Familie Purvis stand nicht mehr, und das dahinter auch nicht. Die drei daneben hatten keine Dächer mehr. Alle anderen Häuser in der Straße waren weg.

Auf der Straße heulte eine Sirene auf. Elvis folgte seiner Mutter um die Ecke in die North Green Street.

Gladys sagte: »O Herr, ich danke dir, Sir.«

Das weiße, schindelgedeckte Haus hatte keine Veranda mehr, aber sonst war nichts passiert. Der Wirbel hatte seinen Schwanz erhoben und jedes Haus an der North Green verschont, bevor er in der Holcomb Street, am Ende des Straßenzugs, erneut zugeschlagen hatte.

Vernon kam in seinem Pickup angerast. Er schrie: »Ach du dickes Ei!« und half mit, Leute auszubuddeln.

Elvis und seine Mutter rafften Decken zusammen und machten Käsebrote und Kaffee, die sie zu den stummen Familien in ihren Gärten trugen.

In dieser Nacht schliefen acht Nachbarn bei den Presleys. Gladys kochte einen Topf Bohnensuppe. Alle saßen im Kreis und riefen sich den Augenblick in Erinnerung, als sich der Himmel grün verfärbt hatte. Alle sagten, wie dankbar sie seien, daß niemand gestorben und nur zwölf Menschen verletzt waren – hauptsächlich Neger aus Shakerag, was natürlich bedauerlich sei, es hätte aber viel schlimmer kommen können...

Elvis rollte sich in einer Ecke des Eßzimmers in eine Decke und ließ sich von ihren Gesprächen in den Schlaf wiegen. Er wollte nicht von dem Tornado träumen. Er beschloß, an etwas Schönes zu denken, damit seine Gedanken den Übergang zu einem netten Traum schafften, sobald er eingeschlafen war.

Er stellte sich eine Gitarre vor, eine glänzende Gitarre mit hellen Saiten und einem echten Ledergurt. Er klimperte vor sich hin, und die Noten klangen herrlich. Leute standen auf und jubelten ihm zu.

14

Gladys erzählte jedem, der Tornado habe die North Green Street verschont, weil sie und Elvis »Amazing Grace« gesungen hätten, als er zuschlug. Immer wenn sie an diesen armen zerstörten Häusern vorbeikam, empfand sie Schuldgefühle.

Die Nachbarn schwärmten in den Wald aus und sammelten Trümmer. Ihre ganze Wohngegend hallte vom Hämmern und Sägen wider.

Gladys backte Marshmallow-Kekse und brachte sie den Wohnungslosen. Am Montag sagte sie Elvis, sie habe zu viel zu tun, um jetzt sofort in Mr. Bobos Laden zu laufen und sich Gitarren anzusehen. Dasselbe sagte sie Dienstag, Mittwoch und Donnerstag.

Am Freitag hatte er sie soweit.

Unterwegs kamen sie am Grundstück der Familie Purvis vorbei. Das Gerüst eines neuen Hauses stand bereits; Roland balancierte neben seinem Daddy und hämmerte auf einen Dachbalken.

»Hey, Roland«, rief Elvis.

Roland spähte nach unten. »Hey.«

»Sie kommen ja ganz gut voran«, sagte Gladys.

»Ja, Ma'am, wir geben uns Mühe.« Mr. Purvis wischte sich Schweiß von der Stirn. »Meine Frau war für die Kekse wirklich dankbar.«

»Hey, Roland, stell dir vor«, sagte Elvis. »Ich krieg zum Geburtstag eine Gitarre.«

»Elvis, sei bloß still! Bis später dann.« Gladys lotste ihn die Straße entlang. »Du hast Nerven! Die stehen da oben und bauen ihr Haus wieder auf, und du prahlst hier unten mit deinem Geburtstagsgeschenk.«

»Ich hab nicht geprahlt«, sagte er.

»Und ob. Manchmal nimmst du auf die Gefühle anderer Menschen überhaupt keine Rücksicht.«

»Lieber Himmel, Mama, ich hab ihm doch bloß davon erzählt«, wehrte sich Elvis. »Außerdem krieg ich ja kein Fahrrad oder so was.«

»Wenn du nicht den Mund hältst, kriegst du vielleicht gar nichts.«

Er schwieg.

Der Eisenwarenladen von Tupelo machte einen Riesenumsatz. Gerade trugen drei Männer Bauholz und Kisten voller Schindeln aus der Vordertür. Gladys duckte sich, um keine Latte vor den Kopf zu kriegen. »Wir kommen besser wieder, wenn sie uns auch bedienen können«, schlug sie vor.

»Och, mach schon.« Elvis zerrte an ihrem Arm. »Du hast's versprochen.«

»Ja, das weiß ich selber.« Sie drückte ihre Handtasche an sich, ging um die Ladeklappe eines Pickups herum und betrat das Geschäft.

Mr. Bobo kassierte im Eiltempo für Nägel, Fensterscheiben, Verputz und Schindeln. Seine Jungs sausten herum, riefen dabei laut Preise aus und schleppten Sperrholzplatten.

Elvis bog um eine Ecke und sah sich Auge in Auge dem Gegenstand seiner Anbetung gegenüber: dem rotlackierten zweiundzwanziger Murray Flyer mit Beleuchtung und verchromten Schutzblechen.

Das Rad glich einem Flugzeug, einer Rakete, einer Maschine aus der Zukunft. Es war so rot, daß Elvis es schmecken konnte. Er strich mit der Hand über die Speichen. Er betrachtete die bunten Troddeln, die von den Griffen baumelten.

Seine Mutter trat hinter ihn. »Ein schönes Rad«, sagte sie, »es wäre aber besser, du würdest dich nicht quälen.«

»O Mama…«

»Verschon mich mit deinem ›O Mama‹. Ich werd nicht hier herumstehen und vor all den Leuten wieder dieses Gespräch führen.«

In dem Augenblick entdeckte Elvis drei Gitarren, die von drei Haken über den Kurzwaren baumelten. Weder glitzerten oder glänzten die Gitarren, noch würde er auf ihnen durch die Straßen Tupelos fahren können, doch wie sie so dahingen, gefielen sie ihm. Er trat näher.

Die Gitarre links zierte irgendein perlmuttfarbenes Zeug am Hals. Die in der Mitte hatte um das Schalloch einen Schnörkel als Einlegearbeit. Die dritte Gitarre war aus schlichtem erdnußbutterfarbenen Holz.

»Mr. Bobo, wenn Sie mal einen Moment Zeit hätten«, sagte Gladys.

»George, komm mal her und kassier bei den Leuten hier, ja?« Der rundliche silberhaarige Ladenbesitzer schlenderte den Verkaufstisch entlang. »Tag auch, Jungchen, Miz Presley, was kann ich denn heute für Sie tun?«

»Diese Gitarren da drüben«, sagte sie, »wieviel kosten die?«

»Woll'n Sie vielleicht ein wenig musizieren, Miz Presley?« sagte er augenzwinkernd.

»Sie ist für Elvis.«

»Aha, verstehe«, sagte Mr. Bobo. »Tja, in dem Fall könnten wir Ihnen ein Sonderangebot machen. Dieses Schmuckstück hier, das ist die Jimmie Rodgers Custom, die kostet Sie achtzehn fünfundsiebzig. Die in der Mitte ist die Classic String, die kommt auf dreizehn fünfundsiebzig. Die schlichte, hab vergessen, wie sie heißt, der Name steht irgendwo. Acht fünfundsiebzig.«

»Ich will die Jimmie-Rodgers-Gitarre«, sagte Elvis.

Gladys berührte eine Saite. »Was gibt's denn da für Unterschiede, Mr. Bobo? Ich selbst habe noch nie auf einer gespielt.«

»Ich auch nicht, aber werfen Sie Ihr Geld nicht zum Fenster raus. Die eine klingt so gut wie die andere. Der einzige Unterschied ist, ob sie schick aussieht oder nicht. Möchten Sie sich diese hier ansehen?«

»Wenn das ginge«, sagte Gladys.

Er nahm die schlichte Gitarre von ihrem Haken und legte sie in Elvis' Hände.

Elvis hielt sie auf dem Schoß und legte sich den Gurt über die Schulter. Sie wirkte größer als an der Wand. »Wofür sind diese Knöpfe?«

»Damit stimmt man sie.«

Unter den silbrigen Wirbeln standen in eleganter Schrift die Worte *Sound Star.*

Elvis Presley, Sound Star.

Die Gitarre fühlte sich kühl an. Sie ruhte auf seiner Hüfte. Seine gewölbte Hand paßte in die Biegung an der Seite des Instruments.

Er strich mit den Fingernägeln über die Saiten. Es ergab ein Geräusch, das gar nichts mit Musik zu tun hatte.

»Soll sie so tief an ihm hängen?« erkundigte sich seine Mutter, als probiere Elvis Kleidungsstücke an.

»Der Gurt ist verstellbar«, versicherte ihr der Ladenbesitzer.

»Wenn wir sie heute mitnähmen, könnten wir sie dann nach und nach abzahlen?«

»Satnin, können wir uns die andere nicht wenigstens *ansehen?*«

»Wie wär's mit einem Dollar pro Woche, bis sie bezahlt ist?« sagte Mr. Bobo. »George schreibt Ihnen die Rechnung.«

»Wir danken Ihnen. Elvis, bedank dich bei dem Herrn.«

»Danke...«

»Du mußt auf dem Ding üben, Jungchen«, sagte Mr. Bobo. Vielleicht wirst du noch berühmt.«

Wußte er es denn nicht? Elvis war schon berühmt. Die ganze Welt kannte den Jungen mit der Killergitarre.

Er trug sie zum Ausgang, schwenkte dabei den Gitarrenhals durch die Luft.

»Mach sie nicht kaputt, bevor ich sie bezahlt habe«, rief Gladys.

Er trat auf den Bürgersteig. Die Gitarre fühlte sich genau richtig an, wie sie unten an seinem Bein baumelte. Er hielt sie wie eine Maschinenpistole und mähte zehn Fremde auf der Straße nieder.

Onkel Johnny zeigte ihm, wie man das Plektron hielt.

Elvis schlug die Saiten an. Die Gitarre machte ein Geräusch wie ein Haufen Drähte, die gegen eine Hutschachtel schlugen.

Johnny nahm sie ihm ab. »Hast du an den Stimmwirbeln herumgespielt? Die Saiten sind ja so lose wie 'ne Hose.«

»Wenn sie straff gespannt sind, tun mir die Finger weh«, sagte Elvis.

»Deine Finger müssen aber weh tun, wenn es nach was klingen soll. Komm, gib mir mal deine Hand. Siehst du diese Kuppen? Sie sind zu weich. Guck dir meine an. Wenn du oft genug spielst, kriegst du solche Schwielen. Dann spürst du überhaupt nichts mehr.«

»Ehrenwort?«

»Klar.« Johnny drehte an dem Wirbel und spannte dadurch die Saite. Sie saßen auf seiner schattigen Veranda, und Johnny hatte seine zum Gitarrespielen nötigen Utensilien neben seinem Ellbogen auf dem Geländer aufgereiht: eine beschlagene Flasche »Pabst Blue Ribbon«-Bier, eine Schachtel Camel Kings, sein Armeefeuerzeug und einen Kuchenteller für die Zigarettenasche.

Johnny war Gladys' Bruder, ein hochaufgeschossener, ruhiger Junggeselle mit einer Haartolle, die wie eine Feder aus seinem Igelhaarschnitt ragte. Er hielt sich in seinem am Hang über Jessies gelegenem Haus für sich. Außer seinem Pickup, seinem Bier und seiner Gitarre brauchte Johnny nicht viel; Elvis hatte er nie groß beachtet, bis der an diesem Nachmittag mit seiner Sound Star vorbeigekommen war.

»Laß mal die E-Saite von meiner hören«, sagte er und deutete mit dem Kopf auf seine Gibson.

Elvis hob sie vorsichtig hoch. Johnnys Gitarre war ein schönes Instrument, irre teuer, mit perlmuttfarbenem Hals und einem zusätzlichen Kringel aus Einlegearbeit. Unter dem Schalloch, wo sein Plektron so oft aufgetroffen war, war die Glasur weggekratzt.

»Welches ist die E-Saite?«

»Die dicke oben«, antwortete Johnny.

Elvis schlug sie mit dem Daumen an. Es gab einen klaren, vollen Ton.

Johnny drehte an dem Knopf. »Noch mal.«

Elvis zupfte und zupfte noch mal, bis Johnny offenbar einen Ton in Elvis' Gitarre fand, der paßte.

»Jetzt das A.«

Sie gingen eine Saite nach der anderen durch. Die Noten waren in keiner vernünftigen Reihenfolge angeordnet: E, dann A, dann D, dann G, dann H, dann wieder E; Elvis kam nicht mehr mit.

»Mach dir jetzt keine Gedanken deswegen«, sagte sein Onkel und lächelte beruhigend. »Los, wir spielen einen Song.« Er steckte die brennende Zigarette zwischen die Saiten E und A seiner Gibson. »Kennst du das?« fragte er und stimmte eine liebliche, schwermütige Melodie aus den Bergen an.

Die Finger seiner linken Hand drückten gegen die Bünde, bis das Blut aus den Fingernägeln wich. Das Plektron war eine Erweiterung der anderen Hand; es schien sich instinktiv für irgendwelche Saiten zu entscheiden. Das Stück beschrieb einen Kreis, endete durch ein zartes Wunder an der gleichen Stelle, wo es angefangen hatte.

»Das ist schön« , sagte Elvis. »Wie heißt es?«

»›Wildwood Flower‹.« Johnny zog an seiner Zigarette.

»So werd ich nie im Leben spielen können.«

»Du darfst nicht aufgeben«, sagte Johnny. »Soll ich dir ein paar Griffe zeigen?«

Eine Stunde lang klimperte Johnny über Elvis' Schulter gebeugt und drückte dessen Finger an die richtigen Stellen.

Er brachte ihm drei Akkorde bei, ließ sie ihn fünfzigmillionenmal üben und zeigte ihm dann, wie sie zu einem Lied zusammenpaßten: »Can the Circle Be Unbroken".

Elvis mußte innehalten, während er überlegte, wohin er seine Finger bei jedem Griff zu legen hatte. Beim vierten Durchgang schaffte er die meisten Wechsel und sang sogar mehr oder weniger mit.

Johnny gab ihm einen Klaps auf die Schulter und sagte: »Gar nich übel!«

»Ich weiß nicht.« Elvis runzelte die Stirn. »Jedenfalls muß man sich 'ne Menge merken.« Seine Fingerspitzen fühlten sich an, als hätte er damit über Schmirgelpapier gerieben.

»Nach einer Weile bist du soweit, daß du nicht mehr nachdenken mußt«, sagte Johnny. »Wenn du diese Akkorde nimmst und sie kombinierst, kannst du 'ne Menge Songs spielen. Wie diesen hier.« Er stützte sein Knie gegen den Stuhl, schlug auf die Saiten ein und brach in einen Schrei aus:

Weeeeell Lawdy Lawdy Lawdy Miss Clawdy...

Elvis grinste. Wenn Johnny sie so spielte, klangen die Akkorde wirklich schmutzig. Seine Stimme war so rauh und schwielig wie seine Hände. Er schlug auf dem Gitarrenkasten den Takt und sang, wie er Clawdy sein ganzes Geld gegeben hatte und sie sich trotzdem die ganze Nacht mit anderen Männern herumgetrieben hatte. Da blieb einem Mann nichts anderes übrig, als sich aus dem Staub zu machen, byebye, Baby.

Er schrammelte den letzten Akkord und fing an zu grinsen. »Jetzt lauf nicht los und erzähl deiner Mama, daß ich dir dieses Lied vorgesungen habe«, sagte er.

Elvis schüttelte den Kopf. »Das ist irre. Wo hast du das gehört?«

»In einer Farbigenkneipe oben in Memphis. Du weißt doch, daß Travis und ich für immer dahin ziehen.«

»Mama hat's mir erzählt.«

Johnny räkelte sich. »Ich hab die Nase ziemlich voll von dieser Stadt.« Er setzte sich aufrecht hin und spähte den Hügel hinunter.

Elvis folgte seinem Blick. Er entdeckte Vernon und einen anderen Mann, die den Hang herauf auf Johnnys Haus zukamen.

Johnny sagte: »Ich glaub, das ist Lether Gable.«

»Wer?«

»Egal, paß bloß gut auf deine Brieftasche auf.«

»Tachchen, Johnny«, rief Vernon.

Johnny blieb sitzen. »Hey, Vern.«

Lether Gable war ein kleinwüchsiger säbelbeiniger Mann mit blitzenden Augen, einer silbernen Gürtelschnalle und spitzen Cowboystiefeln. Er kam herangeschlendert wie der Bösewicht in einem Western. »Tja, guten Tag auch, Johnny Smith!« rief er. »Wie läuft's denn so?«

»Dich hab ich lange nicht gesehen, Lether. Ich dachte, dich hätten sie von hier vertrieben.«

Lether grinste, als habe man ihm gerade ein dickes Lob gemacht. »Sie haben's versucht, mein Freund, versucht. Aber einen guten Mann kann man nicht unterkriegen.«

Vernon tat, als sähe er Elvis nicht. »Hör zu, Johnny, wir müssen dich um einen Gefallen bitten«, sagte er.

»O nein, müßt ihr nicht.«

»Ich und Lether wollen uns drüben in Verona in ein kleines Kartenspiel einklinken. Ich muß mir nicht einen Cent leihen. Bloß die Schlüssel für deinen Pickup, zwei oder drei Stunden lang. Mehr nicht. Du kannst den Plymouth haben.«

»Vernon, ich dachte, du hättest Arbeit.«

»Bloß die Schlüssel. Drei Stunden. Ich schwör's.«

Elvis meldete sich zu Wort. »Daddy, ich möchte mitkommen.«

»Tut mir leid, Sohn, dieses Spiel ist nur was für Erwachsene.«

»Dein Junge?« Lether grinste. »Sieht genauso aus wie du, Vernon. Verdammt mager. Wie alt bist du, Junge?«

Er streckte die Hand aus, um Elvis' Haare zu zerzausen. Elvis wich aus.

Vernon sagte: »Na los, Johnny...«

Johnny kramte in seiner Hose nach den Schlüsseln. »Wenn du ihn zu Schrott fährst, bring ich dich um.«

»Keine Angst.« Vernon schnappte sich den Schlüsselring und ging. »Spielt ihr mal schön weiter. Wir haben euch unten gehört. Klingt gut.«

Lether Gable folgte ihm zu dem Pickup. In einer blauen Rauchwolke stoben sie davon.

Elvis fragte: »Johnny, wer war dieser Mann?«

»Niemand.« Johnny griff nach seiner Gitarre. Er spielte einen Akkord und brach ab. »Erzähl's nicht deiner Mama«, sagte er.

Am selben Abend kam Vernon nüchtern zurück, ohne Lether Gable. Johnny warf einen Blick auf die Ladefläche seines Pickups und fragte, wie sie's wohl geschafft hatten, bei einem Pokerspiel so viel Stroh und Matsch aufzulesen.

Vernon antwortete: »Tut mir leid, Boß. Ich hab diese Russell-Jungs nach Hause gefahren, und du weißt ja, wie verteufelt dreckig die immer sind.«

Elvis stand in Johnnys Haus, angeblich um zu pinkeln, und lauschte.

»Elvis ist drinnen«, sagte Johnny. »Wir haben ein bißchen gespielt. Er lernt schnell.«

»Das ist gut.«

Elvis hörte nur zu gern, wenn andere Leute über ihn sprachen.

»Aber eins find ich merkwürdig«, fuhr sein Onkel fort. »Anscheinend unternimmt er nichts mit anderen Jungs in seinem Alter, verstehst du? Ich weiß noch, als ich in seinem Alter war, wimmelte es bei uns zu Hause immer von Kindern.«

»So will's Gladys nun mal haben«, sagte Vernon. »Was ihn angeht, ist sie eigen.«

»Ja, aber was meinst du?« sagte Johnny. »Er hängt so an ihr – hast du nicht Angst, daß er völlig verweichlicht oder so was?«

»Seit sie den anderen verloren hat, ist sie eigen, was Elvis angeht«, sagte Vernon.

Elvis kam aus seinem Versteck. »He, Daddy.«

»He was?«

»Johnny hat mir drei Lieder beigebracht. Willste hören?«

»Nö, mein Junge, ich hab gerade Kopfweh. Lauf los und spiel sie deiner Mutter vor. Sag ihr, ich komm gleich nach.« Er trank einen Schluck Pabst. »Na geh schon, auf was guckst du da?«

»Auf gar nichts.« Elvis nahm seine Gitarre und ging. »Bis bald, Johnny.«

Er lief nach Hause. Er wußte, Vernon wäre in irgendwelche Schwierigkeiten geraten, wenn ihm Johnny nicht geholfen hätte, schaffte es aber, nichts zu verraten.

Er ließ sich Johnnys Worte durch den Kopf gehen. Es stimmte, daß er nicht viele Freunde hatte. Aber hieß das, daß er wie der arme Bucky Bryant werden würde, der zu Hause ein Kleid tragen mußte, weil seine Mutter sich immer ein Mädchen gewünscht hatte?

Muttersöhnchen. Das hielt sich Elvis immer vor.

Er liebte seine Mama mehr als jeden anderen Menschen. Was war daran *verkehrt?*

In der darauffolgenden Woche packten Johnny und Travis den Pickup und fuhren nach Memphis.

Vernon klimperte mit Silbergeld in seinen Taschen. Er kaufte Gladys ein neues Hauskleid aus Baumwolle, ihr erstes in einem Laden gekauftes Kleid, seit Elvis ein Baby war.

Elvis spielte auf seiner Gitarre. Er blendete sein restliches Leben aus. Wenn Elvis in jenem Sommer nicht herumlief, schlief, aß oder Radio hörte – auch eine Überraschung von Vernon –, klimperte er einen Akkord, neigte ein Ohr, um zu lauschen, summte mit – leise, damit es keiner hörte. Alle wichtigen Akkorde hatten einen hoffnungsvollen Unterton.

Er hing die Gitarre um seine Schulter und nahm sie überallhin mit. Nicht lange, und sie wies echte, von ihm stammende Kratzer und Plektronspuren auf. Er machte die D-Saite kaputt und mußte mit fünf Saiten weiterspielen, bis er genug gespart hatte, um sie zu ersetzen. Nacht für Nacht spielte er sich in den Schlaf, auf dem Bett ausgestreckt, die Sound Star auf seinem Bauch.

Seine Finger wurden unempfindlicher. Immer noch mußte er im Kopf vier Takte Vorsprung vor seinen Fingern haben, damit er auf den nächsten Akkordwechsel vorbereitet war. Dann, eines Morgens, als er gerade ins Nichts starrte und »Carry Me Back to the Mountains« klimperte, stellte er bei einem Blick nach unten fest, daß seine Hand die Griffe von allein fand.

Am sonntäglichen Mittagstisch verblüffte der alte Jessie sie alle mit der Neuigkeit, daß ihm Mr. Kittrell, einer seiner Saufkumpane von samstags abends, einen Job als zweiter Vorarbeiter beim Bau eines Staudamms in Tunica County angeboten hatte.

Alle lachten und aßen weiter.

Jessie legte seine Gabel hin. »Warum lacht ihr?«

»Na hör mal, Daddy«, sagte Vernon, »du bist doch zu alt, um loszuziehen und solche Arbeiten zu erledigen.«

»Ich bin nicht so alt, wie du glaubst«, behauptete Jessie, der nie zuließ, daß jemand seinen Geburtstag feierte. »Für wie alt hältst du mich?« »Fünfundsechzig«, sagte Vernon.

»Schon wieder falsch. Ich bin zweiundfünfzig. Ich bin achtzehnhundertsechsundneunzig geboren.«

»Nun mach mal 'n Punkt«, sagte Vernon. »Du bist doch – du mußt jedenfalls zehn Jahre älter als Mama sein. Das ist er doch, Mama?«

»Frag ihn«, antwortete Dodger.

»Ich bin drei Jahre älter als sie«, sagte Jessie. »Ich kann's nicht ändern, wenn ich alt aussehe. Vielleicht ist es eure Schuld, daß ich alt aussehe. Vielleicht«, fuhr er mit gepreßter Stimme fort, »vielleicht hätte ich euch gesagt, wie alt ich bin, wenn ihr mich jemals gefragt hättet. Ich hab das Gefühl, daß man in diesem Haushalt eine Menge für selbstverständlich hält.«

»Nun hör mal, Daddy...«

»Übrigens«, sagte der, »ich hab diese Arbeit angenommen. Gleich nach dem Essen breche ich auf.«

»Du... tust was?« sagte Gladys. »Mr. Jessie. Was um Himmels willen soll das?«

Dodger schaute von ihrem Teller auf. »Tja, er fährt vielleicht irgendwohin, aber ich hab gerade ein neues Puzzle angefangen.«

Dodger und Großpapa widmeten sich wieder ihrem Essen und sagten nichts mehr dazu. Alle anderen wirkten verdutzt.

Nach dem Nachtisch trug Dodger das Geschirr in die Küche. Jessie verschwand in seinem Zimmer, kam mit seiner Ledertasche wieder heraus, verabschiedete sich und fuhr in seinem Pickup davon.

Einen Monat später traf ein Brief mit einer Postanweisung über vierzig Dollar ein. Die Arbeit gehe gut voran, schrieb er. Als Bauzeit für den Damm seien zwei Jahre vorgesehen. Dodger sei eingeladen, ihm Gesellschaft zu leisten, wenn sie ihr Puzzle beendet habe.

Den gesamten Herbst über und bis Weihnachten arbeitete sie an einer Schwarzwaldlandschaft. Elvis hatte sie im Verdacht, daß sie bereits eingesetzte Teile wieder herausnahm, damit es länger dauerte.

Doch als ihr klar wurde, daß Jessie wirklich weg war, verließ Dodger ihr Zimmer. Sie fegte den Hof, ging in die Kirche oder kam nachmittags rüber in die North Green Street, wo sie einen Topf Hühnereintopf kochte, damit Vernon, Elvis und Gladys etwas zu essen hatten, wenn sie nach Hause kamen. Sie glich wieder der Großmama, wie Elvis sie von früher her kannte, ehe sie sich in ihren Schal verkrochen hatte. Großpapa fehlte ihm, aber er freute sich, daß Dodger wieder da war.

Er war jetzt dreizehn, ein wichtiger Siebtkläßler, der an der mickrigen alten Grundschule von East Tupelo vorbeikam, wenn er in die Milam Junior-High-School ging, wo alle Trinkbrunnen, Schreibpulte und Toilettenbecken Erwachsenengröße hatten. Er betrachtete sich als Einzelgänger wie Tom Mix. Zu den meisten Menschen hielt er Distanz, vor allem zu Mädchen. Mädchen kicherten, taten überheblich und bekamen bessere Noten, weil die Lehrer sie mochten.

Doch insgeheim behielt er die Hübschen im Auge, vor allem Mary Edna Meecham, eine Achtkläßlerin mit walnußbraunen Haaren, einem strahlenden Lächeln und Brüsten, die Tag für Tag ein wenig zu wachsen schienen. Als er endlich den Mut aufbrachte, sie im Flur anzusprechen, rümpfte sie die Nase und ließ ihn stehen.

Elvis' bester Freund in diesem Jahr war der rothaarige Jackie Bolton, der in der ersten Schulwoche zu ihm kam und sagte, er habe Elvis auf dem Jahrmarkt singen hören. Jackie wußte eine Menge über Musik. Sein älterer Bruder war Tupelos berühmter Country-und-Western-Sänger, Tupelo Joe Bolton, Star der »Hillbilly Radio Jamboree« , die sonntags vormittags von dem Rundfunksender WELO übertragen wurde. Trotz seines näselnden Singsangs war Tupelo Joe beliebt. Er hatte eine routinierte Radiopräsenz, und wenn er auf seiner Gitarre klimperte, klang das munter und traurig zugleich.

Gelegentlich trottete Elvis samstags mit und sah zu, wie Tupelo Joe seine Sendung aufnahm. Der Sender WELO lag versteckt in der Mobile Alley, genau gegenüber von dem Haus, in dem die Presleys im Jahr zuvor gewohnt hatten; Elvis hatte stundenlang auf der Treppe gestanden und auf dem schlichten Backsteingebäude die Buchstaben der Senderkennung betrachtet, sich aber nie getraut, einmal hineinzugehen.

Innen war es kleiner, aber schöner, als er es sich vorgestellt hatte. Die Luft roch gereinigt. Jedes Geräusch wurde von Teppichen auf den Fußböden und an den Wänden gedämpft. Die Zimmer waren gerammelt voll mit schwarzen Maschinen, Skalen, Plattenspielern und Lampen, mit in Gaze gepackten Mikrofonen, Kabeln und wackligen Schallplattenstapeln.

Elvis stand in einer Ecke und beobachtete alles mit großen Augen. Wenn das rote Glühbirnchen blinkte, bedeutete das: Rühr dich nicht und atme nicht, weil jeder Hauch in diesem Raum über den Äther zu den Menschen dieser Welt getragen wird.

Tupelo Joe saß auf einem Klappstuhl, sang klagend und spielte Gitarre. Jeden Song widmete er einer ehemaligen Freundin; sooft ihn Elvis auch bei seiner Sendung sah, nie erwähnte Joe dasselbe Mädchen zweimal. »Dieser Song ist für die süße blondhaarige Bessie Hamer in Butler, Alabama«, sagte er beispielsweise. »Bessie Liebling, du fehlst mir, und sobald ich kann, komme ich vorbei und besuch dich.« Dann stimmte er »Wabash Cannon Ball« oder den »Mule Skinner Blues« an, »In the Pines« oder Elvis' absolutes Lieblingslied, »The Wreck of the Old 97«.

Zwischen den Songs nahm Joe eine Karteikarte von dem Stapel, der auf dem Tisch lag, und las Werbung für einen seiner Sponsoren vor – Idas Pfand- und Leihhaus, Buddy Broad's Sinclair Station, das Laufer-Begräbnisinstitut, Tupelo Frosty-Freeze-Schnellimbiß.

Im wirklichen Leben war er schlicht und einfach Joe Bolton, ein magerer Knabe aus East Tupelo mit Bürstenhaarschnitt, der Worte von einer Karteikarte ablas. Doch das Mikrofon wirkte bei ihm Wunder. Im Rundfunk wurde er zu Tupelo Joe, volkstümlich, gut aussehend und charmant – ein Star!

Für Elvis war das eine Lehre. *Man kann jemand anderes werden.*

Eines Nachts betrat sein Vater sein Zimmer. Er rüttelte Elvis wach und stand dann mit offenem Mund da, als wolle die Neuigkeit nicht über seine Lippen.

Er ließ sich auf einen Stuhl sinken. Er sah immer noch gut aus, auch wenn jedes Scheitern eine neue Falte in sein Gesicht gezogen hatte. Elvis konnte ihn jetzt nicht hassen, nicht mit diesen geschwollenen Augen und dem hüpfenden Adamsapfel.

»Brechen wir jetzt sofort auf?« fragte Elvis.

»Müssen wir wohl.«

»Keine Sorge, Daddy. Wir kriegen das schon hin.«

»Danke, Sportsfreund.« Vernon ging in Richtung Tür und rubbelte seine Arme. »Es ist kühl draußen. Pack deine warme Jacke nicht in die Tasche.«

»Schatz«, rief Gladys, »hast du noch Platz für diesen Karton mit Einweckgläsern? Ich habe sie gerade erst gekauft, und du weißt doch, was solche Sachen kosten.«

»Mal sehen«, sagte Vernon. »Es ist jetzt schon ziemlich eng.«

»Elvis, nimm Dolls Steppdecken von meinem Bett und leg sie auf die vordere Sitzbank. Dann hilf deinem Daddy. Ich weiß, eigentlich müßte ich das Geschirr in der Spüle liegenlassen, aber ich kann's einfach nicht.«

Elvis half seinem Vater, im Dunkeln den Wagen zu beladen. Der Kofferraum des verbeulten alten Plymouth schluckte einen Karton nach dem anderen, doch als er voll war, war noch immer die halbe Diele mit Gepäck zugestellt. »Den Rest müssen wir eben aufs Dach packen«, stellte Vernon fest.

Mit einem zwanzig Meter langen weißen Seil befestigten sie alles, ohne die Nachbarn zu wecken.

Gladys ging durchs Haus und knipste Lampen aus. Als sie das Auto zu sehen bekam, schlug sie die Hand vor den Mund. »Herrje. Wir sehen aus wie die Wanderarbeiter.«

Der Plymouth glich einem überladenen Obstkleinlaster, dem man statt Tomatenkisten Lampen, Stühle und Elvis' Babywiege aus Kiefernholz auf das Dach und an die Seiten gebunden hatte.

Vernon sagte: »Du solltest dich da drin noch mal gut umsehen.«

»Hab ich«, sagte sie. »Das ist alles.«

»Na dann.« Vernon preßte seine Hände zusammen. »Laß uns verdammt noch mal von hier verschwinden.«

Alle quetschten sich durch die Fahrertür. Elvis fand hinten eine Lücke für die Sound Star, zwischen den Winterklamotten seiner Mutter.

Vernon ließ den Motor an. Gladys drehte sich um und stocherte auf dem Rücksitz herum.

»Sagt schon, Leute«, sagte der zwischen ihnen sitzende Elvis. »Wohin fahren wir?«

»Das wirst du merken, wenn wir da sind«, sagte sein Vater.

Ihre Scheinwerferkegel bestrichen Häuser und Zäune. Am Ende der Auffahrt wartete kein Vermieter. Natürlich mußten sie nicht mitten in jeder Nacht ihren gesamten Hausrat packen und in ein neues Haus ziehen, doch es passierte auch nicht zum erstenmal.

»Deine Mama hört mit ihrer Arbeit auf, und ich bin mit meiner fertig« , sagte Vernon. »Dieser Mann konnte mich nicht leiden, und ich ihn nicht.«

»Aber ich dachte...«

»Wir erklären es später«, sagte Gladys.

Sie glitten durch die Holcomb Street. In keinem der neuen Holzhäuser brannte Licht. Das einzige, was noch auf den Tornado hindeutete, waren drei Meter über dem Boden umgeknickte Kiefern.

Vernon bog auf die Straße ein, die aus dem Ort hinausführte. Er trat das Gaspedal durch, um herauszufinden, welche Beschleunigung sie sich unter der schweren Last erlauben konnten – genug, um fahren zu können, viel mehr aber auch nicht.

»Wir kommen zu Besuch wieder«, sagte Vernon. »Wir verschwinden ja nicht für immer.«

Elvis hatte seinen Vater noch nie so sanft reden hören.

»Wir werden nicht willkommen sein«, wandte Gladys ein. »Einfach so weglaufen, keiner Seele etwas verraten – was wird Dodger dazu sagen?«

»Wir rufen sie an. Wir kommen her und holen sie nach.«

»Mrs. Crawley kriegt bestimmt einen Anfall. Und Dot, oh... ich hab mich von keinem Menschen verabschiedet.«

»Is besser so«, sagte Vernon. »Ein ganz neuer Anfang.«

»Also wie neu fühle ich mich kein bißchen«, sagte Gladys und beendete damit das Gespräch.

Sie kamen an der Old Saltillo Road vorbei, die den Hügel hinauf zu dem Haus führte, in dem Elvis geboren wurde. Sie rasten so schnell daran vorbei, daß es jede andere Straße auf der Welt hätte sein können. Sämtliche Straßenlaternen waren kaputtgeschossen worden, aber Elvis ergänzte, was seine Augen nicht sehen konnten: die Bahngleise, die grasbewachsene Böschung, auf der er seine Mutter gejagt hatte, das Haus seines Großpapas, die Pekannußplantage, die sich den Hügel hinab erstreckte. Das Land fiel von East Tupelo bis zu den Gleisen hin ab, stieg dann wieder an bis zur Main Street, dem Gerichtsgebäude, den Läden mit den leeren Schaufenstern.

Es brannte schon Licht in den hinteren Räumen vom Frosty Freeze, wo sie für den Schichtwechsel in der Hemdenfabrik um sechs Uhr Kaffee machten.

An jede Straße knüpfte sich irgendeine Geschichte oder Erinnerung, doch Elvis dachte: *Wohin fahren wir? Wann sind wir endlich da?*

Er war noch nie weiter als bis Oxford gekommen, wo er einmal mit seinem Daddy eine Wagenladung grüne Tomaten abgeholt hatte. Das Leben außerhalb Tupelos war ein Traum.

Er sah sich die Milam Junior-High-School noch einmal gut an, als sie vorbeihuschte. In ein paar Stunden würden die Kinder in das Klassenzimmer kommen, die Lehrerin würde die Namen aufrufen, und wenn sie bei »Presley... Elvis Presley« ankam, würde niemand »Hier« rufen.

Vernon bog in eine Straße ein, die in den U.S. Highway 78 mündete. Er nahm den Gang raus und ließ die Fußbremse einrasten.

Direkt vor ihnen tauchten hinter dem Horizont die ersten Sonnenstrahlen auf.

Vernon sagte: »Gladys, Schatz, ich würde sagen, jetzt ist es Zeit, daß du auf dein Glück baust und mal wieder rätst, was wir am besten tun sollten. Diese Straße hier endet in zwei Städten. Wir können rechts abbiegen und nach Birmingham fahren. Da gibt es Kohlengruben, Stahlfabriken und Arbeit. Ich hab mit einem Mann gesprochen, der dort unten wohnt. Er sagt, da kann man gutes Geld verdienen.«

»Da kenne ich nicht einen Menschen«, sagte Gladys.

»Oder wir biegen links ab und fahren nach Memphis. Da weiß ich Bescheid. Man findet schwer Arbeit oder eine Bleibe, die wir uns leisten können.«

»Da oben wohnt Johnny« , sagte Gladys. »Und Travis. Vielleicht können wir bei ihnen absteigen, bis wir wieder auf die Beine kommen.«

»Du weißt, daß die auch nicht auf Rosen gebettet sind.«

Elvis meldete sich zu Wort. »Ich finde, wir sollten nach Memphis fahren«, sagte er, »weil Johnny da wohnt.«

»Damit ist es ja wohl entschieden.« Vernon tippte den Blinker an und bog nach links auf die Fernstraße.

Sie kamen an der Rückseite des »Willkommen in Tupelo«-Schildes vorbei. »Seht euch nicht um«, sagte Vernon, »man kann nie wissen, in was man sich verwandelt.«

Die Sonne bohrte ein Loch in die Wolken.

Elvis steckte seinen Kopf aus dem Fenster. Memphis! Das klang aufregend. Da war was los. Der Fluß war anderthalb, zwei Kilometer breit. Eine Menge Leute, die es mächtig eilig hatten, irgendwohin zu kommen.

15

Der Plymouth zockelte Richtung Nordwesten, kilometerweit durch Kopoubohnen und Baumwollfelder. Während die Sonne aufging, wurde das Land flacher und verlor allmählich seine Schatten und Hügel. Neben der Straße leuchteten goldgelbe Ambrosiapflanzen. Sie fuhren durch Belden und Sherman, durch Blue Springs und Enterprise, Ortschaften in morgendlicher Beschaulichkeit. Nachdem sie in New Albany haltgemacht und Doughnuts gekauft hatten, überquerten sie den Hatchie River auf seiner eisernen Brücke. Vernon schlug vor, gemeinsam ein Lied zu singen, damit sie ein wenig in die Gänge kamen. Gladys sagte, er könne gerne anfangen.

Kräftig, aber falsch stimmte er »Zip A Dee Doo Dah« an. Elvis fiel ein. Gerade hatten sie den Refrain begonnen, als Vernon nach einem Blick in den Außenspiegel »O Scheiße, seht euch das an« rief und an den Straßenrand fuhr.

»Was ist los, Daddy?« Elvis konnte nichts sehen, weil auf den Kofferraum soviel Zeugs gebunden war.

Vernon schloß die Augen. Sein Gesicht verzog sich, als hätte er Zahnschmerzen. »Ein verfluchter Polizist, das ist los.«

»Schatz?« Gladys griff über Elvis hinweg und berührte Vernons Arm. »Bestimmt bist du zu schnell gefahren, mehr nicht. Sei bitte nett zu ihm.«

»Hör zu, falls irgendwas passiert«, sagte Vernon rasch, »setzt du dich mit Johnny in Verbindung. Er kommt dann runter und regelt alles.«

»Vernon, was hast du bloß? Du bist ja völlig außer dir!«

Vernon wurde rot. Er öffnete die Tür, stellte die Füße auf den Boden. »Vergiß bloß nicht, was ich dir gesagt habe.« Er stand auf. »Morgen, Officer.«

»Morgen«, erwiderte eine nicht unangenehme Stimme. »Würden Sie bitte einen Augenblick nach hinten kommen?«

Ihr Gespräch verlor sich hinter dem Wagen. Elvis machte einen langen Hals und sah die Motorhaube einer weißen Limousine mit einem roten Licht auf dem Dach.

»Komm vom Fenster weg«, befahl Gladys.

»Glaubst du, Daddy muß ins Gefängnis?«

»Sei nicht albern.«

Doch daran, wie sie ihn anfuhr, merkte er, daß sie es nicht für albern hielt. Sie saß da und sah unverwandt geradeaus, als würde dadurch alles gut werden.

Das Auto wippte auf seiner Federung auf und ab. Vernon steckte den Kopf durchs Fenster. »Schatz, der nette Beamte hat bemerkt, daß einige unserer Sachen bald heruntergefallen wären«, sagte er. »Er hilft mir, sie wieder festzubinden.«

Die Erleichterung war mit Händen greifbar.

»Darf ich raus und zusehen?« fragte Elvis.

»Du bleibst sitzen«, sagte Gladys. »Sonst stehst du nur im Weg.«

Sie lauschten, wie hinten geschoben und umgeschichtet wurde. Nach einer Weile tauchte Vernon in Begleitung eines fülligen jungen Polizisten wieder auf, der seine Hand an die Mütze legte und sich zum Fenster hinunterbeugte.

»Tag, Ma'am«, sagte er, »ich hab Ihrem Mann hier grad erzählt, ich hab gesehen, wie Sie hier unter dem ganzen Zeug lang kamen, und hab bemerkt, daß eins von Ihren Lampenkabeln über den Boden schleift – hat jede Menge Funken auf der Straße geschlagen, und da dachte ich, vielleicht gerät ja irgendwas in Brand.«

»Sehr aufmerksam von Ihnen, uns Bescheid zu sagen«, sagte Gladys.

»Tja, ich und Ihr Mann hier, wir haben die Sache wohl wieder so ziemlich in Ordnung gebracht. Es kommt darauf an, wie man seine Ladung ausbalanciert, hab ich ihm gerade gesagt.«

Vernon nickte grinsend. Er schüttelte dem Polizisten die Hand und ging um das Auto herum. »Wir können Ihnen gar nicht genug danken«, sagte er beim Einsteigen.

Als sie losfuhren, redete der Polizist immer noch. »Immer schön aufpassen, und sorgen Sie dafür, daß...« Seine letzten Worte hörten sie nicht mehr.

Keine hundert Meter später kamen sie an einem Schild vorbei, das die Stadt Myrtle ankündigte. »Hier in Myrtle reden sie gern, soviel steht fest«, sagte Vernon mit einem Blick in den Rückspiegel. »Nö. Er fährt in die Gegenrichtung. Tschüs.« Er hupte.

Gladys schwieg. Elvis fragte sich, ob ihre schlechte Laune wiederkehrte.

Über ihnen war ein großer Schwarm Amseln in Richtung Süden unterwegs; die Vogelschar zog sich kilometerweit über den Himmel. In rasender Fahrt brauste ein Lastwagen vorbei. »Der Bursche sollte besser aufpassen«, sagte Vernon. »Wenn der Bulle ihn nicht ins Gefängnis wirft, schwätzt er ihn zu Tode.« Er grinste und sah Gladys fragend an, warum sie nicht auch grinste. »Schatz, was ist los?«

»Angelogen hast du mich, das ist los.«

Sein Fuß berührte die Bremse. »Was zum Teufel soll das denn heißen?«

»Also, wie war das noch?« sagte sie. »Falls irgend etwas passiert«, sollte ich Johnny anrufen und ihn alles regeln lassen. Vernon, du hast vorhin gedacht, der Mann würde dich verhaften, lüg mich jetzt nicht an.«

»Ach du heiliger Strohsack«, sagte er, »ist das alles?«

»Als er dich ziehen ließ, sahst du so erleichtert aus, daß ich dachte, du gibst ihm gleich einen Kuß. Erzähl mir endlich, was du angestellt hast.«

»Ich... ich war mir sicher, er würde uns irgendeinen Strafzettel verpassen. Ich hätte nicht bezahlen können, du vielleicht? Er hätte uns ins Gefängnis gesteckt.« Sein Lachen klang schrill.

Gladys verschränkte die Arme und blickte aus dem Fenster. »Du kannst genausogut anhalten.«

»Ich halte aber nicht an«, entgegnete Vernon, beschleunigte, und seine Stimme wurde eine Note höher. »Ich werde umdrehen, nach Tupelo zurückfahren und die ganze Angelegenheit regeln, wenn du willst. Aber ich halte nicht an.«

»Die ganze Angelegenheit regeln?« sagte Gladys.

»Willst du's wissen?« Vernons Blick wechselte von der Straße zu ihrem Gesicht. Der Wagen brauste mit achtzig Stundenkilometern durch Potts Camp; Elvis fürchtete um ihr Leben.

Sein Vater brüllte: »Halt doch mal den Mund! Halt einfach nur den Mund!«

»Damit du Zeit hast, dir rasch irgendeine Geschichte einfallen zu lassen? Danke nein.«

Die Reifen quietschten um eine Kurve. »Daddy, fahr langsamer!« schrie Elvis.

»Erzähl du mir nicht, wie ich zu fahren habe«, sagte Vernon.

»... versuchst du auch noch, uns umzubringen«, rief Gladys, »nicht genug damit, daß du mir irgendeine wüste Geschichte auftischst, wir müßten weg, weil du deine Arbeit verloren hättest und jemand uns das Auto wegnehmen wollte.«

»Und das stimmt auch«, sagte Vernon. »Jedes einzelne Wort. Und wenn wir Tupelo nicht so schnell verlassen hätten, steckten wir jetzt ganz schön in der Klemme, Miss Schlaumeier.« Vernon warf einen Blick auf den Tachometer. Er riß die Augen auf und nahm den Fuß vom Gas. »Scheiß drauf«, sagte er. »Paß auf. Lester Tines will mich seit einem halben Jahr loswerden. Ich habe noch nebenher gearbeitet.«

»Was war das für Arbeit?« Gladys schloß die Augen, als wolle sie es lieber nicht wissen, jetzt wo sie gefragt hatte.

»Ein kleines Viehgeschäft«, antwortete er. »Lether und ich.«

Sie atmete durch. »Weiter.«

»Lether hatte gehört, wie so 'n Typ mit seinen Schweinen angab, er habe ein preisgekröntes Schwein, das sei über dreihundert Dollar wert. Er und ich, wir haben uns dieses Schwein sozusagen... ausgeliehen.«

»Ihr habt's geklaut« , stellte Gladys fest.

»Ich nicht. Lether war's. Ich hab den Wagen gefahren.«

»Und ihr habt's verkauft.«

»Da hast du verdammt recht. Wir haben zwar keine dreihundert Dollar gekriegt, aber es hat gereicht. Ich hab nicht gehört, daß du dich über das neue Kleid beschwert hättest.«

»Na, jedenfalls werd ich's nicht mehr tragen, jetzt wo ich weiß, daß es von deinem und Lether Gables schmutzigem Diebesgeld bezahlt worden ist« , fauchte sie.

Elvis begrub seinen Kopf in den Armen. Er wollte raus aus dem Auto.

»Der Mann hatte drei Dutzend Schweine«, sagte Vernon gerade. »Da brauchte er nicht auch noch ausgerechnet dieses.«

»Ach, gib's doch auf, Vernon.«

»Dieser saublöde Lether hat sich gestern abend einbuchten lassen«, sagte Vernon. »Das ist seine dritte Straftat. Die sperren ihn ein. Was weiß ich, vielleicht hat er das Schwein schon gestanden und ihnen meinen Namen verraten und jedes einzelne Huhn aufgeführt, das wir beide irgendwann mal gestemmt haben.«

Wie Rauch hing diese Vorstellung einen Moment lang im Raum.

»O Vernon.« Gladys schauderte. »Man müßte dich ins Gefängnis stecken. Was bist du bloß für ein Vorbild für Elvis?«

»Was soll das Getue? Uns ist nichts passiert.« Vernon deutete auf das gerade vorbeihuschende Schild: WILLKOMMEN IN BYHALIA. »Wir sind schon fast in Tennessee. Wegen so was überqueren die doch keine Staatsgrenze.«

»Ein Schwein«, sagte sie in erstauntem Ton.

»Wieviel hast du dafür gekriegt, Daddy?« fragte Elvis.

Gladys sagte: »Siehst du? Was hab ich dir gesagt?«

Hinter Byhalia fuhren sie ein langes, sanft abfallendes Straßenstück hinunter.

»Hör zu, Sohn«, sagte Vernon und tätschelte Elvis' Knie, »wenn du was anstellst, laß dich wenigstens nicht erwischen.«

Gladys setzte sich kerzengerade hin. »So wie du dich damals nicht hast erwischen lassen und in Parchman gelandet bist? Oder hast du das komplett aus deinem Hirn radiert? Ich dachte, diese Lektion würdest du nie vergessen, Vernon Presley, aber offenbar habe ich mich getäuscht. Du hast sie gar nicht erst gelernt.«

»Och, buh huh«, machte er, »was muß die arme Gladys leiden.«

»Glaub bloß nicht, daß ich hier hocke und dir zu deinen Diebereien und der Prahlerei damit gratuliere. Für heute habe ich genug von dir.«

»Sohn, wir haben es für hundert Dollar verkauft und uns das Geld geteilt«, sagte Vernon.

In dem Augenblick ertönte ein lautes Krachen, als wäre das Autodach weggebrochen, Wumm! wumm! wumm!, und in einem Rutsch flog das gesamte Dachgepäck davon, während die an den Seiten hängenden Sachen auf der gesamten Strecke, die Vernon brauchte, um den Wagen mit quietschenden Reifen zum Stehen zu bringen, polternd abfielen oder über die Straße geschleift wurden.

Es folgte eine bedrohliche Stille, einzig unterbrochen von dem im Leerlauf brummenden Motor, den pochenden Herzen und Vernons dünner Stimme: »Alle wohlauf?«

Gladys drehte sich angespannt lächelnd um. »Mir ging's noch nie besser«, sagte sie.

Vernon schnaubte. Er setzte zu einem Lachen an, räusperte sich aber statt dessen und fuhr auf den Seitenstreifen.

Elvis stieg nach ihm aus. Laster und Personenwagen brausten vorbei, wichen aus, hupten. Die Trümmer waren über zweihundert Meter Fernstraße verstreut – ein Chaos aus zerbrochenem Geschirr, Einweckgläsern, Lampen, Kleidungsstücken, Töpfen und Pfannen, Daunen zerplatzter Kissen, Teilen von Dolls Schaukelstuhl und des Dielentischs, und die Kiefernholzwiege war zersplittert.

Vernon sprang in den Verkehr hinein und wieder heraus, schleuderte die größeren Sachen ins Unkraut und schrie: »Bleib von der Straße!« Ein Lkw-Fahrer hupte und fuhr ohne zu verlangsamen durch die Trümmer.

Elvis sammelte alle Kleidungsstücke ein, die er finden konnte. Gott sei Dank lagen seine Sound Star und das Radio sicher auf dem Rücksitz des Plymouth, und Großpapas Silberdollar steckte in seiner Hosentasche.

Vernon kam mit einem Armvoll kaputter Habseligkeiten an. »Es ist so viel, ich schaff das nicht alles«, sagte er. »Alles war prima, bis dieser... verdammte Bulle von mir verlangt hat, es umzupacken.«

Elvis zuckte mit den Schultern. Was er auch gesagt hätte, es wäre falsch gewesen.

»Weißt du was«, fuhr Vernon fort, »ich denke immer wieder: *Schlimmer* kann es nun wirklich nicht mehr werden. Und dann wird es noch schlimmer. Was sagst du dazu?«

»Weiß auch nicht«, sagte Elvis. »Was machen wir mit dem ganzen Zeug? Es ist kaputt.«

»Scheiße auch, das kann man wohl sagen. Ich red mal mit deiner Mutter.« Er stellte seine Last auf den Boden und ging zu Gladys' Fenster. Elvis war zu weit entfernt, um zu hören, was sie sagten.

Viel war es nicht. Vernon richtete sich auf und kam zurück.

»Anscheinend ist sie nicht besonders interessiert daran, das jetzt alles auszusortieren«, sagte er. »Wenn's kaputt ist, brauchen wir es wohl nicht. Los, wir nehmen einfach diese Sachen und hauen ab.«

Sie zockelten über die Straße und sammelten Sachen ein. Elvis fragte sich, welche Macht das alles hatte vom Auto fliegen lassen. Vielleicht hatte er es selbst getan, mit seinen Gedanken. Jedenfalls hatte es das Gezänk beendet.

Gladys stieg aus und stand mit verschränkten Armen da, während Vernon alles auf den Rücksitz quetschte. Er nahm die Gitarre beim Hals und hielt sie Elvis entgegen. »Hier, Sohn, die mußt du auf den Schoß nehmen.«

»Okay.«

»Vermutlich ist das Dolls Porzellan, das da hinten in Scherben herumliegt«, sagte Gladys.

»Nein, ihres liegt hinten drin. Das sind die alten Teller, die Gläser, das Kinderbettchen und was weiß ich noch alles. Wir haben aufgesammelt, was noch ganz war.«

»Ein Wunder, daß ihr beide nicht überfahren worden seid.« Gladys schüttelte den Kopf. »Ich hab gesehen, wie ihr den Autos ausweichen mußtet.«

»Wir haben noch ein gutes Stück vor uns«, meinte Vernon.

»Das stimmt«, sagte Gladys, »und du hattest es dermaßen eilig, daß alles vom Auto geweht wurde, also halt jetzt gefälligst den Mund.«

Elvis klemmte sich die Sound Star zwischen die Beine, lehnte ihren Hals an seine Schulter. Nichts, was er hätte sagen können, hätte für eine bessere Stimmung gesorgt. Gladys stapelte alle Kleidungsstücke vor ihren Füßen und starrte geradeaus.

Sie fuhren und fuhren. Gelegentlich machten Reklametafeln Versprechungen – PEABODY HOTEL, DAS ERSTE HAUS IN MEMPHIS! –, doch die Sonne stand schon tief am Nachmittagshimmel, und zwischen Memphis und Tupelo schienen fünfzehnhundert Kilometer zu liegen. Es war eine weite braune Landschaft, leicht hügelig und mit bewaldeten Flecken. Ein roter Schuppen mit BESUCHEN SIE ROCK CITY auf dem Dach. Verwilderte Landstriche, wo die Kopoubohne alles überwuchert hatte. Ein friedlicher Bach floß neben der Straße her. Eine Stadt namens Olive Branch. Elvis hielt ein kurzes Nickerchen, den Kopf an die Schulter seiner Mutter gelehnt.

Er wachte auf, als Vernon die Grenze zum Bundesstaat Tennessee ankündigte. Sie holperten auf besseren, schwärzeren Asphalt, vorbei an einer Unzahl von Verkaufsständen für Feuerwerkskörper.

»›*The Volunteer State*‹«, las Gladys. »Vermutlich sollten wir aussteigen und den Boden küssen.«

»Wir hätten ausspucken sollen, bevor wir Mississippi verlassen haben«, sagte Vernon.

»He, Mama, war ich schon mal in Tennessee?«

»Nein, das ist das erstemal.«

»Seht mal. Wir kommen näher.« Vernon deutete auf die bisher größte Reklametafel für das Peabody, ein Gemälde des protzigen Foyers, auf dem ein Philip-Morris-Zwerg »Das erste Haus in Memphis!« rief.

»Doll hat mir von dem Hotel erzählt«, sagte Gladys. »Da kommen jeden Morgen Enten runter, watscheln über einen roten Teppich und schwimmen irgendwo im Foyer herum.«

»Möchte nicht wissen, was die für die chemische Reinigung zahlen müssen«, sagte Vernon.

Jetzt kamen sie an Läden für Anglerbedarf und Tankstellen vorbei; Brown's Mid-South Chevrolet, die Bäckerei »Sunbeam« und die Autorennstrecke South Memphis Race Track, »Jed. SAMSTAGABEND RASENDE ACTION!«. Sie holperten über Bahngleise.

»Wo ist der Fluß?« fragte Elvis.

»Wir sind noch gar nicht in Memphis«, antwortete sein Vater. »Das sind immer noch Vororte.«

Die Straße wurde breiter. Sie sahen Autowerkstätten, Mülldeponien, Grillbuden und Gebrauchtwagenmärkte, alle zwei oder drei Straßenzüge eine Ampel und Millionen Autos. Fahrer hoben die Fäuste und rasten am dahinschleichenden Plymouth vorbei.

Vor Aufregung verspürte Elvis ein Kribbeln. Er hielt nach »WILLKOMMEN IN MEMPHIS«-Schildern Ausschau, befand dann aber, Memphis sei eine so große Stadt, daß einem auch kein Schild mehr half, wenn man nicht wußte, daß man da war.

Die Straße beschrieb einen weiten Bogen und führte schließlich auf ein hohes Steilufer mit Blick auf den größten Strom der Welt. Vernon hielt am Straßenrand. Sie stiegen aus, setzten sich auf die Motorhaube und betrachteten den Fluß. Keiner sagte ein Wort.

Der gewaltige braune Fluß beschrieb eine Biegung, eingebettet zwischen dem Steilufer auf ihrer und dem flachen, sich gen Westen erstreckenden Land auf der anderen Seite. Das breite Wasser reflektierte kein Licht.

Am Ostufer lag die Großstadt. Steinerne Kaianlagen fielen zum Wasser hin ab; Frachtkähne, Schlepper und Flußschiffe drängten sich an den Kaianlagen. Im Hintergrund bewegten sich Spielzeuglastwagen über eine Brücke auf die weite, flache Landschaft von Arkansas zu.

Vernon hakte die Absätze in die Stoßstange. »Gladys, glaubst du, du könntest dich mir gegenüber allmählich wieder freundlicher verhalten, wenn ich uns eine Nacht im Peabody spendiere?«

»Keine Ahnung. Vermutlich könnte ich nicht schlafen, weil ich immerzu daran denken müßte, was das kostet.«

»Mach schon, Satnin, sag ja«, drängte Elvis.

Sie stützte ihr Kinn in die Hand. »Ehrlich gesagt, Vernon, ich hab dir schon so oft vergeben... diesmal mußt du dich wohl erst einmal langfristig bewähren.«

»Na schön«, sagte er. »So wird's wohl auch billiger.«

»Da wär ich mir nicht so sicher«, sagte Gladys.

Sie stiegen wieder ins Auto und fuhren durch die Gegend, bis sie ein kleines Restaurant fanden. Sie bestellten Brathähnchen und Hühnchenschnitzel und für Elvis einen Cheeseburger mit Pommes. Alles war fettig. Doch ihr großer Hunger machte es zu einem Festmahl.

Vernon versuchte, Johnny und Travis anzurufen, aber sie waren im Kino. »Der Mann hat gesagt, sie hätten sowieso nichts mehr frei«, erzählte er, »und Kinder nehmen sie nicht.«

Gladys runzelte die Stirn. »Was ist mit der Pension, in der du mal abgestiegen bist?«

»Hab ich schon probiert. Das gleiche. Keine Kinder.« Er schwenkte einen Zettel. »Aber er hat mir eine andere Adresse genannt.«

Allmählich wurde es dunkel, und nun kam ihnen Memphis nicht mehr so freundlich vor. Auf der Suche nach der Poplar Avenue fuhr Vernon im Norden der Stadt jede einzelne Straße ab. Wenn er auch nur länger als eine Sekunde wartete, sobald eine Ampel grün geworden war, hupte sofort jemand hinter ihm.

Elvis rief: »Da ist sie, Daddy, Poplar!«

»Gute Augen.« Vernon bog mit dem Plymouth in die Straße ein, schlich weiter und las dabei die Nummern laut vor. »Da ist es. Fünf sieben zwei.« Er stellte den Wagen ab und betrat das Haus.

Das große, alte, schiefe Gebäude ragte dicht an der Straße auf. Sogar im Dunkeln sah Elvis, daß die Farbe abblätterte. Hinter allen Fenstern brannte Licht.

Als Vernon zurückkam, meldete er, das Zimmer sei billig und die Matratze sähe ordentlich aus. »Für Elvis gibt's ein Kinderbett.«

»Nach dem heutigen Tag könnte ich auf einem Nagelbrett schlafen«, sagte Gladys.

Bald lagen sie in einem kleinen feuchten Zimmer hinter der Treppe.

Vernon sagte: »Schlaft gut und laßt euch nicht von den Wanzen beißen.«

»Sag so was nicht, ich glaube, ich sehe eine«, murmelte Gladys.

Sie nickte als erste ein, schnarchte leise und unregelmäßig, wie es ihre Art war, und dann stimmte pustend und schnaubend Vernon ein.

Elvis lag auf seinem eisernen Kinderbettchen und versuchte, ihren Schlafgeräuschen eine Art Rhythmus zu geben. Es war, als schliefe man mit zwei tickenden Weckern. Kaum hatte er seine Atmung mit der seiner Mutter koordiniert, mischte sich Vernons zackiges Schnarchen ein und weckte ihn erneut auf. Früher wäre er vielleicht zu ihnen ins Bett gekrochen; dafür war er nun zu groß.

Er stand auf, zog sich an. Bis zurück nach Tupelo konnte er nicht laufen, doch er mußte auch nicht in seinem harten Bettchen liegen und sich hin und her wälzen.

Er tastete sich durch den Flur, zur Haustür hinaus. Der Mond verbarg sich hinter Wolken.

Elvis schloß sich im Auto ein. Er wickelte sich in eine Decke von der Rückbank und zog die Sound Star auf seinen Schoß.

Sein bisheriges Leben, all seine Vettern und Freunde, alle vertrauten Stellen und Ecken in Tupelo – sie zählten nichts. Seine einzigen Freunde waren seine Gitarre und seine Mutter. Bei dem Gedanken, wie zerbrechlich sein ganzes Leben gewesen war, fühlte er sich einsam. Es war zu leicht, einfach ins Auto zu springen und alles hinter sich zu lassen.

Er schlug a-Moll an, den traurigsten aller Akkorde.

Damit spielte er eine Weile, wechselte zu d-Moll und wieder zurück, und dabei summte er eine traurige Blues-Zeile. *Well I feel so bad, I ain't never felt this bad before...*

Doch so sehr er sich auch anstrengte, er konnte sich nicht in eine richtig traurige Stimmung versetzen. Er war rastlos, die neue Gegend war aufregend. Bei Tageslicht würde er eine brandneue Stadt voller Menschen erkunden, die ihn noch nicht kannten. Er konnte sein Leben neu beginnen, genau wie sein Daddy.

Dann versuchte er es mit einem G-Dur-Akkord und dem neuen Song von Red Foley.

Well I stand on a mountain, and I see the horizon
And I hear the Lord a-calling me away
Well I'm too close to heaven, miles over Jordan
But I'll come to my home in the valley someday

»Home in the Valley« war ein ernster Spiritual in langsamem Walzertempo. Er berichtete von einer mit Sorgen und Kümmernissen erfüllten Reise, die an einem wunderschönen Ort endet. Es war ein Song darüber, wie man in den Himmel kam, doch Elvis sang ihn, als wäre Memphis das grüne und liebliche Tal und als sei er der Reisende, der soeben zu Hause angekommen war.

MEMPHIS

1948–1954

16

Als Elvis am Freitag durch die Flure der Milam Junior-High-School stolziert war, war er jemand Besonderes gewesen.

Am Montag morgen war er niemand, wie er da hinter seinem Daddy auf dem Gehweg vor der Humes High-School kauerte. Humes war zu groß für eine Schule. Da hätten sieben oder acht Milam Junior-Highs reingepaßt. Das Schulgrundstück nahm den Platz zweier städtischer Wohnblocks ein. Das Gebäude sah aus wie ein Gefängnis mit Fenstern, eine von Türmchen – Wachtürmen? – gekrönte massive Backsteinfassade, mit an Schießscharten erinnernden Lücken im Dach. Ein Strom von Großstadtkindern, die plapperten, lachten und sich durch die hohen Türen ergossen.

»Tut mir leid, Daddy. Da kann ich nicht reingehen.«

»Wieso nicht?« Vernon drehte sich erstaunt um. »Ist doch genau wie Milam, nur größer.«

»Das meine ich ja. Sie ist zu groß.«

»Was denn, hast du etwa Schiß?«

»Nein!« Elvis schluckte. »Es ist bloß... vielleicht sollten wir morgen wiederkommen.«

Vernon grinste. »Och, du wirst schon klarkommen. Die Kinder hier sind auch nicht anders als die zu Hause. Du mußt aber hingehen und dich vorstellen. Wenn du zu schüchtern bist, erreichst du nie was.«

Eine Glocke bimmelte. Vernon ging die Treppe hoch. »Na komm, mein Junge.«

Elvis blieb, wo er war. Da gab es nichts dran zu rütteln. Er konnte nicht auf diese Schule gehen. Alle Jungs trugen Bluejeans und karierte oder gestreifte Hemden. Er war als einziger von seiner Mutter gezwungen worden, schwarze Sonntagsschuhe, einen Schlips, Kordhose und Hosenträger zu tragen, die seine Hose bis zur Brust raufzogen.

Vom oberen Treppenabsatz sagte sein Vater: »Ich bleib nicht den ganzen Tag hier stehen.«

Elvis trottete hinter ihm drein. Die Schüler strömten durch die Türen. Alle kannten und mochten sich, lachten und begrüßten sich gegenseitig.

Kaum betrat Elvis das Gebäude, wurde er unsichtbar.

Eben noch folgte er seinem Vater durch die Tür. Im nächsten Augenblick war er nirgendwo. Menschen streiften seinen Arm oder stießen ihn an, doch er spürte nicht das geringste. Ihre Blicke gingen durch ihn hindurch und auf der anderen Seite wieder hinaus.

Er ging durch eine Milchglastür mit der Aufschrift BÜRO. Sein Vater sprach mit einer Dame, die eine Schmetterlingsbrille aufhatte. Hin und wieder schaute sie auf die Stelle, wo Elvis gestanden hätte, wenn er nicht unsichtbar gewesen wäre.

Er blieb wie angewurzelt stehen. Der Strom der Schüler teilte sich um ihn, obwohl sie ihn nicht sehen konnten.

Sein Vater bedeutete ihm, er solle den Flur entlanggehen, und sagte ihm, wohin er gehen solle. Er lächelte, klopfte Elvis auf die Schulter und verschwand durch die Türen.

Elvis schwebte durch einen von Spinden gesäumten Flur. Niemand bemerkte seine Anwesenheit. Er ging auf das helle Ende eines abzweigenden Flurs zu, dem er bis zu einem Treppenhaus folgte, und nach unten zu einer anderen Tür. AUSGANG.

Er trat ins Freie. Die Tür schlug hinter ihm zu.

Er schlurfte an einer endlosen Backsteinmauer entlang, um die Ecke zu einem riesigen grünen Footballfeld. Auf beiden Längsseiten standen hohe Tribünen, dazu Flutlichtmasten für Abendspiele, und vierzig oder fünfzig Jungen in kurzen Hosen vollführten zum Trr! Trr! Trr! der Sportlehrerpfeife Hampelmänner.

Elvis wußte, er hätte in die Mitte des Platzes gehen, Grimassen schneiden, auf und nieder hüpfen können – und wäre dennoch von keinem gesehen worden. Er fragte sich, ob er die Absteige wiederfände, ob ihn seine Mutter sehen könnte, falls er es schaffte. Er wollte es herausfinden und in ihrer Nähe bleiben, bis dieses unheimliche Gefühl verging.

Er machte sich zu Fuß auf den Weg, blieb in den Nebenstraßen, rannte im Zickzackkurs hinter den Häusern durch Gärten, um Verfolger abzuschütteln.

Er erkannte die Esso-Tankstelle am Ende der Straße, raste über vier belebte Fahrspuren und entdeckte erleichtert, daß die nächste Straße auf der gegenüberliegenden Seite die Poplar war.

Zwar hatte er nur eine Nacht in der schiefen weißen Pension verbracht, doch als er an der Straßenecke stand, dachte er, hier ist mein Zuhause. Der dürre alte Mr. Clifton fegte gerade die Veranda vor dem Haus. In der vergangenen Nacht hatte er Elvis mit einem skeptischen Blick bedacht. Jetzt stellte er seinen Besen gegen die Wand. »In diesem Haus mögen wir keine lärmenden Gören.«

»Ja, Sir.« Elvis versuchte, ihm auszuweichen.

»Von mir gibt's nur eine einzige Warnung«, sagte Mr. Clifton.

»Ja, Sir.« Elvis stieß die Fliegentür auf.

»Und knall die Tür nicht zu!«

Elvis mochte Mr. Clifton so wenig wie alles andere, was mit Memphis zu tun hatte. Auf den ersten Blick hatte ihm der Fluß gefallen, doch wenn er jetzt darüber nachdachte, kam ihm sogar der so riesig und abweisend vor wie der ganze Rest. Seine hoffnungsfrohe Stimmung der letzten Nacht war wie weggeblasen. Er wollte zurück nach Tupelo.

An all dem war sein Vater schuld. Ein Schwein klauen – dieses Verbrechen war typisch für Vernon Presley. Elvis hatte sich nichts zuschulden kommen lassen. Warum sollte er dafür büßen müssen?

Er stieß die Tür zu ihrem Zimmer auf. Gladys ließ die Drahtbürste fallen, mit der sie den Fußboden bearbeitete. »Meine Güte, hast du mich erschreckt! Seid ihr schon so früh zurück?«

»Ich bin allein«, sagte Elvis. »Keine Ahnung, wo Daddy ist.«

»Na, wie kommst du denn dazu …« Sie reckte ihren Hals, spähte in den Flur. »Schließ die Tür. Diese Frau soll nicht sehen, was ich tue. Sie hat mir endlose Vorträge gehalten, wie gründlich sie immer saubermacht, aber ich schwör's« – ihre Stimme wurde zu einem Flüstern –, »dieser Fußboden starrt vor Dreck.«

»Der alte Mann ist auch fies.» Elvis hopste über die bereits getrockneten Stellen und kletterte aufs Bett.

»Also?« Sie bearbeitete einen braunen, wie Florida geformten Fleck. »Ich erwarte eine Erklärung von dir, Elvis.«

»Auf diese Schule kann ich nicht gehen, Mama«, sagte er leise. »Ich … ich kann einfach nicht. Sie ist zu groß. Ich bin da reingegangen, und – keiner konnte mich sehen.«

»Was hast du dann gemacht?«

Ein Achselzucken. »Ich bin nach Hause gegangen.«

»Elvis, wie sollen sie dich denn sehen, wenn du gar nicht da bist? Hast du ihnen gesagt, daß du gehst?«

»Nein, ich – ich wollte. Hab's aber nicht getan. Und ehe ich mich versah, war ich hier.«

»Na, ehe du dich versiehst, gehst du gleich wieder in die Schule zurück.« Sie ließ die Bürste in den Eimer fallen und versuchte, sich aufzurichten. »Hier, meinen Rücken hat's wieder erwischt. Komm und hilf mir auf.«

Er gehorchte. »Mama, schick mich nicht wieder dahin. Du hast dieses Gebäude ja nicht gesehen. Es ist riesig. Es ist – sie – sie sehen mich überhaupt nicht an!« Tränen quollen hervor, als wäre seinen Augen nicht klar, daß er zu alt zum Weinen war.

Gladys umarmte ihn lachend. »Oh, ich liebe dich, Schatzi«, sagte sie. »Ich bin so froh, daß du hierhergekommen bist statt anderswohin. Aber du kannst nicht zu Hause bleiben. Du mußt in die Schule gehen. Wenn du groß bist, mußt du etwas Kluges sagen können.« Sie hielt ihn auf Armeslänge von sich ab. »Sieh dich doch an. Du bist fast vierzehn. Du kannst dich gegenüber jedem behaupten. Was ist bloß los?«

Er wußte, die Wahrheit würde sie nicht glauben, versuchte es aber dennoch. »Ich bin für die unsichtbar, klar? Sie können mich nicht sehen. Ich weiß nicht warum, es ist einfach so.«

»Du hast ihnen keine Gelegenheit gegeben«, sagte sie. »Da gibt's bestimmt jede Menge nette Jungen und Mädchen.«

»Die tragen alle Blue Jeans und, du weißt schon, gute Sachen. Ich sehe aus wie ein ... wie ein Hinterwäldler.«

»Stimmt gar nicht, prima siehst du aus«, sagte sie und legte die Schürze ab. »Dann nimm halt deine Krawatte ab und zieh die Jeans an, wenn's sein muß. Beeil dich. Die werden sich fragen, was dir zugestoßen ist.«

»... Gehst du mit mir dahin zurück?«

»Ich setze nur meinen Hut auf«, sagte sie.

Elvis zog sich bequeme Sachen an, sein blaues Hemd und Jeans. Gladys kontrollierte ihren Hut im Spiegel. Sie zogen los, beide auf dem Gehsteig.

»Bei Tageslicht ist es hier gar nicht so übel«, sagte sie.

»Ich wünschte, wir wären wieder zu Hause«, sagte Elvis.

»Tja, wenn deine Oma Räder hätte, wär sie 'n Omnibus.«

Sie gingen eine mit gepflegten Häusern bestandene Straße entlang und bogen am Footballfeld der Humes High um die Ecke.

»Wenn du mich begleitest, kommt es mir viel näher vor«, sagte Elvis.

Gladys mußte den Kopf drehen, um die ganze Schule zu sehen. »Jetzt verstehe ich dich. Sie ist wirklich riesig.«

Er unternahm einen letzten Versuch. »Bitte, Mama ...«

»Kopf hoch, und weiter geht's.«

Er atmete tief durch und folgte ihr die Treppe hinauf.

Als er durch die Türen trat, verschwand er.

Gladys umarmte ihn zum Abschied. Ihre Arme gingen durch ihn hindurch. Die schmetterlingsbebrillte Dame ergriff seine unsichtbare Hand und brachte ihn in ein großes Zimmer voller Kinder, die ihn nicht sahen. Er fand ein Pult am Fenster, in der hintersten Reihe.

Die Lehrerin schrieb eine Stunde lang Zahlen an die Tafel. Eine Klingel schrillte. Elvis huschte zur Tür hinaus.

Er ging in seine nächste Unterrichtsstunde und in die danach. Zu Mittag aß er an dem einzigen leeren Tisch in der Cafeteria.

Den ganzen Tag lang sah ihn niemand. Es war der längste Tag seines Lebens.

Zwischen der fünften und sechsten Stunde schlenderte er auf die Toilette, wo ein paar ältere Jungs Zigaretten rauchten. Er schloß sich in einer Klosettkabine ein, setzte sich auf die Brille. Hier konnte er warten, bis der Tag zu Ende ging.

Ein Lehrer scheuchte die Raucher hinaus. Er kam an Elvis' Kabine vorbei, ohne dessen Füße zu sehen.

Elvis saß in der feuchten Stille, einen Ellbogen auf den Klopapierhalter gestützt. Er könnte zurücklaufen, zurück nach Tupelo.

Sich irgendwo verstecken. In den Wäldern leben.

Doch das lag fünfzehn Millionen Kilometer von hier entfernt. Seine Mutter würde ihm zu sehr fehlen. In ein paar Jahren würde er vielleicht bereit sein, ein eigenes Leben zu führen. Aber nicht in den Wäldern. Und nicht jetzt.

Er mußte hierbleiben und als unsichtbarer Junge zur Schule gehen.

Er trat aus der Klokabine in den Zigarettenqualm. Er war mit dem Spiegel allein.

Er trat näher.

Vielleicht sah ihn der Spiegel auch nicht mehr.

Er trat noch näher. »Jemand zu Hause?« Er pochte mit den Knöcheln dagegen. Seine Nase berührte das Glas.

Du bist nie allein.

Elvis sagte: »Ich dachte, du wärst vielleicht zu Hause geblieben.«

Mich wirst du nicht los.

»Am liebsten würde ich jemanden finden, den ich verhauen könnte«, sagte Elvis.

Das müßte jemand Kleines sein.

»Ich... ich könnte mich ausziehen und in der Gegend herumlaufen, mal sehen, ob mich dann jemand bemerkt.«

Das wäre eine Idee.

»Daddy ist an allem schuld.«

Er hat dich von dort weggebracht, wo du glücklich warst. Wär es dir nicht am liebsten, man hätte ihn festgenommen und wieder nach Parchman gebracht, und er würde Mama und dich in Frieden lassen?

»Ich könnte mich umbringen, dann würde es ihnen leid tun«, sagte Elvis. »Hier bin ich unsichtbar.«

Nein, bist du nicht. Ich sehe dich. Du siehst mich. Das genügt.

17

In der Schule war Elvis unsichtbar. Zu Hause durfte er nicht auf seiner Gitarre spielen, weil sie Angst hatten, Mr. Clifton könnte sie aus ihrem miesen Zimmer jagen. Er sehnte sich nach Tupelo. Er machte seinen Vater für alles verantwortlich.

Bei den Hillbilly-Rundfunksendern hörte er all die traurigen Lieder über seine Heimat und sang sie immerzu vor sich hin: »Little Cabin on the Hill«, »Carry Me Back to the Mountains« und »Sweet Old House of My Heart«.

Nachmittags trug er die Sound Star manchmal in einen winzigen, am Ende der Poplar Avenue gelegenen verwilderten Park, wo er, von hohen Unkräutern und summenden Insekten umgeben, klimperte und sang, und sich dabei so melancholisch vorkam wie jemand, der ein ganzes Leben voller Schwierigkeiten hinter sich hatte. Im nachhinein kam ihm Tupelo wie ein herrlicher Ort zum Leben vor: Schulfreunde, sonntags großes Mittagessen, vertraute Pfade durch die Wälder.

Elvis strahlte, als ihm sein Onkel Johnny zu seinem Gitarrenspiel gratulierte, doch dann nahm Johnny seine Gibson und fegte so flink und lebendig durch »Mountain Dew«, daß sich Elvis seiner lächerlichen paar Songs schämte.

Vernon bekam Arbeit als Putzmann bei einem Hersteller von Präzisionswerkzeugen. Gladys bediente für eine kleine Firma namens »Fashion Curtain« eine Nähmaschine, wenn sie sich dem gewachsen fühlte; seit sie in Memphis waren, hatte sie Rückenprobleme. Schuld daran waren die billigen Matratzen bei Cliftons, doch das erklärte weder ihre Niedergeschlagenheit noch ihren blassen Teint, noch warum sie so füllig um die Hüften wurde. Wenn sie nicht arbeitete, vertrieb sie sich die Zeit meist mit Schlafen oder Süßigkeitenessen.

Als Elvis eines Morgens in das Zimmer kam, weinte sie in ihr Kissen und aß Tom's Pekannußkekse aus der Tüte. Die Laken waren vollgekrümelt. Er ging zu ihr, umarmte sie und wollte, daß sie mit Weinen aufhörte, doch sie konnte ihm nicht sagen, was los war.

Er floh aus dem Zimmer. Sie weinen zu sehen, ertrug er nicht.

Eine Dame kam in die Poplar Avenue, um zu entscheiden, ob die Presleys arm genug waren, um für eine Sozialwohnung in Frage zu kommen. Gladys sprühte eine Woche lang kein Flit, damit sich die Schaben ins Zimmer wagten, während die Dame da war. Die Dame schüttelte den Kopf, schnüffelte herum und stellte neugierige Fragen. Sie warf einen Blick in einen Schrank; eine Schabe lief ihr über den Fuß; die Dame kreischte auf und sprang in die Höhe.

Ungefähr im selben Augenblick stieß Mrs. Beavers von nebenan ihr Fenster auf und schrie: »Verschwinde von hier, du gottverdammter Scheißkerl«, womit sie einen Kater meinte, der hinter ihrer geliebten Susie her war.

Eine Woche später bezogen Presleys ihre neue Wohnung im Lauderdale Court, einem von der Regierung errichteten Komplex mit Sozialwohnungen. Es gab ein weißgekacheltes Badezimmer mit fließend heißem und kaltem Wasser, und an der Küchenwand hing ein richtiges Telefon.

Noch in derselben Nacht setzte sich Gladys hin und schrieb einen Brief an Harry S. Truman. »Noch nie haben wir in einer schöneren Unterkunft gewohnt, und das verdanken wir Ihnen«, las sie laut vor. »Ich werde immer demokratisch wählen. Hochachtungsvoll, Gladys Presley.«

»Das geht in Ordnung«, sagte Vernon, »aber warum nimmst du nicht einfach den Telefonhörer ab und rufst ihn an?«

Gladys leckte die Briefmarke an. »Unser gutes Geld zum Fenster rauswerfen? Danke nein.«

Elvis hatte immer wieder den gleichen Alptraum. Gesichtslose Männer schoben ihn in ihre Mitte, deckten ihn mit Beleidigungen, Drohungen und Vorwürfen ein und schubsten ihn weiter. Sie packten ihn an den Schultern, stießen ihn, riefen seinen Namen.

Manchmal wachte er nachts auf und kämpfte mit dem um seinen Hals gewickelten Laken, das sich um seinen ganzen Körper geschlungen hatte und seine Füße fesselte; die Matratze war von seinem Angstschweiß durchtränkt.

Eines Nachts gelang es ihm in diesem Traum, sich von der Horde Männer loszureißen und durch dicken grünlichen Nebel zu entkommen. Er spürte, daß vor ihm eine Mauer aufragte, tastete sich zu einer Tür vor, schlüpfte ins Freie, warf rasch die Tür zu… und der Knall weckte ihn auf.

Er blinzelte. Er stand auf dem Treppenabsatz vor der Wohnung 328, hatte sich ausgesperrt und zitterte in der stockfinsteren Nacht, nur mit seiner weißen Unterhose bekleidet.

Er hüpfte hinter den dürren Büschen auf und ab, während er überlegte, was er tun sollte.

Eine Hand vorgestreckt, stahl er sich an der Seite des Gebäudes entlang. Seine Mutter hatte sich angewöhnt, nachts die Fenster zu schließen, da Memphis ein Ort sei, wo sie einen im Schlaf umbrachten. Er probierte es an jedem Fenster. Heute hatte sie kein einziges vergessen.

Er ging zur Tür zurück und hämmerte seitlich mit der Faust dagegen. Er hämmerte eine ganze Weile, bis in der Küche Licht anging und mit verschlafenen Augen und wirrem Haarschopf sein Vater auftauchte. »Was zum Teufel soll das«, murmelte er, als er die Tür öffnete.

Elvis huschte hinein. »Ich hatte wieder diesen Alptraum. Keine Ahnung, wie ich rausgekommen bin.«

Vernon schüttelte gähnend den Kopf. »Junge, du warst schon immer eigenartig«, sagte er und schlurfte davon. »Geh wieder ins Bett.«

Eines Sonntag morgens rief Dodger an, sie sei gerade am Greyhound-Busbahnhof, ob sie bitte jemand abholen käme? Vernon und Elvis fuhren im Plymouth hin. Mit der blaukarierten Haube über ihren Haaren sah Dodger wie eine zerbrechliche alte Landfrau aus. Sie saß nun auf ihrem großen Koffer, den sie draußen an den Bordstein geschleppt hatte, und wartete auf sie.

»Schön, dich zu sehen, Mama.« Vernon hob ihr Gepäck in den Kofferraum. »Gladys kann es kaum erwarten, daß Verwandtschaft zu Besuch kommt.«

Dodger stieg ins Auto. »Ich dachte, ihre Brüder wohnen auch hier in der Gegend.«

»Na, du kennst doch den ollen Johnny. Der bleibt meist für sich. Und Travis treibt sich die meiste Zeit rum.«

Dodger wandte sich nach hinten um. »Ich muß schon sagen, Elvis, du siehst aus wie ein anderer Mensch. So groß wie dein Daddy. Du mußt dir aber öfter mal das Gesicht waschen, dann kriegst du nicht so viele Pickel.«

Auf dem Rücksitz zuckte Elvis zusammen. Dem Koffer nach zu urteilen, stattete ihnen Dodger nicht bloß einen Wochenendbesuch ab, und Elvis wußte, daß nicht sie auf dem Fußboden schlafen würde. Der Gedanke ließ seine Stimmung auf den Nullpunkt sinken, als sie die Front Street hinunterfuhren.

»Diese Stadt ist zu groß«, stellte Dodger fest. »Ich weiß nicht, wie ihr's hier aushaltet.«

»Man gewöhnt sich dran«, sagte Vernon. »Jetzt erzähl mir mal, was passiert ist. Am Telefon habe ich nicht alles verstanden.«

»Er ist zurück nach Tupelo gekommen«, sagte Dodger. »Hat seinen Staudamm zu Ende gebaut. Hat gesagt, daß er sich dran gewöhnt hat, allein zu leben. Darum bin ich hier.«

»Das hat er gesagt? Ich kann's einfach nicht glauben.«

»Das kannst du ruhig glauben. Du weißt ja, wenn ich nicht

erwünscht bin, hab ich mich noch nie aufgedrängt.« Dodger nahm ihre Haube ab. »Elvis, auf dem ganzen Weg hierher hab ich mich darauf gefreut, eins deiner Lieder zu hören.«

»Ich kenne keins«, sagte der schlechtgelaunte Elvis.

Vernon sagte: »Hast du wenigstens mit ihm geredet und ihn gefragt, was dieser Mist soll, oder hast du einfach deine Sachen gepackt und bist gegangen?«

»Ich kann machen, was ich will«, antwortete Dodger. »Ich muß keinen um Erlaubnis fragen.«

Vernon sagte: »Na gut, hör zu. Wir haben jede Menge Platz. Du kannst in einem hübschen Doppelbett schlafen, bis wir dir ein eigenes Bett besorgen.«

»Na prima«, sagte Elvis, »dann bleibt für mich vermutlich der Fußboden.«

»Beachte ihn gar nicht«, sagte Vernon. »Seit wir hier sind, spielt er ständig die beleidigte Leberwurst.« Er warf einen warnenden Blick in den Rückspiegel.

»Wachstumsschwierigkeiten«, stellte Dodger fest. »Wie alt bist du, Junge?«

»Fünf.« Elvis verschränkte die Arme.

»Das haut in etwa hin«, sagte sein Vater und warf ihm den nächsten warnenden Blick zu. »Er ist jetzt fünfzehn und benimmt sich dementsprechend. Aber er besucht eine große Schule, und wir haben eine hübsche Wohnung, Mama. Sie wird dir gefallen.«

»Das muß sie«, sagte sie. »Ich hab nichts anderes auf der Welt.«

Elvis sagte: »Da schließlich alle umziehen, sollte ich vielleicht runterfahren und bei Großpapa wohnen.«

Sein Vater sah in den Rückspiegel. »Junger Mann, soll ich vielleicht den Wagen anhalten?«

»Klar«, sagte Elvis. »Halt doch einfach an. Ist mir egal. Ich geh auch zu Fuß.«

»Ich tu's, paß bloß auf«, sagte Vernon, aber diese Drohung wirkte nicht mehr. Elvis hatte herausgefunden, daß er sich seinem Vater gegenüber so ziemlich jede Frechheit leisten konnte.

Inzwischen hielt er sich für intelligenter als Vernon, und das versuchte er, ein paarmal täglich unter Beweis zu stellen. Dann ignorierte ihn Vernon oder murmelte irgendwas Passendes. So oder so, Elvis blieb Sieger.

Er war nicht mehr der brave Sohn seiner Eltern. Diese Rolle hatte er satt. In den vergangenen Monaten waren alle möglichen entmutigenden Veränderungen über ihn hinweggefegt. Er wuchs so schnell, daß seine Knochen schmerzten. Seine Arme und Beine ragten aus Kleidungsstücken heraus, die ihm noch einen Monat zuvor gepaßt hatten. Wenn er sang, versagte seine Stimme oder schnappte über; Worte kamen als Quiekser oder gar nicht heraus. Er konnte nicht schlafen. Nie bekam er genug zu essen. Sein Magen zitterte, als ob jemand darin Karten spielte.

Ständig war er unverschämt zu seinen Eltern, doch das war nicht sein einziges neues Vergnügen. An den unmöglichsten Stellen wuchsen ihm dunkle Haarbüschel. Stundenlang lag Elvis in der Badewanne und spielte mit diesen seidigen Kraushaaren.

Während er so spielte und dabei alle paar Minuten mit dem Zeh den Hahn aufdrehte, um frisches heißes Wasser einzulassen, entdeckte er ein neues aufregendes Spielzeug.

Wenn er die Augen schloß und mit der Hand an sich rieb, wurde sein Glied steif, und ein angenehmes Gefühl rollte in Wellen seinen Körper rauf und runter.

Seit dem ersten Abend, an dem er es getan hatte und es ständig wiederholte, wobei sich die Wellen wild und immer wilder auftürmten, bis sie sich unversehens in einem Taumel aus Farben und Funken ergossen, wollte er nichts anderes mehr tun. Hinten in seinem Hals verspürte er ein Brennen. Aus seinem Unterleib schoß klebriges weißes Zeug.

Er zitterte. Er dachte, er habe sich etwas Schreckliches zugefügt.

Er wartete zehn Minuten. Er starb nicht. Er probierte es gleich noch mal. Das gleiche schrecklich-spektakuläre Ergebnis. Die feurigen Wellen durchfuhren, durchwogten ihn, entzündeten sich.

Das Gefühl war zu gut, um aufzuhören. Ob es ihn umbrachte, war ihm egal.

Das eröffnete ihm eine ganz neue Welt. Unter den Decken in der Zedernholzkommode versteckte er eine Rolle Klopapier und riß jede Nacht ein paar Blatt ab, um das Zeug aufzufangen. Er gab sich Mühe, an gar nichts zu denken, und sich während er es tat nur darauf zu konzentrieren, daß er die Explosion erzwang, sie schneller und besser werden ließ.

Er bemühte sich, leise zu sein, aber die Sprungfedern quietschten, und seinen Lippen entrang sich jedes Mal ein leises Wimmern.

Während er es tat, wollten seine Gedanken manchmal zu dem lange zurückliegenden Tag unter dem Fenster seiner Eltern zurückwandern – doch es war falsch, so an sie zu denken.

Wenn sein Glied so steif wurde, rot angeschwollen und schmerzend, war es das größte Ding auf der Welt.

Elvis wußte, er konnte nicht der einzige Mensch auf der Welt sein, der dieses Geheimnis entdeckt hatte. Man sollte meinen, daß die Triplett-Jungs es erwähnt hätten. Vielleicht wußten sie etwas, das er nicht wußte. Vielleicht fielen einem dadurch die Haare aus oder man schädigte sich so, daß man nie wieder pinkeln konnte.

Und wennschon. Man konnte unmöglich aufhören. Es war, als hätte einem jemand ein Glas Bonbons ans Bein gebunden; wie sollte man die Finger davon lassen können?

Auf dem Vordersitz tröstete Vernon Dodger; Dodger ließ sich trösten. Hinten befingerte sich Elvis mit dem Daumen durch seine Hosentasche. Er wußte, eigentlich sollte er sich freuen, daß er Dodger sah, aber er dachte nur daran, daß er nicht mehr in seinem Bett liegen und an sich herumspielen konnte.

»Da sind wir«, verkündete Vernon.

»Wie recht du hast, Vernon, es ist hübsch. Es ist einfach richtig hübsch.« Dodger hievte sich aus dem Auto.

Elvis trug ihren Koffer vor sich her, durch den Garten zur Treppe. »Hey, Mama«, rief er durch die Fliegentür, »Dodger ist da, und ich geh zum Spielen die Straße hoch.«

»In Ordnung, Schatz«, rief sie aus der Küche.

Er flitzte zwischen seinem Vater und Dodger durch, lief zum Ende der Straße (wobei er andauernd das zarte Reiben, das Reiben spürte) und auf das leere Grundstück, wo er hüfthoch in Unkraut stand, hinter dem Fabrikgebäude verborgen. Das war sein geheimes Versteck, wo er das tat, was er einfach nicht lassen konnte. Das konnte er zwar nicht sein ganzes Leben lang tun, doch zur Zeit gab es für ihn nichts anderes.

Er legte sich lang auf den Rücken, das Gras kitzelte seine Ohrläppchen. Seine rechte Hand tastete sich zu seiner Hose hinunter. Er schloß die Augen und langte zu, drückte sein Glied.

Seine Gedanken schweiften ab, kreisten tiefer und tiefer. Heiß schien die Sonne auf seine Augenlider. Er wischte eine Ameise von seiner Wange. Er stellte sich die kleinen Mädchen auf dem Klettergerüst der Grundschule von East Tupelo vor. Manchmal hatte er sich druntergestellt und versucht, einen Blick auf einen Schlüpfer zu erhaschen. Er dachte an ein farbiges Mädchen, Sally, und auf einmal war sie nicht mehr Sally, sondern Dolores Roselle, das schönste Mädchen auf Humes High. Sie hob ihren Pulli, so daß Elvis sah, was darunter war. Sie streckte die Hand aus und berührte ihn...

Elvis spürte ein Tosen, einen hämmernden, durch das Blut pochenden Trommelwirbel und Wumm! es machte Wumm! vom Bild der Wumm! Dolores Roselle.

Es war vorbei.

Sein ganzer Körper glänzte innen. Die Insekten pulsierten im gleichen Rhythmus wie sein Blut. Er roch das süße Gras und seinen Schweiß.

Er rieb sich mit der Hand über seinen Bauch und dann übers Gras. Er machte seine Hose zu und setzte sich auf.

Ein so intensives Gefühl hatte er noch nie erlebt. Die Welt strahlte erstaunlich bunt. Elvis begriff nicht, warum nicht jedermann auf der Welt herumlag und das immerzu machte.

Als es vorbei war, kam er sich ein wenig albern vor.

Er stand auf und klopfte sich seine Kleidung ab, schmeckte die morgendliche Zahnpasta auf den Lippen.

Dolores Roselle.

In der Schule hatte er sie viele Dutzend Male gesehen; sie hatte ihn nie gesehen. In der Cafeteria hatte er neben ihr gesessen und sie angestarrt, ohne Angst, ertappt zu werden. Lange, glänzend schwarze Haare schwangen von ihrem Gesicht herab, das makellos, oval und blaß war. Ihre weißen flauschigen Pullover betonten ihre Brüste. Sie wirkte immer ein wenig abwesend, als lausche sie einer Stimme in ihrem Kopf – vielleicht Elvis' Stimme, die flüsterte: *Sieh mich an, Dolores...*

Sie war ein wunderbares Wesen. Außerdem ging sie in die Oberstufe, war zwei Jahre älter als Elvis, so unerreichbar wie die Sterne am Nachthimmel. Würde sie sich umdrehen und mit ihm sprechen, würde er zweifellos in Ohnmacht fallen.

Rudolph Valentino würde wissen, was zu tun war. Er würde sich quer über den Cafeteriatisch beugen und sie mit einem leidenschaftlichen Kuß überwältigen. Doch das stand nicht in Elvis' Macht. Er gab sich damit zufrieden, sie zu beobachten, von ihr zu träumen, sie zu riechen, wenn sie vorbeiging, die Schulbücher gegen ihre Brüste gedrückt.

18

Immer und immer wieder schrieb Elvis ihren Namen an den Rand seines Spiralblocks. Er kritzelte dicke, von Pfeilen durchbohrte Herzen. Ihr Name klang wunderbar – Do-lo-res! –, ein Name, den man von einem Berg rief, um das Echo zu hören.

Seine Gefühle waren viel intensiver als damals, als er sich in der siebten Klasse in Mary Edna Meecham verknallt hatte. Dies war wahre Liebe. Elvis las in seinem Englischkurs *Romeo und Julia*; gegen Ende, als Romeo sie küßte und auf seinen Dolch fiel – das war unglaublich, so mußte Liebe sein, Elvis konnte sich vorstellen, so etwas für Dolores Roselle zu tun.

Wenn sie vorbeiging, raubte sie ihm den Atem. Wenn er die Augen schloß, sah er ihr Gesicht vor sich, wie das Bild, das bleibt, nachdem man zu lange in die Sonne geblickt hat. Er wollte nur schnell erwachsen werden und sie heiraten. Er wollte sie auf die Nasenspitze küssen. Er wollte sich in einen dieser Pullis kuscheln.

Bestimmt wußte sie, daß sie ihn folterte. Bestimmt genoß sie es. Warum machte sie sich wohl Tag für Tag so schön, wenn sie ihn nicht in den Wahnsinn treiben wollte?

Er war es leid, sich insgeheim nach ihr zu verzehren. Er war wild entschlossen, sie heute abend, auf dem Harvest-Moon-Festival der Humes High, zum Tanz aufzufordern.

Er würde es tun. Ganz gewiß. Er hatte es geschworen.

Hallo, Dolores, möchtest du gerne tanzen? ’n Abend, Dolores. Hi, Dolores. Hey, Baby, willste tanzen? Oh, hi, Dolores, ähem, möchtest du gern – *nein.*

Was wäre das Schlimmste, was sie sagen könnte? *Nein.* Ein harmloses Wort. Einfach zu ihr hingehen, wohl wissend, daß sie *nein* sagen wird. Dann kann es dir nicht weh tun.

Er starrte in seinen Schrank. Kein Wunder, daß er ihr nie aufgefallen war; auch seine Kleidung war unsichtbar. Er hatte dunkle Hosen und praktische Kordhosen, Blue Jeans, weiße Hemden und ein paar affige karierte Hemden mit Button-down-Kragen, die Gladys bei einem Ramschverkauf entdeckt hatte. Sie wollte, daß er schick aussah, achtete aber nicht darauf, was andere Kinder trugen; egal, Elvis wuchs so schnell aus Kleidungsstücken heraus, wie sie Geld zusammenkratzen konnte.

Doch vorher wollte er in einer grauen Freizeithose, einem weißen Hemd und der breiten grellgepunkteten Krawatte, die er von Johnny geborgt hatte, zum Tanz gehen.

Diesen Schlips konnte Dolores einfach nicht übersehen. Er war cool. Große, knallige, rosarote Punkte auf tulpengelbem Hintergrund. Tony Curtis würde so einen Schlips tragen.

Während Elvis ihn band, pfiff er »Dancing in the Dark«. Heute ist die Nacht der Nächte, Dolores, sieh dich bloß vor.

Noch nie hatte er mit einem Mädchen getanzt, höchstens zu einem schönen Song im Radio allein vor sich hin gewackelt –, aber bestimmt konnte er herausbekommen, was zu tun war, sobald er den Mut aufbrachte, sie zu fragen.

In der Küche klapperte seine Mutter mit dem Geschirr. Dodger hörte bei voller Lautstärke ihrem Lieblingsradioprediger zu, der gerade über He-*sek*-jel hier und He-*sek*-jel da schwärmte, und höööret alle auf das Wort des Herrn!

Elvis fuhr mit einem feuchten Kamm durch seinen Bürstenhaarschnitt. Er hatte nicht genug Haare, um sie nach hinten zu kämmen; mit mehr Haaren und weniger Pickeln würde er sich selbst attraktiver finden. Mittlerweile rasierte er sich jeden zweiten Tag und ließ seine Koteletten lang wachsen. Er studierte drei oder vier Gesichtsausdrücke ein: Valentino, Marlon Brando, die traurige Schmollmiene eines sensiblen Jungen und ein breites Lächeln, bei dem er seine Zähne aufblitzen ließ. »Hey, Hübscher«, sagte er.

Der Spiegel bewunderte ihn stumm.

Er ging in die Küche.

»Oh, du siehst aber gut aus«, sagte Gladys, »von dem Schlips mal abgesehen. Den würde man noch mit geschlossenen Augen sehen.«

»Er gehört Johnny«, sagte Elvis. »Findest du ihn wirklich so gräßlich?«

»Allerdings.«

Dodger drehte den Prediger leiser. »Sieht irgendwie nach 'm Clown aus.«

»Ich finde das cool«, erwiderte Elvis. (Tony Curtis sagte in seinen Filmen häufig »cool«.)

Gladys faltete das Geschirrtuch zusammen. »Soll ich dich begleiten?«

»Das geht schon in Ordnung, Mama, ich kann allein gehen.«

»Um wieviel Uhr ist es zu Ende?«

»Ich glaub um neun.«

»Um diese Uhrzeit solltest du nicht mehr durch die Straßen laufen. Einer von uns holt dich ab. Sei um Punkt neun draußen und halt nach dem Auto Ausschau.«

Elvis verabschiedete sich und machte sich auf den Weg. Er konnte es kaum erwarten, daß er sechzehn wurde und seinen rechtmäßigen Platz hinter dem Steuer einnahm.

Er war bereits ein guter Fahrer; mehr als einmal hatte er Johnnys Pickup-Truck durch die Seitenstraßen von South Memphis gelenkt, doch das war ein Geheimnis zwischen Johnny und ihm.

Elvis rechnete fest damit, daß Autofahren ihn retten würde. Natürlich mußte er trotzdem ein Filmstar werden, doch bis es soweit war, mußte er die High-School beenden und etwas Nützliches lernen, beispielsweise wie man einen großen Lastwagen fuhr. Und dann sollten sich alle besser vorsehen. Nirgendwo würde er lange bleiben. Er würde sich Dolores Roselle schnappen und in die große Kabine eines Diesels tragen.

Doch vorher würde er sie um einen Tanz bitten. Er *würde…*

Am Ende der Poplar Avenue ging der Vollmond auf. Laub raschelte über die Gehsteige. Halloween war erst in einer Woche, doch Elvis schmeckte es schon in der Luft. Er ging durch die stillen Straßen und grübelte über sein einsames Leben in Memphis nach.

Seit zwei Jahren hier, und noch immer hatte er nicht einen Freund. Ein- oder zweimal hatte er lange genug aufgehört, unsichtbar zu sein, um sich mit einem Klassenkameraden zu unterhalten, doch dann waren ihm die Gesprächsthemen ausgegangen. Nie drehte sich jemand um, um mit *ihm* eine Unterhaltung anzufangen.

Er trauerte immer noch Tupelo nach. In seiner Erinnerung war er der beliebteste Junge der ganzen Stadt, berühmt für seinen Gesang, von allen bewundert – bis er nach Memphis kam und verschwand.

Heute abend würde sich das alles ändern. Er würde mit Dolores Roselle tanzen. Die Welt würde ihn beachten. Alle würden sehen, wie gut die beiden zusammenpaßten, und vor Neid tot umfallen.

Sein Herz pochte, als er um die letzte Ecke bog. Die Turnhalle der Humes High-School war hell erleuchtet; um die Türen drängten sich zahlreiche Mädchen in rüschenbesetzten Kleidern. Elvis rückte seine Krawatte zurecht, verfiel in seinen Tony-Curtis-Gang und trat aus der Dunkelheit.

Das Festkomitee hatte die Halle mit orangefarbenem Krepppapier, ausgeschnittenen Kürbissen und Hexenhüten geschmückt, mit tanzenden grinsenden Skeletten, schwarzen Katzen und einem großen dicken Vollmond aus Pappmaché. Unter der Anzeigetafel schrammelte das Fred-Lunsford-Trio einen Foxtrott. Die meisten Jungen hatte sich auf einer Seite der Turnhalle versammelt, die Mädchen auf der anderen. Von einigen Mädchenpaaren abgesehen, tanzte niemand.

In der Mitte der Tanzfläche wirbelte ein echtes Paar herum. Er war der Footballstar Morris Weed, und sie Mary Ann Brown, Chefin der Cheerleaders. Sie waren König und Königin des vorletzten Jahrgangs; daran, wie sie tanzten, merkte Elvis, daß sie es genossen, das einzige Pärchen auf der Tanzfläche zu sein.

Er nippte an seinem Erdbeerpunsch und beobachtete genau, wie Morris Weed sie führte. Elvis ahmte diese Haltung mit den Händen nach. Wenn sie vielleicht einen langsamen Song spielten, vielleicht...

Die müden alten Männer bearbeiteten ihre Instrumente wie Maschinen in einer Fabrik, quälten sich eine öde Mucke nach der anderen ab – Polkas, Foxtrotts, uralte Stücke der Andrew Sisters, von Dorsey und Glenn Miller, alle im gleichen monoton–schleppenden Rhythmus.

Feste Pärchen wagten sich auf die Tanzfläche. Einige der partnerlosen Jungen unternahmen zaghafte Vorstöße in die Richtung der Mädchen.

Elvis stand gegen die Wand gelehnt da und musterte suchend die Menge. Dolores hatte sich verspätet. Sie war krank. Sie kam nicht, weil ihr eine Vorahnung gesagt hatte, daß Elvis sie um einen Tanz bitten würde.

Doch auf einmal stand sie da – schlank, elegant, eine entzückende junge Frau, ein wenig abseits von einer Gruppe richtiger Mädels. Sie trug ein einfaches weißes Kleid mit Spitzenkragen. Ihre prachtvollen dunklen Haare wurden im Nacken von einer weißen muschelförmigen Spange zusammengehalten. Sie war köstlich. In Elvis regte sich etwas.

Andere Mädchen umringten sie lachend; keine von ihnen war

auch nur annähernd so schön wie Dolores. Was sie nur noch schöner machte.

In seinen Ohren vernahm Elvis einen Pfeifton, der nicht auf das Fred-Lunsford-Trio zurückzuführen war. Es wurde dunkler oder wärmer in der Halle.

Nun frag sie schon. Tu's einfach. Du kannst es tun. Du schaffst es.

Er löste sich von der Wand, ein Filmmonster erwachte, wurde unaufhaltsam durch die zu »Chattanooga Shoe Shine Boy« tanzenden Jugendlichen gezogen. Ungesehen schritt er zwischen ihnen hindurch, direkt auf Dolores zu.

Irgendwie lenkte ihn die sie umgebende Luft ab. Er endete zwei Meter links hinter ihr.

Prüfend betrachtete er die Biegung ihres Nackens, das Glitzern der goldenen Halskette, ihr zartes Ohr.

Ihre Freundin flüsterte ihr etwas zu. Dolores fuhr lachend herum, lachte immer noch. Einen kurzen Moment lang ruhte ihr Blick auf Elvis.

Dann kam ein gutaussehender hochgewachsener Junge – ein Basketballspieler – und bat sie um den Tanz. Dolores vollführte einen kleinen Knicks. Der Junge rauschte mit ihr davon.

Eigentlich sah es gar nicht so schwierig aus – man machte einfache Seitenschritte zum Takt, mehr oder weniger – doch Elvis' ungefestigtes Selbstbewußtsein hatte einen Sprung. Er konnte nicht tanzen. Er dachte gerade erst über die Demütigung nach, die mit dem Tanzen verbunden wäre, wenn man es nicht konnte.

Der Song war zu Ende. Der Junge brachte Dolores zu ihren Freundinnen zurück. Elvis schob sich näher, in Dolores' Gesichtskreis.

Sie drehte sich um. Diesmal sah sie ihn wirklich an. Eine ganze Weile lang sah sie ihm in die Augen, drehte sich dann zu ihren Freundinnen um.

Hatte er da einen Wink bemerkt? Eine Einladung?

Das Trio dudelte »Tennessee Waltz«. Der nächste ältere Schüler kam und tanzte mit Dolores davon. Jeder wollte mit ihr tanzen. Jeder sah, wie schön sie war. Elvis mußte verwegen sein.

Er übte ein Dutzend einleitende Sätze. Im Augenblick genügte es ihm, einfach nur so dicht in ihrer Nähe zu stehen, bis der nächste gutaussehende Junge vorbeikam und sie auf die Tanzfläche entführte.

Er spürte, wie sein Mut zurückkehrte.

Er war so nahe, daß er ihr Parfüm riechen konnte.

Plötzlich drehte sie sich zu ihm um und sagte: »Was soll das eigentlich?«

Ebensogut hätte sie ihn ins Gesicht schlagen können. Er schluckte und suchte krampfhaft nach einer Antwort.

»Wenn ich mich umdrehe, stehst du jedesmal da«, sagte sie. »Was willst du damit bezwecken?«

Er hatte noch kein einziges Wort gesagt und war ihr doch schon zutiefst verhaßt.

Ihre braunen Augen glänzten. Sie war wunderschön.

»Willst du tanzen?« fragte sie. »Ist es das? Dann komm schon, tanzen wir.« Sie streckte die Hand aus wie eine Mutter, die ihrem Baby bei den ersten Gehversuchen hilft.

Elvis gehorchte. Seine Finger waren wie betäubt. Sein ganzer Körper war wie betäubt, angefangen bei seinem Hirn, das hektisch zu begreifen versuchte, was soeben geschehen war.

Er beobachtete, wie sich die Neuigkeit verbreitete – ein Flüstern, ein kurzer Blick, verstohlenes Gelächter machten die Runde durch die Turnhalle. Dolores hatte dafür gesorgt, daß ihre Freundinnen jedes Wort gehört hatten.

Sie hob seine Rechte und drückte seine linke Hand an ihre Seite. »Vermutlich muß ich dir auch beibringen, wie man tanzt.«

Die Band spielt »I Can Dream, Can't I« wie einen Trauermarsch. Die Beleuchtung flackerte und qualmte.

»Na los. Steh nicht einfach bloß rum.« Sie stieß mit ihrem Zeh seitlich gegen seinen Fuß, damit der sich in Bewegung setzte.

Elvis folgte ihr mit gesenktem und hochrotem Kopf. Er mußte an den armen Rocky Paul bei dem Talentwettbewerb auf der Mississippi-Alabama-Landwirtschaftsmesse denken.

»Woher hast du diesen gräßlichen Schlips?« Sie wirkte herzlos und kalt, nicht schön. Er konnte kaum erwarten, daß der

Song zu Ende ging. Was war er doch für ein Trottel! Seine Hände schwitzten auf ihr. Irgendwie schaffte er es, durchzuhalten. Sie strahlte vor Vergnügen über seine Verlegenheit.

Sie hatte ihn verändert. Für immer. Traue nie einem Mädchen. Sieh zu, daß du hier wegkommst.

»Paß auf, wo du hintrittst«, sagte sie.

»Hör zu«, sagte er, als er seine Stimme wiederfand, »du willst nicht tanzen, und ich auch nicht.«

Dolores winkte über seine Schulter. »Alle haben drauf gewettet, daß ich nicht mit dir tanzen würde, wenn du mich jemals aufgefordert hättest, statt da hinten herumzulungern.«

Elvis wurde speiübel. Wie hatte er je auf die Idee kommen können, er sei in Dolores verliebt? Warum mußte sie so grausam sein? Er kam sich wie ein schwachköpfiges Kind vor. Am liebsten hätte er geweint oder sich übergeben. Er wollte weg von hier. Er wollte zu seiner Mutter.

Morris Weed glitt mit seinem Cheerleadermädchen vorbei. »He, Dolores, wer ist denn dein neuer fester Freund?«

»Halt den Rand, Morris«, sagte sie freundlich, und dann, zu Elvis gewandt: »Na, glaubst du, du findest ein Mädchen in deinem Alter?«

Wut stieg in ihm hoch, so heiß und feucht wie noch vor ein paar Minuten seine Verknalltheit.

Er ließ ihre Hand los. »Hör zu, Baby.« Er rang sich ein schroffes Lächeln ab. »Du bist gar nicht so toll, wie du glaubst.«

Mit diesem Lächeln als Schutz und Schirm wich er zurück. Er ließ sie mitten auf der Tanzfläche stehen.

O ja, jetzt war er sichtbar. Vollkommen nackt trat er den Spießrutenlauf vor lauter lachenden, ihn verspottenden Augen an. Die Musik klang furchtbar falsch. Er wollte nur eins – raus hier. Er senkte den Kopf und rannte auf eine Reihe Mädchen zu; sie wichen auseinander, um ihn durchzulassen, wie Mädchen, die im Kindergarten »Der Kaiser schickt Soldaten aus« spielten. Ein Streifen herabhängenden Kreppapiers schlang sich um seinen Arm. Er riß sich los, stolperte zur Tür.

Draußen war stockfinstere Nacht – er beugte sich vor, Hände

auf den Knien, und rang nach Atem. Er würgte und spuckte aus, hatte einen sauren Geschmack auf der Zunge; er war kurz davor, hier auf die Stufen der Humes High zu kotzen.

Tu's nicht. Die Leute sehen zu. Du hast's ihr gezeigt. Du hast's ihr gezeigt.

Er ging in die Dunkelheit, unter den Fahnenmast. Ein frischer Wind kühlte sein Gesicht. Die Übelkeit verschwand. An ihre Stelle trat ein Gefühl der Leere.

Jetzt liebte er sie nicht. In ihm war überhaupt keine Liebe mehr. Sie hatte sich durch den Ausdruck in ihren Augen im Nu in Luft aufgelöst.

Er dachte: Man kann niemanden lieben, der einen haßt.

In der Zeit, die man brauchte, um »I Can Dream, Can't I« zu spielen, war der unsichtbare Junge zum Gespött der ganzen Humes High geworden.

Er setzte sich auf den Bordstein und wartete, unendlich lange. Jungen und Mädchen strömten für ein paar Züge an der Zigarette von der Tanzfläche ins Freie und wieder rein. Die glühende Kippe in einer Handfläche verborgen, schlenderten sie mit einem schönen Menschen durch die Dunkelheit. Jeder war eine Nacht lang verliebt.

Elvis blieb auf einem Fleck sitzen und kochte vor Wut.

Endlich bog der grüne Plymouth auf den Parkplatz.

Er stieg ein.

»He, Schätzchen, wie war dein Tanz?« Gladys war das Autofahren noch nicht gewohnt; sie packte das Lenkrad so fest, als könne es ihr unter den Händen abbrechen. »Hast du dich amüsiert? Ich habe ein paar Mädchen gesehen, die gerade rauskamen. Wirklich hübsch sahen sie aus in ihren Kleidchen.«

»Ich will nicht drüber reden«, sagte Elvis.

Gladys fuhr auf die Straße. »Was ist denn los?«

»Das war der schlimmste Abend meines ganzen Lebens«, sagte Elvis und brach, zu seiner Überraschung, in Tränen aus.

Noch nie hatte ihn etwas, das er selbst getan hatte, dermaßen erschüttert. Er konnte nicht wieder aufhören.

Er sank in seinen Sitz, das Gesicht in den Händen vergraben.

Seine Mutter hielt am Straßenrand. »Wein du ruhig, wenn dir danach ist. Was ist denn los, sag Satnin, was passiert ist. Hat dir jemand weh getan? Haben sie meinem Baby weh getan?«

»O Mama«, rief er, und zu wissen, daß sie ihn liebte, machte den Schmerz nur noch schlimmer. Kein anderer Mensch würde ihn je so lieben. Ihre Liebe war ein hochaufragender Berg, der ihn vom Rest der Welt abschnitt. Er gestand ihr alles, alles. Er erzählte ihr die ganze Geschichte, wie sehr er Dolores geliebt hatte, wie sie das Messer in ihn gestoßen und herumgedreht hatte, o und die Schande, diese öffentliche Schande.

Seine Mutter sagte: »Ist schon gut, Baby, ich liebe dich noch immer. Es war falsch von ihr, dir das anzutun.«

Nach etwa einer Minute gelang es Elvis irgendwie, mit Weinen aufzuhören. Er putzte sich die Nase. »Sie ... sie haßt mich«, sagte er mit erstickter Stimme. »Sie haßt mich.«

»O Schatz, sie kann dich gar nicht hassen, sie kennt dich überhaupt nicht. Ich weiß, dir kommt es wie das Ende der Welt vor ... aber du bist doch noch so jung! Du wirst eine andere finden, ich versprech's. Alle finden jemanden. Es klappt eben nicht immer beim erstenmal.«

»Bei mir wird es nie klappen«, sagte er.

»Du änderst deine Meinung schon noch.«

Er wandte sich ab. »Ich will nach Hause.«

Seine Mutter musterte ihn eine ganze Weile. Jetzt wurden ihre Augen feucht. Sie ließ den Motor an.

Ein paar Straßenzüge fuhren sie schweigend.

Schließlich sagte Elvis: »Sag's keinem weiter, ja?«

»Es ist unser Geheimnis.«

»Danke, Mama.« Er schaute aus dem Fenster. Er liebte sie mehr denn je. Er brauchte kein Mädchen, das seine Liebe gegen ihn dazu benutzen konnte, ihn zu verletzen. Solange er seine Mutter hatte, brauchte er gar keinen. Wie oft würde er diese Lektion noch lernen müssen?

19

Elvis blieb in seinem Zimmer. In seinem Zimmer konnte ihm keiner weh tun. Er hatte das Radio.

Eigentlich sollten Weiße nicht WDIA hören, den Supersender der Neger. Elvis entdeckte den Sender zufällig, als er eine schwache Gospelstation verlor und plötzlich in der Kaskade von Geplapper eines wie ein Maschinengewehr redenden aufgedrehten Farbigen landete, der sich Howlin' Wolf nannte.

»Als Service für alle schick frisierten Babes und ihre flotten Beaus legen wir heute abend 'ne heiße Scheibe auf, und zwar für Miss Doretha Watley, von einem überaus treuen heimlichen Verehrer«, sagte der Wolf mit vulgärer Stimme, und weiter: »Hooo, Kinners! Haltet fest, wen ihr gerade festhaltet, denn dieser Song hat's in sich! Er ist von Mr. Sam Davis und er heißt der ›Got No Home Blues‹!«

Elvis beugte sich über die Sound Star und klimperte mit. Sam Davis spielte die Gitarre mit der Seite seiner Hand und jammerte los:

I ain't got no home, baby
Since you left and said goodbye
Said I ain't got no no no no no home, bay-beh!
Not since you went and said goodbye…

Das Radio war ein cremefarbenes Philco-Gerät mit einem Brandfleck von einer Zigarette obendrauf. Eine völlig neue, exotische Welt entströmte dem kleinen runden Lautsprecher. Elvis konnte nicht genug davon kriegen.

»Elvis«, rief seine Mutter, »steh mal auf und trag den Müll runter.«

»Jetzt nicht, Mama, ich übe gerade.«

Mit drei Akkorden bewältigte man jeden Song auf dem Supersender, aber die Wechsel, die diese Farbigen mit ihren Akkorden hinlegten! Sie stöhnten und schrien; sie sangen über wahre Schmerzen und Abschied und tschüs und weg. John Lee Hooker und Lightnin' Hopkins! Tiny Bradshaw! Big Bill Broonzy! Alle Songs klangen irgendwie nach verrauchter Kneipe, doch jeder Sänger hatte seinen eigenen Rhythmus, seinen eigenen Sound.

Get off your high horse, baby
And come on back to town…

Elvis sang den Text mit, sobald er ihn herausgehört hatte. Die Five Keys! Die Dominoes! Die Diamonds! Die Clovers! »Hmmmm, Babes und Babys, wenn das nicht euer Schienbein in Schwung bringt!« rief der Wolf.

Elvis stieg vom Bett, um wilder spielen zu können. Jimmy McCrackling! Wynonie »Mr. Blues« Harris! Riley B. King, der Beale Street Blues Boy persönlich, der geschliffenste Bluesgitarrist auf dem Planeten Erde und Gastgeber der Sendung »Sepia Swing Time«. »Sixty Minute Man«. »Rocket 88«. »Chains of Love« von Joe Turner. Pee Wee Crayton! Big Boy Crudup! Der haut rein, der geht ins Bein, kein Schmus, der langsame Blues.

Diese farbigen Männer wußten bestimmt, daß sie einen schlechten Einfluß auf Jungs wie Elvis ausübten. Sie sangen Songs, die schmutzig oder auch nur lustig sein mochten, aber wahrscheinlich beides waren. Sie wußten, daß die Songs voller Sünde steckten; darum sangen sie so vergnügt und hingebungsvoll. Sie sangen »rockin'« wenn sie »fuckin'« meinten.

Come on and rock me Angelina
Rock yo daddy all night long

Lippen berührten das Mikrofon. Stimmen schwitzten und klagten. Leute im Hintergrund husteten und ließen Sachen fallen.

»Elvis«, rief Gladys, »komm zum Abendessen!«

»Jetzt nicht, Mama!«

Ein unwiderstehlicher Beat schepperte los, und ein fröhlicher Song swingte durch den Äther und verbannte alle Trauer und

Gehässigkeit aus Memphis in irgendeine andere Stadt weiter weg.

Have you heard the news? rief Mr. Blues. *There's good rocking' tonight...*

Elvis sprang von seinem Bett, schüttelte und bearbeitete seine Gitarre. Elektrizität schoß durch seine Beine, ließ seine Finger springen.

Er tanzte zum Spiegel hinüber. Jeden Tag sah er besser aus. Seit Wochen hatte er Vernons Bemühungen widerstanden, ihn zu einem Friseurbesuch zu überreden; seine Haare waren schön und lang, und seine Koteletten sahen ausgesprochen cool aus.

Er stellte die Gitarre ab. Er goß sich eine Pfütze Vitalis-Haaröl in seine Handfläche und verteilte es überall auf seinem Kopf. Er kämmte und ordnete seine Haare, bis die Kammspuren deutlich zu sehen waren.

Seine Haare waren genauso schmutzig-blond wie die seines Vaters. Er wünschte, sie wären gewellt und blauschwarz wie die von Superman, um seinen Schlafzimmerblick zu unterstreichen. Er probte einen unverschämten Blick – verächtlich geschürzte Lippen, ein rebellisches halbes Knurren.

Er ließ das Abendessen ausfallen und brach zu Fuß in Richtung Innenstadt auf, überlegte unterwegs, ob er an diesem Abend Tony Curtis oder Marlon Brando sein wollte.

Es war Samstagabend. Jeder in Memphis, der ein Auto besaß oder sich eins leihen konnte, fuhr damit durch die Gegend. Die Straßen hallten wider vom Verkehr, von Radios, Verandagesprächen und Kinder, die so taten, als hörten sie nicht, wie ihre Mütter sie zum Essen riefen. Die eine Hälfte der Rundfunkgeräte der Stadt war auf Arthur Godfrey eingestellt, die andere auf den Supersender.

Marlon Brando stolzierte am Hotel Peabody vorbei, durch die taghelle elektrische Beleuchtung der Main Street und unter der heftig blinkenden Leuchtreklame des Kinos »Loew's State Theater« hindurch, die verkündete: MARTIN/LEWIS ZUM BRÜLLEN KOMISCH IN »KRACH MIT DER KOMPANIE« PLUS ZEICHNTRICKFILME WOCHENSCHAU.

Nach dem riesigen gewölbten Eingang des Loew's betrat man eine mit weißen Säulen, roten Teppichen und lila Absperrseilen ausgestattete Galerie. Brando näherte sich dem Kartenverkauf, der an eine riesige goldene Jukebox erinnerte.

»Eine Karte, bitte«, murmelte er und legte ein paar Vierteldollarmünzen hin.

Die Frau in der Kabine unterbrach ihr Zöpfeflechten lange genug, um ein Ticket abzureißen. In der Ecke der Glasscheibe hing ein handgeschriebener Zettel: *Mitarbeiter gesucht.*

Tja. Also. Ein Job im Kino. Warum eigentlich nicht.

Er deutete auf das Schild. »Wer ist dafür zuständig?«

Die Kartenverkäuferin musterte ihn von oben bis unten. »Der Geschäftsführer, Mr. Faubus«, sagte sie. »Im Vorführraum, Treppe rauf.«

Marlon Brando schritt die breite, geschwungene Treppe empor.

Als er eine Viertelstunde später zurückkam, war er Elvis Presley und ein Kinoplatzanweiser, der eine offizielle Platzanweiseruniform auf einem Kleiderbügel mit sich trug – schwarze Hose mit Satinstreifen, Weste mit Goldtressen, rotes Affenjäckchen mit Käppi. Der kleine glotzäugige Mr. Faubus hatte ihn vom Fleck weg eingestellt. Ihm schwirrte der Kopf. Morgen sollte er anfangen! Ein Job im Filmgeschäft! Zwölf fünfundsiebzig die Woche! Oh, das Leben war einfach prima.

Als er sich ein wenig beruhigt hatte, fiel ihm ein, daß er bereits Eintrittsgeld bezahlt hatte. Er betrat die höhlenartige Finsternis des Kinosaals und nahm weit hinten Platz.

Dean Martin in seiner Pseudo-Heeresuniform räkelte sich mit einem Drink in der Hand und müdem, arrogantem Gesichtsausdruck auf einem Sofa – blitzende Augen, das überlegen-süffisante Grinsen. Er war cool, cool, und in der Dunkelheit war Elvis ebenfalls cool, als er Deans Charme und sein eigenes Haaröl und den schweren Duft von rotem Samt einatmete. In seinem Kopf war Elvis jetzt Dean Martin. Er war zwölf Meter groß.

Elvis sah sich *Krach mit der Kompanie* dreiundsechzigmal an. In seinem Affenanzug stand er oben am Hauptgang, schwenkte seine Taschenlampe, zeigte Kindern den Weg zur Toilette und half mürrischen alten Damen, ihren Sitz zu finden.

Jerry Lewis' irres Kichern verfolgte ihn den ganzen Tag lang. Nachts träumte er davon, daß Dean Martin Miss Peavey, seiner Mathelehrerin, »You and Your Beautiful Eyes« vorsang. Doch es war *Gletscherangeln*, ein Kurzfilm, der ihn beinahe wahnsinnig machte. Eskimos umringten ein Loch. Sie spießten einen Fisch auf. Sie hoben den Fisch auf das Eis hinauf. Sie schlugen auf ihn ein, um ihn zu töten. Elvis sah zu, wie derselbe arme Fisch jeden Abend dreimal Prügel auf den Kopf bekam, und das allabendlich, fünf Wochen lang. Nach einer Weile begann er, sich wie dieser Fisch zu fühlen.

An dem magischen vereinbarten Nachmittag fuhr seine Mutter ihn für die Führerscheinprüfung zum Polizeirevier.

Elvis ging die Straßenverkehrsvorschriften durch. Die kleine Broschüre hatte Eselsohren vom wochenlangen Lesen. Elvis war fest entschlossen, die Prüfung zu bestehen. Hatte er erst mal seinen Führerschein, konnte er herumfahren und sich das Leben ansehen, alle Möglichkeiten ausloten.

»Würdest du auch nur halb so intensiv für die Schule lernen, hättest du ein einwandfreies Zeugnis«, sagte seine Mutter.

»Ich darf diese Prüfung nicht versieben.« Er schüttelte den Kopf. »Eine Mitschülerin ist zweimal durchgefallen, jetzt muß sie ein halbes Jahr warten, ehe sie's noch mal versuchen kann.«

»Ein halbes Jahr ist gar nicht so lang«, sagte Gladys. »Anscheinend hat ihr die Fahrpraxis gefehlt.«

Die flache Polizeiwache stand neben der Fernstraße nach Nashville. Gladys bog auf einen mit Kurven, Pfeilen und Streifen bemalten Parkplatz ein und quetschte den Plymouth in eine winzige Lücke.

In dem Gebäude wartete eine lange Reihe Jugendlicher; Elvis mußte an den ersten Schultag denken, als die Kinder genauso ängstlich ausgesehen hatten.

Gladys stellte sich an die Seite zu den anderen stolzen Vätern und Müttern.

Elvis hastete durch die schriftliche Prüfung. Die Fragen stammten wortwörtlich aus der Broschüre. Die zuständige Dame trug seine Punktezahl ein – 92 von 100 möglichen. Das war der halbe Weg in die Freiheit.

Ein langer hakennasiger Mann trat zu ihnen und stellte sich als Weems vor. Seinem Bürstenhaarschnitt, der die Kopfhaut durchschimmern ließ, und seinem zackigen Auftreten nach zu urteilen, war er eine Art Turnlehrer; er sagte nicht viel, wies Elvis lediglich an, hinter dem Lenkrad einer Chevrolet-Limousine Platz zu nehmen. »Laß den Motor an und fahr vom Parkplatz runter. Links abbiegen.«

Die Bremsen des Chevrolet griffen schneller als die des Plymouth. Ein paarmal hielt Elvis mit quietschenden Reifen abrupt an, bevor er den Bogen raus hatte.

Mr. Weems notierte sich etwas in sein Ringbuch. »Drei Straßen weiter rechts abbiegen.«

»Der Wagen ist cool«, sagte Elvis. »Unser Auto ist viel älter.«

»Auf die Straße achten«, sagte Mr. Weems.

Elvis betätigte den Blinker und bog fehlerlos nach rechts in die Davis Street ab.

»Jetzt fünf Straßen weiterfahren und links abbiegen.«

Nach dem Singen war Autofahren Elvis' zweitgrößte Begabung. Er zweifelte nicht daran, daß er ein hervorragender Lastwagenfahrer sein würde, wenn man ihn ließ. Er war so stolz auf seine Fahrkünste, daß er an der Ames Avenue ein Stoppschild überfuhr, ohne anzuhalten.

Mr. Weems sagte: »In meinen Augen sah das nach einem Stoppschild aus.«

»Ja, Sir, das war wohl eins«, räumte Elvis ein. Was hätte er auch sonst sagen sollen? Er war schuldig, und wie. Er fuhr weiter, mühte sich mit den ihm nicht geläufigen Armaturen ab und begriff allmählich die Schmach, daß er die Prüfung sofort in den Sand gesetzt hatte.

»Überfährst du Stoppschilder immer, ohne auch nur die Geschwindigkeit zu verringern?« fragte Mr. Weems. »Links abbiegen.«

»Nein, Sir«, antwortete er, »ich bin wohl irgendwie nervös.« Mit quälender Sorgfalt bog er ab. In seinen Schläfen pochte Blut.

»Mache ich dich nervös?« blaffte Weems.

»Ja, Sir, ein wenig.« Sie waren schon fast wieder an der Polizeiwache angelangt, und das war auch besser so – es hatte keinen Zweck, das fortzusetzen.

»Teufel auch, das sagen alle. Darum hab ich die Armee verlassen«, sagte Weems mit sanfterer Stimme, beinahe wie im Selbstgespräch. »Die Rekruten hatten alle eine höllische Angst vor mir. Dabei hab ich ihnen nie was getan. Ich mochte sie. Keine Ahnung, woran das liegt. Vermutlich finden die Leute einfach, daß ich so aussehe.«

Elvis sagte: »Vielleicht sollten Sie Ihre Haare ein bißchen länger wachsen lassen.«

Mr. Weems lächelte und machte sich eine Notiz. »Würde nur ungern so zottelig aussehen wie du«, sagte er. »Bieg jetzt auf den Parkplatz ein und stell den Wagen da drüben ab.«

Gladys sah ängstlich von dem Gehsteig aus zu, wie Elvis das Auto zum Stehen brachte, fünfzehn Zentimeter vom Bordstein.

Mr. Weems sagte: »Weißt du, ich muß dich wegen Verstoßes gegen die Straßenverkehrsordnung durchfallen lassen.«

Elvis betrachtete seine Füße. »Jawohl, Sir.«

»Ich mache das nicht gern, ich halte dich für einen guten Fahrer. Am besten übst du, kommst in zwei Wochen wieder und versuchst es noch mal.«

»Ja, Sir«, sagte Elvis. Wie konnte er seiner Mutter in die Augen sehen?

Mr. Weems reichte ihm einen kleinen grünen Zettel. »Wenn du das nächstemal kommst, gibst du das der Dame an der Registratur, dann mußt du den schriftlichen Teil nicht mehr machen«, sagte er. »Mach dir nichts draus, mein Junge, eine Menge Leute bauen beim erstenmal Mist.«

Elvis blieben nur ein paar Sekunden, um zu entscheiden, was

er tun sollte. Wenn seine Mutter herausfand, daß er die Fahrprüfung verbockt hatte, ließ sich unmöglich sagen, wann sie ihm den nächsten Versuch erlauben würde.

Er dankte Mr. Weems, ging den grünen Zettel schwenkend zum Plymouth und stieg ein. »Ich hab ihn!« verkündete er.

»O Schatz, ist ja großartig!«

»Es war aber knapp.« Er steckte das Papier in seine Hosentasche und legte ihr einen Arm um die Schulter. »Der Mann war gar nicht so gefährlich, wie er aussah.«

Am selben Abend stiegen sie alle in das Auto, Elvis nahm hinter dem Lenkrad Platz. Er fuhr die Winchester Avenue hinunter, steuerte mit höchster Konzentration auf Seitenstraßen zum Fluß, zu den alten Baumwollagerhäusern. Falls ihn ein Polizist anhielt, während er ohne Führerschein unterwegs war, käme er ins Gefängnis.

Er würde sich irgendwie davonstehlen und den Test wiederholen, und niemand müßte es je erfahren.

Dodger machte ihm Komplimente zu seinem Fahrstil. Gladys sagte: »Mein Baby wird erwachsen.«

Zur Feier des Tages machten sie vor der Milchbar »Murphy's Dairy Dream« halt. Vernon bestellte Bananensplits für alle. Alles war eitel Sonnenschein, bis sich Vernon über Elvis' Haare mokierte, wie dreckig und schäbig sie aussähen.

Elvis schmiß seinen Bananensplit in den Müll, ging raus zum Plymouth und schmollte.

Der nächste Tag war Samstag. Er nahm das ganze Geld, das er in seiner Folger's-Kaffeedose aufbewahrt hatte, und bat seine Mutter um die Autoschlüssel.

»Wohin willst du?« fragte Gladys.

»Weiß ich nicht«, log er. »Ich will bloß ein bißchen allein rumfahren. Mal sehen, was das für ein Gefühl ist. Ich bin vorsichtig.«

»Das weiß ich doch.« Sie gab ihm die Schlüssel.

Er stieg in den Plymouth, ließ den Motor an. Das Lenkrad kribbelte in seinen Händen.

Er atmete tief durch und rollte langsam vom Lauderdale

Court weg. Als er auf die Jackson Street einbog, trat er das Gaspedal durch und spürte den Motor, ein Tritt in den Hintern. Er schwebte an der Humes High vorbei. In dem alten Wagen steckte Leben, sobald man ihn nicht mehr wie eine kleine alte Dame behandelte, sondern ordentlich aufs Gaspedal trat.

Er rauschte an eine rote Ampel heran, legte den Leerlauf ein, saß da und freute sich über sein Glück: Er lebte, war sechzehn und saß hinter dem Lenkrad!

Er fuhr auf einem Umweg in die Innenstadt. Er parkte außerhalb der Sichtweite seines eigentlichen Fahrziels, des Mary Jane Beauty Salon.

Diesen Schönheitssalon hatte er wochenlang beschattet und nie jemanden kommen oder gehen sehen, den er kannte.

Mit den Händen in den Hosentaschen schlenderte er über den Gehsteig, als wolle er vorbeigehen. Im letzten Augenblick huschte er durch die Tür.

Eine Klingel bimmelte. Der Geruch von Haarpflegechemikalien reizte seine Nase und Augen. Eine junge Frau mit blonden Löckchen sah von einem Manikürtisch auf. »Aber hallo.«

»Hi«, sagte Elvis. »Ich, äh, möchte mir die Haare schneiden lassen.«

Sie lächelte ein leuchtendes Lippenstiftlächeln. »Süßer, das hier ist ein Schönheitssalon«, sagte sie. »Der Frisiersalon von Mr. Beebe ist auf der anderen Straßenseite.«

»Nein, Ma'am«, antwortete Elvis. »Sie sollen es tun.«

Die Frau, deren Fingernägel gerade eingeweicht wurden, sagte: »Mach schon, Deedee, schneid ihm die Haare«, und lachte.

Die Maniküre betrachtete ihn von oben bis unten. »Klar mach ich das«, sagte sie. »Setz dich da drüben hin, dann wäscht dir Lorraine die Haare.«

Es war ein ruhiger Salon, in hellen Beigetönen gehalten und warm. Vier Frauen mittleren Alters befanden sich in unterschiedlichen Stadien der Verschönerung: Eine hatte den Kopf in einem Waschbecken, wo ihn eine Farbige heftig bearbeitete; zwei saßen unter grauen Trockenhauben; noch eine verzog das Gesicht, während ihr eine Kosmetikerin Miniplis verpaßte.

Elvis nahm die zusammengefaltete Illustrierte aus seiner Gesäßtasche und glättete die Eselsohren. Tony Curtis grinste nach oben, unendlich cool. Diese Frisur wollte Elvis haben. Eine vorn volle, hochgekämmte Schmalztolle, an den Seiten glänzend wie polierter Stahl, im Nacken zu einem D.A. auslaufend – einem *duck's ass*, einem Entenarsch, einem richtigen Bürzel. Um diese Frisur würde ihn ganz Humes beneiden. Lorraine, die für das Shampoonieren zuständig war, brachte ihn zu einem Waschbecken mit einer Mulde für den Kopf und band ihm einen langen Umhang um. »Junge, was machst du in einem Damensalon?« fragte sie.

Elvis schwenkte das Foto.

Lorraine betrachtete es kurz. »Hm. Tja, wenn du das wirklich haben willst, das kriegt Deedee hin. Genug Haare hast du ja.«

Sie stellte das Wasser auf lauwarm ein und machte sich energisch an die Arbeit. Ihre kräftigen Finger streichelten seine Kopfhaut und bohrten sich hinein, schrubbten, rieben jedes einzelne Haar an der Wurzel; das warme Wasser ergoß sich darüber. Elvis war froh, daß er den langen Umhang trug, da er bei ihrer angenehmen Massage einen Steifen bekam.

Zu rasch war sie fertig. Er mußte sich aufrecht hinsetzen, und sie rubbelte ihm mit einem Handtuch über den Kopf. »Gute Haare«, sagte sie.

Deedee, die Blondine, winkte ihn zu einem Stuhl weiter vorn. Sämtliche Kundinnen schauten von ihren Illustrierten auf, um einen Blick auf den vorbeikommenden Elvis zu werfen. Garantiert war eine von ihnen die Mutter irgendeines Schülers auf der Humes High; Elvis' Ruf würde völlig zu Unrecht ruiniert werden. Doch jetzt war es zu spät. Er ließ sich auf einen pneumatischen Stuhl nieder und zeigte Deedee das Foto von Tony Curtis.

Sie drehte ihn so, daß er in den Spiegel sah, und schnappte sich eine Strähne seines Haares. »So willst du's haben?«

»Genau.«

»Und die Koteletten sollen bleiben?« Sie reichten ihm bis an die Ohrläppchen.

»So isses.«

»Na gut.« Sie nahm sich eine Schere, kippte seinen Kopf nach vorne und schnipselte um seinen Kragen herum. Sie kürzte hinten die Haare und brachte Fasson hinein, wickelte die langen Strähnen um rosa Lockenwickler. »Dadurch kriegen sie Fülle, damit sie so hochstehen können.«

Elvis sah Haarsträhnen auf seine Knie fallen. Hin und wieder warf er einen Blick in den Spiegel, wollte sich vergewissern, daß dieses absurde Schauspiel seines mit Lockenwickler gespickten Kopfes ihn nicht in etwas noch Absurderes verwandelte.

... Warum hieß das Ding eigentlich *Dauer*welle?

Deedee reichte ihm eine Illustrierte und sagte, er brauche keine Bange mehr zu haben. Sie goß eine kalte, intensiv riechende Flüssigkeit über die Wickler, spannte eine löchrige Duschhaube über das ganze Chaos und bugsierte Elvis unter eine lärmende Trockenhaube.

Eine Dreiviertelstunde lang briet er in dem chemischen Mief, von dem Trockenhaubenmotor taub gemacht, während seine Haarwurzeln nach und nach versengt wurden. Er betrachtete die zarten Zeichnungen von Damenunterwäsche in *Woman's Day*. Allmählich machte er sich Gedanken, was passieren könnte, wenn all seine Haare ausfielen.

Die Trockenhaube verstummte und hinterließ eine dröhnende Stille. Elvis gähnte, Tränen in den Augen. Giftiger Schweiß rann über seine Stirn. Deedee brachte ihn wieder zu dem Stuhl zurück, wischte ihm mit einem Handtuch übers Gesicht. Die Haube kam runter, genau wie die Wickler, einer nach dem anderen; seine Haare waren zu Spiralen zusammengebacken.

Was hab' ich bloß gemacht. »Oh, das sieht schrecklich kraus aus ...«

»Nein, lehn dich zurück. Warte, bis wir sie gewaschen und ausgebürstet haben.«

Lorraine wiederholte ihr wundersames Werk am Waschbecken, und dann griff Deedee zu Schere, Kamm und Bürste.

Sie schnitt und nahm hoch, rieb jede Menge Brylcreem rein, bürstete und kämmte. Und tatsächlich wurde aus der Krause eine weiche, gewellte Frisur. Deedee hielt einen Spiegel schräg hoch, so daß Elvis seinen Hinterkopf sehen konnte.

Seine Haare waren jetzt voll, wellig und weich. In dramatischer Linienführung schwang sich die Frisur über den Kopf bis zu einem V an seinem Kragen, so schnittig und glänzend wie eine Cadillacflosse.

Deedee war eine Künstlerin. »Gott, das sieht phantastisch aus«, stammelte er.

Sie strahlte. »Das finde ich auch. Sieht genau wie auf dem Foto aus.«

O cool. Er war Tony Marlon Elvis, harter Mann, Halbstarker, D.A., ein echt cooler Typ. Er knurrte den Spiegel verächtlich an. Deedee lachte.

Als sie ihm den Frisierumhang abnahm und die Haare auf den Boden schüttelte, sah Elvis, daß sein kariertes Hemd und die beigen Slipper überhaupt nicht zu der Frisur paßten. Er sah aus wie Andy Hardy mit einer Schmalztolle.

»Das macht drei fünfzig«, sagte Deedee, »und es ist üblich, daß du mir ein Trinkgeld gibst, wenn dir mein Werk gefällt.«

»Wieviel?«

»Sagen wir vier Dollar.«

Elvis hielt ihr fünf hin. »Sie… also echt… ich meine, ich find's phantastisch.«

»Danke, mein Guter. Übrigens«, fuhr sie fort, »mit Brylcreem kriegst du's nicht so zum Glänzen, wie du's haben willst. Besorg dir etwas Pomade.«

»Was ist das denn?«

»Das verkaufen sie bei Woolworth. In so 'ner kleinen rosa Dose. Die Farbigen nehmen es. Damit kriegt man den Glanz hin.«

Das spöttische Grinsen der Kundinnen ignorierend, zog Elvis sein Jackett über und schlug den Kragen hoch. Er ging nach draußen, saß eine Zeitlang nur so im Plymouth und betrachtete versonnen seine Frisur im Rückspiegel.

Vorne erreichten seine Haare majestätische Höhen. Das Öl machte sie dunkler und brachte die Seiten zum Glänzen.

Von dieser Frisur gab es jetzt kein Zurück mehr. Deedee hatte ihm versichert, die Welle werde wochenlang halten.

Elvis hatte eine neue Frisur, die Autoschlüssel und Geld. Jetzt brauchte er etwas zum Anziehen.

Er wußte, wohin er fahren mußte. Howlin' Wolf pries den Laden allabendlich gegen Mitternacht an: »Werft mal 'n Blick bei Lansky Brothers rein, dem Stolz der Beale Street, diese Brothers sind zu dir wie 'n Freund, Brother, geh mal vorbei und werd Kunde. Klasse Klamotten für coole Typen.«

Elvis fuhr über den Hügel auf die Beale Street. Abends war das eine Straße für schicke Farbige, doch tagsüber gehörte sie den Armen beider Rassen. Das Winterlicht färbte die Gehsteige blaß. Pool-Billard-Salons und zwielichtige Kneipen standen offen, drinnen war niemand zu sehen. Ein hutzeliger Alter lehnte irgendwo im Eingang, eine Bierflasche an den Brustkorb gedrückt. Drei Jungen spielten um ein kaputtes Auto herum Fangen. Das Geschäft der Lansky Brothers stand in einem Block mit lauter heruntergekommenen Läden: eine Pfandleihe, ein Tabakladen, ein Schuster, dann dieser Laden mit glänzenden Spiegelglasfenstern und weit offenstehenden Türen. Elvis parkte vorsichtig am Bordstein.

Ein weißer Mann mit Halbglatze, weißem Hemd und Schlips lungerte vor dem Laden herum und versuchte, Kunden von der Straße hineinzulocken. »Hey, Brother«, sagte er, als Elvis näher kam, »schicke Frisur, mein Freund. Kommen Sie rein, dann kleiden wir Sie flott ein.«

Elvis grinste. »Heute hab ich etwas Geld.«

»Na, das hört man gerne, treten Sie einfach ein, und schon kümmert sich Bernie um Sie – Bernie? Der junge Bursche hat Geld und möchte von dir elegant eingekleidet werden.«

Bernie war eine Kopie seines Bruders: untersetzt, Halbglatze, flinke Augen hinter einer randlosen Brille. »Kommen Sie doch rein, mein Freund! Hab ich Sie nicht schon mal gesehen? Was kann ich denn heute für Sie tun?«

»Ich brauch was zum Anziehen«, sagte Elvis. »Ich hör dauernd Ihre Werbung auf WDIA.«

»Na, das ist sehr schön, mein Junge, sehr schön – suchen Sie irgendwas Spezielles?«

Elvis ließ seinen Blick über die Ständer mit glitzernden Kleidungsstücken schweifen. Hier erstanden Farbige ihre Samstagabend-Ausgehklamotten und berühmte Hillbilly-Sänger ihre Glitzerhemden. »Ich weiß nicht recht«, sagte er, »das sieht alles wirklich gut aus. Ich seh mich wohl einfach mal um.«

»Nur zu«, sagte Bernie. Er beobachtete Elvis beim Durchsehen der Hemden. Sie waren alle grellbunt, diese Hemden – einige lila, andere gelb, wieder andere mit ausgefallenem Paisley-Muster, dann gab es Hawaiihemden und mit weiß-roten Cowboyborten besetzte Hemden. »Gefällt Ihnen das?« fragte Bernie ständig. »Gefällt Ihnen das?«

Die Lansky Brothers hatten einen ausgefallenen Geschmack. Sie führten paillettenbesetzte Hemden, Hemden mit Lederbesatz oder Kaninchenfellkragen. Elvis fand alles großartig.

Er schlich geraume Zeit um die Lederjacken herum, aber bevor er sich so eine leisten konnte, würde er noch eine ganze Weile als Platzanweiser im Kino arbeiten müssen.

Er stöberte eine unglaubliche Pluderhose auf, aus glänzendschwarzem Material, an dem sich grellgelbe Blitzstrahlen im Zickzack von der Hüfte bis zu den Knöcheln zogen – ein elektrisches Feuer an beiden Beinen. Auf dem Preisschild stand achtzehn Dollar.

Die Hose sähe cool aus, trüge man dazu das hautenge schwarze Pulloverhemd, in das Fäden von, wie Bernie es nannte, Rauschgold eingewebt waren. »Garantiert rostfrei«, sagte er, »Ihre Frau kann es einfach zur restlichen Wäsche packen.«

Ihre Frau! Das gefiel Elvis. Er kam sich wie etwas Besonderes vor, während er unter Bernies wachsamem Auge die Kleidungsstücke begutachtete.

Mit einem schreiend pinkfarbenen Hemd, der Blitzhose und obendrein einer schmalen gelben Krawatte belief sich die Rechnung auf dreiundvierzig Dollar. Das bedeutete zwar, zwei Wochen bei Loew's im Dunkeln zu stehen, doch wenn alles paßte, war das jede Minute davon wert. Elvis betrat eine winzige Kabine und kleidete sich rasch um, wobei er darauf achtete, daß er seine Frisur nicht ruinierte.

Er trat hinter dem Vorhang hervor.

Bernie pfiff. »Was sehen meine Augen! Wenn *das* kein Mann ist, der Wert darauf legt, schick auszusehen!«

Elvis arbeitete sich zu dem Dreifachspiegel vor.

Was er sah, überwältigte ihn.

Das erste war seine Frisur. Nämlich eine wahrhaft gelungene Frisur.

Das hautenge schwarze Hemd klebte an seinem Oberkörper. Die um die Hüften knapp sitzende Hose weitete sich an den Beinen, wo sich der gelbe gezackte Blitzstrahl hinaufzog zu etwas, das aus einem Valentino-Film stammen könnte.

Er schlang die gelbe Krawatte um seinen Hals.

»Cool«, sagte er.

»Cool! Das kann man wohl sagen!« rief Bernie aus. »Morris! Komm her! Sieh dir mal diesen Mann an!«

Er hatte recht. Elvis war schön. Die Frisur ließ ihn älter und schmaler aussehen, und die Kleidung – tja, Alter, das war die Kleidung eines sichtbaren Mannes.

Mit seiner Gitarre würde er sogar noch besser aussehen.

Morris pfiff anerkennend, genau wie zuvor Bernie. »Ja gibt's denn so was«, sagte er.

Bernie ergriff das Wort: »Soll ich Ihnen die anderen Klamotten einpacken, und Sie tragen auf dem Heimweg die neuen?«

»Klar, warum nicht«, sagte Elvis. »Aber erst muß ich mein Geld aus der Hose holen.«

Er riß sich von dem gleißenden Spiegel los und tastete in seiner alten, schlaffen Hosentasche nach den verbleibenden Scheinen.

»Nun denn«, sagte Bernie gerade, »womit können wir Ihnen sonst noch dienen? Ein paar Strümpfe? Wie wär's mit dem grünen Hemd, das Ihnen gefallen hat?«

Elvis reichte ihm das Geld. »Nein, das ist alles für heute. Keine Sorge. Ich komme wieder.«

Damit nahm er sein Wechselgeld und seine Tüte mit den alten Klamotten und schwebte hinaus in das Licht der Beale Street. Er ging auf neuen Füßen, hatte eine neue Frisur und Goldfäden auf der Haut. Er ging wie ein Star.

20

Gladys schaute von einer großen Schüssel Popcorn auf. Sie sperrte die Augen weit auf. »Was hast du mit deinen Haaren gemacht?«

Elvis schob sich an ihr vorbei, durch den Flur auf sein Zimmer zu.

»Schatz, komm her, ich will das sehen!«

Er blieb an der Tür stehen und drehte sich um. Oh, ihr Gesichtsausdruck! Zuerst starrte sie seine Frisur an, dann seine Kleidung, und zwar mit einer Mischung aus Belustigung und Entsetzen – als hätte sie auf dem Jahrmarkt einen Blick hinter den Vorhang einer Schaubude geworfen und etwas wirklich Unvergeßliches entdeckt.

»Elvis«, sagte sie, »wer ist dafür verantwortlich?«

»Eine Frau in der Stadt.«

»Was für eine Frau?« Sie trat näher.

»In einem Schönheitssalon«, antwortete er. »Nicht anfassen! Gefällt es dir?«

»Na ja, es sieht aus, als hätte jemand Luft reingepumpt, mehr nicht«, sagte sie. »Nun wasch erst mal das ganze Zeug aus deinen Haaren.«

»Das geht nicht. Es ist eine Dauerwelle.«

»Guter Gott.« Gladys trat noch näher. »Tatsächlich. Du hast so viel Schmiere drin, daß ich mir nicht sicher war. Mein Junge, was um alles in der Welt hat dich auf so eine Idee gebracht?«

»Na hör mal, es sieht toll aus«, erwiderte er, verzog sich in sein Zimmer und ließ sich aufs Bett fallen. »Damit sehe ich cool aus, basta.« Mit einer Hand griff er sich seine Gitarre und legte sie sich quer über den Brustkorb.

Sie lehnte sich gegen die Tür. Ihre Miene machte ihn plötzlich nervös; sah er wirklich so grotesk aus?

»Hast du dafür dein ganzes Geld ausgegeben?« fragte sie.

Er schlug eine E-Saite an. »Ich hab noch fünf Dollar.«

»Wieviel hat sie dir berechnet?«

»Drei fünfzig. Und ich hab ihr ein Trinkgeld gegeben.«

»Das geht ja noch ...« Gladys schüttelte den Kopf, um zu verhindern, daß ihr eine anerkennende Bemerkung über seine Frisur herausrutschte. »So 'ne Buxe hab ich mein Lebtag noch nicht gesehen«, sagte sie statt dessen. »Wo willst du diese Kluft eigentlich tragen?«

»Och, das Übliche. Überall. Zur Schule.«

»Das ist nicht dein Ernst. In dem Aufzug kannst du nicht gehen.«

»Wirst schon sehen.« Elvis fand einen G-7-Akkord: *Weelll, I gave you all my money...*

»Du weißt doch, was dein Vater sagen wird.«

»Ja, ja.« Er verwarf das mit einer Handbewegung. »Dem ist egal, wie ich aussehe.«

»Nicht mehr, wenn er erst einen Blick auf dich geworfen hat.«

Elvis lehnte die Gitarre gegen sein Bett und sah Gladys in die Augen. »Eins kannst du mir glauben, Mama«, sagte er, »morgen um diese Zeit gib's in dieser blöden Schule keinen mehr, der nicht weiß, wer ich bin. Ich bin's leid, ignoriert zu werden.«

»Schatz, wer ignoriert dich denn?«

Elvis seufzte. Das war wirklich eine zentrale Frage. »Och, alle. Seit ich das Gebäude betreten habe, bin ich unsichtbar.«

»Tja, vermutlich werden sie dir jetzt Beachtung schenken«, sagte sie. »Ich stell mir nur ungern vor, wie die aussehen wird.«

Elvis stand auf, plötzlich unruhig geworden. Er war gut fünfundzwanzig Zentimeter größer als seine Mutter. Bildete er sich das ein, oder schrumpfte sie sogar noch? Sogar die Wohnung schien einzulaufen, enger zu werden. Es gab kaum genug Atemluft.

Kopfschüttelnd ging Gladys in die Küche.

Elvis schaltete das Radio ein. Die Clovers waren gerade mitten in »Good Lovin'«, der Knabe mit dem angenehm hohen Tenor sang in abgehackten Silben, ein fetter Gitarrenlauf bildete das Gegengewicht, ein Kneipenklavier klimperte, und die anderen Jungs trugen ihr makellos synkopiertes Wah-wah-wahwah vor. Als sie *You got me tossin' in my sleep!* riefen, griff sich Elvis seine Gitarre und nahm vor dem Spiegel Aufstellung.

O cool. Der Erstaunliche Neue Elvis. Rauschgold glitzerte in seinem Hemd. Blitzstrahlen zogen sich seine Beine hinunter. Seine Frisur türmte sich zu glänzenden neuen Höhen auf.

Die Schmalzrolle fühlte sich wie ein starrer unnatürlicher Helm an, der Zentimeter über seiner Kopfhaut endete. Als er die Seiten anfaßte, hätte er genausogut die Haare eines anderen berühren können. Seine Kopfhaut juckte immer noch von den Chemikalien. Und doch ließ ihn die Frisur regelrecht heldenhaft aussehen. Er wollte nie wieder anders aussehen.

Er legte die Gitarre beiseite und zog sich aus, hing Hemd und Hose sorgfältig auf. In der Unterwäsche nahm er eine andere Pose ein: Kopf in den Nacken geworfen, ein lakonisches, träges, unbeteiligtes Aussehen.

Er war zwar nicht gerade Charles Atlas, entwickelte sich aber zu einem verdammt gutaussehenden Typ.

Er hörte seine Mutter in der Küche mit Tassen klappern. Zeit, die miefige Platzanweiseruniform anzuziehen, Zeit für Richard Widmark und Jack Palance in *Okinawa*, mittlerweile in der dritten, nicht enden wollenden Woche. Noch vor ein paar Monaten war Elvis so stolz auf diese Platzanweiseruniform gewesen; inzwischen war der Reiz des Neuen verflogen, der Job kam ihm ein wenig albern vor. Ganz gleich, wie oft Gladys die Uniform wusch, das Ding stank nach Popcorn und Zigarettenqualm.

Er knöpfte die Weste zu, berührte ein letztes Mal seine Haare.

Vernon war inzwischen aus Sparky's Billardsalon nach Hause gekommen, saß jetzt im Unterhemd herum und trank Bier. Als Elvis hereinkam, schaute er von der Sportseite auf. »Du warst beim Friseur«, sagte er.

»Jou.« Elvis wappnete sich.

Vernon trank einen Schluck. »Sieht besser aus«, sagte er und widmete sich wieder der Zeitung.

Elvis grinste. »Mama, ich hau ab«, rief er.

Er fuhr mit dem Plymouth in die Stadt. Nie hätte er gedacht, daß er von Filmen mal die Nase voll haben könnte – aber Abend für Abend derselbe Film! Ganze Szenen aus *Okinawa* konnte er auswendig vortragen. Seine Schuhe klebten am Boden. In der Schule konnte er die Augen nicht offenhalten. Mr. Faubus hatte sich als fieser kleiner Mann entpuppt, der versuchte, ihn um seinen Lohn zu prellen, und die Popcornverkäuferin Shirley kommandierte ihn herum, als gehörte der Laden ihr.

An diesem Abend schlich sich Elvis an ihr vorbei und nahm neben dem lila Seil Aufstellung, um Eintrittskarten abzureißen. Die Leute, die ins Kino strömten, um *Okinawa* zu sehen, würdigten seine Frisur keines Blickes. Er konzentrierte sich im Dunkeln auf Richard Widmarks gläzende, wellig-weiche Haare – nie unordentlich, auch nicht unter Feindbeschuß.

Als er in dieser Nacht nach Hause kam, hatte er seinen Mut wiedergefunden. Auf dem Bügel formte seine neue Kleidung eine wilde Elvispuppe. Er wußte, er war drauf und dran, einen gefährlichen Schritt zu unternehmen. Er hatte Magenkneifen. Aber er konnte nicht halb auffallend in die Schule gehen. Er mußte diese Sache konsequent durchziehen. Er mußte die Hose mit den Blitzstrahlen tragen.

Er wachte früh auf, um als erster im Bad zu sein. Nachdem er gepinkelt und geduscht hatte, richtete er die Seite seiner Frisur, wo er die Haare auf dem Kissen flach gelegen hatte.

In seinem Zimmer knipste er das Radio an, zog die kratzigen neuen Kleider an. Der Supersender spielte Morgenmusik, Nat Coles neuen Hit »Too Young«. Die Streichereinsätze kamen in mächtigen Wellen, und dann trieb Nats samtene Stimme auf der abschwellenden Flut herein. *They tried to tell us*... Er betonte die Worte so präzise, daß man seine Zunge schnalzen hörte. Jede Note war rund, vollendet.

Elvis wiegte sich im Rhythmus der Musik, sah sich im Spiegel an. Er war nicht der sprichwörtlich sanfte Nat »King« Cole, sondern ein Tier in einem brandneuen Fell. »A cool rockin' cat«, wie Rufus gesungen hätte.

Er holte sich einen Apfel und eilte grußlos zur Tür hinaus.

Es war ein windiger, freundlich-blauer Morgen. Er nahm die Abkürzung über das Gelände des St.-Joseph's-Krankenhauses, durch eine lange Gasse zur Looney Avenue, in östlicher Richtung durch Gärten und leere Grundstücke zu den Häusern, die der Humes High gegenüberlagen.

Ein Weilchen stand er im Schatten und beobachtete den Schulhof. Zahlreiche Schüler trieben sich um die Treppe herum, plauderten oder traten gegen das eine oder andere Grasbüschel, das sich durch die Ritzen emporgekämpft hatte.

Elvis überlegte, wieviel Aufsehen er wohl erregen würde. Oder ob ihn überhaupt jemand bemerken würde.

Seine Frisur war so glänzend und schnittig wie die Motorhaube eines Autos. Seine Kleidung war Supermankleidung, unverletzlich.

Er richtete sich auf und verließ sein Versteck.

Köpfe drehten sich in seine Richtung.

Elvis war sich bewußt, daß zwei Menschen in ihm steckten: der verwegene Bursche, der über die Manassas Street schlenderte und riskierte, von einem Auto angefahren zu werden, sowie die ängstliche Seele, die darauf achtete, ob sich in der Menge erste Anzeichen von Spott zeigten.

Als erste entdeckten ihn die Streber, die in der Nähe des Fahnenmastes unter sich blieben. Ein Mädchen sagte: »Seht mal!«, und die anderen drehten sich um.

Elvis spürte, wie sich Blicke auf ihn richteten – Hitzestrahlen. Die Welt schien tief durchzuatmen. Vögel unterbrachen ihren Flug. Die Sonne kam zum Stillstand.

In seinem Hinterkopf skandierte er im stillen eine Art Rufus-Thomas-Sprechgesang: *Du siehst gut aus, Junge, geh weiter, Junge, du bist echt cool. Du bist um Längen cooler als sonst irgendwer hier. So was Cooles wie dich ham se noch nie gesehen.*

Die Nachricht von seinem Kommen verbreitete sich von einer Gruppe zur nächsten. Die oberste Treppenstufe fixierend, ging Elvis weiter. Er hörte, daß sein Name geflüstert wurde, ging aber einfach weiter.

»O Mann. O Mann!« rief einer der ersten Schülersprecher-Typen, die sich auf der Treppe versammelt hatten. Er griff sich ans Herz und sank, eine Ohnmacht vortäuschend, in die Arme eines Kumpels. Die Mädchen lachten.

Elvis setzte ein überhebliches Lächeln auf – *Ihr Kinder, ihr* – und ging an ihnen vorbei.

Ein Trupp Footballspieler und die sie anhimmelnden Cheerleader hielten auf dem Betonpodest rechts vom Haupteingang hof. Elvis befand sich nun beinahe am Rand ihres Territoriums. Er wappnete sich.

»He, du!« rief einer der Spieler. »He! Blitzbeine! Mit dir red ich!«

Elvis fiel ein, wie er zum erstenmal diese Stufen hinaufgestiegen war, sich hinter seinem Daddy versteckt hatte. *Sei tapfer, Junge. Du bist so cool, daß du schon Eis am Rücken hast. Diese Kinder wissen nicht, woran sie mit dir sind.*

Er nahm die Treppe in Angriff.

»Seht euch seine Haare an!« grölte dasselbe Großmaul. »Seht mal, Jungs, wir haben ein neues Mädchen in der Stadt!«

Das löste eine Runde brüllenden Gelächters auf dem Podest aus. Nach den Footballspielern hatte Elvis' Spießrutenlauf ein Ende. Sie nahmen Aufstellung, um ihm den Weg zu verstellen und ihm das Leben ausgesprochen schwerzumachen.

An der anderen Tür musterten ihn die Mädchen aus der Schulkapelle mit viel Gekicher und Fingerzeigen.

Er wich in ihre Richtung aus, wodurch er die Footballspieler umging. »Morgen, Mädels«, sagte er.

»Morgen, großer Junge«, sagte eine Mae-West-Imitatorin aus der Gruppe.

Die anderen Mädchen kreischten vor Lachen und bildeten eine Gasse, um ihn durchzulassen. Der Kaiser schickt Soldaten aus…

Er senkte den Kopf und begab sich direkt zur Tür, durch eine Schar Flötenspielerinnen von den massigen Machos abgeschirmt.

Er betrat das Gebäude.

Über ihm lärmte die Klingel.

Gerettet! Er hatte es geschafft! Wie ein Stein in einen Teich war er in die Schülermenge gefallen, und die Kreise, die sein Auftritt gezogen hatte, wurden immer größer. Jeder einzelne Junge und jedes Mädchen im Schulhof hatte ihn gesehen und wußte, wer er war.

Anstatt sich ungesehen in den Fluren herumzutreiben, lungerte Elvis um seinen Spind herum und achtete darauf, daß alle ihn sahen. Jede neue Schulstunde brachte einen neuen Aufmerksamkeitsschub, einen Flur vollgestopft mit Schülern, die ihn zum erstenmal bemerkten.

Morris Weed, der Star-Quarterback, ging vorbei und bedachte ihn mit einem boshaften Lächeln. »Hallo, du kleiner Schwuli«, sagte er.

Elvis lächelte bloß, doch jeder Schüler in diesem Teil des Flurs hörte die Bemerkung.

Als er schließlich zum Mittagessen im Speisesaal eintraf, hatte die Aufmerksamkeit bedrohlichere Formen angenommen.

»Hu hu!« rief man am Tisch der Footballer. »Setz dich doch hierher, Süßer!«

Elvis umklammerte sein Tablett und ging weiter.

»Ich brauch ein bißchen Liiiebe«, johlte dann jemand. Einige Jungen ahmten mit den Lippen Kußgeräusche nach.

Elvis sprach sich selbst Mut zu. Sie sind neidisch. Geh einfach weiter.

Er ging auf den leeren Tisch neben der hinteren Tür zu.

Etwas erwischte ihn am Fuß. Das Tablett flog aus seiner Hand, so daß sich Spaghetti und Kartoffelbrei über Elvis und den Fußboden verteilten. Er schlug lang hin. Die Mädchen am Nebentisch sprangen kreischend auf.

Als er sich umdrehte, hielt ihm Chip McCormick, ein großer, häßlicher Doofkopp – derselbe, der ihn am Morgen auf der Treppe »Blitzbeine« genannt hatte – seine fleischige Hand hin. »Hast dein Essen verloren?«

Elvis zog sich auf einen Stuhl. In seinem Kopf drehte sich alles. Das war eine Katastrophe. Der Ehrenkodex verlangte von ihm, gegen den Rüpel zu kämpfen. Das stand zwar nirgends geschrieben, doch Elvis wußte es. Es lag irgendwie in der Luft.

Er hatte sich noch nie mit irgendwem geschlagen. McCormick sah aus, als wäre er so stark wie drei Elvisse.

»Willst du was von mir?« sagte Elvis mit jämmerlicher Stimme.

»Wir sehen uns nach der Schule auf dem Sportplatz«, sagte McCormick und drehte sich zu seinen hohnlächelnden Freunden um.

Elvis hockte sich hin und wischte die Schweinerei notdürftig mit einem Stapel Servietten auf. Keiner der Backfische sagte ein Wort. Ein unwirsches Brummen kam im Eßsaal auf, ein anderes Geräusch als das interessierte Stimmengewirr zuvor. Jetzt hörte man die drohende Blamage heraus.

Er schmiß seine Essensreste in die Mülltonne und trat den langen Rückweg durch die Cafeteria an, über den Flur, auf die Toilette. Dort stand er zitternd am Waschbecken und wischte Tomatensauce von seinem wunderschönen Hemd.

Natürlich würde er sich nicht mit dem Rüpel schlagen. Alle hatten gesehen, wie er aufs Gesicht gefallen war. Was Schlimmeres gab es nicht. Was kam es da noch auf die Ehre an, wenn der Bursche, der einen entehrte, ein dicker, dämlicher Kotzbrocken war? Lieber ein wenig Unehre als ein Nasenbeinbruch.

Und außerdem: War er jetzt nicht doppelt so berüchtigt?

Nach dem Mittagessen tickte die Uhr immer langsamer, bis sie sich kaum noch bewegte. Allein schritt Elvis durch überfüllte Flure. Im Vorbeigehen hörte er Geflüster – »Psst, kleiner Schwuli«. Mußten das alle Morris Weed nachplappern? Konnte keiner von denen selber denken?

In der Pause nach der sechsten Stunde hielt ihn ein Mädchen

namens Alice Jarvis auf. »Traumhaar«, sagte sie und mampfte ihr Kaugummi. »Wo has'n das machen lassen?«

»Och, weiß nich.« Er stieß die Schuhspitze in den anderen Absatz. Die Freuden des Ruhms wurde ihm allmählich lästig.

»Die ganz Schule redet darüber.« Alice hatte ein Pferdegesicht und Zahnspangen, eine dieser gnadenlosen Klatschbasen, die vor Freude sterben würden, falls einmal jemand über sie klatschte und tratschte.

»Ach ja?« sagte Elvis. »Was hat die Schule denn zu sagen?«

Inzwischen versuchten einige von Alices Freundinnen stumm, sie zum Weitergehen zu bewegen. »Ich hab gehört, du hättest es in einem Schönheitssalon machen lassen«, antwortete Alice.

»Ich weiß wirklich nicht, wie du so was hättest hören können«, erwiderte Elvis und warf seine Spindtür zu. »Dich würden sie wohl gar nicht erst in einen reinlassen.«

»Also! Herzlichen Dank auch!« zischte sie. Ihre Freundinnen guckten grimmig. Keine von ihnen war hübsch, darum hielten alle zu ihr. Sie scharten sich um sie und eilten mit ihr davon.

Elvis war stolz auf sich. Allmählich bekam er eine dickere Haut. Niemand hatte behauptet, es sei leicht, cool zu sein.

Er hatte den Tag fast überstanden. Er würde sich durch den Seitenausgang dort verdrücken, und weg war er. Gerade wollte er dieses Vorhaben in die Tat umsetzen, als sich eine große Hand aus einer Tür schob und ihn an der Schulter packte.

»He, Moment mal!«

Große, grobe Burschen umringten ihn, schleppten ihn durch die Tür zum Umkleideraum, vorbei an den dampfenden Duschen und auf die Toilette.

Da stand der dicke dämliche McCormick, und hinter ihm der größte Teil der Abwehrreihe des Humes-High-Footballteams. In der Tür zum Duschraum lungerte Morris Weed herum, der Quarterback. Ein Elvis unbekannter Junge packte ihn flink am Hals, eine Hand krallte sich in seine Achselhöhle.

Footballspieler. Das war ihr heimliches Reich. Es roch nach verschwitzten Socken und Desinfektionsmitteln. Die Urinbecken an den Wänden sahen unheimlich aus, die Spinde bedrohlich... Elvis war zwar kein neunzig Pfund schwerer Schwächling, aber wenn sich diese Knaben vorgenommen hatten, ihn gemeinsam zusammenzuschlagen – tja, das könnten sie schaffen.

Sie könnten sein Gesicht für immer ruinieren. Sein Herz pochte gegen den Brustkorb. Sein Singsang wurde zu einer Art Gebet, *Rette mich o rette mich sei jetzt cool, sei cool.*

»Laßt gut sein, Leute«, sagte er. Seine Stimme klang höher als beabsichtigt, fast ein Piepen.

Die Jungen lachten.

Ihre Hände auf ihm.

»Seht euch mal seine Haare an«, sagte McCormick. »Vielleicht sollten wir ihm die Haare schneiden.«

Morris Weed ahmte ein Kußgeräusch nach. Jemand sagte: »Packt ihn, Jungs.« McCormick half dem anderen Jungen, Elvis hochzuheben. Sie preßten sein Gesicht gegen die geflieste Wand. Er hörte Wasser tropfen, Füße schlurfen, wie jemand in einem Spind nach einer Schere kramte.

Er sprach gegen die Wand. »Die ganze Schule hat gesehen, was du in der Cafeteria gemacht hast.«

»Ach ja? Na und?«

»Wenn du mich fertigmachst, wissen die anderen, daß du's warst.«

Chip lachte.

Die Tür quietschte, schwang nach innen auf. Alle fuhren schuldbewußt zusammen, entspannten sich wieder. Es war noch ein Footballspieler. Elvis kannte ihn: Red West, ein großer athletischer Typ, der im Geschichtsunterricht bei Mr. Turner zwei Reihen vor ihm saß. Red West war zwar nicht so groß wie Chip McCormick, wirkte aber muskulöser und stärker. »Hey, Leute«, sagte er, »was ist Sache?«

»Komm rein, Red, wir spielen Schönheitssalon«, sagte Chip.

Elvis gelang es, den Kopf zu drehen, mit den Augen eine einfache Botschaft weiterzugeben: *Hilf. Bitte.*

Eine Schere durchschnitt die Luft neben seinem Ohr.

»Was habt ihr mit ihm vor?« fragte Red.

»Er muß sich mal wieder die Haare schneiden lassen. Das erledigen wir.«

»Das laßt ihn bleiben, also echt«, sagte Red und verschränkte die Arme. »Ihr seid sechs gegen einen. Das ist unfair.«

»Nun mach mal 'n Punkt, Red«, sagte einer der Jungen.

Red löste die Arme wieder. »Laßt ihn in Ruhe.« Allein hätte Red unmöglich etwas gegen die Jungen ausrichten können, aber offenbar respektierten sie seine Meinung. Die Schere verschwand. McCormicks Kumpel verzogen sich unter die Duschen.

Morris Weed sagt: »Hallo, Red, grüß dich«, und schlenderte pfeifend, als wäre er völlig unbeteiligt, zu seinem Spind.

»Wenn einer so aussehen will, ist das sein Problem«, stellte Red fest. »Das geht euch gar nichts an.«

McCormick schüttelte Elvis am Kragen und gab ihn frei. »Und ob, wenn ich ihn ansehen muß«, knurrte er.

»Dann sieh halt weg.«

McCormick merkte, daß sich seine Hilfstruppen aus dem Staub gemacht hatten. Er warf Elvis einen bitterbösen Blick zu, sagte: »Komm mir nicht in die Quere«, und verzog sich, um jemand anderem Ärger zu machen.

Elvis spürte noch die Finger an seinem Hals, ein Phantomschmerz. Der Lysolduft in der Luft roch nach Angst. Red musterte ihn erstaunt und voller Mitgefühl.

Elvis schluckte. »Gott«, sagte er. »Danke, Mann. Du hast mir das Leben gerettet.« Er stützte sich auf das Waschbecken. Das kalte Wasser war ein Schock für seine Finger. *Dir kann nichts mehr passieren. Bleib cool.*

Er hielt seinen Kamm unter das Wasser und fing mit zittriger Hand an, sein Haar vorne, wo sie es durcheinandergebracht hatten, wieder zu ordnen.

Red sagte: »Du bist mächtig eigen, was deine Haare angeht.«

»Du hast ja gesehen, was sie vorhatten.«

»Aaach.« Eine wegwerfende Handbewegung. Red war beinahe das genaue Gegenteil von Elvis: groß und kräftig, wie eine Mauer gebaut. Er hatte ein friedfertiges Gesicht, die schwarzen

Haare fast bis auf die Kopfhaut abrasiert. Er sah aus, als wäre er zu stark, um sich jemals auf große Schwierigkeiten einstellen zu müssen, von wem auch immer. »Diese blöden Dreckskerle lauern dir schon den ganzen Tag auf«, sagte er. »Ich hab gesehen, wie sie dich hier reingezerrt haben.«

Elvis verstaute den Kamm in seiner Hosentasche. »Mir fehlen die Worte. Wenn du nicht gekommen wärst...« Seine Knie fühlten sich wacklig an. Er setzte sich auf eine Bank. »Du heißt doch Red West. Ich kenn dich aus Geschichte.«

»Stimmt. Du bist Presley.«

»Genau. Hör zu, ich werd versuchen, das irgendwann mal wiedergutzumachen. Ich weiß nicht wie.« Elvis streckte die Hand aus. Red schlug ein.

»Verrat mir eins, Presley. Wo zum Teufel hast du diese Buxe her?«

»Lansky Brothers«, sagte Elvis. »Der Laden unten in der Beale.«

»Kenn ich. Hör mal, Kleiner, wenn du weiter in so 'm Aufzug zur Schule kommst, kann ich dir diese Knaben nicht vom Hals halten.«

»Die sind mir egal«, sagte Elvis und gab sich Mühe, hart zu klingen. »Ich kann auf mich selber aufpassen.«

»Klar, hab ich gesehen.« Red ging zu seinem Spind und zog sich das Hemd über den Kopf. Sein Oberkörper war eine eindrucksvolle Ansammlung von Muskeln. Von den Bodybuilding-Anzeigen auf der Rückseite der DC-Comic-Hefte abgesehen, hatte Elvis noch nie so einen Oberkörper zu Gesicht bekommen.

Red sagte: »Du solltest diesen Typen zeigen, daß du nicht so bist, wie sie glauben.« Er zog ein zerschlissenes Trainingstrikot an und bückte sich, um seine stollenbestückten Schuhe zu binden. »Vielleicht solltest du's mal in der Mannschaft probieren. Bist du schnell? Kannst du laufen? Einen Ball fangen?«

Elvis merkte, wie er wieder in Panik verfiel. »Ich bin zwar ziemlich flink«, sagte er, »aber diese Kerle würden mich umbringen!«

»Nur so kannst du vielleicht verhindern, daß sie's tun«, sagte Red. »Gehörst du erst mal zur Mannschaft, kriegst du mit denen keinen Ärger mehr. Dann sind sie zu sehr damit beschäftigt, sich wegen der Burschen in den anderen Teams den Kopf zu zerbrechen.« Er strahlte, als habe er soeben Elvis' sämtliche Probleme gelöst.

Elvis mußte zugeben, daß es nett wäre, das weiße Trikot mit der roten Nummer zu tragen, auf Stollen herumzulaufen und sich von Mädchen bewundern zu lassen. Doch es blieben Zweifel. Er hörte immer noch die Schere in der Luft schnippeln.

»Hey, danke.« Elvis stand auf. »Du hast mir geholfen.«

Die große Hand senkte sich und gab ihm einen Klaps auf die Schulter. »Geh Schwierigkeiten einfach aus dem Weg, okay?«

»Okay.«

Vor der Tür schaute Red in beide Richtungen, winkte Entwarnung und trabte zum Trainingsgelände.

Die Schule war aus, die langen Flure waren leer. Elvis schlenderte nach draußen und die hohe, an die Manassas Street grenzende Mauer neben der Schule entlang. Er spähte durch eine Lücke in den Kletterpflanzen, die den Zaun überwucherten. Die Mannschaft lief Runden.

Sämtliche Demütigungen dieses Tages ballten sich zu einer dunklen, über ihm dräuenden Wolke zusammen. Je mehr er sich seinem Zuhause näherte, desto wütender wurde er. Sie hatten ihn ausgelacht! Sie waren geschlossen auf ihn losgegangen! So hatte er sich seinen ersten Tag als Star nicht vorgestellt.

Er schmiß die Haustür so heftig ins Schloß, daß Dodger schreiend von ihrem Puzzle aufsprang. Er ging in sein Zimmer, warf sich aufs Bett und begrub seinen Kopf unter seinem Kissen. Ob er seine Frisur ruinierte, war ihm egal. Ihm war nach Heulen zumute.

Er versuchte es. Er lag da, wartete und versuchte es, doch die Tränen kamen nicht. Berühmt war er zwar, aber jetzt konnte er nicht einmal mehr weinen.

Nach einer Weile schleppte er sich zum Spiegel. Der ihn da anstarrte, war weder ein Junge noch ein Mann. Es war eine Art zwischen zwei Zuständen gefangener Wechselbalg mit einsamen braunen Augen, einem großen Adamsapfel und phantastisch glatten Haaren.

Elvis beugte sich vor. »Sag was.« Von seinem Atem beschlug das Spiegelbild seiner Lippen.

Der Spiegel schwieg.

»Bist du da?«

Keine Antwort.

Elvis pochte mit den Fingern gegen das Glas. »Na los. Rede mit mir.« Er drückte die Nase auf das Glas, versuchte, durch die dunklen Löcher seiner Augen einen Blick auf den zu werfen, der in ihm lebte. »Laß mich hier nicht allein zurück!«

Doch der Junge im Spiegel war verschwunden.

21

Er trug die Hose mit den Blitzstrahlen. Er trug den lila Pulli mit den leuchtendblauen Würfel-Applikationen. Er trug die chromgelben Socken, die Röhrenhose aus imitiertem Satin, die übergroße schwarze Gabardinejacke, den schwarzen Pullover, die dünne glitzernde Krawatte, das Westernhemd und all seine anderen Erwerbungen aus dem erstaunlichen Sortiment der Lansky Brothers.

Seinen gesamten Verdienst aus dem Kino gab er im Laden der Lanskys aus. Sie räumten ihm einen ständigen Rabatt von zwanzig Prozent auf ihre bereits enorm niedrigen Preise ein.

Die schockierten Mienen in den Schulfluren waren nur ein paar Tage lang zu sehen, doch die anhaltenden höhnischen »Schwuli«-Bemerkungen setzten ihm zu. Elvis beschloß, Red Wests Rat zu befolgen. Eines Nachmittags im September, unter den Augen von Chip McCormick und seiner restlichen Peiniger, ging er zu Trainer Barnes und streckte die Hand aus. »Hi, Coach, ich heiße Presley«, sagte er. »Ich möchte in der Mannschaft spielen.«

Er hatte seine letzte Lansky-Erwerbung an, ein leuchtendrosarotes Bowlinghemd mit einem Flamingo auf der Brusttasche, und die Blue Jeans, die ihm seine Mutter auf sein Drängen hin schwarz gefärbt hatte.

Der Trainer sagte: »Willst du Cheerleader werden?«

Ein paar Spieler fanden das zum Lachen.

»Nein Sir, ich will Football spielen«, sagte Elvis.

»Welche Position spielst du?«

»Ich kann mit dem Ball laufen«, sagte Elvis, weil sich das wie etwas anhörte, das er tun könnte.

»In diesem Aufzug kannst du jedenfalls nicht laufen.« Trainer Barnes hatte eine Hakennase, und sein verächtliches Zähnefletschen wirkte in seinem Gesicht ganz natürlich. »Jimbo soll dir ein paar Aufwärmklamotten holen, und dann sehen wir uns dich mal an.«

Auf seinem Weg in den Umkleideraum kam Elvis an Red West vorbei, der grinsend den Daumen hochhielt.

Elvis zog eine Trainingshose und ein miefiges Hemd an, das der Zeugwart hinter einem Mülleimer hervorgekramt hatte, und trabte zurück auf den Platz. Der Trainer hielt eine Stoppuhr in der Hand, während Elvis einen Sechzigmetersprint absolvierte. Als nächstes war ein Labyrinth aus Autoreifen zu überwinden, die so auf dem Boden lagen, daß man stolperte, wenn man da durchzulaufen versuchte. Elvis tanzte im Eiltempo hindurch.

»Weiterlaufen«, sagte der Trainer.

Elvis fing den Paß. Als er zurückkam, sagte der Trainer: »Du bist ziemlich schnell. Du mußt noch mehr über das Spiel lernen. Weiß nicht genau, ob du spielen wirst, aber wir werden dich in der dritten Mannschaft testen. Mal sehen, was du an der Ecke kannst.«

»Hey, Trainer, da ist ja prima«, sagte Elvis. Er war erstaunt. Es war so einfach. Er fragte nicht, was die Ecke war. Das würde ihm Red schon erklären.

Er fand ein wenig beängstigend, wie heftig die Jungen gegeneinander rannten – es war schließlich bloß Training! –, aber vielleicht tat es ja nicht so weh, wie es aussah.

Schwitzend und keuchend stellten sich die Spieler zum Duschen an.

Red West schlug Elvis in die Hand, als er die große Neuigkeit hörte. »Ich hab's dir doch gesagt!« jubelte er. »Wurde auch Zeit, daß wir einen in der Mannschaft haben, der modisch was drauf hat!«

»Das war ganz allein deine Idee«, sagte Elvis gerade, als er hinter sich eine höhnische Stimme hörte.

»He, Red, seit wann bringst du denn deine Freundin mit zum Training?« Es war Chip McCormick mit zwei seiner Kumpels.

»Leute, ihr kennt Elvis Presley«, sagte Red. »Der Trainer hat ihn gerade in die Mannschaft aufgenommen.«

»Ach ja?« sagte McCormick. »Als was, als Mädchen für alles?«

»Ich spiele in der Ecke«, verkündete Elvis.

Einer von McCormicks Kumpels streckte die Hand aus. »Ich bin Tiger Cunningham«, sagte er. »Willkommen im Team.«

McCormick schnaubte und ging wortlos weg.

Red West nahm Elvis unter seiner Fittiche. Sein Ziel war es, Elvis gut genug zu machen, daß er noch vor Saisonende in einem Spiel eingesetzt wurde. Das war Red sehr wichtig, obwohl Elvis an der Seitenlinie recht zufrieden war. Irgendwie war ihm klar, daß er im Football nie ein richtiger Brecher sein würde.

Alles an dem Spiel, was mit Zusammenprallen zu tun hatte, war ihm zuwider. Er hatte Angst um sein Gesicht. Er fand es scheußlich, wenn er mal nicht aufpaßte und ihm jemand die Knochen zusammenquetschte und ihn mit voller Wucht zu Boden schmiß.

Er saß gern auf der Bank. Angenehm warm und sicher. Man hatte einen guten Blick auf die kurzen Faltenröckchen der Cheerleaders, wenn sie hochhüpften und ihre weißen Schlüpfer zeigten.

Stundenlang brachte Red Elvis Spielregeln und Taktik bei. Er malte komplizierte Diagramme mit X und O und Pfeilen, die in alle möglichen Richtungen zeigten. Elvis genoß Reds Gesellschaft und gab sich alle Mühe, Interesse zu zeigen, war aber nicht überzeugt, daß er so viel über Football wissen mußte. Spielen durfte er nur im Training beim Gedränge. Dann bestand seine Aufgabe einzig und allein darin, sich in die Reihe zu stellen, auf die Ballabgabe zu warten und dann den Kerl vor ihm so lange zu beschäftigen, bis der Quarterback den Ball geworfen hatte. Wer brauchte dafür ein Diagramm?

So wie Red über diesen X und O brütete und lernte, hätte man meinen können, er wolle Chinesisch lernen.

Nach dem Training holte Elvis manchmal im Umkleideraum seine Gitarre raus. Dann sang er Songs mit gewagten Texten, die er aus dem Supersender kannte – »Honeysuckle Rose«, »Mister Night-Time« und »Wild, Wild Young Men«. Die Jungs scharten sich um ihn und hörten zu. Mittlerweile nannten sie ihn »Frankie«, nach Sinatra.

Das von Red prophezeite Wunder trat ein. Keiner nannte Elvis mehr Schwuli. Die gesamte Schule sah ihn in seinem Trikot freitags abends mit der restlichen Mannschaft, und Schwuchteln spielen keinen Football.

Sogar Chip McCormick verstummte widerwillig. Elvis dachte, besser konnte man mit einem Rüpel wohl nicht klarkommen.

An vier Tagen die Woche versuchte er zwei Stunden lang beim Footballtraining nach der Schule, sich nicht zu Brei schlagen zu lassen. Nach kurzem Duschen zog er seine Platzanweiseruniform an und trug seine Kleidung in einer braunen Papiertüte (seinem »Alabama-Koffer«, wie Gladys dazu sagte) zur Bushaltestelle an der Manassas Street, wo er in die Nummer drei Richtung Innenstadt sprang und gerade noch rechtzeitig im Loew's-Kino ankam, um die Eintrittskarten für die erste Vorstellung zu kontrollieren. Bis Mitternacht stand er mit seiner Taschenlampe am oberen Ende des Ganges, fuhr dann nach Hause, verdrückte ein paar belegte Brote, klimperte leise ein bißchen auf seiner Gitarre, schlief ein paar Stunden – und schon ging das Ganze von vorne los.

Um die Freitagabende bei den Spielen wiedergutzumachen, arbeitete er an Sonntagen auch während der Matineen und

Abendvorstellungen. Für Hausaufgaben blieb ihm überhaupt keine Zeit mehr. Seine Noten rutschten in den Keller. Ihm war das egal; er hatte nie Einstein werden wollen.

Einmal im Monat tauchte er im Mary Jane Beauty Salon auf, um seine Schmalztolle auffrischen zu lassen. Deedee wollte ihn überreden, sich die Haare schwarz färben zu lassen, um seine Augen hervorzuheben. Er selbst liebäugelte zwar schon eine Weile mit dieser Idee, war aber vorläufig noch nicht soweit. Er kannte nicht mal *Mädchen*, die sich die Haare färbten.

Er gab sich mit dem perfekten Entenarsch zufrieden, den er kämmte und mit Robinson's Brite-Shine-Pomade zum Glänzen brachte.

Geld gab er so schnell aus, wie er es verdiente. Er nahm sich immer vor, etwas für die Anzahlung eines Autos beiseite zu legen, doch dann machte er bei Lansky's halt und sah eine ausgefallene Hose, einen roten Rollkragenpulli, einen flotten neuen Schlips. In zwei Minuten haute er gewöhnlich den Verdienst einer Woche auf den Kopf.

Wenigstens verschwendete er seine kostbare Zeit und sein kostbares Geld nicht an ein Mädchen. Jede Menge Typen taten nichts weiter, als irgendein Mädchen in einem flotten Pullover anzuhimmeln. Elvis war ehrgeiziger. Er wollte jeden nur möglichen Erfolg, den die Welt zu bieten hatte. Er wollte, daß die Mädchen hinter ihm her waren.

Die Unruhe in seinem Blut hatte sich ein wenig gelegt.

Eines Donnerstags nach dem Training wusch er sich gerade in der Umkleideraumdusche die Haare, als er sich dabei ertappte, wie er Donald Douglas' Pimmel anstarrte. Der war so viel größer als sein eigener – herrje, wie eine große, alte, rosa Schlange baumelte der an Donalds Bein runter. Elvis blinzelte. Er hatte Seife in den Augen. Er wußte nicht, was er davon halten sollte. Er drehte sich um, warf einen Blick auf den Pimmel von Buford Meaders. Nicht so groß wie Douglas', aber schon in hängendem Zustand gut und gern seine zwölf Zentimeter lang. Elvis spürte, wie sich sein normalerweise fingerlanger Pimmel aufrichtete.

Buford und Donald unterhielten sich gerade über Renee Blanchard, deren Ruf schwer gelitten hatte, seit sie von der Schule abgegangen war, und die, wie man munkelte, schwanger sei.

Donald Douglas sagte: »Ich hab's ihr nie besorgt, hab's mir aber ein paarmal von ihr machen lassen.«

»Ja, mein Bruder hat gesagt, sie hat's ihm auch besorgt«, sagte Buford und seifte seine Achselhöhle ein.

»Mann, ich weiß nicht.« Donald schüttelte im Duschwasser den Kopf. »Die meisten Mädchen wollen überhaupt nichts davon wissen, aber sie hat wohl einfach Spaß daran.«

Buford sagte: »Ich frag mich, wer's war.«

»Tja, weiß der Teufel, ich jedenfalls nicht.« Donald drehte das Wasser ab.

Das Gesicht den Spinden zugewandt, rubbelte sich Elvis mit dem Handtuch ab und wand sich in seine Unterhose. Der große alte Tiger Cunningham trat ein, verschwitzt, außer Atem.

Tiger schüttelte seine Polster zu Boden. Er zog die Trainingsklamotten aus, bückte sich, band das Suspensorium ab.

Elvis war so froh, als er den winzigen Babydaumen sah, der da unten hervorlugte, daß er Tiger Cunningham am liebsten umarmt hätte.

Sein eigener Pimmel war für Elvis' Bedürfnisse groß genug. Wenigstens war er nicht so klein, daß es ihm peinlich sein müßte. Armer Tiger.

Elvis wußte, sobald er zur Arbeit kam, würde er sich im Loew's nach oben aufs Klo schleichen und sich befriedigen. Er würde sich in das makellose Mädchen versenken, das er in seiner Phantasie mit sich herumtrug: eine umwerfende Brünette mit braunen Augen, seinen eigenen Augen. Sie ähnelte nicht mehr Dolores Roselle. Sie hatte einladende Lippen. Ihr vertrauensvolles Lächeln verriet Elvis, daß sie ihn immer lieben würde. Er zauberte ihre Brust unter seine freie Hand, und jedesmal bescherte sie ihm eine umwerfende heiße Explosion.

Am Donnerstag vor dem Spiel gegen South Side träumte Elvis gerade von diesem Mädchen – er schlief wirklich und träumte –, als er umkippte, fiel und beim Aufwachen entdeckte, daß er während Gipskopf Turners Geschichtsunterricht vom Stuhl gefallen war; Turner stand über ihm, und die ganze Klasse bog sich vor Lachen.

Der Lehrer sagte: »Störe ich dich bei deinem Schönheitsschlaf?«

»Äh, nein, Sir.« Als er sich aufrappelte, schmiß Elvis seine Bücher vom Pult, was die Klasse mit noch größerer Ausgelassenheit quittierte. »Guter Spielzug, Frankie!« krähte zwei Plätze vor ihm Red West.

Elvis rutschte in sein Pult und hatte Angst, daß jemand den Ständer in seiner Hose bemerkte. Vielleicht hatten sie ihn auch schon gesehen und lachten deshalb.

Er grinste errötend. »Verzeihung, Mr. Turner.«

»Das Maß ist voll, Presley. Einem Narkoleptiker kann ich keine Geschichte beibringen. Du gehst jetzt in Mr. Sumners Büro und wartest da auf mich.«

Elvis nahm seine Bücher und schlich sich aus der Reihe. Ein Tuscheln erfüllte den Raum. Hier war es nicht wie auf der Grundschule; wurde man auf der High-School ins Büro des Direktors geschickt, war das dem Renommee förderlich.

Er begab sich in den hohen Raum, wo die Sekretärin des Direktors Sünder in Empfang nahm. »Hey, Miss Hammonds, Mr. Turner hat mich geschickt, ich soll hier auf ihn warten.«

Miss Hammonds war eine bebrillte jüngere Frau, die insgeheim ein Faible für Elvis hatte – sie lächelte ihn jedesmal groß an, wenn er in Schwierigkeiten steckte. »Na schön, Elvis, was gibt's diesmal?«

»Ich bin wieder eingeschlafen«, sagte er. »Ich kann's nicht ändern.«

»Was ist bloß los mit dir? Das wievielte Mal war das jetzt? Was treibst du nachts nur?« Sie bedeutete ihm, Platz zu nehmen. »Mir kannst du es erzählen.«

»Ich kann nichts dafür«, antwortete er und lehnte sich gegen den Türknauf. »Haben Sie Mr. Turner schon mal ungefähr fünf Minuten lang zuhören müssen?«

In diesem Augenblick traf Turner ein und verlangte wortreich, den Direktor zu sprechen. Offenbar hatte sich der Tumult nach Elvis' Abgang fortgesetzt.

Es müßte etwas unternommen werden, sagte der Lehrer, bla bla, er werde dieses Betragen nicht länger dulden, bla bla, die Eltern müßten verständigt werden, und so weiter.

Mr. Sumner war zwar ein recht umgänglicher Direktor, doch nach solch einer Szene mußte er etwas tun. Er ließ sich von Miss Hammonds Elvis' Unterlagen bringen, nahm dann den Telefonhörer ab und wählte.

Elvis sah mit steigender Unruhe zu. »Aber Mr. Sumner, ich hab doch gesagt, es wird nicht wieder vorkommen – ich versteh nicht, warum Sie ...«

Der Direktor unterbrach ihn. »Ja, hallo? Hallo, spreche ich mit Miz Presley? Guten Morgen, hier ist J. D. Sumner in der Humes High. Ich grüße Sie. Nein, nein, Ma'am, nichts passiert. Alles ist in Ordnung. Ich störe Sie nur ungern, aber offenbar ist Elvis wieder mal während des Geschichtsunterrichts eingeschlafen, und wir müssen da etwas unternehmen.«

Elvis wand sich, als er sich ihren Gesichtsausdruck vorstellte. Bis zu seinem Stuhl konnte er hören, wie sie in die Muschel quäkte.

»Ja, Ma'am, ich weiß. Ja, Ma'am. Hm-m. Tja, ich sag Ihnen was, wir schicken ihn jetzt zu Ihnen nach Hause. Er ist für einen Tag suspendiert. Ja, Ma'am. Bringen Sie das in Ordnung. Hm-m. Wiederhören.«

Er legte den Hörer auf. »Nette Frau, deine Mutter«, sagte er. »Eine Schande, daß ich sie anrufen mußte. Geh jetzt nach Hause.« »Jawohl, Sir.«

»Sind Sie damit zufrieden, Mr. Turner?«

»Ja, danke«, antwortete der und schnaufte aus dem Zimmer.

Elvis machte einen Schritt in die Herbstsonne hinaus und empfand ein Glücksgefühl. Es war ein herrlicher Tag, um aus der Schule geworfen zu werden.

Er machte sich auf den Heimweg, tänzelte im Sonnenschein heimwärts, im Takt eines Songs, den er in der Nacht zuvor im Supersender gehört hatte. Wie ging er noch gleich? *...hound dawg,* hieß es im Refrain, *ain't nothing but a hound dawg.*

Das war diese wilde Big Mama Thornton, die das ganze Stück durch bellte und jaulte. Big Mama sang so, wie Mammy in *Vom Winde verweht* redete. Wenn sie anfing zu jaulen und mit einem Tamburin herumzuschlagen, klang das regelrecht unzivilisiert. Elvis wußte, daß er diesen Song spielen konnte. Kein Problem. Drei Akkorde. Vorher müßte er ihn aber noch mal hören, wegen des Textes.

Gladys wartete am Hauseingang auf ihn. Sie stand auf, schüttelte den Kopf, ein Bild der Enttäuschung.

»Elvis«, sagte sie. »Elvis.«

»Na hör mal, Mama«, sagte er. »Das war gar nichts. Ich hab überhaupt nichts Schlimmes gemacht.«

»Der Mann hat gesagt, du bist wieder eingeschlafen«, sagte Gladys. »Ich hab schon mit deinem Daddy telefoniert. Du fährst jetzt runter und sagst diesem Mr. Faubus, daß du kündigst.«

»Also wirklich, Mama.« Er hatte mit so etwas gerechnet. Gladys hatte es nie gepaßt, daß er andauernd arbeitete, statt zu Hause bei ihr zu sein, wo er hingehörte. »Ich bin auch nicht scharf auf diese Nachtarbeit. Aber aufhören kann ich nicht.«

»Ich werd nicht hier stehen und darüber diskutieren«, sagte Gladys. »Uns geht's sehr viel besser, seit dein Vater in der Farbenfirma angefangen hat. Dodger kriegt etwas Geld von deinem Großpapa und beteiligt sich. Du willst zuviel auf einmal.«

»Aber ich brauch mein eigenes Geld!«

»Schatz, das weiß ich. Ich weiß, wie gern du dir all deine Hemdchen und so was kaufst. Ich hab mit deinem Daddy gesprochen. Wenn du mit deinem Job aufhörst, können wir dir zehn Dollar Taschengeld in der Woche geben.«

»Ihr... wirklich? O Mann.« Jetzt war Elvis an der Reihe, ungläubig den Kopf zu schütteln. Das war zwar nicht so viel, wie er bei Loew's verdiente, aber dafür mußte er sich nicht länger die Nächte um die Ohren schlagen, und außerdem waren zehn Dollar mehr, als sie ihm in seinem ganzen Leben je angeboten hatten. »Ist das wirklich wahr? O Mama, das ist toll!«

»Tja, du bist ein so lieber Junge«, sagte sie mit müdem Lächeln.

»Zehn Dollar in der Woche! Wie hast du Daddy bloß dazu überreden können?«

»Er kann seinen Kopf halt nicht immer durchsetzen, genausowenig wie du«, antwortete sie. »Jetzt hast du's geschafft, daß ich zu spät zur Arbeit komme. Fahr du mal runter und erzähl dem Mann, was ich dir gesagt habe. Hat man so was schon gehört! Fällt der vom Stuhl – als hätten wir dich nicht besser erzogen!«

Elvis bückte sich und küßte sie. »Satnin, ich liebe dich.«

Sie schob ihn weg. »Ab mit dir.«

Mr. Faubus war über die Neuigkeit nicht gerade traurig, da Elvis, wie er behauptete, faul sei und ohnehin bald rausgeworfen worden wäre.

Das kränkte Elvis. Fast ein Jahr lang hatte er sich nicht ein Mal verspätet und andauernd wie ein Sklave geschuftet, unter den Sitzen Popcorn hervorgekratzt.

Irgendwie schaffte er es, den Mund zu halten. Falls Vernons neuentdeckte Großzügigkeit plötzlich versiegte, wäre er auf diesen Job wieder angewiesen.

Er schlenderte über den Gehsteig. Nie hätte er gedacht, daß Aufhören ihn so glücklich machen würde.

Vor ihm lag jetzt ein ganzer freier Tag, und dann das große Spiel gegen South Side. Er hatte den Supersender, die Sound Star und keine Schule, keine anderen Verpflichtungen. Das Leben war zu schön.

Die Scheinwerfer des South-Side-Stadions tauchten alles in ein unnatürliches Blau. Die zwei Schulkapellen beschallten einander mit Kampfliedern. Cheerleaders hüpften und schrien. Der Mann in dem schwarzweißen Hemd warf die Münze, die glitzerte und ins Gras fiel. Humes gewann die Seitenwahl.

Elvis stolzierte an der Bank entlang, klatschte in die Hände und brüllte »Zeigt's ihnen! Auf geht's!«, genau wie die Trainer und die anderen Jungs der zweiten und dritten Garnitur.

Dank der traditionellen Rivalität der beiden Schulen waren die Ränge bei diesem Lokalderby voll. Elvis suchte die Menge nach hübschen Gesichtern ab; allmählich wurde er ein Experte auf der Bank.

Humes hatte einen rasanten Einstand. Im ersten Viertel warf Morris Weed zwei Touchdowns. Während eines gegnerischen Field-Goal-Versuchs durchbrach Red West die Abwehrreihe und warf sich mit seinem ganzen Gewicht auf den armen South-Side-Spieler am Anstoß, der lange Zeit zusammengekrümmt am Boden lag, dann von seinen Trainern gestützt vom Spielfeld humpelte und nicht zurückkehrte.

Als Zugeständnis nahm Coach Barnes Red vom Feld, aber alle schlugen ihm auf die Schulterpolster und gratulierten ihm.

Die Fans von Humes gerieten außer Rand und Band. Sie waren gekommen, um die alljährliche schmähliche Niederlage ihrer Mannschaft durch die größeren aggressiveren Jungs von South Side mitzuerleben. Doch unversehens hielt Humes eine Peitsche in der Hand und prügelte South Side das Spielfeld rauf und runter.

»Ist das nicht ein Wahnsinnsspiel?« schrie Red. »Die kriegen von uns eins auf den Arsch!«

»Und wie!«

»Hör zu...« Red senkte die Stimme. »Ich hab so ein Gefühl, daß du heute abend deine große Chance kriegst. Ich hab schon was zum Trainer gesagt. Wenn wir einen so großen Vorsprung halten, *muß* er dich einfach bringen.«

Elvis' Herz fing heftig an zu pochen. »Glaubst du wirklich?«

»Es ist ein Gemetzel!« rief Red. »Du hältst dich besser bereit.«

»...ich weiß nicht recht«, sagte Elvis. Diese South Sider sahen riesig aus, und wo sie hinlangten, wuchs kein Gras mehr. Da auf jeder Seite des Feldes elf Jungen standen, konnte ein Gemetzel so oder so ausgehen.

»Na los, Frankie. Du darfst jetzt nicht den Schwanz einziehen. Denk doch mal, wie hart wir gearbeitet haben, Mann! Wenn er auf dich zeigt, dann mach dich besser auf die Socken, sonst prügel ich dich windelweich.« Red fing an zu grinsen. »Verdammt. Du willst bloß deinen Helm nicht aufsetzen, das ist alles. Hast Angst, deine Frisur zu ruinieren.«

Elvis gab das Grinsen zurück. »Vermutlich hast du recht«, sagte er und strich sich über die Schläfe.

Trainers Barnes blies in seine Pfeife und nahm Davy Lee Williams, den Cornerback der zweiten Garnitur, vom Feld.

Er drehte sich um und zeigte mit dem Finger auf Elvis.

Elvis setzte seinen Helm auf. Er atmete tief durch und trabte zum Huddle, der kurzen Einsatzbesprechung der schlammbeschmierten Feldspieler.

Weit entfernt über die Lautsprecher hörte er seinen Namen. Die Menge brüllte. Galt das Gebrüll ihm? In seiner sauberen Spielkleidung fiel er auf. Er wünschte, seine Eltern könnten das sehen.

Er reihte sich ein. Die Gesichter der anderen glänzten vor Erschöpfung, Zufriedenheit und Schweiß. Morris Weeds unschlagbares Lächeln strahlte durch seinen Gesichtsschutz. »Hey, anscheinend haben wir die Schlacht gewonnen. Seht mal, wen der Trainer aufs Feld schickt.«

Elvis überlegte fieberhaft, was er zu tun hatte, sobald der Ball freigegeben wurde. Morris Weed kündigte einen Paß zu Donald Douglas an. Aufs Stichwort klatschten alle in die Hände, riefen »Hunh!«, drehten sich um und sahen die Verteidiger an.

Elvis wog 65 Kilogramm. Sein Gegenüber wog 85, 90 Kilo. Er hatte die Statur einer Mauer.

Elvis dachte: Na schön, Elvis. Jetzt kommt's auf dich drauf an. Wenn du diesen Typen nicht rammst, bist du schwul.

»Dich nennen sie Frankie, stimmt's?« sagte der Junge von South Side.

Aus Reds Unterweisungen wußte Elvis, daß er damit versuchte, ihn durcheinanderzubringen. »Paß du bloß auf«, knurrte er ganz im Stil von Red. »Ich hab dich genau im Blick.«

Der Schiedsrichter pfiff. Bei Ballfreigabe senkte Elvis die

Schulter, schloß die Augen und rannte mit Wucht auf die Magengegend des Jungen zu.

Er lief im Dunkeln in eine Mauer. Durch die Wucht des Aufpralls schob er die Mauer einen guten Meter zurück.

Weed warf den Paß, doch Douglas konnte den Ball nicht festhalten. Zweiter Versuch, zehn Yards.

Elvis eilte zurück zum Huddle. Wenigstens hatte er sich beim ersten Spielzug nicht blamiert. Die Zuschauer schienen eine Million Meilen entfernt zu sein, auf der anderen Seite dieser großen grünen Grasfläche.

Er steckte seinen Kopf in den Spielerkreis.

»Gut gefangen, Douglas«, sagte Morris Weed gerade. »Probieren wir's noch mal. Dub, du versuchst es rechtsaußen.« Der Kreis ging auseinander. »Hunh!«

Wieder fauchte der große South Sider Elvis an: »Na los. Versuch's doch.«

Weed schrie: »Zwei! Dreiundzwanzig!«, und der Ball war im Spiel.

Elvis schloß die Augen, verdoppelte seine Geschwindigkeit. Er prallte gegen den größeren Jungen und holte ihn glatt von seinen Beinen.

Schwer atmend stand er über seinem Opfer. »Reiß ruhig weiter die Klappe auf«, sagte er. »Wirst schon sehen, was du davon hast.«

Er fühlte sich stark. Er war also in der Lage zu vollstrecken. Das waren keine X und O mehr. Dieser Typ würde mit Elvis' Nase den Dreck pflügen, wenn er ihn nicht vorher rammte.

Elvis stolzierte in den Huddle zurück.

Morris Weed sagte: »Guter Block, Frankie. Mal sehen, was du mit einem Paß anfängst. Umlauf deinen Gegenspieler, zehn Yards geradeaus, dann einen Haken nach rechts. Ich werf ihn dir zu.«

O Gott. Elvis war kein Paßfänger. Das war irgendeine Gemeinheit von Morris Weed, ganz klar.

Doch er hatte keine Wahl. Der Quarterback ordnete Spielzüge an.

Klatschen. »Hunh!« Er reihte sich in die Aufstellung ein.

Der Ball war im Spiel. Elvis täuschte links an, dann rechts, tauchte unter dem Arm des South Siders hindurch und hatte auf einmal niemanden mehr vor sich. Ganz allein lief er auf die Zweiundzwanzigyardlinie zu. Falls er den Ball fing, hatte er freies Feld bis zur Endzone. Falls er den Ball fing.

Er drehte sich um. In dem Chaos aus Spielerleibern sah er Morris Weed nicht.

Doch dann sah er den Ball emporfliegen ... er dachte, sie hätten ihn verloren, aber nein, ein steiler Paß schraubte sich auf ihn zu.

Aus dem Nichts tauchte eine Hand auf und berührte den Ball ... der ins Trudeln geriet und in Richtung Rasen stürzte ...

Elvis warf sich durch die Luft.

Der Ball traf auf seinen Arm. Er jonglierte ihn, plopp, plopp, während seine Füße hoch durch die Luft flogen, dann bekam er ihn in die Hände, drückte ihn an seine Brust ...

Er lag platt auf dem Rücken. Glühbirnen strahlten ihm in die Augen. In seinem Kopf heulte eine Sirene.

Mit besorgten Mienen beugten sich Trainer und Manager über ihn.

»Es geht schon wieder«, sagte Elvis, »was ... was ist passiert?« Verschwommen sah er, daß ihn Morris Weed und die anderen betrachteten. Ihren Gesichern entnahm er, daß er eine spektakuläre Landung hingelegt haben mußte.

»Du bist auf dem Kopf gelandet!« antwortete Trainer Barnes. »Glaubst du, daß du aufstehen kannst?«

»Klar«, sagte er und machte Anstalten, es zu tun, doch seine Knie zitterten und versagten. Sie packten ihn an den Armen und trugen ihn vom Spielfeld, begleitet vom gewaltigen Beifall des gesamten Stadions.

»Trainer, hab ich ihn gefangen?«

»Worauf du dich verlassen kannst«, sagte Barnes und manövrierte ihn zur Bank. »Hast ihn festgehalten und auch den ersten Versuch bekommen. Kannst von Glück sagen, daß du dir nicht den Hals gebrochen hast.«

»Lassen Sie mich spielen«, bat Elvis. »Ich kam gerade gut in Tritt.«

»Klar, und hast übel eins auf die Birne gekriegt«, sagte der Trainer. »Bleib hier sitzen. Wir kriegen das schon hin.«

Durch eine Wand aus schimmerndem Glas sah Elvis mit an, wie die Jungs von Humes in den triumphalen Schlußminuten noch zehn Punkte erzielten. Ein Pistolenschuß beendete das Spiel. Humes-Fans überrannten das Spielfeld. Im *Commercial Appeal* von morgen würde sich das Endergebnis prächtig machen: *Humes 31, South Side 3.*

Elvis bewegte sich benommen. Er hatte einen ersten Versuch erspielt. Die zittrigen Kopfschmerzen blieben ihm als Erinnerung. Der Duschraum hallte vom heiseren Geschrei der Sieger wider. Red hieb ihm auf den Rücken und sagte, er habe den besten verdammten Fang des Spiels gemacht. Sogar Morris Weed kam vorbei, um zu sehen, ob man ihm den Kopf wieder angeschraubt hatte.

»Mir geht's gut«, sagte Elvis. »Danke für den Paß.«

»Echt schade, daß du vom Spielfeld mußtest«, sagte Weed. »Der nächste Paß wäre *wirklich* schwer zu fangen gewesen.« Damit stolzierte er davon und peitschte mit seinem Handtuch die Luft.

Die Sonntagszeitung erwähnte Elvis' großartigen Spielzug: »Im letzten Viertel blieb Humes im Angriff, weil Cornerback E. Presley akrobatisch einen Wurf von Weed fing, was einen ersten Versuch zur Folge hatte, für den lädierten Schüler allerdings einen Besuch der Seitenlinie.«

Als sie das las, rastete Gladys aus. »›Lädiert‹!« Sie schwenkte die Zeitung in seine Richung. »Elvis! Du hast verschwiegen, daß du *lädiert* warst! Heißt das, sie mußten dich vom Spielfeld *tragen?*«

»Mir hat gar nichts gefehlt«, sagte er. »Ich wollte vom Trainer im Spiel gelassen werden, aber...«

»Ich will nichts mehr davon hören«, sagte Gladys. »Du hörst auf mit Footballspielen.«

»Lieber Himmel, Mama, ganz gleich, was ich zur Zeit mache, du verlangst, daß ich damit aufhöre. Mit geht's prima. Sieh mich an. So hab ich ausgesehen.« Er imitierte den Gang eines Betrunkenen und schwankte durchs Zimmer.

»Hörst du wohl auf damit? In einem Rollstuhl hättest du enden können.«

»Deine Mutter hat recht.« Dodger blickte von ihrem Puzzle des Buckingham-Palastes auf. »Edna Wallaces Enkel hat sich bei einem Sprung ins flache Wasser den Hals gebrochen, und jetzt müssen sie ihn mit dem Löffel füttern.«

»Ihr macht euch alle zu viele Sorgen.« Elvis griff nach seiner Gitarre. »Keiner hat geglaubt, ich könnte den Ball fangen, doch ich hab's getan.« Er schlug einen Akkord an, sang eine Textzeile: *Hear that lonesome whistle blowin'*...

Während des Trainings am folgenden Montag rief Trainer Barnes Elvis zu sich. Der kam angesprungen, erwartete ein Wort des Lobes, weil er im Kopfstand den Ball gefangen hatte. Stattdessen sagte der Trainer: »Du gehörst nicht mehr zur Mannschaft.«

»Mo... Moment mal! Was soll das heißen?«

»Dein Vater hat mich angerufen«, antwortete Barnes, »und gesagt, deine Mutter macht sich Sorgen, weil das beim Spiel passiert ist. Ohne ihre Erlaubnis kann ich dich nicht spielen lassen.«

Elvis ereiferte sich und protestierte, er schwor, morgen mit einer unterschriebenen Erlaubnis wiederzukommen, doch der Trainer ließ nicht mal zu, daß er sich zum Training umzog.

Er ging nach Hause. Gladys und Vernon waren weg, auf der Arbeit. Dodger tat ungeheuer erstaunt über das, was geschehen war.

Elvis trug seine Gitarre nach draußen, auf die Veranda. Nach einer Weile spielte er den »Hound dog«-Song, langsam und traurig. Manchmal hatte er das Gefühl, daß ihn seine Mutter erstickte. Bei anderer Gelegenheit drohte seine Liebe zu ihr ihm die Luft abzudrücken.

Falls alles wie gewohnt lief, wenn sie nach Hause kam, würde er sie beschimpfen, sie wahrscheinlich sogar zum Weinen bringen. Dann würde er einen Rückzieher machen, nachgeben und einverstanden sein, nicht mehr Football zu spielen. Es würde sein Entschluß sein – so wie sich die sprechende Puppe Charlie McCarthy entschließt, den Mund zu öffnen, wenn Edgar Bergen an der Strippe zieht.

Innerhalb von zwei Tagen hatte Gladys Elvis aus seiner Arbeitsstelle und aus der Mannschaft entfernt. Ginge es nach ihr, würde er keinen Fuß mehr vor die Tür setzen, sondern den ganzen Tag lang auf der Veranda sitzen und ihr Songs vorspielen.

Das konnte er nicht machen.

Er hatte eigene Pläne. Außerdem hatte er von der Mannschaft genug profitiert: Sein Name stand in der Zeitung, und in der Schule wurde er nicht mehr gehänselt. War das nicht genausogut wie ein Sieg?

Als Gladys von der Arbeit nach Hause kam, merkte Elvis an ihrem nervösen Lächeln, daß sie mit einem Mordskrach rechnete.

Er lächelte nur zurück. »Wie ich höre, hast du mit Trainer Barnes gesprochen.«

»Ich will nichts mehr davon hören«, sagt sie. »Du hättest dir den Hals brechen können.«

»Du behandelst mich wie ein kleines Kind«, entgegnete er.

Gladys sagte: »Na, wenigstens bist du lebendig und kannst gehen, also sei dankbar.«

Er beließ es dabei.

Am nächsten Morgen erzählte er Red die Neuigkeit. »O Mann«, sagte der, »wo du gerade so richtig angefangen hast!«, doch Elvis erwiderte, er habe andere Pläne.

Jeden Tag wurde ihm seine Zukunft ein wenig klarer. Sein eigentliches, in ihm schlummerndes Talent hatte mit Football nichts zu tun. Seine Zukunft war die Musik. Das wußte er. Er hatte erlebt, wie sie die Menschen verzauberte. Sogar seine Mannschaftskameraden im Umkleideraum fanden, es klinge gut.

Jetzt hatte er jede Menge Zeit zum Musizieren.

Er nahm sich ernsthaft das Radio vor. Er hörte Gospelchöre, so ausgelassen wie Bruder Loves Gemeinde, und näselnde Hillbillies, die in Onkel Richards Country-Stunde auf WMPS sangen, große Stars wie Roy Acuff, Bob Wills und Hank Williams, Sinatras butterweichen Schmalz, den träge-erotischen Dean Martin – und natürlich den Supersender.

Er brachte fünfzehn Dollar seiner Ersparnisse zu Horace's Pfandleihe und kaufte sich einen gebrauchten Plattenspieler von RCA, ein altes, lädiertes tragbares Gerät mit einem schweren Tonarm aus Bakelit. Sein restliches Geld gab er bei Poplar Tunes aus, dem direkt gegenüber des Lauderdale Court gelegenen Schallplattenladen.

Er kaufte Singles: »Reconsider Baby« und »Rag Mop« vom alten Doc Sausage, das aufrüttelnd-klagende »My Baby Left Me« von Big Boy Crudup, Ruth Brown, Big Mama Thornton und den Song der Diamonds, der Hot Rod Hurlburt so gut gefiel, die Clovers, die Chords und Nat »King« Coles »Mona Lisa«, »I Hear a Sweet Voice Calling« von Bill Monroe. Er hörte sich die Platten dreißig-, vierzig-, achtzigmal an – ahmte die Gesangsstile nach, lernte die Texte, änderte die Melodien nach Belieben.

LaVern Baker hatte ein neues Lied herausgebracht, »Tweedlee Dee«, ein albernes Stückchen, ein Ohrwurm, der sich in Elvis' Hirnwindungen festsetzte und tagelang dort hängenblieb. Der Text bestand hauptsächlich aus unsinnigen Silben. Bei dem locker-lässigen Rhythmus dachte man an ein entzückendes Mädchen, das gerade eine Straße entlangstolzierte. Elvis schnipste tagelang mit den Fingern und machte Tweedlee-dee.

Als er am Schwarzen Brett von Humes die Bekanntmachung entdeckte, im Dezember finde ein Talentwettbeweb statt, wußte er, daß man ihn mit diesem Song gewinnen könnte.

Er schlich sich ins Musikzimmer, als gerade keine anderen Schüler in der Nähe waren, und gab seine Anmeldung ab. Eine Woche lang zerbrach er sich den Kopf, was er anziehen sollte. Es mußte cool aussehen. Das war seine große Chance auf Humes. Er wollte nicht die falschen Klamotten tragen und von irgendeiner High-School-Variante der kleinen Miss Mary Lynn Bradley in Tupelo geschlagen werden.

Er übte »Tweedlee Dee«, bis Dodger ihn anflehte, doch endlich aufzuhören. Zu seinem Erstaunen bemerkte er, daß er immer besser wurde, je öfter er das Stückchen spielte – er fand seine Schnörkel im Takt und synkopierte einige der Zeilen, die LaVern Baker normal sang. Das Ganze ging er vor seinem Schlafzimmerspiegel durch, um herauszufinden, wie ihn das Publikum sehen würde.

Er ließ eine Augenbraue oben und behielt während des Singens ein sardonisches Grinsen bei – sein neues Markenzeichen, eine Mischung aus Marlon Brando und Trainer Barnes.

Nachdem er die Nonsenssilben oft genug gesungen hatte, hörte Elvis allmählich eine verborgene geheime Botschaft heraus. Der Song war eine Aufforderung, eine Einladung. *Tweedlee dee* stand für etwas, das man im Radio nicht singen durfte.

Er schmuggelte sein Kostüm in einer Sporttasche aus dem Haus und zog es im Umkleideraum der Schule an. Mit Hilfe der Lansky Brothers wurde er noch cooler als cool – ein pinkschwarzes Rayonhemd mit V-Ausschnitt und Winkel-Applikationen an den Ellbogen, ein weißer Schal um den Hals, schwarze Röhrenjeans, spitze Schuhe. Er drückte sich zwei Zentimeter »Mystic Brown«-Eyeliner von Maybelline auf den Finger und rieb es auf seine Lider, um die Augen zu betonen.

»Viel Glück«, sagte er zu dem Spiegel.

Keine Antwort.

Er ging in den Flur hinaus. Die zur Morgenandacht hereinströmenden Schüler spähten in den Flur, als wären die Teilnehmer am Talentwettbewerb Wesen von einem anderen Stern, die in ihren paillettenbesetzten Kostümen und steifen, unnatürlichen Frisuren dahockten. Elvis lehnte an einer Wand, klammerte sich an seine Sound Star und versuchte, gelangweilt auszusehen.

Er begutachtete die Konkurrenz. Er war besser als sie alle, das wußte er.

Er hatte so etwas schon einmal gemacht, wußte also, was zu

tun war. Er hatte den Song, das Kostüm, die Frisur, die Gitarre, die Stimme, das Talent... und den Siegeswillen.

Er war der fünfzehnte von neunzehn Kandidaten. Allein ging er durch den Flur, um eine leise Melodie zu klimpern, während die anderen auftraten. Er konkurrierte nicht mit ihnen. Sie verschwendeten ihre Zeit. Er würde sich konzentrieren, da rausgehen, genauso spielen, wie er es zu Hause geübt hatte, und gewinnen.

Jemand rief seinen Namen. Er sagte: »Hier bin ich«, und ging gelassen zwischen den Klavierspielern und Flötisten zu der unbeleuchteten Seite der Bühne. Der Künstler vor ihm, ein Zauberer, sammelte gerade weiße Federn vom Boden auf.

Mrs. Thomas, die Musiklehrerin, trat in den Scheinwerferkegel: »Unser nächster Künstler ist Elvis Presley, eines der weniger bekannten Gesangstalente dieser Schule. Beifall für Elvis.«

Leichter Applaus, ein paar Buhrufe aus der Footballerecke. Elvis trug seine Sound Star hinaus in den mächtigen Scheinwerferkegel. Als die Mädchen sein Kostüm sahen, fingen sie wieder an zu klatschen und zu pfeifen.

Jemand vorn brüllte: »Sing's uns, Frankie!«

Elvis zwinkerte, hob den Mikrofonständer. »Äh, danke sehr, Mrs. Thomas, Jungs und Mädchen.« Einige der Footballspieler feixten. Elvis' Stimme schallte von allen Seiten zurück. »Würd euch gern einen kleinen Song vortragen, vielleicht kennt ihr ihn noch nicht, er heißt ›Tweedlee Dee‹, und jetzt hör ich auf zu reden und sing ihn.«

Elvis fing an, den lässig-klimpernden Takt zu schrammeln, ein Rhythmus, der zum Hopsen, Hüpfen und Springen einlud, so daß man am liebsten aufgestanden, irgendwohin stolziert und stolz auf sich gewesen wäre.

Er zog die eine Augenbraue hoch und schwang zum richtigen Zeitpunkt die Hüften, ließ passend zum Takt die Hüften kreisen. Er hielt nach lächelnden Gesichtern Ausschau, und tatsächlich, ja, sie strahlten, ja, sie lächelten zu ihm auf, uns gefällt's, sing weiter, nicht aufhören, los!

Er hielt sich genau an seine Proben. Kein einziges Mal griff er daneben. Bei den hohen Noten schloß er die Augen und tat, als schwanke er, stolperte ein paar Schritte zurück – erholte sich dann wieder, grinste über sich selbst. *Jiminy Cricket, Jiminy Jack, you make my heart go clickety-clack...*

Sie waren begeistert – dieselben Kids, die ihn all die Jahre schikaniert oder ignoriert hatten. Warum hatte er so lange damit gewartet? Auf dieser Bühne fühlte er sich wohler als jemals auf dem Footballfeld oder wenn er durch die Schulflure gegangen war. Musik war seine Stärke.

Er drosch auf die Sound Star ein. Er schwang sein Bein, drosch bei jedem Break heftig auf sein Instrument ein – und vorne kreischten die Mädchen.

Zu schnell war der Song beendet. Die gesamte Schule applaudierte. Alle klatschten laut und wollten gar nicht wieder aufhören.

Elvis lief weg.

Mrs. Thomas strahlte ihn mit ausgebreiteten Armen an. »Goldstück, wo hast du nur gesteckt? Ich wußte ja gar nicht, daß du so singen kannst!«

Er mußte pausenlos grinsen. Er stand hinter der Bühne herum, sog Glückwünsche und neidische Blicke der Konkurrenten auf. Sie wußten, daß er gewonnen hatte.

Er wartete geduldig. Als der letzte Auftritt beendet war, rief ihn Mrs. Thomas in die Bühnenmitte, wo sie ihm das blaue Band und den ersten Preis über zehn Dollar aushändigte.

Elvis grinste, verbeugte sich und wedelte den Schein durch die Luft. *Nimm dies, Mary Lynn Bradley, wo immer du sein magst.*

Er spielte eine Zugabe. »Old Blue«. Sie waren begeistert.

An diesem Nachmittag machte er eine weiten Umweg nach Hause, schlenderte in die Stadt, um sich im Schaufenster der Memphis Music Company die Gibson-Gitarren anzusehen. Jetzt war er vollständig sichtbar – doch sein Leben hatte sich nicht verändert. Weder hatte er eine Gibson noch ein Auto oder das Geld, um beide zu kaufen. Er hatte sich nicht die Mühe gemacht, seine praktische Fahrprüfung zu wiederholen, weil er den Wagen sowieso nie benutzte.

Mit seiner Sound Star über der Schulter schlenderte er aus der Union Street.

Ein Coupé brauste vorbei, einen Song aus dem Radio hinter sich zurücklassend.

Elvis bemerkte auf einem wenig bemerkenswerten Backsteingebäude ein interessantes Neonschild: MEMPHIS RECORDING SERVICE.

Die Ampel wurde grün. Er trabte über die Straße. Die Tür war mit einem krähenden roten Hahn bemalt, dahinter eine gelbe aufgehende Sonne. Er beugte sich vor und las das Schild im Fenster.

WIR NEHMEN ALLES AUF – ÜBERALL – JEDERZEIT
Ein Komplettservice,
der sämtliche Tonaufnahmebedürfnisse erfüllt.
Eine Kombination der neuesten und besten Ausrüstung
mit den aktuellsten und hochwertigsten
SONOAKUSTISCHEN STUDIOS!

Der Laden war nicht breiter als das Schuhgeschäft nebenan oder das Café auf der anderen Seite. Er sah kaum groß genug aus, um etwas so Beeindruckendes wie ein sonoakustisches Studio zu beherbergen.

Womöglich war gerade jemand da drin und machte Musik – und jemand anderes nahm sie auf, mittels eines Vorganges, der für Elvis ein absolutes Geheimnis war. Doch es war kein Laut zu hören. Alles war schalldicht abgeschlossen. Ein Vorhang verbarg, was auch immer hinter dem Spiegelglas vorgehen mochte.

Elvis rüttelte an der Tür. Er sah ein Kärtchen in der Tür: GESCHÄFTSZEIT 12 – 17 UHR, und eine Telefonnummer, die er auf seinen Zehndollarschein kritzelte und hinten in sein Portemonnaie steckte.

Alles … überall … jederzeit.

Sämtliche Tonaufnahmebedürfnisse.

Das Neonschild summte, als säßen Fliegen in seinem Inneren gefangen.

Elvis steckte die Hände in seine Hosentaschen und machte sich auf den Heimweg.

22

Elvis lag auf dem Boden, den Kopf auf dem lila Fransenkissen, und hörte den Supersender. Hot Rod Hurlburt war so verrückt nach »A Beggar for Your Kisses«, dem neuen Song der Diamonds, daß er ihn dreimal hintereinander spielte. Er begann mit einem Vibraphonriff. Ein merkwürdig mädchenhaft klingender Sänger gab eine gleitende Melodie vor, dann kam der Einsatz seiner drei Harmoniker, sanft wie geschmolzenes Silber ließen sie den Song abtropfen. *Can't you spare a little love for me?*

»Mama, kratz mir mal den Rücken«, sagte Elvis.

Gladys saß in ihrem Sessel und schälte Erbsen in eine Kasserolle auf ihrem Schoß. »Alberner Kerl«, sagte sie.

»Nein, ehrlich. Kratz mir mal den Rücken, genauso wie früher.« Das war eine seiner Lieblingserinnerungen: einschlafen, während ihre Finger durch das Pyjamaoberteil über seinen Rücken fuhren. Dieser Song mit seinem stockend-schlurfenden Herzschlagrhythmus und dem harmonischen Klagen machte ihn traurig, mit der bebenden Stimme des Vorsängers. Aus irgendeinem Grund mußte er an früher denken.

Er hievte sich auf das Sofa. »Komm schon ...«

»Also gut.« Gladys stellte die Kasserolle auf den Boden und setzte sich neben ihn, an den Rand des Sofapolsters. Sie paßten kaum noch gemeinsam auf das Sofa. Sie fing an, nur mit den Fingerspitzen über seinen Rücken zu gleiten ... ein leichtes Kitzeln. Genauso wollte er es.

Sie drehte ihn so, daß sein Kopf auf ihrem Schoß lag. »Was ist denn los, Baby? Fühlst du dich einsam?«

»Dieser Song«, sagte Elvis. Von den Spitzen ihrer Fingernägel bekam er eine Gänsehaut.

»Jedenfalls spielen sie ihn oft genug«, sagte sie. »Man sollte meinen, sie könnten dann und wann mal was anderes auflegen.«

»Das ist Hot Rod«, sagte Elvis. »Wenn ihm was gefällt, spielt er es, bis die Rillen abgenutzt sind.« Er reckte seinen Arm, die Hand, die Finger. »Mama, glaubst du, sie werden mich jemals im Radio spielen?«

»Aber natürlich, Schatz, wenn du das unbedingt willst.«

»So einfach ist es nicht.«

»Alles ist einfach, wenn man sich richtig dahinterklemmt«, sagte Gladys. Ihre Nägel beschrieben sich überschneidende Kreise auf seinen Schulterblättern, bis hin zu der kitzligen Mulde in seinem Kreuz.

Elvis erschauerte. »Zuerst muß ich eine Schallplatte machen.«

»Na, dann mach eine. Du weißt, wie gern ich dich singen höre. Du klingst besser als das meiste Zeug, das du dir anhörst.«

Elvis fragte sich, ob er irgendwann jemanden finden würde, der ihm so gut den Rücken massieren konnte wie seine Mutter. Das war eine echte Begabung, wie sie einen gerade noch spürbaren Druck ausübte, wie sie einen intensiveren Druck andeutete.

Elvis trällerte die Melodie mit. Das Vibraphon der Diamonds hörte sich an wie eine hohle Glocke in seinem Brustkorb.

»Ich muß dir übrigens etwas sagen«, sagte Gladys. Ihre Finger wanderten jetzt langsamer auf und ab, zogen gerade Linien.

»Nicht aufhören«, bat Elvis.

»Die Wohnungsgesellschaft hat uns einen Brief geschrieben«, fuhr Gladys fort. »Darin steht, wir verdienen zu viel Geld, um hier zu wohnen. Sie kündigen uns.«

Elvis schloß die Augen. Nicht jetzt. Nicht schon wieder. Gerade als alles in geregelte Bahnen kam. »Das dürfen sie nicht«, sagte er.

»Ich glaube doch. Meine vier Dollar in der Woche vom St-Joseph's-Krankenhaus haben uns über die Freigrenze gebracht.« Gladys arbeitete mittlerweile samstags als Krankenschwesterhelferin in dem nördlich des Lauderdale Court gelegenen Ungetüm von einem Krankenhaus. »Ist das zu fassen? Zu viel Geld. Wir.« Sie tätschelte sein Hemd, ein Signal, daß ihre Hand ermüdete. »Wir sind einfach zu reich, um hier zu wohnen.«

Elvis rollte herum, setzte sich. »Mama, du kannst deinen Job aufgeben.«

»Es ist zu spät. Sie haben uns schon benachrichtigt. Wir müssen raus. Hoffentlich hattest du keine großen Pläne für Mittwoch. Du kannst nämlich nicht in die Schule gehen.«

»Wo ist Daddy? Was sagt er dazu?«

Gladys sah ihn von der Seite an. »Was glaubst du denn, wo er ist?«

Das Schweigen zwischen ihnen war die Antwort. Wenn Vernon nicht in der United Paint Company Dosen mit Fassadenfarbe in Kartons packte, fand man ihn immer in Sparky's Billardsalon. Gladys' Hand ruhte. Der Bann war gebrochen.

Elvis rückte sein Hemd zurecht, schlenderte zur Fliegentür und sah in die Abenddämmerung hinaus. »Seit ich zurückdenken kann, sind wir immer umgezogen. Hast du eine Ahnung, wohin wir fahren?«

»Es gibt immer irgendwo etwas«, sagte sie.

»Mama, ich ziehe los und hole Daddy. Wir werden uns was einfallen lassen.«

»Nein, das läßt du jetzt bleiben. Er hat's schon versucht. Ich fahre in die Stadt und rede mit ihnen. Er hat genug um die Ohren.«

»Was denn? Worum muß er sich sorgen außer um sein nächstes Bier?«

»Du hältst besser deinen vorlauten Mund.«

»Aber es stimmt doch«, sagte er.

»Wenn ich daran denke, welche Opfer dieser Mann für dich gebracht hat...«

»Ach ja? Zum Beispiel?« Elvis trat mit der Fußspitze gegen die Tür. »Doch eins sag ich dir: Ihr könnt wegziehen, wenn ihr wollt, aber ich bleibe in Memphis.«

»Also, Schatz, wer hat denn was von wegziehen gesagt? Wir müssen bloß umziehen, mehr nicht. Dein Daddy findet immer eine Unterkunft für uns. Keine Sorge. Nun leg dich wieder hin. Ich massier dir noch ein bißchen den Rücken.« Sie sah ihn erwartungsvoll an.

Hot Rod Hurlburt sagte: »Kinners, ich kriech von diesem Liedchen einfach nicht genug«, und legte die Diamonds noch einmal auf. Elvis fühlte sich so bedrückt wie nie.

Er ging zurück zur Couch. Genau diesen Song brauchte er, und die Berührung seiner Mutter.

23

Elvis kam durch die Tür und hatte es eilig. »He, Leute...«. Er war schon halb durchs Zimmer, als ihm auffiel, daß Vernon und Gladys auf dem Sofa saßen und sich aneinanderschmiegten. »Du liebe Güte«, sagte er. »Was macht ihr denn da?«

Sein Vater blieb, wo er war. »Wie sieht es denn aus? Ich sehe nach, ob deine Mutter Flöhe hat.«

Gladys prustete los.

Vernon sagte: »Da ist einer«, küßte eine Stelle auf ihrem Hals, und beide brachen in Gelächter aus.

Elvis schüttelte den Kopf. »Ihr seid verrückt. Mama, was gibt's zu essen?«

Gladys antwortete: »Ich werd zum Abendessen Steckrüben kochen.«

»Dafür hab ich keine Zeit.« Elvis knöpfte sein Hemd auf und ging in sein Zimmer. »Heute abend ist in der Stadt eine große Gesangsveranstaltung. Ich hol mir ein paar Hamburger oder so was.«

»Elvis«, sagte seine Mutter durch den Vorhang, »du bist erst Mittwoch abend ausgegangen. Du mußt nicht schon wieder ausgehen.«

»Diesmal wird's aber gut«, erwiderte er und zog sein schickes, neues grün-schwarzes Hemd an. »Heute treten Farbige auf.«

Er hörte seinen Vater sagen: »Na und, laß ihn gehen.«

Elvis fragte sich, ob das Geknutsche sich weiterentwickeln würde, sobald er das Haus verlassen hatte. Er konnte nicht glauben, daß es seine Eltern noch immer taten. Sie waren doch schon so alt! Im April wurde Gladys *vierzig*!

Er zog die schwarze Freizeithose mit dem Beinstreifen aus Satin an, band sich die schwarze Krawatte um und schlüpfte in das glänzende graue Sportsakko mit den extrabreiten Schultern. Er hielt inne, überprüfte im Spiegel über der Spüle seine Frisur. Manchmal fehlte ihm die silbrige Stimme aus dem Spiegel, doch er nahm an, daß er ihr irgendwie entwachsen war. Mittlerweile ging er mit sich selbst zu Rate.

Als er das Wohnzimmer betrat, kuschelten Vernon und Gladys immer noch auf dem Sofa miteinander. »Ihr braucht nicht aufzubleiben«, sagte er. »Heute wird es spät.«

Gladys fragte: »Willst du dir wirklich diese Farbigen anhören?«

»Na klar«, sagte Elvis. »Ihr beiden macht's euch hier sowieso gemütlich. Da würde ich doch nur stören. Daddy, wo sind die Schlüssel?«

»Tut mir leid, Sohn, du kriegst den Wagen nicht. Ich bin nachher mit ein paar Jungs bei Sparky's verabredet.«

Der Blick, den Gladys ihm zuwarf, hieß soviel wie: Ach ja, tatsächlich?

»Also wirklich, Daddy. Kann nichts schaden, wenn du zu Fuß gehst. Sind doch bloß zwei Straßen weiter.«

Gladys rückte von Vernon ab und versuchte, sich vom Sofa zu erheben, was aber ihr Rücken und ihr Gewicht erschwerten. »Hier, mein Junge, gib mir einen Kuß, bevor du gehst.«

Er half ihr auf die Beine. »Sag ihm, er soll mir den Wagen geben.«

»Deiner Mama gehört der Wagen nicht«, sagte Vernon. »Frag mich, wenn du ihn dir borgen willst.«

»Tja, dann, na los, Daddy, bitte?«

»Kommt nicht in Frage. Du bist jung. Du kannst zu Fuß gehen.«

Elvis schmiß die Tür hinter sich ins Schloß.

In diesem großen weitläufigen Mietshaus würde er sich nie zu Hause fühlen. Hier schlief und duschte Elvis, hier zog er sich um und aß – manchmal – einen Happen, wenn er gerade irgendwohin unterwegs war.

Inzwischen machte er so ziemlich was er wollte, egal, was seine Eltern dazu sagten. Er war ein ausgewachsener Oberstufenschüler auf Humes und hatte haufenweise Zeit. Sie hatten ja keine Ahnung, was er alles unternahm.

Er verbrachte jede Menge Zeit vor dem Spiegel, spielte mit seiner Frisur, stellte sich vor, ein Filmstar zu sein. Seine dunkle Haut und die schwarzen Wimpern, seine schwere Unterlippe – er hatte die Gesichtszüge eines Latin Lovers, war ein romantischer Typ wie Dean Martin oder Lanza. Und diesen Vorbildern glich er sein Aussehen immer mehr an.

Nachmittags trug er seine Gitarre zu einem grasbewachsenen Felsen am Ende der Carnahan Street mit Blick auf den Fluß, ein geheimes Refugium, wo er stundenlang saß und dem schlammigen Wasser und den unter der Brücke dahintreibenden Lastkähnen »That's Amore«, »When My Blue Moon Turns to Gold« oder »Harbor Lights« vorsang.

Spätabends trieb er sich in den Eingängen der Bluesknéipen und des Palace Theaters an der Beale Street herum und hörte der nach draußen dringenden Musik zu – heiße Rhythmen und zirkulierende Hitze, Applaus live. Manchmal, wie gerade jetzt, schlenderte er raus in die Union Avenue, wo er einen Blick auf das verhängte Fenster des Memphis Recording Service warf.

Er hatte einiges über den Laden herausgefunden. Ein junger Weißer namens Sam Phillips machte in diesem Lädchen tatsächlich Schallplatten – Vorführscheiben von Musikern aus der Beale Street für Farbigen-Plattenfirmen in Chicago und Los Angeles. Phillips nannte sein Unternehmen Sun Records.

Wie er so auf dem Gehweg stand, versuchte Elvis, sich einen Stoß zu geben, die Tür zu öffnen und einzutreten.

Er konnte sich vorstellen, ein Star zu sein – oh, wie viele schöne Dinge er seiner Mama kaufen würde –, aber er konnte sich nicht vorstellen, wie er seine Hand dazu bringen konnte, diese Tür zu öffnen.

Vor den Schülern in Humes zu stehen, war eine Sache. Bei der Vorstellung, einem professionellen Plattenproduzenten vorzusingen, lief es ihm kalt den Rücken runter.

Vielleicht sollte er zuerst anrufen.

In seinem Kopf hörte er Lowell Fulson »Reconsider Baby« flehen, »Überdenk's noch mal, Baby«. Er schnipste im Takt mit den Fingern und ging weiter den Gehsteig hinunter.

An der Ecke November und Union hatte sich vor dem Schaufenster des Kaufhauses Goldsmith's eine kleine Menschenmenge versammelt.

Er hörte auf zu summen und trat näher.

Die Leute starrten gebannt auf das Fenster. Keiner sagte ein Wort.

Auf einem Schild stand »Ein Fenster in die Zukunft – schon heute bei Goldsmith's!«

Der Fernseher stand allein auf einem kreisrunden Stück schwarzem Samt: eine dunkle Eichenholzvitrine mit einem leuchtenden ovalen Bullauge vorn.

Elvis hatte schon vor Jahren vom Fernsehen gehört, doch dieses hier war das erste Gerät, das er zu Gesicht bekam.

Es flackerte, und ein unheimliches weißes Licht schien aus seinem Fenster. Man sah das schwebende Bild eines Mannes. Er hatte eine Fliege umgebunden und trug ein kariertes Jackett. Sein Gesicht durchschnitt ein schwarzer Streifen, der ständig von oben nach unten durch den Bildschirm lief. Ab und zu wehte eine Art Schneegestöber aus weißen Punkten durch das Bild. Das Spiegelglasfenster ließ keinen Laut nach draußen dringen.

»Das ist wie Radio«, behauptete ein Mann.

»Nur daß man ihn sehen kann«, sagte die neben Elvis stehende Frau.

»Wieviel kostet so einer?«

»Jemand hat was von sechshundert Dollar gesagt.«

Alle machten »Ohhh«.

Der Mann mit der Fliege unterhielt sich mit einer hübschen Frau in einem plissierten Kostüm. Dann kam ein neues Bild mit einem großen glänzenden Buick, dann hielt eine Frau ein Päckchen Chesterfield Kings in der Hand. Zauberei! Die Menge stieß kleine Laute des Entzückens aus.

Elvis beobachtete ihre Gesichter. Er überlegte, wie gut er im Fernsehen aussähe. Wie gern würde er diesen Zauberschirm von innen sehen. Zu erleben, wie sein Gesicht durch die Luft übertragen wurde, in anderer Leute Wohnzimmer oder dem Schaufenster von Goldsmith's aufzutauchen!

So könnte er berühmt werden.

»Gar nicht so einfach, die Augen von dem Ding zu wenden«, sagte die Dame neben ihm.

Elvis sagte: »Ja, Ma'am.«

Sie musterte ihn. »Sie sehen aus, als sollten Sie auch da drin sein«, sagte sie, »so schick, wie Sie sich angezogen haben.«

Leute drehten sich um, betrachteten zuerst Elvis' Kleidung und dann seine Frisur.

Elvis grinste. »Noch bin ich nicht da drin«, sagte er. »Aber halten Sie die Augen offen.«

Er zwinkerte der Frau zu und stolzierte die Straße hinunter, von den Blicken der Umstehenden begleitet.

Er fand das Fernsehen aufregend. Ein Fenster in die Zukunft. Er hatte sich selbst in diesem Gerät gesehen, wie er seinen letzten Hit sang.

Noch nie war jemand berühmt geworden, indem er einfach dagesessen und darauf gewartet hatte, daß etwas passierte.

Er mußte es versuchen. Er war gut.

Der Gospel stieg bereits in die Dachsparren des Ellis Auditoriums empor, aber Elvis mußte ein Telefon finden und *den Anruf tätigen.* Bei der ganzen Sache kam es auf ein Telefonat an, darauf, daß er so mutig war, es zu führen.

Ein öffentlicher Fernsprecher, neben der Tür von Berman's Drugstore. Elvis überquerte die Straße. Er holte den zerknitterten Geldschein mit der Telefonnummer aus seinem Portemonnaie, nahm den Hörer ab.

»Vermittlung...«

»Kokomo drei fünf sieben eins vier«, sagte er.

»Fünf Cent, bitte.«

Er warf eine Münze ein. Es klingelte dreimal, dann: »Memphis Recording Service, Marion Keisker.«

Sofort vergaß Elvis, was er hatte sagen wollen.

»Memphis Recording Service. Kann ich Ihnen behilflich sein?«

»Hallo, ja, Ma'am. Ähh…« Nicht deinen Namen nennen! »Hören Sie, ich hab das Schild gesehen, auf dem steht, daß sie alles aufnehmen.«

»Das stimmt«, sagte sie.

»Also… wieviel kostet das?«

Er hörte, wie sie ungeduldig mit der Zunge schnalzte. »Wir machen alle möglichen Tonaufnahmen«, sagte sie. »Vielleicht könnten Sie ein wenig präziser werden.«

»Na, wenn ich vorbeikommen und ein paar Songs aufnehmen will«, sagte er. »Was würde das kosten?«

»Für zwei Songs haben wir einen Pauschalsatz, drei fünfundneunzig. Das beinhaltet die Studiozeit, die Abmischung und eine 10-Zoll-Azetatscheibe. Weitere Pressungen kosten zwei Dollar pro Stück.« Das spulte sie herunter, als hätte sie es an jedem einzelnen Tag ihres Lebens ein Dutzend Mal gemacht. »Hallo?« sagte sie.

»Ja, Ma'am, ich bin noch dran«, sagte Elvis.

»Haben Sie noch eine Frage?«

»Nun… soll ich eine Zeit ausmachen, oder komme ich einfach vorbei, wenn ich soweit bin?«

»Wenn Sie nur zwei Songs aufnehmen wollen, geht es täglich zwischen zwölf und siebzehn Uhr, außer sonntags«, sagte sie. »Kommen Sie einfach vorbei.«

»Danke«, sagte er, »das werd ich tun. Vielen Dank auch.«

Er legte den Hörer auf. Vier Dollar war gar nichts. Das hätte er schon vor langer Zeit machen können. Jetzt brauchte er zwei Songs – eine A-Seite und eine B-Seite – und Übung, nichts als Übung.

24

Elvis mochte alle mögliche Musik – die wild wummernden Nächte auf dem Supersender, aber auch die Moonglows und Kitty Wells, Dean Martin, Jerry Vale oder Roger Williams' wirbelndes Klavier; die phantastische Harmonie der Orioles auf »Crying in the Chapel«. Unverfälschten Blues aus Mississippi, Perry Como und Tony Bennett, Hank Snow in der »Grand Ole Opry«, den alten Bill Monroe mit dem verkniffenen Gesicht, der sich ins Delirium fiedelte. Elvis mochte sogar die Hillbilly-Frau, die während Bill Monroes Pausen mit nasaler Stimme sang.

Doch seine eigene Stimme gefiel ihm am besten bei den lieblichen und den traurigen Songs, bei den Liebesliedern und Balladen – besonders bei denen, die eine Geschichte erzählten und mit Worten spielten. Ihm kam es so vor, als hätte er genau die richtige Stimme, um Menschen zum Weinen zu bringen. Er hatte nie vergessen, wie »Old Blue« auf die Zuhörer bei der Landwirtschaftsmesse gewirkt hatte, damals in Tupelo.

Schließlich wählte er zwei Songs für eine Demo-Schallplatte aus. »That's When You Know It's Over«, eine von Dodgers Lieblingsschnulzen, mit einem Sprechteil in der Mitte, und »My Happiness«, ein einfaches, trauriges Stück, das ein großer Hit für die Pied Pipers gewesen war. Auf seinem Felsen über dem Fluß arbeitete und feilte Elvis an diesen Songs. Sie waren noch nicht fertig. Sie wurden es allmählich.

Gladys kam an den Punkt, wo sie die Schaben und den durch die Wände an der Cypress Avenue dringenden Krach nicht mehr aushielt. Vernon machte sich auf, eine andere Unterkunft zu finden. Eine Woche später zogen sie in das Erdgeschoß eines einstöckigen Mietshauses an der Alabama Street, unweit vom Lauderdale Court.

Eins mußte man ihnen lassen – umziehen konnten sie. Gladys und Dodger standen im Hintergrund und gaben Anweisungen. Elvis und Vernon schleppten Kisten und ignorierten sie.

Etwa um April herum gaben es die Lehrer auf, aus den

Schülern im letzten Jahr noch irgend etwas Brauchbares herauszuholen. Elvis fand heraus, wie er ganze Nachmittage schwänzen konnte. *Arbeitssaal* war ein sehr dehnbarer Begriff. Mitschüler unternahmen mit den elterlichen Autos wilde abenteuerliche Fahrten, die mit Zungenküssen und Bier aus Arkansas endeten. Elvis trug die Sound Star auf den Felsen am Fluß, um seine Songs zu üben.

Alle coolen Mitschüler schworen, sie würden um nichts in der Welt bei der Abschlußfeier mitmachen, doch als Elvis das beim Abendessen andeutete, zogen seine Mutter und Dodger ihre Besen heraus und schwirrten um die Zimmerdecke. »Also, du bist in dieser Familie der erste mit einem High-School-Abschluß!« rief Gladys. »Auch wenn es dir nichts bedeutet, du gehst hin. Keine Widerrede.«

»Für diesen Tag haben deine Mama und Daddy gerackert und gebetet«, ergänzte Dodger. »Ich verstehe die jungen Leute nicht. Was hast du denn so furchtbar Wichtiges zu tun?«

»Schon gut, schon gut!« Elvis hielt die Hände hoch.

Am Morgen seines letzten Schultages suchte er das Arbeitsamt von West Tennessee auf, um wie alle High-School-Abgänger an einem Pflichttest teilzunehmen, der ihnen helfen sollte, eine geeignete Laufbahn einzuschlagen. Er saß mit einem Haufen ihm unbekannter Jugendlicher in einem Klassenzimmer. Eine streng aussehende Mrs. Davis verteilte Testhefte. »Hoffentlich haben Sie alle was zum Schreiben mitgebracht«, quengelte sie durch die Nase. »Die erste Gruppe hat meine Stifte mit nach Hause genommen.«

Elvis überflog die erste Seite des »Allgemeinen Eignungstestbogens«.

FRAGE: Welche dieser Tätigkeiten würde Ihrer Meinung nach in der Freizeit am meisten »Spaß machen«?

A. Die Arbeit an einem Automobilmotor
B. Einen Gemüsegarten anlegen
C. Einen Kriminalroman lesen
D. Eine Schichttorte backen

Also wirklich, was war denn das für ein Test? Vier mögliche Antworten, und keine einzige zutreffend. Suchten sie etwa nach Meinungen? B und D waren offensichtlich Antworten für Mädchen, und der Kriminalroman klang zwar intelligent, aber unrealistisch. Elvis entschied sich für A und widmete sich dem nächsten Punkt.

FRAGE: Wenn Sie in Gruppen oder mit Freunden Gespräche führen, würden Sie sagen, daß Sie:

A. In der Regel das Gespräch bestimmen
B. Warten, bis Sie etwas Interessantes zu sagen haben
C. Nicht sprechen, bis jemand Sie anspricht
D. Versuchen, alle zu Wort kommen zu lassen

O Mann, das hatte es aber in sich. Kreuzte man A an, war man ein anmaßender Rüpel. Mit B entpuppte man sich als unsicher und nicht durchsetzungsfähig. Nur ein Mauerblümchen und Kretin würde sich für C entscheiden, also wollten sie, daß man D nahm. Aber D war die dümmste aller Möglichkeiten! Wenn man alle zu Wort kommen ließ, was wurde dann aus einem selbst?

Elvis wählte A, obwohl er sich in letzter Zeit kaum noch mit jemandem unterhielt, von seiner Mutter abgesehen. Lieber wollte er wie ein anmaßender Rüpel wirken als wie der Vorsitzende irgendeines Ausschusses.

Nach dieser Methode arbeitete er den Test durch und kreuzte an, was zu seinem Bild von sich selbst paßte – hart und noch härter werdend, intelligenter als die meisten Menschen, zu intelligent, um die sentimentalen einfachen Antworten zu wählen. Immer wenn er auf eine Frage stieß, die es in sich hatte, entschied er sich für die unangenehmste Antwort, eine Art Protest.

Zwei Stunden vergingen wie im Flug. Mrs. Davis ging durch die Reihen und sammelte die Hefte ein. »Warten Sie hier, bis ich Ihren Namen aufrufe«, sagte sie, »dann wird ein Berater Ihre Antworten mit Ihnen durchgehen.«

Elvis reckte die Arme, ließ die Schultern kreisen. Der Test war gar nicht so übel gewesen, sobald er die dahinterstehenden Überlegungen durchschaut hatte. Wenn alle Tests so leicht wären, sollte er vielleicht überlegen, aufs College zu gehen.

»Presley«, rief Mrs. Davis. »Elvis Presley.«

Er hob die Hand.

»Sie begleiten Miss Waverly hier.«

Das tat Elvis gern. Miss Waverly hatte hohe feste Brüste, die sich durch ihre dünne Baumwollbluse deutlich abzeichneten. Ihr glänzendes rotes Haar wurde von einer Schildpattspange zu einem Dutt gebändigt. In den Händen hielt sie Elvis' Heft und eine Pappe mit Löchern.

Er folgte ihr durch einen Gang in ein fensterloses Büro mit zwei Stühlen und einem Telefon auf einem kleinen Tisch.

»Setzen Sie sich, Mr. Presley«, sagte sie.

Elvis setzte sich. »Habe ich bestanden?«

»Bei solchen Tests besteht man nicht, man fällt auch nicht durch. Wir versuchen herauszufinden, für welchen Berufszweig Sie am besten geeignet sind, und dann versuchen wir, Sie unterzubringen. Alles klar?« Sie legte die Pappschablone über sein Heft und machte kleine rote Zeichen auf einer Seite. »Hmmm.« Sie biß auf das Ende ihres Kulis.

»Irgendwas nicht in Ordnung?«

»O nein. Ich werte nur aus. Ich sehe schon, daß Sie gern und viel mit den Händen arbeiten«, sagte sie.

Sie blätterte das Heft durch, machte rote Notizen und kleine Bemerkungen über sein Wesen. Ihr Blick wanderte immer wieder von seinem Gesicht auf das Papier. Je länger sie sich unterhielten, desto gründlicher schien sie sich seinem Gesicht zu widmen.

»Diese Antworten zeigen, daß Sie gern selbständig denken«, sagte sie. »Sie sind kein Dutzendmensch. Sie haben keine Angst davor, aus der Reihe zu tanzen und Neues auszuprobieren. Mal etwas ganz anderes.«

»Danke sehr, Ma'am«, sagte Elvis.

»Zeigen Sie mir Ihre Hände«, sagte Miss Waverly.

»Ma'am?«

»Ihre Hände«, wiederholte sie. »Ich muß einige der Ergebnisse verifizieren.«

Elvis spürte, wie sein Kragen enger wurde, oder vielleicht war es hier drin nur warm – las sie ihm die Zukunft, oder gab sie ihm mehr als die übliche Bewertung?

»Ist schon in Ordnung, ich beiße nicht.« Sie nahm seine Hand, drehte sie um. »Danke.«

»Gern geschehen«, sagte er und zog die Hand zurück.

Nachdem er jetzt einen guten Blick darauf geworfen hatte, hatte er den Eindruck, daß ihre Brüste höchst auffallend zur Schau gestellt wurden. Falls sie je auf die Idee käme, diese Bluse abzulegen, wäre Miss Waverly eine atemberaubende, mit Rita Hayworth vergleichbare Sexgöttin.

Diese Vorstellung jagte ihm eine Mordsangst ein.

»Also, wie ich bereits sagte«, fuhr Miss Waverly fort, »gibt es bei diesem Test keine richtigen oder falschen Antworten. Ihre Antworten zeigen, daß Sie ein ausgeglichener junger Mann und in der Lage sind, eine verantwortungsvolle Position einzunehmen. Ich komme zu dem Ergebnis, daß Sie besonders geeignet sind, eine Laufbahn als Maschinist, Elektriker oder Metallarbeiter einzuschlagen. Das sind ausnahmslos Berufe, die große Geschicklichkeit erfordern.«

»Maschinist«, sagte Elvis.

»Die Arbeit mit Werkzeugen und Gußformen«, sagte sie.

»Ich weiß, ich... zwei Onkel von mir arbeiten bei Precision Tool«, sagte er.

Ihr Blick ruhte auf ihm. »Sehen Sie? Anscheinend liegt es in der Familie.« Sie widmete sich einer Kartei auf ihrem Schreibtisch. »Ich mache für Sie einen Termin bei der Firma Crown Electric. Da gibt es eine freie Stelle, die meiner Meinung nach genau das richtige für Sie ist.«

»Ich weiß nicht... wieviel verdient man da?«

»Das werden wir herausfinden«, sagte sie und griff zum Telefon.

War das... tat sie das absichtlich, daß ihr Kleid so weit ihre Oberschenkel hinaufglitt? Träumte er? Elvis sah den oberen

Saum ihrer Strümpfe, den beckenförmigen Verschluß mit dem kleinen weißen Knopf, der die Strümpfe mit ihrem Schlüpfer verband.

Er starrte zu Boden, während Miss Waverly mit jemandem bei Crown Electric telefonierte. »Ich schicke ihn um fünfzehn Uhr vorbei«, sagte sie, »und lassen Sie sich von seinem Aussehen nicht irritieren. Er ist ein netter junger Mann und wird bei Ihnen bestimmt hervorragende Arbeit leisten. Ja, Sir, ich danke Ihnen auch.« Sie legte auf. »Hier ist die Adresse. Seien Sie pünktlich. Wenn er Sie mag, fangen Sie sofort an. Er zahlt eins fünfzig die Stunde.«

»Hören Sie«, sagte Elvis. »Was Sie eben gesagt haben. Stimmt mit meinem Aussehen etwas nicht?« Das Baumwollhemd mit rotweißem Zickzackmuster zu Black jeans war eine seiner konventionelleren Kombinationen. Natürlich, seine Haare waren extravagant lang, und die Koteletten...

Miss Waverly musterte ihn von oben bis unten. Bis tief unten. »Um die Wahrheit zu sagen«, sagte sie, »ich finde, Sie sehen wirklich gut aus.«

Diese Bemerkung hing eine ganze Weile im Raum.

Elvis sprach leise. »Äh, nun ja, wenn das so ist... glauben Sie, Sie würden... gern mal ins Kino gehen oder so?«

Ihr Blick war überdeutlich. »Das geht nicht«, sagte sie. »Ich bin verlobt.«

»Oh«, sagte er. »Ich dachte nur...«

»Ich weiß, was du dachtest«, sagte sie. »Ich habe zuerst daran gedacht.« Sie musterte ihn unverwandt. »Mach die Tür zu.«

»Was?«

»Mach die Tür zu.«

Elvis hatte Angst, sich zu bewegen.

Miss Waverly erhob sich, trat die Tür zu, schloß sie ab. Er roch ihr Vanilleparfüm. Wenn sie sich umdrehte, wirbelte ihr Rock um ihre Knie. Sie lehnte sich gegen die Tür. »Weißt du, wie alt ich bin?«

»Nein, Ma'am.«

»Ich bin zweiunddreißig. Findest du das alt?«

»Nein… Ma'am.« Er schlug die Beine übereinander.

Keine Frage, sie hatte es auf ihn abgesehen; was sonst erzählten ihm dieser Blick und das aufreizende Lächeln? »Die Mädchen in der Schule haben dich bestimmt nicht zum Zug kommen lassen, stimmt's?« sagte sie. »Sie haben es alle auf jemand Älteres abgesehen. Die haben keine Ahnung, was ihnen entgeht. Die besten Jungen sind *ganz genau in deinem Alter.*« Sie stieß ihm mit dem Finger gegen die Brust.

Elvis konnte es nicht fassen. Außer seiner Mutter war er noch keiner Frau so nahe gewesen. Miss Waverlys Beine drückten gegen sein Knie. Das Büro war so klein. Sie hatte warme Beine. Für jeden Jungen war sie ein Geschenk des Himmels.

Sein ganzer Körper zitterte vor Angst und Aufregung.

»Kommt denn keiner rein?« krächzte er.

»Nein.« Ihre Hand lüpfte den Rock. Mit dem Finger erwischte sie ihren Slip.

Auch Elvis' Hand rutschte nach oben, das weiche, warme, glatte Bein hinauf, und da war es: ein weißes seidiges Unterhöschen. Er packte es mit der Hand. Sofort bekam er einen Steifen. Er stellte seine Beine nebeneinander und setzte sich auf.

»Hast du das schon mal gemacht?« fragte Miss Waverly.

»Ja«, sagte Elvis, »ich wollte sagen – nein.« Er schluckte.

Sie lachte, ein glockenhelles Lachen. Wie konnte sie bei so einer Gelegenheit lachen? Es fehlte nicht viel, und Elvis' Blut wäre aus seinen Adern gepocht. »Es geht nur das eine oder das andere«, spottete sie. »Keine Bange. Ich zeig's dir.«

Hinten im Rachen schmeckte er seine Angst. Sie zog ihn zu sich heran. Seine Finger zeichneten das Gummiband ihres Slips nach. Sie knöpfte sein Hemd auf und berührte mit dem Fingernagel seine Brustwarze. »Was für ein hübscher Junge«, sagte sie. »Wie weich du bist. Los, besorg's mir.«

Oh! Wie schockierend sie war! Wie konnte sie so reden – Elvis war jetzt erhitzt, verwirrt und voll erigiert. Er war nicht weich, sondern bereit, das zu tun, was sie verlangte. Er wollte es auch. Aber er fürchtete sich. Ihre Hände waren überall auf seinem Oberkörper, vorn an seiner Hose. Sie fummelte an seinem

Gürtel, den Knöpfen seines Hosenschlitzes herum. Sie drückte seinen Steifen mit der Hand.

Er hielt den Atem an und gab keinen Laut von sich. Er hörte, wie direkt vor der Tür Leute den Flur rauf- und runtergingen. Was wäre, wenn sie… vielleicht sollte er sie küssen. Er machte Anstalten, das zu tun.

»Nein, halt«, sagte sie, »nicht.« Sie ergriff seine Hand, als wäre es ein dummes Ding, das eine Lektion brauchte, und führte sie zu ihr zurück. Ihre Nasenlöcher weiteten sich. Ihre glänzenden Augen ruhten auf ihm, ein aufmunterndes Lächeln. Elvis hatte das Gefühl, daß sie glatt durch ihn hindurch zur anderen Seite blickte.

Sie packte seinen Ständer durch die Unterhose und quetschte – Oh! Zu fest! Er zuckte zusammen.

»Verzeihung…« Sie beugte sich vor, berührte mit der Zunge seinen Hals. Mit ihrer freien Hand riß sie sich den Schlüpfer runter bis zu den Knien. »Na los«, flüsterte sie. »Besorg's mir.«

Elvis überlegte krampfhaft, wie sie hieß. Miss – noch was. Wie denn bloß? Miss Peavey? Nein. Mathelehrerin. Miss Waverly. Genau. Warte, bis ich – Red davon erzähle! Mein Gott, der glaubt das nie. Oh! Gott! Von so was hört man nur – gerüchteweise. Nie geglaubt, nicht echt, nicht im wirklichen Leben.

Miss Waverly raffte ihren Rock über die Hüften und lehnte sich nach hinten gegen den Tischrand. »Jetzt. Na los.« Sie griff in seine Unterhose, zog sein Glied raus. Da war ihr Gestrüpp, ihre… sie warf sich leicht gegen den Tisch. Das Telefon krrrachte zu Boden. Elvis warf sich einen Schritt nach vorn und glitt in etwas unendlich Weiches, Feuchtes, das ihn dort unten umfing.

Jetzt hatte er. Eine genauere Vorstellung von dem. Was zu tun war. Er fing an zu bumsen. Das war das Wort! Bums! Genau so war's! Er tat es! Er war in ihr drin! Er wagte einen Blick. Sie hatte die Augen geschlossen, ihre Zunge zwischen die Lippen geklemmt und das Gesicht ganz zerknautscht, rüttelte auf und ab, »aah aah aah«, Elvis flüsterte ihr *Psst* ins Ohr und rammte weiter. Er spürte, wie tief in seinem Innersten eine weiße Woge emporwallte. Er packte mit beiden Händen zu. Sie kniff ihn so fest, daß er fast laut aufgeschrien hätte. Er biß sich auf die Zunge. Es war so schnell und verglühte, verglühte. Los, fester. Reit das Pony. So ist's gut. Na los. Hatte sie das alles gesagt? In seinem Kopf.

Er hörte, wie sich Schritte der Tür näheren... genau in dem Augenblick direkt davor stehenblieben, als der Vulkan ausbrach.

Ihr Körper absorbierte die geballte Kraft seiner Explosion. Elvis gab keinen Laut von sich. Ihm klangen die Ohren. Vor seinen Augen flimmerten weiße Sterne.

Die Schritte entfernten sich.

Er virbrierte am ganzen Körper, jeder Muskel.

»Hmmm«, machte sie, »bleib – bleib – nicht da drin...« Sie stemmte sich ein letztes Mal gegen ihn. Hitze, die köstlichsten Hitzewellen durchliefen ihn.

Sie öffneten zur gleichen Zeit die Augen. Er wollte etwas sagen, doch sie legte ihre Finger auf seine Lippen und entzog sich ihm. Sie sagte: »Rasch, zieh die Hosen hoch.«

Elvis bückte sich. Aus seinen Taschen ergossen sich Münzen über den gesamten Fußboden. Er sammelte sie auf, quetschte sich in seine Klamotten, zog die Reißverschlüsse hoch und knöpfte sich zu. Miss Waverly zog ihren Slip hoch, ließ mit den Daumen das Gummiband schnappen.

»Das war... das war *irre.*« Sein atemloses Flüstern.

Sie bückte sich nach der Schildpattspange, die zu Boden gefallen war. Mit einer Hand raffte sie ihre Haare zusammen und begann ihren sittsamen kleinen Dutt zu ordnen. »Weißt du was?« sagte sie mit gepreßter Stimme. »Leider siehst du einfach viel zu gut aus. Offenbar habe ich einen Moment lang den Kopf verloren.«

»Das macht nichts.« Seine Stimme war nur ein heiseres Flüstern. »Können wir... können wir das irgendwann mal wiederholen?«

»O mein Gott«, sagte sie, und jetzt trat die Furcht in ihre Augen. »Oh. Nein. Das geht nicht.« Sie trat zwei Schritte von ihm zurück, ließ sich auf einen Stuhl fallen. »Du darfst das keiner

Menschenseele erzählen, versprich's mir. Ich kann dich nie wiedersehen. Ich bin verlobt. Falls er… Egal. Verschwinde einfach von hier.« Sie hielt inne, hob das Telefon auf.

»Nun mach mal 'n Punkt«, sagte Elvis. »Was ist denn los? Noch vor einer Minute warst du…«

»Sei still«, sagte sie, leise und heftig. Unter der Bluse waren ihre Brustwarzen immer noch steif. »Soll ich vielleicht meine Arbeit verlieren? Jetzt hör mal zu. Nimm diesen Termin wahr. Aber ich will dich hier nie wieder sehen. Wag es nicht, mich anzurufen oder vorbeizukommen.«

»Ganz wie Sie wollen.« Elvis fuhr sich mit den Fingern durch die Haare. »Keine Sorge, ich verrat nichts.«

Er öffnete die Tür. Niemand auf dem Flur.

Mit ihrem bösen Blick bugsierte sie ihn aus dem Zimmer.

Er schlenderte den langen Flur hinunter, hinaus in die Vormittagssonne. Millionen Vögel zwitscherten. Er konnte nicht fassen, was ihm passiert war. Nur ihr Geruch an seinen Fingerspitzen überzeugte ihn davon, daß er es wirklich und wahrhaftig getan hatte. Es war nicht die Wachphase nach einem feuchten Traum. Sie war über ihn hergefallen, und er hatte es getan, von Anfang bis Ende. Mit ihrer Leidenschaft hatte sie ihm die Unschuld genommen.

Bestimmt konnte jeder sehen, daß er verändert war. Sein gesamter Körper sang mit den Vögeln, jeder Nerv zuckte, spürte das mächtige Strömen seines Blutes, zum Rhythmus von Miss Waverly, Miss, Waverly.

Sie hatte einen Blick auf ihn geworfen und ihn begehrt. Sie hatten es im Stehen gemacht. Nicht mal ihre Kleider hatten sie ausgezogen. Für Elvis wurde es bereits Teil der Geschichte.

Oh, es war besser gewesen, als man je in Worte fassen konnte. Schnell und heimlich und so viel besser als die Sache mit der Hand, auch wenn er den Drang verspürte, nach Hause zu laufen und sich einen runterzuholen, jetzt sofort, solange sein Körper noch die Kraft ihrer Hüften spürte.

An diesem Nachmittag nahm er das Radio mit ins Bad und legte sich besonders lange in die Wanne, zu Ehren seines wundersamen Vormittags. Er schrubbte sich an Stellen, an die er vorher nie gedacht hatte. Er sang mit LaVern Baker bei »Soul on Fire«, einem unwiderstehlichen Song, der leicht und lieblich anfing und mit bitterer Ironie ausklang. LaVern spielte mit dem Song, verlieh ihrer Stimme einen rauhen Unterton. *But now you set my soul on fi-hi-ah…*

Elvis schrubbte sich mit der langstieligen Bürste den Rücken und wusch sich Seife aus den Augen. Später Sonnenschein fiel durch die Jalousien und beschien die Badezimmerfliesen. Das Badewasser zerlegte das Licht zu Regenbögen. Elvis mußte an Dorothy in *Zauberhaftes Land* denken, wie sie durch eine Tür trat und ihre triste Welt auf einmal in leuchtendem Technicolor erstrahlte. Er war den ganzen Tag lang durch eine bunte Welt gegangen.

Gladys klopfte an die Tür und sagte, er solle sich beeilen. Er zog mit seinem Zeh den Stöpsel raus.

Immer wieder betrachtete er sich im Spiegel, suchte nach einem Zeichen, irgendeinem Mal, doch er sah aus wie immer. Gladys hatte offenbar keine Veränderung bemerkt; als er ihr die Neuigkeit berichtete, er habe eine Stelle als Lastwagenfahrer bei Crown Electric an Land gezogen, schaute sie kurz auf und sagte nur, das könne er ruhig machen, bis er etwas Besseres fände, um sich dann wieder ihrer Schüssel mit Planter's Erdnuß-Cocktail zu widmen.

Elvis trocknete sich den Rücken mit einem Badetuch ab.

Am liebsten wäre er auf das Dach geklettert und hätte gerufen: »Seht mich an! Am heutigen Tag hab ich es getan! Ich habe meine Unschuld verloren!«

Danke, Miss Waverly! Danke sehr! Danke.

»Elvis? Kommst du da überhaupt noch mal raus, mein Junge? Wir verspäten uns noch.«

»Bin gleich soweit, Mama.« Er öffnete die Tür, in ein Badetuch gewickelt. »Ich muß mir nur noch was anziehen.«

»Schatz, wirklich, es ist kurz vor halb sieben.« Gladys trug ihr neues, grün-weißes, ärmelloses Hemdkleid, das sie aus dem Katalog von J. C. Penney bestellt hatte. Sie hatte ihre besten Nylonstrümpfe angezogen, elfenbeinfarbene Sonntagsschuhe mit Absätzen, sogar einen weißen Hut und Handschuhe.

»Hübsch siehst du aus, Mama.« Elvis machte Anstalten, sie zu küssen.

»Laß das, du bist naß!« Sie schob ihn von sich. »Du tropfst überall auf den Fußboden!«

Elvis ging auf Zehenspitzen zur Kommode. »Du siehst genauso gut aus wie das Foto im Katalog«, sagte er.

»Tja, es war ein guter Kauf.« Sie drehte sich hierhin und dorthin, führte ihr Kleid vor. »Ich hatte Angst, es würde nicht passen.«

Weil sie so zugenommen hatte und ihre Augen so müde und gerändert waren, sah Gladys jetzt nicht mehr so schön aus, aber an diesem Abend hatte sie sich Elvis zu Ehren besonders große Mühe gegeben – rubinroter Lippenstift, Augenbrauenstift. Sie wurde älter. Jetzt war er nicht mehr ihr Baby, mochte sie es sich auch noch so sehr wünschen. Er hatte das getan, was man tat, um ein Mann zu werden. Da gab es kein Zurück. Das konnte man nicht erklären. Wenn sie es nicht in seinen Augen sah, würde er es ihr nicht erzählen.

»Ich geh jetzt nach draußen und warte bei deinem Daddy«, sagte sie. »Mach mal hin. Er hat ein Geschenk für dich.«

Elvis ließ das Badetuch fallen. Nackt sah er eigentlich ziemlich gut aus. Er wackelte, betrachtete sich prüfend.

Er überlegte, was das wohl für ein Geschenk sein mochte: Arbeitsschuhe, eine Sparschuldverschreibung, ein Geschenkgutschein von Goldsmith's für einen neuen Sonntagsanzug.

Bei der Auswahl seiner Kleidung ließ er sich Zeit, auch wenn ihn die graue seidige Schulabschlußrobe ganz bedeckte, nur den Hemdkragen nicht.

Das Barett zerdrückte seine Frisur, egal, wie er es aufsetzte. Er grinste in den Spiegel. »Du Wüstling«, sagte er, und, im Flüsterton: »Oh. Besorg's mir.«

Elvis lief über den Flur.

»Mach die Tür zu, Sohn«, rief Vernon von der Straße aus. Er

lehnte gegen ein altes, am Bordstein geparktes Auto und unterhielt sich mit Gladys, Dodger und ein paar Nachbarn.

Elvis trottete zu ihnen.

»Hoppla, da kommt ja die Intelligenzbestie«, sagte der Nachbar.

»Hey, Mr. Hastings«, sagte Elvis. »Hey, Mrs. Hastings.«

»Achten Sie mal drauf, Gladys«, sagte Mr. Hastings. »Sieht er nicht glücklich aus?« Mr. und Mrs. Hastings beglückwünschten ihn. Elvis zuckte die Achseln und stammelte etwas. Gladys knipste pausenlos mit einer geliehenen Kodak-Kamera.

Dann sagte Vernon: »Mein Junge, deine Mutter fand, wir sollten dir etwas zu deinem Schulabschluß schenken. Und so haben wir dir das hier besorgt.« Er tätschelte die Motorhaube.

Zuerst begriff Elvis nicht.

»Das Auto«, sagte Vernon. »Herzlichen Glückwunsch zum Schulabschluß.«

»Rasch, auf den Auslöser drücken!« rief Mrs. Hastings. »Seht euch seine Miene an!«

»Ich hab gerade das letzte Foto gemacht«, sagte Gladys.

Das Auto war ein uralter Lincoln, ein Coupé. Es war einmal grün gewesen, doch jetzt war es fleckig und sah vermodert aus, wie ein entwurzelter Baumstumpf im Wald. Es war ein 1942er Zephyr, eine echte Rostlaube, ein Trittbrett fehlte, der Rücksitz fehlte völlig. Es war das schönste Auto, das Elvis je gesehen hatte.

Er schlang die Arme um seine Mutter, zerrte seinen Vater dazu, umarmte alle beide. »Ich glaub's einfach nicht!«

Vernon förderte einen Schlüssel zutage. »Es gehört dir«, sagte er und strahlte. »Wer arbeitet, muß auch zur Arbeit gelangen. Wie ich von deiner Mutter höre, hast du dich endlich aufgerafft und dir eine ehrliche Arbeit gesucht.«

»Ihr beide… ihr seid die Allerbesten. Mir, wirklich. Mir fehlen die Worte.«

»Ich wußte, es würde dir gefallen, Schatz«, sagte Gladys. »Ich hab nur Angst, daß du zu schnell fährst, und du weißt doch, daß da draußen alle möglichen Verrückten herumrasen, die unschuldige Menschen töten.«

»Merk dir, was deine Mutter sagt«, warf Dodger ein.

»Ich paß schon auf.« Elvis trat gegen einen Reifen. Ein eigenes Auto!

»Also, wir müssen jetzt zu Abend essen«, sagte Mr. Hastings, als die Nachbarn sich langsam entfernten. »Ihr gebt eine wirklich hübsche Familie ab.«

Vernon sagte: »Wenn wir jetzt nicht aufbrechen, verspäten wir uns.«

»Hey, wir fahren alle hier drin!« Elvis sprang zu der anderen Fahrerseite. »Komm schon, Mama, hüpf rein!«

»Da drin ist kein Platz für vier Personen«, sagte Gladys.

»Na, dann kann ja Daddy Dodger mitnehmen, und du fährst mit mir! Ich fahr dich stilvoll zur Schule.«

Vernon und Gladys wechselten Blicke: Warum nicht? Dodger folgte Vernon in den Plymouth.

Elvis rutschte unter das Lenkrad. Er war begeistert von dem muffigen Geruch, den kratzigen Pedalen unter seinen Sohlen. Sein Auto. Sein eigenes Auto! Freiheit! Räder! Der weiße Strich auf der unendlichen Straße!

Seine Mutter nahm neben ihm Platz. Der alte Wagen sah nicht sehr eindrucksvoll aus, hatte auch kein Radio, doch der Motor sprang mit gesundem Knattern an. Elvis trat das Gaspedal mehrmals durch und strich mit den Händen über das Lenkrad. »Hör dir das an«, sagte er ehrfürchtig. »Mama, mit so 'nem tollen Geschenk hätte ich nie im Leben gerechnet.«

»Weißt du, wir haben immer versucht, dir was Gutes zu tun, wenn es uns möglich war.« Gladys schaute aus dem Fenster. »Dein Vater fand, du solltest es von deinem ersten Arbeitslohn kaufen, aber ich habe gesagt, so eine große Belastung könntest du nicht gebrauchen, gleich zu Beginn.«

Elvis fuhr hinter dem Plymouth her auf die Poplar Avenue. Er konnte es kaum erwarten, mit seinem Auto alleine zu sein, herauszufinden, was es konnte. »Was hat es gekostet?«

»Wir sind das für Manieren? Das gehört sich nicht.«

»Sag schon«, bat er.

»Das verrate ich dir nicht«, sagte sie. »Fünfzig Dollar.«

Elvis pfiff. »Da hat er ein Schnäppchen gemacht.«

Sie waren schon fast im Stadtzentrum angelangt, ehe Gladys wieder das Wort ergriff. »Elvis, du kannst es mir ebensogut erzählen.«

»Was, Mama?«

»Was es auch sein mag. Den ganzen Tag schon benimmst du dich merkwürdig. Was bedeutet dein Gesichtsausdruck?«

»Du liebe Güte«, stammelte er, »ich freue mich halt, na und? Ich ... ich stehe heute kurz vor dem Schulabschluß, habe gerade dieses tolle Geschenk bekommen ...«

»Es ist sinnlos, mich anzulügen«, sagte sie. »In deinem Kopf geht irgend etwas vor. Hast du getrunken?«

»Nein.«

»Falls doch, sag's mir besser gleich. Ich mag's nicht, wenn du Geheimnisse vor mir hast.«

»Ich habe keine Geheimnisse«, log Elvis. Er fragte sich, ob sie im schwachen Licht des Armaturenbretts sein rotes Gesicht sehen konnte. »Ehrlich nicht! Guck mich nicht dauernd so an!« Er lachte, um seine Verlegenheit zu überdecken.

»Ich kenne dich, Elvis. Irgendwas ist mit dir geschehen.«

»Ich bin halt so froh, daß ich endlich aus dieser verdammten Schule rauskomme ...«

»So etwas sagt man nicht!«

»Ich bin's aber, und damit hat sich's.« Elvis bog an der Main Street links ab. Er war erleichtert, als das Ellis Auditorium in Sicht kam. Auf der Suche nach einem Parkplatz fuhr er um den Block.

»Sobald das hier vorbei ist«, sagte Gladys, »fährst du gleich mit nach Hause. Ich hab heute etwas Besonderes gekocht.«

Elvis parkte ein. »Tut mir leid, Mama. Heute abend ziehen die Jungs um die Häuser.« Er stellte den Motor aus. »Du kannst meine Portion im Herd warm halten. Ich esse es, sobald ich nach Hause komme.«

Sie biß sich auf die Lippe. Auf einmal sah es so aus, als werde sie gleich weinen.

»Nun hör mal, Satnin«, bat er. »Mach mir kein schlechtes Gewissen. *Alle* machen am Abend nach der Abschlußfeier einen drauf.«

»Und wenn alle von einem Felsen sprängen, würdest du es dann auch tun?«

»Schon möglich«, sagte Elvis. »Wenn ich es wollte.«

Ihre Augen glänzten feucht. »Ich hab dein Lieblingsessen gemacht, Schweinekoteletts.«

Er öffnete die Tür, stellte den Fuß auf den Boden. »Ich hab doch gesagt, daß es mir leid tut. Aber ich gehe aus.«

Er ging um den Wagen herum. Gladys wollte sich von ihm partout nicht helfen lassen. Sie schraubte sich aus dem Auto, rückte ihren Hut gerade und ging los, drei Schritte vor ihm.

An der Tür stießen sie zu Dodger und Vernon. »Ich muß mich einreihen«, sagte Elvis. »Wo sitzt ihr denn? Ich komme dann zu euch, wenn's vorbei ist.«

»Wir sitzen da, wo man ohne Treppensteigen hinkommt«, sagte Dodger.

Gladys schaute in die Ferne.

»Bleib du nur vorn«, sagte Vernon. »Dann finden wir dich.«

Elvis gab Dodger einen Kuß. Gladys wandte sich ab.

Er ging um die Seite des Gebäudes herum. Die Schüler seines Abschlußjahrgangs waren auf dem Parkplatz in Robe und Barett in Reih und Glied angetreten. Elvis reihte sich zwischen Roscoe Keeney und Janey Sue Kittrell ein.

Sie gingen im Gleichschritt und im Gänsemarsch, wie sie es am Montag geübt hatten. Mrs. Roberts mühte sich am Klavier mit »Pomp and Circumstance« ab. Die Halle war proppenvoll, lauter Mütter, Väter und Großeltern, Brüder, Schwestern, Lehrer und Freunde. Die Abschlußklasse des Jahrgangs 1953 marschierte in die mit Klappstühlen bestückten Sitzreihen ein.

Elvis saß hinten zwischen Roscoe und Janey Sue. Nach der Andacht plärrte der Schulchor ein Lied mit dem Titel »Ein großer Schritt liegt vor uns«, dann erhob sich Mr. Sumner und hielt eine kleine Rede über Ehre, Verantwortung und das Leben, und dann wurden die schlauen Jugendlichen für ihre schulischen Leistungen ausgezeichnet.

Elvis vergrub die Hände in seinem Gewand, schloß die Augen. Der Umhang fühlte sich an wie Seide. Er dachte an Miss Waverly, wie sie ihn am Hals leckte.

Jemand stieß ihn an. Zeit für das Abschlußzeugnis. Mr. Sumner rief ihre Namen auf.

Das erste Dutzend Schüler überquerte auf Zehenspitzen die Bühne, schüttelte dem Direktor die Hand und hopste mit den Abschlußzeugnissen davon. Dann hatte der dicke Royce Bentson einen großen Lacherfolg, als er von der Bühne stolzierte und dabei sein Barett wie eine Trophäe über dem Kopf schwenkte. Das war für die Witzbolde der Klasse Anlaß, einander bei ihrer Überquerung der Bühne mit humorigen Einlagen zu überbieten. Der Direktor und der Lehrkörper wirkten irritiert, doch alle Schüler und sogar einige Eltern lachten.

Als Sumner »Elvis Presley« sagte, sprang Elvis die Treppe hinauf, schritt quer über die Bühne, schüttelte die Hand, nahm die Urkunde, riß sich die Mütze vom Kopf und machte eine tiefe Verbeugung. Das tat er lange genug, bis das Gelächter einsetzte, dann klatschte er sich das Barett wieder auf den Kopf und schlenderte von der Bühne.

Das war nicht geplant gewesen. Doch als er sah, wie die anderen Jungs die Aufmerksamkeit auf sich lenkten, konnte er nicht widerstehen und mußte seinen Anteil abbekommen. Die anderen Burschen grinsten und stießen ihn mit den Ellbogen an.

Am Ende der Feierlichkeiten warfen sie jubelnd ihre Barette in die Luft. Elvis stimmte mit ein. In Wirklichkeit war ihm der Schulabschluß nicht besonders wichtig, so oder so. Sobald er sich erst einmal einen Namen gemacht hatte, würde ihm Humes gar nichts mehr bedeuten. Ein schickes Blatt Papier in einer roten Kunstledermappe. Er war froh, da rauszukommen und sein Leben weiterzuführen. Das genügte ihm.

Einige Mädchen umklammerten einander schluchzend. Red West machte Elvis in der Menge ausfindig. »He, Alter, können wir los? Wir haben Davy Lees Rostlaube, und Sammy bringt den Stoff mit. Heute abend lassen wir die Sau raus!«

Die Tür schwang nach innen auf. »Oh! Hast du mich erschreckt«, sagte die Frau dahinter, die einen Karton mit aufgerollten Elektrokabeln trug. »Wie lange bist du schon hier?«

Elvis rückte von dem Schreibtisch ab. »Bloß ein, zwei Minuten. Ich hab gewartet, weil ich die rote Lampe gesehen habe.«

»Ach die«, sagte sie, »die brennt ununterbrochen. Die funktioniert seit Jahren nicht mehr richtig. Was kann ich für dich tun?« Sie sah eindrucksvoll aus, war vielleicht vierzig, zart und schmal und hatte einen knabenhaften Haarschnitt à la Debbie Reynolds. Sie stellte den Karton auf den Schreibtisch. Ihre Augenbrauen hoben sich, was soviel hieß wie: »*Nun*?«

»Ähem.« Wo anfangen? »Ich will eine Schallplatte machen.«

»Was für eine Schallplatte?« fragte sie.

»Zwei Songs. Beide sind ziemlich kurz.«

»Nur du?«

»Ja, Ma'am. Und meine Gitarre.«

»Und über unsere Preise weißt du schon Bescheid?«

»Ich hab vor einer Weile angerufen.« Elvis fummelte an seiner Lippe herum. »Ich glaube, ich bin soweit, ich... ich weiß nicht genau.«

Sie sah ihn sich genau an – das Gegenteil der Betrachtung, die ihm Miss Waverly hatte zuteil werden lassen. »Eine erstaunliche Frisur«, sagte sie.

»Danke Ma'am«, sagte Elvis. »Normalerweise kleide ich mich besser, aber ich komme direkt von der Arbeit.«

»Diese Koteletten«, fuhr sie fort.

»Ja, Ma'am.«

»Nenn mich bitte nicht mehr Ma'am. Ich heiße Marion Keisker. Und du –?«

»Elvis«, sagte er. »Elvis Presley.«

»Was für Songs singst du, Elvis?«

»Ich singe alles mögliche.«

»Und wie klingst du, wie wer?«

Darüber dachte er ein Weilchen nach. »Also, ich schätze, so wie ich klingt sonst keiner.«

Ihr Lächeln zuckte. »Dann gehen wir nach hinten und sehen

Aus den Augenwinkeln sah Elvis, daß seine Familie durch den Mittelgang auf ihn zukam.

»Hör mal, Red«, sagte er, »vielleicht stoß ich später noch zu euch. Meine Eltern geben zu Hause so 'ne Art Party. Ein Weilchen muß ich jedenfalls dabeisein.«

»Klar, Frankie, ganz wie du willst«, sagte Red, doch sein Blick sagte alles: Muttersöhnchen. Der gleiche unausgesprochene Hohn hatte Elvis vom ersten bis zum letzten Schultag verfolgt.

»Tut mir leid, Red.«

»Keine Ahnung, wo wir später sind«, sagte Red, »aber schau einfach mal im ›Gridiron‹ vorbei. Wir müssen ein paar Cheeseburger mampfen, ehe es weitergeht. Dann sagen wir den Mädels, wohin wir wollen.«

»Klar. Hör mal, amüsiert euch gut.« Diese Gelegenheit ließ Elvis nur ungern aus. Ein Oberstufenschüler hatte praktisch die Pflicht, am Abend nach der Abschlußfeier über die Stränge zu schlagen. Hatte er nicht gerade erst den aufregendsten letzten Schultag der Geschichte absolviert? Wenn sie nur wüßten!

Doch als er seine Mutter auf sich zukommen sah, mit hochgerecktem Kinn und so stolz, das entschlossene Lächeln aufgesetzt, brachte er es nicht über sich, sie abzuweisen.

25

Elvis nahm die Sound Star mit in das Fahrerhaus des Crown-Electric-Lastwagens. Oft genug mußte er sich zwischen Fahrten die Zeit vertreiben, dann stellte er den Wagen in irgendeiner ruhigen Gasse ab, wo ihn niemand üben hörte.

Er hatte die Aufgabe, Schalter, Kondensatoren und Kabelrollen zu Elektrikern in der ganzen Stadt zu fahren. So konnte man locker einundvierzig fünfzig die Woche verdienen – für sich bleiben, den ganzen Tag durch Memphis kutschieren und Adressen in den Industriegebieten der Stadt ausfindig machen. Seit er ein kleiner Junge war, hatte er Lkw-Fahrer werden wollen. Daß es nur ein alter Ford-Pickup war und er die Stadtgrenzen nie sehr weit hinter sich ließ – na wenn schon? Er atmete richtige Luft, war nicht in irgendeiner blöden Schule eingesperrt. Ihm blieb jede Menge Zeit mit der Sound Star.

Es war ein träger heißer Nachmittag, der immer heißer wurde. Die Sonne war gleißend hell. Bei so einer Hitze machte sich keiner große Sorgen um Elektrizität. Elvis saß hinter dem Crump-Stadion unter hohen schattigen Eichen im Ford und trank seine dritte Coca-Cola des Tages. Die Grillen zirpten eine Hymne auf die Hitze. Er sang vor sich hin, klimperte die Akkorde zu »My Happiness«.

An manchen Tagen klang seine Stimme blechern und hohl. An manchen Tagen schnappte sie über. Aus irgendeinem Grund hörte er sich an diesem Tag so gut an wie noch nie. *Evening shadows make me blue…*

Pling, plangg! Das reichte! Genug! Er beherrschte den Song rückwärts und im Kopfstand.

Eines Tages würde er aufhören können zu üben und richtig loslegen.

Warum ging er die Sache so zurückhaltend an? Glaubte er vielleicht, sein Traum, ein Star zu werden, könnte verdorren und vergehen, sobald er vor einem richtigen Mikrofon Aufstellung nahm? Hatte er Angst, jemand könne lachen oder etwas Falsches sagen?

Seit dem Vormittag mit Miss Waverly hatte ihn Ruhelosigkeit gepackt. Die Welt hatte eine Unmenge quälender Geheimnisse zu bieten; er war bereit, sie zu erkunden. Im Augenblick war er zufrieden damit, den Crown-Laster zu fahren. Doch für ihn stand immer fest, daß er auf ein helleres Licht zusteuerte, das gleich hinter dem Horizont leuchtete.

Heute klang seine Stimme gut.

In diesem Augenblick parkte er keine zehn Straßen vom Memphis Recording Service entfernt. Das war Schicksal.

Er leerte die Coke, rieb mit dem Daumen über die Flaschenöffnung.

Er hatte Geld in der Tasche, eine Stunde Zeit bis zum nächsten Auftrag.

Die Reifen knirschten auf dem Schotter des Parkplatzes, a
er losfuhr. Sein Arbeitshemd war schmutzig, seine Haare hin
gen wirr durcheinander – aber er wollte ja auch nicht bei Cec
B. DeMille vorsprechen. Er bezahlte diese Leute dafür, ein
Platte zu machen, für sie eine alltägliche Aufgabe.

Er parkte in der Union Street, gegenüber vom Studio.

Keine Ausreden. Mach es. Bring's. Du kannst es.

Du bist der Erstaunliche Neue Elvis.

Die treue alte Sound Star am Hals gepackt, stieg er aus dem Wagen. Er wünschte, seine Mutter wäre bei ihm und hielte die Hand.

Er trug die Sound Star quer über die Straße, legte die Hand auf den Türknopf, drückte.

Drinnen war es genauso heiß. Ein großer elektrischer Ventilator drehte sich von einer Seite zur anderen, verteilte die heiße Luft. Elvis hatte einen großen Raum mit Aufnahmegeräten und Fotos von singenden Stars erwartet. Das hier sah aus wie ein Versicherungsbüro – zwei Schreibtische, auf denen sich Unterlagen stapelten, offenstehende Aktenschränke. Doch er sah außerdem Magnetbandrollen, aus denen die Zungen heraushingen, und vier an ein Sofa gelehnte elektrische Gitarren. Hier war er bestimmt richtig.

»Jemand da?«

Bestimmt lag das Studio hinter den großen verhangenen Fenstern. Diese Tür war zu. Auf einem handgeschriebenen Schild stand PSSSST. An der Wand brannte eine rote Lampe. Elvis setzte sich und wartete.

Er sah flüchtig zu den auf dem Schreibtisch liegenden Papieren hinüber – hauptsächlich Lieferscheine und Rechnungen, aber auch ein Brief mit einem amtlich aussehenden Siegel, das sogar aus der Entfernung interessant aussah.

Er rückte ein Stückchen näher. Der Gouverneur von Tennes
see hatte für sein Picknick am Labor Day das Quartett Th
Rhythmaires angefordert, und da Mr. Sam Phillips einen Ex
klusivvertrag mit der Gruppe abgeschlossen habe, sei es not
wendig, daß er seine Erlaubnis…

mal, was wir tun können. Hoffentlich hast du geprobt. Dreißig Minuten heißt, du hast Zeit für zwei Songs. Ein Take pro Song.« Sie schob sich eine dieser schmalen Schmetterlingsbrillen auf die Nase, wie sie elegante junge Frauen in Filmen trugen. Marion war Elvis sofort sympathisch.

Er folgte ihr in das Studio, ein hoher schmaler Raum, an dessen Decke und Wänden durchlöcherte Akustikverkleidungen angebracht waren. Unter einem erhöhten Spiegelglasfenster, das die gesamte Breite des Raumes einnahm, standen zwei Klaviere direkt an der hinteren Wand. Drei Stufen führten in den Kontrollraum hinauf.

Miss Keisker wies auf ein Mikrofon: trapezförmiger Maschendraht hing von einem Galgen, eines von vielen Mikrofonen in einem Chaos von Lautsprecherboxen, Stühlen, hölzernen Hockern, Notenständern und Gitarren in offenen Kästen. Es sah aus, als hätte irgendeine Band das alles gerade abgestellt und sich durch den Hinterausgang aus dem Staub gemacht.

»Soll ich dabei stehen?« fragte Elvis.

»Wie es dir bequemer ist.« Miss Keisker stellte das Mikro ein. »Aber du mußt dich für eine Stelle entscheiden und ruhig stehenbleiben.«

»Ich mach das zum erstenmal«, gestand er. »Ich bin ziemlich nervös.«

»Es ist gar nichts dabei. Ich lasse dich ein bißchen vorsingen, damit ich es richtig aussteuern kann. Wenn du dann soweit bist, sagst du mir Bescheid, ich gebe ein Handzeichen, und du legst los. Du machst einfach den Mund auf und singst.«

»Sind Sie da drin?« Er deutete auf den Kontrollraum.

Sie nickte. »Ich kann alles hören, was du sagst, aber du kannst mich nicht hören. Alles klar?«

»Ja, Ma'am – äh, alles klar. Ich glaub schon.« Elvis fuhr über die Saiten. Die Sound Star war so gut gestimmt, wie es nur ging.

Miss Keisker begab sich hinter die Scheibe. Elvis war von Staunen erfüllt über das, was er gleich tun würde. Es ging zu schnell. Er wollte jeden Augenblick im Gedächtnis behalten. Er stand da, in weißes Licht gebadet. In dem Studio gab es keinen

Luftzug, nur Hitze und eine umfassende bedrohliche Totenstille.

Er lauschte. Er schnippte mit den Fingern. Das Geräusch war dumpf. Kein Nachhall. Flügelförmige perforierte Verkleidungselemente hingen versetzt von der Decke herab. Vielleicht war das der sonoakustische Aspekt.

Das Studio schien dreihundert Meter lang zu sein, die zierliche Miss Keisker schwebte weit entfernt hinter Glas und fummelte an einem Kontrollpult herum, das Elvis von seinem Standpunkt aus nicht sehen konnte.

Er schlug die G-Saite an und begann, die erste Strophe des Lieds zu spielen. Der Raum verschluckte jeden Laut, nichts wurde reflektiert.

Miss Keisker beschrieb mit der Hand einen Kreis, was soviel hieß wie weiterspielen. Er spielte. Sie deutete auf ihren Mund. Er fing an zu singen: *When your sweetheart tells you she's busy tonight…*

Ihre Hand kreiste schneller, weitersingen. Ihre andere Hand hantierte an dem vor ihr stehenden Pult herum. In ihrem gläsernen Raum war sie allmächtig, thronte über allem.

Erste Schweißrinnsale liefen über Elvis' Gesicht, doch in seinem Inneren war er ruhig. Hier war er richtig. Sein ganzes Leben hatte ihn zu diesem Ort geführt. Er mußte nichts weiter tun als an dieser Stelle stehen und singen.

»Ich glaube, ich bin soweit«, sagte er.

Sie hielt einen Finger an die Lippen – pst –, nickte dann und zeigte *Los geht's!*

Er spielte die vier Anfangstakte, sang dann in seiner einschmeichelndsten Stimme den ersten Teil der Zeile, *When your sweetheart*, und die Melodie schraubte sich in die Höhe, bei sweet*heeeaaaaart, tells you she's busy tonight, we-ell that's when you know it's over…*

Der Song stammte aus einer Seifenoper, war eins von Dodgers Lieblingsliedern. Er erzählte von einem Liebespaar und dem besten Freund des Mannes. Als sich dieser beste Freund an das Mädchen heranmacht, geht alles in die Brüche.

In der Mitte kam eine ruhige Stelle, wo Elvis den Text laut sprach – es war ein wenig kitschig, aber hübsch. Einfache Akkorde, nicht zu viel Text, und die Melodie wechselte von Höhen zu Tiefen, so daß Elvis die Bandbreite seiner Stimme demonstrieren konnte. Er versuchte, zärtlich zu klingen. Er wollte, daß sich Frauen in seine Stimme verliebten. Sie sollten kreischen, so wie bei Frank Sinatra auf den alten Live-Aufnahmen.

An der letzten Strophe angekommen, übertrieb er ein wenig, hielt die Noten länger, legte mehr Gefühl hinein.

When all her hellos
Start to sound like goodbyes
We-he-hell, that's when you know it's over

Bam, bam, bam, bam. Plinggg!

Elvis grinste. Sieg!

Miss Keisker nickte lächelnd und legte Schalter um. Keine Zeit zum Überlegen. Zeit, wieder zu singen. Elvis machte seine Stelle auf dem Fußboden ausfindig. Sie zeigte auf ihn.

Jetzt kam »My Happiness«. Den Song sang er leise und gefühlvoll, spielte die Rolle eines gescheiterten, von Herzeleid ergriffenen Liebhabers.

Evening shadows make me blue…

Während des Refrains schaute er auf, um zu sehen, wie Marion Keisker im Kontrollraum herumwirbelte. Er fragte sich, ob das Gerät Mist gebaut hatte, aber da sie kein Zeichen gab, machte er bis zum Ende weiter.

Sie bog um die Tür und kam zufrieden lächelnd bis an den oberen Treppenabsatz. »Das war sehr, sehr hübsch«, sagte sie. »Du bist gut.«

Elvis hatte das Gefühl, daß er leuchtete wie das rote Licht an der Wand. Er *war* gut. Das wußte er. Sie hatte es gesagt. Er grinste und konnte nicht aufhören. »Schönen Dank auch«, stotterte er, »konnten Sie mich da drinnen hören?«

»Laut und deutlich. Übrigens hast du eine gute Balladenstimme.«

Vor Freude wäre er fast geplatzt.

»Nun komm rein, wir hören uns das Playback an«, sagte sie.

»Moment mal! Heißt das – das war's schon? Aber... den zweiten Song hab ich ein bißchen verpatzt. Ich hatte gehofft, ich könnte den noch mal versuchen.«

»Sei nicht albern«, sagte Miss Keisker. »Hier kommen Leute her, und eine Menge Leute glauben, sie können singen. Aber du hast mir eben wirklich gefallen. Ich glaube, mit dem richtigen Material könntest du erreichen, daß dir jemand zuhört.«

Elvis nahm die Gitarre ab und ging auf Zehenspitzen die Stufen hoch hinter ihr her, in eine atemberaubende Wand aus kalter Luft. »Klimaanlage!« sagte er. »Ihr habt hier ja alles.«

»Das ist wegen der Geräte. Mach die Tür zu.« Miss Keisker trat an die Konsole. Trotz all der vielen Knöpfe, Schalter, Anzeigen, Lämpchen und Kabel wußte sie genau, welche Knöpfe sie zu drücken hatte. Sie verfrachtete ein Band von dem Tonbandgerät zu einer großen komplizierten Schallplattenpresse und setzte es in Bewegung.

Die Sound Star plinkerte kurz auf. Das Geräusch drang aus sechs Lautsprechern über ihnen zu Elvis hinab. Seine Stimme klang nasal und dünn, schrecklich countrymäßig. Beinahe wie von einem Hillbilly. *When awwwwlll her helloos start to soooound like goodbyes...* Er verzog das Gesicht. »Und so klinge ich wirklich?«

»Na hör mal, du weißt genau, daß es gut ist«, sagte sie und zog die Schmetterlingsbrille bis zur Nasenspitze. »Du hast recht. So wie du klingt wirklich keiner.«

Elvis fand, er klinge mickrig, countrymäßig und grob, wie ein minderjähriger Hank Williams. Wenigstens wußte er, daß er beim nächstenmal tiefer singen würde, und nicht so viel durch die Nase. Er wünschte, er hätte noch einen Versuch frei.

Zu seiner unbeholfenen Gitarre klopfte Marion Keisker mit den Fingern den Takt auf der Konsole. Allmählich entspannte er sich. Der gesprochene Teil war hübsch, dramatisch und traurig. Sobald er sich an das merkwürdige Gefühl gewöhnt hatte, seine eigene Stimme zu hören, fand er sie gar nicht mal so übel. Die letzten Strophen hatte er richtig gesungen, sich auf den Song gestürzt und bis zum Schluß den Faden nicht mehr verloren.

Zwischen den Songs starrte er auf den Boden, schwieg lange.

Die Sound Star setzte erneut ein, dann war der Hillbilly-Boy wieder da und sang »My Happiness«. Elvis saß auf der Tischkante. Die Angst war wie weggeblasen, und jetzt durchlief ihn eine Erregung wie warmes frisches Blut. Das war seine Stimme, da sang er, Elvis Presley, ganz allein auf einer Platte, Leute! Tretet ruhig näher! Ohren aufgesperrt! Die Dame sagt, er hat eine gute Balladenstimme!

»Wieviel hast du schon gesungen?« fragte Miss Keisker.

»Jede Menge«, antwortete er, »weiß nicht. Seit ich klein war.«

»Ich meine, bist du jemals aufgetreten?«

Jetzt immer schön cool bleiben. Bloß nicht zu erpicht wirken. »Nein, Ma'am, nicht so richtig. In der Schule und so. Ich würde aber gern, irgendwann mal.«

Der Song plätscherte dahin. »Einen Teil davon hab ich auf Band«, sagte sie. »Vielleicht spiele ich es Sam vor, wenn er kommt. Laß mir für den Fall, daß wir uns mit dir in Verbindung setzen wollen, doch einfach eine Nummer da.«

Elvis überlegte rasch. In der Alabama Street hatten sie kein Telefon, weil noch eine alte unbezahlte Rechnung aus dem Lauderdale Court offenstand.

»Unser Telefon ist kaputt«, sagte er. »Ich gebe Ihnen die Nummer unserer Nachbarn. Die wissen, wo ich bin.« Er blätterte im Telefonbuch nach den Hastings in der Alabama Street und kritzelte seine Adresse und deren Nummer auf die Karteikarte. Seine Hand zitterte so, daß er den Stift kaum halten konnte.

Aus der Öffnung der Plattenpresse holte Marion Keisker eine Scheibe aus schwarzem, biegsamen Plastik im Durchmesser von zehn Zoll heraus, von Rillen durchzogen wie jede Schallplatte. Sie schob die Scheibe in einen weißen Umschlag.

»Also, freu dich nicht zu früh«, sagte sie. »Ich glaube nicht, daß

Sam jetzt schon etwas für dich hat. Irgendwann vielleicht, falls wir den richtigen Song kriegen. Du schuldest mir drei fünfundneunzig.«

»Ach ja. Stimmt.« Elvis kramte in seiner Tasche. Vier zerknitterte Scheine. Sie gab ihm einen Nickel zurück. »Miss Keisker«, sagte er.

»Ja?«

»Nun ja… vermutlich erzählen Sie jedem, er sei gut.«

»Ich habe es ernst gemeint.« Sie zeigte ihm, was sie auf die Karte geschrieben hatte: »ELVIS PRESLEY – GUTER BALLADENSÄNGER – IM AUGE BEHALTEN«. »Das wandert direkt in meine Unterlagen«, sagte sie. »Keine Bange. Wir rufen dich irgendwann an.«

Sie reichte Elvis den Umschlag. Der nahm ihn mit beiden Händen, stammelte einen weiteren Dank und trat hinaus in das gleißend weiße Nachmittagslicht. Er trug seine Platte in den Wagen, der in der hochstehenden Sonne briet.

In diesem verdunkelten Raum hatte er etwas Magisches entdeckt – der magische Kreis unter dem Mikrofon, die Maschine, die mit ihrem Mund Schallplatten machte, seine Stimme als Rille auf schwarzes Azetat preßte. In diesem Raum fühlte er sich zu Hause. Dort wollte er mehr Zeit verbringen.

Er stieg in den Laster. Der Schaltknüppel versengte ihm die Hand. Das fühlte sich wie das wirkliche Leben an. Er wickelte seinen Hemdenschoß um den Knüppel und schaute auf die Uhr – halb zwei. Vor einer halben Stunde waren bei Mr. Mallory auf der anderen Seite der Stadt drei Stromkreisunterbrecher fällig gewesen.

Beim Wenden beschrieb er mit quietschenden Reifen eine große Kurve und trat das Gaspedal durch. Er war zwar in Null Komma nichts da, doch die Übergabe dauerte länger als erwartet. Als er zurückkam, war seine Schallplatte geschmolzen, und zwar zu einem präzisen Abdruck des Deckels seines Werkzeugkastens.

26

Elvis rief alle im Wohnzimmer zusammen und gab bekannt, er habe eine Schallplatte aufgenommen und der Dame habe sein Singen wirklich gefallen. »Sie hat das immer wieder betont«, sagte er. »Gut möglich, daß sie bald mal anruft.«

»O Schatz, das ist wirklich schön«, sagte Gladys. »Spiel sie uns vor! Wo ist sie?«

»Äh, ich... hab sie im Wagen liegenlassen, und da ist sie irgendwie geschmolzen«, erklärte er.

»Nein!«

Dodger sagte: »Was für eine Geldverschwendung.«

»Wenn keiner was dagegen hat«, sagte Vernon, »gehe ich rüber zu Sparky's.«

Elvis ging auf sein Zimmer, machte es sich gemütlich und wartete. Er glaubte an Marion Keisker. Er betete, daß sie anrief. Man mußte nur warten können, sich etwas einfallen lassen, womit man sich die Zeit vertrieb, bis Mr. Hastings auftauchte und sagte: »Elvis? Ein Anruf für dich.« Schon jetzt sah Elvis Mr. Hastings vor sich, wie er an der Haustür stand und genau diese Worte sagte.

Er lag seinem Vater in den Ohren, die offene Rechnung zu bezahlen, damit sie eine neue Telefonnummer bekamen. Vernon erwiderte, sie seien besser dran ohne das Ding, das ständig wie verrückt vor sich hin klingele.

Den ganzen Tag lang fuhr Elvis den Truck für Crown. Er kam dahinter, daß Elektriker eine Menge Geld verdienten, Steaks aßen und die schnellen Autos fuhren. Aber nicht die Botenjungen.

Der alte Zephyr war seine Freiheit. Er fuhr auf der Fernstraße raus zum »Gridiron«, mit Red West und einigen anderen Footballkumpels von Humes Doppel-Cheeseburger essen. Sie flirteten gern mit den farbigen Kellnerinnen im »Gridiron«, die sich unweigerlich kaputtlachten, ganz gleich, was man sagte.

Ab und zu fuhr er im Schrittempo am Haupteingang des Arbeitsamtes von West Tennessee vorbei und betrachtete die Gesichter der Aus- und Eintretenden, erhaschte aber nie einen Blick auf Miss Waverly. (Was würde er sagen, falls er sie sähe? Hey, Baby, machen wir's noch mal?) Er fuhr zum Rainbow Rollerdome, wo er Rollschuh laufenden Mädchen zusah, zum Rummelplatz, wo er Achterbahn und Autoskooter fuhr.

Autoskooter fand er so toll, daß er zehnmal hintereinander fahren konnte. Er mochte die Zusammenstöße, bei denen man so richtig wachgerüttelt wurde und von dem metallenen Stromabnehmer die Funken flogen, wenn er über die elektrisch geladene Decke kratzte.

Auf dem Nachhauseweg fuhr er gelegentlich am Memphis Recording Service vorbei. Manchmal lungerten Musiker auf dem Gehsteig vor dem Gebäude herum, rauchten Zigaretten, machten Pause. Sie arbeiteten noch spät. Elvis fuhr langsam vorbei, neiderfüllt. Was mochten sie da drin wohl für tolle Songs produzieren?

An den meisten Abenden saß er zu Hause in seinem Zimmer und übte neue Songs ein, für den Fall, daß Marion Keisker anrief. Er konnte ihren Anruf nicht erzwingen, daher versuchte er, an andere Dinge zu denken. Da das nicht funktionierte, wartete er und übte. Er kaufte noch mehr Singles bei Poplar Tunes und lernte neue Songs.

Er kaufte eine Platte von Big Joe Turner, »Honey Hush« und »Smoke Gets In Your Eyes«, »P.S. I Love You« von den Hilltoppers, Ruth Browns »Mama He Treats Your Daughter Mean«, »I'll Never Stand In Your Way«, die herzzerreißende Schnulze von Joni James, ein paar neue Ray-Charles-Songs und »Hey Hey Little Girl«, »Casual Love Affair«, außerdem »I'm Gonna Bid My Blues Goodbye« von Hank Snow.

Das Warten machte ihn fast verrückt. Hatte ihn Marion Keisker auf den Arm genommen? An ihre letzten Worte erinnerte er sich noch ganz genau: »Keine Bange. Wir rufen dich irgendwann an.« *Irgendwann?* Wann war das?

Er faltete die Hände hinter dem Kopf. Warum sollte sie so etwas sagen, wenn sie es nicht ernst meinte? Der Supersender strahlte »In My Solitude« aus, die schwermütige Billie Holiday.

Elvis ertrug es nicht. Dieses Warten. Bei jedem Blick auf die Uhr schien es ihm, als verstriche die Zeit noch langsamer.

Er beschloß, daß er nicht länger warten könne. Er wollte zurück ins Studio gehen, seine vier Dollar zahlen und noch ein Platte aufnehmen.

An einem kalten, verregneten Donnerstag, in der Woche nach Neujahr, trug er seine Sound Star wieder durch die bewußte Tür.

Diesmal hatte er sich flotter angezogen – ein dottergelbes Hemd mit schwarzen Punkten, die Blitzschlaghose und seine schwarze Windjacke. Marion Keisker erkannte ihn sofort.

»Koteletten! Was machst du hier?«

»Dachte, ich probier's noch mal«, sagte Elvis.

»Freut mich, daß du hier bist. Sam ist da. Komm rein, ich mache euch miteinander bekannt.«

Elvis frohlockte, weil er den richtigen Zeitpunkt gewählt hatte. Er folgte ihr unter dem leuchtenden roten Licht ins Studio.

Ein junger Mann in weißem Hemd und karierter Krawatte sah vom Boden auf, wo die drahtigen Innereien eines Lautsprechers offen dalagen. Er hatte fröhliche Augen, ein verschmitztes Grinsen. Die Haare waren nach hinten gekämmt – zwar nicht ganz Elvis' Schmalztolle, sah aber doch cool aus. Aus seinem Mundwinkel baumelte eine Camel und verlor Asche.

»Sam, das ist der junge Mann, von dem ich dir erzählt habe«, sagte Marion Keisker. »Weißt du noch? Der Balladensänger. Verzeihung, ich hab deinen Namen vergessen.«

»Elvis«, sagte er, »Elvis Presley.«

»Sam Phillips.« Er streckte die Hand aus. »Wie geht's?«

Sie gaben sich die Hände. »Ich hab eine Menge von Ihnen gehört«, sagte Elvis. »Ich kenne alles, was Sie produziert haben. Die Rhythmaires, Little Jimmy Sutcliffe, B. B. King, Howlin' Wolf und – Hot Shot Love ...«

Sam nahm einen Zug, warf die Kippe auf den Boden. »Das

ist ziemlich gut, mein Junge«, sagte er. »Du hast deine Hausaufgaben gemacht.«

»Nein, Sir«, sagte Elvis, »ich höre nur eine Menge WDIA.«

»Inzwischen kommt jeden Tag irgendein weißer Knabe vorbei, der ein farbiger Sänger sein will«, sagte Sam. »Was kann ich für dich tun?«

»Ich hab schon eine Platte gemacht – na ja, für vier Dollar. Ich möchte noch eine machen.«

»Schön. Marion, übernehmen Sie das?«

»Komm doch mit und hör ihm kurz zu«, sagte Marion. »Er ist ziemlich gut.«

»Na schön, schön«, sagte Sam. »Gehn wir.«

Das machte Elvis wieder ganz nervös. Plötzlich hatten es alle sehr eilig. Marion Keisker stellte ihn an ein anderes Mikrofon, diesmal näher am Fenster des Kontrollraums, dann gesellte sie sich zu Sam hinter die Glasscheibe. Sam gab das Handzeichen.

Elvis stimmte »Casual Love Affair« an.

Wenn er diesen Song zu Hause sang, klang Elvis so leicht und locker wie Dean Martin, aber irgendwie gelang es ihm heute nicht, sich zu entspannen – nicht, wo der berühmte Sam Phillips betont lässig und mit verschränkten Armen herunterschaute: Na schön, beweis es mir.

Elvis hatte es mit dem Gitarrenbreak zu eilig, verspätete sich beim zweiten Refrain, trödelte gegen Ende.

Sam schien unbeeindruckt.

Elvis atmete tief durch. Was Einfaches, Nettes. Noch ein Song. Sing dem Mann einfach was vor. »I'll Never Stand in Your Way« war ein Country-Klagelied, nichts Kompliziertes: vier Akkorde, drei Strophen, ein Refrain. Elvis blieb im tiefen Bereich seiner Stimme, damit er sich nicht piepsig anhörte.

Mitten im Song wandte sich Phillips ab und unterhielt sich mit Marion Keisker.

Elvis schloß die Augen und endete mit einem Schnörkel, hielt den letzten hohen Ton drei Takte länger, damit sie merkte, daß er sich nicht ignorieren ließ.

Er öffnete die Augen. Sam starrte vor sich hin, das Kinn in

die Hand gestützt. Marion Keisker kam zur Tür. »Er sagt, du sollst das noch mal singen«, sagte sie.

»In Ordnung«, sagte Elvis. Noch mal!

»Und den letzten Ton nicht so lange halten.«

Elvis rieb mit der Fußspitze über den Boden. »Klar, wie Sie wollen. Nichts für ungut.«

Er wartete in dem warmen Licht, in angenehmes Schweigen gehüllt. Sie ging in den Kontrollraum zurück. Er spielte mit seiner E-Saite, suchte nach der richtigen Präsentation. Er fühlte sich ruhig. Du bist gut. Er will, daß du noch mal singst. Du mußt ihn damit nicht vom Hocker hauen.

Er sang das Lied so einfach und schlicht wie möglich. Seine Version klang eher nach Ernie Lee als nach der Fassung von Joni James. Es war der Song eines Mannes. Dieser Mann liebt die junge Frau noch lange, nachdem sie aufgehört hat, ihn zu lieben. Sie liebt jetzt einen anderen. Er liebt sie so sehr, daß er bereit ist, sie freizugeben. Er bemühte sich, alle diese Gefühle in seinen Song zu packen.

Als er fertig war, winkte ihn Phillips in den Kontrollraum. »Junge, du bist nicht übel«, sagte er. »Ich will dir sagen, was ich höre. Eine gute Stimme, ein bißchen dünn, guter Umfang. An der Klampfe nicht umwerfend. Meiner Meinung nach weißt du noch nicht, wie du klingen willst. Ich bin mir verteufelt sicher, daß du kein Mario Lanza bist. Ich sag dir, was ich brauche. Ich brauch was Neues. Beide Songs hab ich genauso gut von den Leuten gehört, die sie aufgenommen haben. Was kannst du mir Neues anbieten?« »Ich kann alles singen«, sagte Elvis.

»Tja, also, für alles kann ich meine Zeit nicht vergeuden«, sagte Sam. »Marion gibt dir dann deine Scheibe. Deine Telefonnummer haben wir, stimmt's? Wenn ich was finde, was du meiner Ansicht nach singen kannst, rufe ich dich an. Einverstanden?«

»Einverstanden«, sagte Elvis. Sein Herz rutschte drei Rippen tiefer. *Wir rufen dich irgendwann an…*

»Paß auf dich auf«, sagte Sam. Er ging wieder nach vorn, zu seinem Lautsprecher.

Marion trat an die riesige Plattenpresse. »Hätte es ihm nicht gefallen, hätte er dich den Song nicht zweimal singen lassen.«

»Ich bin mir nicht sicher.« Elvis seufzte. »So begeistert war er nun auch wieder nicht.«

»Sam ist nicht gerade leicht zu begeistern. Geh nach Hause und übe weiter. Ich werd die Augen offenhalten und einen Song für dich suchen. Wir rufen an, ich versprech's.«

Elvis zückte vier Dollar. »Das hoffe ich wirklich.«

Sie gab ihm den weißen Umschlag mit seiner Platte. »Tschüs für heute. Wir sehen uns bald wieder.«

Elvis griff sich die Sound Star. Sam blickte auf, als er vorbeiging: »Erst mal alles Gute.«

Elvis hätte ihm am liebsten erzählt, wie gern er singen würde, lernen, eine Band zu finden, ein Star zu sein. Statt dessen sagte er nur: »Bis zum nächstenmal«, und ging zu seinem Wagen.

Er fuhr direkt nach Hause, aß ein Sandwich mit Schinkenspeck und schrieb auf, was sie gesagt hatten.

1. Den letzten Ton nicht zu lange halten
2. Guter Umfang und Stimme (Dünn)
3. Brauche etwas NEUES
4. Marion sucht einen Song – ruft an

Das Blatt befestigte er mit Reißzwecken über seinem Bett. An diese Worte hielt er sich.

Es war eine einsame Qual. Er glaubte, diesmal ständen die Chancen nicht schlecht, daß ihn Sam Phillips anrief, und er wollte sie sich nicht verderben, indem er irgendwem davon erzählte.

Er wartete, bis alle aus dem Haus waren, stöpselte dann den Plattenspieler ein und setzte seine Scheibe in Bewegung.

Die Sound Star klang kratzig, verstimmt. Er hatte so durch »Casual Love Affair« gehetzt, als hätte er es eilig gehabt, die Sache hinter sich zu bringen und heimzufahren. Dann zog er das Joni-James-Stück in die Länge, pling pling pling plonk. Die Platte war grausam. Das Tonbandgerät kannte kein Erbarmen.

Elvis hörte die nackte Wahrheit seiner etwas wackeligen Stimme. Er brauchte Übung, Übung und nochmals Übung.

Nachdem er die Platte ein paarmal gehört hatte, versteckte er die Azetatscheibe in der Schublade mit seiner Unterwäsche. Er legte »A Fool Such As I« von Hank Snow auf, mit dem tollen beschwingten Anfang: *Pardon me if I'm sentimental...*

Der Mann war ein echter Profi. Elvis schnippte mit den Fingern und sang den Text mit. Er fragte sich, ob er wohl je so gut werden würde.

In dem alten Zephyr baute er ein Radio ein. In der Wildnis fünfzehn Kilometer südlich der Stadt hatte er ein neues Refugium gefunden. Dort hatte jemand einen zweispurigen Fahrweg gebahnt, der sich holprig und krumm kilometerlang durch den Wald zog, bis er schließlich in eine höher gelegene Lichtung mündete, weit und breit die höchste Stelle, von der aus man einen herrlichen Blick auf den großen schlammigen Strom und auf Arkansas hatte, das sich flach in die Unendlichkeit ausdehnte. Elvis räkelte sich auf der Motorhaube seines Wagens und ließ die Tür ein Stück offen, das Radio auf den Supersender eingestellt, die Sound Star auf dem Bauch, nackte Füße auf warmem Metall.

So begrüßte er den Sommer. Die Sonne bräunte ihn. Er lernte tausend neue Songs.

Die Sonne versank hinter den Bäumen. Elvis ließ den Motor an und holperte über den zerfurchten Weg. Die schwachen Scheinwerfer des Zephyr schwenkten auf den Asphalt der Hauptstraße ein.

Er fuhr in die Stadt, zum »Gridiron«. Red West und Davy Lee Williams waren da mit ein paar blondierten, billig aussehenden Mädchen. Elvis bestellte vier durchgebratene Cheeseburger mit Pommes und zog einen Stuhl in ihre Sitzecke.

»Wir sind den Mädchen in der Stadt begegnet«, sagte Red. »Ich weiß nicht mehr, wie sie heißen. Mädels, das ist Frankie.« Die Mädchen kicherten und sagten, sie seien Betty Ann und Charlene. Elvis sagte, er heiße Elvis, nicht Frankie. Sie sagten, ooh, seine Frisur sei Wahnsinn.

Die ersten beiden Cheeseburger verschlang er in sechs Happen. Gern hörte er dem Geplauder der Mädchen zu; offenbar merkten sie nicht, daß Red und Davy Lee darauf brannten, es ihnen zu besorgen. Reds Mädchen Betty Ann war rosig-attraktiv, aber Davy Lees Begleiterin… Elvis war froh, daß er es nicht so dringend nötig hatte. Die Erinnerung an Miss Waverly wärmte ihn.

»Ich hab einen Song eingeübt, Red«, sagte er. »Von dieser Gisele MacKenzie, er heißt ›Since You're Gone‹. Kennst du ihn?«

»Ooh! Bist du Sänger?« sagte Charlene und schlang den Arm um Davy Lee. »Sing etwas!«

»Hast du schon von irgendwem gehört?« fragte Red.

»Kein Wort.« Elvis nippte an seiner Coke. »Ich war noch nicht zu Hause. Vielleicht haben sie heute versucht anzurufen.«

»Ich sag dir was, Frankie, du setzt alles nur auf eine einzige Karte«, sagte Red. »Warum spielst du nicht in ein paar von diesen Klubs? Hier gibt's garantiert fünf Läden, die dich auftreten lassen würden.«

»Davon hat man nichts, wenn man keine Platte hat.« Elvis biß in seinen vierten Cheeseburger. »Solche Läden zahlen nichts. Das wäre Zeitverschwendung. Man muß was haben, das man verkaufen kann.«

Die Mädchen langweilte dieses Gespräch. »Los, wir fahren zu der Party«, schlug Betty Ann vor.

Davy Lee sagte: »Komm doch mit, Frankie«, aber Elvis sagte, er müsse noch arbeiten.

»Arbeiten? Freitag abends? Bist du irre?«

»Schon möglich«, sagte Elvis.

Er zahlte, verabschiedete sich und fuhr nach Hause.

Dodger war noch spät auf und arbeitete an einem Puzzle, an einer Szene, auf der ein kleines Mädchen wie unter einem Schleier durch eine Wiese mit Frühlingsblumen lief.

Elvis schmiß seine Jacke auf einen Stuhl. »Hat heute jemand versucht, mich zu erreichen?«

»Keine Menschenseele«, sagte sie. »Setz dich und hilf mir diese Eckteile zu suchen.«

»Ich bin ziemlich müde, Dodger. Ich werd wohl ein Bad nehmen, vielleicht ein bißchen Gitarre spielen.«

Dodger hielt ein Puzzlestück gegen das Licht. »Elvis, deine Mama hatte einen schlechten Tag«, sagte sie. »Ich für mein Teil glaube, es sind die Wechseljahre, aber das will sie nicht einsehen.«

»Wo ist sie?«

»In ihrem Zimmer.«

»Was sind die Wechseljahre?« fragte er, wollte es aber eigentlich gar nicht wissen.

»Wenn eine Frau älter wird und nie wieder ihre Regel bekommt«, antwortete Dodger. »Deine Mama glaubt, sie ist noch nicht alt genug, um die Wechseljahre zu kriegen. Aber die Tochter von Mynelle Riley hatte sie mit zweiunddreißig.«

Elvis hakte nach: »Was passiert dann?«

»Och, du weißt ja, wie sie bei jeder Kleinigkeit weint, ständig diese schlimmen Kopfschmerzen kriegt und sagt, daß ihr nie richtig warm wird. Genau das sind die Anzeichen. Ich hab's ihr gesagt, aber auf mich hört sie ja nicht.«

»Tja, ist mir auch schon aufgefallen.« Elvis entdeckte die drei fehlenden Stücke der Puzzleecke und rückte sie in die Nähe der Lücke, so daß Dodger sie selbst fand. »Daddy hat neulich abends etwas zu ihr gesagt, ich weiß nicht mehr, was. Eigentlich gar nichts. Und da hat sie einfach so zu weinen angefangen.«

»Von langen Spaziergängen abgesehen, kann man nichts dagegen tun«, sagte Dodger. »Das hat mir eine Freundin in Birmingham erzählt. Bei ihr hat das Wunder gewirkt. Mir hat sie's so spät erzählt, daß es mir nichts mehr genützt hat.«

»Ich kann mir nicht vorstellen, daß Mama spazierengeht«, sagte Elvis.

»Na, es würd' sie nicht umbringen. Aber auf mich hört sie ja nicht.«

»Mußt du ins Bad?« Elvis hob seine Jacke auf. »Könnte sein, daß ich 'ne Weile drinbleibe.«

An diesem Abend lag er im Bett und dachte über seine Mutter nach. Aus irgendeinem Grund war Dodgers Enthüllung ein

Schock für ihn. Vielleicht hatte er sich immer noch an die Vorstellung geklammert, sie könnte irgendwann ein zweites Kind bekommen, eine kleine Schwester für ihn. Er dachte daran, wie er sich unter dem Fenster versteckt hatte, als er mitbekam, wie es seine Eltern miteinander getrieben hatten. Noch Monate später hatte er darauf gewartet, daß ein Baby kam.

Jetzt bekam Gladys nie wieder ihre Tage. Es war traurig. Er fragte sich, ob sie und Vernon es noch immer miteinander trieben oder ob das bedeutete, daß sie damit aufhören mußten. Wenn dem so war, dachte Elvis, sollte er sich besser beeilen und es so oft tun, wie er konnte.

Am nächsten Morgen rollte er aus dem Bett und marschierte gähnend und in der Unterhose über den Hausflur.

Da stand Mr. Hastings, beschattete mit seiner Hand die Augen und spähte durch das Fliegengitter. »Elvis«, sagte er, »ich habe einen Anruf für dich.«

Die Welt stand still.

Elvis schrie: »Ich komme!«, lief in sein Zimmer, sprang in seine Blue Jeans und rannte durch den Flur an Mr. Hastings vorbei, quer durch den Vorgarten. Mrs. Hastings hielt ihm die Tür auf. Er suchte verzweifelt das Telefon; sie zeigte es ihm auf dem Couchtisch. Er schnappte den Hörer. »Hallo!«

»Hallo, spreche ich mit Elvis?«

»Ja!«

»Hi, hier spricht Marion Keisker. Von Sun Records, weißt du noch?«

»Klar! Ja doch!« Elvis fand die Anspannung fast unerträglich.

»Sam Phillips bat mich, dich anzurufen. Wir haben hier einen Song, und er möchte, daß du den mal für ihn ausprobierst, falls du heute Zeit hast.«

»Einen Song? Toll! Das ist ja toll! Hören Sie – ich komme jetzt sofort rüber!« Er rief »Wiedersehen!« in den Hörer und legte auf. »Ich danke Ihnen sehr, Miz Hastings – bis bald –« Er huschte an ihr vorbei und lief »Mama! Daddy!« rufend durch den Garten.

Gladys trat aus dem Elternschlafzimmer und wirkte beunruhigt. »Schatz, was ist denn los?«

»Sie haben mich angerufen! Ich soll vorbeikommen und singen! Ich muß jetzt los! Wo ist Daddy?«

»Hier bin ich«, sagte der und kam aus der Küche. »Was soll diese Aufregung?«

»O Daddy – das Studio war dran! Sam Phillips! Er hat 'n Song, den ich singen soll! O Mann, ist das nicht das Allertollste, was du je in deinem *Leben* gehört hast?«

»Was wird dich das kosten?« fragte Vernon.

»Wenn es ihm gut genug gefällt, bezahlt er *mich*. Ich hab's euch nicht gesagt, aber ich war noch mal dort. Er fand mich gut. Ich *wußte*, er würde anrufen! Ich *wußte* es!«

Gladys sagte: »Jedenfalls kannst du da nicht barfuß aufkreuzen.«

Elvis sagte lachend nein, das ginge wohl nicht; er umarmte sie, wirbelte sie in einem Tänzchen herum und lief ins Haus. Er hämmerte gegen die Badezimmertür, bis Dodger herausstolperte, ihren Bademantel an sich gedrückt.

»'tschuldigung, Dodger«, sagte er, »es ist ein Notfall.«

Er machte eine Katzenwäsche, kämmte sich. Er zog seine Cowboystiefel an, den Gürtel aus Eidechslederimitat. Er tobte aus dem Haus und war schon unten am Auto, als ihm die Sound Star einfiel. Er mußte noch mal zurück.

»Nun mal langsam«, sagte sein Vater. »Du machst dir noch in die Hose.«

Elvis packte seine Gitarre am Hals. »Das ist eine große Sache, Daddy«, sagte er. »Wünsch mir Glück.«

Vernon lächelte. »Viel Glück, mein Junge. Zeig ihnen, wo der Hammer hängt.«

Elvis lief zu seinem Zephyr. Er brauchte nichts weiter als das Mikrofon und ein wenig Zeit. Alles andere schaffte er allein.

27

Marion Keisker schaute verdutzt auf. »Ich habe doch eben erst aufgelegt!«

Elvis machte keuchend die Tür zu. »Ich bin – so schnell – ich konnte – hergekommen.«

Sie lächelte. »Hast du seit deinem letzten Besuch hier neben dem Telefon gesessen?«

»Ja, Ma'am«, sagte er. »Ich – ich wußte, Sie würden anrufen.«

»Hör bloß mit diesem ständigen ›Ma'am‹-Gerede auf. Von jetzt an bin ich für dich Marion. Hoffentlich sehen wir dich von nun an häufig hier. Sam ist drinnen. Geh ruhig rein.«

»Also wirklich – danke sehr. Ich mein's ernst. Daß… daß Sie ihn dazu gebracht haben, mich anzurufen.«

»Sei doch nicht albern, das war seine Idee.« Sie ging mit ihrem Becher zur Warmhalteplatte. »Möchtest du einen Schluck Kaffee? Nein? Im Kühlschrank im Kontrollraum findest du Cokes. Bezahlung auf Vertrauensbasis. Zehn Cent das Stück. Na los, rein mit dir, worauf wartest du noch?« Sie scheuchte ihn unter das leuchtende rote Lämpchen.

»Tag auch, Elvis«, rief Sam. Er stand auf einer Leiter in den Dachsparren und verlegte Kabel. »Freut mich, daß du Zeit hattest.«

»Ich glaube, er ist den ganzen Weg gelaufen«, sagte Marion.

Elvis grinste bloß.

Sam stieg von der Leiter und klopfte ihm auf die Schulter. »Jungchen, was ich beim letztenmal gehört habe, hat mir gefallen«, sagte er. »Ich hab einen Song frisch aus Nashville, ein Demo von 'nem farbigen Jungen. Es ist ein toller Song, finde ich, jemand wird damit groß rauskommen, mal sehn.« Während des Sprechens hüpften Sams Augenbrauen auf und nieder. Sein ganzer Körper war energiegeladen. »Wie er ihn auf dem Demo singt, gefällt mir. Ich würd' ihn sofort veröffentlichen, telefoniere aber kreuz und quer durch den ganzen verdammten Staat Tennessee, um den Knaben zu finden, der ihn gesungen hat, und keiner kennt ihn. Du sollst den Song singen, so wie er's getan hat. Komm hier rein. Ich spiel ihn dir vor.«

Sie gingen in die kühle, summende Luft des Kontrollraums. Sam legte eine Schallplatte ohne Label auf einen Plattenspieler. »Er heißt ›Without You‹«, sagte er. »Hör zu.« Er setzte den Plattenspieler in Bewegung und senkte die Nadel.

Aus den Lautsprechern über ihnen drang eine schwermütige Gitarre, eine fahle Phantomstimme beklagte Einsamkeit. In dem Song trauerte ein verlassener Liebhaber seinem Mädchen nach – langsam und leise, irgendwie verhalten, eine Stimmung wie in »Stormy Weather«.

Elvis konzentrierte sich auf den Text. Als die Platte zu Ende war, hatte er ihn weitgehend drauf.

»Was sagste dazu?« fragte Sam.

Elvis antwortete: »Ich sage, ich kann das singen.«

»Ja, aber kannst du es genauso singen?«

»Also... weiß ich nicht«, sagte Elvis. »Mal sehen.«

Sam reichte ihm ein Blatt Papier, auf dem Text und Akkorde aufgezeichnet waren. Elvis marschierte ins Studio, den Arm auf seine Gitarre gelegt, und las den Text durch.

In ein, zwei Minuten hatte er die Griffe drauf. Jetzt mußte er nur noch dahinterkommen, wie er das Ganze singen sollte.

Die Tonart war zu hoch; er versuchte es etwas tiefer. Er war froh, als Sam wieder rauskam, um noch mal die Leiter hinaufzukraxeln, weil er so mehr Zeit hatte, seine Nervosität in den Griff zu bekommen und an dem Song zu arbeiten.

Nach einer Weile sagte Sam: »Das klingt gar nicht schlecht.«

»Was bringen Sie da oben an?« fragte Elvis.

»Eine Monitorbox, damit du mich von da drinnen hören kannst, wenn ich dir sage, du sollst von vorne anfangen. Wie die Stimme Gottes.«

Elvis lächelte. »Dabei hatte ich mich gerade allmählich an Marions Handzeichen gewöhnt.«

Sam stieg nach unten. »Mal sehen, wie du von da drinnen klingst. Denk dran, wie der Bursche gesungen hat. Willst du's noch mal hören?«

»Ich glaube nicht«, sagte Elvis. »Ich glaube, ich hab's drauf.«

Aber das hatte er natürlich nicht. Wie sollte er auch? Er hatte den Song schließlich erst vor einer Minute gelernt.

Sam begab sich hinter die Glasscheibe. Seine Stimme drang knatternd aus dem Lautsprecher. »Kannst du mich da drin hören?«

»Jawoll, Sir, ganz prima«, antwortete Elvis. »Funktioniert gut.«

»Also, dann fahr ich jetzt das Band ab. Fang einfach an... Achtung... fertig... los.«

Elvis klopfte mit dem Fuß einen leichten Rhythmus und begann zu spielen.

Keine zwei Takte später unterbrach ihn Sam: »Nein, m-hm, abbrechen. Bei dem Song geht's um Einsamkeit, Kumpel. Du mußte langsamer werden. Band läuft. Von vorne, fang einfach an.« Ein eigenartiger Anblick, wie sich Sams Mund hinter der Scheibe bewegte, während seine Stimme von oben aus dem Lautsprecher drang.

Diesmal fing Elvis langsamer an. Er schaffte den größten Teil der ersten Strophe, bevor ihn Sam mit den Worten unterbrach: »Stell mal die E-Saite nach.«

Elvis stimmte die Saite und fing von vorn an. Sam ließ ihn fast zu Ende singen, doch dann: »Brr, n-nh, so geht's nicht. Ich will das mit mehr Gefühl hören. Versuch nicht, zu schön zu klingen. Sing einfach, du weißt schon, mit Inbrunst. Das Ganze noch mal von vorne.«

Willkommen im Musikgeschäft. Halt, fang an, noch mal, und noch mal und noch mal... Mittlerweile schoß der Songtext wie Murmeln durch Elvis' Kopf. Sam sollte ihn mögen und zum Star machen. Er sang, bis ihm das Hemd am Rücken klebte.

Er wischte sein Gesicht mit einem Taschentuch ab und fing wieder von vorn an.

Sam ließ ihn in den Kontrollraum kommen und spielte ihm die Aufnahme vor. Elvis gefiel, wie seine Stimme von dem Nachhall, den Sam an den Reglern einmischte, verstärkt und hervorgehoben wurde. Doch er kam mit dem Song nicht weiter. Er hörte, wo das Problem lag. Es war keine üble Imitation des Singstils eines Schwarzen, doch es blieb Imitation, der echte Elan fehlte. Der Beat war ungleichmäßig. Der Song war flach – ohne Pep. Elvis klang so, wie er war: ein junger Bursche, der an einem Song herumpfuschte, den er nicht singen konnte.

Sam schien unendlich viel Geduld, Zeit und Magnetband zu haben. Elvis sang »Without You« zehnmal, ein dutzendmal. Jede Version kam ihm noch erbärmlicher vor als die vorhergehende. Elvis hatte keine Ahnung, woran es lag.

Er ließ sich das Demoband noch mal vorspielen, hörte es dreimal an, den Blick fest auf die Zimmerdecke gerichtet, ging dann raus und versuchte erneut, diesen gespenstischen Sound einzufangen. Nichts half.

Schließlich sagte Sam: »Warte mal kurz.«

Elvis' Herz schlug schneller.

Er schaffte es einfach nicht. Er konnte diesen Song nicht singen. Jetzt würde Sam ihn nach Hause schicken, und Elvis würde bis an sein Lebensende einen Crown-Laster fahren.

Sam knipste die Beleuchtung im Kontrollraum aus und setzten sich neben ihn auf einen Klavierschemel. »Ich sag dir was, mein Junge, das haut einfach nicht hin.«

»Ich weiß«, sagte Elvis. »Wenn ich vielleicht ein wenig Zeit zum Üben hätte. Der Song gefällt mir, bloß... ich kann wohl nicht singen wie dieser Typ.«

»Dann laß uns mit dem Scheiß aufhören«, sagte Sam. »Was kannst du singen?«

Er klang zwar nicht unfreundlich, lächelte aber auch nicht.

»Sir? Sie meinen...«

»Ich meine, was für einen Song kannst du singen? Mir hast du gesagt, du könntest alles singen. Dann gebe ich dir einen völlig korrekten Song, und der ist vielleicht nicht das richtige für dich, na schön. Zeig mir doch einfach, was das richtige für dich ist.«

»Na klar. Soll ich also...?«

»Leg los. Sing. Was du willst.«

So hatte noch nie jemand mit Elvis gesprochen – aber andererseits hatte sich auch noch nie jemand die Zeit genommen, seine Musik richtig anzuhören. Er nahm die Sound Star in die Hand. Zweitausend Tage und Nächte hatte er mit seiner Gitarre verbracht, für diese Gelegenheit geübt, und jetzt würde er auf keinen Fall kneifen.

Er begann mit »Swing Low, Sweet Chariot«. Das war ganz einfach. Dann »Home in the Valley« und ein schnelleres Stück aus seinen Gospel-Abenden – »Take the Name of Jesus with You« –, gefolgt von einigen seiner romantischeren Hitparadensachen, Perry Como, Sinatra, »Hello Young Lovers«, »Always« und »When You're in Love«.

Sam zündete jede neue Camel an der vorherigen an. Er saß da, einen Schuh neben sich auf den Klavierschemel gestellt.

Elvis sang »Goin' Home Blues« und »Good Rockin' Tonight«, »Finger Poppin' Time«, Big Mama Thorntons uraltes »Hound Dog«. Er schwitzte, spielte und genoß es, wie aufmerksam Sam zuhörte, das große Ohr ein wenig geneigt.

Elvis' Finger waren wund, doch er gab nicht auf. Er sang, und Sam hörte zu, fast zwei Stunden lang. Marion Keisker marschierte rein und wieder raus. Elvis sang »Blue Moon of Kentucky«, »Harbor Lights«, »When It Rains, It Really Pours«. Er sang »A Beggar for Your Kisses«, »Money Honey«, »Soul on Fire«, den alten Leon-Payne-Hit »I Love You Because« und »Crying in the Chapel«.

Mit jedem Song wurde seine Stimme kräftiger. Er bemühte sich ernsthaft aufzutrumpfen, alles zu zeigen, was er konnte. Sam saß still da und trieb ihn an, weiterzumachen. Elvis fielen die Texte von Songs ein, die er nur ein- oder zweimal gespielt hatte. Er spielte langsame und schnelle Songs und ein paar Takte von irgendwas. Er sang mehr wie Dean Martin als Dean Martin persönlich, und für eine Weile klang er so blind wie Ray Charles.

Dann sagte Sam: »Teufel, mein Junge, du hast mich überzeugt. Ich glaube, du hast was. Keine Ahnung was, aber wir kriegen's raus. Jetzt brauchen wir einen Popsong, außerdem müssen wir Leute finden, die dich begleiten. Nimm dir doch noch 'ne Coke, während ich'n bißchen rumtelefoniere.«

Elvis wickelte seine wunden Finger in Papiertaschentücher. Seine rechte Schulter und sein rechter Ellbogen waren taub. Doch innerlich strahlte er. Er hatte in sein Inneres gegriffen und die verschiedensten Musikstile ans Tageslicht geholt. Er hatte Sam gezeigt, daß er nicht bloß irgendein weißer Milchbubi war, der es cool fand, Lieder von Farbigen zu singen. Er sang die Worte, zeigte, was sie wirklich bedeuteten.

Diese Coca-Cola hatte er sich verdient. Er leerte sie in einem Zug und stieß einen gewaltigen Rülpser aus.

Sam kam zurück. »Setz dich mit einem gewissen Scotty Moore in Verbindung. Bailer Street, hier ist die Adresse. Ich hab gerade mit ihm telefoniert. Er ist ein guter Gitarrero. Er und ein paar Jungs haben eine kleine Band, die Cadillac Cowboys. Ruf ihn an. Ich finde, ihr könntet mal eine Runde zusammen spielen, nächste Woche oder so. Dann machen wir für dich einen Termin klar, an dem du hier wiederauftauchst.«

»Sollen wir an diesem Song arbeiten?« fragte Elvis.

»An welchem?«

»›Without You‹.«

»Nö, der ist wohl eher ein totgeborenes Kind, meinst du nicht auch? Warum seht ihr Jungs nicht mal, was ihr so auf die Beine stellt.«

Es paßte zusammen, Stück für Stück, wie eines von Dodgers Puzzles. Elvis sah die Möglichkeiten. Er gefiel Sam so gut, daß er ihn wieder im Studio haben wollte. Beim nächstenmal mit einer Band.

Er wollte nicht, daß ihn die Cadillac Cowboys für irgendeinen Hinterwäldler hielten. Er zog eine seiner besten Kombinationen von den Lansky Brothers an – das rosa Hemd mit dem Zickzackmuster, eine rosa Hose mit einem weißen Streifen an der Seite, rosa Jackett, weiße Treter – und machte sich mit seiner Gitarre zur Bailer Street auf, die in einem heruntergekommenen Viertel von South Memphis lag, in der Nähe der Farbenfabrik, wo sein Vater arbeitete. Im Radio jauchzte und jodelte Hank Williams »Kaw-Liga«.

Der Sommer war fast unerträglich heiß. Irgendwann Ende Juni war das Thermometer auf knapp vierzig Grad geklettert und dort geblieben; um den 1. Juli herum war eine kühle Brise nur noch blasse Erinnerung. Die Luft war schwer und vom dampfenden Fluß gesättigt. Jeder war träge und redete nur über die Hitze.

Bailer Street Nummer 209 war ein heruntergekommener Flachbau, und 209-A war eine winzige Wohnung an dessen Rückseite. Ein junger Mann in weißem Unterhemd und Blue Jeans tauchte in der Tür auf. Er war sechs oder sieben Jahre älter als Elvis und genauso mager. Er hatte rote Haare, Segelohren, ein breites skeptisches Grinsen – ein freundliches, umgängliches Gesicht. »Was gibt's«, sagte er und starrte mit zusammengekniffenen Augen in die gleißende Sonne.

»Hallo. Ich bin Elvis. Sam Phillips hat dir wohl gesagt, ich würde vorbeikommen.«

»Ja, stimmt, komm doch rein, Dandy, wie geht's.« Er hielt die Tür auf. »Ich bin Scotty Moore.«

»Elvis Presley.«

Scotty hatte einen festen Händedruck. Das kam bestimmt vom Gitarrespielen. »Was für ein Anblick«, sagte er. »Mir unbegreiflich, wie du bei dieser Schweinehitze so viel Klamotten tragen kannst.«

»Die macht mir nichts«, sagte Elvis. »Weiß auch nicht, warum.«

Kläffend kam ein Beagle angerannt. Scotty schrie: »Kusch!« Der Hund verdrückte sich wieder ins Hinterzimmer. Der Fußboden war übersät von Zeitungen und Illustrierten, leeren Katzenfutter- und Thunfischdosen.

»Die Leute sterben vor Hitze, und du rennst mit rosa Klamotten herum«, sagte Scotty. »Sam hat mir von dir erzählt.«

»Ach ja? Was hat er gesagt?«

»Er sagte, wir sollten was zusammen spielen. Rausfinden, was du kannst.«

»Das klingt vernünftig.« Elvis hatte gemerkt, daß Leute im Musikgeschäft immer so anfingen, immer versuchten, sich härter zu geben als man selbst. Sobald man ihnen zeigte, daß man Ahnung hatte, entpuppten sie sich als gar nicht so übel. »Freut mich, daß ihr euch die Zeit nehmt«, sagte er. »Ich weiß von Sam, daß ihr viel zu tun habt. Mir ist euer Name schon überall in der Stadt aufgefallen.«

Scotty griff zum Telefon. »Bill wohnt eine Straße weiter. Moment mal – Tag auch, Billy! Hör mal, der Typ ist da, den Sam geschickt hat. Elvis. Genau. Hm-m. Okay, mal sehen, was wir auf die Beine stellen, und du kommst vorbei, sobald du kannst.« Er legte auf. »Bill Black. Er spielt Baß. Er kommt etwas später, seine Schwester feiert heute Geburtstag.«

»Das ist schön«, sagte Elvis.

»Ja«, sagte Scotty, »wirklich verdammt nett.« Jetzt erst bemerkte er Elvis' Sound Star. »Is das deine Klampfe?«

»Ja.«

»Das Baby hat auch schon ein paar Meilen auf dem Buckel, was?« Scotty griff nach seiner eigenen Gitarre. Es war eine echte Gibson, neuer und schicker als die von Onkel Johnny, mit Perlmuttbünden und einem glitzernden Ring um das Schalloch. Kein Wunder, daß Scotty in so einer billigen Unterkunft hauste; er hielt ein Vermögen in den Händen. Elvis hatte genau so eine bei Memphis Music in der Hand gehalten. Als der Mann »Dreihundert Dollar« sagte, gab Elvis sie ihm zurück.

»Das ist eine Spitzengitarre«, sagte er.

Scotty legte lange, schmale Finger auf die Bünde. »Meine Gattin liegt hinten und hält ein Nickerchen.« Er grinste. »Das hier ist meine *Frau*.« Er stimmte »Wabash Cannonball« an, spielte schnell, keine überflüssige Bewegung. Der Zug kam angerast, und Scotty lief ihm mit seinen Fingern davon. Elvis versuchte ein Weilchen, Schritt zu halten, fiel zurück und stieg aus. Scotty zeigte von Anfang an, wie gut er war, und Elvis war beeindruckt. Er sagte: »Los, Alter! Laß knacken!«

Ein breites, dümmliches Grinsen überzog Scottys Gesicht. Er war genauso empfänglich für Lob wie andere auch. Er zupfte und klimperte und raste mit dem Zug um die Wette bis zu den letzten vier Takten und der Zielgeraden mit dem Schlußakkord.

»Mann, du bist Spitze!« rief Elvis. »Du haust ja mächtig in die Saiten! Was kannst du sonst noch spielen?"

»Ich kann alles spielen«, sagte Scotty. »Was hast du so drauf?«

»Ich bin genauso. So ziemlich alles.« Elvis zog sein Jackett aus und kramte in seiner Hosentasche nach einem Plektron. »Keine Ahnung, ob ich beim Spielen mit dir Schritt halten kann. Aber singen kann ich.«

Und dann fingen sie an und spielten zusammen die richtig rasanten Songs – »Tennessee Stud« und »Santa Fe Trail«, Altes von Bob Wills und Neues von Hank Snow, Marty Robbins, Eddy Arnold. Dann schaltete Elvis einen Gang runter, um selbst ein wenig anzugeben. Er sang »Cold, Cold Icy Fingers«, »Have You Heard« und »I Don't Hurt Anymore«. Scotty schrammelte langsam zur Begleitung, aber Elvis merkte, daß er lieber einen schnellen Song mit fliegenden Fingern und in Rekordzeit beendete.

Billy Black schlenderte herein. Er war ungefähr so alt wie Scotty, etwa siebenundzwanzig, sah vergnügt aus, hatte lockige rote Haare, einen roten Dreitagebart und ein breites sonniges Grinsen. Er lehnte eine Weile am Türknauf und hörte zu. Er machte einen Spruch über Elvis' pinkfarbene Klamotten, sagte, er müsse wieder zur Party seiner Schwester und verzog sich.

Elvis drosch weiter auf seine Gitarre ein und sang. Er sang die meisten Songs, die er auch für Sam Phillips gesungen hatte. Für ihn war es ein sensationelles Erlebnis, sich hinzustellen und zu singen und zu singen, von Scottys magischen Fingern auf der Gitarre begleitet. Wenn er sich auf seinen Gesang konzentrierte, konnte er seine Zunge allerlei Kunststücke vollführen lassen – Kiekser und ungewöhnliche Hopser, kleine Hickser, die er vom Supersender gelernt hatte, Sprünge über sechs Töne, einen hübschen gelungenen Jodler à la Jimmie Rodgers.

Irgendwann alberten sie mit dem bekannten »That's All Right« des alten Big Boy Crudup herum. Scotty spielte es in doppelter Geschwindigkeit, während Elvis den Text kiekste, Scat-Gesangseinlagen brachte und sich als Shouter versuchte. Am Ende brachen sie in brüllendes Gelächter aus.

»Huu, Scheiße«, sagte Scotty, als sie ihre Tränen abwischten. »Wir sollten wohl mit diesem Herumalbern aufhören und ernsthaft Musik machen.«

Elvis war einverstanden. Dann feilten sie eine Weile an »Harbor Lights« und »I Love You Because«, zwei romantische Balladen, mit denen sie sich für eine Platte bei Sam die besten Chancen ausrechneten. Elvis sang im Stil eines Dean Martin, ein entspannter hoher Tenor, der sich bemühte, ehrlich zu klingen. Scotty entwickelte einen verträumten entspannten Sound – leicht kontrapunktisch zu Elvis' schläfrigem Vortrag der Melodien. Es war tatsächlich etwas anderes. Ob es etwas taugte, war noch die Frage.

»Vielleicht haben wir da was«, sagte Scotty. »Ich werd mit Sam reden. Mal sehen, was er für uns tun kann.«

Elvis reckte sich, erhob sich vom Sofa und knackte mit den Fingernknöcheln. »Ehrlich, Mann, das macht Spaß. Du hast ja keine Ahnung, was das für 'n Spaß macht.«

»Stimmt, wir klingen gar nicht so übel. Wer weiß? Vielleicht gefällt's Sam.«

Beim Gehen sah Elvis, wie Scotty zum Telefonhörer griff. Den ganzen Abend saß Elvis mit seiner Gitarre auf dem Treppenabsatz vor dem Haus, wo er das Telefon der Hastings hören konnte, falls es klingelte. Der nächste Tag war ein Sonntag. Er saß den ganzen Vormittag auf dem Absatz und blätterte die Sonntagszeitung durch. Im Süden von Memphis tötete die Hitzewelle alte Leute in stickigen Zimmern. Es gab ein mächtiges Getue um ein gewisses Formosa, das anscheinend in der Nähe von China lag. Ike und Mamie waren in die Sommerfrische gefahren.

Nebenan klingelte das Telefon. Elvis mußte sich zwingen, den Blick nicht von der Zeitung zu nehmen.

Doch da kam Mrs. Hasting zur Tür und rief: »Elvis? Telefon für dich.«

Er schnellte in die Höhe.

Es war Marion Keisker. »Kannst du Montag abend um acht im Studio sein? Sam möchte dich vorspielen hören.«

»Klar. Natürlich. Acht Uhr abends.«

Noch mal vorspielen? Elvis hatte sich für sie schon die Seele aus dem Leib gesungen. Langsam gingen ihm die Songs aus. Alles in allem hatte er bestimmt fünfzig Songs vorgetragen.

Aber egal. So kam man halt groß raus. Wenn alle roten Ampeln grün werden, läuft man los.

»Ach ja, Elvis?«

»Ja, Ma'am.«

»Sam arbeitet gern spät, also stell dich drauf ein.«

Elvis kam eine halbe Stunde zu früh. Er hätte sich denken können, daß Marion Keisker in ihrem adretten Baumwollkleid der einzige Mensch in Memphis sein würde, der aussah, als könne ihm die Hitze nichts anhaben.

Sie erklärte, der Memphis Recording Service laufe nur so nebenher, Sams wahrer Ehrgeiz gelte seiner Plattenfirma Sun Records. Mit den vier Dollar teuren Aufnahmen von Möchtegernkünstlern, Hochzeiten und Werbesprüchen bezahlte Sam die Sessions mit Musikern nach Dienstschluß. Er suchte einen Hit. Ein paarmal war er schon ziemlich nahe dran gewesen, darunter ein farbiger Sänger, ein gewisser Lee Allen Harber, der von Sun Records zu Chess nach Chicago gewechselt und so was wie eine Berühmtheit geworden war. Doch Sam hatte es bislang nicht geschafft, den richtigen Künstler mit dem richtigen Song zu kombinieren.

»Was für einen Sound hätte er denn gern?« fragte Elvis.

»Keine Ahnung, ob er das selber weiß«, sagte Marion, »aber schon immer haben ihm die Negersänger am besten gefallen.«

Elvis schüttelte den Kopf. »Genau wie mir. Keine Ahnung, woran das liegt. Manchmal wünschte ich, ich wäre ein halber Farbiger, dann hätte ich wohl etwas davon abbekommen.«

Marion blickte sich um, als könnte jemand zuhören. »So was wünscht man sich doch nicht.«

Schon schwitzte Elvis in seinem neuen schwarzen Hemd, das er zur Feier seiner allerersten professionellen Aufnahme-Session erstanden hatte.

Um acht trafen Scotty und Bill gemeinsam ein und quetschten sich mit einem riesigen zerschrammten Kontrabaß durch die schmale Tür. »Hallo, Mr. Pink«, sagte Bill. »Siehst ja heute abend ziemlich normal aus, stimmt's?«

Elvis ignorierte den Seitenhieb. Alle sollen ihn mögen, damit dieser Abend ein Erfolg wurde.

Er hatte einen Plan.

Bei seinem letzten Auftritt vor diesem Mikrofon hatte Elvis zwei Stunden lang versucht, wie jemand anderes zu klingen.

Wenn es irgend ging, wollte er heute abend aufstehen und mit seiner eigenen Stimme singen. Er wollte die anderen benutzen, um aus sich selbst etwas Gewaltiges herauszuholen. Sam Phillips war Profi, Scotty und Bill machten so was andauernd. Doch nur Elvis wußte, was in ihm brodelte und nach draußen drängte.

Er mußte singen, damit Menschen ihm zuhörten. Er hatte vom Leben nie etwas anderes verlangt als Liebe und Aufmerksamkeit. Während er aufwuchs und auf Humes High sah, wie sich seine Mitschüler auf einen langweiligen gewöhnlichen Lebensweg vorbereiteten, war Elvis klargeworden, daß ihm das nie genügen würde. Er wollte berühmt sein. Er wollte größere Liebe, mehr Aufmerksamkeit. Vielleicht reichte sein Gesang nicht aus, ihn berühmt zu machen, doch es war seine beste Chance, seine einzige Chance.

Nie würde er Backgroundsänger werden. Seinen Tarnumhang hatte er in der Humes High-School gelassen. Er mußte sich vor eine Band stellen und singen, mußte herausfinden, wie gut er sein konnte. Womöglich wurde er berühmt. Er wußte jetzt, daß er mehr brauchte als ein Mikrofon; er brauchte diese Jungs, die ihm helfen mußten, seine Stimme zu finden.

Sam Phillips kam herein, in der Hand eine kleine Tüte, aus der Kaffee tropfte. »Elvis, wie geht's denn so?«

»Ganz gut«, sagte der. »Mir geht's ganz gut.«

Sam nahm zwei Pappbecher aus der Tüte, trank einen aus und goß den anderen in eine Tasse. »Bist du startklar?«

»Ja, Sir.«

»Wie lief's denn mit Scotty und Bill?«

»Es war toll. Scotty und ich haben lange zusammen gespielt. Bill kam mal auf 'n Sprung vorbei. Sie sind da drüben, machen sich fertig.«

»Scotty hat gesagt, seiner Meinung nach hättest du nicht besonders viel Erfahrung, aber eine gute Stimme«, sagte Sam. »Ich habe ihm gesagt, daß ich das auch so sehe.«

»Ja, Sir.« So unverblümt ihre Meinung über ihn zu hören, war Elvis peinlich, er fand es aber auch aufregend.

»In der Öffentlichkeit hast du noch nicht sehr viel gesungen, oder, mein Junge?«

»Nein, Sir. Ich… ich singe viel für mich allein.«

Sam zündete sich eine Camel an. »Mit den Jungs zu spielen, wie hat dir das gefallen?«

Elvis überlegte kurz. »Ehrlich, so viel Spaß hatte ich wohl überhaupt noch nie. Dieser Scotty… der ist 'ne Wucht. Er kann wirklich spielen.«

»Nun, wir sind nicht hier, um Scotty zu hören«, sagte Sam. »Er war schon dran. Wir sind hier, weil wir dich hören wollen. Bist du fertig? Gehen wir.«

Elvis folgte ihm unter dem roten Licht und sprach im stillen ein Gebet: *Mach mich zum Star.*

Scotty und Bill ließen sich lange Zeit, an ihren Instrumenten herumzufummeln. Als Elvis nach seiner eigenen Gitarre griff, um sie zu stimmen, rümpften sie die Nase, als übertrüge die Sound Star eine Gitarrenfäule.

»Ich glaube, damit mußt du im Moment nicht spielen«, sagte Scotty. »Am besten läßt du Bill und mich spielen und konzentrierst dich aufs Singen. Das ist das Schwierige.«

»Einverstanden«, sagte Elvis, und im Moment war es das auch. Diese Jungs beherrschten ihr Handwerk.

Scotty hing sich die herrliche Gibson um den Hals und fing mit dem »Cannonball« an, als Aufwärmer. Bill Black spielte den sperrigen Kontrabaß wie eine riesige Geige, wirbelte ihn an seine Stelle, seine kräftigen Finger hopsten, legten die Basis für den Sound: boom, boom, boom.

Sie machten eine Pause zum Nachstimmen. Elvis schlenderte

zu einem der Klaviere und klimperte die Melodie von »Onward Christian Soldiers«, wie er es manchmal beim Pfannkuchenessen in der Priceville Assembly of God getan hatte. Die Tasten fühlten sich so kühl an, was ihn mit einem Glücksgefühl erfüllte. Er war wieder im Studio, wo er hingehörte.

»Okay, Jungs, auf geht's«, sagte Sams elektrisch verstärkte Stimme. »Was habt ihr für mich?«

Scotty beugte sich zu dem nächsten Mikrofon. »Wir haben ›Harbor Lights‹ geübt und dieses Stück von Leon Payne.«

»Schön, ich laß eine Zeitlang mitlaufen.« Sam verschränkte seine Arme und legte die Füße auf das Mischpult. »Laßt hören, was ihr habt.«

Scotty sagte: »Warum fangen wir nicht mit ›I Love You Because‹ an. Elvis, pfeifst du das Intro wieder wie am Samstag?«

»Mal sehen, ob mein Pfeifer funktioniert.«

Elvis zählte bis zum Anfang. Leon Payne war mit diesem Stück gut gefahren, und auch Eddie Fisher hatte einen Hit damit gehabt. Vielleicht brachte er Elvis ja Glück. Mädchen fanden den Song toll, in dem ein romantisch veranlagter Typ sämtliche Gründe aufzählte, warum er das Mädchen liebt: weil sie ihn versteht und nie an ihm zweifelt, doch vor allem »because you're you« – weil du du bist.

Scotty entlockte seiner Gitarre einen vibrierend-haiwaiianischen Sound, während Bill einen langsamen sanften Beat unterlegte. Elvis gab sich Mühe, so zu singen wie jeder Herz-Schmerz-Sänger, den er je gehört hatte. Der Sprechteil kam von Herzen.

I love you because – because my heart… is lighter…

Sie spielten das Stück fünf- oder sechsmal, und jedesmal verbesserte Elvis seine Darbietung ein wenig. Da Scotty und Bill ihren Part beim Spielen ausloteten, sah er keinen Grund, nicht etwas anderes auszuprobieren, eine neue Phrasierung oder eine bessere Betonung des Textes.

»Ich bin mir bei dem hier zwar nicht sicher«, sagte Sam, »aber ich stell trotzdem die Maschine an und nehm es auf.«

Elvis pfiff die kleine Einleitung, was er von Bob Wills übernommen hatte. Das gab die Stimmung für den Song vor – kitschig und ernst zugleich.

Als der Take beendet war, sagte Sam: »Machen wir zwei draus.«

Elvis änderte seine Art zu singen ein wenig. Scotty stand ihm nicht nach und improvisierte mit diesen Änderungen.

»Take Nummer drei.«

Vier, fünf, sechs, sieben. Sie spielten und änderten den Song nach Strich und Faden. Sie machten rückgängig, was sie vorher erst verändert hatten. Sam ließ sich einfach nicht zufriedenstellen. Elvis war nicht klar gewesen, daß bei einer Plattenaufnahme so viele Pausen und Neuanfänge nötig waren, so viel leeres Band.

Sie nahmen sich »Harbor Lights« vor. Scotty zupfte sein Instrument im Stil einer zögernden Hawaiigitarre, spielte verschnörkelte kleine Akkorde. Elvis schnulzte, wie er es geübt hatte.

»Ist kein schlechter Song«, mehr ließ sich Sam nicht entlocken. »Machen wir eine Pause.« Er kam raus, um die Mikrofone nachzustellen, während Elvis ging, um Cokes aus dem Kühlschrank zu holen.

Die Klimaanlage im Kontrollraum entsandte einen Schwall kühler Luft. Elvis stellte sich vor die Ventilatoren, die kalten Flaschen in den Händen, und spürte, wie die Energie zurückkam. Er mußte da drinnen etwas bewirken. Auch Sams unendliche Geduld war garantiert irgendwann erschöpft, und Scotty und Bill schienen sich tödlich zu langweilen.

»Laß die Tür mal kurz offenstehen«, sagte Sam, der gerade den Kontrollraum betrat. »Ein bißchen Luft reinlassen. Da drin isses höllisch heiß.«

Elvis brachte den Jungs die Cokes. Bill trank seine auf ex.

Scotty drückte die Flasche an seinen Hals. »Ruhm und Ehre«, sagte er.

»So isses«, stöhnte Bill. »Das Leben eines Musikers.«

Elvis griff nach seiner Sound Star. »Hey, Scotty, weißt du noch, was wir neulich gespielt haben …«

Und damit schrammelte er den alten Song von Big Boy Crudup, »That's All Right«, ein ansteckendes flottes Stück über einen gefährlichen Burschen, der ein nettes Mädchen schamlos ausnutzt.

Das sang er im Falsett, sprang und hopste herum, zerhackte lachend den Text.

Scotty stellte die Coke ab, nahm seine Gibson und verfiel in einen raschen fröhlichen Beat – rack tacka rack tacka rack tacka.

Auf Bills Gesicht breitete sich ein breites dämliches Grinsen aus. Er schob sich unter seinen Baß und zupfte den passenden Rhythmus, schnitt Grimassen, klopfte auf dem Resonanzboden Synkopen.

Scotty spielte eine gegenläufige Phrase zu Elvis' Rhythmus. Elvis schrie den Song heraus.

Well that's all right, Mama
That's all right for you

Bill ließ die Saiten knallen. Scotty grinste übers ganze Gesicht...

Sam stürmte durch die Tür herein. »Was ist *das*?«

Elvis und Scotty brachen in lautes Gelächter aus. Bill sagte: »Das ist wild, stimmt's, Sam?«

»'tschuldigung, Sam«, sagte Scotty, »wir albern nur rum.«

»Schon möglich, daß ihr herumalbert«, sagte Sam, »aber daß ihr bloß nicht vergeßt, was ihr getan habt. Ich geh nämlich jetzt rein und nehm das verdammte Stück auf, solange ihr's noch könnt.«

»Was soll das heißen?« sagte Bill. »Meine Güte, Sam, wir haben doch bloß gespielt.«

»Scheiße, ich weiß! Das klang anders! Ihr habt *gespielt*!« Sams Augen glänzten. »Legt los und findet raus, wie ihr am besten anfangt. Du haust wie vorhin auf den Kasten, Bill, und Elvis, du singst genau wie eben. Bloß nicht langsamer werden. Das war gut! Ehrlich! Auf los geht's los!« Er ging in den Kontrollraum und schmiß die Tür hinter sich zu.

Elvis sah Scotty und Bill an. Scotty und Bill sahen ihn an. Für sie war die Musik nur ein Spaß gewesen, aber Sam war es ernst. Ihm gefiel sie.

»Wunder über Wunder.« Scotty nahm seine elektrische Wurlitzer-Gitarre aus ihrem Koffer.

Sie stellten sich wieder in Position. Elvis ließ die Sound Star um den Hals hängen – schließlich hatte seine Gitarre mit dem Song angefangen. Er fragte: »Habt ihr eine Ahnung, wie wir den Anfang hinkriegen?«

»Ich finde, wir sollten einfach loslegen«, sagte Scotty. »Ich spiele das Thema, und Bill, du spielst das.« Er demonstrierte einen einfachen eins-zwei Beat für den Baß, einen schnörkellosen Country-Rhythmus für Elvis. Dann schmückte er das Ganze mit flotten Licks auf seiner elektrischen Gitarre aus. Aber was den Song erst richtig in Gang brachte, war sein aufregend pulsierender, beschleunigter Beat, Rack tacka rack tacka…

Weeeelll that's all right, Mama
That's all right for you
That's all right, Mama
Just any way you do

Beim dritten Take war Elvis lockerer geworden. Sam sagte, sie seien schon ziemlich nah dran. »Macht weiter«, sagte er, »laßt es knacken. Scotty, nicht übertreiben. Es soll einfach sein. Und schnell.«

Der Blitz sprang über.

Elvis sang hoch und direkt, so wie er an seinem heimlichen Platz über dem Fluß gesungen hätte, zu seinem eigenen Vergnügen. Ihm war egal, ob er sich wie in Hillbilly anhörte oder nicht – er wollte den Song krachen lassen, wie Sam gesagt hatte. Er sprang und wackelte, um in Gang zu kommen, mußte aber auch die richtigen Griffe finden und seinen Mund immer in der gleichen Entfernung vom Mikrofon halten. Mit jedem Versuch wurde Sam aufgeregter. Die fünften und sechsten Takes waren besser, sauberer, die Ecken und Kanten geglättet.

Nach dem siebten rief er sie in die Kabine, damit sie sich das Playback anhörten. »Wir haben's fast«, sagte er, »fast.«

Es war kurz vor Mitternacht. Marion brachte eine Tüte mit kleinen Sandwichhäppchen. Scotty nahm drei; Elvis und Bill aßen jeder neun. Die Musik erfüllte Elvis, die Erregung dieses Songs durchströmte ihn. Er mußte ihn unbedingt noch besser machen.

»Jungs, wir müssen einfach schneller spielen«, sagte er kauend. »Ich hör ihn in meinem Kopf, und er ist *schnell.*«

»Recht hast du«, sagte Scotty. »Wenn ich mich gleich beim ersten Einsatz ranhalte...«

Sie gingen raus und nahmen einen noch schnelleren Take auf. Sam klatschte in die Hände. »Hey, das ist gut! Ja, Mann! Yeah!«

»Noch einmal«, sagte Elvis.

Bills Hand rutschte den Hals seinen Kontrabasses hinunter. »Ich weiß nicht recht«, sagte er, »wir haben's genau erwischt. Vielleicht sollten wir jetzt was anderes machen, ehe wir schlechter werden.«

»Ich hab Mist gebaut«, sagte Elvis. »Na los, Jungs. Wir packen aus. Noch einmal.«

»Noch einmal«, sagte Sam.

Elvis zählte an.

Er hatte ein genaues Bild von dem Song. Er wußte, wie man seine verborgenen Botschaften sang. Er war der Bösewicht. Das Mädchen war eine weniger herbe Miss Waverly, Dolores Roselle mit zärtlichen Augen.

Bei diesem Take, dem neunten, kreierte Elvis eine neue Art zu singen. Er sah den ganzen Song vor sich, er wußte, wie er ihn zu singen hatte, und dann ließ er sich gehen – schwenkte ein Bein, wedelte mit den Armen, durchwühlte die Luft –, und durch das Herumspringen bekam seine Stimme Feuer.

Scotty steuerte eine ganz einfache, zurückhaltende Gitarrenlinie bei, trieb ihn voran. Während des zweiten Gitarrenbreaks sang Elvis einen »Dee, dah, dee-dee«-Scat. Dazu klopfte, zupfte und wummerte Bill harmonisch, wie eine komplette Rhythmusgruppe.

Sams Hand drückte den Monitorknopf. »Huh, Wahnsinn! Diesmal habt ihr's gepackt, Jungs! Das isses! Ich komm raus!«

In Elvis' Innerem brannte ein Feuerwerk ab. Er wußte, soeben war ihm etwas gelungen, was noch kein anderer getan hatte.

Sam Phillips hatte ihn dazu gebracht, Scotty und Bill hatten mitgewirkt... aber verändert hatte sich Elvis. Auf einmal, beim letzten Take, hatte er es gepackt. Er hatte den Mund aufgemacht, war herumgesprungen und hatte gesungen, und es war einfach unglaublich geworden.

Sam wiederholte immerzu, es sei ein Hit, ein Hit müsse einfach ein Hit werden. Er rief sie im Kontrollraum zusammen. Sie stießen einander an und scherzten darüber, wie sie ihre erste Million Dollar ausgeben würden.

Sam fädelte das Band ein, ließ es anlaufen. Das »Doing« der Sound Star fiel mit Bills enthusiastischem Baß zusammen – Racka tacka tack tacka. Scottys elektrische Gitarre kam angerauscht, schnittig und elegant wie ein neues Auto.

Elvis' Stimme lag weit darüber. Der mächtige elektronische Nachhall ließ sie doppelt so laut klingen. Er mochte seine Stimme. In ihr lag Liebe, Lust und Rebellion. Das Gitarrensolo schrammelte vor sich hin. Der Song war schon fast vorbei, ehe er anfing.

»Hören wir's uns noch mal an«, sagte Elvis.

»Ja, Mann!« Sam spulte das Band zurück. Keiner sagte ein weiteres Wort. Elvis fragte sich, ob sie dachten, was er dachte: Ist der Song wirklich so gut?

Sie hörten ihn sich noch mal an. Sie starrten zu Boden, behielten ihr Lächeln für sich.

Dieser komische alte Song war nicht mehr komisch. Er war neu. Er war cool. Elvis hörte nichts, was daran nicht stimmte. Als er zu Ende war, hätte Elvis ihn am liebsten noch einmal gehört, sagte aber nichts. Sein Gesicht war rot angelaufen. Niemand sollte erfahren, für wie gut er diesen Song hielt.

Sam sagte: »Aller guten Dinge sind drei«, und spulte das Band zurück.

Elvis' Hand zitterte: zu viele Coca-Colas? Er versteckte sie hinter dem Rücken.

Der Song raste vorbei, schnell wie der Blitz.

Sam sagte: »Jungs, das ist ein Hit. Das hat's noch nie gegeben. Genau darauf habe ich gewartet. Jesus, ich danke dir. Jetzt brauchen wir noch eine B-Seite, und zwar heute nacht.«

Scotty und Bill grinsten so breit, daß Elvis wußte, *so etwas* hatte Sam noch nie gesagt.

Schulterklopfend drängten sie zurück ins Studio, benommen vom Lob und der Begeisterung darüber, etwas von vorne bis hinten richtig zu machen. Voller Euphorie griff Elvis nach seiner Sound Star. Schon fühlte er sich Scotty und Bill näher als je irgendeinem Freund, außer vielleicht Red West. Was diese Burschen miteinander verband, war ihre Musik. Am besten unterhielten sie sich mittels ihrer Instrumente. Sie waren stolz darauf, so zu spielen wie kein anderer. Zuerst hatten sie Elvis' Begeisterung widergespiegelt; jetzt waren sie selber begeistert.

Auf der Suche nach dem einen Song, den sie so beschleunigen konnten, daß er zu »That's All Right« paßte, spielten sie ein halbes Dutzend Stücke durch. Sam rauchte eine Zigarette nach der anderen. Marion machte noch eine Kanne Kaffee und verkündete, nun müßten sie allein für sich sorgen, sie führe nach Hause, schlafen.

Elvis hätte die ganze Nacht singen können. Er nahm sich den alten Bill-Monroe-Schlager »Blue Moon of Kentucky« vor. Er drehte und wendete den Song, alberte herum, wollte herausfinden, ob er die Jungs zu neuen Leistungen anstacheln konnte.

Und tatsächlich, Scotty griff nach seiner Gibson und klinkte sich ein, auch Bill Black nahm den Beat auf, und Sam sagte: »Das isses! Das isses! Legt los!« und eilte in den Kontrollraum.

Er sprach durch die Monitorbox. »Scotty, du spielst die Akustikgitarre. Bill, du setzt diesmal aus. Elvis, du singst.«

Den ersten Take bewältigten sie leicht und locker, tasteten sich nur an den Song heran. Scotty klimperte auf der Gibson, während Elvis nach Stellen suchte, wo er seine vokalen Sprünge,

Hopser und Übertreibungen anbringen konnte. Offenbar gefielen Sam diese Scherze, daher gab ihm Elvis jede Menge davon. *Blue moon of-a Kentucky, a-keep on shinin'*

Sam kam heraus und strahlte. »Hey, das ist prima. Teufel auch, mal was anderes. Das ist ja beinah ein Popsong!«

Alle lachten.

»Also dann. Elvis an der akustischen, Scotty an der elektrischen und Bill, diesmal spielst du mit. Macht es doppelt so schnell.«

Elvis sagte Yeah! und Scotty sagte Yeah!

Bill sagte: »Bill Monroe würde sich im Grab umdrehen.«

»Er lebt noch«, wandte Scotty ein.

Elvis grinste. »Los, bringen wir ihn um.«

Elvis stellte sich wieder ans Mikrofon. »Keine Ahnung, was wir mit dem alten Carl Perkins da drüben anstellen«, sagte er grinsend. Sie legten los wie die wilde Jagd, so schnell, wie Scotty »Wabash Cannonball« gespielt hatte.

Als sie beim sechsten Take angelangt waren, legte Elvis gleich zu Beginn des Songs mit seinen Kunststückchen los, rief ein paarmal *Blue moon* und streute dann ein paar Kiekser ein

Blue moon, keep on-a shining bright
You gonna bring-a me back-a my baby tonight

und hickste bis zum Ende durch den Song. Es war überdreht und wüst. Der gute alte »Blue Moon of Kentucky« rumpelte über eine lange Startbahn, hob ab und flog.

Elvis hopste herum, wie er es auf dem Talentwettbewerb der High-School getan hatte, damit die Mädchen kreischten. Er ließ die Musik durch seinen Körper ins Freie strömen. Er mußte sich bewegen, damit seine Stimme diesen wilden hemmungslosen Unterton bekam. Er konnte dabei nicht stillstehen. Warum, wußte er nicht.

Sam war begeistert. Er spielte das Playback des siebten Takes immer und immer wieder vor, bis Bill sagte: »Hör auf, Sam. Hey, es ist zwei Uhr morgens.«

Elvis hätte liebend gern im kühlen Kontrollraum gehockt und sich bis zum Sonnenaufgang seine Songs angehört. Doch Sam sagte, sie alle hätten in dieser Nacht gute Arbeit geleistet. »Ich bringe irgendwen dazu, daß er das spielt«, sagte er. »Das weiß ich.«

Er preßte für jeden eine Azetatkopie der Scheibe. »Hört's euch am Morgen an, mal sehen, was ihr davon haltet«, sagte er. »Achtet drauf, ob ich verrückt bin. Achtet drauf, ob es immer noch gut ist.«

Elvis verabschiedete sich und trat auf den Gehsteig. An der schwülen Luft fühlte er plötzlich, wie erschöpft er war. Seine Haare hingen ihm in die Augen. Sein schweißverklebtes neues Hemd pappte an seinem Rücken. Seine Hand tat weh. Am Morgen würde er aufstehen und für Crown den Laster fahren.

Er hievte sich in seinen Wagen.

Beim Fahren stahl sich ein Lächeln in sein Gesicht, ein müdes Lächeln, nur für ihn selbst. Er hatte den Talentwettbewerb gewonnen, er hatte Sam Phillips dazu gebracht, ihm zuzuhören, und jetzt hatte er einen Hit eingespielt. Die Platte in dem weißen Umschlag war ein Hit. Das wußte er.

Er hatte es gewußt, was er tun mußte. Er war reingegangen und hatte es getan. Seine Macht ängstigte und erregte ihn. Er konnte alles tun. Er mußte nur daran glauben.

28

Am Samstag morgen ging Elvis zum Münztelefon am Supermarkt Maxie's und wählte die Nummer des Studios.

Sam sagte, ein Demo habe er schon Uncle Richard gegeben, dem Country-DJ der Nachtsendung von WMPS. »Ihm gefällt ›Blue Moon of Kentucky‹, und er spielt es heute abend in seiner Sendung.«

Elvis schlug mit der Hand gegen die Wand. »Oh, du machst wohl Witze! Sam, das ist toll!«

»Und jetzt paß auf. Eins hab ich gerade zu Dewey Phillips von

WHBQ gebracht, kennst du die Sendung ›Red Hot and Blue‹? Er ist schier ausgeklinkt, mein Junge. Er fand beide Songs großartig, aber besonders ›That's All Right‹. Heute abend hat er Tennessee Ern in der Sendung, schwört aber, daß er sie beide irgendwann nach halb zehn auflegt.«

»O Mann, wie schnell das geht! Was hast du den Burschen *gesagt*?«

»Ich hab gar nichts gesagt. Ich hab bloß die Platte vorgespielt..«

»Das ist… es ist…!«

»Ja, das stimmt. Jetzt bring ich eine rüber zu Sleepy-Eyed John. Und vergiß nicht, heute abend dein Radio einzuschalten.«

»Keine Bange.« Elvis wollte es nicht in den Kopf, wie schnell sich alles entwickelte. Jede Stunde brachte eine neue gute Nachricht.

Sam schloß mit: »Ruf mich morgen wieder an«, und legte auf.

Elvis stand da, den Telefonhörer in der Hand. Die Kassiererin von Maxie's kam an die Tür, um den Grund für diese Aufregung herauszufinden. Elvis zwinkerte ihr betont geheimnisvoll zu und schritt wie auf einem Luftkissen davon.

Er schwebte direkt nach Hause. Vernon schnarchte auf der Couch. Dodger brütete über ihrem Puzzle. Gladys kniete vor dem Herd, den Kopf in der Bratröhre; ihre freie Hand tauchte eine Bürste in einen Eimer mit Seifenwasser.

Elvis ging in sein Zimmer, den weißen Umschlag holen.

»Hey, Mama, komm mal kurz her.«

»Ich bin beschäftigt.« Es klang, als wäre sie weit weg.

»Es ist wichtig, Ehrenwort. Daddy, wach auf!«

»Stör deinen Daddy nicht«, sagte Dodger, »laß ihn sein Nickerchen machen.«

»Daddy, komm schon.« Elvis pickste Vernon mit dem Finger in die Rippen.

»Hä? Was? Was ist los?« Vernon blinzelte und setzte sich verwirrt auf. »Was gibt's denn?«

»Wach mal kurz auf«, sagte Elvis. »Ich hab 'ne Überraschung.«

Gladys tauchte auf, ein Tuch um die Haare gebunden, einen Rußfleck auf der Wange. Das Herdscheuerpulver hatte ihre Augen zum Tränen gebracht. »Schatz, ich bin gerade beim Putzen.«

»Es dauert nur einen Moment«, sagte Elvis. Er ging zum Plattenspieler, legte die Azetatscheibe auf den Plattenteller und senkte den Tonarm. Der rhythmische Racka-tacka sprang in das Zimmer, dann Elvis' Stimme. Er trat zurück und beobachtete die anderen. Bei der ersten Strophe von »That's All Right« sahen sie aus, als wüßten sie nicht, warum man sie zwang, sich diese rüde Musik anzuhören.

Elvis hielt die Spannung nicht mehr aus. »Das bin ich«, platzte es aus ihm heraus. »Ich singe da.«

Gladys' Augen weiteten sich. »Du machst wohl Witze. Das bist du nicht.«

»Klingt überhaupt nicht wie du«, sagte Dodger.

Vernon stieß einen Seufzer aus. »Ich wollte ein bißchen schlafen...«

Elvis trat grinsend zurück und war mächtig stolz.

Er drehte die Scheibe um, spielte »Blue Moon of Kentucky«. Dodger wippte mit dem Fuß. Sie sagte, dieser Song gefalle ihr besser, weil sie ihn schon kenne.

Als es zu Ende war, rief Gladys: »Elvis, das ist phantastisch! Ich kann's nicht glauben, daß du das bist!«

Er konnte es selbst kaum glauben. Auch am hellichten Tag klang der Song immer noch cool.

Er legte den Arm um sie. »Stell dir vor«, sagte er, »heute abend spielen sie die Platte im Radio. ›Uncle Richard‹ auf WMPS und ›Red Hot and Blue‹ auf WHBQ... vielleicht sogar ›Sleepy-Eyed John‹.«

»O Elvis«, sagte sie, »das ist einfach – es ist phantastisch, mein Junge! Ich bin so stolz auf dich. Vernon, ist das nicht phantastisch?«

»Allerdings.« Vernon gähnte, schwang seine Füße zurück auf die Couch. »Wirst du dafür bezahlt?«

»Das nicht, Daddy, aber vielleicht machen sie 'ne Platte davon und versuchen dann, sie zu verkaufen.«

Vernon sagte: »So ungefähr hab ich mir das vorgestellt.«

»Wenn du meine Meinung hören willst«, sagte Dodger, »ich glaube, daß den Leuten ›Blue Moon‹ besser gefallen wird als der mit den schlechten Nachrichten. Die Leute hören nicht gern schlechte Nachrichten.«

»Weiß nicht«, sagte Elvis. War es ein Fehler gewesen, mit seinem großen euphorischen Ballon hier aufzutauchen, damit sie ihn platzen ließen? Und wenn sich Sam Phillips und die Diskjockeys irrten? Wenn alle die Platte scheußlich fanden?

»Schatz, lauf mal rüber zu Maxie's«, sagte Gladys, »ruf Johnny und Travis an, sie sollen zum Abendessen rüberkommen und danach bleiben und deinen Song im Radio hören.«

»Wir können's uns nicht leisten, deine Verwandtschaft durchzufüttern«, sagte Vernon mit geschlossenen Augen. »Die sollten uns durchfüttern.«

Gladys verdrehte die Augen. »Das ist heute was Besonderes«, sagte sie. »Nun geh, mein Junge, und tu, was ich dir gesagt habe. Ich hab ein ganzes Brathähnchen und mach dazu einen Kartoffelsalat. Es gibt genug für jeden.«

»Gefällt's dir wirklich, Mama?« fragte Elvis. »Sag die Wahrheit. Glaubst du, den Leuten wird's gefallen?«

»Ich hab nichts gesagt«, verwahrte sich Dodger. »Ich hab bloß gesagt, mir gefällt ein Song besser als der andere.«

»Ziemlich schwierig, hier ein Nickerchen zu machen«, sagte Vernon.

»Also Vernon, dahinten steht ein wirklich gutes Bett, da kannst du dich reinlegen.« Gladys kniete sich vor den Herd. »Ist das denn zu fassen? Unser Junge im *Radio*. Ich wünschte, ich könnte es allen in Tupelo erzählen. Schatz, spiel die Platte noch mal. Ich hab's beim erstenmal nicht richtig gehört.«

Elvis hob den Tonarm und fing mit »That's All Right« an.

Vernon tat, als schnarche er.

Der Nachmittag war zu lang. Elvis hatte zu viel Zeit zum Grübeln, um die Scheibe so oft zu spielen, bis sie albern, hohl und angeberisch klang.

Die Löcher in seinem Selbstvertrauen wurden größer.

Verlaß das Haus.

Er fuhr zu Crown Electric. An diesem Samstag war nicht viel los; Joey Weaver hatte schon früh sämtliche Lieferungen erledigt, und Elvis wurde nicht gebraucht.

Beschäftige dich mit irgendwas.

Er verließ die Stadt, fuhr zu seiner über dem Fluß gelegenen Wiese. Er saß auf der Motorhaube seines Autos und versuchte, lockerer zu werden. Die summenden Insekten machten ihn noch nervöser.

Denk an was anderes.

Er hob die Sound Star und spielte »Harbor Lights«. Es machte ihm keinen Spaß. Er war nicht mit dem Herzen dabei. Er konnte nicht stillsitzen. Wieder hörte er im Kopf seine Platte.

Er schloß die Augen und bewegte sich nicht, während er probierte, bis sechzig zu zählen. Bei achtundvierzig hielt er es nicht mehr aus. Er stieg wieder ins Auto, fuhr in die Stadt, ins »Gridiron«. Fünf Cheeseburger und Patti Pages Song »Doggie in the Window« beruhigten ihn ein wenig. Wenigstens war seine eigene Platte besser als das, egal wann, wie und wo.

Als er wieder ins Auto stieg, stampfte Billy Haley gerade durch »Shake, Rattle and Roll«, so sauber geklaut, wie es Elvis selten gehört hatte. Haley hatte Joe Turners Arrangement, Rhythmus und den kompletten Sound übernommen und ins weiße Radio übertragen. Davon verkaufte er eine Million Platten. Elvis hoffte, das gleiche mit Bad Boy Roberts zu schaffen.

Als er nach Hause kam, fuhr Johnny gerade in seinem Pickup vor. »Was sind denn das für große Neuigkeiten, Junge! Das ist ja toll!«

»Danke, Johnny.« Er ließ seine Gitarre im Zephyr liegen und folgte Johnny ins Haus.

»Was ist los, Elvis? Besonders glücklich siehste ja nicht gerade aus.«

»Weiß nicht. Bin wohl irgendwie nervös.«

»Vergiß das einfach. Komm rein und spiel mir deine Platte vor!« So wie Johnny es aussprach, reimte sich »Platte« auf »Gnade«.

Im Haus war es unterträglich heiß und miefig, ein penetranter Fettgestank drang aus der Küche. Das hieß, Gladys briet das Hähnchen. Dabei ließ sie sich nur ungern stören.

Dodger stand von ihrem Puzzle auf, um sich von Johnny umarmen zu lassen.

Johnny wandte sich Elvis zu. »Na dann, Mr. Sound Star, leg sie auf.«

»Sag mir ehrlich, was du davon hältst, Johnny.« Elvis schluckte und senkte den Tonarm.

Er ertrug es nicht, Johnny beim Zuhören zu beobachten. Elvis gab vor, sich für irgendwas zu interessieren, das draußen vor dem Fenster vorging.

Als er sich umdrehte, lächelte Johnny breit. »Das ist gut, El! Ehrenwort. Das hat wirklich Pep. Teufel auch! Mit welchen Jungs spielst du da?«

»Scotty Moore und Bill Black«, sagte Elvis. »Sie gehören zu den Cadillac Cowboys. Hier, wir haben auch eine B-Seite.« Er spielte »Blue Moon of Kentucky«.

Johnny hörte zu, klopfte sich im Takt aufs Knie. »Wirklich verdammt gut, Elvis. Ehrlich. Das ist prima.« Er schüttelte den Kopf. »Und sie spielen dich im Radio. Teufel auch, Junge, in einer Woche hast du mehr erreicht als ich in all meinen Jahren als Klampfenspieler zusammengenommen. Ich bin stolz auf dich.«

Nach diesem Lob hätte Elvis eigentlich abheben müssen, doch im Augenblick fühlte er sich erdverhaftet, und ihm war recht mulmig zumute. Den ganzen Tag lang hatte er Aufregung und Angst in großen Dosen schlucken müssen. Jetzt sorgten seine Nerven und der Brathähnchengeruch dafür, daß sein Magen Karussell fuhr.

Vernon traf mit Travis und dessen übermütigem Beagle ein. Elvis nutzte die Ablenkung, um sich ins Bad zu flüchten. Sein Gesicht fühlte sich feucht an. Er ging vor der Toilette in die Knie.

Er spuckte, aber nichts geschah.

Nach ein, zwei Minuten war ihm klar, daß er doch nicht kotzen mußte. Was in ihm schwappte, war eine Mischung aus Aufregung, Aufmerksamkeit, Erwartung, Angst und Verlangen, eine üble Soße. Er mußte raus aus diesem Haus. Er hielt es nicht aus, seinen Song zu hören, während alle dabei waren.

Er saß auf dem Klodeckel, bis sich sein Magen beruhigt hatte. Er durfte jetzt nicht schlappmachen, nicht wo gerade alles gut lief. Er mußte der coolste Junge in der Straße sein. Er spritzte sich Wasser aufs Gesicht und schlich in die Küche. »Mama, mir geht's nicht besonders.«

»Was ist denn los, Baby? Du bis ja ganz rot im Gesicht. Komm mal her!« Sie fühlte seine Stirn. »Bekommst du etwa Fieber?«

»Nein, ich bin nicht krank. Bloß – ich kann nicht hier bleiben. Es macht mich so nervös, wenn alle hier sind.«

»Deine Songs sind gut. Warum bist du nervös?«

»Keine Ahnung. Ich – ich kann's nicht erklären, ich muß ununterbrochen daran denken. Ich muß einfach raus hier. Ich fahr rüber ins Loew's. Vielleicht bringt mich das auf andere Gedanken.«

Sie runzelte die Stirn. »Also, Elvis …«

»*Laß* mich in Ruhe, Mama. Ich hau ab!«

So schroff war er noch nie zu ihr gewesen.

»Entschuldige«, fuhr er angesichts ihrer sprachlosen Verblüffung fort, »bitte versteh das. Ich muß jetzt allein sein. Ich finde es großartig, daß du Johnny und Travis zum Feiern hergeholt hast, aber du mußt mir wohl einen Hähnchenschenkel aufheben. Ich komme später heim.« Er küßte sie, tätschelte ihr die Schulter und schlich sich aus der Hintertür.

Sofort ging es ihm besser. Im Westen stand die Sonne tief am Himmel, heizte die ohnehin große Hitze noch weiter auf. Er stieg in den Zephyr und fuhr direkt zum kältesten Gebäude in Memphis, dem gerade erst mit einer neuen Klimaanlage ausgestatteten Loew's Kino.

Auf die Türen gemalte zigarettenrauchende Pinguine sagten: »Treten Sie ein – innen ist es KOOL!« Das Kino war proppenvoll mit Leuten, die sich die Red-Skelton-Komödie über einen Diamantendiebstahl und den Western mit Gene Autry und Slim

Pickens in den Hauptrollen ansehen, im Dunkeln sitzen und die von gewaltigen Kühlaggregaten hereingepumpten Ozeane gekühlter Luft genießen wollten.

Elvis fand einen Platz in der dritten Reihe, zwischen einem dicken Mann und einem kleinen Mädchen. Der Dicke fand alles umwerfend komisch, was Red Skelton machte. Das Mädchen spähte ständig um Elvis herum, weil sie den Mann prusten und lachen sehen wollte.

Elvis bekam den Film gar nicht richtig mit. Jede Menge Autoverfolgungsfahrten, und Red Skelton schnitt Grimassen. Er stellte sich vor, wie viele Menschen in diesem Moment in ihren Autos durch Memphis schlichen oder zu Hause vor ihren eingeschalteten Radios saßen.

Die maschinengekühlte Luft roch wie der Kontrollraum von Sun Records, was ihn an seine Schallplatte erinnerte, und an die Rundfunksender, wo sie von echten Diskjockeys auf einen Plattenteller gelegt wurde, und an die hohen Masten, die darauf warteten, seine Stimme über den Äther zu schicken...

Er war froh, daß er nicht zu Hause war und an diese Dinge dachte, während ihn alle ansahen.

Er quetschte sich an dem dicken Mann vorbei und ging den Gang nach oben. Einige Leute sahen den Film mit geschlossenen Augen und lächelten in der kühlen Luft.

Der neue Platzanweiser, ein magerer, pickliger Knabe, beleuchtete mit seiner Taschenlampe Elvis' schicke Schuhe mit den weißen Spitzen, als er hinausging.

Er kaufte sich eine Portion gebuttertes Popcorn, zwei Schachteln Milk Duds und eine Traubenlimonade. Die neue Popcornverkäuferin lächelte ihn kokett an, als sie ihm sein Wechselgeld aushändigte, doch Elvis war zu sehr in Gedanken versunken, um mit ihr zu flirten.

Er trug seine Fressalien den Gang hinunter. Diesmal nahm er in der ersten Reihe Platz. Der Skelton-Film war zu Ende; Slim Pickens' graues Gesicht füllte die Leinwand. Slim fluchte, kochte vor Wut und schmiß seinen Hut zu Boden, spielte den Trottel neben dem Star. Gene Autry lächelte über seine Ausfälle. Genes Zähne funkelten. Er ritt ein schönes Pferd mit schickem Zaumzeug.

Elvis kaute auf einem Milk Dud herum. Er stellte sich Sam Phillips, Scotty, Bill und Marion Keisker vor, die jeder für sich an ihren Radios auf Sendersuche gingen. Er dachte: Na ja, wenn gar nichts anderes passiert, dann haben sie deine Songs wenigstens einmal im Radio gespielt.

Er hörte, wie jemand »Elvis?« sagte.

Er drehte sich um.

In dem von der Leinwand reflektierten Licht sah er, wie seine Mutter langsam den Gang herunterkam und in jeder Sitzreihe nachsah. »Elvis?«

Er stand auf. »Mama?«

»Pst«, machte hinter ihm eine Frau.

Elvis trat in den Gang. »Mama?«

Sie warf die Hände in die Höhe. »Da bist du ja!«

»Mama, was ist denn los?«

»Pssssst!«

»Oh, selber pst, du freches Ding«, fauchte Gladys. »Komm mit, Elvis, wir verschwinden von hier.«

Das ließ die Leute in der Nähe lauter kichern als irgendwas im Film.

Elvis folgte ihr den Gang hinauf und hinaus ins Foyer. »Mama, was ist denn?«

»O Schatz, es ist passiert. Ein Wunder ist geschehen. Gerade kam ein Anruf aus dem Sender. Du sollst unbedingt hinkommen! Sie haben deine Songs schon ein paarmal gespielt. Die Leute rufen ständig an und schicken Telegramme – nun komm schon, wir müssen uns beeilen! Sie interviewen dich im Radio!«

Die Popcornverkäuferin glotzte. Elvis glotzte. »Mama. Du nimmst mich auf den Arm.«

»Aber nein. Nun komm endlich.«

Er folgte ihr nach draußen und versuchte dabei, aus ihren Worten schlau zu werden. Offenbar hatten sich Johnny und Travis irgendeinen gigantischen Scherz ausgedacht, um ihn zurück auf die Party zu locken.

»Ich bin mit meinem Auto da«, sagte er.

»Dann fahr ich mit dir. Wir müssen *sofort* los.«

Sie stiegen in den Zephir. Elvis ließ den Motor an.

»Rasch«, sagte sie, »schalt das Radio ein.«

»Welchen Sender?«

»Dieses ›Red White and Blue‹-Ding«, sagte sie. »Nun mach doch endlich!«

Er fand ihn ganz oben auf der Skala – die hektisch-undeutliche Stimme von Dewey Phillips, der nachts auf WHBQ den DJ und schnellsprechenden Werbeansager machte. »Und jetzt kriegt ihr ein Chaos aus wilden Hühnern mit abgeschnittenen Köpfen, seht euch an, wie sie rumrennen – und sagt ihnen, ihr habt's von Phillips auf Red – Hot – and *Blue* gehört! Der live aus dem Hotel Chiska zu euch kommt – auf der Lageretage! Und jetzt spielen wir den Song, wegen dem alle Welt hier anruft – hier ist er direkt von Mr. Sam Phillips bei Sun Records hier in Memphis« – und dann, während seine Stoppuhr tickte, spielte Dewey »That's All Right«. Er ließ sein Mikrofon dabei offen, summte gelegentlich mit, sagte nach dem Gitarrenbreak »Jou! Bring's, Junge«, kicherte laut, als gefalle ihm der Song so gut, daß er nicht stillbleiben könne.

Elvis trat das Gaspedal durch. Seine Träume überschlugen sich, bumm bumm bumm, Enten in einer Schießbude.

»Mama, wohin fahren wir?« fragte er.

»Ins Hotel Chiska.«

»Ich glaub's einfach nicht«, murmelte er.

»Ich auch nicht. Dein Daddy ist so glücklich – ach, und Johnny ist außer Rand und Band.«

Bei den letzten Takten von »That's All Right« krähte Dewey Phillips: »Mama findet das in Ordnung, ich find's auch in Ordnung – ihr habt's nicht anders gewollt, Leute – dann woll'n wir mal umdrehen – wir spielen noch mal die Rückseite! Meine Damen und Narren, Bill Mun-roe in der Version von Ellllvis Presley.« Und dann folgte »Blue Moon of Kentucky«.

Elvis umklammerte das Lenkrad. »Ich glaub's einfach nicht.«

Gladys sagte: »Es ist ein Wunder.«

Dewey meldete sich zurück: »Yeah yeah yeah Jungs und Damen, das ist brrrandheiß – hier habt ihr's zuerst gehört, wir sind Red – Hot – und *Blue*! Wir versuchen gerade, den Burschen jetzt hierherzukriegen, also bleibt jetzt dran, dranbleiben!« Seine Stimme ging in eine Werbung für San-Ann-Benzin über.

Elvis kam kreischend zum Stehen. Das Chiska war ein großer alter Backsteinbau, dessen bessere Zeiten schon so lange vorbei waren, daß sich keiner mehr daran erinnerte.

»Ich bleibe hier«, sagte Gladys. »Laß den Schlüssel da, damit ich dir zuhören kann.« »O Mama, komm mit rauf.«

»Du brauchst mich nicht. Ich sitz einfach hier und hör zu. Benimm dich ordentlich bei dem Mann. Er klingt irgendwie eigenartig.«

»Also gut. Wünsch mir jedenfalls Glück.«

»Viel Glück, Schatz.« Sie küßte ihre Finger und berührte seine Wange.

Elvis weckte den uralten Hotelpagen und erkundigte sich nach dem Weg, nahm dann immer zwei Stufen auf einmal bis zu einer Tür mit der Aufschrift »WHBQ – Memphis Music!«.

Eine dunkelhaarige Frau schaute auf, als er eintrat.

»Ich möchte Dewey Phillips sprechen«, sagte er.

»Tut mir leid, er ist auf Sendung. Sie müssen warten.«

Über den Lautsprecher an der Wand hörte Elvis sich selbst »That's All Right« singen.

Er deutete auf die Lautsprecherbox. »Nein, hören Sie – das bin ich. Das ist mein Song. Er hat bei mir angerufen. Er wollte, daß ich herkomme und im Radio bin.«

»Oh! Ach so! Aber natürlich! Kommen Sie rein!« Sie hüpfte hektisch von ihrem Stuhl auf. »Sie sind Elvis? Meine Güte, der Song ist ein Renner. Seit Dewey ihn das erstemal aufgelegt hat, hab ich neunundvierzig Anrufe entgegengenommen.« Das Telefon klingelte. »Fünfzig.« Sie warf Elvis ein strahlendes Lächeln zu und nahm den Hörer ab. »WHBQ Memphis Music! Aha? Ja, danke sehr, uns gefällt er auch. Nein, er heißt Elvis Presley. Nein, das weiß ich nicht. Ich arbeite nur im Sender. Da-da-das wär's dann, tschüs.«

Sie legte auf. »Der Bursche ist gerade mit Telegrammen vom Büro der Western Union hergekommen. Ich hab so was noch nie ...«

Wieder klingelte das Telefon.

»Entschuldigung«, sagte sie. »Seien Sie schön leise und gehen Sie durch die Tür da drüben. Winken Sie Dewey zu, ehe Sie reingehen – er ist auf Sendung. WHBQ Memphis Music! Ja. ›Blue Moon of Kentucky‹. Also, das hat er schon siebenmal gespielt, Ma'am, ich weiß nicht recht, ob er es noch mal...«

Elvis schloß rasch die Tür, damit die samtene Stille im Inneren des Raums nicht gestört wurde. Dann ging er über einen langen, mit Teppichboden ausgelegten Flur bis zu einem mit Glasscheiben abgetrennten Zimmer, in dem ein Mann über einem Mikrofon kauerte, etwas vor sich hin nuschelte und mit jeder Hand Schallplatten drehte.

Elvis lenkte seine Aufmerksamkeit auf sich.

Der Mann winkte ihn herein, drehte sich im Sitzen zu ihm um. »Na, hallo auch, junger Mann. »Du mußt Elvis sein.«

»Ja, Sir, bin ich«, sagte Elvis. Er sah nirgends ein rotes Licht.

»Setz dich, mein Junge, setz dich! Laß mich deine Hand schütteln! Da hast du ja eine ziemliche Platte gemacht – die Telefone laufen heiß – Leute von hier bis Little Rock schicken Telegramme – Mann, du schlägst ja mächtig ein!«

»Tja, das ist – wirklich 'n Ding«, sagte Elvis. »Danke, Sir.«

Dewey Phillips hatte ein sehr offenes Gesicht, buschige Augenbrauen und eine angeknabberte Unterlippe, die vermuten ließ, daß er innerlich so angespannt war wie eine Uhrfeder. Elvis hörte seine Sendung seit Jahren. Deweys Markenzeichen war, so schnell zu reden, daß man ihn kaum verstand. Er setzte die Nadel auf den Anfang der Rille von »That's All Right«.

»Jetzt setz dich mal, mein Junge, ich werd dich jetzt interviewen.«

»Ich bin noch nie interviewt worden», gestand Elvis. »Ich kenn mich da nicht groß aus.«

»Sag bloß nichts Schmutziges. Jetzt erzähl mal – du bist aus Memphis, stimmt's?«

Im Hintergrund schrammelte Scottys Gitarre. »Ja, Sir. Ursprünglich komme ich aus Tupelo, Mississippi.«

»Das ist schön. Wer sind deine Eltern?«

»Äh, mein Daddy ist Vernon Presley, und meine Mama heißt Gladys.«

»Welche Schule hast du besucht, Elvis?«

»Humes.«

»Du meinst die Humes High-School hier bei uns in Memphis, oder?« sagte Dewey.

»Ja, Sir.«

»Wann hast du deinen Schulabschluß gemacht?«

»Erst in diesem Jahr.«

»Wie lange spielst du schon mit deiner Band zusammen, Elvis?«

»Nun ja Sir, nicht lange. Ein paar Wochen oder so.«

»Ein paar Wochen! Das ist ja ein Ding. Habt ihr denn schon irgendwelche Auftritte hier in der Gegend vereinbart?«

»Nein, Sir, aber das würd' ich wirklich gern machen, falls sich die Gelegenheit ergibt.«

»Ich möchte dir ein paar der Telegramme vorlesen, Elvis. Auf dem hier steht: ›THAT'S ALL RIGHT MAMA IST MEHR ALS ALL RIGHT STOP WER IST DIESER ELVIS? GRÜSSE ANGELA.‹ Ist das nicht Spitze?«

»Aber ja Sir, das ist – irgendwie irre«, sagte Elvis. »Das ist alles wirklich kaum zu glauben.«

»Und dieses hier: ›ELVIS ICH LIEBE DICH BITTE HEIRATE MICH BETTY ANN.‹ Vielleicht solltest du dir die Telefonnummer von dem Mädchen besorgen, hahaha – und hier ist noch eins, ›TOLLER NEUER SÄNGER IN DEINER SENDUNG‹, aus Shiloh in Tennessee. Danke sehr, Shiloh.«

»Äh, das war wirklich nett von den Leuten, sich solche Umstände zu machen«, sagte Elvis. »Empfängt man Sie denn sogar noch in Shiloh?«

»Und wie. Na dann, was sind das für Jungs, die mit dir spielen?«

»Scotty Moore an der Gitarre, und Bill Black am Kontrabaß.«

»Das ist Elvis Presley, und die Plattenfirma heißt Sun Records, stimmt's? Hast du vor, noch eine Platte zu machen?«

»Wenn Sam mich läßt«, sagte Elvis.

»Hahaha! Und ob, nach dem heutigen Abend. Danke dir, Elvis, schön, daß du hier warst.«

Dewey lehnte sich zurück, zündete eine Zigarette an und fuhr die Werbung für Luzianna-Kaffee ab. »Vielen Dank, mein Junge, ich glaube, du hast da wirklich 'ne Riesensache am Laufen«, sagte er und deutete auf den Plattenspieler.

Elvis fragte: »Wollen Sie mich denn nicht interviewen?«

»Das hab ich soeben«, antwortete Dewey Phillips. »Das Mikro war eingeschaltet.«

»Es war – was? Oh – o nein! Hoffentlich hab ich nichts Falsches gesagt.«

Er war gar nicht vorgewarnt worden! Er hatte einfach den Mund geöffnet und gesagt, was ihm gerade in den Sinn kam!

»Du hast dich gut gehalten«, sagte Phillips. »Weißt du, eine Menge Anrufer heute dachten, du seist ein Farbiger, so wie du klingst. Darum wollte ich dich hier haben, du solltest ihnen erzählen, daß du die Humes High besucht hast, damit sie wissen, daß du ein Weißer bist.«

»Das haben sie gedacht?« sagte Elvis. »Wie kommen die Leute denn auf die Idee ...«

»Anhand der Platte läßt sich's schwer raushören«, sagte Dewey. »Und wenn man dann noch Elvis heißt ... Hör mal, Kleiner, ich muß jetzt weitermachen – aber vorher sollst du wissen, ich hab noch nie erlebt, daß eine Platte so eingeschlagen hat wie deine heute abend. Paß auf dich auf. Ich meld mich bei Sam. Und ich werd diese Scheibe spielen, verlaß dich drauf.«

»Hey, danke, Mr. Phillips, das ist toll.«

»Möchtest du die Telegramme haben? Nimm sie ruhig mit. Komm doch morgen mal vorbei, bestimmt haben wir dann noch mehr.«

Elvis raffte den Stapel gelber Zettel zusammen und schwebte über den Korridor, durch das Büro der Dame am Empfang, die Treppe hinunter zum Auto.

Seine Mutter hatte tränenfeuchte Augen und preßte die gefalteten Hände vor den Mund.

Elvis stieg ein. »Mama, ich schwör's, ich wußte nicht, daß das gesendet wurde«, sagte er. »Ich kann mich an kein einziges Wort erinnern.«

»O Elvis, ich bin so stolz«, sagte sie. »So was von stolz.«

»Hab diesen Stapel hier gekriegt.« Er deponierte die Zettel auf den Sitz. »All diese Leute haben Telegramme geschickt.«

Gladys schaute aus dem Fenster. »Als du klein warst und damals auf der Messe gesungen hast... ich hab deinem Daddy gesagt, du hättest eine besondere Begabung. Ich wollte dich nach Hollywood oder sonstwohin bringen, damit die Leute dich singen hören konnten.«

»Mama...«

»Pst, Schatz, wart's ab. Er hielt mich für verrückt. Er hat gesagt, genau das dächte jede Mutter von ihrem Kind. Aber ich wußte, es war mehr als das. Ich wußte es. Ich spürte es. Ich hab's dir gesagt.«

»Das weiß ich noch«, sagte er.

»Und jetzt bist du losgezogen und hast es getan«, sagte Gladys. »Und auch dein Daddy hatte recht. Wir mußten nicht nach Hollywood fahren. Es steckte einfach in dir. Du hast immer gewußt, daß du was Besonderes warst.«

»Ich weiß, Mama.«

»Du hast alles abbekommen, was für deinen armen Bruder bestimmt war.« Sie schüttelte den Kopf. »Ich hatte immer so eine Ahnung.«

»Ich weiß.« Elvis ließ den Motor an. »Ich auch.«

29

Sonntag morgen kam Sam Phillips bei den Presleys vorbei und berichtete, sieben Diskjockeys aus Memphis hätten angerufen und um eine Demo-Scheibe von »That's All Right« gebeten. Marion sei in der Stadt unterwegs, um welche zu verteilen.

»Mann o Mann.« Elvis sank auf einen Stuhl.

Gladys bot Sam einen Doughnut aus dem Piggly-Wiggly-Supermarkt-Karton an. »Das ist alles so aufregend«, sagte sie.

»Die DJs spielen immer erst die eine Seite, dann drehen sie die Scheibe um und spielen die andere«, fuhr Sam fort. »Alle kriegen Anrufe. Die Country-Fans mögen besonders ›Blue Moon of Kentucky‹.«

»Ist es wirklich ein Hit, Sam?« fragte Elvis. »Ich meine, läuft es so ab, wenn man einen Hit hat?«

»Keine Ahnung, ich hatte noch nie einen«, antwortete Sam, »ich glaube aber, wir müssen zuerst ein paar Platten verkaufen. Wenn ich genügend hätte, könnte ich noch heute fünftausend verkaufen. Die Plattenpressen laufen auf Hochtouren, aber die erste Lieferung ist erst in einer Woche soweit. Es geht alles zu schnell.«

Gladys goß ihm Kaffee nach. »Glauben Sie nicht, die Leute warten noch eine Woche, wenn es um so was geht?«

»Ich weiß es nicht, Miz Presley, das ist ein sehr schnellebiges Geschäft. Wenn man gefragt ist, kann man in einer Stunde fünftausend Platten verkaufen.«

Elvis ging vor dem Fenster auf und ab. »Glaubst du, daß ich gefragt bin?«

»Ich denke schon«, sagte Sam, und seine Miene hellte sich auf. »Komm morgen abend ins Studio. Ich hab die Jungs für sieben bestellt. Mal sehen, was wir noch auf die Beine stellen.«

Scotty, Bill und Sam warteten schon, als Elvis am Montag nach der Arbeit im Studio eintraf. Er kam mit einem breiten Wir-haben-einen-Hit-Grinsen im Gesicht hereinmarschiert.

»Hey, Dandy«, sagte Scotty. »Was hältst du davon?«

»Noch viel zu tun, Jungs.« Elvis schüttelte reihum Hände. Sie grinsten einander an. »Wir sind auf Gold gestoßen.«

Scotty sagte: »Sieht aus, als könnte bei der Sache etwas Geld abfallen, Sam. Ich hab gestern abend mit den Jungs geredet, und wir haben einen Vertrag aufgesetzt.« Er holte vier engbeschriebene Seiten Papier und einen Kugelschreiber aus der Tasche.

»Schon geht's los«, sagte Sam, »die verdammte Platte ist noch nicht mal gepreßt, da kommt ihr mit irgendwelchen Verträgen.«

»Vorsicht ist die Mutter der Porzellankiste«, sagte Scotty. »Von Sleepy-Eyed John und ein paar anderen hab ich schon gehört, daß sie sich ein Scheibchen von Elvis abschneiden wollen. Ich mach den Manager. Wenn ihn dann nämlich jemand fragt, ob er einen Manager hat, kann er ›Ja‹ sagen. Es ist seine Show, darum kriegt er die Hälfte von allem. Bill und ich teilen uns die andere Hälfte. Elvis? Bist du damit immer noch einverstanden?«

»Wie ich gestern abend gesagt hab, Jungs, ich bin bloß froh, wenn ich mit euch spielen kann.« Elvis konnte es kaum erwarten, endlich anzufangen. Er hätte alles unterschrieben. *Jetzt* schlug der Blitz ein; nächste Woche könnte das Ganze eine nette Erinnerung sein. Er mußte sich beeilen und noch einen Hit landen, solange er noch wußte, wie das ging.

»Wenn's euch glücklich macht, Jungs«, sagte Sam und überflog das Blatt Papier, »ich finde, es sieht in Ordnung aus.«

Scotty reichte Elvis einen Stift und deutete auf eine gepunktete Linie.

Elvis unterschrieb mit »Elvis Aron Presley«. Vor Freude wie benebelt, gab er den Stift zurück. Jetzt konnte er sich mit Fug und Recht Berufsmusiker nennen.

Als die anderen auch unterschrieben hatten, sagte Sam: »Ihr arbeitet doch alle tagsüber, stimmt's?«

»Ich kann jederzeit kündigen«, sagte Elvis, und die anderen sagten, klar, das könnten sie auch.

»Noch kannst du nicht kündigen, schließlich haben wir noch nicht mal 'ne Platte zu verkaufen. Ich möchte aber, daß ihr jeden Abend herkommt und arbeitet.«

»Einverstanden«, sagte Elvis.

»Ich ebenfalls«, sagte Bill. »Scotty?«

»Ich kann ja mal mit meiner Frau reden...«

»So ist's brav.« Sam hakte die Daumen in seinen Gürtel. »Wir müssen sicherstellen, daß diese Sache keine Eintagsfliege wird. Wir werfen diese Scheibe auf den Markt, und dann möglichst

schnell noch eine hinterher. Ich arbeite gerade daran, ein paar Auftritte klarzumachen.«

Sie gingen rein. Sie schnappten sich ihre Instrumente.

Da Elvis jetzt wußte, daß er gut war, hatte er überhaupt keine Angst mehr im Studio. Sam, Scotty und Bill waren schon alte Freunde. Der Spaß fing früh an und dauerte bis spätnachts. Er lernte, wie man mit einer Band sang – Timing und Off-Beats, Down-Beats und Drumbreaks. Die anderen zeigten ihm, wie man einen Song aufbaute, indem man ihn verschachtelte, die Melodie zwischen dem Sänger und der Band hin- und herschickte.

Er bewies ihnen, daß er mit jedem schnellen Beat mithalten konnte, den sie sich einfallen ließen. Mit seinen vokalen Kunststückchen brachte er ihre Augen zum Leuchten. Sie waren begeistert, wenn er über eine Textzeile hoppelte, *buh-buh-b-baaaaby!*, wenn er diese coole Synkopierung im Scatgesang vortrug, den Song aus seinen rhythmischen Fundamenten hob.

Drei Abende lang blieb Sam bei ihnen im Studio – hörte zu, beriet, riß Witze, klatschte, schnippte mit den Fingern oder trommelte auf dem Gitarrenkasten den Takt. Nie schaltete er sein Bandgerät ein. Er sagte: »Elvis, du darfst dich jetzt nicht zurücklehnen und den Song mit halber Kraft singen. Wir sind alle auf dich angewiesen. Du bist *gut*, mein Junge. Du mußt beim Singen alles geben, jedesmal. Häng dich voll rein.«

»Mann, ich streng mich doch an«, sagte Elvis.

»Streng dich noch mehr an.«

Dienstag abend machten sie sich daran, Mr. Blues Harris' »Good Rockin' Tonight« zu erobern, eins der schmutzigen Stücke des Supersenders, das Elvis schon lange mochte. Doch während Mr. Blues es locker und cool vorgetragen hatte, schrie und brüllte und jaulte er – *Weeeellllll...*

Heute nacht hält er sein Baby fest im Arm, er ist ein harter Bursche, er weiß Bescheid, was in der Stadt Tolles los ist, he Alter *they're rockin' all over* – er wackelte und hopste unter dem Mikrogalgen –

Have you heard the news?

Sam sagte: »Ja, das ist gut, damit seid ihr auf'm richtigen Dampfer. Aber noch seid ihr nicht da. Wir wollen es noch straffen.« Sie zogen das Tempo an, nur leicht.

Der Song haute plötzlich hin, ein einziger Take.

»Das isses!« rief Sam. »Geschafft! Geschafft!«

Auf einmal wußte Elvis etwas, was offenbar kein anderer wußte – er konnte einen Song lebendig machen, indem er ihn schnell zu einem rockigen Blues-Beat spielte und beim Singen herumhüpfte. Er mußte nur Songs finden, die zu seinem neuen Stil paßten. Die Welt steckte voller Songs.

Aus seinem Stapel zu Hause schleppte er Singles an. Sam kramte Notenblätter heraus. Sie probten allabendlich nach der Arbeit und das ganze Wochenende.

Auf dem Papier war Scotty der Manager, aber Elvis leitete die Sessions – er wählte die Songs aus, zählte mit, unterbrach, wenn jemand Mist baute. Er bestimmte Tempo und Tonart nach dem, was er singen konnte. Er war der Sänger, und sie waren seine Band.

Auf der Probe am Sonntag abend öffnete Sam einen Karton und reichte einen Stapel kleiner, nach frischem Plastik riechender Schallplatten herum. »Gratuliere, Jungs«, sagte er. »Die kann euch niemand mehr nehmen.«

Elvis hielt die Scheibe hoch, mit zwei Fingern im Loch. Er betrachtete den kecken Hahn, der auf dem »SUN RECORDS«-Etikett krähte, und die penible Beschriftung:

»THAT'S ALL RIGHT«
(Reginald Arthur Crudup)
ELVIS PRESLEY
and the
BLUE RHYTHM BOYS

Das brachte ihn zum Lachen. »Blue Rhythm Boys! Sam, wie bist du denn darauf gekommen?«

»Na, irgendwas mußte ich mir einfallen lassen. Ich stand da, und der Mann hat gewartet.«

»Gefällt mir«, sagte Elvis.

»Das freut mich«, sagte Sam, »denn so werden sie euch auf dem Konzert ansagen.«

Bill Black lachte. »Was soll das heißen?«

»Das heißt, daß Elvis Presley and the Blue Rhythm Boys mit Slim Whitman im Orchesterpavillon Overton Park spielen werden, und zwar Freitag abend in einer Woche. Teufel auch, was haltet ihr davon?«

»Sam!«

»Ver*dammt* noch mal! Echt?«

»Slim Whitman!«

Elvis grinste und schlug die Hände zusammen. Bill und Scotty juchzten und schlugen einander auf die Schultern wie eine Footballmannschaft nach dem Touchdown.

»Ich hab sie nicht angerufen, sie haben mich angerufen«, sagte Sam. »Es liegt an der verdammten Platte. So was hab ich noch nie erlebt. Heute morgen hab ich zwei Anrufe aus Texas bekommen!«

»Texas!« Elvis setzte sich wieder auf den Tisch und versetzte die auf seinem Zeigefinger balancierende Schallplatte in Drehungen. »Sam, wann machen wir die nächste?«

»Wenn ihr aufhört herumzualbern, und euch was für die B-Seite von ›Good Rockin' Tonight‹ einfallen laßt.«

»Okay, Jungs«, sagte Elvis und griff nach der Sound Star, »großer Boß sagt, wieder an die Arbeit.«

Am Dienstag fuhr Elvis während seiner Mittagspause nach Hause, um Gladys die Anzeige auf der Kinoseite der *Press-Scimitar* zu zeigen: HÖCHSTPERSÖNLICH! DER SENSATIONELLE STAR, BEKANNT VON FUNK UND SCHALLPLATTE, SLIM WHITMAN – DIREKT VOM LOUISIANA HAYRIDE!

Slims lächelndes Geischt mit dem bleistiftdünnen Schnurrbart und sein Cowboy-Halstuch hatte man auf geschwungene Notenlinien gedruckt, neben ihm tanzten Viertelnoten, KOMMEN SIE UND HÖREN SIE SLIM SINGEN: INDIAN LOVE CALL, KEEP IT A SECRET, ROSEMARIE, SECRET LOVE CALL.

Kleingedruckt stand daneben eine Liste mit weiteren Attraktionen.

BILLY WALKER
THANK YOU FOR CALLING«

MEMPHIS' NEUER STAR
ELVIS PRESLEY
THAT'S ALL RIGHT«

CURLY HARRIS
SONNY HARVILLE

EINE GROSSE VERANSTALTUNG
FREITAG ABEND 20 UHR

»Schatz, ich bin so aufgeregt, ich kann kaum stillsitzen«, sagte Gladys. »Sieh mal, sogar deinen Namen haben sie richtig geschrieben!«

»Ich weiß«, sagte Elvis. »›Memphis' neuer Star‹.« Er freute sich, daß seine Mutter so begeistert war; die Aufregung hatte sie aus einer ihrer depressiven Phasen herausgeholt.

Von ihrem Haushaltsgeld ließ Gladys ein Telefon anschließen, damit sie all ihre Freunde und Verwandten in Tupelo anrufen und ihnen die Neuigkeit mitteilen konnte.

Vernon sagte: »Noch ehe Elvis den ersten Cent von seiner Schallplatte verdient hat, sind wir bei der Telefongesellschaft bis über beide Ohren verschuldet.«

»Mir egal«, sagte Gladys. »Slim Whitman ist ein ganz großer Star, und Elvis tritt an diesem Abend als dritter nach Slim Whitman auf, außerdem hab ich mein eigenes Geld genommen, du wirst also wohl einfach damit leben müssen.«

»Gib's ihm, Mama«, sagte Elvis.

Rasch überzeugte Elvis Scotty und Bill, Donnerstag den Lansky Brothers einen Besuch abzustatten. Heraus kamen sie in zueinander passenden Westernhemden mit schwarzen

Schnörkelbesätzen am Kragen und auf der Brust. Für sich selbst wählte er eine Schlabberhose aus schwarzem Leinen, eine grellrote Krawatte auf weißem Hemd und sein altes, treues, schwarzes Gabardinejackett – jede Menge Bewegungsfreiheit, und die breiten Schultern waren umwerfend. Weiße Socken. Schwarze Slipper.

Freitag nachmittag verbrachte er zwei Stunden im Schönheitssalon »Mary Jane«. Vor Begeisterung über seinen großen Hit waren die Mädels außer Rand und Band. Deedee frisierte ihn gratis. Sie sagte, sie werde abends in den Overton Park kommen, um ihn auftreten zu sehen. »Und wirf mir einen Handkuß zu, vergiß das nicht«, scherzte sie, als er ging.

Als er sich zu Hause im Spiegel betrachtete, fand er seine Frisur schauderhaft. Die Haare waren nach oben aufgetürmt. Deedee hatte es immer auf die gleiche Weise gemacht, seit Elvis das erstemal mit dem Foto von Tony Curtis hereinspaziert war. Es war zu steif. Er wollte locker aussehen – nicht so, als ob er den ganzen Nachmittag darauf verwendet hätte, cool auszusehen.

Die nächste Stunde verbrachte er damit, Deedees Arbeit rauszuwaschen, die Haare neu zu frisieren und mit Robinson's Brite-Shine einzuölen, damit sie im Scheinwerferlicht glänzten.

Er griff unter die Spüle und holte seine neueste Entdeckung heraus, »Blue Mystery«-Lidschatten von Max Factor. Der hob seine Augen noch plastischer hervor als »Mystic Brown« von Maybelline, außerdem paßte er bessser zu seiner Haarfarbe. Schlafzimmerblick in der Tube. Er trug das Zeug auf jedes Lid auf und verteilte es mit dem Daumen.

Er trat in den Flur. Gladys und Dodger machten vorn ein Riesentamtam, kochten Essen für alle, die vor und nach dem Konzert vorbeikommen mochten. Elvis schlich sich mit der Absicht ins Wohnzimmer, sich möglichst unbemerkt aus der Tür zu stehlen. Gladys fing ihn ab. »Wo willst du hin?«

»Es wird allmählich Zeit für mich rüberzufahren.«

»Schatz, guck mich mal an. Was ist das an deinen Augen?«

Er wandte ihr das Gesicht zu. »Nichts. Bloß ein bißchen Schminke. Es war – es war Sams Idee.«

»Das darf doch wohl nicht wahr sein«, sagte sie.

»Showgeschäft, Mama.«

»Nimmst du deinen Wagen?«

»Ja, Ma'am.«

»Wir kommen rüber, sobald alle eingetroffen sind«, sagte Gladys. »Vester und die anderen hätten schon vor einer Stunde hier sein sollen. Jetzt benimm dich und sei brav. Wir drücken dir alle die Daumen.«

»Wahrscheinlich kommt ein großes Publikum«, sagte er. »Hoffentlich werd ich nicht nervös.«

»Bestimmt nicht. Das hast du jetzt schon oft gemacht.«

»Ja, aber diesmal wird's ernst. Wir sehen uns heute abend.« Er küßte sie und trug die Sound Star in den Zephyr.

Er fuhr vom Bordstein weg und die Straße hinunter. Er schaltete sein Autoradio ein.

Aus dem Lautsprecher drang »That's All Right«.

Sein Song. Lief jetzt gerade. Im Radio seines Autos.

Elvis fuhr rechts ran und hörte zu.

Sein Song, auf dem Supersender.

Als der Song vorbei war, meldete sich Hot Rod Hurlburt. »Falls ihr die ganze Woche lang inner Höhle gesteckt habt, das war Elvis Presley hier aus Memphis mit ›That's All Right‹, auf dem Label Sun Records. Es heißt, der Typ ist ein Weißer, aber das soll kein Vorwurf sein. Das is 'ne echt coole Mucke…«

Elvis sah nichts mehr. Er hatte was im Auge. Offenbar weinte er.

Er stellte den Motor ab. Er stützte seinen Kopf auf das Lenkrad und ließ den Tränen freien Lauf. Er war der glücklichste Junge der Welt. Das hatte er nicht verdient. Er dachte unaussprechliche Gedanken und beging unvorstellbare Taten. Manchmal haßte er die Menschen, die er liebte.

Aus diesem Grund würde sich sein Glück gewiß wenden und sich an ihm rächen.

Straßenverkehr rauschte vorbei.

Warum war er so streng zu sich selbst? *Heulsuse. Muttersöhnchen.* Als er sich über die Augen wischte, schmierte er sich Blue

Mystery übers ganze Gesicht. Jetzt sah er aus wie ein Kinovampir.

Er wühlte im Handschuhfach nach Papiertaschentüchern, sah in den Rückspiegel und machte sich daran, sein Augen-Make-up zu korrigieren.

Heute war sein großer Abend. Kein Grund zu heulen.

Aber das war sein *Song*. Sie spielten seinen Song im Supersender.

Gott, was hatte er für ein Glück. Mehr war das nicht. Reines Glück. Es konnte jede Minute versiegen.

Er wollte berühmt sein. Er wollte es unbedingt.

Er nahm die Tube mit Make-up aus seiner Tasche und drückte sich zwei Zentimeter daraus auf den Finger.

Eine Stunde später lehnte er an der Motorhaube von Scottys Chevrolet und bewunderte Slim Whitmans glitzerndes rotschwarzes Cowboy-Outfit, sein weißes Seidenhalstuch. Slims Band hatte sich verspätet. Slim kochte vor Wut und marschierte im Kreis auf dem unbefestigten Gelände hinter dem Orchesterpavillon Overton Park herum.

Verglichen mit seinem prachtvollen Kostüm, erinnerte Elvis' dunkler Schlabberanzug an etwas, das man zu einem Mormonengottesdienst tragen mochte, doch das störte ihn nicht. Er war cool. Sich schwarz zu kleiden, war gewagter. Seine Zweifel waren verflogen, als er aus dem Auto gestiegen war und die in das Amphitheater strömende Menschenmenge sah. So viele Leute hatte er noch nie erlebt. Ihm war schwindlig, und er fühlte sich ein bißchen überdreht. Vernon und Gladys kamen vorbei, außerdem Dodger, Travis, Johnny, Vester und Clettes, Mr. und Mrs. Hastings, ein paar von Vernons Kumpels aus dem Billardsalon. Die Frauen wuselten, scharwenzelten und gurrten um Elvis herum. Die Männer rissen Witze über Slim Whitmans Kostüm. Endlich hatte Elvis alle miteinander umarmt und auf ihre Plätze geschickt.

Slim Whitman hörte auf herumzulaufen. Er drehte sich zu der ihm am nächsten stehenden Person um, die zufällig Elvis war. »Verdammt noch mal, wo finde ich hier irgendwo ein Telefon?«

»Tja, verdammt, Slim, hab keine Ahnung«, sagte Elvis, »aber ich helfe Ihnen gerne bei der Suche.«

Slim überhörte das leise Lachen der Bühnenarbeiter. »Tut mir leid, Kleiner, aber meine Band hat sich verspätet, und allein kann ich nicht auftreten. Ich muß mal telefonieren.«

»Keine Angst, vor Ihnen treten noch vier oder fünf andere auf«, beruhigte ihn Elvis. »Scotty? Weißt du, wo ein Telefon ist?«

»Vergiß es«, sagte Slim, »da kommen sie.« Ein langer, seitlich mit Holz verkleideter Kombi fuhr vor. Slim riß eine Tür auf. Seine verlegenen Bandmitglieder entstiegen dem Wagen und duckten sich unter seinen Schimpftiraden.

Elvis gelobte im stillen, sich nie so aufzuführen, wenn er berühmt war.

Curly Harris beendete seinen Auftritt, und Sonny Harville machte Anstalten, sich durch sein Repertoire zu jammern und zu klagen. Elvis und die Jungs versammelten sich hinten am Wagen, um die Instrumente zu stimmen. Scotty stieß Elvis an. »Nervös?«

»Komisch, ich ... eigentlich sollte ich es sein, bin's aber nicht«, sagte der. »Ich fühl mich prima. Da draußen wartet 'n Haufen Leute.«

Er schlenderte zum linken Bühnenrand, um sich die Menge genau anzusehen. In der Bühnenbeleuchtung sah er auf langen Bänken Hunderte von Menschen sitzen, die Umrisse Hunderter anderer, die dahinter in der Dunkelheit standen. Dutzende Teenager lungerten in den Gängen herum, ohne Sonny Harvilles altmodisches Geklimper zu beachten.

Haltet durch, Kids, dachte Elvis – von mir bekommt ihr was zu hören, wartet noch ein Weilchen.

Dann kam ihm ein Gedanke.

Vielleicht trieben sie sich deshalb da herum.

Vielleicht warteten sie auf ihn.

Name in der Zeitung. Der Song überall zu hören. Möglich

wär's schon. Er eilte zurück und erstattete Scotty und Bill Bericht.

Er sprach leise, da Slim nebenan seine säumigen Musiker runterputzte. »Die sind bestimmt nicht wegen ihm hier. Glaubt ihr, sie sind wegen uns hier?«

»Möglich wär's«, sagte Bill. »Meine Schwester und ihre Freundinnen sind heute abend alle hier.« Er verdrehte die Augen in Richtung Elvis. »Emma sagt, du bist der Größte.«

»Der größte was?« fragte Elvis.

»Der größte Versager heute auf der Bühne, wenn du nicht aufpaßt«, sagte Scotty. »Auf geht's, Jungs, ich glaube nicht, daß der arme olle Sonny viele Zugaben geben muß. Wir begeben uns wohl besser da rauf.«

Ein letztes Mal überprüfte Elvis im Außenspiegel des Zephyr seine Frisur. Gut sah er aus. All diese Leute warteten auf ihn. Die größte Menschenmenge seines Lebens. Er war bereit. Einige seiner schönsten Momente hatte er damit zugebracht, sich im Traum vor einer Menge zu sehen, wobei er von den Scheinwerfern bestrahlt wurde. Er sprang die Stufen hoch.

Sleepy-Eyed John Lepley trat an die im vorderen Bühnenbereich aufgebauten Mikrofone. Von Elvis' Standpúnkt aus sah es so aus, als wären sie über einen Kilometer weit entfernt. Darüber erstreckte sich das große, weiße, geschwungene Dach des Orchesterpavillons, an das sich Batterien strahlender Lampen und die endlose Menschenmenge anschlossen.

»Danke, danke, Sonny Harville«, sagte Sleepy-Eyed John. »Das war hervorragende Musik, bestimmt sind Sie alle dieser Meinung. Also, Leute, heute abend haben wir eine besondere Überraschung für Sie, einen jungen Mann, von dem viele von Ihnen gehört haben. Er und seine Freunde haben eine kleine Platte eingespielt, die das Zeug hat, bis ganz oben an die Spitze zu kommen. Wir sind stolz darauf, daß sie heute abend bei uns ihren allerersten Live-Auftritt überhaupt haben, Ladys und Gentlemen, bitte begrüßen Sie – aus Memphis – Elvis Presley and the Blue Rhythm Boys!«

Der Beifall war ein wenig lauter als für die ersten beiden

Künstler. Elvis trabte mit einem Gruß und einem breiten Lächeln auf die Bühne.

Scotty und Bill nahmen an getrennten Mikrofonen zu beiden Seiten von Elvis und zwei Schritte hinter ihm Aufstellung.

Elvis gab dem Ansager die Hand, packte den Mikrofonständer und schaute hinaus über das große, sich in die Dunkelheit erstreckende Gesichtermeer. Irgendwo da draußen waren seine Mama und sein Daddy. Vielleicht sogar Miss Waverly. Vielleicht Dolores Roselle.

»Vielen Dank, Mr. Lepley, vielen Dank Ihnen allen.« Der Pavillon trug seine Stimme weit hinaus – er hätte jemandem in der allerletzten Reihe etwas zuflüstern können. »Wir würden Ihnen gern einen Song spielen, den wir gerade erst auf dem Label Sun Records veröffentlicht haben. Er heißt ›That's All Right‹.«

Er klopfte mit dem Fuß auf den Boden und zählte – »drei vier!«

Scotty und Bill verfielen sofort in ihren flinken Groove, und Elvis vergaß alles um sich herum. Er legte los, so wie er es gelernt hatte. Wie auf einen Eimer schlug er auf seine Gitarre ein, sprang herum, wackelte mit dem Bein und sang hoch, wild und schnell. Er würde diese Kids aufwecken. Er würde etwas auslösen.

Weeeeell that's all right, mama
That's all right for you

Er mochte keine zu langsam gespielte Musik mehr hören und hätte gewettet, daß sie es auch leid waren. Sie wollten bloß, daß jemand anders und schnell spielte.

Er sah hinauf ins Licht und sang und sprang, streckte den Fuß aus uns wackelte damit. Dann stellte er den Fuß fest auf den Boden und ließ den Rest seines Körpers um ihn herum wackeln.

Im Hintergrund des verstärkten Sounds hörte er etwas, eine Art metallisches Kreischen… ein Fehler im PA-System? Er achtete nicht darauf. Er sprang und hopste bis zum Ende des Songs.

Es gab enormen Beifall, und das Kreischen wurde lauter. Mit fragendem Blick drehte sich Elvis zu Scotty um, doch der grinste bloß und formte mit den Lippen die Worte »Blue Moon«.

»Ihnen allen vielen Dank«, sagte Elvis ins Mikro. »Jetzt würden wir gern noch einen Song spielen, einen Song von Bill Munroe, ›Blue Moon of Kentucky‹, und wir hoffen, er gefällt Ihnen.«

Zu Beginn intonierte er ein paarmal »Blue Moon« und unterstrich die synkopierte Einleitung mit seinen rhythmischen Körperbewegungen, mit Hüftgewackel – wie er eben für sich tanzte, wie er sich immer bewegte, wenn er in seinem Zimmer allein war und im Radio Big Mama Thornton kam. Rechtzeitig zu Beginn der ersten Strophe glitt er zurück zum Mikrofon.

Scotty und Bill hämmerten den Song sogar noch schneller herunter als auf der Platte. Elvis gab sein Bein frei, ein wildes, zuckendes Etwas. *Well it was a moonlit night…*

Das hohe Kreischen wurde lauter und immer lauter, eine Säge, die sich in ein Stahlblech fraß. Als der Song beendet war, verbeugte sich Elvis und verschwand von der Bühne, eine Hand über dem Ohr. »Was ist das für ein Lärm?«

»Das ist wegen dir!« rief Scotty und klopfte ihm auf den Rücken. »Es sind die Mädchen! Wie du mit dem Bein wackelst! Sie schreien nach dir!«

»Was – was meinst du damit?«

»Hörst du sie denn nicht? Sie schreien, weil du so herumgesprungen bist! Das sind die Mädchen! Wir müssen wieder raus und noch einen Song spielen!«

Jetzt sah Elvis sie, Dutzende von Mädchen drängten sich mit ausgestreckten Händen dicht an die Bühne, kreischten ihm zu.

Er grinste und winkte. Das führte zu lautem Wehklagen.

»Na los, Boys«, übertönte Sleepy-Eyed John den Lärm, »gebt ihnen noch ein, zwei Songs. Sie sind begeistert.«

Die drei steckten kurz die Köpfe zusammen, gingen dann zurück unter die Scheinwerfer.

Elvis kippte den Mikrofonständer beinahe bis zum Boden, wie Valentino bei einem Tango, rief *Weeellll, have you heard the news – there's a-goo a-rockin' tonight!*, und die Mädchen flippten einfach aus. Das metallische Kreischen setzte wieder ein, ließ ihm die Nackenhaare zu Berge stehen, schickte ein Zucken durch seinen ganzen Körper. Das ließ sie nur noch lauter kreischen, als hätte er mit dem Finger einen Knopf berührt, der die Mädchen kreischend zum Leben erweckte.

Es lag an seinen Bewegungen. Er trug noch ein wenig dicker auf. Er fletschte die Zähne à la Brando, schüttelte die Haare in seine Augen, wirbelte sein Bein durch die Gegend. Scotty und Bill ermunterten ihn: »Bring's, Mann! Yeah!« Er versuchte gar nicht mehr, auf der Gitarre zu spielen, machte aber eine große Schau daraus, den freien Arm passend zur Musik im Kreis herumzuwirbeln.

Der letzte Song war »Shake Rattle and Roll« von Joe Turner. *Get out in that kitchen and rattle those pots and pans!* Das Publikum stand kopf. Das war 'ne harte Sache, geh da raus, Baby, und fang an zu kochen, du hast 'n hungrigen Mann erwischt. Das Rund hallte vom Kreischen der Mädchen wider.

Elvis rief: »Vielen Dank! Und gute Nacht!«, und lief von der Bühne.

Auf halber Höhe der Treppe blieb er abrupt stehen. Slim Whitman verstellte ihm den Weg.

»Wie soll ich denn danach auftreten?« sagte Slim, holte mit dem Arm aus und wies auf die Horde kreischender Mädchen, die sich in ihrer Nähe gegen die Bühne drängten.

»Nun machen Sie mal 'n Punkt, Slim«, erwiderte Elvis, »wir haben die doch bloß für Sie in Stimmung gebracht.«

»Wie heißt du, Kleiner?«

»Elvis Presley. Das sind Scotty Moore und Bill Black.«

»Das war der irrwitzigste Auftritt, den ich je gesehen habe«, sagte Slim. »Wer ist dein Manager?«

»Das bin ich.« Scotty schob den Brustkorb vor.

»Na, hoffentlich wißt ihr, daß so was in diesem Business nicht alle Tage vorkommt.« Slim trat zur Seite und gab Elvis einen Klaps auf die Schulter. »Wenn du's irgendwann mal beim ›Hayride‹ probieren willst, ruf mich einfach an.«

»Das ist ja toll, das ist phantastisch, meinen Sie das ernst?«

»Und jetzt zieh Leine, ich will versuchen, zu retten, was zu retten ist.« Slim ging um ihn herum auf die Bühne.

Elvis folgte den Jungs. In der Menge hinter sich hörte er, daß die Begeisterung immer noch hohe Wellen schlug.

Bill angelte unter dem Sitz seines Pickups und brachte eine Flasche Whiskey zum Vorschein. Er nahm einen Schluck und bot sie Elvis an.

»Nein danke«, sagte der, »das lasse ich wohl besser. Ich fühl mich so gut, wie ich mich überhaupt nur fühlen will. Kumpels, wir haben sie umgehauen.«

»Wir haben sie plattgemacht«, bestätigte Bill.

»Elvis, daß du bloß nicht vergißt, wie du mit dem Bein gewackelt hast.« Scottys Grinsen reichte von einem Ohr bis ans andere. »Das mußt du jetzt immer so machen.«

GANZ OBEN

1954–1958

30

Seinen ersten Auftritt nach Overton Park hatte Elvis im Bon Air Club, einem Schuppen an der Summer Avenue. Er trug seinen schwarzen Gangsteranzug, mit einem rosa Hemd aufgepeppt. Er fühlte sich großartig, anziehend und energiegeladen, wie er da vor seiner Band stand – Scotty, Bill und dazu ein Drummer, ein Rhythmusgitarrist und ein mageres Kerlchen namens Luke, das auf das Klavier einhämmerte. An den ersten Abenden war der Laden zwar nicht gerade brechend voll, doch die, die da waren, machten einen Heidenlärm. Ab der zweiten Woche versammelten sich im Bon Air nur halb so viele biertrinkende Stammgäste wie Mädchen, die Elvis sehen wollten.

Nie betrat er den Club vor seinem Auftritt; seiner Meinung nach mochte es das Publikum, wenn seine Künstler ein wenig geheimnisvoll blieben. Es wollte einen erst sehen, wenn man bereit war, etwas zu leisten. Er trieb sich mit Scotty, Bill und den anderen Musikern auf dem Parkplatz herum, wo sie Instrumente stimmten, lachten und tolle Licks übten.

Dann führte er die Attacke durch die Tür, bahnte sich mit seinen Schultern einen Weg durch die Menge, einen ernsten, entschlossenen Ausdruck im Gesicht.

Er sprang auf die Bühne und grinste die Mädchen an, die prompt anfingen zu kreischen. Jedesmal, wenn er da oben stand, um zu singen, waren wieder ein paar Mädchen mehr da, die ihn liebten. Einige erkannte er von seinem Auftritt vor zwei Abenden – das Mädchen mit den walnußbraunen Haaren und ihrem rosa Pulli, ihre mollige blonde Freundin... seine Fans.

»Danke sehr, Ladys«, sagte er, »danke, Freunde, willkommen im Bon Air, ich bin Elvis Presley, und das sind die Blue Rhythm Boys. Würde Ihnen gern unsere neueste Verfehlung – äh, Veröffentlichung auf Sun Records vorspielen, sie heißt ›Blue Moon of Kentucky‹, hoffentlich gefällt sie Ihnen.« Er nickte, Scotty legte los, und schon spulten sie ihren Hit von der B-Seite ab.

Scotty entschied sich für eine kompliziertere Melodielinie, die er herumschlenkerte und verdrehte, während Bill vor sich hin wummerte, und Elvis jaulte *moonlit night, stars shinin'*... Oh, es war gut. Es war gut.

Elvis' Set dauerte eine Dreiviertelstunde – fünfzehn schnelle Songs. »I Love You Because« sang er für die Kellnerinnen. Er zwinkerte den Mädchen zu und flirtete mit ihnen. Er schlängelte sich über die winzige Bühne, starrte mit zusammengekniffenen Augen in das rosa Scheinwerferlicht, sang »That's All Right« und »Rag Mop«, »Hurtin' Time« und »Shake, Rattle and Roll«.

Für die Mühe, die er sich machte, bekam er nie genug Applaus. Einige der Gäste im Hintergrund unterhielten sich, während er sang. Eines Tages würde er dafür sorgen, daß sie alle den Mund hielten und ihm zuhörten.

Als er die Bühne verließ, winkte ihn Mr. Sweeney zu sich. »Anruf für dich. Ferngespräch.«

Auf dem Weg zum Telefon wischte sich Elvis mit einer Handvoll Servietten über die Stirn. »Ja?«

»Spreche ich mit Elvis Presley?«

»Ja, am Apparat.«

»Hier ist Everett Dawes, mein Junge, ich verpflichte Künstler für die WSM ›Grand Ole Opry‹. Hör zu, hab neulich deinen Auftritt im Overton Park mit Slim Whitman gesehen. Wir dachten, du könntest vielleicht nach Nashville kommen und in der Opry auftreten.«

Elvis blieb der Mund offenstehen. Die Opry! Der heilige Tempel der Country-Music! Er bedeckte die Muschel mit der Hand. »Die Opry!« sagte er durch die Zähne.

Scotty und Bill brachen in Schreie und Jubelufe aus und begaben sich zum Tresen, so daß Elvis allein zurückblieb und seinen Dank ins Telefon stotterte.

Zehn Tage später saß er auf dem Rücksitz von Sams Ford Fairlane, unterwegs nach Nashville und zu dem größten Durchbruch überhaupt. Die Opry! Martha White Flour! Goo Goo Clusters! Hank Williams! Minnie Pearl! Elvis Presley!

Sam und Marion saßen vorn, als wären sie die Eltern. Bill und Scotty folgten mit den Instrumenten in Scottys Chevrolet.

Auf dem Radiosender aus Lawrenceburg sangen die Crew Cuts »Oop Shoop«. Es war recht munter, es klang wie alles andere auch, die Worte bedeuteten nichts. Es war zwar ein Hit, aber Elvis nahm an, daß die Crew Cuts immer vier gesichtslose weiße Vokalisten sein würden. Man konnte kein großer Star werden, wenn man freiwillig so etwas dermaßen Glattes vortrug.

Was dem weißen Radio fehlte, war eine Spur Wildheit. Und die wollte Elvis ihm heute abend bringen. Er, Scotty und Bill hatten mit ihrem flotten, neuen, rockigen Beat zwei heiße neue Songs eingeübt. »Good Rockin' Tonight« und »If I Ever Hear Your Name Again«. Sie waren schneller und härter als die üblichen Opry-Songs, und Elvis erwartete, daß diese Veränderung einen Funken überspringen ließ.

Die »Grand Ole Opry« war der Ausgangspunkt für jeden, der den Durchbruch in der Welt der Country-Music geschafft hatte. Ernest Tubb, Bill Monroe, Kitty Wells – sämtliche großen Stars waren in dieser Show aufgetreten. Der gesamte Süden hörte Samstagabend zu. Es ließ sich unmöglich sagen, was passieren könnte, falls Elvis bei seinem ersten Auftritt in der Opry einen Hit landete. Vielleicht schlug der Blitz ein. Womöglich boten sie ihm regelmäßige Auftritte an. Dann könnte er sich von Crown Electric verabschieden. Am Ende wäre er sogar größer als Hank Snow.

Er schaute aus dem Fenster, betrachtete die neue Landschaft – felsige Hügel und zerklüftete, kiefernbestandene Täler. Die Häuser schmiegten sich eng an die Hügel. Er sah Schuppen und kleine Farmen, gepflegte Gärten, in denen sich alte Damen aufhielten.

Er fragte sich, wohin ihn seine Musik bringen würde. Die ganze Welt wollte er sehen – New York, Hollywood, Florida, den Osten Tennessees … Und überall wollte er bejubelt werden.

Marion sagte: »Eine hübsche Gegend ist das hier.«

Elvis legte seine Beine auf den Sitz und streckte sie lang aus. »Mir ist gerade eingefallen … als ich das letzte Mal so weit gefahren bin, sind meine Mama, Daddy und ich nach Memphis gezogen.«

»Tja, ich glaube, du gewöhnst dich besser ans Autofahren.« Sam schmiß seine Zigarette aus dem Fenster. »Sobald wir noch ein, zwei Platten gemacht haben, schick ich euch Jungs auf Tournee. Dann seid ihr nicht mehr länger zu Hause, als ihr braucht, um die Unterwäsche zu wechseln.«

»Hab nichts dagegen«, sagte Elvis. »Ich zieh sowieso keine frische an, wenn mich Mama nicht dazu zwingt.«

Sam kicherte. Marion sagte: »Ich hab gestern mit deiner Mutter gesprochen. Klingt, als sei sie mit allem sehr zufrieden.«

»Ja, sie ist ziemlich aus dem Häuschen«, sagte Elvis. »Sie weiß nicht, was sie davon halten soll. Daddy fragt ständig, ob bei all dem jemals Geld für mich rausspringt.«

Im Rückspiegel gingen Sams Augenbrauen in die Höhe. »Dein Daddy ist ein kluger Mann«, sagte er. »Streng dich nur an. Das Geld kommt dann schon von selber.«

»Seht mal da!« Marion deutete aus dem Fenster mit der Hand auf ein Schild:

WILLKOMMEN IN NASHVILLE
Heimat der
WELTBERÜHMTEN
WSM »GRAND OLE OPRY«

Scotty ließ den Motor aufheulen, hupte und fuhr Schlangenlinien über die ganze Breite der Straße, während Bill den Kopf aus dem Fenster steckte und »Huuuiiii!" brüllte.

Sie kamen zu einer Anhöhe. Vor ihnen erstreckte sich die Stadt auf grünen Hügeln, ein Fluß mit steilen Ufern floß hindurch. Während Memphis in der Sonne brutzelte, schien Nashville zu glitzern. Auf dem höchsten Hügel waren Hochhäuser und die Kuppel des Kapitols zu sehen. Auf einer Hügelkette ein wenig nördlich der Innenstadt erhob sich eine Reihe von Rundfunksendemasten.

Der gewaltige Mast des Radiosenders WSM war zweifellos der größte in der Mitte, mit kilometerlangen glänzenden Kabeln befestigt. Heute abend würde Elvis' Stimme bis zur Spitze und durch die Luft zu Millionen Menschen brausen. Nicht zu Hunderten, nicht zu Tausenden, sondern Millionen.

Er kurbelte sein Fenster herunter, um den Verkehr zu hören. Sie fuhren an auf ausgedehnten Rasenflächen gelegenen hochherrschaftlichen Villen vorbei, einem Haufen Läden, irgendeinem College und bekamen dann einen weitläufigen grünen Park zu sehen, in dem ein sandfarbener klassizistischer Tempel stand, dessen Längsseiten jeweils von einer Reihe gigantischer Säulen flankiert waren.

»Seht euch das mal an«, flüsterte Elvis.

»Das ist das Parthenon«, sagte Sam. »Eine genaue Kopie von dem in Europa. Sogar die Größe stimmt genau.«

»Wofür soll das gut sein?«

»Weiß nicht genau. Irgendeine Weltausstellung, glaube ich.«

Elvis verspürte eine leichte Enttäuschung. »Ich dachte, es wäre vielleicht die Opry.«

»Noch nicht.«

An der Ampel hielt Scotty neben ihnen und ließ den Motor aufheulen. »Donnerlüttchen, wir haben's geschafft! Wo geht's denn zur Opry?«

»Hey, kenne ich Sie nicht?« zog Elvis ihn auf. »Sind Sie nicht Carl Perkins?«

Sam sagte: »Mir nach.« Er lenkte den Wagen durch starken Verkehr an einer Reihe Motels vorbei, über einen Rangierbahnhof und in das Zentrum Nashvilles. Hank Snow sang »I Don't Hurt Anymore« auf WSM. Elvis gaffte alles mit offenem Mund an.

»Seht ihr diese Spelunken den Hügel runter?« Sam deutete

durch die Windschutzscheibe. »Da gehen die Stars einen trinken, während die Show läuft. In solchen Schuppen ist schon so mancher Gitarrist entdeckt worden.«

Sie bogen in eine ansteigende Straße ab. Einen Block weiter hielt Sam an. »Wir sind da.«

Elvis steckte den Kopf aus dem Fenster. Der alte rote Backsteinschuppen von einem Gebäude war etwa so groß wie das Ellis Auditorium zu Hause. »Das soll die Opry sein?«

»Genau.« Sam öffnete seine Tür. »Was ist los?«

Elvis stieg aus. »Du meinst, von dem hier hab ich all die Jahre geträumt?«

Sam lachte über seinen Gesichtsausdruck.

Scotty kam anstolziert. »Wir haben's geschafft! Bei Gott, die ›Grand Ole Opry‹!«

Bill sagte: »Ich kann's nicht glauben, daß wir hier sind.«

»Irgendwie hab ich sie mir größer vorgestellt«, sagte Elvis. »Vermutlich wächst sie in deiner Phantasie, wenn du die Musik im Radio hörst.«

Sie schlossen ihre Instrumente weg und entdeckten den Haupteingang mit einem großen Schild und der Aufschrift RYMAN AUDITORIUM sowie einem kleineren Schild, auf dem WSM GRAND OLE OPRY 20 UHR stand.

Alt war die Opry, das stimmte, doch Elvis konnte an ihr ganz und gar nichts Großartiges entdecken. Der Saal im Inneren sah aus wie eine Basketballhalle mit Sitzreihen. Ziemlich weit vorn stellten gerade vier Männer Klappstühle auf. Die mit Pseudo-Farmkulissen und Werbeschildern für »Prince Albert«-Kautabak bestückte Bühne war halb so groß wie der Pavillon im Overton Park. Sam zog los, um herauszufinden, was Sache war. Elvis schlenderte durch das Auditorium, inspizierte die Bühne von allen Seiten, kämpfte gegen seine Enttäuschung an. Die Aura von Grandeur, die man mit der Opry verband, war eine Illusion, die von dem Sendemast übermittelt wurde, den er auf der Anreise gesehen hatte. Sie war viel großartiger, wenn man sie nicht sehen konnte.

Als Sam zurückkam, befand er sich im Schlepptau eines

rotgesichtigen dickbäuchigen Mannes, der einen schmalen Westernschlips mit silberner Klapperschlangenklammer trug. »Elvis, das ist Mr. Lou Penney. Er ist für die Sendung verantwortlich. Das ist Elvis Presley.«

Elvis grinste, sagte hallo und streckte die Hand aus, doch der Mann sah ihn nur an. »Sie sind der Lastwagenfahrer, wie?«

»Also, ja, Sir, ich fahre beruflich einen Lastwagen. Wir sind wirklich froh, daß Sie uns zu der Show eingeladen haben. Ich höre sie mir schon …«

»Wo ist Ihre Band?«

»Hier.« Elvis deutete auf Scotty und Bill, die sich von der obersten Sitzreihe aus im Saal umsahen.

Lou Penney runzelte die Stirn. »Wo sind die anderen?«

»Mehr sind wir nicht«, sagte Elvis. »Gitarre, ein Baß, und ich singe.«

»Halt, halt, halt. Moment mal«, sagte Penney und trat einen Schritt zurück. »Verdammt noch eins, Phillips, kommen Sie mir nicht dämlich! Wo ist die restliche Band? Laut Vertrag haben Sie die gleichen Instrumente zu stellen wie auf der Platte. Was wollen Sie hier für 'n Ding abziehen?«

»Nun bleiben Sie mal hübsch auf dem Teppich, mein Freund.« Sams Stimme war kühl; Elvis sah, wie seine Augen blitzten. »Niemand zieht hier irgendwas ab. Das hier sind die Jungs auf der Platte, und ich weiß es, weil ich sie produziert habe. Die Jungs sind hier, um zu spielen. Sie sagen ihnen einfach, was sie zu tun haben, und sie werden es tun.«

»Na schön, aber Sie sollten wissen, daß ich was gegen Überraschungen habe«, sagte Penney.

»Das hab ich bemerkt«, sagte Sam.

Der dicke Mann räusperte sich gewichtig und schaute auf sein Klemmbrett. »Sie sind für Hank Snows Teil der Sendung vorgesehen.«

Elvis' Herz machte einen Sprung.

»Ich will Sie um zwanzig vor neun hinter der Bühne sehen, fertig zum Auftritt«, fuhr Penney fort. »Ihr habt zwei Songs. Ich brauch die Titel.« Er zückte seinen Stift.

Elvis sagte: ›If I Ever Hear Your Name Again‹, und der zweite heißt ›Good Rockin' Tonight‹.«

»Moment, Moment mal. Das ist aber nicht eure Platte.«

»Das stimmt, Sir. Wir haben für heute abend ein paar neue Songs geprobt.«

»Aber nicht in meiner Show«, knurrte Penney. »Laut Vertrag sind die Songs von der Platte vereinbart, hab ich recht? Und die bringt ihr auch. Wie heißen sie?«

Elvis sah Sam hilfesuchend an. Der zuckte mit den Achseln. Offensichtlich hielt dieser Mann die Fäden in der Hand. Am liebsten hätte Elvis gesagt: »Geh zum Teufel, du altes Sackgesicht«, statt dessen antwortete er beflissen: »›That's All Right‹ und ›Blue Moon of Kentucky‹.«

Mr. Penney schrieb das auf und trollte sich.

»Boa, der Typ sieht aus wie der Spaß auf Socken«, sagte Scotty, als er näher kam. »Haben wir was verpaßt?«

»Wir müssen die erste Platte spielen«, antwortete Elvis. »Ich glaube, er mag uns nicht.«

»Er hat uns noch nicht mal gehört«, sagte Bill.

»Ich weiß.«

»Nun macht euch nicht in die Hosen«, warf Sam ein. »Er ist ein berüchtigter Kotzbrocken. Aber wenn man in die Show will, führt kein Weg an ihm vorbei. Spielt einfach, was er von euch hören will.«

Er scheuchte sie ins Freie, durch eine von Kneipen, Billardsalons und Pfandhäusern gesäumte Gasse bis zur Hauptstraße. Sie ließen sich in einem billigen Speiselokal zu Kaffee und Cheeseburgern nieder und unterhielten sich, nicht recht bei der Sache. Sam beglich die Rechnung.

Als sie wieder gingen, war die Gasse voller Opry-Fans; das merkte Elvis an ihren Sonntagshüten und Kodak-Kameras. Einige gafften die hohen Gebäude an, als wäre das ihr erster Besuch in einer größeren Stadt.

Dieses Gefühl kannte er. Er verspürte selbst einen leichten Anflug davon.

Auf dem Rücksitz des Chevrolet zwängte er sich in seine Bühnenklamotten, während Scotty Schmiere stand. Sein gesamtes Honorar aus dem Bon Air hatte er für dieses Outfit ausgegeben: ein rot besticktes Westernhemd mit präzisen Falten und Knöpfen aus Kunstperlen, einen Westernschlips, ein weißes Freizeitjackett, schwarze Cowboyjeans, Stiefel aus Eidechsenlederimitat. Scotty und Bill trugen ihre Cowboyhemden, die sie bei den Lansky Brothers gekauft hatten.

Elvis stieg aus dem Wagen. »Ihr seht klasse aus, Jungs.«

Wie bei einer Hollywood-Premiere war die Straße vor dem Ryman Auditorium mit blitzenden Limousinen und hupenden Taxis vollgestopft. Elvis ging voran zum Bühneneingang. Sie warteten, während ein Portier auf seiner Liste eine Truppe Square-Dancer abhakte, einen nach dem anderen.

Hinter der Bühne bahnten sie sich ihren Weg durch elektrische Geräte und Männer mit Kopfhörern, hektische Bühnenarbeiter und Künstler in paillettenbesetzten Kostümen. Auf Anhieb erkannte Elvis niemanden, aber wahrscheinlich würde er Leute wiedererkennen, sobald er sie singen hörte.

Lou Penney wies ihn an, er solle *da hinten* warten, und deutete dabei auf eine Stelle an einer Wand.

Sam sagte: »Tja, Jungs, dann wollen wir mal unsere Sitzplätze suchen. Viel Glück.«

»Ihr macht das toll, das weiß ich«, sagte Marion und umarmte jeden einzelnen kurz. »Ich werde euch zujubeln.«

Elvis und die Jungs standen lange Zeit herum. Offenbar wußten die anderen Künstler genau, was sie taten. Vor lauter Nervosität fingerte Elvis an seiner Gitarre herum. Ein Bühnenarbeiter kam und sagte, er solle still sein, wisse er denn nicht, daß sie auf Sendung waren?

Von Elvis' Standpunkt aus war das schwer zu sagen. Zwischen Musikfetzen – der bekannte Werbesong *»Go get a Goo Goo — it's goooood«* – konnte er kaum die Stimme eines Ansagers hören.

Dicht neben ihnen steckte ein Quartett von Sängerinnen die Köpfe zusammen. Im Hintergrund gingen die Square-Tänzer ihre Schritte noch einmal in Zeitlupe durch.

Ein kleiner, wie aus dem Ei gepellter Mann mit scharfgeschnittenen Gesichtszügen und schütterem schwarzen Haar trat hinter den Tänzern aus dem Flur. Es war Hank Snow, leibhaftig. Sein schicker Anzug hatte die Farbe von Buttermilch. Seine elegante Western-Kleidung schien auf ihn zu zeigen: überall auf seiner Jacke waren Lederpfeile und -spitzen aufgenäht.

Er sagte etwas zu einem Bühnenarbeiter, der sich umdrehte und auf Elvis zeigte.

Hank Snow kam zu ihm. Er war nicht größer als Gladys. »Wie geht's?« sagte er.

»Gut, Mr. Snow, ist mir eine Ehre, Sie kennenzulernen. Wir haben Ihre Platte auf der Fahrt hierher gehört.«

»Ich sage Sie an«, sagte Hank Snow. »Wie heißen Sie?«

»Elvis Presley.«

»Nein, das steht da ja«, sagte Snow. »Aber unter welchem Namen singen Sie?«

»Unter demselben, Sir. Elvis Presley. Das hier sind Scotty und Bill. Die Blue Rhythm Boys.«

»Elvis... Elvis. Klingt irgendwie verkehrt. Denken Sie mal darüber nach, ob Sie ihn nicht ändern. Die Leute müssen ihn sich merken können.«

»Vielen Dank auch, Sir.« Elvis grinste. »Vielleicht sollte ich mich Hank Snow nennen.«

Sein Blick verfinsterte sich. »Der Name ist schon besetzt«, sagte er. Er sah auf seine Armbanduhr, eine massiv goldene, diamantenbesetzte Angelegenheit. »Ich bin dran, sobald Buck mit der Martha-White-Werbung fertig ist. Ihr seid bereit und geht da raus, wenn ich euch rufe, und keine Sperenzchen.«

»Jawohl, Sir«, sagte Elvis.

Hank Snow ging zum Vorhang und wartete auf sein Stichwort.

Bill sagte: »Ich glaub's nicht, daß du das zu ihm gesagt hast.«

Elvis schüttelte den Kopf. »Mann, was für ein phantastischer Anzug. Und habt ihr die Uhr gesehen?« Insgeheim nahm er sich das Versprechen ab, eines Tages auch so eine Uhr zu besitzen.

»Seht mal, Leute«, sagte Scotty leise. »Minnie Pearl.« Die

berühmte Komikerin kam in ihrem Omakleid und dem berüchtigten Hut angerauscht, von dessen Krempe das Preisschild mit der Aufschrift »$ 1,98« baumelte. Im Radio gab sie sich den Anschein, als sei sie das hinterwäldlerischste Landei der Welt, doch in Wirklichkeit wirkte sie würdevoll, kein bißchen unscheinbar.

Mit leisem Lächeln sah sie zu Elvis hinüber. »Tachchen, Jungs, wie geht's euch denn so?«

»Gut«, antworteten sie unisono.

»Das erste Mal in der Opry?«

»Ja, Ma'am«, sagte Elvis.

»Behandeln sie euch ordentlich?«

»Ja, Ma'am, bisher schon.«

»Na, laßt ihnen Zeit, laßt ihnen Zeit«, sagte sie und trat vor, um mit Hank Snow zu sprechen. Mit breitem, strahlendem Lächeln drehte Hank sich um und legte ihr einen Arm um die Schulter. Sie plauderten, beobachteten die Bühne.

Der Ansager winkte Hank ans Mikrofon. Elvis rückte vorsichtig an den Vorhang heran. Das Publikum saß kerzengerade auf seinen Sitzen und achtete peinlich genau auf Hanks Worte, als läse der statt einer Werbung für Kellogg's Cornflakes eine ihm vom Heiligen Geist übermittelte Offenbarung vor. »Ihnen allen zum Frühstück nur das Beste«, sagte er. »Minnie? Was sagt man dazu? Ladys und Gentlemen, Minnie Pearl.«

»Halllll-*öchen*!« Minnie stapfte in ihren übergroßen geschnürten Arbeitsstiefeln auf die Bühne. Das Publikum fand sie hinreißend. Wie Regen auf ein Dach prasselte der Beifall nieder.

»Also, Hank, ich muß gestehen, daß ich jeden Morgen Kellogg's Cornflakes esse«, sagte sie und drehte sich in diese und jene Richtung, ihre Hände auf die Hüften gestemmt, »und manchmal verwende ich sie als Schönheitspackung.«

»Als *Schönheits*packung?« staunte Hank und zwinkerte dem Publikum zu. »Du benutzt Kellogg's Cornflakes als Schönheitspackung?«

Minnie beugte sich zum Mikro vor. »So isses. Ich zermansche sie und schmier sie mir jeden Morgen aufs Gesicht. Glaubst du, das hilft?«

»Tja … ho, ho, ho«, machte Hank Snow. »Ladys und Gentlemen, Minnie Pearl.«

Minnie warf ihm einen merkwürdigen Blick zu – anscheinend hatte er seinen Text vergessen –, fing sich aber wieder, rief ihr Hallöchen, machte einen krummbeinigen Knicks und verschwand in der Kulisse.

Hank Snow linste auf die Karten in seiner Hand. »Ladys und Gentlemen, ich hab hier für Sie einen jungen Mann, zum allererstenmal in der Opry, er spielt für uns seine neue Veröffentlichung auf Sun Records, begrüßen Sie bitte mit einem freundlichen ›Grand Ole Opry‹-Willkommen Elvis … Presley und die Blue Rhythm Boys. Jungs? Wo seid ihr? Da kommen sie ja.« Hank klatschte, die Karte zwischen seinen Händen.

Elvis trabte ins Scheinwerferlicht.

Niemand kreischte. In diesen heiligen Hallen der Musik würde niemand ein lautes Geräusch von sich geben.

An dem Mikrofonständer war ein Pappkragen befestigt, auf dem »WSM Grand Ole Opry« stand. Das verhinderte, daß sich Elvis den Ständer griff oder durch die Luft wirbelte. Er mußte wohl oder übel stocksteif stehenbleiben.

Elvis versuchte, nicht an die vielen Menschen zu denken, die ihn durch dieses Mikrofon hören konnten.

»Guten Abend, Freunde«, sagte er zu seinem verstärkten Echo, »möchte sagen, daß wir uns geehrt fühlen, heute abend hier zu sein, möchten Ihnen gern unsere neue Platte spielen, die jetzt auf dem Markt ist, sie heißt ›That's All Right‹. Fertig, Jungs?« Er zählte den Takt vor.

Der schnelle Beat kam für sie inzwischen ganz automatisch. Elvis stand still da und wippte mit dem vorgestreckten rechten Bein. Die eine Stiefelspitze verband ihn mit dem Boden, mit der Wildheit, die er brauchte, um den Song richtig zu singen. Ein Prickeln schoß sein Bein hinunter. *That's all right f'you …*

Die Leute klatschten, um zu zeigen, daß sie wußten, der Song war nun beendet, dann hörten sie auf zu klatschen. Niemand kreischte.

Elvis räusperte sich und sah sich um. Die Jungs lächelten un-

behaglich. »Vielen Dank auch«, sagte Elvis. »Jetzt möc
gern einen Song des großen Bill Munroe spielen, hoffent
fällt er Ihnen – und los geht's – eins zwei drei ...«

Er startete »Blue Moon of Kentucky« mit Volldampf. W
an diese Halbleichen hier im Ryman Auditorium nicht h
kam, dann sang er eben für jemanden, den er noch nie auch
gesehen hatte, für irgendeine einsame alte Dame in einer Br
bude auf einem Hügel. Er nahm den alten Song, verdrehte u
verzerrte ihn, beschleunigte ihn. Die hohen Töne von *briiiiig*
und *niiiiight* traf er mit müheloser Sehnsucht, die bestimn
durch das Mikrofon gedrungen war und die Kilometer über
brückt hatte. Der Beifall war höflich, aber nicht begeistert. Um seiner Mutter willen hoffte Elvis, daß er über das Radio lauter klang. Er schnappte sich ein Ende von Bills Baß, damit sie schneller von der Bühne kamen. Scotty bildete mit Daumen und Zeigefinger einen Kreis: okay.

Mr. Penney stand zigarrekauend da. »Na, hoffentlich war's das«, sagte er.

»Sir?« Elvis blinzelte.

»Ich will dir mal was sagen, mein Junge. Hätte ich mir die Platte angehört, wärt ihr heute nicht hier. Das ist die ›Grand Ole Opry‹. So 'ne Niggermusik spielen wir nicht.«

»Ich hab nicht ...«

»Genau, du hast nicht, und du wirst nicht, und überhaupt nie wieder, jedenfalls nicht in dieser Show«, sagte Lou Penney. »Ich geb dir 'n guten Rat: Fahr lieber wieder Lastwagen.«

Elvis spürte, wie sein Gesicht, seine Hand brannten. Seine Finger schlossen sich zu einer Faust. Der Wunsch packte seine Hand, auszuholen und diesem aufgeblasenen Kerl in seinen fetten wabbelnden Wanst zu schlagen. Das gleiche Bedürfnis sah er in Scottys und Bills Mienen. Es wäre sinnlos. Wenn der Mann sagte, sie seien durchgefallen, dann waren sie durchgefallen.

Elvis sagte: »Herzlichen Dank. Hauen wir ab, Jungs.«

»Genau, macht das«, sagte Penney, »und sagt Sam Phillips, ich schicke ihm den Scheck, was die großzügigste Geste meines ganzen Lebens ist.« Er nickte *Das war's* und stapfte davon.

Die Jungs glotzten ihm nach. Elvis fühlte, wie sich eine große Leere in ihm auftat.

Sam und Marion kamen zu ihnen, fröhlich lächelnd und jubelnd. »Oh, ihr wart großartig!« rief Marion.

»Dieser Mann fand es scheußlich.« Seine Stimme klang merkwürdig. »Er fand es *scheußlich*. Er hat gesagt, es sei Niggermusik, es sei – er hat gesagt, ich sollte lieber wieder Lastwagen fahren.« Er biß sich auf die Lippen. Er wollte vor seinen Freunden nicht in Tränen ausbrechen.

Noch jemand anderes sah zu – ein Künstler in einem eleganten weinroten Cowboyanzug – und rückte nun näher.

»Ich hab gehört, was Lou Penney zu euch gesagt hat«, sagte er, und Elvis erkannte seinen runden texanischen Dialekt sofort: Ernest Tubb, Opry-Star, Inhaber des weltberühmten Schallplattenladens »Ernest Tubb Record Store« und Gastgeber der »Midnight Jamboree«, die nach der Opry-Übertragung auf WSM ausgestrahlt wurde. Ernest Tubb war zwar mager, wirkte aber wohlhabend; sein Anzug glitzerte von Straß. »Ich sag dir eins, mein Junge. Ich hab dich beobachtet: Du warst klasse.«

Elvis sagte: »Schönen Dank, Sir, aber das fand Mr. Penney nicht. Genausowenig wie die da.« Er wedelte mit der Hand in Richtung Publikum.

»Manchmal merken sie's einfach nicht.« Ernest Tubb klopfte Elvis auf die Schulter. »Wenn du das nächstemal nach Nashville kommst, ruf mich vorher an. Dann trittst du in der Jamboree auf.« Er nickte den anderen zu, sagte »Viel Glück« und ging in seine Garderobe.

Er hätte sich bei ihm bedanken müssen, das wußte Elvis, doch eine Flutwelle der Enttäuschung hatte seine Manieren weggespült. Das Stimmengewirr hinter der Bühne ging weiter, als wäre mit ihm nichts passiert. Penneys Worte brannten Löcher in sein Hirn.

»Na, das ist doch gar nicht übel, schließlich waren das Ernest Tubbs Worte, oder?« fragte Sam. »Laß dich von diesem anderen Mistkerl nicht runterziehen.«

Elvis hörte ihn kaum.

»Hör auf Sam«, sagte Marion. »Vielleicht ist die ›Grand Ole Opry‹ einfach noch nicht bereit für dich.«

»Nein«, widersprach Elvis, »er hatte recht. Wenn einer nicht bereit war, dann ich. Ich war lausig. Habt ihr gesehen, wie die Leute einfach dagesessen haben? Kommt… bloß weg hier.«

»Marion, nicht vergessen, daß wir Ernest Tubb ein paar Exemplare der Platte schicken, sobald wir zu Hause sind.«

»Wird erledigt.«

»Elvis, warte auf uns…«

Elvis schob sich an ihnen allen, auch an dem Mann am Bühneneingang, vorbei, auf den Gehsteig, bahnte sich mit dem Hals der Sound Star einen Weg durch die Menge. Am liebsten hätte er sie alle niedergemäht.

Eine schwarze Wolke sank vom Himmel und legte sich auf ihn. Er hatte seine Chance vertan. Nicht in einer Million Jahre würde man ihn wieder einladen. Er hatte das Fell verkauft, ehe er den Bären erlegt hatte. Mach 'ne Platte, lande einen Hit, trete in der Opry auf, erobere die Welt – so funktioniert es einfach nicht!

Vielleicht hatte Lou Penney recht. Einen Lastwagen zu fahren war keine Schande. Da war man wenigstens nicht auf Gedeih und Verderb der Meinung anderer ausgeliefert. Man fährt den Laster und liefert Güter, und solange die Elektriker glücklich sind, bekommt man jeden Freitag sein Geld. Nie versetzt einem jemand einen Stich ins Herz.

Sam schloß das Auto auf und hielt sich respektvoll zurück.

Er und Marion unterhielten sich mit gedämpften Stimmen. Elvis sah die Lichter der Stadt vorbeihuschen. Er fuhr nach Memphis zurück, würde Montag morgen wieder arbeiten gehen, nicht mehr in seiner Traumwelt leben.

Am Stadtrand von Nashville sagte Elvis: »Halt mal eben an, ich würde mir gern diese Klamotten ausziehen.«

Sam betätigte den Blinker. »Hör mal, mein Junge, wir haben in drei Wochen neuntausend Platten verkauft. Noch nie ist eine Platte von mir so schnell nach oben geschossen. Wenn dich dann ein Typ nicht mag, was soll's?«

Elvis antwortete nicht.

Scottys Chevrolet folgte ihnen auf eine Insel des Lichts, eine Esso-Tankstelle.

Elvis nahm den Beutel mit seiner Alltagskleidung um die Ecke auf die Herrentoilette mit. Er schob den Riegel vor. Er riß sich Krawatte und Hemd runter, schleuderte die Hose weg, stopfte alles in den Beutel und betrachtete sich im dreckigen Spiegel, wie er, weitgehend nackt, dastand.

In dem Neonlicht sah seine Haut blaßgrün aus. Er zog ein paar Stücke Klopapier von der Rolle und wischte sich den Lidschatten von den Augen.

Der Spiegel sagte: Guck dich doch an, wie du dastehst und zitterst. Zieh dich erst mal an.

Elvis glotzte nur.

Keine Bange, sagte der Spiegel. Ich hab dich nie verlassen. Ich war die ganze Zeit hier.

»Du – du hast nie ein Wort gesagt.« Elvis hielt sich das weiße Strickhemd vor. Er fühlte sich nackt. Die silbrige Stimme kam wie ein Schock, nach Jahren des Schweigens und mit seinem eigenen grinsenden Gesicht im Spiegel.

Erst jetzt brauchst du mich wieder.

»Ich brauche niemanden«, entgegnete Elvis. »Ich fahre nach Hause.«

Du darfst nicht aufgeben. Du bist besser, als irgend jemand weiß. Du kannst ein großer Star werden. Aber du mußt hart arbeiten und weitermachen, weitermachen.

Elvis wand sich in das Hemd und bückte sich, um seine Khakihose anzuziehen. Er war der Stimme also doch nicht entwachsen. Vielleicht war er wirklich verrückt.

»Ich werd nicht hier rumstehen und mit dir reden, mit einem Spiegel reden«, sagte er.

Mach weiter. Jetzt geht's erst so richtig los. Du kannst Mama alles kaufen, was sie schon immer gewollt hat.

Elvis stellte den Fuß auf die Toilette, um sich den Schnürsenkel zu binden. »Ich habe mir etwas vorgemacht«, sagte er. »Es ist vorbei. Drei Monate. Es hat drei Monate gedauert.«

Du bist gut. Du bist besser als jeder andere. Sie haben dich nicht verdient.

Elvis drückte die Tür auf.

Scotty wartete schon. »Verdammt, Junge, du *mußtest* wirklich, stimmt's?«

»'tschuldigung.«

Die anderen kauften Cola und Payday-Schokoriegel. Elvis senkte den Kopf und stieg zu Marion ins Auto.

»Elvis, hör mir mal zu«, sagte sie. »Bisher hast du so viel Glück gehabt, und es ist schon so viel passiert… aber das ist noch gar nichts verglichen mit dem, was du noch erleben wirst. Denk mal darüber nach.«

Elvis umklammerte die Knie, damit seine Hände nicht zitterten. Er mußte sich zusammenreißen. Schlimm genug, daß seine Nerven flatterten wie Fledermäuse in einer Höhle; jetzt hörte er auch wieder diese Stimme in seinem Kopf. Sein Verstand spielte ihm einen Streich. Sagte die Worte, die er, Elvis, hören wollte.

»Hör zu, es – es tut mir leid«, sagte er zu Marion in die vibrierende Stille. »Vermutlich muß ich einfach weiterspielen, bis wir jemanden finden, dem wir besser gefallen als diesem dicken alten Mann.«

»Das ist ein Wort«, sagte sie.

Sam stieg ein. »Was war das?«

»Elvis hat gerade gesagt, daß er weiterspielt, bis er jemanden findet, dem er gefällt.«

»Womit er verdammt recht hat«, sagte Sam und ließ den Motor aufheulen. »Teufel auch, mein Junge, wir fangen grade erst an.«

Sie fuhren los. Elvis saß mit seiner Gitarre hinten und starrte in die Dunkelheit.

Sie waren schon fast in Memphis, als er merkte, daß er den Beutel mit seinen Bühnenklamotten auf dem Fußboden des Männerklos der Esso-Tankstelle hatte stehenlassen, über dreihundert Kilometer weit weg.

Er behielt es für sich.

31

Lange nach Mitternacht saß Elvis auf der Treppe vor dem Haus, spielte auf seiner Gitarre und beobachtete, wie der große silbrige Mond unterging. Er versuchte sich gerade an »Make Yourself Comfortable«, einer sinnlichen Nummer von Sarah Vaughan, die in dieser Woche auf dem Supersender angesagt war. Elvis bewunderte Sarahs Stimme, fand aber weder die Akkorde noch das jazzige Tempo. Die Sound Star war den konventionellen Viervierteltakt gewöhnt. Hinter sich hörte er ein Geräusch. Er drehte sich um.

Gladys stand gähnend in der Tür. »Wieviel Uhr ist es, Schatz?«

»Keine Ahnung«, antwortete er, »spät. Geh wieder ins Bett.«

»Warum bist du noch auf?«

»Konnte nicht schlafen.«

»Es ist kalt hier draußen. Komm ins Haus.« Ihre Haare waren völlig verwuschelt. Auf ihrer Wange sah man die Abdrücke von Kissenfalten. Sie raffte ihren Morgenrock aus Chenille am Hals zusammen. »Ich mache uns was Heißes zu trinken.«

Er lehnte die Gitarre gegen die Verandawand. Er würde sie zurück ins Bett schicken und wieder nach draußen gehen.

»Soll ich dir eine heiße Schokolade machen? Klingt das nicht verlockend?«

»Klar, Mama.« Er folgte ihr in die Küche.

Sie goß Milch in eine Kasserolle, machte den Herd an. »Wir haben keine Marshmallows«, stellte sie fest, während sie eine breiige Masse aus Kakao, Zucker und Wasser anrührte. »Ich kann sie einfach nicht im Haus behalten. Irgendwann esse ich immer die ganze Tüte leer.«

»Das macht nichts«, sagte Elvis. »Müde siehst du aus. Laß mich das machen und leg dich wieder hin.«

»Natürlich seh ich müde aus, schließlich ist es zwei Uhr morgens«, sagte sie. »Alle erzählen mir immer, wie müde ich aussehe. Ich werde müde, wenn ich das höre. Hier, rühr das um.« Sie reichte ihm den Löffel.

Elvis begann zu rühren. »Satnin, wir müssen miteinander reden.«

»Worüber?«

»Den ›Hayride‹. Wir haben Mr. Buncombe versprochen, ihm morgen Bescheid zu sagen. Sam meint, wir sollten unterschreiben.«

»Du weißt doch schon, was ich davon halte.« Sie träufelte Schokoladenmasse in die dampfende Milch. »Du machst ja doch, was du willst. Ich weiß gar nicht, warum du mich überhaupt fragst.«

»Ich wollte zuerst mit dir reden.« Er mußte vorsichtig sein. Er wollte nicht, daß sie wieder eine ihrer Depressionen bekam.

Als sein Erfolg noch ganz frisch war, hatte sich Gladys sehr für ihn gefreut, doch damit war es vorbei, als ihr allmählich die Wahrheit aufging. Elvis war ständig fort. Mit jedem Tag entfernte er sich weiter von ihr.

»Das ist so weit weg«, sagte sie. »Hast du etwa vor, jedes Wochenende hin- und wieder zurückzufahren?«

»Scotty hat ein gutes Auto«, sagte Elvis. »Wir schaffen das schon.«

»Na ja, ich finde, solange du deine Arbeit behältst, solltest du möglichst viel singen«, sagte Gladys. »Du weißt ja, wie froh ich über alles bin, was passiert ist.«

»Das sagst du zwar, aber wenn ich ein Jahr lang jeden Samstagabend nach Shreveport fahre und die übrige Zeit irgendwo anders auftrete, wird's dir nicht gefallen. Dann siehst du mich gar nicht mehr.«

»Das tu ich sowieso nicht«, sagte Gladys. »An wie vielen Abenden warst du zu Hause, seit du aus Nashville zurückgekommen bist? An zwei? Drei?«

»Was soll das heißen? Ich bin jeden Abend hier.«

»Ich meine zu *Hause*, Schatz, nicht daß du mitten in der Nacht nur zum Schlafen vorbeikommst, aufstehst und gleich wieder verschwindest.«

»Der ›Hayride‹ wird von zweihundert Stationen übertragen, Mama. Das hören Millionen Menschen.« Er nahm einen

Schluck von dem süßen heißen Gebräu. »Gestern hat Sam mir hundertzweiundfünfzig Dollar gegeben. Vorschuß auf die Platten, die er verkauft hat. Sie verkauft sich immer noch. Die nächste ist startbereit. Und jetzt diese ›Hayride‹-Geschichte – ich überlege, ob ich meinen Job bei Crown kündige. Ich will versuchen, vom Musikmachen zu leben.«

Gladys wandte ihren Blick ab. »Nun hör mal, Schatz, du fährst gern deinen Lastwagen, und Mr. Teague war so nett zu dir«, sagte sie und rührte zwei gehäufte Löffel Zucker in ihre Schokolade. »Warum kannst du nicht eine Zeitlang beides tun, bis du sicher bist, daß du genug Geld hast?«

»Ich hab hundertzweiundfünfzig Dollar«, antwortete er. »Ich kann nicht abends singen und tagsüber für Mr. Teague gute Arbeit leisten. Wir verdienen beim ›Hayride‹ so viel, wie ich bei Crown mache. Außerdem sagt Sam, wenn man erst mal regelmäßig im ›Hayride‹ spielt, kann man sein Honorar selbst bestimmen.«

»Sam sagt, Sam sagt. Ich wünschte, Sam würde dir wie Mr. Teague ein festes Gehalt zahlen. Dann wüßtest du, daß du ihm glauben kannst.«

»So funktioniert das nicht, Mama. Das weißt du doch. Sam geht mit mir ein Risiko ein. Jetzt muß ich mich entscheiden, ob ich selber auch ein Risiko eingehen will.«

»Das klingt, als hättest du dich schon entschieden.«

»Also, ich – das stimmt wohl«, gab er zu. »Morgen spreche ich mit Mr. Teague.«

»Dann sprich halt mit ihm.« Gladys schlang ihre Arme um sich. »Manchmal glaube ich, daß du dich von Dingen, die Sam sagt, zu sehr mitreißen läßt, vielleicht solltest du einfach abwarten, mehr nicht. Ich will nicht, daß du verletzt wirst.«

Er richtete sich auf. »Wie könnte ich denn verletzt werden?«

»Du warst verletzt, als du aus Nashville zurückgekommen bist.«

Sie fand immer den wunden Punkt.

»Sieh mal, Mama«, sagte er, »der ›Hayride‹ ist vielleicht nicht die Opry, aber wir haben einen echten Hit. Nummer drei in der

Hitparade in New Orleans, und – und in Dallas und – verstehst du das nicht? Überall mögen mich die Leute.«

»Hier mögen sie dich«, sagte Gladys. »Ich weiß nicht, warum du nicht damit zufrieden bist, hierzubleiben und in den vielen Lokalen in der Stadt aufzutreten. Du weißt doch, ich kann nicht gut schlafen, wenn ich nicht weiß, wo du steckst.«

Elvis sagte: »Ich glaube, ich muß das einfach tun.«

Sie stellte ihre Tasse auf die Untertasse. Bei dieser Beleuchtung hatte sie ein altes und trauriges Gesicht. »Ich hätte nie gedacht, daß du endgültig weggehst und mich hier allein zurückläßt.«

Er warf sich aufs Bett, Gesicht nach unten. »Das mach ich doch gar nicht. Ich bin immer noch hier, wenn ich nicht gerade irgendwo anders bin. Und sobald ich etwas Geld gespart habe, kauf ich uns ein Haus, Mama, ein richtiges Haus.«

»Du und deine Versprechen.« Ihr Mund war ein schmaler Strich.

»Ich mein's ernst. Sieh dich schon mal nach dem Haus um, das dir gefällt. Sam sagt, ich werd 'ne Menge Geld machen, Mama. Wart's ab.« »Das ist mir egal.«

»Ich werde ständig unterwegs sein«, fuhr er fort. »Vielleicht muß ich jahrelang arbeiten, bis ich mir einen Namen gemacht habe. Aber ich muß es unbedingt versuchen.«

»Warum?« fragte sie. »Ich begreif das nicht, Schatz. Warum ist dir das so wichtig?«

»Weil ich das gut kann, Mama.« Jetzt war's raus. Das mußte reichen. Wenn man etwas gefunden hatte, was man gut konnte, sollte man es machen, und zwar mit vollem Einsatz. Nicht jedem wurde eine Begabung in die Wiege gelegt. »Ich will ein großer Star sein«, fuhr er fort. »Was anderes will ich nicht. Das hast du auch mal gewollt. Früher fandest du das großartig.«

»Schatz, ich brauche dich.« Da war er wieder, dieser Ton, den er am meisten fürchtete, diese leichte Besorgnis in ihrer Stimme. »Ich muß mit dir reden«, flehte sie. »Geh nicht fort, verlaß mich nicht... Ich weiß nicht, was ich dann mit mir anfangen soll.«

»Das ist ungerecht.« Er stand auf. Er spürte, wie ihm das Blut ins Gesicht stieg. »Glaubst du vielleicht, ich werde berühmt, indem ich mich hier im Haus herumtreibe? Glaubst du, der Louisiana Hayride zieht dir zuliebe nach Memphis?« Er richtete sich zu voller Größe auf. »Da draußen ist es, Mama – alles, die ganze Welt, siehst du das denn nicht? Wenn ich es will, muß ich es mir holen. So funktioniert das nun mal. Das weißt du doch.«

Sie schüttelte den Kopf. »Es muß mir aber nicht gefallen.«

Elvis schlug frustriert gegen die Wand. »Ich mache es nur für dich«, sagte er mit belegter Stimme. »Damit du stolz auf mich sein kannst.«

»Pst, du weckst noch das ganze Haus auf.« Sie stand auf und wedelte mit der Hand in seine Richtung, entließ ihn. »Mach du nur, was du tun mußt, Schatz. Mach nichts mir zuliebe.« Sie schlurfte durch den Flur davon.

»Gute Nacht«, rief er. Sie antwortete nicht.

Er ging ins Freie. Der Mond kam hinter einer Wolke hervor und übergoß die Veranda mit seinem kalten Licht.

Elvis nahm die Sound Star und spielte »Crying in the Chapel«, von den Orioles, ein frommer, friedlicher Song. Die besänftigende Melodie glättete seine aufgewühlten Nerven.

Er mußte unterschreiben. Jeder würde unterschreiben. Er hatte Applaus gekostet und war auf den Geschmack gekommen. Er konnte gar nicht genug davon bekommen.

Vor ihm erstreckte sich die Straße. Er mußte los. Seine Mutter würde es zwar nicht glücklich machen, es würde sie aber auch nicht umbringen.

32

Elvis übernahm das Steuer, während Scotty die Gibson auf dem Schoß wiegte und sich an einem Bluesthema von Lonnie Johnson versuchte.

Gerade hatten sie in Big Sandy, Texas, von der Ladefläche eines Lastwagens aus fünf Songs zur Eröffnung einer Filiale der

Drugstorekette »Byrum's Drugs« zum besten gegeben und waren nun in Richtung Süden zu dem an einer Straßenkreuzung gelegenen Kaff Palestine unterwegs, um in einer Kneipe namens »Eddy's Sho-Boat Lounge« einen kurzen Set abzuliefern, bevor es weiterging nach Shreveport zu ihrem abendlichen Hayride-Auftritt um halb zehn. Bill saß auf dem Rücksitz, zwischen seinem Baß und den Koffern eingeklemmt.

Elvis trat das Gaspedal durch. »*Weeeeellll, I feel so bad*«, sang er zu Scottys Thema. »*I ain't never felt this bad before... yeaaaaahhh, I feel so bad, never ever never felt so bad, bad, bad, before... if I ever feel this bad again, you go ahead and put me under the floor, whoa yeah mama...*«

»Wunderschön«, spottete Bill. »Jaulender Hund.«

»Wirklich nett, dann laß doch mal den Song hören, den du geschrieben hast«, sagte Elvis.

»Hast du das geschrieben«, fragte Bill, »oder isses dir bloß im Traum eingefallen?«

Elvis grinste in den Rückspiegel. »Deine Schwester hat es gestern nacht im Schlaf geflüstert.«

»Ja, ja«, sagte Bill. »Halt die Klappe und fahr.«

»Leute, wir müssen auf solche Kleckerauftritte wie bei Drugstore-Eröffnungen verzichten.« Während Scotty sprach, klimperten seine Finger den Blues. »Was hat uns das eingebracht? Zehn Piepen pro Auftritt? Das lohnt sich nicht.«

»Na hör mal, es ist eine gute Übung«, erwiderte Elvis. »Als wir fertig waren, haben alle gejubelt, nicht bloß die Mädels. Auf einem verfluchten *Park*platz.«

»Aber da waren keine dreißig Leute. Für zehn Dollar machen wir alles, verstehst du? Wie irgendeine billige alte Nutte.«

Elvis nahm den Fuß nicht vom Gas, während sie durch St. Clair City brausten, das nicht mal die Bezeichnung Ort verdiente. »Sieh mal, Mann«, sagte er, »solange Sam die Platten verkauft und immer mehr Publikum kommt.«

»Das ist es ja«, sagte Scotty. »Das Publikum ist in den Großstädten. Keine Ahnung, warum wir unsere Zeit in irgendeinem dämlichen Drugstore in Nirgendwo, Texas, verschwenden.«

»Als wir bei Roger unterschrieben haben, haben wir ihm gesagt, wir nehmen wirklich alles, was er für uns an Land zieht«, sagte Elvis. »Weißt du noch?«

»Und das zieht er für uns an Land. Wirklich alles.«

Elvis dachte: *Na, du hattest doch deine Chance als Manager,* behielt es aber für sich. Sie waren alle euphorisch gewesen, als Sam eine Management-Vereinbarung mit Roger Pate getroffen hatte, einem Promoter aus Memphis, der angeblich überall im Land wichtige Beziehungen hatte. Doch bislang hatte ihnen Roger hauptsächlich Engagements bei Eröffnungen von Filialen und auf den Ladeflächen abgestellter Lastwagen verschafft.

»Was ist denn los, Scotty?« fragte Bill. »Mag dein Hintern nicht mehr Auto fahren?«

»Da hast du recht. Mein Hintern will nach Hause zu meiner Frau.«

»Na endlich, langsam kommen wir der Wahrheit näher.« Bill streckte die Hand aus und klopfte ihm auf die Schulter. »Ich sag dir was, mein Junge, du hättest dich gestern abend um die Rothaarige bemühen sollen, als wir's dir gesagt haben. Die war scharf aufs Tanzen.«

»Ja, Mann«, stimmte Elvis zu. »Die hatte nur Augen für dich.«

»Ihr habt doch gedacht, in dem Laden wär jedes Mädchen scharf.« Scotty lächelte. »Wenn ihr die Wahrheit wissen wollt, mir war's ein bißchen peinlich, in eurer Gesellschaft da zu sein.«

»Na klar«, sagte Bill, »es war dir offenbar so peinlich wie meiner Omama in der Kirche.«

»Ich verrat euch was, Jungs, gegen diese Brünette hatte ich nichts einzuwenden«, sagte Elvis und dachte daran, wie eng umschlungen sie im Licht der Jukebox getanzt hatten. Während seines Auftritts hatte sie seitlich neben der Bühne gestanden und nicht wie die anderen Mädchen gekreischt – ihn nur verträumt lächelnd beobachtet. Nach der Show hatte er um einen Tanz gebeten. In dem trüben blauen Licht bewegten sie sich langsam zu »A Blossom Fell« von Nat »King« Cole. Er küßte sie. Dann war es Zeit zu gehen.

Elvis hatte herausgefunden, daß nur sehr wenige junge

Frauen so leicht zu haben waren wie Miss Waverly. Genaugenommen gar keine. Nicht einmal die Mädchen, die sehr für ihn schwärmten. Auch wenn sie ihn anhimmelten, wehrten sie ihn ab. Er hatte geglaubt, sein Techtelmechtel mit Miss Waverly sei nur der Vorgeschmack auf eine Welt voller schöner, sexhungriger Frauen, doch einer wie ihr war er nie wieder begegnet. Ihm fehlte die Zeit.

Irgend etwas daran war furchtbar ungerecht: Die Mädchen kamen zu seinen Konzerten und kreischten, wenn er mit dem Bein wackelte. Sie liebten ihn. Sie begehrten ihn.

Auch er fand das erregend. Wenn sie ihn mit den Blicken abtasteten, fühlte sich das an wie Hände. Er brachte sie nur zu gern zum Kreischen. Auf der Bühne hatte er das Geheimnis gelernt, wie man es schaffte, daß sich Mädchen begehrenswert fühlten: Man mußte begehrliche Gedanken denken und die Musik aus seinem Körper kommen lassen, sich einfach im Rhythmus bewegen...

Doch dann war der Auftritt zu Ende. Ein paar Autogramme schreiben. Mit dem einen oder anderen Mädchen nett plaudern. Die Instrumente in den Wagen packen. In die Nacht davonbrausen.

Zum erstenmal stand Elvis nicht mehr unter Beobachtung seiner Mutter, war aber zu viel auf Achse, um das ausnutzen zu können.

»Jungs, hat einer von euch zufällig mitbekommen, wie sie heißt?« fragte er.

»Wer?«

»Die Brünette. Gestern abend.«

»Hab ich wohl gar nicht gehört«, antwortete Bill. »Wahrscheinlich Flossie. Oder Jezebel. Irgendwas in der Preislage.«

»Also wirklich, Mann, so eine war das nicht. Sie war in mich verknallt, mehr nicht.«

»Ach ja, eine Blinde.« Bill lachte. »'tschuldige, hab ihren Hund nicht bemerkt.«

Scotty sagte: »Hört ihr was unter der Motorhaube?«

Alle schwiegen eine Weile und lauschten.

»Ist wohl nichts.«

»Jag mir nicht so ’n Schreck ein.« Elvis bescheunigte wieder. »Wenn wir mal einen Auftritt verpennen, zieht uns der alte Runcombe bei lebendigem Leib die Haut ab.«

»Dann fahr nicht so schnell, wenn du nicht noch einen Schlauch zum Platzen bringen willst.«

»Gib endlich Ruhe, Scotty«, sagte Elvis. »Sobald ich reich bin, kauf ich dir ein neues Auto.«

In einiger Entfernung sah Elvis Palestine schwach leuchten. Der Mann in Gladewater hatte gesagt, auf dem Weg in den Ort komme man direkt an Eddy’s Sho-Boat vobei, könne man unmöglich verfehlen, und tatsächlich entdeckte Elvis das Neonschild:

E DY S SHO BO T LO NGE

In Eddys Schuppen war nicht gerade der Bär los. Ein Kabel mit Weihnachtsbeleuchtung diente als Türumrahmung. Auf dem Parkplatz standen drei Pickups und ein Motorrad.

Scotty sagte: »Was hast du gesagt, wieviel wir hier kriegen?«

»Hundert Piepen.«

»Nicht in hundert Jahren«, sagte Scotty. »Sieh dir diese Kaschemme mal an.«

Elvis sagte: »Ich frage mich, ob Roger uns den falschen Abend genannt hat? Wir haben doch Samstag, oder?«

»Klar. Ich hab’s heute morgen in der Zeitung gelesen.«

Sie zwängten sich ins Freie und traten ein. Im Inneren sah Eddy’s Sho-Boat sogar noch glanzloser aus: keine Jukebox, ein Flipper, ein paar Tische und Stühle, ein Radio, das eine Schnulze von Kitty Wells dudelte. Den Abdrücken auf dem Fußboden nach zu urteilen, hatten hier einmal geschwungene Sitzbänke gestanden. An der Theke hockten vier dicke Männer über ihren Bieren. Eine Barkeeperin Mitte Vierzig mit rabenschwarzen Haaren, die gerade ihre Nägel lackierte, sah auf.

»Verzeihen Sie, Ma’am«, sagte Elvis. »Wir dachten, wir sollten heute abend hier spielen. Sieht so aus, als hätten wir uns geirrt.«

Sie sagte: »Was soll das heißen, spielen?«

»Ich bin Elvis Presley, und das sind die Blue Rhythm Boys. Wir hatten vereinbart, hierherzukommen und zu spielen.«

»Ach, du lieber Himmel. Dieser Eddy... hab keine Ahnung, wann er wiederkommt. Kann ich euch ein kühles Blondes bringen?«

»Teufel, warum nicht?« Scotty ließ sich auf einen Barhocker fallen.

Elvis sagte: »Scotty, ruf Roger an.«

»Diesmal rufst du ihn an. Ich will ein Bier.«

»Gegen ein bißchen Musik hätte ich natürlich nichts«, sagte die Barfrau und schob einen Krug unter einen Zapfhahn. »Damit's hier mal ein wenig lebendiger wird.«

Elvis ging das Telefon suchen. Der hintere Flur stank nach Rauch und schalem Bier – aber so roch ja zur Zeit Elvis' ganzes Leben.

Eigentlich müßte er sich besser denn je fühlen. »Good Rockin' Tonight« hatte in den Hitparaden »That's All Right« überholt, und »I Don't Care If the Sun Don't Shine« kletterte rasch nach oben – Aufsteiger der Woche, wie es im »Billboard« hieß. Sam sagte, Elvis' neue Coverversion von Arthur Baileys »Let's Play« sei garantiert ein Bombenhit.

Und doch hatte Scotty recht – Elvis hatte in letzter Zeit zu viele mickrige Engagements gespielt, um das Gefühl zu haben, es gehe irgendwie weiter. Und jetzt hatte er einen Umweg von zweihundertfünfzig Kilometern gemacht, um vor einem aus vier gelangweilt aussehenden Männern in mittleren Jahren bestehenden Publikum aufzutreten.

Aus der Leitung dröhnte Roger Pates Stimme: »Ja, Vermittlung, ich nehme es entgegen. Elvis, wie geht's?«

»Nicht besonders gut, Roger. Wir sind in Palestine, in dem Schuppen, wo du uns hingeschickt hast, aber hier ist niemand, und die Frau hier weiß gar nichts.«

»Moment mal, Moment mal.« Elvis hörte Papiere rascheln, und dann sagte Roger: »Also, ihr seid wo? Ihr sollt die Rexall-Filiale in Big Sandy eröffnen.«

»Haben wir schon hinter uns. Und dann hast du gesagt, achtzehn Uhr in diesem Laden hier. Eddy's Sho-Boat. Übrigens eine üble Kaschemme.«

»Eddy's. Stimmt. Achtzehn Uhr, so steht's hier. Hey, Kumpel, weiß auch nicht. Der Fehler liegt offenkundig bei denen.«

»Eins sag ich dir, Roger, das ist eine gräßlich lange Fahrt für nichts und wieder nichts.«

»Ich rechne euch das hoch an, Elvis, ehrlich. Hör zu – ich bin gerade an einer Riesensache dran. Ich kann's dir noch nicht verraten, aber es ist riesig.«

Den Spruch hatte Elvis schon öfter gehört. »Schön, Roger, aber in der Zwischenzeit sind wir hier, und was sollen wir deiner Meinung nach tun?«

»Na, findet diesen Eddy und kriegt raus, was los ist. Ich hab euch das Engagement nicht besorgt, Elvis. Das lief über diesen Typ in Gladewater. Douglass. Vielleicht solltest du den anrufen.« »Wir sind praktisch pleite«, sagte Elvis.

»Wie war das? Hör zu, ich muß jetzt los, mein Junge. Ich telegrafiere euch was an eure Unterkunft in Bossier City. Wieviel braucht ihr, um über die Runden zu kommen?«

»Unsere Rechnung im Motel beträgt inzwischen siebenundfünfzig Dollar.«

»Ich überweise euch telegrafisch sechzig«, sagte Roger. »Ruft mich morgen an, Jungs. In Ordnung? Bis dann.«

»Ja.« Elvis starrte den Telefonhörer eine ganze Weile an, ehe er ihn auf die Gabel knallte. Er atmete tief durch. Er konnte es sich nicht leisten, vor Bill und Scotty mutlos zu wirken. Er war der Sänger, und sie waren seine Band. Es war seine Aufgabe, alle bei Laune zu halten.

Er ging nach vorn. Die Jungs spielten Flipper.

»Roger sagt, es ist nicht seine Schuld«, meldete Elvis. »Er schickt uns genug Geld fürs Al-Ida. Ich finde, wir machen uns auf die Socken, außer ihr findet diesen Laden hier aus irgendeinem Grund wirklich toll.«

»Erst machen wir dieses Spiel zu Ende.« Bill schlug seine Hand auf die Scheibe; die silbrige Kugel rutschte ins Loch.

»Wär doch schade, wenn man so weit fährt und dann zehn Cent zum Fenster rauswirft.«

Elvis bestellte eine Coke, stand herum und sah ihnen beim Flippern zu. Die Vordertür schwang auf. Herein kam ein dickbäuchiger, weißhaariger Mann, gefolgt von einem knochigen alten Texaner, der auf einen Spazierstock gestützt durch den Raum schwankte und seinen Stetson-Hut auf die Theke schmiß. »Gib mir 'n Eistee, Lorene.«

Die Barkeeperin sagte etwas und deutete auf Elvis.

Der alte Mann drehte sich um und sah ihn an.

Er war *alt.* Ein Schopf zinnfarbener Haare thronte auf seinem großen verwitterten Kopf. Beim Griff nach dem Glas zitterte seine Hand, und aus dem Mundwinkel rann ein Teerinnsaal. »'n Abend auch, junger Mann«, sagte er mit zittriger Stimme. »Lorene sagt, Sie wollen geschäftlich was von mir.«

»Sir, ich heiße Elvis Presley. Ein gewisser Douglass hat uns engagiert, damit wir heute abend hier unsere Musik spielen, oder wenigstens dachten wir das.«

»Seid ihr die Blue Rhythm Boys?«

»Jawohl, Sir, das sind wir.« Elvis' Herz machte einen Sprung.

»Na, ich hab schon auf euch gewartet«, sagte der Alte. »Wir haben alle gewartet, stimmt doch, Lorene?«

»Keine Ahnung, was du da redest«, sagte sie und sah ihn warnend an. »Ist das eins von deinen – also Eddy…«

Eddy lachte meckernd, als hätte sie einen Witz erzählt. »Alter Freund von mir hat oben aus Tennessee angerufen und erzählt, er hätte da 'n paar Blue Rhythm Boys, die wollten vorbeikommen und spielen, da hab ich gesagt, er soll sie runterschicken. Wo sind eure Klampfen, Jungs?«

»Draußen im Wagen«, sagte Scotty.

»Na, dann holt sie! Laßt mal hören! Wir hatten hier drin keine Musik mehr seit – Teufel auch, das war wohl neunzehnsechsundvierzig.«

Elvis lächelte. »Heißt das… wir sollen nur für Sie spielen?«

»Eddy, was hast du da wieder angestellt«, sagte Lorene. »Ist dir denn klar, daß die Jungs bezahlt werden wollen?«

»Stimmt«, sagten Scotty und Bill.

Eddy sagte: »Sie kriegen ihr Geld.« Er wandte sich an Elvis. »Lorene glaubt, ich wär nicht ganz richtig im Kopf, wegen meinem Bein. Ein tollwütiger Hund hat's am Knie abgerissen. Das hier ist Holz.« Zum Beweis klopfte er dagegen.

»Jungs, tut mir leid, daß ihr den weiten Weg zurückgelegt habt.« Lorene tippte sich seitlich an den Kopf. »Eddy kriegt manchmal solche Anwandlungen. Er kann's sich nicht leisten, euch zu bezahlen.«

»Und ob ich das kann«, sagte Eddy und kramte in seiner Hosentasche. »Einhundert Dollar.« Er holte ein Bündel neuer Scheine hervor.

»Was hast du gemacht, die Bank überfallen?« sagte Lorene. »Steck das Geld weg.«

»Also, ihr habt den Mann gehört«, sagte Scotty. »Wir hatten eine Vereinbarung.«

»Eine Vereinbarung.« Eddy klatschte Elvis das Geld in die Hand und verschränkte triumphierend die Arme. »Nun legt mal los. Meine Ohren sehnen sich nach ein wenig Musik.«

»Hört mal, Leute, laßt das sein«, bat Lorene. »Ihr begreift das nicht. Eddy kann sich das nicht leisten.«

»Pst, Lorene.« Eddy hieb mit dem Stock auf den Boden. »Du wirst wieder zu einer Echse. Jeden Abend etwa um diese Zeit wird Lorene zu einer Echse.«

Entweder war der Alte verrückt, oder es handelte sich um irgendeinen dummen Scherz. Elvis war sich nicht sicher. »Solange Sie bezahlen«, sagte er, »können wir wohl für Sie auftreten. Los, Jungs, holen wir unsere Sachen.«

Elvis gelang es, erst am Auto loszuprusten, aber dann brachen Scotty und Bill zusammen. Sie schüttelten sich vor Lachen, bis ihnen die Tränen kamen.

»Ich hab'... noch nie für 'ne Echse gespielt«, platzte es aus Elvis heraus, daraufhin prusteten sie wieder los.

Als sie es schafften, mit Lachen aufzuhören, trugen sie ihre Instrumente in die Bar.

Die Biertrinker drehten sich auf ihren Barhockern herum,

um zuzuhören. Lorene nahm neben Eddy Platz und klopfte ihm im Rhythmus der Musik auf den Ellbogen.

Elvis sang das gleiche Set, das er in Big Sandy vorgetragen hatte – »That's All Right« und »Blue Moon of Kentucky«, »Good Rockin' Tonight«, »Let's Play« sowie die Rückseite ihrer neuesten Single, eine heiße Quick-Boogie-Fassung von »Milkcow Blues«. Er machte sich nicht die Mühe herumzuhopsen. Er sang einfach nur alle Texte, traf die Töne und genoß Eddys Gesichtsausdruck.

Der alte Mann lauschte, ließ die Augen tanzen und sog seinen Tee durch einen Trinkhalm ein. Wenn ein Song zu Ende war, rief er regelmäßig »Ho!« und klatschte eifrig in die Hände. Er beschämte sogar die Männer an der Theke so sehr, daß sie ein wenig klatschten; der massige weißhaarige Mann stand auf und zog seinen grauen Filzhut vor den Jungs.

»Yessirree!« Eddy schwenkte seinen Stock vor einer unsichtbaren Menschenmenge. »Geschafft! Jetzt habt ihr sie alle auf die Beine und zum Tanzen gebracht! Das ist 'n dolles Ding!«

»Danke sehr, Mr. Eddy«, sagte Elvis. »Äh – hören Sie, das war so ziemlich alles, was wir an Songs haben. Wir machen uns jetzt wohl besser auf die Socken.« Er biß sich auf die Lippen. Er sah, daß die Jungs kurz vor einem neuen Lachanfall standen, doch dieser alte Mann mit seinem Holzbein und den wäßrigen Augen hatte etwas unsagbar Trauriges.

»Danke euch, Jungs«, sagte Lorene. »Das klang richtig gut. Uns hat's echt gefallen.«

»Uns auch«, sagte Elvis. Er holte den Batzen Zehner aus seiner Tasche, zog zwei als Benzingeld ab und gab Eddy den Rest zurück. »Dieser Douglass hat Sie falsch informiert«, sagte er. »Für eine Privatparty nehmen wir nur zwanzig Dollar.«

Scott blieb der Mund offenstehen. Bill verdrehte die Augen.

Elvis beachtete sie nicht. Also gut, sie waren fast pleite. Ihm war das egal. Früher oder später würden sie schon noch zu Geld kommen, und dann würden die Jungs merken, daß er richtig gehandelt hatte. Vorläufig hörten sie immerhin mit Lachen auf.

»Wirklich nett.« Eddy packte das Geld weg und grüßte Elvis mit seinem Stock.

Hinter seinem Rücken formte Lorene mit dem Mund die Worte »Vielen Dank«.

»Ihnen alles Gute, Mr. Eddy«, sagte Elvis. »Bis zum nächstenmal.« Lächelnd ging er hinaus in die Nacht.

Bill war empört. »Meinst du nicht, wir hätten das Geld teilen sollen, ehe du unseren Anteil weggibst?«

»Nun mach mal halblang, Bill, dieser arme alte Mann pfeift schon fast auf dem letzten Loch«, sagte Elvis. »Dem konnten wir nicht einfach sein Geld klauen.«

»Wer hat denn was von klauen gesagt? Wir haben getan, wozu man uns engagiert hat. Ich begreif das nicht, Elvis. Dir ist wohl deine Pomade ins Hirn gesickert.«

»Er mochte uns.« Elvis stieg auf der Beifahrerseite ein. »Du hast ihn doch gehört. Seine Ohren sehnten sich nach ein wenig Musik.«

Bill schob den Baß hinten rein und schlug die Tür zu. »Mein Anteil beträgt siebzehn Dollar.«

Elvis wußte, daß Bill genauso schnell wütend wurde, wie er einen Witz riß; gewöhnlich beruhigte er sich in ein, zwei Minuten.

Scotty rutschte hinter das Lenkrad.

Elvis reichte ihm die restlichen zwanzig. »Das ist für Benzin, damit wir bis Bossier City und nach Hause kommen«, sagte er. »Mehr hab ich jetzt nicht, Bill, aber den Rest kriegst du, sobald ich flüssig bin.«

»Ich sag das nur ungern, El, aber Bill hat recht«, warf Scotty ein. »Ich verstehe zwar, warum du das getan hast, aber noch sind wir nicht gerade reich genug, um für wohltätige Zwecke zu arbeiten.«

Bill sagte: »Verflucht, wir *sind* ein Wohltätigkeitsverein.«

»Ich zahle auch deinen Anteil, Scotty. Ich bezahle euch beide. Das ist es mir wert. Es war mir eine Freude, für diesen Mann zu singen.« Elvis beobachtete durch das Heckfenster, wie die Lichter des Sho-Boat kleiner wurden. Diesen Moment ließ er sich nicht verderben. Zum erstenmal wußte er, was für ein Gefühl es war, einem anderen Menschen etwas Gutes zu tun.

Scotty und Bill blieben bis zur Staatsgrenze von Louisiana knatschig. Sie weigerten sich, bei »The Ballad of Davy Crockett« mitzusingen, die sie gewöhnlich immer auf Touren brachte. Sie saßen stumm da, während die Clovers »Blue Velvet« sangen. Somethin' Smith and the Redheads kamen im Radio. Elvis drehte den Song lauter – *it's a siiin to tell a lie*...

Dann spielte der Farbigensender in Grambling das wirklich wilde »Tutti Frutti« des neuen Falsettsängers Little Richard – *a wop bop-a-loooo bop – a-lop bam boom!* Das war kein Song. Das war eine Art Explosion. Dieser Knabe hatte einen Schrei, der einen tötete, falls man getötet werden mußte, oder aufweckte, falls man schon tot war.

Bill trommelte mit den Fingern auf dem Sitz. Scotty griff nach seiner Gitarre und machte vor, wie er es tun würde: ein rasant-schnörkelloser Rhythmus.

Elvis grinste. »Daran müssen wir arbeiten.« Er schaute auf seine Armbanduhr. »Noch fünfunddreißig Minuten«, sagte er. »Heute abend wird's knapp. Da ist Shreveport.«

»Das achte Weltwunder.« Bill reckte sich. »Mein Gott, wie schön das hier ist. Da bleibt mir glatt das Herz stehen.«

Sie durchfuhren eine Gegend mit Tankstellen und billigen Motels im Westen Shreveports. Die Jungs stiegen jenseits des Flusses in Bossier City ab, ebenfalls ein unscheinbarer Ort, der aber den Vorteil hatte, daß es hier den Luftwaffenstützpunkt Barksdale gab, vor dessen Toren sich Billardzimmer, Striplokale und Kneipen konzentrierten.

An diesem Abend wimmelte es auf den Straßen Shreveports von hochfrisierten Autos und Limousinen, die mit Teenagern vollgestopft waren und die Stadthalle von Shreveport umkreisten oder in zweiter Reihe an den Bordsteinen parkten.

»Samstag nacht, und der Bär ist los«, sagte Elvis.

»Ich wünschte, sie würden mir den Weg freimachen.« Scotty bog aus der Linwood Avenue in die Auffahrt zum Bühneneingang.

Sie arbeiteten schnell. Scotty suchte einen Parkplatz für den Wagen, während Elvis und Bill den Baß und die Gitarren durch die Flügeltüren wuchteten.

Elvis lehnte seine arme alte Sound Star vorsichtig an eine Mauer. Sie zog sich tagtäglich neue Kratzer zu. Der Gurt hielt nur noch mit Mühe und Not. Wenn er die Gitarre stimmte, hatte er jedesmal Angst, ihr Hals könnte brechen.

Er schob seinen Kopf hinter den Vorhang und warf einen kurzen Blick auf Tillman Franks, der seinen Auftritt mit einem energiegeladenen »Foggy Mountain Breakdown« beendete. Im Hayride blieb die Saalbeleuchtung immer eingeschaltet. Elvis konnte jedes Gesicht in der Halle erkennen. Das Haus war bis zur Decke mit Leuten vom Lande gefüllt, junge Paare mit Kindern – und Hunderte von Teenagern.

Eine Gruppe Mädchen ziemlich weit vorn entdeckte den um die Ecke spähenden Elvis. Ihre Münder formten große O; sie deuteten mit den Fingern, kreischten und liefen auf die Bühne zu.

Er grinste und trat hinter den Vorhang zurück. »Sieht so aus, als hätten wir da draußen heute abend ein komplettes Geschwader.«

Bill, der gerade die D-Saite an seinem Baß auswechselte, schaute auf. »Du meinst die Mädchen?«

»Da sind Unmengen von denen. Komm gucken.«

»Ich hab hiermit zu tun«, entgegnete Bill. »Ich seh sie schon noch, wenn wir da rausgehen.«

Elvis entdeckte Dub Winston, den schmallippigen Conferencier des Hayride, der sich durch eine Gruppe Gitarristen zu ihnen vorkämpfte. »Hey, Mr. Winston, ist ja mächtig voll heute.«

»Habt ihr schon mit Roy gesprochen?«

»Nein, Sir, noch nicht. Wir sind eben erst angekommen. Hören Sie, Sie werden's nicht glauben, was wir gerade in Palestine für einen Auftritt absolviert haben...«

»Vergiß es.« Winstons liebenswürdige Rundfunkstimme klang aufgeregt. »Einer der Songs letzte Woche hat eingeschlagen wie 'ne Bombe, Elvis. Heute nachmittag hatten wir fünfhundert Anrufe mit Ticketwünschen. Da draußen sitzen junge Leute, die aus Dallas gekommen sind, um dich zu sehen. Wir haben schon zweihundertfünfzig an der Tür abweisen müssen. Hoffentlich liefert ihr eine gute Show ab.«

»Ist das Ihr Ernst, Mann?« Bill war ganz Ohr. »Die vielen Autos da draußen sind wegen uns hier?«

Elvis errötete. »Ausverkauft...«

»Einen so glücklichen Menschen wie Roy Buncombe habt ihr noch nicht gesehen«, sagte Dub. »Das letztemal war der Hayride bei Hank Williams ausverkauft. Und das ist fast fünf Jahre her.«

»Lieber Himmel«, sagte Elvis. »Hank Williams. Seht mal, da kommt Scotty. Sagt's ihm.«

Dub wiederholte seine Neuigkeit. Scotty strahlte wie ein Christbaum. »Das ist irre, Mann. Packen wir's!« Er schnappte sich seine Gitarre.

Tillman Franks verließ die Bühne. Dub Winston trat ans Mikrofon. In der Nähe der Vorhangkordeln steckte Elvis mit den Jungs die Köpfe zusammen. Sie spielten ein wenig »Swing Low, Sweet Chariot«, um auf Touren zu kommen.

Dub las seine Liste mit Werbesprüchen herunter, gab dann den Jungs ein Zeichen: »Und jetzt wollen wir ihn zu uns herausholen, den jungen Mann, auf den Sie gewartet haben – bitte begrüßen Sie auf der Bühne den Bösen Buben aus Memphis, Ladys und Gentlemen... Elvis Presley!«

Die Mädchen kreischten. Die Hand über dem Kopf schwenkend, trabte Elvis in das gleißende Licht hinaus. Die Mädchen kreischten lauter. Er grinste, winkte und wartete, daß sich der Lärm legte. Er hatte noch gar nichts gemacht.

Hinter ihm nahmen Scotty und Bill Aufstellung, ein identisches Grinsen auf den Gesichtern; wie sollten sie sonst auf einen solchen Begrüßungssturm reagieren? Das war etwas ganz anderes als Eddy's Sho-Boat.

Als sich der Sturm ein wenig legte, meldete sich Dub Winston zu Wort. »Guten Abend auch, Elvis, wie kommt ihr voran?«

Elvis neigte sich zum Mikro. »Prima, Mr. Winston, geht's Ihnen gut?« Bei seinen ersten Worten seufzte die Menge auf.

»Wenn's mir noch besser ginge, müßten sie mich erschießen«, sagte Winston. »Seid ihr Jungs bereit, eine ganze Woche lang in Texas aufzutreten?«

»Ja, Sir, das sind wir.«

»Ye-ahhh«, fuhr der Ansager fort, »da fahren wir mit all den guten Hayride-Künstlern hin, treten Montag in Galveston auf, Dienstag in Bryan, Odessa Mittwoch, Houston Donnerstag und am Freitag in Gonzalez, Texas. Werden dafür sorgen, daß sich die Leute dort köstlich amüsieren.«

Elvis rückte den Gurt auf seiner Schulter zurecht. »Begleiten Sie uns, Mr. Winston?«

»Ja, Sir, ich bin dabei. Das könnt ihr laut sagen.«

»Das wird hart – ich meine: das ist gut«, sagte Elvis, was ihm vereinzeltes Gelächter aus dem Publikum einbrachte. Schon vor Wochen waren die letzten Reste seines Lampenfiebers irgendwo in West Texas versiegt. Er machte gern Witzchen vor den vielen Leuten, die darüber lachten.

Er setzte sein breitestes, freundlichstes Grinsen auf. »Danke sehr, Freunde, freue mich, heute abend wieder hier zu sein, wir möchten Ihnen einen kleinen Song vortragen, er ist etwa – er ist etwa – also, er ist etwa zwei Minuten lang und geht ungefähr so…«

Wo
Baby baby baby buh-buh-bay-beh!
Baby baby b-b-b-buh-bay-beh!
Hmmmmm, baby!
Tired of workin'
Come on baby let's play

Der Saal fing plötzlich an zu kreischen. Elvis ging ganz aus sich heraus. Er kippte den Mikrofonständer bis zum Boden, schüttelte seine Haare in die Augen und fing an zu wackeln. Bei diesem Song zog Elvis alle Register. Er knödelte und brüllte ihn und kasperte mit dem Stottern bei *b-b-baby* herum, warf sich auf ein Knie, hieb fest auf die Sound Star ein.

Plonk! riß eine Saite und flog ihm beinahe ins Auge. Er sprang hoch und auf der Bühne umher, kauerte sich hin, während Scotty das blitzschnelle Break schrammelte, brüllte »Los!«, als Bill den Baß zupfte. Sie machten einen Krach wie wohl kaum einmal drei Jungs vor ihnen.

I'm not a rag doll, baby
I'm a man for sho
If you won't play with me little girl
You won't a-be a-playin' around no more

Diese Zeile jagte ihm immer einen Schauer über den Rücken. Der Song hörte sich zwar harmlos an, hatte aber einen tödlichen Unterton: Spiel mit mir, Baby, sonst wird's dir noch leid tun. Diese Drohung war rücksichtslos, erregend. Elvis spitzte sie zu und brachte sie auf den Höhepunkt.

Mädchen verließen ihre Sitzplätze und strömten die Gänge hinunter auf ihn zu. Sie stachelten sich gegenseitig an – ihr Kreischen wurde lauter, zitterte und veränderte sich im Gleichklang.

Er knallte die letzte Zeile heraus, *Come on baby let's play*...

Scotty schlug den siebten Grundton an und hielt ihn.

Dann brach ein ohrenbetäubender Jubel los.

Elvis verbeugte sich tief. Er entdeckte Mr. Buncombe, den Produzenten, der aus der Kulisse winkte, lächelte und wirklich zufrieden aussah.

Elvis löste die gerissene Saite. Würde er halt mit fünf weiterspielen; hören konnte ihn sowieso keiner. »Danke sehr, Freunde...« Im Gebrüll der fanatischsten Mädchen wurden seine Worte zurückgeworfen. Sie füllten die ersten zehn Reihen links von der Bühne – seine Fans! Sie trugen Zahnspangen, unkleidsame Brillen und rosa Röcke mit weißen Blusen. Sie hopsten auf und nieder, damit er auf sie aufmerksam wurde.

Mit schweren Augenlidern schickte er einen seiner Verführerblicke in ihre Richtung. Ein Mädchen verdrehte die Augen und fiel rückwärts in die Arme ihrer Freundinnen.

Das hatte er nicht gewollt. Mit dem Mikrofon in der Hand

ging er zum Bühnenrand und schaute nach unten. »Alles in Ordnung?«

Die anderen Mädchen winkten bestätigend und kreischten, weil er mit ihnen sprach.

»Zu viel Aufregung vermutlich«, sagte er. »Vielen Dank auch, Freunde, wir möchten Ihnen noch einen Song vortragen, den wir im Hayride noch nicht gespielt haben, was vor allem daran liegt, daß wir ihn erst vor etwa einer Woche eingeübt haben. Hoffentlich gefällt er Ihnen.«

Und damit stimmte er »Maybellene« an, Chuck Berrys neuen Song über ein Mädchen, das es jetzt wieder so treibt wie früher. Im Mittelteil des Songs gab es so viele Worte, daß Elvis' Zunge kaum mitkam, doch der Song kehrte immer wieder zu der unkomplizierten zentralen Stelle zurück: *Why can't you be true?* Scotty und Bill fanden einen synkopierten Groove, der kratzte wie Metall auf Fels – ein harter Sound, passend zu Chuck Berrys harter Meinung von Maybellene.

Da die Mädchen diesen Song nicht kannten, waren die Schreie nicht so gut getimt. Die Ohnmächtige wurde wieder lebendig. Sie stand da und beobachtete Elvis mit benommener Miene.

Dub Winston kam, las einen Werbespot für Southern Pride Doughnuts vor und sagte dann: »Elvis, habt ihr vielleicht eine Zweiminutenversion von ›That's All Right‹ für uns?«

»Äh, ja, Sir, die haben wir.« Elvis zählte den Takt vor. Dieses Lied konnte er im Schlaf singen. Er und die Jungs waren ihm fast entwachsen – ihr Sound wurde immer härter und schneller –, doch den Leuten gefiel ein Song, den sie schon kannten. Elvis straffte ihn und gab ihm einen neuen ironischen Touch, für das Mädchen, das ihm unrecht getan hatte. Ist schon in Ordnung, Mädchen. Bleib nur immer am Rockschoß deiner Mama. Am Ende wirst du für deine Hochnäsigkeit bezahlen.

Er spielte ein gefährliches Spiel, wenn er die Mädchen mit diesen Songs auf den Arm nahm. Ein Knistern lag in der Luft. Er war kein braver Junge mehr, der mit hübscher Stimme sang. Er war ein schlimmer Finger in einem rosaroten Anzug und weißen Stiefeln, der mit seiner Gitarre über die Bühne streifte und mit den Hüften wackelte.

Noch nie hatte er gespürt, daß die Scheinwerfer eine derartige Spannung übertrugen. Es waren nette Mädchen. Elvis sollte ihnen zeigen, wie man ungezogen war. Mit einer Fingerbewegung brachte er einen ganzen Chor zum Kreischen. Die Mädchen kreischten gern, so gern, wie sie den Grund für ihr Kreischen mochten. Sie fanden es erregend, so vor ihren Freundinnen die Kontrolle zu verlieren.

»Vielen Dank, danke, Freunde, wir sehen uns nächste Woche wieder!« rief Elvis. »Gute Nacht!« Die Hand über dem Kopf schwenkend, verließ er, von einem Jubelsturm begleitet, die Bühne.

Die Begeisterung der Menge trug ihn über den Red River. Drei Wagenladungen voller Mädchen reihten sich hinter Scottys Chevrolet ein und folgten den Jungs bis zum Al-Ida, hupten, winkten und hingen aus den Fenstern.

Erleichtert bemerkte Elvis, daß im Fenster des Motelbüros das »Kein Zimmer frei«-Schild hing. Wären diese Mädchen über Nacht hier abgestiegen, hätte er kein Auge zugemacht.

Er flirtete ein wenig mit ihnen und unterschrieb Autogramme, um sie abzulenken, während Scotty und Bill die Instrumente in ihre Zimmer trugen.

Die Mädchen besuchten alle dieselbe Schule in Tyler, Osttexas. Drei Wochen hintereinander hatten sie sich jetzt die Autos ihrer Väter ausgeliehen und waren hundertdreißig Kilometer weit gefahren, um Elvis zu sehen. Das erzählten sie ihm unter großem Gekicher, während sie sich schüchtern vorstellten und auf ihre Autohupen drückten. Mr. Labreaux, der rundrückige Cajun und Motelgeschäftsführer, kam nach draußen, um sie zur Ruhe zu bringen.

Sie waren noch Kinder, nicht eine von ihnen küssenswert. Elvis schenkte jeder einzelnen ein Lächeln, ein nettes Wort und ein Autogramm, ehe er sie fortschickte.

»Elvis, hab heute nachmittag telegrafisch sechzig Dollar angewiesen bekommen«, sagte Labreaux, als das letzte Auto weg war. »Wenn Sie wollen, verrechne ich die mit Ihren Schulden.«

»Ja, Sir, dafür ist das Geld gedacht.« Nach all seiner uneigennützigen Freude darüber, daß er dem alten Eddy sein Geld zurückgegeben hatte, wüschte Elvis, die Scheine steckten in diesem Moment in seiner Tasche. Er war auf elf Dollar und ein bißchen Kleingeld runter, und der heutige Erfolg beim Hayride schrie geradezu nach einer Feier.

Er wünschte Labreaux gute Nacht, steckte die Hände in seine Taschen und schlenderte die Zimmerreihe entlang. Die Tür zum Zimmer Nummer 29 stand offen. Scotty hatte sich auf ein Bett fallen lassen, Bill auf das andere.

»Sieht so aus, als hättet ihr es euch gemütlich gemacht, Jungs«, sagte Elvis. »Ihr wollt doch wohl noch nicht Schluß machen, oder?«

»Teufel, nein.« Scotty ließ sich auf den Rücken rollen. »Hab nur mal verschnauft. Mir unbegreiflich, wie du so verdammt munter sein kannst.«

»Mann, mich hat das heute abend richtig auf Touren gebracht.« Elvis ging durch die Verbindungstür ins Zimmer Nummer 28, zog Jackett und Hemd aus, stieg aus seiner Hose. »Habt ihr gesehen, wie die eine ohnmächtig geworden ist? Ich hab sie bloß angesehen.«

»Es wird immer wilder.« Bill zog die Beine hoch und setzte sich hin. »Keine Ahnung, woran das liegt, El. Was du mit den Mädchen anstellst. Wenn wir das in Flaschen füllen und verkaufen könnten…«

»Was machen wir denn deiner Meinung nach?« Vorsichtig hing Elvis seinen rosaroten Anzug auf. In dieser Woche hatte er ihn Abend für Abend getragen.

»Glaub mir, das ist jetzt nicht persönlich gemeint«, sagte Bill, »aber *so* gut siehst du nun auch wieder nicht aus.«

Elvis grinste. »Du mußt es einfach durch ihre Augen sehen.« Er hielt sich sein Hemd vor und vollführte einen kleinen Bauchtanz. »Das ist natürlicher Sexappeal, Billy, entweder ist er dir angeboren oder nicht. Mir ist er zufällig angeboren.«

»Zieh dir was an«, sagte Scotty. »Die Tür steht sperrangelweit offen.«

»Na los, Mädels!« Elvis schwenkte seinen Po in Richtung Tür. »Kommt und holt ihn euch!«

Bill grölte los.

Scotty rollte herum und trat die Tür zu. Er musterte sie mit ausgesprochen ernster Miene. »Jungs«, sagte er, »ich glaube, wir müssen uns besaufen.«

Sie stimmten zu, zogen sich an, warfen die Tür ins Schloß und zogen los.

Der Highway 80 in Bossier City war eine glitzernde sündige Meile, zwanzigmal heller als der Mittelgang auf dem Rummel der Mississippi-Alabama-Landwirtschaftsmesse. Sie schien den Phantasien der Flieger in Barksdale entsprungen zu sein: Auf den Leuchtreklamen stand SCHNAPS und MÄDCHEN und TÄTOWIERUNGEN und MÄDCHEN und DURCHGEHEND GEÖFFNET. Blinkende Lichter erstreckten sich bis weit in die Ferne. Elvis hatte gesehen, wie haufenweise Fliegerjungs zwischen Kneipen umherwankten, über ihre Schnürsenkel stolperten und schweinische Songs grölten.

Nach einem Konzert kehrte er gern in Bars ein, um Dampf abzulassen und mit Mädchen zu flirten. Er hatte ein wenig Hemmungen, sich mehr als einen oder zwei Drinks zu genehmigen. Gelegentlich hatte er mal ein Schlückchen Whiskey probiert, aber nie über das erste leichte Schwindelgefühl hinaus. Er fürchtete, die Kontrolle zu verlieren. Er wußte noch, wie sich Großpapa mit seinen Kumpels samstags abends einen hinter die Binde gegossen hatte. So hilflos und albern wollte er nie aussehen.

Doch heute abend hatte er die geballte Ausgelassenheit der Mädchen im Publikum in sich aufgesogen. Wie Dampf unter Druck baute sich in ihm Spannung auf. Er brauchte irgendein Ventil.

Sie gingen quer über den Parkplatz des Al-Ida in eine Spelunke, die sich »Big Louie's« nannte.

Elvis erklärte Louie, wie er gerade tausend Mädchen beinahe

hatte ohnmächtig werden lassen, und Louie sagte: »Euer erstes Bier geht auf Kosten des Hauses. Ich fühle mich geehrt, daß ihr bei mir eure Runde beginnt.«

Das Bier schmeckte angenehm. Elvis trank es in einem Zug aus und rülpste. Er fühlte sich kaum anders; vielleicht war sein Kopf ein wenig größer.

Diese Mädchen heute abend – sie liebten ihn, noch bevor er auch nur einen Ton gesungen hatte. Sie liebten ihn wegen des Klangs seiner Stimme im Radio, seines Fotos in der Zeitung. In drei Bundesstaaten war er der Größte.

Er wußte nicht, welches Wunder ihn ganz nach oben katapultieren würde, glaubte aber, an diesem Abend die ersten Anzeichen dafür erlebt zu haben.

Bei Louie's waren keine Mädchen. Nach dem ersten Bier zogen sie weiter. Elvis benutzte den gleichen Spruch in den nächsten drei Kneipen und bekam drei Runden spendiert.

Jede Menge Reklameschilder versprachen MÄDCHEN, doch die einzigen Mädchen waren offenbar die Stripperinnen oder aufgedonnerten Party-Mädchen, die auf der Suche nach spendierfreudigen Fliegern durch die Gegend fuhren.

Elvis bemühte sich zu verhindern, daß ihm der Alkohol zu Kopf stieg. Nach seinem vierten Bier war ihm deswegen nicht mehr bange. Jetzt, wo er es richtig trank, schmeckte Bier wie eine harmlose Limonade für Erwachsene. Ihm fiel auf, daß er sich immer glücklicher fühlte. Solange er seine Betrunkenheit auf dieses coole Glücksgefühl beschränkte, konnte ihm nichts passieren.

Wenn überhaupt, half ihm das Bier, klarer als je zuvor zu denken und zu reden. Er erzählte etliche blöde Witze, die Scotty und Bill zum Schreien komisch fanden. Dann schickte er sich an, den Witz von den zwei Typen zu erzählen, die sich mit einem Gorilla und vierzig Liter Benzin auf ein Schiff begeben, doch als er noch über die Pointe nachgrübelte, trank Scotty aus und sagte, es sei Zeit aufzubrechen.

Draußen sagte Scotty: »Momentchen, Jungs. Seht euch mal an, was mir Oscar Moore heute abend beim Hayride hinter der

Bühne geschenkt hat.« Aus einem Päckchen Camel zog Scotty eine merkwürdige, dünne, handgedrehte Zigarette. »Das ist Gras«, sagte er. »Was ist das?« fragte Bill.

»Davon wird man high, wenn man es raucht. Alle farbigen Musiker nehmen es vor ihren Auftritten.«

Oh, Elvis wußte über Marihuana Bescheid; in einigen Farbigenclubs unten in Mobile hatte er sogar das verräterische stechende Aroma geschnuppert, nachdem Scotty ihm beigebracht hatte, es zu erkennen. Hier war das Kraut, direkt vor seiner Nase. Die Vorstellung, es wirklich zu rauchen, war unheimlich, gefährlich und verlockend ... Du bist kein Muttersöhnchen. Du hast keine Angst. Du bist eine heiße Nummer. Du kannst etwas Wildes, Neues ausprobieren. Es wird dich schon nicht umbringen. Es ist dein Leben. Nun mach schon.

Scotty zündete ein Streichholz an.

Bill spähte in die Ecken des Parkplatzes, als könne J. Edgar Hoover herausspringen und ihn packen. »Dieses Zeug ist illegal«, sagte er.

»Ja, genau wie die meisten Fickvarianten, wenn du dir die Mühe machst und nachschlägst«, entgegnete Scotty. »Sie verbieten alles, wenn es zu viel Spaß macht.« Er hielt ein Streichholz an die Zigarette, atmete an dem anderen Ende lange und geräuschvoll ein und hielt den Rauch in der Lunge. Mit seltsam gepreßter Stimme sagte er: »Man muß ihn lange drin behalten, damit es klappt. Oscar hat's mir gezeigt.«

Er bot die Zigarette Elvis an.

Der nahm sie. Er drehte sie hin und her, betrachtete die glühende Spitze. Mach schon. Versuch's. Warum nicht? Heute nacht ist eine Nacht für Neues.

Er war es nicht gewohnt, Gesetze zu übertreten. Ein erregendes Gefühl bemächtigte sich seiner. Rauschgiftsüchtiger! Gesetzesbrecher! Grinsend nahm er seinen ersten Probezug. »Hoffentlich macht mich das nicht zu verrückt«, sagte er beim Ausatmen. Es schmeckte nach Kiefernzapfen ...

Du mußt mehr davon inhalieren«, empfahl Scotty. »Länger in der Lunge behalten.«

»Jungs, macht hin, damit wir hier wegkommen«, sagte Bill. »Ich will nicht in den Knast, Herrgott noch mal.«

Elvis nahm einen großen, tiefen Lungenzug. Der Rauch füllte seinen Brustkorb. Er spürte, wie er sich ausbreitete. Vorher hatte er noch nicht mal eine richtige Zigarette probiert. Er hustete, keuchte und hustete und mußte sich nach vorn beugen, um auszuspucken. Vor seinen Augen tanzten weiße Sterne.

»Hoho, sieht nach einem Heidenspaß aus«, sagte Bill.

»Du mußt das ganz sachte angehen.« Scotty machte es vor. Seine Augen glänzten. »Spürst du was?«

Elvis nahm einen mitteltiefen Zug. Diesmal hielt er den Rauch an, atmete ihn sogar wie Scotty durch die Nase aus. »Ich weiß nicht recht«, sagte er. »Ein wenig benommen.« Er konnte sich nicht vorstellen, wie er sich noch besser fühlen sollte, als er sich heute abend auf der Bühne gefühlt hatte, als die Mädchen nach ihm gekreischt hatten.

Er rauchte die Zigarette bis zum Stummel. Bill nahm noch einen Zug, ehe sie ausging.

Bis zu diesem Augenblick war Elvis nie aufgefallen, daß Scotty und er genau gleich groß waren. Das sagte er zu Scotty, und der erwiderte: »Elvis, ich glaube, du bist high. Das hast du mir erst vor einer Minute erzählt.«

Das fand Elvis lustig, und Bill stimmte in das Gelächter ein… als sie durch die Tür des »Golden Derrick« traten, brüllten alle drei vor Lachen.

In diesem Schuppen war bisher am meisten los – zahlreiche Gäste, eine Menge Piloten und Lastwagenfahrer, Cowboys, Musiker und leichte Mädchen, und sogar ein paar ganz gewöhnliche Mädchen, einige mit Begleitung, andere ohne. Etliche Paare versuchten sich auf einer kleinen Tanzfläche in der Nähe der Bar. Elvis mochte die schummrige Beleuchtung, die verrauchte, lärmende Atmosphäre und den Song in der Jukebox. *Your cheatin' heart will make you weep…*

»Das ist schon besser«, sagte er und rieb sich die Hände. Er kämpfte sich durch die ausgelassene Menge und ging um die Tänzer herum zu dem einzigen noch freien Platz an der Theke.

Das Kleid der blonden Kellnerin mit der hochaufgetürmten Frisur war fünfzehn Zentimeter zu kurz für ihr Alter.

Elvis sagte: »Hallöchen, Ma'am.«

Sie musterte ihn wohlwollend. »Hallo auch, mein Großer. Dich kenne ich. Du bist der Sänger. Dich hab ich hier schon mal gesehen.«

»Der bin ich«, sagte er. »Wie wär's mit ein paar Bier? Ich und meine Freunde hier haben gerade am anderen Flußufer einen ganzen Saal voller Mädchen zum Ausrasten gebracht.«

»Na, dir müßten sie den Preis geben«, sagte sie. »Shirley, guck mal, wer da ist. Der Sänger, von dem du erzählt hast. Er isses.«

Und schon scharten sich vier oder fünf Frauen um Elvis' Ellbogen, plapperten, nahmen ihn in Beschlag. Sie alle hatten ihn im Hayride gehört. Sie hatten sein Foto im *Shreveport Journal* gesehen. Die Kellnerinnen machten am meisten Wirbel, aber auch zwei toll aussehende jüngere Frauen vom Ende der Theke sahen hinüber.

Als Elvis sie entdeckte, schauten sie weg und lächelten einander zu.

Die mit der Zigarette in der Hand sah elegant aus. Elvis gefiel die andere. Hübsches Gesicht. Kleine dunkelhaarige Puppe mit großen Augen.

Bill schob seinen Arm vor, um seinen Krug zu nehmen, und flüsterte: »Und los geht's, seht euch mal diese beiden an.«

»Ich sehe schon so gut ich kann«, sagte Elvis, ohne die Lippen zu bewegen.

Bill sagte: »Wer darf als erster, ich oder du?«

»*Sie* haben zu *uns* rübergesehen.« Elvis lümmelte sich gegen die Bar. »Gar nicht beachten. Das halten sie nicht aus.«

Die Kellnerinnen zogen sich zurück. Scotty spielte mit einem Tätowierten Pool.

Die hübsche Brünette stieg von ihrem Ausguck auf dem Barhocker herab und lotste ihre Freundin durch die Tänzer auf Elvis zu.

Bill sagte: »Zwei aus Nord-Nordwest, nähern sich im Tiefflug.«

»Hallo, die Damen!«, sagte Elvis. »Vermutlich fragen Sie sich, was ein paar nette Jungs wie wir in so einem, in so einem Schuppen tun.«

Die Brünette nahm zwischen Elvis und der Bar Aufstellung und kramte hinter ihm nach einem Streichholz oder so was. Diese Bewegung brachte sie näher zu ihm, was kein Versehen war.

»Das frage ich mich nicht«, sagte sie mit leisem Lächeln und reichte Elvis sein Bier. »Du bist Elvis, hab ich recht?«

»Also, tja, das stimmt, der bin ich«, sagte er und beugte sich über sie, »was bedeutet, daß du mir verraten mußt, wer du bist.«

»Ich heiße Betty«, sagte sie. »Du bist berühmt. Ich hab dich im Radio gehört. Im Hayride.«

»Stimmt ebenfalls«, sagte er. »Weißt du, im Raten bist du ziemlich gut.« Er trank noch einen großen Schluck. Ihm war neu, daß der Fußboden im Derrick an einem Ende so abschüssig war, auch waren ihm die Hunderte an die Wände genagelter Autonummernschilder aus anderen Bundesstaaten vorher nicht aufgefallen. Genaugenommen hatte er überhaupt noch nichts so gesehen, wie er es jetzt sah. Das Bier und das Gras tauchten alles in einen perlmuttartigen Schimmer.

Im Augenblick hatte er ein etwas eigenartiges Gefühl im Magen, wo es schwappte wie ein unruhiges Meer, aber das Glück, die Wärme seiner Liebe zu allem und jedem breitete sich bis in seine Zehenspitzen aus.

Betty zwinkerte ihm zu. Sofort spürte er, wie sich seine Liebe zu allem und jedem zu einem hellen schmalen Strahl der Begierde verengte, der auf dieses Mädchen gerichtet war.

Sie hatte ein schüchternes Lächeln und Grübchen, große verlegene Augen, eine feine spitzenbesetzte Bluse, einen kleinen Leberfleck am Rande ihres Mundes, Lippen wie rote... er wollte Betty küssen.

»Jungs, ihr seid betrunken«, sagte ihre Freundin. Sie war ganz hübsch, ein wenig sommersprossig, und wirkte hochnäsig.

»Wir sind nicht betrunken«, widersprach Elvis und schlug mit der Hand auf den Tisch, daß die Gläser hüpften. »Wir *wollen* uns noch betrinken. Wir sind *ausgezogen*, uns zu betrinken. Is aber noch nicht soweit.«

Bettys Lächeln hielt sich in ihrem Gesicht. »Bist du reich?«

»Noch nicht«, sagte Elvis, »aber ich werd's noch.« Er grinste. Er konnte dieses Mädchen haben. Das merkte er daran, wie ihre glänzenden Augen ihn betrachteten. Dabei spürte er hinten im Hals eine Erregung, die über sein Rückgrat hinunterlief, ihn in seinem Innersten traf.

Sie sagte etwas über seinen Gesang. Der gefiel ihr; das merkte er an ihrem Gesichtsausdruck, verstand aber ihre Worte nicht so ganz.

Er mußte alle seine Gedanken zusammenraffen und sich konzentrieren. Er trank sein Bier fast aus.

Eine Zeitlang unterhielten sie sich über gar nichts, bla bla. »Hör zu, Baby«, sagte Elvis und neigte sich zu ihr, «verrat mir eins, sehe ich so gut aus, wie du glaubst?«

»Ja«, murmelte sie und schaute ihm in die Augen. »Ich finde dich wirklich nett. Bist du in festen Händen?«

»Ei... eigentlich nicht.« Es schien, als wolle der Barhocker unter ihm wegrutschen. Elvis stellte sich auf seine eigenen Füße. »Wenigstens glaub ich das nicht.« Die Luft im »Golden Derrick« war zum Ersticken. Er fragte sich, ob es Zeit war, die Kneipe zu wechseln. »Ich dachte gerade...«

»Trink aus«, befahl Betty, was er auch tat. Plötzlich war sie so nah, daß er ihr Parfüm roch, spürte, wie sich ihm der Magen umdrehte, und vielleicht war es doch keine so gute Idee, ob es an dem Bier lag oder an etwas, das er gegessen hatte, vielleicht nicht am Essen, sondern die Erde neigte sich irgendwie, aber er hielt es für keine gute Idee, dazustehen und sich von diesem gräßlichen Gefühl einfach überwältigen zu lassen, darum schüttelte Elvis das Mädchen von seinem Arm, stolperte in Richtung Tür und schaffte es hinaus in die kühle, klare Luft, zu einem Auto, auf den Vordersitz eines Autos, auf den er sich fläzte. Um ihn herum wurde es dunkel.

33

Elvis steckte mitten in einer wütenden Menschenmenge, die ihn von der Bühne zerren und ihm die Kleider vom Leib reißen wollte. Er schnappte sich den Mikroständer und schwenkte ihn, um die Meute auf Distanz zu halten. Glocken läuteten. Trommeln wummerten. Von hinten streckten sich Hände aus, um ihn zu erwürgen …

Es war die Decke, die sich um seinen Hals gewickelt hatte. Jetzt war er wach, lag nackt und schwitzend in seinem Zimmer im Motel Al-Ida. Irgendwer klopfte fest gegen die Tür. Sein Mund schmeckte wie ein dreckiger Putzlumpen.

Er befreite sich von der Schlinge. »Wer ist da?« krächzte er.

»Steh auf, mein Junge, da ist ein Ferngespräch aus Memphis, und der Mann legt nicht auf, ehe er nicht mit dir gesprochen hat.« Das war Labreaux, der Geschäftsführer des Al-Ida.

»Einen Moment.« Elvis mochte nicht glauben, wie erbärmlich er sich fühlte. Vergiftet. Überall Schmerzen. Ein Schleier über den Augen; er wischte mit der Hand darüber.

Wild wild young men like to have a good time… Wie war er hierhergekommen? Bestimmt hatten ihn Scotty und Bill hergebracht. Überall lagen Kleidungsstücke, Bettdecken herum. Eine wilde Nacht – wann war er …? Er erinnerte sich an nichts.

Oh. Gott. Es war schrecklich, sich an nichts erinnern zu können. Er hörte seine Mutter sagen: *Das hast du nun davon.* Wieviel hatte er getrunken? Vier oder fünf Bier vielleicht – nicht genug, um ihn knockout zu schlagen und ihm diese Kopfschmerzen zu verpassen, als ob er einen Bombenangriff überstanden hätte und nun in den qualmenden Trümmern hockte … Lag es an der komischen Zigarette? Sie hatte bewirkt, daß er sich so aufgekratzt, so warm und munter gefühlt hatte, doch jetzt war er ein wandelnder Leichnam.

Er zog seine Jeans an, öffnete die Tür und hielt die Hand vor die blendend helle Sonne.

Labreaux sagte: »Dieser Mr. Pate ist dran, hat in der letzten

Stunde schon viermal angerufen. Ich hab ihm *gesagt*, daß ihr eine lange Nacht hattet.«

Elvis kniff die Augen zusammen. »Oh – na schön, Augenblick noch, ich hol bloß meine Schuhe.«

»Beeilung, der Mann ruft von auswärts an.«

Elvis folgte ihm barfuß und ohne Hemd ins Motelbüro. Er nahm den Hörer. »Roger?«

»Wo zum Teufel hast du bloß gesteckt, Elvis? Den ganzen Vormittag versuch ich schon, dich zu erreichen! Verdammt noch mal, ich muß wissen, wo du steckst, wenn ich wichtige Neuigkeiten habe!« Rogers lautstarke Empörung war unüberhörbar. Elvis hielt den Telefonhörer von seinem Ohr ab, bis das Geschrei erstarb.

Dann sagte er: »Roger, ich hab geschlafen.« Erneutes Geschrei. »Roger, ich bin ja hier. Du brauchst nicht zu brüllen.«

»Der Mann wartet in diesem Moment, Elvis! Auf der anderen Straßenseite!«

»Wie hieß er noch gleich?«

»Verflucht, Junge, wach auf und hör mir zu! Es ist bloß Colonel Tom Parker, der bloß Manager des größten Künstlers der gesamten Country-Music ist, wenn du also ein wenig Grütze im Kopf hast, wäschst du dir das Gesicht und machst dich rüber in den Coffee Shop, bevor er aufgibt und wieder heimfährt.«

»Meinst du Tom Parker, wie in Billy Ray Jordan?«

»Darauf kannst du einen lassen«, sagte Roger Pate. »Ich hab dir doch gesagt, daß ich 'ne große Sache in Arbeit habe. Er hat gestern abend euren Auftritt gesehen, und jetzt ist er da, auf der anderen Straßenseite. Und wartet auf dich.«

Elvis linste durch die Jalousien. »Lucy's Coffee Shop?«

»Genau der. Warum hast du dir gestern abend nicht meine Nachricht abgeholt? Jetzt geh da rüber. Ruf mich sofort an, wenn du fertig bist.«

Zwischen den vor Lucy's parkenden Pickups und Fords fiel Elvis ein langer schwarzer Cadillac auf. Er dankte Labreaux und lief in sein Zimmer. Jetzt war er hellwach. Colonel Tom Parker wartete.

Elvis kannte sich im Musikgeschäft gut genug aus, um zu wissen, wenn einen ein so wichtiger Mann wie Tom Parker persönlich kennenlernen wollte, brachte er keine schlechten Nachrichten.

Nach einer Katzenwäsche kämmte er die Haare nach hinten und zog ein weißes Hemd, eine schwarze Hose und ein beiges Jackett an. Bei einem kurzen Blick in den Spiegel fiel ihm auf, daß seine Augen rot und verquollen waren. Er sah aus, als hätte er eine Woche lang geschlafen. Er durchwühlte seinen Koffer nach der schicken Fliegerbrille, die er in New Orleans gekauft hatte, eine coole Ray-Ban mit tintenschwarzen Gläsern. Jetzt merkte kein Mensch mehr etwas.

Er eilte nach draußen und über die Straße.

Lucy's Coffee Shop war immer noch proppevoll; offenbar war die Frühstückszeit noch nicht lange vorbei. Elvis entdeckte einen gewichtigen Mann, der allein in der hintersten Nische saß.

Er hatte elegante, gewellte weiße Haare, eine große Nase, ein massiges hängendes Bulldoggenkinn und fünf mächtige juwelenbesetzte Ringe an den Fingern. Brille mit Schildpattrahmen, für sein Gesicht zu groß. Eine nicht angezündete dicke Zigarre klemmte zwischen seinen Zähnen. Ein steifer Strohhut lag neben seinem Ellbogen. In der Hutkrempe steckte eine schwarze Feder. Er sah fett und wichtig aus, wie Sydney Greenstreet in *Casablanca.*

Elvis behielt seine Sonnenbrille auf. Er ging zu der Sitzecke und nahm Platz. »Morgen«, sagte er, »hoffentlich mußten Sie nicht zu lange warten.«

Tom Parker sagte: »Du bist Elvis.«

»Ja, Sir, der bin ich.«

»Nimm die Brille ab, damit ich deine Augen sehe.«

Elvis tat wie geheißen. In dem gleißenden Licht zuckte er zusammen. Eine Kellnerin kam und schenkte Kaffee ein.

»Habt ihr letzte Nacht einen draufgemacht?« fragte Parker.

Elvis nickte, dankbar für den ersten Schluck Kaffee. »Oft mach ich so was nicht, aber gestern nacht war's einfach fällig.«

»Du weißt, daß du mich eine Dreiviertelstunde hast warten lassen.«

Elvis erstarrte. »Tut mir wirklich leid, Colonel Parker, aber davon wußte ich überhaupt nichts, bis ich vor fünf Minuten aus dem Bett geholt wurde.«

Parker wedelte mit der Hand. »Nenn mich Tom«, sagte er. »Niemand darf mich Tom nennen. Nur ein einziger anderer Mensch darf mich Tom nennen, nämlich Billy Ray Jordan.«

»Na … danke sehr, Sir.« Elvis spürte, wie der Boden in Bewegung geriet; der massige Mann war auf einen Schlag freundlich geworden.

»Um auf den Punkt zu kommen«, sagte Parker, »ich beobachte dich. Hab dich gestern zweimal auftreten sehen.«

»Zweimal …?«

»Ich war beim Hayride und davor unten in Palestine. Im ShoBoat. Eddy ist ein alter Freund von mir.«

Elvis glotzte ihn an. Seine Erinnerung spulte zurück zu der Spelunke, setzte die Puzzlestückchen zusammen. »Sie – er ist – Moment mal, ich kenne Sie. Sie haben den Raum kurz vor ihm betreten. Und Sie haben sich zu den anderen an die Theke gesetzt.«

»Genau«, sagte Parker. »Ich hab mich nicht vorgestellt. Ich weiß eine Menge über dich, mein Junge, prüfe aber immer noch. Ich wollte mal sehen, wie du dich bei so einer Sache aus der Affäre ziehst. Ich hab Eddy dazu gebracht, so zu tun, als wolle *er* dich hören. Er hat gewettet, du würdest das Geld nehmen, in deinen Wagen steigen und verschwinden. Die Wette hat er verloren.«

Elvis starrte ihn an. »Heißt das – das Geld stammte von Ihnen?«

»Ich mußte herausfinden, was du für ein Bursche bist«, antwortete Parker lächelnd.

Elvis schüttelte den Kopf. »Eine ziemlich ausgefallene Methode, um das herauszukriegen.«

»Die meisten Sänger, die ich kenne, hätten für ein leeres Haus kein ganzes Set gespielt«, sagte Tom Parker. »Und ich kenne *nie-*

manden, der dem Mann sein Geld zurückgegeben hätte. Ich mag dich, mein Junge. Ich vertrete geschäftlich nur Menschen, die ich mag.«

Elvis' Herz machte einen Sprung. Jeder wußte, daß Tom Parkers Fähigkeiten als Promoter Billy Ray Jordan ganz nach oben gebracht hatten. »Der Crooner aus Kentucky« nannte man ihn. »Sie… Sie wollen mich geschäftlich unter Ihre Fittiche nehmen?«

»Allerdings, nach dem, was ich gestern abend gesehen habe. Ich glaube, du wirst mehr Geld verdienen als sonst jemand, den ich je gesehen habe. Und dabei werde ich dir helfen.«

Hätte sich Elvis nicht so erbärmlich gefühlt, hätte er vielleicht geglaubt, immer noch zu träumen – da versprach ihm ein ihm unbekannter Mann Ruhm und Reichtum! Seine Schläfen pochten, und da saß der berühmte Colonel Tom Parker und hielt ihm einen Goldschatz unter die Nase.

Ruhe bewahren. Nicht zu gierig wirken. Hübsch cool bleiben. Elvis sagte: »Also, Sir, das ist ja 'n Ding.«

»Was ich dir jetzt sage, bleibt unter uns«, sagte Parker. »Du darfst es keiner Menschenseele erzählen, sonst verfolge ich dich und bring dich um. Hast du das begriffen?«

»Ja, Sir«, sagte Elvis.

»Ich habe immer nur einen Klienten auf einmal«, sagte Tom Parker. »Zur Zeit ist Billy Ray Jordan mein Klient. In einem Jahr wirst du mein Klient sein. Dann bin ich dein Manager. Ich werde mich deines Lebens annehmen und es für dich regeln. Das Talent hast du. Ich zeige dir, was du damit erreichen kannst. Ich mache dich zum größten gottverdammten Star der Welt.«

Elvis grinste. Genau das hatte er sich im stillen auch gesagt. »Hab ich dabei ein Wörtchen mitzureden?«

»Nichts außer ja«, sagte Parker.

»Aber ich hab doch schon einen Manager. Roger Pate. Sie haben mit ihm gesprochen.«

»Ich kaufe dich aus dem Vertrag heraus, wenn die Zeit reif ist.« Der massige Mann schwenkte seine Zigarre, als wären diese Details vage, unbedeutende Dinge wie Rauch. »Nichts davon geschieht sofort. Du erzählst allen, ich sei an dir nicht besonders interessiert. Wir bringen dich in ein paar Shows unter – am Wochenende fangen wir mit Billy Ray in Texas an. Das mit Roger Pate laß nur meine Sorge sein.«

»Aber wir haben für zwei Jahre bei Sun Records unterschrieben«, wandte Elvis ein. Er hatte das Gefühl, daß Parker jedes Wort dieser Unterredung bereits geplant hatte, bevor er auch nur einen Fuß in dieses Lokal gesetzt hatte.

»Darum kümmere ich mich auch«, sagte Parker und winkte das Mädchen mit dem Kaffee heran. »Bringen Sie diesem jungen Mann ein Frühstück«, wies er sie an. »Er sieht hungrig aus. Nur zu, es geht auf meine Rechnung.«

Elvis bestellte sechs Spiegeleier, drei Bratwürste, drei Scheiben Schinkenspeck, Maisgrieß, Brötchen, ein großes Glas Milch und ein Zimtbrötchen. Parker zuckte nicht mit der Wimper.

»Gesunder Appetit, das lob ich mir«, sagte er. »Hör zu, mein Junge. Ich weiß, was das für ein Gefühl ist, wenn du da oben singst, und die Mädchen kreischen zu dir rauf.«

»Woher wissen Sie das?« fragte Elvis.

»Man hat das Gefühl, sie fassen einen an. Man spürt, wie jede einzelne von ihnen einen mit den Blicken berührt. Manchmal kann man nachts nicht schlafen, weil man daran denkt, wie sie einen anstarren.«

Elvis hieb die Gabel in eine Grießpfütze. »Das ist schon ein richtig gutes Gefühl«, gab er zu. »Das läßt sich nicht leugnen.«

»Du willst in einem großen Haus wohnen. Du willst ein gutes Auto fahren, so wie ich eins hab'.« Parker wies mit dem Daumen über seine Schulter auf den Cadillac. »Du willst deine Eltern unterstützen. Ich weiß alles über dich, Elvis. Ich kann dir helfen.«

»Wie?«

»Mein Junge, dieses Geschäft beruht auf Gefühlen. Nur auf Gefühlen. Nur darauf kommt es an.« Parker beugte sich auf seinem Stuhl vor. »Was dich angeht, hab ich so ein Gefühl. Ich verrat's ein paar Leuten, es spricht sich rum… und eh du dich versiehst, hat jedes kleines Mädchen in Amerika ein ganz anderes Gefühl, was dich angeht. Du bist irgendwie sexy, und offenbar gefällt das den Frauen. Ich seh das alles vor mir.«

»Was ist mit Scotty und Bill?« fragte Elvis und kaute auf dem Speck.

»Wer ist das?«

»Meine Band.«

»Du spielst noch eine Zeitlang mit ihnen«, sagte Parker. »Sag ihnen nichts. Du wirst bessere Musiker brauchen, aber darum kümmere ich mich, wenn die Zeit reif ist.«

Keine Sorge, überlaß das mir, es ist alles beschlossene Sache. »Augenblick mal«, warf Elvis ein. »Es sind meine Freunde.«

»In einem Jahr wirst du mehr Freunde haben, als du brauchst.«

»Also, jetzt hören Sie mal, Colonel Parker …«

»Ich heiße Tom.«

»Meinetwegen, also, das klang ja alles ziemlich gut, bis Sie an die Stelle kommen, wie Sie mit meinen Freunden umspringen wollen. Damit das klar ist, Sam Phillips war wirklich verdammt gut zu mir, und Scotty und Bill – wir sind ein Team. Das alles wäre nicht passiert, wenn wir nicht zusammen gespielt hätten.«

Parker lächelte, ein freundliches, mütterliches Lächeln. »Alle Achtung vor deiner Loyalität. Aber wenn einer die Mädchen zum Ausrasten bringt, dann du. Du bist der Star. Nicht sie.«

»Sie sind gut«, sagte Elvis. »Wenn Sie mich wollen, müssen Sie sie auch nehmen.«

»Na jaaaa, ich will nichts überstürzen. Du änderst deine Meinung schon noch.« Parker schob seinen Teller mit dem Toast über den Tisch. »Nimm nur. Iß meinen.«

»Ich lasse Sam nicht im Stich«, sagte Elvis und griff nach dem Gelee.

»Du brauchst eine größere Plattenfirma als Sun Records«, sagte Parker leutselig. »Du brauchst eine landesweit vertretene Organisation, die deine Platten überall verkaufen kann. Columbia. RCA. Hier unten magst du ja was darstellen, aber oberhalb der Mason-Dixon-Linie kennt dich keine Menschenseele.«

»Das wird sich ändern«, sagte Elvis.

Tom Parker neigte sich vor und kaute fest auf seiner Zigarre. »Nicht, solange du in der Kreisliga festhängst. Ich hab das hinter mir. Ich weiß Bescheid. Also, wie lautet deine Antwort?« Er schaute auf seine Uhr. »Meine Zeit ist fast um.«

»Ich kann Ihnen keine Antwort geben«, sagte Elvis. »Bevor ich auch nur drüber nachdenke, müßte ich mit meinen Eltern reden. Deren Unterschrift ist erforderlich. Ich bin noch keine einundzwanzig.«

»Ich weiß alles über sie«, sagte Parker. »Dein Vater heißt Vernon, arbeitet bei der United Paint Company. Deine Mutter arbeitet nebenher als Krankenschwesternhelferin, stimmt's? Gladys.« Er verschränkte die Arme. »Soviel ich weiß, sind es gute Christenmenschen. Will sie kennenlernen, wenn die Zeit reif ist. Ich weiß schon, daß wir uns verstehen werden.«

Elvis stippte Toast in das Weiche vom Ei. »Jedenfalls haben Sie das alles schon genau durchdacht.«

Parker knüllte seine Serviette zusammen. Seine Ringe glitzerten. Durch das Fenster hinter ihm funkelte sein langes Auto. »Warte bloß auf deine Zusage.«

Er war das Original, so wie Elvis sich einen erfolgreichen Mann vorstellte.

Woher wußte er so viel? Elvis hatte das Zeug dazu, na gut, ja, er war bereit – hatte er nicht im stillen gebetet, von jemandem wie Tom Parker entdeckt zu werden?

»Wenn ich so was täte«, sagte er, »wieviel Prozent würden Sie nehmen?«

»Glatte fünfundzwanzig.«

»Ich weiß nicht recht. Das ist 'ne Menge Stoff zum Nachdenken«, befand Elvis. »Ich werde mit meinen Eltern reden ... Wie setze ich mich mit Ihnen in Verbindung?«

»Das brauchst du gar nicht. Deine Auftritte sind abgesagt. Am Donnerstag in Laredo stößt du zur Tournee von Billy Ray Jordan. Du hast den wichtigen Auftritt direkt vor der Pause.«

Elvis war beeindruckt. »Wirklich?«

»Wirklich.«

»Weiß Roger Bescheid?«

»Wir haben es gestern abend vereinbart. Er nennt dir die Termine.« Parker zeigte auf Elvis' Teller. »Hau rein. Iß auf.«

Elvis nahm seine Gabel. Das Essen wirkte sich dämpfend auf den Preßlufthammer in seinem Kopf aus. »Scotty und Bill auch?«

»Ihr alle drei. Und wir sehen mal, ob wir einen Drummer für euch auftreiben.«

»Wieviel zahlen Sie?«

»Sechshundert die Woche«, antwortete Parker.

Die Zahl vollführte einen Tanz in Elvis' Kopf.

»Das ist noch gar nichts«, behauptete Parker unterdessen. »Sobald ich euch aus dieser Hayride-Geschichte rausgeholt habe ...«

Die Ziffern brachen ihren Tanz ab. »Uns da *raus*holen? Wir waren froh, daß wir überhaupt da reingekommen sind.«

»Jungchen.« Tom Parker schien amüsiert. »Du darfst nicht mehr in kleinen Kategorien denken. Wenn du klein denkst, bleibst du auch klein. Willst du klein bleiben?«

»Nein, Sir.«

»Dann denk in großen Kategorien. Und überlaß alles andere mir.« Er hievte sich aus der Sitzecke, stand in voller Größe über Elvis.

Dieser Mann kam angerollt wie ein Panzer und knallte Löcher in alles, was sich regte. Mit dem ließ sich nicht streiten – er hatte dein Argument schneller durchdacht als du selbst.

»Jedenfalls danke ich Ihnen.« Elvis schwang die Füße aus der Sitzecke. »Ich werde über alles nachdenken, was Sie gesagt haben. Und wir sind stolz, mit Mr. Jordan aufzutreten.«

»Da hab ich keine Bedenken.« Parker setzte seinen Strohhut auf. »Solange du dich nicht zu Tode säufst, geben wir beide ein gutes Team ab.«

Elvis folgte ihm zur Kasse. Parker zückte einen Zehndollarschein und sagte der Kassiererin, sie solle das Wechselgeld behalten.

Sie traten in die warme Morgensonne.

Elvis sagte: »Noch bevor Sie mich auch nur gefragt haben, tun Sie so, als hätte ich ja gesagt.«

Der massige Mann verzog das Gesicht zu einem Lächeln. »Na jaaa, du hast jedenfalls nicht nein gesagt. Das ist doch wohl so ungefähr dasselbe.«

»Warten wir's ab«, sagte Elvis. Das war Gladys' Lieblingsantwort, wenn sie keine Antwort wußte.

Sie gaben sich die Hände. Parker streckte die Hand aus und steckte etwas in Elvis' Jackentasche. »Das ist für dich«, sagte er und quetschte sich hinter das Lenkrad seines Cadillac. Das elektrisch betriebene Fenster glitt nach unten.

Elvis griff in die Tasche und holte ein pralles kleines Dreieck aus grünem Papier heraus. Er entfaltete es. Zwei Fünfzigdollarscheine.

»Wissen Sie«, sagte er, »das beeinflußt meine Entscheidung überhaupt nicht.«

»Klar, weiß ich«, sagte Parker. »Es ist das Geld aus Eddy's Kneipe. Ihr habt ein volles Programm gespielt. Dafür solltet ihr auch bezahlt werden.«

»Danke.« Elvis zerknüllte die Scheine in der Hand.

Parker setzte sich eine riesige, seitlich mit Straß besetzte Sonnenbrille auf. »Vermutlich ist dir das nicht klar«, sagte er, »aber auf Billy Ray Jordan habe ich nie eine Dreiviertelstunde gewartet.« Er winkte und verschwand in einer braunen Staubwolke.

Elvis stand neben der Hauptstraße und sah ihn wegfahren.

Er wünschte, er hätte einen großen langen Cadillac, der ihn von hier fortbrachte. Im Vormittagslicht verschwammen die Kneipen und Schnapsläden von Bossier City vor seinen Augen und sahen unerträglich heruntergekommen und trist aus. Tom Parker wußte haargenau, worauf es ankam. Er hatte Geld und war berühmt, hatte Einfluß und Beziehungen; er wußte, daß Elvis das alles haben wollte. Der größte gottverdammte Star auf der Welt. Ob er das zu allen Sängern sagte?

Elvis hatte seine gesamte Selbstbeherrschung aufwenden müssen, um nicht zu sagen, ja bitte, mach mich zum Star, mach mich so reich, wie ich es mir in meinen kühnsten Träumen nicht ausmalen kann, warum nicht? Ja! Fangen wir gleich an!, aber in ihm meldete sich die Stimme der Vorsicht mit *vielleicht*. Er traute niemandem voll und ganz, außer vielleicht seiner Mutter.

Und doch: Tom Parker. Sechshundert ist gar nichts. Jedes kleine Mädchen in Amerika. Zum größten gottverdammten Star. Hundert Dollar bar auf die Hand.

Genau das wollte Elvis hören. Er verstaute die Scheine in seinem Portemonnaie.

Er überquerte die Straße und ging ins Motelbüro, wo sich Mr. Labreaux im Fernsehen einen Gottesdienst ansah.

Elvis nahm den Telefonhörer ab und wählte die Vermittlung.

Roger Pate ging beim zweiten Klingeln ran und übernahm das R-Gespräch. »Ja, was ist passiert?«

»Tja, weiß nicht, ob er besonders beeindruckt war.« Elvis quetschte die Lüge zwischen den Zähnen durch. »Er engagiert uns für ein paar Auftritte, aber sonst hatte er nicht viel zu sagen.«

»Du hast ihn doch nicht durch irgendwelche Sprüche vergrätzt, oder?«

»Nein, Roger, hältst du mich für blöde oder was? Es lief ganz gut. Nein, er sagte, du hättest einen neuen Konzertplan für uns...«

Roger nannte die neuen Termine und Uhrzeiten. Elvis kritzelte sie auf die Rückseite eines Al-Ida-Briefumschlags.

Aus Rogers Tonfall sprach leichtes Mißtrauen. »Hat er auch bestimmt nichts weiter gesagt?«

»Er hat uns bei dem Konzert eine gute Auftrittszeit zugesichert. Hör zu, Roger, ich ruf dich morgen an. Ich muß mächtig dringend ein Bad nehmen. Und ein Nickerchen halten.«

»Paß auf dich auf«, sagte Roger. »Ruinier deine Stimme nicht.«

Kaum hatte Elvis aufgelegt, meldeten sich seine Kopfschmerzen zurück. Er schlenderte an den Türen vorbei. Aus Zimmer 29 drang kein Geräusch.

Elvis kramte den Schlüssel zur Nummer 28 heraus. Nach einer langen heißen Dusche warf er sich, immer noch feucht, aufs Bett und schlief fest ein.

Stunden später zog ihn Scotty am Fuß und weckte ihn so. »Mach schon, Mann, es ist zwei Uhr. Zeit zum Aufstehen. Wir verhungern.«

Elvis hatte tief und völlig traumlos geschlafen. Er zog seine Kleider an, setzte seine Ray-Ban-Sonnenbrille auf und folgte den Jungs über die Straße zu Lucy's. Er bestellte ein Schinkensandwich, einen Cheeseburger, dazu einen Streifen Schinkenspeck, eine Cola und Pommes frites.

Als die Jungs schon eine Weile gefuttert hatten, verkündete Elvis, während sie schliefen, habe er sich an eben diesem Morgen, in genau derselben Sitzecke, mit keinem anderen als Tom Parker getroffen, dem berühmten Manager von Billy Ray Jordan.

Scotty schlug auf den Tisch. Das Besteck flog hoch. »Verdammt, das ist doch einer der ganz Großen.«

»Er hat uns gestern abend spielen hören.« Elvis ließ die Episode mit dem heimlichen Vorspielen in Eddy's Kneipe weg. Er wollte seine besten Freunde auf der Welt zwar nicht belügen, konnte ihnen aber auch nicht alles erzählen. Er hatte dem Colonel sein Wort gegeben. »Er fand uns gut. Er hat uns ab Donnerstag für Billy Ray Jordans Tournee engagiert. Das hat er mit Roger schon geklärt. Und jetzt paßt auf: sechshundert die Woche.«

Bill pfiff.

Scotty sagte: »Tom Parker ist allein hierhergefahren, um dir das zu sagen? Ich glaub's nicht. Mann, er ist der Spitzenmanager dieser Branche.«

»Ich glaube, er wollte mal einen Blick auf mich werfen«, sagte Elvis. »Ich hab grauenhaft ausgesehen. Er hat gesagt, wie gut ihr ihm gefallen habt. Ihr wärt an euren Instrumenten mit die Besten, die er je gehört hätte.«

»Dafür hättest du mich wecken können«, sagte Scotty. »Ich hätte ihn gern mal kennengelernt.«

»Das wirst du auch. Ich glaube, er macht die Tournee mit. Er hat gesagt, ich müßte noch 'ne Menge an mir arbeiten.« Elvis schob sich einen ganzen Streifen Schinkenspeck in den Mund.

»Ich hab mit Roger telefoniert. Er findet das aufregend. Keine Ahnung, ob viel dabei rauskommt, aber es ist verteufelt viel besser als Eddy's Sho-Boat, meint ihr nicht auch?«

Seine Lügen lagen ihm schwer im Magen, belasteten ihn. Schon überlegte er, wie er es ihnen beibringen konnte – daß der Colonel gesagt hatte, er brauche bessere Begleitmusiker.

Scotty sagte: »Du wirkst heute ziemlich aufgeräumt, wenn man an gestern nacht denkt.«

»Mann, hab keine Ahnung, was passiert ist.« Elvis drückte ein paar Finger gegen seine Schläfen. »Eins schwör ich euch: nie wieder Alkohol. Keine Ahnung, ob es daran lag oder« – er senkte die Stimme – »an dem Zeug, das wir geraucht haben. Aber ich kann mich an gar nichts erinnern.«

Scotty sagte: »Das gibt sich wieder.«

»Gegen das Mädel hattest du offenbar nicht viel einzuwenden«, sagte Bill. »Vermutlich war die restliche Nacht eine Art Wiedergutmachung, was?«

»Das… hä? Was meinst du damit?«

»Na ja, ihren Namen kenne ich nicht. Lieber Himmel, erinnerst du dich nicht mehr?«

»Ich verrat dir ein Geheimnis«, sagte Elvis. »Ich weiß noch, daß ich aus dem Derrick rausgegangen und in irgendein Auto gestiegen bin. Aber damit hat sich's dann auch. Ich erinnere mich nicht, daß ihr mich heimgebracht habt.«

»War sie heute morgen nicht mehr da?« fragte Scotty.

»Wer? Da… ich versteh's nicht.«

»Was für eine Schande.« Bill schüttelte traurig den Kopf. »Er erinnert sich nicht. Junge, du bist in *ihr* Auto gefallen. Coupé. Ich glaub, es war ein Plymouth. Wir haben dich nicht hergefahren, Elvis. Das war sie.«

Elvis machte große Augen. »Von wem redet ihr eigentlich?«

»Wie hieß sie noch gleich, Scotty? Nun hilf mir schon«, sagte Bill. »Barbara. Oder so ähnlich. Junge, du warst mehr von der Rolle, als man dir angesehen hat. Ich hätte nicht gedacht, daß du so knülle warst.«

»War ich nicht. Aus irgendeinem Grund hat es mich umgehauen wie ein Hammer. Meint ihr diese – die Hübsche, die Brünette?«

»Genau die.«

»Betty.«

»Sieh mal an, jetzt fällt's ihm wieder ein.«

»Sie hat mich ins Motel zurückgebracht?«

»Teufel auch, ja, Elvis, ich wünschte, du hättest es miterlebt. Du bist aus der Kneipe gerannt, als stünden deine Zehen in Flammen; die kleine Betty hinter dir her. Wir konnten gerade noch sehen, daß sie losfuhr und ihr beide eng ineinander verschlungen wart.«

»Tatsächlich?« Elvis spürte, wie er errötete. Das war eine neue Sorte Demütigung, wenn man so etwas tat und sich hinterher nicht daran erinnerte. Er schwor es, ein Gelübde; kein Alkohol mehr. Nie wieder. Dieses andere Zeug – na ja, das war ein interessantes Gefühl, so viel Platz in seinem Kopf. Vielleicht konnte Scotty noch mehr von dem Zeug auftreiben. »Was habt ihr denn so getrieben?«

»Ein bißchen Billard gespielt. Mit ihrer Freundin bin ich auf keinen grünen Zweig gekommen. Miss Rotschopf Rühr-mich-nicht-an. Wir haben's aufgegeben und sind hierher zurückgefahren. Als wir vorne das Coupé stehen sahen, war uns klar, daß du das große Los gezogen hattest.«

»Schon möglich«, sagte Scotty. »Bloß wissen wird er's nie, weil er sich nicht dran erinnert.« Er lachte hämisch. Bill stimmte ein.

Elvis hörte sie nicht. Er bemühte sich, die vergangene Nacht durchzugehen. Er erinnerte sich an jeden Moment im Golden Derrick. Er war gesprächig gewesen, hatte einen klaren Kopf gehabt, sich gut und stark gefühlt, bis sich die hübsche Kleine neben ihn gestellt hatte. Da hatte sich der Boden geneigt, und sein Gesichtskreis war geschrumpft.

Er tastete sich ab. Er fühlte sich nicht anders. Daß er sich nicht erinnerte, beunruhigte ihn.

34

Elvis hatte gerade eine Übertragung des Hayride aus dem Heart O'Texas Coliseum beendet. Er und die Jungs brausten fünfundzwanzig Kilometer östlich von Waco gutgelaunt des Wegs, als etwas Schreckliches unter der Motorhaube von Scottys Bel Air geschah. Zehn Sekunden lang metallisches Geklapper und Gerappel, und sie wußten, da war nichts mehr zu löten. Scotty schaffte es noch anderthalb Kilometer weiter, aber eine leichte Anhöhe brachte sie zu einem unwiderruflichen Halt.

Sie ließen den Wagen stehen und trampten zurück nach Waco. Am nächsten Morgen legten sie ihr Geld von der Billy-Ray-Jordan-Tournee zusammen und kauften zwei Autos beim selben Gebrauchtwagenhändler: einen dicken goldfarbenen 1952er Oldsmobile für Elvis und einen 54er Chevrolet wie der, der ihnen verreckt war, aus Reue, weil sie ihn so unflätig beschimpft hatten.

Elvis fuhr die Landkarte rauf und runter. Er spielte an fünf oder sechs Abenden in der Woche, manchmal zwei oder drei Auftritte am Abend, manchmal an zwei oder drei verschiedenen Orten. Er lebte von Hamburgern, Schokomilchshakes und reiner Energie, die vom Publikum kam, von dem Spaß mit Scotty und Bill, Scharen begeisterter Mädchen bei jeder Show, endlosen Straßenkilometern, Bündeln von Bargeld.

Über das flache Arkansas sauste er auf Memphis zu, das Lenkrad in der Faust und das Plastik-Elfenbeinimitat-Mundstück einer schmalen Panatela-Zigarre zwischen den Zähnen. (Die rauchte er nicht, mochte aber, wie er aussah, wenn er eine in der Hand hielt.) Er fand den Supersender im Radio: Bo Diddley trug voller Inbrunst den gleichnamigen Song vor. Es war ein kratziger, unvergeßlicher Gitarrenriff, dazu der wiederholte Ruf »Hey, Bo Diddley«; im Grunde war es eine einzige lange Eigenwerbung Bo Diddleys. Elvis überlegte, ob er nicht einen Song »Elvis Presley« in sein Repertoire aufnehmen sollte.

Er hatte versucht, ein paar Songs zu schreiben. Er schaffte es nicht. Die guten Stellen waren alle aus anderen Songs geklaut, und der Rest war einfach mies.

Unter ihnen glitt der Fluß vorbei. Auf der Memphis-Seite der Brücke bogen Bill und Scotty ab, zur South Side und nach Hause.

Elvis winkte aus dem Fenster. Er mußte erst noch einen Halt einlegen. Er fuhr den großen Oldsmobile die Beale Street hinauf, lenkte den Wagen auf den Gehsteig und stellte den Motor ab. Unter der Haube gab die große Maschine kleine Rumpler und Grunzer von sich, während sie sich beruhigte.

Morris Lansky hatte vor seinem Laden Aufstellung genommen, hielt nach Kunden Ausschau. Seine Miene hellte sich auf, als Elvis dem breiten Auto entstieg. »Ist das denn zu fassen? Mr. Stimmwunder!«

»Tachchen, Morris«, sagte Elvis, »was macht das Geschäft?«

»Ist schon viel besser geworden«, antwortete Morris. »Wie ich sehe, meint das Leben es gut mit Ihnen. Wir haben Zeitung gelesen. He, Bernie! Sieh mal, wer da ist! Mr. Stimmwunder!«

»Lassen Sie das, Morris.« Elvis verdrückte sich in den Laden. »Das steigt mir sonst noch zu Kopf.«

Bernie Lansky ließ einen Kunden stehen und kam mit ausgestreckten Armen nach draußen, als begrüße er einen lange verlorenen Sohn. »Elvis Presley!« rief er. »Wie war die türkise Hose vom letzten Mal? Hat sie gut gepaßt?« Strahlend klopfte er Elvis auf beide Schultern. »Wir sind so stolz, was wir so alles in den Zeitungen lesen. Sehen Sie mal, wir haben jede Menge brandneue Waren für Sie. Kommen Sie gleich mal mit.«

Er bedeutete Morris, er solle sich um den Mann kümmern, den er stehengelassen hatte, und bugsierte Elvis an den Ständern mit billigem Zeug vorbei zu den seidig-glitzernden Sachen auf der Plattform weiter hinten. »Wir hören uns ständig Ihre Platten an«, sagte er. »Wir sorgen dafür, daß Leute stehenbleiben und mithören, und wir sagen ihnen, daß wir Sie kennen.«

»Das ist ja schön, Bernie. Ich empfehle Sie weiter, so gut ich kann.«

»Und so höflich. Sie haben nichts dagegen, wenn wir mit Ihrem Namen werben?«

»'türlich nicht«, sagte Elvis. »Solange Sie mir günstige Angebote machen.«

»Sie wissen doch, daß Sie bei uns immer zwanzig Prozent kriegen.« Bernie wuselte herum, die Arme voller Hemden, passenden Krawatten, einer neuen Sorte schicker Jacketts... Elvis probierte das meiste davon an und kaufte alles, was ihm gefiel. Ihm gefiel eine Menge. Die Rechnung belief sich auf 317 Dollar.

Er zog seine Geldscheinrolle heraus und zahlte bar.

Bernie bekam große Augen. »Wir führen die nötigen Änderungen durch und schicken Ihnen morgen früh alles zu«, sagte er, während er das Wechselgeld herausgab.

»Moment«, sagte Elvis, »wir haben eine neue Adresse.« Er zog den Zettel mit der verschnörkelten Handschrift seiner Mutter heraus: 1414 Getwell Road. »Schicken Sie die Sachen dorthin«, sagte er.

»Ein echter Aufstieg, hm?« Bernie linste über seine Brille. »Getwell Road?«

»Ja, sie sind gerade erst umgezogen. Ich war noch gar nicht da. Bin jetzt unterwegs.«

»Hier.« Bernie griff in den Kleiderstapel. »Ziehen Sie dieses hübsche neue Hemd für Ihre Mutter an. Es wird ihr gefallen, wenn Sie gut aussehen.« Elvis zog das T-Shirt aus und die schicke mitternachtsblaue Hemdbluse über seinen Kopf. Er betrachtete sich in dem dreiteiligen Spiegel. Er sah aus wie Dean Martin, in der passenden Kleidung, um im Badezelt herumzulungern. »Danke, Bernie. Sieht gut aus. Sie haben recht, sie hat mich schon eine ganze Weile nicht mehr gesehen.«

Bernie und Morris begleiteten ihn nach draußen, wo sie ihm erneut die Hand gaben und ihm für seine Einkäufe dankten.

Auf dem Weg die Beale Street hinunter jubelte Elvis innerlich. Es war dasselbe gemütliche Memphis; nur er hatte sich verändert. Er war beinahe reich. Er war sehr glücklich. Er hatte ein großes Auto.

Er bog Richtung Süden in die Malar Avenue ein, fort von der Innenstadt, von der Humes High-School, dem Lauderdale Court und seinem alten elenden Leben.

Er hielt sein Versprechen, das er Gladys gegeben hatte. Erst hatte er hin und wieder hundert Dollar nach Hause telegrafiert, dann zweihundert. Ihr erster Schritt fort aus der Alabama Street war das Haus an der Getwell Road, am westlichen Rand des Vorortes, wo einige der wohlhabendsten Bewohner von Memphis lebten. Am Tag vor Ostern hatte Elvis einen richtigen Umzugswagen bestellt.

Leichter Verkehr auf der Central Avenue – in dieser Gegend hatte es niemand eilig. An Kreuzungen waren alle höflich, winkten: »Nein, fahren Sie ruhig, bitte nach Ihnen.« Die Häuser waren ordentlich, weiß gestrichen, einige hatten Backsteinverblendungen und Doppelgaragen. Grüne Rasenflächen umgaben jedes Haus. Auf den Rasen standen Fahrräder, Kinder auf Fahrrädern befuhren die Seitenstraßen und Wendehämmer.

Auf der Suche nach der Hausnummer fuhr Elvis im Schritttempo. Endlich entdeckte er den alten schäbigen Plymouth neben einem sauberen weißen Haus, der Nummer 1414 – schwarze Fensterläden, Backsteinfassade, Rasen, Kiefernbäume, eine Auffahrt zu einer Einzelgarage.

Sobald sein nächstes Honorar kam, würde Elvis etwas wegen des Plymouth unternehmen.

Aber nichts gegen das Haus. Es war hell und freundlich, so nett hatten sie noch nie gewohnt. Er drückte ein paarmal auf die Hupe und bog in die Auffahrt ein.

Er hörte Gladys, noch bevor er den Motor abstellte: »Sieh doch mal, er ist da! Hu-huu, Elvis!« Sie winkte, als sie den Carport betrat. »Und er hat ein neues Auto! Vernon! Komm raus, sieh dir das an!« Sie breitete die Arme aus und ließ Elvis näher treten. »Schatz, willkommen zu Hause!«

»Hey, Satnin, hier bin ich.« Er beugte sich hinab, um sich von ihr umarmen zu lassen.

»Oh, wie schön, dich zu sehen, guck doch mal, Vernon, hier

ist er, hier ist unser Junge! Ist das Hemd auch neu? Du siehst dünn aus, Schatz, hast du auch genug gegessen? Was hast du nur mit dir angestellt? Na, komm rein, komm rein, du warst ja noch gar nicht in unserem neuen Haus.«

Sie hatte wieder zugenommen. Sie hatte dunkle Ringe um die Augen und sah zu blaß aus. Seit jenem Abend, als sie ihn aus dem Kino holte, hatte Elvis sie nicht so aufgeregt erlebt. Er sagte: »Ich hab ein paar Sachen…«

Vernon trat hinaus in das gelbe Licht der Insektenlampe. Er trug einen Strickpullover und eine Khaki-Freizeithose, wie in einer Vatertagswerbung von Sears und Roebuck. Er war immer noch der schlichte alte Vernon mit seinem kantigen Gesicht, doch die neue Kleidung war ein Fortschritt. Er breitete die Arme aus. »Willkommen zu Hause, Sohn.«

Elvis hatte herausgefunden, wie er sie aus ihren Sesseln holen konnte, wenn er nach Hause kam. Miete ein hübsches Haus, schicke Hunderte von Dollar – dann freuen sie sich garantiert, dich zu sehen. Sogar Dodger drängte sich an ihn, um ihn in Hüfthöhe zu umarmen.

Geld weckt ihre Aufmerksamkeit. Wenn man Dinge für Leute kauft, die einen lieben, dann lieben sie einen noch mehr. Gibt es eine bessere Verwendungsmöglichkeit für Geld?

Das mochte zwar kalt sein, doch es gab noch kältere Dinge… beispielsweise die zugige alte Wohnung an der Alabama Street im Februar. Dieses Haus hingegen war so gebaut, daß es den Winter nicht hereinließ. Es ruhte geschützt auf seinem Betonfundament. Es hatte Elektroheizung und einen Elektroherd. Gladys zeigte ihm die Waschmaschine, den nagelneuen Kühlschrank Marke »Hotpoint« und den schicken neuen Linoleumfußboden.

»Und das hier ist das Eßzimmer«, sagte sie und ging voran. »Wird das nicht nett, wenn wir erst mal einen Tisch und ein paar Stühle hier drin haben? Dodger sagt, wir können ihren Eßzimmerschrank herholen und dahin stellen.«

»Das wird wirklich hübsch«, sagte Dodger.

Alle warteten auf Elvis' Reaktion.

Er lächelte. »Wo ist mein Zimmer?« Er schlenderte über den Flur. Hier gefiel ihm die niedrige Decke; seine Haare streiften den Rigips.

»Erste Tür rechts«, rief Gladys.

»Also wirklich, ihr habt mir das kleinste gegeben! Seht euch doch meinen ganzen Kram an!«

»Schatz, ich hatte noch keine Zeit, es durchzusehen. Wir sind ja gerade erst hier angekommen.«

»Ob ich wohl da drin irgendwo 'n Bett habe?« Elvis legte den Arm um die Schulter seiner Mutter. »Nun zeig mir den Rest.«

»Sieh mal, Dodger hat jetzt ihr eigenes Zimmer, und hier ist der Wäscheschrank, und da unten ist unserer.« In der schönen neuen Umgebung fielen die Schrammen und Kratzer der alten Möbel auf.

»Sieht alles ganz prima aus, Mama.« Er klopfte ihr auf die Schulter. »Du hast recht. Dieses Haus ist viel netter.«

»Gefällt es dir?« sagte Vernon. »Wir kommen allmählich in die besseren Gegenden, stimmt's?«

In dem kleinen Flur wurde es für die vier ziemlich eng. Elvis überlegte, ob er ihnen sagen sollte, es sei in Ordnung, wenn sie sich in ihre Sessel setzten. Er wußte, Dodger saß eigentlich vor dem Kartentisch mit ihrem Puzzle, Vernon vor dem funkelnagelneuen Fernsehgerät von RCA, und Gladys' alter, weich gepolsterter Schaukelstuhl war so hingerückt worden, daß sie die Küche im Blick hatte, falls dort etwas überkochte. Da sie in so vielen verschiedenen Behausungen gewohnt hatten, genügte diese gewohnte Anordnung, damit das Haus zum Zuhause wurde.

»Hey, ganz ehrlich, es ist klasse«, sagte Elvis. »Jede Menge Platz. Mama, gefällt dir der Garten?«

»Ich komme mir vor wie eine Königin«, sagte Gladys. »Manchmal setz ich mich einfach mit einer Illustrierten raus und mach's mir urgemütlich. Du solltest mal unsere neuen Liegestühle sehen.«

Elvis sagte: »Los, wir holen uns ein paar Steaks zum Grillen.«

»Wir haben Hamburger da. Vernon, kümmer dich doch mal

um dein Feuer«, sagte sie. »Elvis, noch bist du nicht durch.« Sie deutete auf einen mit Briefen vollgestopften großen Haferflockenkarton in der Ecke. »Die hat der Mann vom Postamt gebracht.« Er nahm einen Umschlag von oben, adressiert an

Elvis
Memphis, Tennessee

Er schob den Daumen unter der Lasche durch und schüttelte einen rosafarbenen und nach Teenager-Parfüm riechenden Brief heraus. In einer Ecke des Umschlags klebte das winzige Foto eines Mädchens, das mit geschlossenem Mund lächelte, damit man seine Zahnspange nicht sah.

Lieber Elvis,

wie geht's dir so! Mir geht's gut! Ich heiße Tammy Stephens, bin 14. Ich gehe auf die 9. Klasse der Clinton H.-S. (Miss.). Seit ich »That's All Right Mama« zum erstenmal gehört habe, lieb ich dich so sehr. Ich hab alle deine Platten die's bisher gibt! Hast du eine Freundin? Meine Freundin Shirley sagt sie hat dich mit einer gesehen aber ich glaub ihr nicht. In Tiger Beat heißt es du suchst nach »dem richtigen Mädchen«. Hier ist es: Laß mich Dein 1 & alles sein…

Elvis lächelte. »Hast du welche davon gelesen?«

»Nur ein paar«, sagte Gladys. »Keine Ahnung, wie die auf solche Ideen kommen.«

»Sie kriegen Taschengeld«, sagte er und schwenkte Tammys Foto. »Ihr Taschengeld geben sie für Platten aus. Der Colonel sagt, ich muß jemanden einstellen, der die Fanpost beantwortet.«

»Schatz, da ist noch etwas. Es ist gestern für dich gekommen.«

Sie begleitete ihn in das winzige Wohnzimmer. Dort lag auf Kissen auf dem Sofa eine wunderschöne Gitarre, eine verzierte Gibson aus Rosenholz, in deren Hals mit Perlmutt die Worte »ELVIS PRESLEY« eingelassen waren.

Ihm verschlug es den Atem. »Mama«, sagte er. »Woher um alles in der Welt...«

»Das hat ein Mann in einem Lieferwagen gebracht«, sagte sie. »Es war in braunes Packpapier eingewickelt. Das lag dabei.« Sie hielt einen elfenbeinfarbenen Umschlag hoch.

Darin fand Elvis vier Hundertdollarscheine – jetzt war Gladys an der Reihe, nach Luft zu schnappen – sowie ein maschinengeschriebenes Briefchen:

Eine neue Gitarre, als Hilfe bei Deiner Musik
Ein Bewunderer

»Laß mal sehen, Schatz.« Gladys griff nach dem Briefchen. »Wer ist das?«

»Er heißt Colonel Tom Parker«, sagte Elvis. »Er ist ein Promoter. Und zwar nicht irgendeiner... er ist der Promoter von Billy Ray Jordan.«

»Also, Elvis, schickt er dir einfach so Geschenke und Geld?«

Elvis sagte: »Er will, daß ich bei Roger aufhöre und bei ihm unterschreibe. Großer Gott, das ist wirklich eine wunderschöne Gitarre.« Er klemmte sie sich unter den Arm. Das Gewicht perfekt ausbalanciert, ruhte sie auf seinem Knie. Ihm war nicht bewußt gewesen, wie sehr er sie hatte haben wollen; aber hier war sie, und er wollte sie. Der mächtige Tom Parker versuchte es mit allen Mitteln. »Er möchte dich kennenlernen«, sagte Elvis.

»Ich weiß wirklich nicht, mit wem du dich heutzutage herumtreibst«, sagte sie und trat näher. »Du hast mir so gefehlt, Baby. Wie gut, daß du wieder zu Hause bist.« Sie umarmte ihn erneut.

Sie setzten sich, und er erzählte ihr die letzten Neuigkeiten: wie viele tausend verkaufte Platten, die Kritik im *Billboard*, in der er als »starker neuer Vokalist« – was auch immer das war – bezeichnet wurde, die Namen und Einzelheiten aller Motels, Restaurants, Städte und Auftritte, an die er sich erinnerte.

Seine Mutter war glücklicher, als sie am Telefon geklungen hatte. Das neue Haus hatte ihre Stimmung gehoben.

Er erzählte ihr von dem Mädchen in Knoxville, das glatt in Ohnmacht gefallen war, als er das Hotelfoyer betreten hatte. »Ach, du meine Güte«, sagte Gladys beunruhigt. Dann berichtete er, wie er sich hingekniet hatte, um sich um sie zu kümmern... die Augenlider des Mädchens hatten geklimpert, waren aufgegangen, und es hatte gemurmelt: »Wenn du möchtest, daß es mir bessergeht, könntest du mich küssen.«

Gladys lachte. »Und, hast du sie geküßt?«

Er grinste. »Worauf du dich verlassen kannst. Zwei Sekunden später war sie wieder auf den Beinen.«

Am nächsten Morgen fuhr Elvis mit dem Oldsmobile und den vierhundert Dollar zu dem Gebrauchtwagenhändler McWhirter an der Union Street und brauste in einem wolkenweißen 1951er Cadillac Eldorado wieder weg.

Er fühlte sich wie eine Art Prinz. Ein Fingerdruck, und die Fensterscheiben schoben sich rauf und runter. In seinen Träumen hatte er dieses Auto gefahren, wach und im Schlaf. Er hatte sich dieses Auto verdient. Geld in der Tasche, noch mehr war zu erwarten. Seine Karriere hob ab wie ein großes weißes Flugzeug. In diesem Cadillac schwebte er geräuschlos durch die Nebenstraßen, vorbei an seinen alten Verstecken und Adressen.

Gladys bestaunte den Wagen – »Aber Schatz«, sagte sie, »du kommst ja jeden Tag mit einem neuen nach Hause!« Sie stieg auf der Beifahrerseite ein; Vernon kletterte mit Dodger nach hinten. Sie winkten den Nachbarn zu und schnurrten los.

Elvis fuhr in die Milchbar »Murphy's Dairy Dream« und bestellte Bananensplit für alle.

Eine Gruppe Backfische umringte den Wagen, nach Autogrammen kreischend. Elvis stieg aus. Er war das inzwischen schon fast gewohnt, doch für Vernon, Gladys und Dodger war es das erste Mal.

Wie vom Donner gerührt saßen sie da, während er seine Filmstarroutine absolvierte. »Mädchen, wo kommt ihr denn her?« fragte er, auf die Motorhaube gestützt.

»Och, ich bin aus West Memphis, Elvis, ich finde deine Platten einfach super«, sagte die Rotblonde in dem auffallenden Kleid. »Ich finde, du bist der Größte.«

»Jedenfalls leben da drüben hübsche Mädchen«, sagte er grinsend. Die Mädchen riefen *Oooh!* und sanken in die Arme ihrer Freundinnen.

»Wo kommst du her, Süße?« fragte er ein sommersprossiges Mädchen mit hübschem Gesicht und einer Brille mit großen runden Gläsern.

»Ich wohne ganz in der Nähe von deinem Haus, Elvis. Nummer dreiundvierzig fünfzehn East Lake Drive. Meine große Schwester kennt dich noch von der Schule. Janey Sue Kittrell.«

»Die war nicht halb so hübsch wie du«, sagte Elvis. »Was ist mit deiner Freundin da hinten los? Ist sie schüchtern?«

Das dunkelhaarige Mädchen in dem wohlgefüllten rosa Pulli linste ihr über die Schulter. »Ich... ich bin aus North Carolina«, stammelte sie. »Ich bin nur zu Besuch hier.«

»Das geht in Ordnung, Darling«, sagte Elvis. »Bleib am besten noch ein Weilchen. Wir brauchen mehr Mädchen wie dich in Memphis.« Er kritzelte »Alles Liebe, Elvis« auf die Serviette und reichte sie ihr. Das Mädchen strahlte, als hätte er sie gefragt, ob sie mit ihm ausgehen wollte.

Die Rotblonde sagte: »Sind das deine Eltern? Uuh, ihre Autogramme will ich auch!« Die anderen Mädchen reichten kichernd Stifte und Papier durch die geöffneten Fenster.

Vernon war sofort voll dabei, flirtete ein wenig mit ihnen und schrieb »Vernon Presley, Elvis' Dad« auf ihre Servietten und in die Spiralhefter. Lächelnd kritzelte Gladys ihren Namen unter seinen.

Dodger wurde rot und sagte, mit solchen Albernheiten wolle sie nichts zu tun haben; warum sollte jemand wollen, daß sie ihren Namen auf irgendeinen Zettel schrieb? Elvis merkte, daß sie sich insgeheim genauso geschmeichelt fühlte wie sie alle.

35

Elvis zog sich bis auf die Unterhose aus, setzte sich auf sein Bett und klimperte leise auf seiner neuen Gibson. Es war die beste Gitarre, die je ein Mensch besessen hatte. Kein anderer würde je darauf spielen; so stand es in Perlmutt geschrieben, direkt auf dem Hals. Er drückte ganz leicht mit den Fingern. Ohne die geringste Spannung lagen die Saiten auf den Griffleisten. Er bewegte die Daumen. Das erzeugte einen makellosen kräftigen Ton.

Vernon tauchte in der Tür auf. »Hey, Sohn.«

»Daddy, wie geht's?«

»Mir geht's ganz gut, ein wenig müde. Du übst wohl, hm?«

»Ich spiele die Gitarre ein. Stell dir vor, auf einmal bin ich ein viel besserer Gitarrenspieler als vorher.«

»Ich fand, du warst auch vorher gar nicht übel.«

»Jedenfalls hab ich auf der alten Sound Star 'ne Menge Kilometer zurückgelegt«, scherzte Elvis. »Ich werd sie wohl hierlassen, wenn ich fahre. Sie löst sich in ihre Bestandteile auf.«

Vernon ließ sich auf dem einzigen Stuhl nieder, der nicht mit Elvis' Kleidungsstücken bedeckt war. »Wann brichst du auf, Sohn?«

»Sobald es Tag wird. Morgen abend müssen wir in Jacksonville sein. Wir spielen im Gator-Bowl-Stadion.«

»Kaum zu glauben.« Vernon schüttelte ungläubig den Kopf. »In der Gator Bowl. Nur du und die Jungs?«

»Nein, wir gehören zum Billy-Ray-Jordan-Jamboree«, sagte Elvis. »Insgesamt einunddreißig Solisten und Gruppen. Wir spielen nicht alle in denselben Städten. Roger und Colonel Parker schicken uns in sämtliche Himmelsrichtungen.«

Vernon sagte: »Sohn, ich glaube, wir sollten uns mal kurz unterhalten.«

Elvis lehnte sich zurück. Was jetzt? Er hatte sich mit seinem Daddy noch nie von Mann zu Mann unterhalten. Bestimmt brauchte Vernon nicht noch mehr Geld. Elvis schickte ihnen schon die Hälfte seiner Honorare. Wahrscheinlich irgendein Vortrag, irgendwas über Ehre und Pflicht, was schließlich auf mehr Geld hinauslief. »Worüber willst du reden?«

»Sohn, du hast mächtig viel Erfolg, und wir sind stolz auf dich«, sagte Vernon auf einmal. »Das hab ich dir noch nie gesagt, aber jetzt ist es raus. Jetzt hab ich's gesagt.«

»Danke, Daddy.« Das war bestimmt noch nicht alles.

»So oft, wie du immer an deiner Gitarre rumgefummelt hast... Ich geb's ja gern zu, ich dachte immer, das wäre reine Zeitverschwendung. Nicht in einer Million Jahre hätte ich gedacht, daß es sich so entwickeln würde.«

»Tja, das war's noch nicht, Daddy. Ich stehe erst ganz am Anfang.«

»Ja, aber wie weit du schon gekommen bist. Und die vielen schönen Dinge – hoffentlich stürzt du dich da nicht zu sehr in Unkosten, bei allem, was du für deine Mama und mich und für deinen Caddy und so ausgibst.«

»Ich komm schon zurecht«, sagte Elvis. »Es reicht für uns alle. Es sieht von Tag zu Tag besser aus.«

»Eine Menge Jungs würden ihre Eltern nicht so unterstützen«, fuhr Vernon fort, »und du sollst bloß wissen, wie dankbar ich bin.«

Elvis wand sich. Er fand es großartig, wenn sie stolz auf ihn waren, machte ihnen gern Geschenke. Doch es war ihm ein wenig peinlich, daß sein Daddy immer weiter erzählte, wie stolz er sei. Irgendwas daran klang nicht ganz echt.

»Sohn, wenn man all die Mädchen sieht, wie sie sich um dich scharen...« Vernon schluckte, ein schwaches Lächeln. »Ausgesprochen hübsch, die eine oder andere. Kann nicht behaupten, ich hätte was dagegen.«

»Nein, Sir, ich hab dich beobachtet.« Elvis machte sich auf dem Bett lang. »Du hattest gar nichts dagegen.«

Vernon sagte: »Vermutlich geht es dir jetzt fast überall so, wo du hinkommst.«

»Immer mehr«, gab Elvis zu. »Bei den Auftritten drehen sie durch, Daddy. Das solltest du mal erleben. Ach ja, da fällt mir gerade ein... ich hab Eintrittskarten für dich und Mama, bei unserem Auftritt in Little Rock, am ersten August. Der Colonel wird auch dasein. Er möchte euch wirklich kennenlernen.«

Vernons Blick schwenkte auf die Gibson. »Ja, ich will ihn auch kennenlernen, einen Mann, der so mit dem Geld um sich werfen kann.«

»Nicht um sich werfen, Daddy. Er investiert es.«

»Na ja, wie auch immer.« Vernon kratzte sich am Kopf. »Sohn, du und ich, also, wir reden nicht viel miteinander, du bist viel unterwegs. Aber was mir so in den Sinn kam – bei diesen Unmengen von Briefen, all den Mädels, die hinter dir her sind, vielleicht sollten wir mal das eine oder andere besprechen.«

Elvis konnte ein Lächeln nicht unterdrücken. »Mit dieser Rede kommst du etwa drei Jahre zu spät, Daddy.«

»Was soll das heißen?«

»Na, hör mal, ich bin zwanzig, hast du das vergessen? Ich weiß schon Bescheid über – na ja, Sex und alles.«

»Und alles?« sagte Vernon.

Elvis lachte laut auf. »Die eine oder andere hat mir irgendwann mal Schwierigkeiten gemacht, aber meistens heißt es nur viel gucken und nicht anfassen, wenn du verstehst, was ich meine.«

Vernon wurde rot und starrte auf den Fußboden. »Du weißt ja wohl, daß ein Mann die Aufgabe hat, sich... nun, ein Mann ist es sich selber und der, na ja, der Frau schuldig, für irgendeinen Schutz zu sorgen – nur für alle Fälle. Womit ich nicht gesagt haben wollte, du sollst...« Er sah Elvis' Gesichtsausdruck. »Teufel auch, ich erzähl dir da nichts Neues, oder?«

»Nein, Sir«, bestätigte Elvis. »Aber es ist nett von dir, daß du's versucht hast.«

»Sitzt da und grinst mich an wie irgendeinen Idioten. Aber merk dir meine Worte, da draußen sind Unmengen Mädels, und bloß, weil sie nett tun, heißt das noch lange nicht, daß sie alle nett sind. Die eine oder andere will dir garantiert ans Leder.«

Am liebsten hätte Elvis seinem Vater von Miss Waverly und den paarmal erzählt, die es danach fast soweit gekommen wäre, aber vermutlich würde seiner Mutter alles zugetragen werden, was er sagte. Sie sollte nicht glauben, er habe sie hintergangen. Es war zwar nicht eigentlich Verrat gewesen, aber jedenfalls konnte er seinem alten Herrn nicht die Wahrheit anvertrauen, was wirklich schade war.

Er sagte: »Es ist bald fünf Uhr morgens, Daddy.«

Vernon stützte seine Hände auf die Knie und stand auf. Er schien froh zu sein, daß es vorbei war. »Gute Nacht, mein Junge. Paß auf dich auf.«

»Gute Nacht.« Elvis griff nach der Gitarre.

Er lauschte den Schritten seines alten Herrn, die sich auf dem dünnen Teppich im Flur entfernten. Nach all den Jahren streckte Vernon die Hände aus, und Elvis machte einen Rückzieher. Aber Vernons plötzliche Anteilnahme war auch verständlich. Hatte er nicht von jeher einen gesunden Respekt vor dem Mann mit dem Geld empfunden, wer auch immer das gerade sein mochte?

Elvis befand, daß ihm das gefiel. Mehr Macht. Jetzt war er für seinen eigenen Daddy wie ein Vater.

Er schaute in den Spiegel.

Der Spiegel sagte: Du mußtest gewinnen. Du hast all das Glück, das für ihn bestimmt war, und noch mehr.

Elvis senkte den Blick. Er schämte sich, zwanzig Jahre alt, und immer noch spielte er mit der silbrigen Stimme Spielchen. »Ich will nicht reden«, sagte er.

Hör nur zu. Die ganze Welt kann dir gehören. Vertrau Tom Parker und arbeite hart, arbeite härter, mach weiter so. Sorg dafür, daß der Strom der Schecks und Briefe nicht versiegt.

»Und wenn alles in die Brüche geht? Wenn sie mich vergessen?«

Das werden sie nicht. Niemand könnte dich vergessen. Ich passe auf dich auf. Ich kümmere mich drum.

36

Lange vor Sonnenaufgang ging Elvis mit seinen Kostümen und seiner Gitarre hinaus zum Carport. »Morgen, Jungs«, sagte er. »Ganz schön früh hier draußen.«

Bill und Scotty bewunderten gerade den neuen Cadillac im Scheinwerferlicht des Chevrolet. »Du hast es getan«, hauchte Scotty. »Du bist losgezogen und hast es getan. Er ist toll, Mann. Er ist... herrjeh, er ist wunderschön.«

Bill fuhr mit der Hand über die Heckflosse. «Ich will ihn haben. Ich halt's nicht aus. Es ist ungerecht.«

»Gefällt er euch wirklich?« Elvis öffnete die Tür. Er sonnte sich in ihrem Neid. Er sagte: »Er hat mich den Olds und vierhundert Dollar gekostet.«

»Da kann man nicht meckern.« Scotty strich über die Motorhaube. »Wie kommst du an das viele Geld, El? Verheimlichst du uns was?«

»Na klar«, sagte Elvis. »Hört zu, wir haben einen langen Weg vor uns. Will einer von euch mit mir fahren?«

»Ich«, sagte Bill und stieg ein. »Mann, ich find dich echt zum Kotzen.«

Scotty fuhr mit den Instrumenten im Chevrolet hinterher.

Elvis' Cadillac fraß die Kilometer. Alles an diesem Auo war übergroß, wie Elvis' Ehrgeiz. Er hatte nie einen kleineren Wagen fahren wollen. Er und Bill sangen mit, als im Radio »Something's Gotta Give« von den McGuire Sisters kam.

Sie fuhren den ganzen Vormittag durch. Bill rollte sich auf dem Rücksitz zusammen und schlief bis Georgia. Elvis berauschte sich an dem leistungsstarken Radio, dem prächtigen rotgepolsterten Sitz, dem Surren der mächtigen V-8-Maschine, dem breiten Lenkrad in seinen Händen. Wie er in einem weißen Cadillac durch die winzigen Orte im Süden Alabamas fuhr, war er ein weißer Blitz, wurde automatisch zum Stadtgespräch. Köpfe drehten sich um. Mädchen erkannten ihn, hupten und fuhren Schlangenlinien.

Er hörte atemlose Ansagen der Sender in Dothan und Crestview und auf dem ganzen Weg den Florida-Panhandle hinunter – »Große Show heute abend, alle sind in einem wahren Elvis-Rausch! Bleibt dran, während hier von der Stimme Miltons weiter jede Menge Elvis-Tickets verschenkt werden. Währenddessen spielen wir das Neueste vom Sun Label, klingt nach dem nächsten großen Hit, Kids und Kiddies, Elvis Aron Presley mit seinem neuen Song ›Let's Play‹.«

Come on now
A-let me show you how
It's the difference 'tween night and day –
Baby let's play!

Wenn er einen seiner Songs hörte, fühlte sich Elvis jedesmal überlebensgroß. Mittlerweile hatte er sieben Songs in drei *Billboard*-Charts. Er rauschte durch den heißen Nachmittag, genoß die Musik, seinen Ruhm und den Strom samtiger, aus dem Armaturenbrett dringender kühler Luft.

Bill wachte auf, als der Sender in Tallahassee »Good Rockin' Tonight« spielte, und dann, gerade als sie Vororte von Jacksonville erreichten, die aktuelle Single – »Mystery Train«, eine heiße Nummer, die über den Umweg Little Junior Parker und Sam Phillips von einem alten Blues der Carter Family stammte. Elvis hielt das für seine bisher beste Platte. Bill klopfte den Beat auf dem Armaturenbrett mit.

Der Song war eine flotte und rasante Hillbillynummer mit düsteren Untertönen, dem Geratter eines Zuges... Elvis' Stimme klang hoch und zittrig, wie die Pfeife. Er stellte alles mögliche mit der Melodie an; ganz am Ende jodelte er sogar ein wenig und brach den Ton mittendrin ab.

»Mann, das klingt gut im Radio«, sagte Bill.

»Diese letzte Strophe ist wirklich irre«, sagte Elvis. »Klingt, als wäre ich echt sauer auf irgendwen, verstehste? Das spielen wir heute abend.«

Elvis war jetzt der Star der Veranstaltung, auch wenn die

Show immer noch Billy-Ray-Jordan-Jamboree hieß. (Billy Ray war an den Einnahmen beteiligt; er hatte nichts dagegen gehabt, den großen Auftritt vor der Pause abzutreten.) Die Veranstaltung begann nachmittags mit Banjospielern, Jongleuren und Hillbilly-Jodlern, weiter ging es mit unbekannten Künstlern, dann kamen die berühmteren Namen, Faron Young, Martha Carson, Jimmie Rodgers Snow und schließlich, bei Sonnenuntergang – Elvis!

Er konnte es kaum erwarten. Er war überdreht, wußte, daß sich die vielen neuen Mädchen da draußen für ihn schönmachten. Er verließ sich darauf, daß die Mädchen ihn auf Touren bringen würden. So hatte er gelernt, allabendlich zu neuer Hochform aufzulaufen.

Am Nachmittag einer großen Veranstaltung bemühte er sich, ruhig und gelassen zu bleiben, in sich zu ruhen. Das Warten fiel ihm schwer. In Gedanken stand er bereits auf der Bühne und vollführte die Bewegungen, die sie so verrückt machten. Er bog den Mikrofonständer wie eine Geliebte beim Tangotanzen. Er sank auf ein Knie, streckte die Hand nach ihnen aus; sie flippten aus, wenn er das Bein schwenkte oder einen seiner spastischen Kniewackelanfälle bekam.

Noch rasender wurden sie, wenn er fast einen ganzen Song lang still dastand, sie warten ließ, sie betteln ließ; dann ließ er sich von einer Zeile packen und verfiel in Zuckungen, wie ein Besessener. Das reichte. Das machte sie wild.

Gib weniger. Dann wollen sie mehr. Elvis hielt nichts davon, jede seiner Bewegungen vorauszuplanen – besser, man ließ sich von spontaner Erregung leiten.

Er fuhr über eine hohe Brücke, eine breite Hauptstraße entlang. Das Gator-Bowl-Stadion war eine große, künstlich angelegte Vertiefung, die sich an eine Flußbiegung schmiegte. Am Rande des riesigen Parkplatzes bremste Elvis und hielt an. An hohen Masten waren Flutlichtbatterien angebracht, auf dem Parkplatz standen Tausende von Autos.

Schon von weitem sah er Transparente und auf einige Autos gemalte Sprüche:

Elvis und nur Elvis
Elvis liebe ich immer & ewig
Elvis gehört mir!!!

»Sieh mal, was da auf uns wartet«, flüsterte er.

»Das ist eine Armee«, sagte Bill.

Hunderte, Tausende von Mädchen streiften zwischen den Wagen herum, schlenderten durch die Stadiontore rein und raus. Sie kümmerten sich nicht um das Jamboree, das schon im Gange war. In freudiger Erregung stolzierten sie umher.

Elvis sagte: »Brechend voll.«

Scotty hielt neben ihnen. »Mann, du ziehst sie an wie die Fliegen!«

Bill sagte: »Weißt du was, wir könnten rüberfahren, reinlatschen und uns einfach welche aussuchen.«

»Dafür ist später noch genug Zeit.« Elvis schaute über den flirrenden Asphalt. Dieser Auftritt würde anders sein. Etwas Neues lag in der Luft, das roch er. Jetzt warteten Tausende von Mädchen, nicht mehr Hunderte, sondern Tausende, nur auf ihn. Über dem verstärkten Geklimper aus dem Stadion hörte er ihr Kreischen und Kichern.

Das war Macht. Es war seine Musik, die vom Radio in die Leben dieser Mädchen getragen wurde. Jede einzelne hatte er irgendwie berührt. Vielleicht gefiel ihnen einfach sein Foto in der Zeitung, vielleicht liebten sie ihn genug, um ihm einen dieser parfümierten rosa Briefe zu schreiben, die sich zu Hause in den Kartons stapelten. Vielleicht träumten sie jede Nacht von ihm.

Bill hatte recht: sie waren eine Armee. Elvis' Armee. Seine Schallplatten würden sie bis zu dem Tage kaufen, an dem er aufhörte, Platten zu machen – wenn er sie nur weiter auf diese besondere Weise anrührte.

Er stieg wieder in den Caddy. Scotty fuhr vor, um das Stadion herum zum Südeingang, wo ein Polizist Elvis erkannte und sie durchwinkte. Bühnenarbeiter kamen und schafften die Ausrüstung durch einen Betontunnel in die Gator Bowl.

In der Garderobe ließ sich Elvis Zeit, brachte seine Frisur in

Ordnung, zog seine schwarze Leinenhose an, das steife weiße Hemd mit Klappkragen, den schmalen Seidenschlips, das prachtvolle neue, creme-gelbe zweireihige Jackett.

Scotty und Bill schlenderten herein.

»Hey, Jungs«, sagte er, »helft mir doch, meine neue Gitarre einzuspielen.«

Scotty bekam große Augen. »Woher hast du die denn?«

»Meine alten Herrschaften. Als Vorgriff auf Weihnachten«, log er. »Ihnen war peinlich, wie die alte aussah.«

Die nächste Stunde spielten sie herum, nur sie drei rissen ein paar Songs herunter und brachen lachend zusammen. Es war ein gutes Gefühl, nicht mehr im Wagen zu sitzen und nur für sich Musik zu machen, an einem Ort, wo sie einander hören konnten. Andere Musiker steckten die Köpfe herein und winkten zur Begrüßung, doch keiner unterbrach sie beim Musizieren.

Die Jungs zogen los, Colas suchen. Elvis übte Klavier spielen. Er eignete sich die Akkorde alter Gospelsongs an. Ray Charles würde er zwar nie werden, aber er spürte gern die Tasten unter seinen Fingern. Er sang »Swing Low« vor sich hin.

Ein Mann von der *Jacksonville Sun* kam vorbei, um ihn zu fotografieren – zehn, fünfzehn, zwanzig Blitzaufnahmen. Elvis nahm mit seiner Gitarre Aufstellung, mit Scotty und Bill, mit dem Bürgermeister von Jacksonville...

Zwei verängstigte vierzehnjährige Mädchen schlichen herein, um ihm eine Urkunde des örtlichen Elvis-Presley-Fanklubs zu überreichen. Elvis sagte: »Ich kann wirklich von Glück reden, daß ich hier unten so hübsche Fans habe.« Die Mädchen erröteten und flohen kichernd.

Allmählich kam er dahinter. Er mußte nur zu jedem etwas sagen, dann gingen alle zufrieden davon.

Eine Abordnung des Radiosenders WFLO traf mit einer Plakette ein: WILLKOMMEN – ELVIS PRESLEY – JACKSONVILLE 1955. Ein Journalist der *Jacksonville News* tauchte neben Elvis' Ellbogen auf. »Sagen Sie – Elvis –, was ist das eigentlich für ein Gefühl, berühmt zu sein?«

»Tja, Sir«, antwortete er, »sobald ich berühmt bin, lasse ich Sie's wissen.«

»Wußten Sie, daß einige Mädchen die ganze Nacht im Freien kampiert haben, um als erste in der Schlange für Ihr Konzert zu stehen?« fuhr der Mann fort.

»Nein, Sir, das wußte ich gewiß nicht.«

»Was halten Sie davon?«

»Tja, Sir, hoffentlich kommen sie rein«, sagte Elvis unter großem Gelächter.

Jemand rief: »Das reicht, danke Ihnen allen, nun wollen wir hier verschwinden, damit Sie sich vorbereiten können« – Colonel Tom Parker, der unter einem weißen Stetson mit der schwarzen Feder im Hutband alle überragte.

»Schön, euch zu sehen, Leute«, sagte er und rieb die Handflächen gegeneinander, während sich das Zimmer leerte. »Meine Güte, ich liebe ausverkaufte Veranstaltungen.«

»Jungs, ihr kennt Tom Parker«, sagte Elvis.

»Wie geht's denn so?« Der Colonel blieb in der Tür stehen. »Was dagegen, wenn ich mich vor der Show kurz mit Elvis unterhalte?«

Scotty sah Elvis an.

Der zuckte mit den Schultern.

Scotty sagte: »Klar, wie Sie wollen. Komm schon, Bill, gehen wir Instrumente stimmen.«

»Klar«, sagte Bill, »gehen wir stimmen.« Sie gingen, voller Mißtrauen.

»Colonel, ich muß ständig mit den Jungs zusammensein«, sagte Elvis.

»Vergiß es. Hast du über mein Angebot nachgedacht? Hast du mit deinen Eltern geprochen?«

»Hören Sie, es war Ihr Vorschlag, Scotty und Bill nicht zu verraten, was los war«, protestierte Elvis. »Wenn sie nicht wußten, daß was im Busch ist, dann wissen sie's jetzt.«

»Tjaaaa, ich hab mich ein bißchen für dich umgehört«, sagte Parker. »Wenn ich den Betrag kriege, von dem die Rede ist, werden diese Knaben und Sam Phillips dich mit Kußhand ziehen lassen. Wir werden ihnen die Trennung vergolden. Und dann sind wir dran.«

»Und was erzählen Sie Billy Ray?«

»Das laß nur meine Sorge sein«, entgegnete Parker. »Der ist ein Schlappschwanz. Heißt das, du antwortest auf meinen Vorschlag mit Ja?«

Elvis überlegte eine Weile, bevor er antwortete. »Ich glaube, Mama und Daddy kommen nach Little Rock«, sagte er. »Sprechen Sie mit ihnen, dann sehen wir weiter.«

Dann sehen wir weiter. Wieder so eine Nicht-Antwort.

Elvis wußte, sobald er den Vertrag mit dem Colonel unterschrieb, würden andere darunter leiden.

»Das ist gut, das ist gut, junger Mann«, sagte Parker. »Sag nichts mehr. Das ist für dich.« Er schob eins seiner grünen Geldscheindreiecke in Elvis' Hemdtasche. »Wir sind auf dem richtigen Weg. Von jetzt an übernehme ich. Du machst heute abend einfach die Mädels verrückt.«

»Hören Sie Colonel – danke für die Gitarre.«

»Nicht der Rede wert«, sagte Parker. »Ist nur ein Geschenk.«

Elvis öffnete die Tür. Scotty und Bill standen da und warteten.

Scotty sagte: »Elvis, wir dachten, wir wären alle gemeinsam in diesem Geschäft, darum halten wir nichts von diesem geheimnisvollen Getue hinter verschlossenen Türen, wenn du weißt, was ich meine.«

»Kommt rein, Jungs.« Elvis ging rückwärts in das Zimmer zurück. »Colonel, ich finde, da haben die Jungs nicht ganz unrecht.«

»Na klar«, sagte Parker. »Kommt rein, Jungs, kommt rein. Mach die Tür zu, Elvis. Also, mal sehen. Die Jungs hier sagen, ihr drei habt einen gemeinsamen Vertrag, und ihnen mißfällt, daß sie niemand nach ihrer Meinung fragt. Aber mein Standpunkt ist der, daß diese Jungs besser für das dankbar sein sollten, was sie haben.«

Elvis schnappte nach Luft. »Colonel!«

»Und sie sollten besser niederknien und beten, daß das so

bleibt.« Er zog eine Zigarre aus seiner Hemdtasche und steckte sie sich in den Mund.

Scotty und Bill waren sprachlos.

Der Mann war ein Bulldozer. Höflichkeit oder dezentes Vorgehen waren für ihn Fremdwörter; doch er wußte, was er wollte, und allmählich glaubte Elvis, daß er es vielleicht sogar bekam.

Er fühlte sich hilflos, ein Gefühl, das er kannte, wenn seine Mutter ihm sagte, was er zu tun hatte.

Scotty fragte: »Elvis, spricht er für dich?«

»Nein, Scotty.« Elvis ließ sich auf einen Stuhl fallen. »Er spricht für sich. Er will, daß ich mich vertraglich an ihn binde, und ich hab mich noch nicht entschieden.«

»Prima, danke, daß du's uns verraten hast«, sagte Bill.

»Hört mal, Jungs, es ist gerade eine Menge im Busch.« Elvis griff nach seiner Gitarre. »Zunächst einmal müssen wir einen Auftritt hinter uns bringen.«

Bill sagte: »Vielleicht muß du einen Auftritt…«

Scotty legte ihm eine Hand auf den Arm. »Ganz ruhig, Bill. Es ist auch unser Auftritt.«

Der Colonel sagte: »Wir unterhalten uns nach der Show weiter.«

Elvis öffnete die Tür, während eine Beifallswoge aus dem Stadion hereinschwappte, der letzte Applaus für die Wilburn Brothers und die ersten Kreischer der Mädchen, die wußten, wer als nächstes kam.

In dem kleinen Hof zwischen dem Tunnel und der Bühne bildete sich noch eine Menschenmenge: ein Reporter des Senders WROR stellte Fragen, drei oder vier Fotografen blitzten mit ihren Blitzlichtgeräten, der örtliche Promoter, dessen Frau, ihre zwölfjährige Tochter mit drei wie vom Donner gerührten Freundinnen und so weiter.

Elvis schaltete auf höflicher Automatik-Mann. Er lächelte und unterschrieb und nickte und stellte sich in Pose und sagte Sir und Ma'am.

Scotty und Bill standen daneben und stimmten ihre Instrumente.

Elvis wußte, vorhin in der Garderobe war ein äußerst wichtiges Band durchschnitten worden, aber nicht er hatte es durchtrennt. Er konnte nicht ändern, was Tom Parker sagte.

Er würde liebend gern sein restliches Leben lang Abend für Abend mit Scotty und Bill Musik machen, falls es sich so ergab. Falls nicht, wäre es nicht seine Schuld. Er mußte seine Karriere in die Hände eines Menschen legen, der damit umgehen konnte.

»Entschuldigung, Leute«, sagte er zu der kleinen Versamlung, »wir müssen jetzt an die Arbeit. Jungs?«

Bill nickte. Scotty lächelte grimmig.

Elvis schlang sich die Gitarre um den Hals. Er atmete tief durch. Er stürmte gern auf die Bühne und übernahm gleich von Anfang an die Kontrolle.

Er lief aus der Dunkelheit hinter der Bühne in das Zentrum eines Wirbels gleißend heller Lichter, in ein wüstes Geheul wie von Wölfen.

Der Krach brachte ihn aus dem Gleichgewicht. Ein Kreischen, das einem die Haare zu Berge stehen ließ, sogar seine eigenen Haare richteten sich auf. Das heiße Licht konzentrierte sich auf die Bühnenmitte. Ein Mikrofon.

Wenn sich in diesem großen Rund aus Gesichtern achtzehntausend Menschen befanden, waren zwölftausend von ihnen bestimmt junge Mädchen, die aus voller Kehle brüllten.

Sie schrien nicht mehr. Es war Gebrüll, am Rande eines fiebrigen Deliriums.

In Bills Gesicht trat sein breites dümmliches Lächeln, als er einen Schritt zurückging, von der Mauer aus Krach zum Schwanken gebracht. Scotty grinste über sein ganzes Gesicht. In diesem ersten elektrisierenden Moment löste sich die Spannung von vorhin in nichts auf.

Elvis schnappte sich das Mikrofon. »Hallo, Freunde«, sagte er. Er konnte sich selbst nicht hören – als riefe man in einen hundertvierzig Stundenkilometer schnellen Sturm. Er bedeutete den Tontechnikern, die Monitorboxen aufzudrehen.

Sie fummelten und stellten nach. Er probierte es noch mal,

»Danke, Freunde«, doch es gab nicht genug Verstärker in Florida, um diesen Höllenlärm zu übertönen.

Er grinste den Jungs zu, tippte mit dem Fuß auf den Boden, und ein Schrei kam auf, OOOOOHHHH, als überquerte ein Wagen den Scheitelpunkt einer Achterbahn. Der Tumult ließ so weit nach, daß er einen Augenblick lediglich Scottys Gitarre hören konnte, und schon legte Elvis los und stimmte »That's All Right Mama« an.

Eigentlich war es egal, wie er klang, da ihn sowieso niemand hörte... aber sechsunddreißigtausend Augen ruhten auf ihm, und er konnte ihnen auf jeden Fall etwas zu sehen geben. Keine Zurückhaltung, kein Zögern – nicht heute abend! Nicht, wenn sie dermaßen nach ihm kreischten!

Er stand nicht eine Sekunde still. Bei jedem Song sollten sie den wilden Elvis bekommen.

Er hopste und hüpfte umher, ruckelte mit dem Arm wie mit einer Schaukel, das Bein untergeschlagen – was dazu führte, daß sie auf und nieder sprangen, mit den Händen in die Luft griffen.

Er fiel auf ein Knie, sprang wieder hoch und machte weiter. Sich selbst konnte er nicht hören. Die in Bühnennähe stehenden Mädchen griffen nach ihm, kreischten und heulten und flehten nach ihm. Er grinste spöttisch. Sie waren hingerissen. Sie kreischten vor Qual.

Abrupt stimmte er »Let's Play« an. *Bub-buh-buh-b-b-b-bay-buh!* Die Lautstärke des Kreischens ließ nie nach, Welle auf Welle schwappte die Hysterie herein wie die Sturmböen bei einem Gewitter. Das war eine neue Qualität des Irrsinns. Elvis kontrollierte sie mit dem kleinen Finger.

Come on now
A-let me show you how
It's the difference 'tween night and day –
Bay-beh let's play!

Würde er ihnen befehlen, mit Geld nach ihm zu werfen, würde er vom Münzregen erschlagen werden.

Endlich mußten sie mit dem Gekreische aufhören, um Atem zu holen. Elvis beeilte sich, seine kleine Rede unterzubringen. »Vielen Dank auch, möchte sagen, wie gern wir hier in Jacksonville sind, uns freuen, euch alle zu sehen, danke, daß ihr hier seid – jetzt möchten wir euch einen neuen Song vorstellen –« Der Rest des Satzes ging in dem wieder anschwellenden Geschrei unter.

Der Song war »Mystery Train«, doch das wußten die Mädchen nicht – sie wußten nur, daß Elvis bei den schnellen Passagen herumsprang und -schlenkerte, was sie zum Kreischen brachte.

Elvis lockte sie so weit, bis es fast gefährlich wurde. Dann bremste er ab, wackelte mit dem Bein und riß den Song herum zu seinem fulminanten Schlußrefrain, womit er sie alle wieder auf Touren brachte.

Er war so lebendig wie sonst niemand auf der Welt. Er hatte sie alle heiß gemacht, sie waren außer sich, hatten jede Kontrolle verloren, so sehr wollten sie ihn, direkt hier vor ihren Mamas, Daddys, Pfarrern und der Polizei von Jacksonville. Sie waren ein Meer aus offenen Mündern, liebestollen Augen, Lust, Verlangen und Angst.

Elvis' Bewegungen suggerierten ihnen, daß er sie wollte – eine von ihnen, sie alle. Er schob die Hüfte vor. Er schüttelte das Bein, als stünde es in Flammen. Das Kreischen erreichte Orkanlautstärke.

Er stimmte »Good Rockin' Tonight« an, gefolgt von »Lawdy Miss Clawdy«, »Maybellene« und »Hurtin' Time« – *Well I can feel it in-a my heart, ever since-a we broke apart – it's hurtin' time…* Mehr als dann und wann einen Satz konnte er nicht hören.

Er wollte nicht Schluß machen. Er liebte jedes einzelne dieser Mädchen. Er verbeugte sich tief, wandte sich halb ab, verbeugte sich erneut und bückte sich zum Mikrofon. »In Ordnung, Mädchen, gute Nacht!« rief er, winkte und sagte im Gehen: »Wir sehen uns alle hinter der Bühne!"

Das hätte er besser nicht gesagt.

Trotz des enormen Lärms hörten ihn die Mädchen irgendwie.

Sie nahmen ihn beim Wort.

Neun von ihnen sprangen auf die Bühne und stolperten schreiend, mit ausgestreckten Händen, auf Elvis zu.

Hinter ihnen her ergoß sich eine wahre Mädchenflut über die Bühne.

Elvis erstarrte.

Aus den ersten zwanzig Reihen der Gator Bowl löste sich eine wilde Mädchenlawine, ganz versessen darauf, ihn zu erwischen.

Scotty und Bill verdrückten sich mit entsetzten Blicken.

Zwischen Elvis und dem Tunnel zur Garderobe lag ein offener Korridor. Er warf seine Gitarre einem Bühnenarbeiter zu und versuchte, sich in Sicherheit zu bringen.

Der Schwarm verfolgte ihn.

Ein Mädchen bekam ihn mit einer Hand zu fassen. Drei andere verstellten ihm den Weg. Er saß in der Falle. Ihm kam der Gedanke, daß sie ihn töten könnten. Jetzt kreischten sie, schrien seinen Namen. Hinter ihnen schob sich eine ganze Mauer von Mädchen heran, wirbelte um ihn herum, riß ihn an den Haaren. Eine von ihnen schnappte sich seine Krawatte. Dann das Taschentuch, das Jackett. Ein Ellbogen stieß zu. »Hey, aufhören! Hey, das tut weh!«

Er roch Parfüm, Zahnpasta und Schweiß. Er versuchte einen Ausfall – weg da, Achtung, jetzt komm ich, aus dem Weg! –, aber sie kreischten und zogen an seinen Haaren, rissen an seinem Hemd. Er verlor einen Schuh. Großer Gott: Finger fummelten an seinem Gürtel. Wenn er jetzt nicht den Abgang schaffte, würden sie ihn nackt ausziehen, und was dann?

»Nichts für ungut, Mädels«, brüllte er, hielt sich den Arm wie bei einem Football-Block vor den Körper, schloß die Augen und stürmte vorwärts, wobei er zwei von ihnen übel rammte. Sie fielen zu Boden. Jemand packte sein Hemd am Rücken. »Laßt mich los!« Er zog fest. Das Hemd riß am Rücken entzwei. Mädchen kreischten ihm ins Ohr.

Wie ein Hürdensprinter sprang er über die am Boden liegenden Mädchen hinweg. Er lief um sein Leben.

Die Horde kam johlend hinterher. Er schob einen Fotografen aus der Tür seiner Garderobe, sprang hinein, schmiß die Tür ins Schloß, verriegelte sie.

Auf der anderen Seite Klopfen, Geschrei.

Falls sie durch diese Tür kämen, wäre er geliefert. Hektisch sah er sich um, suchte nach irgendwas, um das zu verhindern.

Er schnappte sich zwei Metallstühle und stellte sie schräg vor die Tür. Der Tumult, das Klopfen und Schreien wurden lauter.

Von der Wand gegenüber zerrte er zur Verstärkung seiner Barrikade einen Tisch vor die Tür. Rauhe männliche Stimmen mischten sich unter die der Mädchen – die Polizei?

Er lehnte sich gegen den Tisch, rang nach Luft. Sein Hemd, sein neues Jackett zerfetzt. Blut aus einer Wunde unter dem Kinn. Seine Armbanduhr und beide Schuhe waren weg, sein Herz wummerte heftig. Jenseits der Tür herrschte Chaos.

Er wollte zwar ein großer Star sein, der weltgrößte verdammte Star, hatte sich aber nicht im Traum gedacht, daß sie ihn in Stücke reißen würden. Was für einen Irrsinn hatte er da bloß in Gang gesetzt? Er wackelte mit dem Bein. Er sang. Er gab sich frivol und spielte den Narren. Er sang gewagte Songs und zuckte mit dem Becken.

Schon immer hatte der Zauber in ihm gebrodelt und gekocht, hatte nur darauf gewartet, daß die richtige Ansammlung von Mädchen vorbeikam und durchdrehte. Er war derselbe Junge geblieben, aber nun war die Welt um ihn her verrückt geworden.

Tief in Elvis' Angst entstand ein Lächeln, das wuchs und sich über sein Gesicht ausbreitete.

Das war kein gewöhnlicher Abend in Jacksonville, Florida.

Auf einmal klang das Klopfen und Schreien wie Musik in seinen Ohren. Ein von Mädchen verursachter Krawall – was gab das für Zeitungsschlagzeilen! Billy Ray Jordan aß wahrscheinlich in diesem Moment sein zerknittertes Hemd.

Mach das nach, Billy Ray, alter Knabe, dachte Elvis. Mach *das* nach.

Ein Polizist schrie Elvis zu, er solle sich nicht vom Fleck rühren, während sie den Bereich sicherten. Ein, zwei Minuten später legte sich die Unruhe allmählich.

Er rückte die Möbel dahin, wo sie gestanden hatten.

Er öffnete die Tür einen Spalt. Im Flur standen zehn oder zwölf verstört aussehende Polizisten.

»Hey, Leute«, sagte er, »ist die Luft rein?«

Ein Sergeant ergriff das Wort. »Mr. Presley, wir werden Sie jetzt zu Ihrem Fahrzeug begleiten. Dahinten haben wir die Lage jetzt so ziemlich im Griff. Eine Zeitlang war es ziemlich brenzlig.«

»Hören Sie, tut mir leid, daß ich Ihnen so viel Umstände gemacht habe«, sagte Elvis. »Ich hab noch nie erlebt, daß sie sich so aufgeführt haben.«

Noch mehr Polizisten marschierten in den Flur, gefolgt von Scotty und Bill.

Elvis begrüßte sie mit: »Sieht so aus, als hätten wir einen Tumult augelöst.«

Bill lachte verblüfft. »Mein Gott, El, was ist passiert? Hat dich ein Rudel Katzen angefallen?«

»Mein neues Jackett...« Er hielt die zerrissenen cremegelben Reste hoch. Zu seiner Freude entdeckte er seine Gibson fest in Scottys Hand. »Hätte wohl besser mein großes Maul gehalten, hm, Jungs?«

Eine Phalanx Polizisten eskortierte sie durch den Bauch des Stadions nach draußen, vorbei an einem hohen Maschendrahtzaun. Auf der anderen Seite des Parkplatzes sah Elvis eine Horde Mädchen, die von einer Reihe Polizisten im Zaum gehalten wurden.

Er ging um eine Ecke zu seinem Wagen.

Sein neuer Cadillac. Ruiniert. Antenne und Kühlerfigur abgerissen. Lippenstiftschmierereien auf der Windschutzscheibe, ELVIS ICH LIEBE DICH FÜR IMMER DEINE DOT. Der ganze Wagen von einem Netz aus Kratzern überzogen. Mit Schlüsseln und Nagelfeilen Herzchen in den Lack gekratzt. EP + ASL. DEBBIE LOU SUSIE, YVONNE, MARY LYNN, ALICE, SALLY, BETTY.

Das waren seine Fans. Sie liebten ihn. Sie wollten sichergehen, daß er es wußte. Alle beobachteten sein Gesicht.

Er grinste. Niemand brauchte zu wissen, wie schnell sein Herz schlug. »Das geht in Ordnung«, sagte er und rutschte hinter das Lenkrad. »Das bedeutet nur, daß sie mich mögen.«

37

Mit dem ramponierten Cadillac fuhr Elvis unverzüglich nach Memphis, in seine alte Wohngegend, zu Red Wests heruntergekommenem Mietshaus in der Georgia Street. Er hupte. Red schlenderte durch den Garten, groß und mit Wampe, fröhlich wie eh und je.

»Hey, Frankie«, rief er, »hab grade von dir gelesen! Klingt, als hättest du dich unten in Florida köstlich amüsiert.«

Elvis quälte sich aus dem Wagen. Auf der gesamten Länge seines Rückens knackten Gelenke. »Sieh dir mal meinen Wagen an«, sagte er.

»Ja, ich seh's. Mann, den haben sie sich vorgeknöpft, was? Hoho! Grüß dich.« Red schlug ihn auf die Schulter und hockte sich hin, um die in den Lack gekratzten Botschaften zu entziffern. »Da brauchst du wohl eine neue Lackierung.«

»Ich glaube, ich brauche mehr als das«, sagte Elvis.

»Och, mir kommen die Tränen, Frankie, wirklich«, sagte Red. »Sieh dir das an! ›Ich liebe dich Elvis, Wanda Faye.‹ ›Sei mein.‹ ›Ewig dein.‹ Hier steht eine verdammte Telefonnummer!« Er zeichnete mit dem Finger eine Botschaft nach. »Lernst du mal irgendwelche von diesen Mädchen *kennen*?«

»Ich hab vorgestern abend in der Gator Bowl dreihundert von denen kennengelernt«, antwortete Elvis. »Sie haben mich fast in Stücke gerissen.«

»Komm rein, mein Junge, ich wollte grade 'n Bier aufmachen«, sagte Red.

»Erzähl mir bloß nicht, was ich für ein Glück habe«, sagte Elvis. »Ich könnte kotzen, so satt hab ich dieses Gerede.«

»Tut mir echt leid.« Red ging zur Haustür. »Das sind wirklich gefährliche Weiber, wenn sie über dein *Auto* herfallen.«

Elvis folgte ihm ins Haus. Hätte er nicht seine Musik, würde er wahrscheinlich genauso leben: schmutzige Unterwäsche auf dem Fußboden, im Fernseher flimmerte ein Boxkampf, leere Bierflaschen, mit Reißnägeln befestigte Bettlaken als Vorhänge. Nach den unwirklichen Nächten unterwegs war es ein seltsames Gefühl, in das normale Alltagsleben eines anderen Menschen zu treten.

Er räumte Hemden von einem Stuhl und setzte sich. »Machst du immer noch dieselbe Arbeit, Red?«

»Ja, man sollte meinen, daß man mit 'm High-School-Abschluß was Besseres anfangen könnte als Schiffe beladen, aber da werden starke Männer gebraucht. Ich bin stark. Ich kriege mein Geld.« Red ließ sich auf der durchgesessenen Couch nieder und öffnete mit einem Knall eine Flasche Schlitz-Bier. »Willst du eins?«

»Nein, danke, im Moment nicht.« Auf der gesamten Fahrt von Jacksonville hatte Elvis seinen Teil dieses Gesprächs geübt. »Gefällt's dir da unten?«

»Eins fünfundsiebzig die Stunde.« Red nahm einen kräftigen Schluck. »Könnte ruhig mehr sein. Warum? Hast du 'n Job?«

»Schon möglich«, antwortete Elvis. »Diese Geschichte in Jacksonville – Mann, das hat mich geschafft. Da war zwar jede Menge Polizei, aber keiner war auf das vorbereitet, was dann geschah. Ich hatte Angst und schäme mich nicht, dir das zu sagen. Hatte ich wirklich. Diese Mädchen waren am Ruder. Soll heißen, sie waren außer Rand und Band. Die Kleider haben sie mir vom Leib gerissen, und hier hab ich einen dicken Kratzer, siehst du? Am ganzen Körper bin ich von blauen Flecken übersät. Ein paar mußte ich niederschlagen, um nicht totgetrampelt zu werden. Ein Wunder, daß niemand verletzt wurde und mich ins Gefängnis hat werfen lassen oder so was.«

»Ja, ich verstehe, was du meinst«, sagte Red. »Hört sich vermutlich viel besser an, wenn das nicht einem selber zustößt.«

»Und es sind nicht bloß die Mädchen«, sagte Elvis. »Auf einmal lungern überall ihre eifersüchtigen Freunde herum, die mich verdreschen wollen.«

Red grinste. »Mann, das tut mir aber leid.« Er hob die Hände. »Ich hab's versprochen, ich weiß. Aber das ist nun mal das *angenehmste* Problem, von dem ich je gehört habe.«

»Also schön, jetzt hast du's einmal gesagt, das reicht«, sagte Elvis. »Willst du's selber erleben? Ich brauche jemanden, der mich begleitet und verhindert, daß die Mädels mich umbringen. Du bist groß und intelligent. Außerdem bist du so ziemlich mein ältester Freund. Ich hätte gern, daß du das machst. Das wäre dann wieder genauso wie in unserem Footballteam.«

Red beugte sich vor. »Ich soll dir einen Haufen kleiner Mädchen vom Leib halten? Als so 'ne Art Leibwächter?«

»Nenn es wie du willst. Du kannst die Auftrittsorte überprüfen, na ja, wo ich auftreten soll, kannst mit der Polizei zusammenarbeiten. Und sie mir vom Leib halten.«

»Die Arbeit wird bezahlt, stimmt's?«

»Sobald du zustimmst, rede ich sofort mit Colonel Tom«, sagte Elvis. »Bei uns ist garantiert mehr drin als eins fünfundsiebzig die Stunde. Na los, Red, ich brauche dich.«

»Ich weiß nicht recht«, sagte Red. »Du bist ständig unterwegs. Schließlich hab ich hier selber das eine oder andere Mädchen. Was sollen die mit sich anstellen, während ich weg bin?«

»Also, ich weiß auch nicht, was sie tun könnten«, sagte Elvis, »aber wenn du uns begleitest, kriegst du so viele verrückte junge Mädchen, wie du willst. Wirst schon sehen.«

»Ich glaube, du hast mich gerade überzeugt, Frankie.« Reds Grinsen enthüllte eine fröhliche Zahnlücke in der Mitte. »Wann kann ich anfangen?«

»Der nächste Auftritt ist Freitag in Monroe, dann wieder zurück hierher, dann geht's, glaub ich, nach Texas«, sagte Elvis. »Du kannst mit mir fahren. Ach ja, noch was. Nichts Wichtiges, aber... sag nicht mehr Frankie. Elvis reicht. Oder El. Ist mir egal.«

Reds Grinsen verschwand. »Klar, Elvis. Ganz wie du willst.«

Elvis stand auf. »Ich ruf dich heute abend an, wenn ich mit

dem Colonel gesprochen habe. Und noch was, Red. Danke. Du wirst es nicht bereuen. Wir werden uns prima amüsieren.«

Elvis und Red räkelten sich auf roten Sofas in der Razorback Suite des Star-Lite Motor Lodge und begafften ein Nacktfoto von Marilyn Monroe in der neuen Zeitschrift *Playboy*, als Gladys und Vernon ohne anzuklopfen das Zimmer betraten. Elvis sprang auf und versteckte die Zeitschrift unter der Couch. »Hey, Daddy, hey, Mama, wir suchen euch schon den ganzen Nachmittag!«

Er umarmte sie und machte ein Mordsgetue. Red stand grinsend daneben.

»Dein Vater wollte in dem neuen Auto nicht mehr als siebzig Stundenkilometer fahren«, sagte Gladys und nahm ihren Hut ab. »Ich habe ihm gesagt, die Fahrt würde ewig dauern, und so war es auch. Hallo, Red. Schön, dich zu sehen.«

»Hallo, Miz Presley«, sagte Red.

»Wirklich nett von dir, daß du dich so um Elvis kümmerst«, sagte sie. »Da kann ich nachts besser schlafen.«

»Danke sehr, Ma'am...«

Elvis dachte: Sie sieht aus, als hätte sie seit Wochen kein Auge zugetan. Er warf einen Blick nach draußen. »Hey, hey, seht euch mal das Auto an! Hey, Daddy, schicker Wagen.« Es war ein regelrechtes Haus auf Rädern, ein schwarz-rosa 54er Ford mit großen, gewölbten, verchromten Stoßstangen.

»Ich kann mich an so 'n großes Auto nicht gewöhnen«, sagte Vernon. »Du weißt doch, wie lange ich den Plymouth gefahren habe.«

Das Geld stammte von Tom Parker und war einzig und allein dazu bestimmt, Gladys und Vernon stilvoll nach Arkansas zu befördern. Er hatte diesen Besuch generalstabsmäßig geplant. »Ich will verdammt noch mal sichergehen, daß es ihnen gefällt«, sagte er. Er befragte Elvis des langen und breiten nach Gladys' Lieblingsfarben, -essen und -rundfunkstars, kümmerte sich dann persönlich um jedes Detail. Er hatte etwas vor, irgendein As im Ärmel, das er geheimhielt.

»Tja, du hast das Auto ausgesucht, Vernon«, sagte Gladys gerade. »Mir unbegreiflich, daß du zu ängstlich bist, es zu fahren.«

»Ich lasse euch wohl besser in Ruhe Neuigkeiten austauschen.« Red eilte zur Tür. »Ich muß den stellvertretenden Polizeichef finden und mich um die Absperrungen kümmern.«

Elvis begleitete ihn zur Tür. »Hol mich in einer Stunde ab«, murmelte er. »Vielleicht mußt du mich retten.«

»Wird gemacht, Boß.« Red ging zu seinem Wagen.

Der Colonel hatte die Razorback Suite mit Blumengebinden, Pralinen und einer Flasche echtem Champagner in einem verchromten Sektkübel ausgestattet. Gladys stand da, Hände in die Hüften gestemmt, und sah sich um. »Seht euch das bloß mal an.«

»Das ist vom Colonel.« Elvis wuchtete die Koffer über die Schwelle. »Er freut sich wirklich darauf, euch kennenzulernen.«

»Hier drin sieht's aus wie im Zirkus«, sagte Gladys, konnte aber der offenen Schachtel Kirschpralinen nicht widerstehen. »Du weißt ja, das ist meine Lieblingssorte. Und weiße Rosen...«

»Ich weiß. Er hat mich nach deinen Vorlieben gefragt.«

Vernon probierte das Bett aus, machte sich lang. »Das ist wirklich edel, Sohn. Was mag das wohl pro Nacht kosten?«

Das rosa Telefon klingelte. Elvis nahm ab.

Es war Tom Parker aus seiner Kommandozentrale, zwei Türen weiter. »Ob ich wohl rüberkommen kann?«

»Klar«, sagte Elvis, »kommen Sie ruhig.«

Noch ehe Vernon aufstehen konnte, stand der massige Mann händeschüttelnd im Zimmer und sagte zu Gladys: »Hallo, Gott segne Sie, Ma'am«, und: »Guten Tag, Mr. Presley, schön, Sie endlich kennenzulernen«, plauderte und schwenkte so lebhaft die Hände, wie es Elvis bei ihm noch nie erlebt hatte.

Die Zigarre blieb in seiner Hemdtasche. Eine halbe Stunde lang thronte er auf einem winzigen rosa Stuhl mit herzförmiger Rückenlehne und plauderte mit den Presleys. Er gab sich jovial und herzlich. Man sah förmlich, wie er den Charme des Showmans versprühte – eine aalglatte Zunge, ein geistreicher Spruch. Er erkundigte sich nach der Anfahrt, dem Wetter in Memphis.

Kein Wort über Geschäftliches. Er reichte ihnen Sonderausweise für ihre Sitze in der ersten Reihe bei dem Konzert am selben Abend, und, übrigens, am Sonntag würde er gern ein paar Minuten mit ihnen zubringen – er habe eine besondere Überraschung vorbereitet. Doch das war nicht alles: Er hatte einen Wagen gemietet, um sie am Abend in das feinste Steakhaus von Little Rock einzuladen, während Elvis sich auf seinen Auftritt vorbereitete.

Gladys sagte: »Das ist wirklich nett von Ihnen, Mr. Parker«, aber ihr Mund bildete einen skeptischen Strich. Sie war noch nicht erobert.

Red fuhr den frisch lackierten Cadillac. Elvis saß hinten, damit er sich rechtzeitig hinlegen konnte. Scotty, Bill und der Schlagzeuger fuhren in einem eigenen Wagen zum Arkansas Coliseum; an sie machte sich niemand ran.

»Paß auf«, sagt Red, »ich erzähl dir die Planung. Es ist eine große Halle, Platz für schätzungsweise zwanzigtausend Leute. Wir haben fünfzig Polizisten aus Little Rock und ein Dutzend Hilfssheriffs, dazu kommen etwa zwanzig Freiwillige. Das sind die mit den roten Mützen. Wir bringen dich durch eine Unterführung rein. Wir fahren direkt drunter durch, so daß du überhaupt niemand zu sehen bekommst. Der gesamte unterirdische Bereich ist angeblich abgesichert.«

Elvis fummelte an seinem Schnürsenkel herum. »Wie viele baust du vor der Bühne auf?«

»Fünf«, sagte Red. »Wir haben Jimmy, Kyle, mich und zwei andere Typen, die zu mir stoßen sollen. Ich glaube, wir haben die Sache im Griff.«

»Ich sag dir was, Red, es hört sich verdammt danach an.« Elvis hatte gleich gewußt, daß Red der richtige Mann für diesen Job war. Nach einem Monat klang er wie ein Agent des Secret Service.

»Man muß es nur rechtzeitig ausarbeiten«, sagte er gerade. »Eigentlich ist gar nichts dabei. Die Hauptarbeit hat der stellvertretende Polizeichef gemacht.« Er straffte die Schultern und spähte durch die Windschutzscheibe nach vorn. »O weh. Jetzt geht's los. Jetzt heißt es gut's Nächtle, Elvis.« Er überprüfte, ob die Türen auch verriegelt waren.

Vor ihnen, in dem bläulich-dunstigen Lichtbogen, umgab eine große Mädchenmenge die Einfahrt in den abwärts führenden Tunnel, die von Polizisten bewacht wurde. »Bis gleich dann«, sagte Elvis. Er machte sich auf der Rückbank lang und zog die weiße Baumwolldecke über den Kopf. Er kam sich ein wenig albern vor.

Er hörte das aufgeregte Gebrabbel weiblicher Stimmen, als Red das Fenster herunterkurbelte. »Hallo, ich bin Red West, ich glaube, wir werden erwartet.«

»Ja, Sir, wir werden versuchen, den Weg freizumachen«, sagte eine schrille Stimme. »Also dann, ihr Mädchen müßt jetzt zurücktreten, weg von den Absperrungen, bitte! Tretet bitte von den Absperrungen zurück, und laßt das Fahrzeug durch!«

Elvis lächelte vor sich hin. Das ist alles für dich, Junge, das ist alles nur für dich.

An den Geräuschen merkte er, daß das Auto umzingelt war; er spürte, wie sie mit Röntgenaugen durch die Fenster, durch die Decke starrten. Als Red gerade auf das Gaspedal trat, kreischte ein Mädchen: »Er ist da drin! Er liegt hinten!«, woraufhin ein vielstimmiges wüstes Gekreische anhob.

Mädchen umzingelten den Wagen, schlugen gegen die Fenster. Elvis riß sich die Decke vom Gesicht und setzte sich. Gesichter preßten sich gegen das Glas, Mädchen weinten, pochten. »Fahr, Mann, fahr!«

Red trat das Pedal durch und brauste in den Tunnel, doch die polizeiliche Absperrung am Eingang war durchbrochen. Eine Welle von Mädchen schwappte hinter ihnen her die Einfahrt hinunter.

»Großer Gott!« Red linste über seine Schulter. »Großer Gott!«

»Alles in Ordnung«, sagte Elvis, »alles in Ordnung...«

Doch dann kamen sie ans Ende der Einfahrt, und weiter ging es nicht. Die Horde verschluckte sie, stieg auf die Motorhaube, kreischte und klopfte. »Elvis! Elvis!«

»Bleib im Wagen!« rief Red. »Wir bleiben einfach im Wagen, bis diese Jungs hier runterkommen!«

Elvis wußte, das Glas würde jeden Augenblick nachgeben. Was wollt ihr, Mädchen? Wollt ihr mich in Stücke reißen? In diesem Moment sollte er eigentlich in seiner Garderobe sein und ein Kirchenlied singen, zur Ruhe kommen.

»Wir müssen ins Gebäude laufen!« schrie er. »Sie reißen das Auto in Stücke!«

Red sah sich hektisch um. Er war ein guter Bodyguard, aber diesen Wirbelsturm konnte selbst er nicht aufhalten. »Okay«, sagte er. »Okay.« Er wand sich auf den Rücksitz, ging neben der Tür in die Knie. »Also gut, ich mach sie auf, gehe raus, und du kommst sofort hinter mir her«, sagte er. »Nicht stehenbleiben. Die Tür nicht schließen. Geh einfach los. Mir nach. Los geht's – eins, zwei, drei ...«

Er trat dieTür auf, warf sich in die Menge. Elvis folgte ihm dicht auf den Fersen. Die Mädchen stießen einen lauten schrillen Schrei aus. Der Anblick Elvis', wie er in ihr Chaos trat, verblüffte sie gerade lange genug, daß sich Red eine Lücke bot.

Elvis wich ihm nicht von der Seite. Red beugte sich vor, nahm seine beste Körperhaltung als Football-Fullback ein und bahnte sich eine Bresche durch dieWildnis. Sie durchbrachen eineTür, danach eine Reihe wankender Polizisten, schließlich bogen sie um eine Ecke und befanden sich in Sicherheit.

Sie krümmten sich, schwer atmend. »Mein Gott«, sagte Red. »Jetzt ver... jetzt verstehe ich, was du meinst. Die sind verrückt! Sie haben den Verstand verloren! Sieh dir dein Hemd an!«

Der linke Ärmel baumelte nur noch an einem Faden. EinTeil des Kragens war abgerissen. Elvis grinste. »Das ist ein altes von Daddy. Scotty und Bill bringen mein Kostüm mit. Ich hab's dir doch gesagt, Red. Das hab ich in der Gator Bowl schon mal mitgemacht.«

»Sie können versuchen, einem die Augen auszukratzen, aber man darf sie nicht mal schlagen, verstehst du?« sagte Red. »Herrgott!« Er lief los, um mit der Polizei den Cadillac vor Schlüsseln und Lippenstift zu schützen.

Elvis richtete sich auf. Der Tumult hallte in den Flur hinein.

Breit grinsend und mit einem Stapel Zwanzig-mal-fünfundzwanzig-Zentimeter großen Elvis-Fotos kam Tom Parker auf ihn zu. »Hallo, mein Junge!« sagte er, »haben sich deine Eltern gut eingewöhnt?«

»Ja, ich auch, aber die Mädchen hätten's mir eben fast wieder abgewöhnt.« Er hielt den abgerissenen Ärmel hoch.

»Sind denn viele da hinten?« Der Colonel wirkte zufrieden.

»Red hilft der Polizei, sie vom Auto runterzuholen.«

»Halt, Moment mal«, sagte Parker und ging in Richtung Einfahrt, »schafft sie noch nicht raus! Die wollen bestimmt Fotos kaufen!«

Elvis machte seine Garderobe ausfindig. Der örtliche Promoter hatte einen großen Rosenstrauß geschickt, eine eisgefüllte Wanne mit Cokes, ein Tablett mit Schnittchen, Käse und Gewürzgurkenscheiben.

Elvis machte sich ein großes, doppelt belegtes Sandwich und nahm es mit zum Klavier. Er aß es, während er sich die Akkorde zu »Home in the Valley« suchte. Er dachte darüber nach, wie seltsam das Leben war, das man zur Hälfte in Gesellschaft eines hysterischen Mobs und zur anderen Hälfte allein verbrachte. Es mußte irgendein Leben dazwischen geben.

Er zog das grellrosa Hemd mit den Perlmuttknöpfen an, die rosa Hose mit schwarzen Aufschlägen, das schwarze Gabardinejackett, weiße Krawatte, weiße Stiefel, einen weißen Gürtel. Er wollte schick aussehen. Seit damals im Pavillon des Overton Parks hatte ihn seine Mutter nicht mehr auftreten sehen.

Scotty und Bill kamen an, sie waren herausgeputzt und bereit, wie D. J. Fontana, ihr neuer Drummer. D. J. war ein stiller freundlicher Zeitgenosse aus Covington in Tennessee; er hatte breite Schultern und einen sanften Charakter. Er sorgte für den unwiderstehlichen Backbeat. Auf der Bühne schien er die Hysterie überhaupt nicht zu bemerken. Er schlug einfach auf seine Trommeln und wirkte, als sei er glücklich darüber, da zu sein, wo er gerade war.

Er fummelte an seinem Schlagzeug herum, während die

Jungs Instrumente stimmten, Songbruchstücke anspielten, dann auf die rechte Bühnenseite schlenderten, um die Ansage abzuwarten.

Der Ansager rief: »Hier ist er, Jungs und Mädchen, auf den ihr gewartet habt...«, und das Gekreische setzte ein.

Elvis lief in das Licht. Ganz links, hinter einer Reihe Polizisten, entdeckte er Vernon und Gladys.

Er winkte und machte eine spezielle Verbeugung.

Dann griff er sich das Mikrofon, jaulte *train traiiiiiin*... und vergaß alles außer der Musik.

Er zuckte und hüpfte, brachte sie von Anfang an aus dem Häuschen. Weil ihm die großen Peavey-Monitorboxen ins Gesicht dröhnten, hörte er sogar Bills Baß und Scottys Gitarre. Am allerbesten war, daß er D. J. fest auf die Häute hauen hörte – trotz all des Lärms konnte ihm jetzt der Takt nicht verlorengehen.

Er stimmte »Good Rockin' Tonight« an. Er sah zwar seine Mutter da drüben, hatte aber keinen Schimmer, was sie gerade denken mochte.

Have you heard the news?

»Tutti Frutti« und »Maybellene«. Keine langsamen Songs. Nur kurze, heiße, schnelle, rockige Songs. »If I Ever Hear Your Name«. Sollen sie ununterbrochen kreischen. »That's all Right« im Eiltempo.

Er schwang sein Bein und rutschte über die Bühne.

Die Mädchen heulten auf, verließen ihre Sitze und drängten auf die freie Fläche zwischen Bühne und erster Reihe. Sie zerrten an den Polizeibeamten, an Red West und den anderen Männern, die versuchten, sie zurückzudrängen.

Laß sie kreischen. Das wollen sie doch. »Elvis! Elvis!« Wumms, rumms, danke Mädels und tschüs!

Er stand schwer atmend in der Kulisse und wartete darauf, zur Zugabe wieder rauszugehen. Er warf einen Blick in die erste Reihe, links außen.

Seine Mutter weinte. Sein Vater hatte den Arm um ihre Schulter gelegt.

Er lief auf die Bühne. Standardzugabe, zwei Songs, schnell – »Hurtin' Time«, »Shake, Rattle and Roll«.

Er lief runter, reichte die Gitarre Red, warf sein durchgeschwitztes Jackett ab. »Komm, raus hier!« Red eilte mit ihm durch den Gang zur Einfahrt.

Der Cadillac stand in Fahrtrichtung da, mit offener Tür, laufendem Motor und von Polizisten umringt. Red sprang auf den Fahrersitz, Elvis neben ihn. Sie brausten den Tunnel hoch und auf die Straße, ehe die Mädchen in der Halle die Gelegenheit hatten, mit Kreischen aufzuhören.

Als sie das Coliseum hinter sich gelassen hatten, sagte Elvis: »Red, Mama hat geweint.«

»Ach, du weißt doch, wie Mütter sind«, sagte Red. »Mach dir deshalb keine Sorgen. Wahrscheinlich hat es sie einfach mitgenommen zu sehen, wie sie sich wegen dir aufführen. Meine Mutter würde sich die Haare ausreißen.«

»Der Colonel hat doch jemanden abgestellt, der sie ins Motel bringt, oder?«

»Das weißt du doch.«

»Hoffentlich fehlt ihr nichts…«

Gladys und Vernon trafen kurz nach Elvis und Red im Star-Lite ein. Sie hatte verheulte Augen, umarmte ihn aber. »Schatz, ich bin so stolz«, sagte sie. »Ich bin einfach so stolz. Ich… ich hatte ja keine Ahnung, daß du Menschen so berühren kannst.«

»Danke, Mama«, sagte er, innerlich strahlend.

Vernon lächelte, nickte und lächelte.

»Es ist eine großartige Gabe«, fuhr Gladys fort. »Ich war tief gerührt, als ich die Mädchen sah, wie dich die Mädchen angeschaut haben! Elvis! Oh, wie mich das gerührt hat.«

Vernon ließ den Champagnerkorken knallen. »Seht mal her, Leute, der Wein hier kommt aus Frankreich. Das ist wahre Klasse. 'ne bessere Sorte gibt es nicht.«

»Vernon, woher willst du das denn wissen?« sagte Gladys.

»Ich bin nicht so dumm, wie du glaubst, Miss Großkotz.«

»Na, das freut mich zu hören«, entgegnete sie. »Das tröstet mich.«

Elvis schaltete den Fernseher ein. Vernon goß den schäumenden Wein in drei Pappbecher. Sie setzten sich aufs Bett, stützten sich mit Kissen am Rücken. Elvis brachte einen Trinkspruch auf die Zukunft aus. Sie nickten ein, während sie zusahen, wie Cowboys aufeinander schossen.

Am nächsten Morgen lud der Colonel sie alle zu Kaffee und Zimtbrötchen auf sein Zimmer ein. Als sie alles in Sichtweite gegessen hatten, lehnte er sich mit blitzenden Augen auf seinem Stuhl zurück. »Elvis, wir beide müssen ein paar Dinge besprechen. Miz Presley, für Sie habe ich eine Überraschung... also, ich erwarte von Ihnen nicht, mir einfach zu glauben, wenn ich beteuere, daß ich ein ehrlicher Mann bin und für Ihren Sohn nur das Beste will. Ich habe mit Elvis gesprochen, um herauszufinden, ob ich irgendwelche Freunde hätte, die Sie besonders gern kennenlernen würden, und er sagte, die gebe es.«

Parker schlenderte zur Verbindungstür, riß sie auf, und da stand ein kleiner, drahtiger Mann mittleren Alters mit einem herrlichen weißen Cowboyhut, den er sich schwungvoll vom Kopf nahm und vor sein Herz hielt. »Guten Morgen«, sagte er. »Sind Sie Gladys?«

Ihr fiel die Kinnlade herunter. »Großer Gott«, rief sie, »Vernon, guck doch mal! Whitey Ford!«

Der berühmte Radiokomiker nahm ihre Hand und küßte sie, als wäre es das Natürlichste von der Welt.

Seine Stimme im Radio hatte Gladys immer fasziniert. Sie sagte, er klinge wie ein richtiger Mann und habe einen so feinen Humor wie Will Rogers, sei halt nur aus dem Süden.

»Tom hat mir viel von Ihnen erzählt, Ma'am«, sagte Whitey. »Ich bin immer stolz darauf, einer echten Verehrerin von mir zu begegnen, besonders, wenn sie so gut aussieht – wie steht's mit dir, Elvis?«

»Mir geht's genauso, Mr. Ford. Schön, Sie wiederzusehen.«

Gladys starrte ihre Hand an, wo er sie geküßt hatte.

Vernon trat von einem Fuß auf den anderen und glotzte den berühmten Mann an. Whitey Ford streckte seine Hand aus. »Sie sind bestimmt der Vater dieses Knallkörpers hier. Mr. Presley? Whitey Ford.«

»Sehr erfreut, Sir«, sagte Vernon. »Mutter und ich hören uns Ihr Treiben schon mächtig lange an. Sie wird's zwar nicht zugeben, aber Sie sind ihr Liebling im Radio. Das steht jedenfalls fest.«

Der Colonel beobachtete Gladys' Miene. »Elvis, warum verschwinden wir nicht, dann können sich hier alle miteinander bekannt machen.« Er ging mit Elvis auf den Flur und schloß leise die Tür hinter sich. »Volltreffer.« Hinter der großen Brille mit Schildpattrahmen glitzerten seine Äuglein. »Ich glaube, wir haben sie, Junge, was meinst du?«

»Sie sah überrascht aus. Ich weiß nicht recht«, antwortete Elvis.

Er folgte dem Colonel ins Restaurant des Motels. Über eine Stunde lang tranken sie Kaffee, während Whitey Ford Gladys und Vernon auseinandersetzte, was für ein guter Christ, aufrechter und gottesfürchtiger Mann Tom Parker sei, wie sehr er die Karriere ihres Jungen fördern könne.

Der Colonel hatte ihn gut gedrillt. Lächelnd verließen sie das Zimmer, wie alte Bridgepartner. Vernon klopfte Whitey auf die Schulter. Gladys lachte. Um die Augen herum sah sie jünger aus. Elvis dachte: Jetzt hat sie angebissen.

Whitey Ford gab ihr noch einen Handkuß und ging.

Tom Parker trieb sie in die Suite und nahm im Sessel Platz.

»Wie ich gerade zu Whitey sagte«, sagte Vernon, »meiner Meinung nach sind Sie ein ziemlich ausgebuffter Geschäftsmann, Colonel Parker.«

»Schönen Dank auch, Vernon. Ich freu mich wirklich, daß wir uns mittlerweile alle miteinander näher kennenlernen konnten.«

»Whitey hält Sie offenbar für einen ganz feinen Menschen.«

»Vernon, nun sei schön still, du hast jetzt erst mal genug geredet.« Gladys legte ihre Handtasche auf die Knie. »Nun wollen wir mal hören, was uns Mr. Parker zu sagen hat.«

»Ma'am, mir gefällt, wie Sie zur Sache kommen.« Der Colonel streckte sein arthritisches Bein aus. »Ich habe in meinem

Zimmer einen Managementvertrag liegen. Ich möchte, daß Sie ihn unterschreiben. In dem Vertrag steht, daß Elvis in einem Jahr für mich zweihundertvierzig Auftritte macht, und zwar für zweihundert Dollar pro Auftritt. Davon behalte ich genau fünfundzwanzig Prozent. Das ist allen gegenüber fair. Falls mehr Geld reinkommt – und mein Gefühl sagt mir, es kommt –, wird der Junge ein ganz hübsches Sümmchen verdienen.« Er breitete die Hände aus. »Damit ist alles gesagt.«

Keiner sagte etwas.

Elvis rollte auf dem Bett herum. »Na, Mama, was hältst du davon?«

»Ich will nach Hause fahren und eine Weile darüber nachdenken«, sagte sie. »Hier kann ich nicht nachdenken, bei den vielen Rosen und den Pralinen und, und Whitey Ford... ich weiß nicht recht. Und eins gefällt mir nicht.«

Der Colonel fragte: »Was gefällt Ihnen nicht, Miz Presley?«

Sie sah ihm direkt in die Augen. »Ich weiß nicht recht, ob Sie mir gefallen, Mr. Parker.«

Darauf mußte er sich wieder setzen.

Vernon hielt sich eine Hand vors Gesicht.

»Ich will nicht unhöflich sein«, sagte sie, »aber mir kommt es komisch vor, daß Sie sich solche Mühe geben, uns zu überreden, dieses Papier zu unterschreiben, wenn es doch, wie Sie behaupten, sowieso ganz in unserem Interesse ist.«

Elvis schlug das Herz bis zum Hals. Er bewunderte den Mut seiner Mutter angesichts des Generalangriffs des Colonels.

Der Colonel erholte sich umgehend. »Ma'am, ich weiß, daß Ihr Junge für Sie etwas Besonderes ist. Ich bin in diesem Geschäft noch nie einem jungen Mann begegnet, der seinen Eltern so nahe steht wie Elvis Ihnen beiden. Ich gebe mir solche Mühe, weil er sehr erfolgreich sein wird und ich dasein möchte, um zu helfen. Nun weiß ich zwar, daß wir keinen rechtskräftigen Vertrag schließen können, wenn Sie nicht alle unterschreiben, andererseits weiß ich aber auch, daß wir, falls Sie nicht unterschreiben, bis zu seinem Geburtstag im Januar warten können und es dann ohne Sie tun können.«

»Unterstehen Sie sich, mir zu drohen», sagte Gladys.

Vernon sagte: «Na, hör mal, hier droht niemand, Süße!«

»Halt dich da raus, Vernon!«

»Mama, reg dich nicht auf.«

»Miz Presley ...«

Gladys erhob sich mit funkelnden Augen. »Ich unterschreibe gar nichts«, sagte sie. »Vernon, ich will nach Hause. Pack unsere Sachen, wir brechen auf. Ich warte im Auto.«

»Mama ...«

»Elvis, ich möchte jetzt nicht darüber reden. Wir sind heute abend zu Hause. Ruf mich dann an.« Mit einem Knall schloß sie ihre Handtasche. »Mr. Parker, ich sollte Ihnen wohl für alles danken, was Sie für Elvis getan haben. Vermutlich kriegen Sie Ihren Willen, bevor das hier vorbei ist. Was aber nicht heißt, daß ich damit einverstanden sein muß. Sein Vater kann für uns beide unterschreiben. Ich tu's nicht. Vernon, gib mir die Schlüssel.«

»Süße, findest du nicht, daß du ein wenig –«

»Vernon! Gib mir – die *Schlüssel*!«

Er gehorchte. Sie marschierte aus dem Zimmer.

Parker verließ seinen Sessel. »Mein Fehler. Ich gehe jetzt sofort raus und entschuldige mich.«

»Das sollten Sie besser bleibenlassen«, sagte Elvis. »Sie ist stinksauer.« Er half seinem Vater beim Gepäcktragen. Es war zwecklos, ihr irgendwas zu sagen. Er kannte diesen Tonfall.

»Vernon«, sagte der Colonel, »lassen Sie uns einen Augenblick innehalten und über die Sache nachdenken. Wissen Sie, es stimmt, was sie gesagt hat. Sie können allein unterschreiben, und es ist hundert Prozent rechtsgültig. Ich lauf am besten gleich los und hole den Vertrag.«

»Ich weiß nicht recht.« Vernon wuchtete einen Koffer hoch. »Vielleicht sollten wir das verschieben. Mal sehen, was sie sagt, wenn wir wieder zu Hause sind. Hat mich gefreut, Sie kennenzulernen, Colonel Parker. Ist mir ernst. Sie waren wirklich freundlich.« Sie gaben sich die Hände.

»Elvis, komm mit raus und gib deiner Mutter einen Abschiedskuß«, sagte Vernon.

»Bin gleich wieder da …« Elvis trug das Gepäck zu dem dampfenden Kofferraum des Ford.

Gladys saß auf dem Beifahrersitz, die Arme verschränkt. Elvis beugte sich ins Wageninnere und bekam einen Kuß auf die Wange. »Tschüs, Mama. Fahrt bloß vorsichtig.«

»Tschüs, Süßer. Mach dir nur keine Sorgen. Es liegt an mir. Ich hatte wieder mal so ein Gefühl. Ich bin ein närrisches altes Weib.«

»Nein, bist du nicht.« Elvis richtete sich auf. »Ich ruf dich heute abend an.«

Er winkte hinter dem großen glänzenden Auto her, das aus dem Parkplatz kroch. Kein Wunder, daß Vernon so ängstlich fuhr; es war doppelt so groß wie das alte Auto. Es verschluckte sie regelrecht.

Elvis ging zurück ins Motel. Der Colonel paffte seine Zigarre. Neben seinem Ellbogen lag ein langes maschinegeschriebenes Dokument auf dem Tisch. Obendrauf lag ein geöffneter Füllfederhalter, dessen Spitze auf die gepunktete Linie zeigte.

Elvis dachte: Wenn du das nicht unterschreibst, weiß er, daß du wahrhaftig ein Muttersöhnchen bist.

Er nahm den Füller, überflog die Seite, bis er an einer Zahl hängenblieb – »25 %« – und unterzeichnete mit vollem Namen: Elvis Aron Presley. »Wissen Sie, Tom, ich verrate Ihnen, wo das Problem liegt«, sagte er. »Das Problem besteht darin, daß Sie und Mama fast genau gleich denken. Mama hat Sie von Anfang an durchschaut.«

»Das ist wohl wahr.« Der Colonel pustete die Tinte trocken, steckte den Vertrag in seine Tasche und lächelte. »Ich schicke ihn morgen deinem Vater. Er unterschreibt doch, oder?«

»Vielleicht versüßen Sie's ihm ein bißchen«, schlug Elvis vor. »Sie macht ihm deswegen die Hölle heiß.«

Als Scotty, Bill und D. J. am nächsten Abend in Fort Smith zum Stimmen in die Garderobe kamen, erzählte ihnen Elvis, er habe bei Tom Parker unterschrieben.

»Ihr seid alle mit dabei, wenn ihr wollt, wenigstens für ein

Jahr«, fuhr er fort. »Der Colonel wird meinen Plattenvertrag mit Sam jeden Moment verkaufen, und wir wissen nicht, was die neue Plattenfirma vorhat. Er will versuchen, mich landesweit zu vermarkten.«

Scotty stellte seine Gitarre ab. »Weiter.«

»Tja, das war's schon so ziemlich«, sagte Elvis.

»Und was wird aus Sam?«

»Sam ist draußen. Er wird ausgezahlt.«

Nach einer Weile sagte Bill: »Gratuliere« und hielt ihm seine Hand ihn. Elvis schüttelte sie. D. J. Fontana trat vor. Nachdem auch sie sich die Hand gegeben hatten, blieb Scotty nichts anderes übrig.

Von diesem Augenblick an war Elvis der Boß.

Er klopfte Scotty auf die Schulter. »Wenn wir unsere Karten richtig ausspielen, können wir alle auf die Schnelle eine Menge Geld machen.«

Scotty sagte: »Ich nehme mit, was ich kriege, Alter. Ich dachte schon, du würdest uns ganz vor die Tür setzen.«

»Ach woher, ich brauch euch doch.« Elvis hing sich seine Gitarre um. »Also los. Dann wollen wir sie mal die Wände hochtreiben.«

38

Elvis' Hand schwitzte am Telefonhörer. Vor diesem Gespräch hatte er sich seit Wochen gefürchtet. Er sagte: »Und du bist auch bestimmt nicht sauer?«

Sam Phillips antwortete: »Mach dir deswegen keine Gedanken, Elvis, für fünfunddreißigtausend Dollar kann man 'ne Menge Tonbänder kaufen.«

»Du klingst aber sauer«, sagte Elvis.

»Teufel, nein«, sagte Sam, »Geschäft ist Geschäft. Ich glaube, was ich dir geben kann, brauchst du nicht mehr, Kleiner. Du kommst bis ganz an die Spitze. Ich hab vor, mit den Jungs weiterzumachen, die gerade erst anfangen.«

»Hör zu, Sam, ich wünschte, alles könnte einfach so bleiben, wie es jetzt ist.« Elvis klemmte den Hörer mit der Schulter ein. »Ohne dich würde ich Lieferwagen fahren.«

»Mein Junge, ich bin dir dankbar, daß du anrufst, bevor die Sache in den Zeitungen steht«, sagte Sam knapp. »Komm vorbei, wenn du in der Stadt bist. Marion will dich sehen, das weiß ich. Muß jetzt Schluß machen, okay?«

Er war stinkig, das merkte Elvis. »Warte, Sam, Moment mal. Hör zu. Wir kennen uns schon so lange. Du mußt mir nichts vormachen. Verrat mir, was dich bedrückt.«

»Och, also, im Grund interessiert dich das doch nicht«, sagte Sam. »Wir wollen's einfach dabei belassen, ja? Ich nehm's dir nicht übel.«

»Laß mich wenigstens probieren, es zu erklären.«

»Das brauchst du gar nicht. So was passiert nicht zum ersten Mal. Ich kenne die ganze Leier, mein Freund. RCA ist die Oberliga. Sich nach besseren Möglichkeiten umsehen. Ein landesweites Vertriebsnetz. Du mußt auch an dein Portemonnaie denken.«

»Es geht nicht bloß ums Geld.« Elvis wickelte die Telefonschnur zu Knoten. »Das Wichtigste ist, daß Roger Pate nicht den Einfluß hat, für mich irgendwas zu erreichen. Den hat Tom Parker. Wenn ich ihn als Manager haben will, muß ich seinen Rat befolgen.«

»Na klar«, sagte Sam.

»Und er sagt, wir müssen landesweit vertrieben werden. Er sagt, wir müssen das Eisen schmieden, solange es heiß ist.«

»Recht hat er«, sagte Sam kühl. »Hör mal, mein Junge, ich muß Schluß machen. Marion fällt eine Woche lang aus, ich reiß mir hier ein Bein aus.«

»Leg nicht auf, wenn du noch sauer bist«, sagte Elvis. »Du bist mein Freund, und das soll auch so bleiben.«

»Das ist prima. Elvis, einen Rat möchte ich dir noch geben. Setze nie zu große Hoffnungen auf irgendeinen Menschen, hörst du? Du wirst zwangsläufig immer enttäuscht werden. Klar? Adieu.«

Sam legte auf.

Elvis starrte auf den Telefonhörer in seiner Hand.

Man hätte meinen können, er habe einen schrecklichen Verrat begangen, anstatt das zu tun, was jeder vernünftige Mensch getan hätte, nämlich einen großen dicken Plattenvertrag mit RCA Victor abzuschließen.

»Adieu, Sam«, sagte er laut zu sich selbst. »Tschüs, Marion.« Er konnte sich nur ausmalen, was sie dazu sagen würde. Marion hielt ihr Leben lang treu zu Sam Phillips und würde nie ein freundliches Wort für jemanden haben, der sich anders verhielt.

Natürlich war es Verrat. Warum hätte Elvis sonst so einen Bammel davor gehabt?

Es war zu einfach. Schneide deine Freunde aus dem Foto raus, schnipp, schnapp.

Wenigstens versuchte Sam nicht, es ihm auszureden. Niemand konnte leugnen, daß Tom Parker soeben sein Verhandlungsgeschick bewiesen hatte, und Sam versuchte es erst gar nicht. Aufgrund einer Reihe von Auseinandersetzungen und Schachzügen, aus denen Elvis nicht schlau geworden war, hatte der Colonel die restlichen Monate des »Louisiana Hayride«-Vertrags gegen eine große Benefizsendung getauscht. Dann hatte er den Preis für Elvis' Plattenvertrag in sensationelle Höhen getrieben, und Mercury, Columbia sowie Atlantic Records hatten allesamt mitgeboten. Schließlich hatte RCA Victor für lockere vierzig Riesen zugepackt – fünfunddreißig an Sam Phillips, fünftausend in bar für Elvis als Prämie, weil er unterschrieben hatte.

Er wachte eines Morgens auf, und da war es, strahlte auf ihn herab: das große Geld.

Er kaufte einen neuen Cadillac. Rosa.

Drei Tage vor seinem einundzwanzigsten Geburtstag fuhr er zu seiner ersten Aufnahmesession bei RCA nach Nashville. Da nichts öffentlich bekanntgegeben worden war, mußte ihn RCA auf der Fahrt nicht beschützen lassen. Die Tachonadel blieb auf unter hundert. Sein Leben lief so reibungslos, daß es Gott ähnlich sähe, einzugreifen und die Bilanz mit einem Unfall wieder auszugleichen.

Im Radio kam der neueste Song von Ray Charles, der langsam die atmosphärischen Störungen durchdrang – »A Fool for You«, Rays sanfte voluminöse Stimme und sein rhythmisches Klavier stellten eben noch eine Frage, klimperten dann mit einem Halsband aus Knochen. Eine traurige Bläsersektion schleppte sich dahin. Zunächst sang Ray kühl, wurde dann heißer, so heiß wie Feuer, eine gebrannte Seele klagte in einer großen, leeren, hallenden Kirche. *Reach over and feel the pillow-ohhm, mm-hmmmm, where y'baby used to lay…* Man hörte jeden Kratzer in seiner Stimme, jede Zigarette, jede einsame, blinde Nacht seines Lebens. Er winselte ohne Schamgefühl um sein Baby.

Manche Songs waren für das Autoradio wie geschaffen. Ray Charles schnellte aus dem Lautsprecher und goß sein Elend über sämtliche Sitzbezüge aus rotem Leder. Durch das gewaltige Echo klang er zehnmal so heilig. Elvis fühlte sich einsam, fröhlich und wütend zugleich.

Bald kam ein anderer Song, doch »A Fool for You« ging ihm bis Nashville nicht aus dem Kopf. Wenn er so viel Gefühl in einen einzigen Song packen könnte…

Er fuhr am Ryman Auditorium vorbei. Er lächelte und fuhr weiter.

RCA hatte ein Studio im zweiten Stock des Gebäudes der methodistischen Fernseh-, Rundfunk- und Filmkommission gemietet. Elvis entdeckte das Schild an der Tür: Der Hund Nipper guckt in sein berühmtes Grammophon.

Die Sekretärinnen im vorderen Büro hörten auf zu tippen, als er eintrat. Er machte Anstalten, sich vorzustellen, doch sie scharten sich um ihn, plapperten, berührten ihn, sogen ihn gierig auf.

Die Hübscheste war Sheila, eine langgliedrige Brünette mit klugen Augen. Elvis gefiel, wie sie sich im Hintergrund hielt, während die anderen jungen Frauen lärmten, Schmeicheleien von sich gaben und sich für Fotos mit den Kodaks der anderen in Positur stellten.

Mit einem herzlichen Lächeln zog sie ihn aus der von ihm erzeugten Hektik, vorbei an dem schuppenähnlichen Studio, durch einen Flur.

»Das macht dir Spaß, was?« sagte sie. »Daß alle immerzu an dir herumgrapschen.«

»Keine Ahnung.« Elvis grinste. »Hängt davon ab, wer grapscht.«

Steve Sholes erhob sich mit ausgestreckter Hand, begrüßte ihn mit sonorer Stimme, hallo und willkommen. Jetzt, da RCA ihn in ihrem Netz gefangen hatte, war Sholes jovialer denn je. Er rasselte die Hitparadenpositionen und Presseberichte herunter und ließ ihn wissen, wie froh RCA über sein bevorstehendes Debut in Jimmy und Tommy Dorsets »Stage Show« sei.

»So was ist noch nie dagewesen, daß wir mit einer landesweiten Fernsehkampagne eine Platte massiv pushen können«, sagte Sholes. »Jetzt brauchen wir bloß noch eine Platte, die wir pushen können.«

Elvis schob sich eine Panatela-Zigarre zwischen die Zähne und überflog die Liste der Musiker. Scotty, Bill und D.J. waren dabei. Das war gut; Sholes gefiel das Material auf den Mastertapes, die er Sun Records abgekauft hatte.

Der berühmte Chet Atkins spielte Leadgitarre, der berühmte Floyd Cramer saß am Klavier. Die Speer Family hielt sich als Backupsänger bereit, ebenso ein Quartett von Studiosängern aus Nashville, die sich die Jordanaires nannten.

»Mr. Sholes, ich wüßte nicht, was wir mit all diesen hervorragenden Leuten falsch machen könnten«, sagte Elvis.

»Vermutlich nichts. Was meinen Sie, wieviel Vorbereitungszeit werden Sie brauchen?«

»Nun, Sir, ich habe nie groß geprobt. Wir gehen einfach rein, nehmen uns ein paar Songs vor und bosseln so lange daran herum, bis uns irgendwas gefällt. Das kann manchmal die ganze Nacht dauern.«

Sholes sagte, er habe überall Songwriter sitzen, die Songs nur für Elvis schrieben. »Hören Sie sich doch mal einen an, den mir Mae Axton gerade geschickt hat.« Er legte eine Demo-Scheibe auf den Plattenspieler. »Sagen Sie mir, was Sie davon halten.«

Der Song war etwa eine Minute lang. Ein Mann stimmte einen klagenden Blues an, eine glatte Imitation von Elvis' Stil. Sein Baby ist mit einem anderen abgehauen. Er versinkt in seiner Einsamkeit. Melancholie. Ein intensiver, überraschender Song über verlorene Liebe und vielleicht sogar Tod. *Since my baby left me I found a new place to dwell…*

Elvis ließ ihn sich noch mal vorspielen.

Beim zweiten Mal wußte er, wie der Song klingen mußte. Eine höhere Tonart, so daß die erste Zeile die Stille zerreißt – und schneller, ein schweres, verschwitztes Ray-Charles-Echo in seiner Stimme, so viel Echo, wie die Ingenieure hinzaubern konnten.

»Hey, das ist *toll*«, sagte er. »Ist das wirklich für mich geschrieben worden?«

»Glauben Sie, Sie können es singen?«

»Ich kann's kaum abwarten, Mann. Das klingt wie der Blues, aber es rockt! Ist das alles? Ein ziemlich kurzer Song.«

»Vier Strophen, aber eine Strophe können Sie zweimal singen«, schlug Sholes vor.

Nachmittags gingen sie Dutzende Songs durch, erstellten einen ungefähren Aufnahmeplan für die Session. Elvis unterschrieb ein paar Unterlagen, nahm für Fotos neben einem RCA-Hund aus Plastik Aufstellung. Sholes führte ihn kurz herum und schickte ihn dann wieder nach vorne ins Büro. »Bis morgen«, sagte er, »und immer dran denken: ›Nummer eins der Hitparade‹.«

Die dunkelhaarige Sheila wartete am Trinkwasserbehälter auf ihn. »Wie war die Besprechung?«

»Ich kann's kaum erwarten, endlich anzufangen«, sagte er. »Alle hier sind wirklich nett.«

Sie hielt ihm einen winzigen Pappbecher mit Wasser hin. »Willst du einen Schluck?«

»Äh, danke nein, ich rühr das Zeug nicht an.«

»Wir haben hier nichts Stärkeres vorrätig«, sagte sie. »Sonst würdet ihr verrückten Musiker überhaupt nicht arbeiten.«

Elvis stützte eine Hand gegen die Wand und bedachte Sheila

mit einem seiner patentierten gefühlvollen Blicke. »So bin ich nicht.«

»Ach ja? Wie bist du denn?«

»Ich wohne bei meinen Eltern«, sagte er, »und ich arbeite viel und bin viel unterwegs. Willst du heute zu Abend essen?«

»Das werd ich wohl«, sagte sie. »Abends esse ich meistens was.«

Elvis gefiel, wie ihre Augen ihn spöttisch musterten. »Na, wenn das so ist«, fuhr er fort, »willst du mit mir zu Abend essen?«

»Ich weiß nicht. Was gibt's denn?«

»...Cheeseburger?«

»Von einem berühmten Gesangsstar könnte man wohl ein bißchen was Ausgefalleneres erwarten.«

»Och, na, vielleicht beim nächsten Mal...« Er wandte sich ab und tat, als ob er gehen wollte.

»Warte, nicht so schnell aufgeben«, sagte sie. »In der Nähe der Vanderbilt gibt es ein Restaurant mit italienischem Essen.«

»Was ist das, Pizza und so?«

»Spaghetti«, sagte sie.

»Aha. Tja, das könnte ich vermutlich essen.«

»Wenn du genau weißt, daß du davon nicht stirbst.« Sie lächelte. »Ich arbeite heute länger. Holst du mich um sieben Uhr vorne ab?«

»Aber klar.« Er schlenderte nach draußen, erwiderte das Lächeln und Winken der jungen Frauen im Büro. Es hätte sie wahrscheinlich verblüfft zu hören, daß der berühmte Ladykiller Elvis soeben seine allererste Verabredung getroffen hatte.

Laut den Jugendzeitschriften ging er mit der Hälfte der amerikanischen Mädchen aus und beabsichtigte, so ungefähr eine von dreien zu heiraten. Warum hatte er es nicht während der High-School-Zeit probiert, so wie alle anderen auch?

Er nahm sich ein Zimmer in einem TraveLodge in der Nähe der Union Station und duschte so lange und ausgiebig, daß er das gesamte heiße Wasser Nashvilles verbrauchte. Er putzte sich die Zähne, rubbelte seine Haare ab, trug mehrere Schichten Pomade auf, damit es dunkler wurde und glänzte. Sheila war keine seiner ehrfürchtigen Backfisch-Verehrerinnen. Er wollte sie beeindrucken. Er rieb sich Mennen unter die Arme, auf Brustkorb und Hals. Er kramte seine schicke beigefarbene Kordsamthose heraus und den Alpakapulli, ein Weihnachtsgeschenk von Vernon und Gladys.

Als er am Bordstein hielt, wartete sie schon, frisch und lächelnd. Obwohl sie Überstunden gemacht hatte, war es ihr irgendwie gelungen, sich umzuziehen, so daß sie jetzt nicht mehr ihre Bürokleidung trug, sondern ein blaßgelbes langes Kleid.

Elvis stieg aus, um ihr die Tür aufzuhalten – vorgeschriebenes Verabredungsverhalten, wie er annahm.

»Dieses Auto ist ziemlich rosa«, sagte sie.

»Klar, ich wollte es rosa.«

»Du sollst wissen, daß die Mädchen auf der Arbeit mich von dieser Minute an bis in alle Ewigkeit hassen werden.« Sie machte es sich in dem Sitz bequem. »Aber das ist mir egal. Ich werd mich heute abend amüsieren.«

»Mir ist aufgefallen, daß du anscheinend nicht übermäßig beeindruckt warst.« Er ließ den großen V-8-Motor an. »In welche Richtung fahren wir?«

»Rechts abbiegen. Weswegen beeindruckt?«

»Na ja, wenn ich heutzutage ein Mädchen kennenlerne«, sagte er, »will es meist entweder ein Autogramm oder irgendein Kleidungsstück von mir.«

»Das muß schlimm für dich sein.« Wieder dieser spöttische Blick. »Jetzt noch mal rechts, und dann geradeaus, bis ich's sage.«

»Versteh mich nicht falsch, ich beklage mich nicht«, sagte er. »Es fällt bloß einigermaßen schwer, ein Gespräch zu führen, wenn sie dabei andauernd ohnmächtig werden.«

»Ich verspreche dir, nicht ohnmächtig zu werden.« Sie zündete eine Zigarette mit einem Streichholz an. »Willst du eine?«

»Nein, danke, ich hab die hier.« Er biß auf die elfenbeinfarbene Spitze seiner Zigarre. Er fühlte sich sehr erwachsen, mit dieser attraktiven jungen Frau unterwegs zu ihrem Lieblingsrestaurant. Italienisches Essen galt als romantisch. Er fragte sich, ob Sheila wohl zu ein paar Küssen aufgelegt war.

Mama Luisa's war ein winziges Lokal mit rot-weißen Tischtüchern und Kerzen, die in Weinflaschen steckten. Der Oberkellner empfing sie mit Akzent und italienisch geschriebenen Speisekarten. Sheila bestellte das Dingsda-Dingsda mit Dingsdasauce; es ging ihr flüssig über die Lippen.

Elvis sagte: »Ich nehme Spaghetti.«

Er sah immerzu über den Tisch, dachte, wie hübsch Sheila war, wie gern er irgendwann mal so eine junge Frau heiraten würde – eine Frau, in deren Gegenwart er sich wohler fühlte, nur weil sie ihm gegenüber am Tisch saß.

Die Spaghetti waren hervorragend. Sheila erzählte ihm alles über das Aufnahmestudio, das verworrene Liebesleben der Mädchen im Büro. Elvis ließ seine Phantasie ein wenig abschweifen: Er war ein ganz gewöhnlicher Mann, ging einer geregelten Arbeit nach, war mit einem tollen Mädchen verheiratet, sah sich Lucy und Ricky im Fernsehen an…

Aus dem Nichts tauchte eine Frau mittleren Alters auf. »Ich störe Sie wirklich nur ungern«, sagte sie, »aber meine Tochter Elizabeth ist ein so großer Fan von Ihnen, da hab ich mich gefragt, ob Sie vielleicht…« Sie hielt ihm ein zerknittertes Stück Papier und einen Kugelschreiber hin. »Es ist für ihren Geburtstag. Schreiben Sie etwas Verliebtes… Sie verstehen schon, eine Art Scherz.«

Sheila lächelte über Elvis' Verlegenheit. »Na los«, sagte sie. «Ich sag dir, was du schreiben sollst. ›Für Elizabeth‹…«

Elvis schrieb »Für Elizabeth«. »Gut, was noch?«

»›Ich werde dich immer lieben. Ewig dein, Elvis.‹«

Grinsend schrieb Elvis es genauso hin.

Die Frau dankte ihm überschwenglich und verschwand.

Sheila sagte: »Du warst nett zu ihr. Ich bin so froh, daß du nicht wie andere Prominente bist. Ich hab gehört, daß James Dean gern alte Damen erschreckt hat, indem er so tat, als wolle er sie mit seinem Auto überfahren.«

»Er war umwerfend«, sagte Elvis. »Mir gefällt, wenn sie in

Denn sie wissen nicht was sie tun ihre Messer ziehen; man weiß nie, wen's erwischt, und dann plötzlich: Wumm! Argh!« Er tat, als bekäme er einen Stich in den Bauch.

Sheila faltete ihre Serviette. »Manche Leute glauben, er übe einen schlechten Einfluß aus.«

»Genau wie ich«, sagte Elvis. »Deshalb mag ich ihn wohl.«

Sie griff über den Tisch und drückte seine Hand. »Auf mich übst du einen schlimmen Einfluß aus, soviel steht fest«, flüsterte sie.

»Ach ja?« Er spürte es: Seine Hoffnungen und die Hitze im Restaurant stiegen gleichzeitig. Das war seine beste Chance seit langem. Er war berühmt, sah gut aus, würde bald reich sein und hielt sich ganz allein in Nashville auf. Er kannte Sheila kaum, aber sie war ein tolles Mädchen. »Ich bin froh, daß wir uns über den Weg gelaufen sind.«

»Übrigens, ich muß da etwas gestehen«, sagte sie. »Ich habe dir am Trinkwasserbehälter aufgelauert.« Sie lächelte betont lässig; vielleicht lag das an den zwei Gläsern Wein, vielleicht übertrug sich aber auch Elvis' Zuneigung auf sie.

Er zahlte die Rechnung. Auf dem Weg zum Auto hielten sie Händchen. Er überlegte, ob er es gleich hier im Cadillac auf dieser finsteren Seitenstraße probieren sollte. Schließlich konnte er ein anständiges Mädchen nicht in ein Motel abschleppen.

Aber Sheila fragte: »Wo wohnst du denn?«, war also vielleicht doch nicht so anständig.

»In irgend so 'm Motel an der Hauptstraße. Hab vergessen, wie's heißt, irgendwann sind sie sowieso alle eins.« Er schluckte heftig. »Willst du mitkommen?«

»Ich weiß nicht.« Sie schaute durch die Windschutzscheibe. »Bestimmt wäre es ein Fehler, und es würde uns leid tun.«

»Vielleicht auch nicht. Vielleicht würde es uns gefallen.«

Sie brauchte ihm keine Anweisungen zu geben. Elvis fand instinktiv zurück zum TraveLodge. Er wußte nicht, wo er sonst hätte hinfahren sollen. Er parkte hinter dem Motel.

»Du bist furchtbar süß«, sagte sie mit leisem Stimmchen. »Bestimmt machst du das sechs Abende die Woche.«

»Laß dich überraschen. Fast nie.«

Er hatte keine Ahnung, ob es klug war, das zuzugeben, aber jetzt war sie raus, die Wahrheit. »Ich hab kaum mal Zeit, jemanden kennenzulernen. Wir sind immer nur kurz an einem Ort.« Er berührte ihren Arm. »Ich finde dich auch nett. Kommst du mit rauf und siehst dir das Zimmer an?«

»Vielleicht kurz. Ich kann nicht bleiben.«

Er ging um den Wagen herum und machte ihr die Tür auf. Als sie ausstieg, küßte er sie. Sie schmeckte nach Zigaretten und Wein. Er küßte sie noch mal. Es gefiel ihm, sie auf dem Parkplatz zwischen den Autos zu küssen.

»Mm, du hast gelogen«, sagte sie und wich zurück. »Du hattest jede Menge Übung.«

»Nein, ich bin bloß ein Naturtalent.« Er ging voran nach oben, kramte nach dem Schlüssel. Er wünschte, das Zimmer wäre besser. Die grünen Vorhänge rochen komisch, und außer einem wackligen Stuhl und dem Bett gab es keine Sitzgelegenheiten.

Er wußte nicht recht, wie es nun weiterging. Seine Erfahrungen beschränkten sich auf Miss Waverly und ein paar langsame Tänze in Tanzschuppen, aus denen sich nie etwas entwickelt hatte. Die große Frage hing in der Luft, aber noch hatte sie keiner von beiden ausgesprochen. Vermutlich mußte er die Initiative ergreifen.

Er ging zum Bett. »Komm her«, sagte er und tätschelte die Matratze. »Ist schon in Ordnung.«

Sie tat es. Er legte den Arm um sie.

»Du bist netter als ich dachte, Elvis. Dabei sollst du doch ein ganz Schlimmer sein.«

»Bin ich auch«, sagte er und küßte sie. Er spürte eine Spannung, die vorher gefehlt hatte. Vielleicht ließ die Wirkung des Weines nach. Er sollte ihr mit irgend etwas beim Entspannen helfen. Ihm fiel ein, was Scotty ihm über das Grasrauchen erzählt hatte, daß es auf Frauen erotisierend wirkte. »Ich möchte dich was fragen«, sagte er. »Hast du schon mal, na, dieses, äh, Marihuana geraucht?«

Ihre Augen wurden groß. »Herrje, nein, Elvis, so was machst du? Ich hab noch nie welches gesehen.«

»Ich kenne da einen Typen, der mir welches gibt«, gab er zu. »Alle farbigen Musiker nehmen es. Ich hab welches da, falls du's probieren möchtest.«

Sie schüttelte den Kopf. »Ich … ich glaub, ich hätte Angst davor. Vielleicht würde ich den Kopf verlieren. Hat das Zeug nicht Robert Mitchum in große Schwierigkeiten gebracht?«

Elvis räusperte sich. »Vielleicht sollte ich die Lampe ausmachen. Die ist ziemlich hell.«

»Das ist eine gute Idee«, sagte sie.

Er knipste die Lampe aus. Mit den Verkehrsgeräuschen fiel der schwache Schein der Straßenlaternen am Vorhang vorbei ins Zimmer. Er würde einfach so weitermachen müssen, wobei ihm nur seine Lippen den Weg zeigten.

Sheila schlang die Arme um ihn. Überall, wo sie ihn berührte, verspürte er ein Prickeln. Er küßte sie.

»Du bist wirklich ein Schlimmer«, sagte sie.

»Du schmeckst gut.« Elvis' Zunge spielte mit ihrer Zunge. Seine Finger ertasteten die Knöpfe ihre Kleides. Im Dunkeln konnte sie irgend jemand sein. Sie war warm. Sie küßte ihn, drückte sich an ihn. Sie küßten einander pausenlos.

«Hast du einen Freund?« fragte er, als er Luft holte.

»Psst…« Sie zog ihn nach unten. Das Kleid rutschte ihr über die Schultern. Er schmiegte sich an ihren Hals, leckte sie immer wieder leicht auf der Schulter und tiefer, und dann streifte sein Kinn ihre Brust; er küßte sie. »O Elvis«, sagte sie. »O weh.«

Und ihr Seufzer signalisierte, daß er mehr tun durfte, daß sie sich ausziehen wollte. Er half ihr. In der Dunkelheit war kurz ein weißer Slip zu sehen. Davon bekam er einen Steifen.

Sie sagte: »Zieh dich aus. Ich will dich sehen.«

Er gab keinen Laut von sich. Ihm gefiel, wie sie wimmerte, wenn er sie berührte. Das heftige atemlose Pulsieren verspürte er nicht mehr, das über ihn gekommen war, als er merkte, was passieren würde. Er hatte einen klaren Kopf; später wollte er sich an jede Einzelheit erinnern.

Er riß sich das Hemd über den Kopf, wand sich aus seiner Hose.

»Zieh dein Unterhöschen aus«, sagte sie kichernd.

Er stellte sich aufs Bett, stand über ihr. Er zog seine Jockey-Unterhose runter und aus. »Tarzan, Herr des Dschungels«, sagte er und hieb sich auf den Brustkorb.

Dann fiel er lachend auf sie. Sie lag so warm und weich in seinen Armen, umgab ihn so bereitwillig und warm wie eine Haut, die extra für ihn erfunden worden war.

Er zupfte an ihrem Slip, dachte dabei an Miss Waverly und eine Rothaarige im Publikum von Port Arthur in Texas und an Mädchen überall. Jetzt tat er es. Guck ihn dir an. Das war schöner als die anderen Male.

Ihre Knie öffneten sich. Sie drückte sich an ihn. Lachend rollte sie herum. Ihre Haare schwangen nach unten in sein Gesicht.

Er ließ sich Zeit. Entdeckte er etwas, was ihr gefiel, machte er es immer wieder. Sie schlang ihre langen Beine um ihn. Sie verschlang ihn.

Dann machte er Ernst, machte sich an die Arbeit, arbeitete sich immer weiter vor, hin zu einem Licht, das direkt vor ihm leuchtete und darauf wartete, zu einer Million gleißend heller Sterne zu erstrahlen. Sie rief seinen Namen. Das Licht erstrahlte. Er roch sie. Sie hieß Sheila. Er war in Nashville. Das Zimmer explodierte, und die Wände flogen nach draußen weg.

Er atmete schwer, lag immer noch da, immer noch drin. Er liebte sie. In diesem Augenblick liebte er sie. Die einzigen beiden Menschen der Welt lagen da, für immer vereint.

Er küßte sie. Sie stieß ihren leisen melodischen Seufzer aus. »Oh, du bist ein Traum«, sagte sie, »das ist ein Traum.«

»Nein, Baby, es ist das wahre Leben.« Am liebsten wäre er immerzu da liegengeblieben, zuckend und leuchtend.

Doch nicht lange, und Sheila wurde unruhig. »Laß mich aufstehen. Ich muß weg.«

»Bleib hier. Ich bring dich morgen früh nach Hause.«

»O nein, Sir, Mr. Presley. Vielleicht bin ich so ein Mädchen, aber *so* ein Mädchen bin ich nicht. Meine Mitbewohnerin wäre schockiert.«

»Du bist nett, Sheila.« Er hielt sie fester. »So ziemlich das netteste Mädchen überhaupt.«

»Laß mich los. Ich will 'ne Zigarette.«

Er rollte herum, lag platt auf dem Laken und reckte den Hintern in die Luft. Noch vor zwei Minuten war er an einem traumhaft-goldenen Ort gewesen, und jetzt lag er nackt und allein auf dem Bett. Er knipste die Lampe an.

Sheila kam aus dem Bad, ein Handtuch um sich geschlungen und eine brennende Zigarette in den Fingern.

»Nimm das Handtuch ab«, sagte Elvis. »Jetzt bin ich an der Reihe, dich anzusehen.«

Sie wickelte es noch fester um sich. »Warum?«

»Ich hab nicht oft Gelegenheit, ein so hübsches Mädchen wie dich unbekleidet zu sehen. Das ist alles.«

»Du rufst wohl besser ein Taxi«, entgegnete sie.

»Ich laß dich nicht weg.« Er lächelte. »Kommt nicht in Frage. Tut mir leid. Du sitzt in der Falle. Ich hab dich gerade erst kennengelernt.« Er rutschte auf dem kühlen Laken nach vorn. »Komm wieder ins Bett, Sheila. Ich möchte das noch mal machen.«

»Ich kann nicht.«

»Warum?«

»Du machst mir angst, Elvis.« Ihr Blick war kühl, fast streng. »Du hast heute abend einfach eine Frau gebraucht. Ich war bereit und willig. Das ist alles. Wenn ich mich jetzt in dich verliebe, verschwindest du einfach in irgendeine andere Stadt.«

»Ich komme wieder«, sagte er. »Ich werde immer wieder in Nashville sein.«

»Wie schön.« Sie drückte ihre Zigarette aus.

Elvis sprang vom Bett und riß ihr Handtuch weg. Sheila kreischte auf. Er knallte das Tuch durch die Luft, zack, und schmiß es fort. »Jetzt kannst du nicht mehr weg!« krähte er. »Jetzt biste so nackicht wie ich!« Er schlang seine Arme um sie. Beide fielen auf das zerwühlte Bett. Kichernd tat sie, als wehre sie sich.

»Ach ja? Du willst es auf die harte Tour probieren?« Er verzog das Gesicht wie Jimmy Cagney und drehte ihr die Arme auf den Rücken. »Wehr dich nicht gegen mich, Baby.« Er drückte einen Kuß auf ihren entzückenden zarten Hals. »Wehr dich nicht. Wenn ich meinen Willen nicht kriege, werd ich gefährlich.« Er küßte die samtene Haut in der Lücke zwischen ihren Brüsten.

»Nein!« Kichernd warf sie den Kopf von einer Seite auf die andere. »Bitte nicht, nicht, du Tier!«

Er küßte sie auf den Bauch. Er steckte seine Zungenspitze in ihren Nabel, was sie zur Raserei brachte.

Er machte es noch mal.

»Ich hab dich gewarnt«, knurrte er und kratzte sie mit den Bartstoppeln auf seiner Wange.

»Komm her, du Wüstling.« Sie zog ihn an den Schultern hoch. Er liebte es, wie ihr Körper mit seinem verschmolz; sie waren so gebaut, daß sie genau zusammenpaßten.

Sie vergaß, daß sie hatte gehen wollen. Sie machte etwas mit ihrer Hand. Er küßte sie, ein ums andere Mal. Sie wälzten sich übers ganze Bett, küßten und schmeckten einander, murmelten einander Anregungen zu.

Elvis kniete auf einem Bein, um zur Sache zu kommen, richtig zur Sache zu kommen; sie mochte es, wenn er knurrte, sie mit beiden Händen in Position hielt.

Es dauerte sehr lange. Elvis betrachtete ihr Gesicht. Die Leidenschaft machte sie sogar noch schöner. Sie biß die Zähne zusammen und zuckte, als bereite ihr die Lust Schmerzen.

Wie dicht beieinander diese Gefühle lagen.

Sie waren allein. Die Welt endete vor den Wänden dieses Zimmers. Es gab nur diese Zeit, ein Bett und zwei Körper; noch nie hatte Elvis jemanden so schmusen und kitzeln, streicheln und drücken, küssen und lecken, anknabbern und mit all seiner Kraft so gegen ein Bett pressen können und, oh, sie zerbrach nicht. Sheila war überall weich und darunter stark, stark genug, ihn auf den Rücken zu werfen, ihn in dieser Stellung verharren zu lassen, während sie tat, was sie tun wollte.

Er wollte es auch.

In einem Augenblick wilden Aufschreiens gelangten sie gemeinsam an ihr ersehntes Ziel.

Sie ließ sich auf seinen Brustkorb fallen. Gemeinsam blieben sie lange liegen, atmeten tief durch und den Duft des anderen ein.

Er war durchgeschüttelt, zitterte, bis zum letzten Muskel erschöpft, ausgelaugt, und lag da, zum Trocknen ausgebreitet.

»O Elvis«, sagte sie, »du wirst mich noch verderben.«

»Du gehörst verdorben.« Gähnend kitzelte er mit den Fingern ihren Arm.

»Ich verrate dir was«, sagte sie.

»Was?«

»Wenn du versprichst, es keinem Menschen weiterzusagen...«

»Ehrenwort.«

Ihre Augen blitzten. »Ich glaube, ich probier mal ein wenig von diesem... diesem Zeug.«

Er grinste. »Na klar«, sagte er. »Es wird dir gefallen. Versprochen.« Er sprang aus dem Bett, um seine Kulturtasche mit dem zerknitterten Päckchen Chesterfield zu holen, in dem die schmalen Zigaretten steckten. Er durchwühlte die Schubladen nach Streichhölzern, zündete dann eine an und nahm, im Schneidersitz und nackt, auf dem Bett Platz. »Mein Freund Scotty behauptet, das wirke erotisierend«, sagte er. »Ich hab nicht genug davon geraucht, um das beurteilen zu können. Aber es gefällt mir. Es schafft eine Art innere Fröhlichkeit.«

Sheila war Zigarettenrauch gewohnt, daher konnte sie den Rauch in der Lunge behalten, ohne zu husten. Elvis zeigte es ihr; er kam sich vor wie ein finsterer Opiumdealer, der diese entzückende junge Frau mit ihren weichen weißen Brüsten verdarb, die zitterten, wenn sie lachte.

Sie wiederholte ständig, Gras wirke bei ihr überhaupt nicht, doch dann fing sie an zu kichern, puhlte mit der Zunge in seinem Ohr herum und flüsterte Albernheiten hinein.

Elvis' Kopf dehnte sich aus. Er fühlte sich leer, cool und endlos.

Er ließ sich in einen herrlichen Traum treiben, ein warmes

Mädchen in seinem Bett, das mit seinem weichen, harten, hilflosen Körper unvorstellbare Dinge anstellte.

Wenn er an die vielen Nächte dachte, die er verpaßt hatte, weil er ein braver Junge gewesen war. Das hatte keine Zukunft.

39

Elvis betrat den Fahrstuhl mit einer Gruppe methodistischer Jugendlicher, die zur Übertragung der »Methodistischen Jugendstunde« nach oben wollten. Sie hatten Bürstenhaarschnitte, Sportjacketts und Krawatten. Sie musterten Elvis mit seiner schicken Gitarre und den Cowboystiefeln, seiner engen grellrosa Hose und dem Hemd mit Blitzschlagmuster. Sie wichen zurück, als hätten sie den Fahrstuhl gemeinsam mit dem Teufel betreten.

»Keine Angst«, sagte Elvis. »Ich bin nicht ansteckend.«

Hektisch stiegen die Jugendlichen im ersten Stock aus.

Elvis fuhr bis in den zweiten. Das vordere RCA-Büro war verwaist; alle hatten um fünf Uhr Feierabend. Er blieb an Sheilas Schreibtisch stehen und hinterließ eine Notiz: »An Sheila. Ich werde dich immer lieben, E.A.P.«

Das Geräusch einer Gitarre schwebte über den Flur, so klar und deutlich wie eine Stimme. Es war Chet Atkins, der großspurig und mit nervöser Hand kleine Läufe und Triller spielte.

Elvis zog sich eine Coca-Cola aus dem Automaten und nahm einen tüchtigen Schluck.

Sheila kam aus der Toilette. Als sie Elvis sah, atmete sie durch und hielt sich die Hand vor den Mund. »Oh, hast du mich erschreckt. Ich dachte, ich wäre schon weg, wenn du hier eintriffst.«

Er stand grinsend da. Ihm fiel keine Erwiderung ein. »Ich hab dir einen Zettel hingelegt«, sagte er schließlich und deutete mit dem Kopf in die Richtung.

Sheila errötete, so wie sie errötet war, als Elvis sie am frühen Morgen vor ihrem Apartmenthaus im Auto geküßt hatte. Sie schaute in beide Richtungen, um zu sehen, ob sie jemand beobachtete. »Ich hab den Mädchen gesagt, wir hätten uns nicht verstanden, und du hättest mich früh am Abend zu Hause abgesetzt«, sagte sie. »Ich wollte nicht, daß sie es erfuhren.«

»Keine Bange«, sagte Elvis. »Unser Geheimnis.« Er sah nach unten, um seine Verlegenheit zu verbergen. »Gefallen dir meine neuen Stiefel?«

»Sie sind wunderschön«, sagte Sheila, »und deine Hose ist so rosa wie dein Auto. Du siehst toll aus.«

»Muß 'ne Platte aufnehmen, darum hab ich mir gedacht, ich sollte schick aussehen. Willst du 'n paar Cheeseburger essen gehen, sobald wir fertig sind?«

»Nein, das geht nicht.« Sie schaute zu Boden. »Wir können nicht mehr zusammen ausgehen, Elvis. Es tut mir leid. Es ist meine Schuld.«

»Was ist passiert?«

»Gar nichts, es war – es war, oh, es war schön. Weißt du noch, wie ich gesagt habe, du würdest mich verderben? Damit habe ich gemeint, du würdest mich zugrunde richten. Wirklich.«

»Ich hab dich nicht gefragt, ob du heiraten und Kinder kriegen willst«, sagte er. »Ich – wollte dich bloß wiedersehen.«

»Nein, das glaube ich nicht«, sagte sie und wandte sich ab. »Du bist lieb. Aber es würde weh tun, das weiß ich einfach.«

Er sprach leiser, murmelte nur noch. »Nie würde ich dir weh tun, Sheila«, sagte er. »Hat es gestern nacht weh getan?«

Tränen traten in ihre Augen. »Laß das«, sagte sie. »Mach du deine Platte. Ich muß gehen.« Sie schnappte sich ihren Mantel von einem Stuhl, wirbelte ihn um ihre Schultern und eilte über den Flur davon.

Elvis dachte: Tschüs dann. Schönen Dank auch, Ma'am.

Er trank den Rest seiner Coke und dachte an Sheilas liebevolles Lächeln, als sie auf dem Kissen neben ihm aufgewacht war.

Er schlenderte ins Studio.

Chet Atkins spielte das Stück weiter, mit dem er gerade beschäftigt war. »Kennst du das?«

»›I Really Don't Want to Know‹ von Eddy Arnold«, antwortete Elvis.

»Das stimmt. Bist du so gut wie Eddy Arnold?«

Elvis grinste. »Hoffentlich werd ich mal so reich wie Eddy Arnold.«

Chet Atkins lächelte. »Du kommst schon auf deine Kosten.«

Die hohe Decke war mit schwarzen Schallschutzelementen aus Stoff behängt. Elvis schlängelte sich durch das Chaos von Mikros, Stühlen und schwarzen Kisten zur Tür des Kontrollraums. Zwei Toningenieure schauten von ihrem Regelpult auf.

»Hoffentlich könnt ihr beiden mit den vielen Geräten eine Menge Echo machen«, sagte er.

Der in dem Sweatshirt sagte: »Dahinten ist 'n Treppenhaus, das gibt einen irrsinnig guten Echoraum ab.«

»Dann baut doch da hinten mal ein Mikro auf, ja? Ich spiele einen Song, bei dem man ein irrsinniges Echo braucht.«

»Wird gemacht.«

Colonel Tom traf mit seinem Assistenten Tim Drexel ein, danach Scotty, Bill und D. J. – mittlerweile waren alle miteinander befreundet.

Elvis ging in Steve Sholes' Büro. Der Produzent sollte nicht glauben, daß er bei seinem ersten Auftreten hier den dicken Mann markieren wollte. »Hey, Mr. Sholes, hoffentlich haben Sie nichts dagegen«, sagte er, »ich hab ihnen gesagt, sie sollten hinten an der Treppe ein Mikro aufbauen. In diesem Song ›Heartbreak Hotel‹ hör ich immerzu ein mächtiges Echo.«

»Gefällt dir das?« fragte Sholes.

»Mann, das will mir nicht aus dem Kopf«, sagte Elvis. »Ich höre es genauso, wie es klingen müßte.«

»Komm doch rein, und wir versuchen's mal.« Sholes ging voran in das große offene Zimmer. »Alle da? Ich möchte Sie alle bei RCA begrüßen, besonders die, die zum erstenmal hier sind, Elvis, gut, daß du bei uns bist. Dann wollen wir mal loslegen und großartige Musik machen.«

Parker und Drexel nahmen hinten im Kontrollraum Platz, wo sie keinem im Weg waren.

Zur Auflockerung spielte Elvis auf dem Klavier »Home in the Valley«, während alle ihre Plätze einnahmen, ihre Instrumente stimmten und taten, was sie zu tun hatten. Der Raum war voller talentierter Musiker, daher konnte sich Elvis auf seinen Gesang konzentrieren. Die ganze Woche lang hatte er sich auf diese Session eingestimmt – mehr geschlafen, gut gegessen, und dann hatte ihm gestern abend Sheila eine neue Welt gezeigt...

Er fühlte sich heiß und einsatzbereit.

Zuerst stimmten sie »I Got a Woman« an, einen Ray-Charles-Song mit einem Partybeat, dem eine tolle Gospel-Melodie unterlegt war. Chet und Floyd Cramer kapierten sofort und rundeten den Sound ab, den Elvis, Scotty, Bill und D. J. an all den Abenden unterwegs ausgearbeitet hatten.

»Elvis, ehrlich, das ist in Ordnung«, sagte Sholes über das PA, »aber wir wollen versuchen, ob du's nicht ein wenig weicher bringen kannst. Damit meine ich nicht, weicher singen. Aber sanfter. Nicht so sehr, als wär sie deine *woman*, klar? Sie ist dein süßes altes Mädchen. Dein *sweetie*.«

Elvis grinste. »Ich weiß ja nicht, Steve, der Song heißt doch nicht ›I Got a Sweetie‹.«

»Na, versuch's mal, und dann werden wir ja sehen.«

Elvis trug es ihm zuliebe ein wenig heiterer vor, schliff die Ecken und Kanten ab, und der Song paßte genau, vier rasche Takes. *I got a woman way over town – she's a-good to me... wo, yeah!*

Sie machten eine Pause. Steve spielte das Demoband von »Heartbreak Hotel« vor. »Da ist nichts Süßes dran«, sagte Elvis.

»Geh mal wieder in dein Treppenhaus«, schlug Steve vor. »Wir versuchen's noch ein- oder zweimal, mal sehen, was bei rauskommt.«

Der Treppenabsatz befand sich hinter der Band und war ein wenig seitlich versetzt; von dort aus konnte Elvis gut den Arm von D. J. sehen, wenn er nach unten ging. Er überprüfte das Echo: »*Well since my – weeeeeell – since my baby* -« Der Soundmann hatte recht: Das war besser als irgendein Echo vom Mischpult. Als riefe man in ein drei Stockwerke hohes leeres Faß.

Elvis summte ein wenig, »Testing, Testing, *well since my baby left me* – Mr. Sholes, wie hört sich das da drinnen an? – *I found a new place to dwell…* Mann, hier hinten klingt es umwerfend.«

Sholes sagte: »Einen Moment noch. Wir müssen noch etwas einstellen.«

Elvis betrachtete das Blatt Papier in seiner Hand. Es war ein seltsames Gefühl, von seiner Band getrennt dazustehen, aber vielleicht war das ja angemessen für einen Song über »Lonely Street«, die Straße der Einsamkeit.

»Okay, von mir aus kann's losgehen«, sagte Sholes.

Chet und Scotty legten mit elektrischen Gitarren los, kontrapunktisch zu Elvis' bluesigem Aufwärmgesäusel des Songs. D. J. akzentuierte die ersten Schläge eines Taktes mit festen Trommelschlägen. Bill wummerte einen unterkühlten Beat den Rücken seines Basses entlang – und zwar so unterkühlt, daß Steve Sholes reinkam, um ihn näher ans Mikro zu stellen.

»Bill, das ist prima«, sagte er. »Jetzt müssen wir's einfach halten, Leute. In diesem Song gibt es zwei Dinge – Elvis und Bills Baßlinie. D. J., du pausierst hierbei. Alle außer Bill pausieren bei der ersten Strophe. Floyd, dann klimperst du ein wenig, rinkytink, nur ein bißchen – ya na na, ya na na –, und ihr an den Gitarren, ihr setzt bloß die Akzente.« Sholes stand herum und zeigte ihnen, wie er sich das vorstellte, befreite den Song von allem Ballast. »Elvis, laß uns jetzt mehr hören«, sagte er dann. »Nicht zurückhaltend sein. Schrei es heraus.«

Dieser Song brauchte keinen Anfang. Die Songschreiber hatten eine traurige Geschichte in wenige Worte gepackt. Elvis schrie in die Stille *Well since my baby left me.*

Die Jungs meldeten sich zurück mit *Da-dam*!

I found a new place to dwell

Da-dam!

Elvis setzte sofort nach. Die Gitarren trennten sich und gingen jede für sich auf derselben coolen Straße spazieren, bis sie sich schließlich wieder trafen.

Scotty und Chet arbeiteten einen Gitarren-Break aus, spielten sich gegenseitig die Bälle zu, während Floyd Cramer am oberen Ende der Tastatur kleine Geräuschtupfer setzte. Das Ende kam mit Bills absteigendem Baßlauf und dem schwebenden Twang-twannnng am Ende!

»Das ist gut«, befand Sholes. »Das ist gut. Probiert's noch mal.«

Bei jedem Take suchte Elvis in seinem Inneren nach einer noch intensiveren Verzweiflung. Er dachte an einen einsamen Mann, der neben der Landstraße steht und auf das Mädchen wartet, das nie kommen wird.

Dieser Song stellte für sich genommen einen eigenen neuen Stil dar. Elvis vertrieb auch die allerletzte Spur Hillbilly aus seiner Stimme. Er stellte sich Ray Charles vor, wie er in seiner ganz privaten Finsternis weinte, nur Ray und sein Piano, die schrien und jammerten, wie man auf Schallplatten nicht jammern sollte – nur in der Kirche oder spätnachts, in sein Kissen. Elvis war weder blind noch schwarz, deshalb hatte er vielleicht nicht das Recht, den Blues laut herauszuschreien, doch er stand auf dem Treppenabsatz und schrie trotzdem.

Am Ende des Songs kniete er auf einem Bein, außer Atem, das Mikrofon gegen die Lippen gepreßt.

Er erholte sich und ging zurück ins Studio. Alle Mann grinsten ihn an.

Chet Atkins sagte: »Das ist ein Hit.«

»Mensch, umwerfend!« sagte Steve Sholes hinter der Scheibe. »Elvis, du hast 'n Volltreffer gelandet! Komm rein und hör dir das an!«

Der Colonel lächelte nur.

»Der Knabe war ja ziemlich aufgedreht, hab ich recht, El?« Scotty zeigte auf ihn. «Dreh dich mal um.«

»Was …?« Er drehte sich um und guckte auf sein Hinterteil. Die Naht seiner rosa Hose war geplatzt, so daß man das Weiß seiner Unterhose sehen konnte.

»Da zeigt er wieder seinen Arsch«, sagte Bill. »Sieh dich um, Elvis, dort steht mein Koffer. Nimm dir 'ne Jeans von mir.«

Alle lachten und machten obszöne Bemerkungen, während sich Elvis rasch umzog.

Dann gingen sie wieder an die Arbeit und nahmen noch zwei Hits auf.

40

Die Limousine jagte aus dem Tunnel auf eine der Hängebrücken, die Elvis aus der Luft gesehen hatte. Sein Herz schlug schneller. Hinter dem Fenster links von ihm waren alle hohen Gebäude der Welt aufgereiht, eine Mauer aus Stein und Stahl, die die Sicht auf eine ganze Seite des Himmels versperrte.

Wenn ihn doch Gladys sehen könnte: *Der Junge lebt jetzt auf großem Fuß...*

Die Limousine rollte auf einer höhergelegten Landstraße am Fluß entlang und tauchte dann in einen Dschungel voller Wolkenkratzer ein, wo die Gebäude die schwache Wintersonne verdrängten.

Der Fahrer raste durch belebte Straßen, holperte über Fahrrinnen, beschleunigte jedesmal, wenn ein Fußgänger wagte, ihm in die Quere zu kommen. Taxis hupten und huschten mit atemberaubenden Beinahe-Karambolagen vorbei. Elvis hielt sich mit beiden Händen am Sitz fest. Noch nie hatte er jemanden so fahren sehen. Er fand es toll. Er fürchtete um sein Leben.

Der Fahrer hielt mit quietschenden Reifen an. »Da simmer.« Elvis schüttelte seine Hand, dankte ihm, gab ihm einen Fünfdollarschein.

Ein rotuniformierter Mann öffnete die Tür. »Willkommen im Warwick, Mr. Presley.«

An dem Marsch von der Bordsteinkante ins Zimmer waren fünf rotuniformierte Männer, drei Damen vom Empfang sowie der Hotelmanager beteiligt. Sie lotsten Elvis mit einem Riesengetue in die Staffordshire Suite, was übertrieben war, wenn man bedachte, daß diese nicht größer war als zwei benachbarte Zimmer im Al-Ida-Motel.

Kaum war er allein und öffnete die Koffer, um seine Kleidung aufzuhängen, da klingelte auch schon das Telefon.

»Haben sie dir geholfen, dich einzuleben, mein Junge?« Natürlich Tom Parker. Tom war überall, wie Radiowellen. Tat Elvis etwas, schien er es im selben Moment zu wissen.

»Hey, Tom. Das war echt prima, mit diesem Flugzeug zu fliegen. Das will ich öfter mal machen.«

»Das wirst du, mein Junge. Ich habe gerade mit Drexel gesprochen. Hab deinen neuen Auftrittsplan hier, falls du ihn dir mal ansehen willst.«

»Ich dachte, ich könnte vielleicht erst mal unter die Dusche.«

»Auch gut, ein Page bringt ihn dir vorbei. Komm rauf, wenn du soweit bist, dann gehen wir irgendwo ein Häppchen essen. Ich bin in achtzehn null acht. Um sechs Uhr haben wir ein Interview mit der *Herald Tribune*.«

Elvis sagte »Okay« und »Hm-m« und notierte es sich. Er hatte sich vorgestellt, an seinem ersten Abend in der großen Stadt allein zu sein, aber das kam nicht in Frage; als der Colonel versprochen hatte, sein Leben zu übernehmen, hatte er das wörtlich gemeint.

Und dieses Leben war ein endloser Wirbelsturm von Auftritten, Plattenaufnahmen, Fototerminen, Interviews und zu Elvis' Schutz desinfizierten Hotelzimmern. Es gab keine Ruhepause für ihn. Vor »Heartbreak Hotel« hatte RCA sämtliche alten Singles von Sun Records neu aufgelegt; sie wurden alle wieder Hits. Elvis' Live-Auftritte waren Stunden nach ihrer Bekanntgabe ausverkauft.

Er befürchtete, falls er innehielt, um sich zu fragen *warum – warum* passiert das *mir*? –, würde der gesamte Zirkus seine Zelte abbrechen, den Zug beladen und mitten in der Nacht die Stadt verlassen, während er gerade nicht hinsah.

Warum denn *nicht* ihm? Gutes passiert Menschen, die es unbedingt wollen. Elvis sah gut aus und hatte Talent. Er gab sich Mühe, gut zu sein. Er arbeitete schwer. Er hatte es verdient. Sein ganzes Leben lang war er arm, arm und nochmals arm, seine Familie immer auf der Flucht vor dem Vermieter gewesen, immer hatten sie sich Dinge gewünscht, die sie sich nicht leisten konnten. Am liebsten hätte er einen großen Haufen Geld aufgetürmt, wäre obendrauf geklettert und hätte dort gesessen und auf die Welt herabgelacht. Ihm blieb keine Zeit mehr, darüber nachzudenken, was er auf der Bühne machen wollte. Er stellte sich einfach da hin und ließ die Songs und die Bewegungen aus sich raus. Das Leben auf der Bühne kam ihm realer vor als das verschwommene Gedränge von Autobahnen, Garderoben und Coffee Shops zwischendurch, wenn der Colonel das Sagen hatte. Unter den Scheinwerfern kontrollierte Elvis alles.

Das Kreischen traf ihn jedesmal wie ein Hieb. Es hatte dieselbe Wirkung wie stärkster heißer Kaffee. Es brachte sein Herz zum Pumpen, machte seinen Kopf klar, ließ ihn in wilde Zuckungen verfallen.

Er fragte sich, wie es wohl war, in dieser großen kalten Stadt aufzutreten, wo ihn die Mädchen noch nicht kannten.

Colonel Tom wurde ungeduldig und kam ihn holen. Sie gingen die Straße runter in einen Imbiß.

Die Kellner waren unfreundlich. Auf der Speisekarte war Elvis alles unbekannt, außer Sandwiches. Er bestellte ein belegtes Baguette und eine Coke und aß hastig wie alle anderen Gäste auch. Keiner erkannte ihn. »Haben Sie in Ihrem Leben schon mal so viele gelbe Taxis gesehen?« fragte er mit einem Blick auf die Straße. »Hier könnte man als Autohändler eine Stange Geld verdienen, garantiert. Die Leute hier brauchen Autos.«

»Nach der *Herald Tribune* kommt einer vom RCA-Büro«, sagte Parker gerade, »und dann drei Telefonate in meinem Zimmer mit den Radiosendern in Florida, danach treffen wir uns im Plaza mit den Dorseys.«

»Hm-m.«

»Elvis, würdest du gefälligst aufpassen?«

Er verdrehte die Augen. »Okay, Mom.«

»Du mußt auf die Dorseys einen guten Eindruck machen«, sagte der Colonel. »Wenn sie anbeißen, kann ich sie vermutlich dazu bringen, für mehr Auftritte zu löhnen. Sie brauchen irgendwas. Perry Como macht Kleinholz aus ihnen.«

Tommy und Jimmy Dorsey hatte man als Konkurrenz für Perry Comos Unterhaltungssendung auf NBC-TV aus dem Radiohimmel zurückgeholt, doch die berühmten Big-Band-Brüder taten sich mächtig schwer. »Stage Show« war, wie jedermann wußte, ein zweitrangiger Abklatsch von Ed Sullivans »Toast of the Town«. Deshalb konnte der Colonel Elvis einen Auftritt in der Sendung sichern, während die anderen New Yorker Produzenten sagten, er sei nichts weiter als eine Eintagsfliege aus den Südstaaten. Und darum hatte Elvis seinen Nadelstreifenanzug an und sein beflissenstes Lächeln aufgesetzt, als die Dorseys den düsteren, piekfeinen Oak Room betraten.

Die Dorseys waren zwar lebende Legenden, sahen aber wie ein paar alte Bohnenfarmer aus, die man überredet hatte, ihre Stallklamotten aus- und Smokings anzuziehen. Man wäre nie darauf gekommen, daß die Frauen einmal für sie geschwärmt hatten. Tommy Dorseys linke Hand zitterte so stark, daß er sie mit der anderen Hand festhalten mußte. Er sagte: »Scotch.« Sein Bruder sagte: »Für mich das gleiche.« Der Colonel bestellte Bourbon. Elvis bekam eine Coke.

»Elvis, ich hab 'ne Menge über dich gehört«, sagte Jimmy Dorsey.

»Na ja, Sir, da erzählt man sich einiges«, sagte Elvis. »Jedenfalls bin ich stolz, daß Sie uns in Ihrer Sendung haben wollen. Ich sehe sie mir regelmäßig an. Ich hab noch nie etwas fürs Fernsehen gemacht, außer in und um Memphis herum.«

Tommy Dorsey nahm seinen Drink aus der Hand des Kellners und führte ihn direkt zum Mund. Als er das Glas abgesetzt hatte, zitterte seine Hand nicht mehr.

Elvis bat den Kellner um einen Trinkhalm für seine Coke. So wie der Mann die Nase rümpfte und fortstolzierte, hätte man meinen können, Elvis habe ein totes Tier bestellt.

Jimmy Dorsey lächelte. »Also, Elvis«, sagte er, »drei Dinge muß du übers Fernsehen wissen. Erstens, es ist live. Sag nichts, was deine Tante Edith nicht hören soll. Falls was schiefgeht, immer weitermachen.«

»Das bin ich gewöhnt«, sagte Elvis. »Letzte Woche in Miami

sind drei Mädchen zu uns auf die Bühne geklettert. Während die Polizei sie herumgescheucht hat, hab ich einfach weitergesungen.«

»Unser Publikum hier benimmt sich ziemlich gut«, sagte Jimmy. »Du wirst allerdings merken, daß die Zeit bei Live-Übertragungen viel schneller vergeht. Zieht man die Werbezeit ab, dauert unsere Show dreiundzwanzig Minuten. Das heißt, du mußt dich an die Zeiten halten, die wir dir bei der Probe vorgeben. Überzogen wird nicht. Und das wichtigste: Wenn du nicht an deinem Platz stehst und sendebereit bist, sobald das rote Lämpchen an der Kamera aufleuchtet, haben wir Leerlauf.«

»Keine Sorge«, sagte Elvis, »wahrscheinlich bin ich drei Stunden zu früh da. So aufgeregt bin ich.«

Jimmy sagte: »Wir auch.«

Tommy hustete, leerte sein Glas, klirrte mit dem Eis und sagte: »Jimmy.« Das war sein erster Redebeitrag seit »Scotch«. Als er sich langsam erhob, hielt er sich mit beiden Händen am Tisch fest.

Elvis dachte: Hoffentlich seh ich nicht so alt aus, wenn ich alt bin. Wahrscheinlich wird man so, wenn man ständig unterwegs ist und nicht rechtzeitig aufhört.

Er hatte gedacht, sie würden zu viert dasitzen und Geschichten aus dem Showgeschäft austauschen, aber Tommy Dorsey hatte schon seinen Mantel angezogen und war auf dem schnellsten Weg zur Tür.

Jimmy stand auf. »Immer direkt in die Kamera sehen. Mehr ist nicht dabei. Bis morgen dann.« Er schnappte sich seinen Mantel und folgte seinem Bruder.

Colonel Parker sagte: »Setz dich mal kurz hin, mein Junge. Gleich kommt eine Lady von der *Daily News.* Ich hab ihr eine halbe Stunde versprochen.«

»Na hören Sie mal, Tom, es ist nach zehn! Ich hab heute schon so viel gelächelt, daß mein Gesicht jeden Moment Risse kriegt.«

»Dreißig Minuten, mehr nicht. Ehrenwort. Das ist eine große

Zeitung, mein Junge, wir können es uns nicht leisten, die zu vergrätzen.«

Es war nach Mitternacht, als Elvis endlich allein in seinem Zimmer war und einen Cheeseburger mampfte, den der Zimmerservice gebracht hatte. Pat Boones gesundes, fröhliches Gesicht füllte den Fernsehbildschirm; der Ton war abgestellt, damit Elvis es ertrug, mit Pat Boone in ein und demselben Zimmer zu sein. Der zischende Heizkörper machte Überstunden. Elvis öffnete ein Fenster.

Kalte Luft und der Krach von Hupen und Sirenen drangen herein. Schnee trieb an den Straßenlaternen vorbei. Aus dem siebzehnten Stock sah die Hauptstraße wie eine Spielzeugstraße aus, deren Fahrspuren von Spielzeugautos verstopft wurden.

In einer Million Fenstern brannte Licht: warme Lichter und die kalten flimmernden Lichter von Fernsehern. Erst vor drei Jahren hatte Elvis im Fenster von Goldsmith's sein erstes Fernsehgerät gesehen. Inzwischen versammelte sich das ganze Land allabendlich um den kleinen Bildschirm, und morgens redeten die Leute über Lucy, Ricky, Ethel, Fred, George, Gracie, über Sid Caecar, Imogene Coca, Pat Boone, Steve Allen und Ed Sullivan.

Morgen abend würden einige von ihnen über Elvis reden.

Angesichts dieser riesigen Stadt kam er sich so klein vor. In letzter Zeit hatte er sich angewöhnt, sich für einen ziemlich wichtigen Menschen zu halten – was einem wirklich leichtgemacht wurde, bei all dem Gekreische, den Blitzlichtgewittern, Menschenmengen und Polizisten –, doch hier saß er nun, unsichtbar, ein Unbekannter im Fernsehland, der wieder bei Null anfing.

Man konnte all die Menschen zusammenzählen, die Elvis je gesehen hatte, dann die Einwohner von New York City hinzuzählen, und käme immer noch nicht auf die Millionen, die ihn morgen abend in der »Stage Show« sehen würden.

Sämtliche früheren Auftritte waren bedeutungslos. Er hatte sich an eine neue Startlinie begeben. Wieder einmal hing alles von ihm ab. Er mußte alles, was er an diesen heißen, verschwitzten Abenden auf Tour gelernt hatte, bündeln und es für die Fernsehkameras abkühlen. Er wollte einen Funken überspringen lassen, die Leute nicht erschrecken, daß sie aus ihren Wohnzimmern flohen.

Er rollte herum, griff nach dem Telefon.

Von dem quakigen Freizeichen des Memphis-Telefonnetzes bekam er Heimweh. Beim dritten Klingeln nahm Gladys ab.

»Elvis?« Ihre Stimme klang schläfrig.

»Hey, Mama. Tut mir leid, daß ich dich geweckt habe. Ich mußte nur mal kurz reden.«

»Wie spät ist es, Schatz?« Er stellte sich vor, wie sie das Licht anmachte, das Telefon zu ihrem grünen Polstersessel trug und sich setzte. Er hörte Vernon schnarchen.

»Mitternacht eurer Zeit«, antwortete er. »Stell dir vor: Ich habe heute abend Jimmy und Tommy Dorsey kennengelernt.«

»Das ist ja großartig, Elvis«, sagte sie und wurde langsam wach. »Waren sie nett?«

»Och, es ging so«, sagte er. »Dieser Tommy sieht schlecht aus. Ich glaube, er ist ein Säufer.«

»Ich kann's kaum erwarten, es deiner Tante Clettes zu erzählen«, sagte Gladys. »Sie hat ihn immer für das Größte seit der Erfindung des Schnittbrots gehalten.« Sie gähnte. »Bist du in deinem Hotel?«

»Ja. Es schneit. Ich wünschte, du könntest es sehen.«

»Ich würd's nicht ertragen«, sagte sie. »Du weißt doch, Kälte war noch nie meine Sache.« Sie zögerte. »Elvis, irgendwas stimmt nicht.«

»Nö, eigentlich alles in Ordnung… bin wohl bloß ein wenig nervös wegen morgen abend.« Er zog die Knie an den Oberkörper. »Es ist eine Riesensache, Satnin. Ich krieg zwar auf der Bühne keine Angst mehr, aber Colonel Tom redet andauernd von dieser Sendung, wie wichtig sie sei und – ich weiß nicht. Ist schon irgendwie unheimlich. Was, wenn ich's in den Sand setze?«

»Also, Schatz, du kannst jederzeit nach Hause kommen, wenn du willst«, sagte sie. »Du mußt es nicht tun, wenn es dich zu nervös macht.«

»Danke, Mama.« Er lächelte in sich hinein. Das war ihr Lieblingsrat: Komm nach Hause, Schatz, laß Mama für dich sorgen. Nur weil er es gehört hatte, ging es ihm schon besser. »Ich laß dich wohl besser weiterschlafen«, sagte er.

»Jetzt bin ich wach. Erzähl mir von diesem Tommy Dorsey.«

Er erzählte ihr alles, was ihm so einfiel, von den Dorseys, dem Hotel Plaza und den Pferdekutschen im Central Park, von dem Verkehr, den glitzernden Wolkenkratzern und dem Geruch nach angebrannten Kastanien in der Luft.

Er sagte, daß er sie liebe, und Gladys erwiderte: »Ich liebe dich auch, Schätzchen. Du wirst das schon machen, das weiß ich. Stell dir einfach vor, du singst mir deine Songs vor.«

»Gute Nacht, Mama. Schlaf gut.«

»Gute Nacht, Elvis. Ich liebe dich.«

Er legte auf, drehte sich auf die andere Seite, knipste das Licht aus. Seine Liebe zu ihr hatte nicht nachgelassen, überhaupt nicht. Er fühlte sich ihr so nah, obwohl er weit weg war. Am Telefon konnte er alles herauslassen, ohne ihr Gesicht zu sehen. Sie war immer froh, von ihm zu hören.

Aber er war immer noch allein.

Er kramte in seiner Kulturtasche nach der Flasche Schlaftabletten, die Dr. Davis ihm gegeben hatte. Er konnte vor seinem landesweiten Fernsehdebüt nicht die ganze Nacht daliegen und sich herumwälzen. Man würde die dunklen Ringe unter seinen Augen sehen.

Er schluckte zwei Tabletten, nahm dazu ein Glas Milch aus dem kleinen Kühlschrank.

Dann holte er eine Marihuanazigarette aus der Packung, die er in der Spitze seines Halbschuhs aufbewahrte. Sein farbiger Freund Jackson aus Memphis belieferte ihn regelmäßig damit und nahm nie Geld von Elvis. »'nem Freund helf ich gern«, sagte er.

Das Gras half Elvis, sich zu entspannen. Es war besser als Schlaftabletten. Die Kombination von Pillen und Gras nachts in seinem Zimmer, nach dem täglichen Tumult, hatte in letzter Zeit zu einer wunderbaren Ruhe geführt. Die Lichter der Skyline pulsierten und glitzerten wie Sterne. Elvis schlief im Sessel ein.

Während er schlief, fiel immer mehr Schnee, überzog die Oberflächen der Autos, die Vorsprünge und Fenstersimse an Gebäuden, die Gehsteige, die Straßen – silberdollargroße Flocken fielen und rundeten scharfe Kanten ab, glätteten und verwehten Autos und Briefkästen und färbten sie weiß.

Elvis erwachte unter einem strahlend blauen Himmel und in einer Stille, die so tief war, daß er annahm, er wäre vielleicht doch nicht in New York.

Irgendwie war er aus dem Sessel ins Bett gelangt. Er kroch zum Fenster zurück. Die Hauptstraße unter ihm war weiß, beinahe menschen- und autoleer. Die hohen steinernen Gebäude bildeten eine perfekte, von Menschenhand errichtete Felsenfront, die sich endlos weit erstreckte. Alles war still und weiß. Elvis stellte sich vor, daß ihm die ganze Stadt gehörte…

Das Telefon bimmelte.

»Sieh mal aus dem Fenster«, sagte der Colonel.

»Das mach ich gerade. Sie glauben doch nicht, daß sie die Show absagen, oder?«

»Teufel nein, *The show must go on*, das ist die wichtigste Regel«, antwortete Parker. »Bist du soweit? Das Mädel vom *TV Guide* wartet unten. Die ist bestimmt mit 'nem Hundeschlitten gekommen.«

»Ich brauche ein Viertelstündchen.«

Die kurze Dusche war an diesem Tag der letzte Moment, an dem Elvis allein war. Er beantwortete tausend Fragen mit einem Lächeln und einer ehrlichen Pseudoantwort, stellte sich in Pose, begrüßte und kooperierte so gut er konnte. Seine ängstliche Seite verbarg er. An seiner Stelle stand ein glatter, grinsender Fremder und übernahm das Reden.

Scotty, D. J. und Bill trafen mit fünf Stunden Verspätung ein und erzählten Schauergeschichten, wie sie mit einem Taxi vom Flughafen ins Studio gerutscht und geschlittert waren.

»Die Leute hier fahren wie die Irren, stimmt's?« sagte Elvis. »Das ist wie bei einem Autocrash-Rennen.«

Bill sagte: »Ich kann's nicht erwarten, wieder in warme Gegenden zu kommen.«

Elvis war froh, daß sie da waren und seine Gedanken von den in Studio 50 wartenden, gewaltigen Kameras ablenkten. Scotty packte die Gitarren aus, sie spielten das alte »Hound Dog« von Big Mama Thornton, und schon fühlte man sich in dem Zimmer so zu Hause wie in jeder anderen Garderobe auf der Welt.

Das Scriptgirl erschien in der Tür. »Zehn Minuten…«

Scotty und Bill schlenderten zum Stimmen nach draußen. Es wurde Zeit, daß Elvis wieder in seine Haut stieg und das Kommando übernahm. Es blieb ihm überlassen, einen Grund für dieses ganze Theater zu finden. Diese Aufgabe nahm ihm keiner ab. Ein Roboter konnte es nicht.

Zwei mit Paletten, Pinseln und Handspiegeln bewaffnete Maskenbildnerinnen tauchten auf. Sie kämmten und bewunderten Elvis' Haare, die er mit »Miss Clairol«-Haarfärbemittel bearbeitet hatte, jedesmal einen Ton dunkler, bis sie schließlich so blauschwarz und glänzend waren wie die von Superman.

Er sagte: »Halt den Spiegel mal 'n Momentchen ruhig, Schätzchen.« Er grinste, überprüfte seine Zähne.

Es klopfte an der Tür.

»Ist offen…«

Tom Parker steckte den Kopf herein. »Alles in Ordnung?«

»Kommen Sie rein.« Wegen des Gesichtspuders zog Elvis die Nase kraus.

»Wie fühlst du dich, Junge?« Der Colonel trat näher und musterte ihn. »Das ist jetzt die große Chance. Live, landesweit. Geht's dir gut?«

»Verflixt, Tom, Sie klingen nervöser als ich«, sagte Elvis. »Ich hab den größten Teil meiner Angst gestern nacht ausgeschwitzt.«

»Möchten Sie noch mehr Haarspray drauf haben?« fragte die Frau von der Maske.

»Nein, Ma'am, das reicht.« Er betätschelte die steifen Seiten. »Um das durcheinanderzubringen, müßte schon ein Orkan kommen.« Er entledigte sich des Umhangs. Die Kostümbildnerin hatte ihm bei der Auswahl des breitschultrigen, anthrazitfarbenen Anzugs, des schwarzen Hemds, der weißen Krawatte geholfen. Um die grelle Beleuchtung zu schlucken, sagte sie. Damit sein Gesicht besser herauskam.

»Du siehst todschick aus«, sagte der Colonel. »Heiz ihnen ordentlich ein.«

»Ich bin soweit. Bringen wir's hinter uns.«

Im Studio 50 herrschte Chaos, überall liefen Leute herum, die Klemmbretter oder irgendein Teil der Beleuchtungs- oder Tonanlage in den Händen hielten, alle brüllten und hatten es wahnsinnig eilig. Die Batterien von Jupiterlampen waren grell genug, um die schwarzen Schatten zu werfen, die auf den Fernsehgeräten für ein scharfes Bild sorgten. Alle dreißig Sekunden rief der Regieassistent die Zeit aus.

Colonel Tom suchte sich einen guten Platz im Kontrollraum. Die Musiker des Dorsey-Orchesters stiegen auf ihr fahrbares Podest. Drei Bühnenarbeiter hielten sich bereit, sie auf die Bühne zu schieben, sobald sich der Vorhang hob.

Elvis registrierte erstaunt die billige Kulisse, die man seit der Probe aufgebaut hatte – kitschige, mit Glitzerstaub bemalte Hintergründe und Dekorationen aus Talmi-Netzen mit Plastikverzierungen. Doch als er über die Schulter eines Technikers auf einen winzigen Monitor schaute, sah er, daß Beleuchtung und Kamera die Bühne in ein elegantes, in klares Schwarzweiß gehaltenes Szenenbild verwandelten.

»Live vom Broadway in New York City, der Entertainment-Hauptstadt der Welt«, verkündete der Ansager, »sehen Sie Jimmy und Tommy Dorseys ›Stage Show‹!« Das Orchester rollte auf die Bühne und blies seine martialische Fanfare. Das Publikum bekam das Zeichen und applaudierte.

Die Kameramänner hockten sich hinten auf ihre klotzigen Kameras und wurden von Bühnenarbeitern in Position gerollt. Dieses gläserne Rechteck vorn, mit den aufgestellten Klappen – das war das Auge, das offene Fenster zum ganzen Land. Darauf richtete Elvis seine Aufmerksamkeit. Die rote Lampe würde blinken, wenn es auf ihn gerichtet war.

Die Dorseys plauderten leutselig in Kamera eins und stimmten dann mit dem Orchester eine Swing-Nummer an. Die »June Taylor Dancers« hüpften und wirbelten, gefolgt von einem Werbespot für Kellogg's Rice Krispies.

Jimmy Dorsey setzte ein gekünsteltes Lächeln auf und stellte Sarah Vaughan vor, seinen ersten Gast.

Sarah Vaughan sah genau so hübsch aus, wie Elvis sie sich ihrer Stimme nach vorgestellt hatte. Wie sie auf dem Stück »Moanin' Low« in die tiefe Tonlage verfiel, hätte sie einem Waldhorn alle Ehre gemacht. Gelegentlich hatte Elvis versucht, bei ihren Platten mitzusingen, doch ihr Rhythmus war ihm einfach zu exzentrisch. Er stand seitlich neben dem Vorhang und wippte mit der Fußspitze.

Ein Produktionsassistent bugsierte ihn zu einem mit Kreppband auf den Boden geklebten X. Auf sein Kommando hin sollte Elvis in einem Scheinwerferkegel auf der Bühne zu einem zweiten X gehen, das sich unter dem Mikrofongalgen befand.

Einige Mädchen im Publikum entdeckten ihn und kreischten. Ein Bühnenarbeiter bedeutete ihnen mit hektischen Handbewegungen aufzuhören – Sarah Vaughan war gerade im stimmungsvollen Teil ihres Songs.

Es tat Elvis zwar leid, aber in etwa einer Minute würde er Sarah vom Bildschirm pusten müssen. Er würde einen Song für die ungeduldigen Mädchen im Studiopublikum singen müssen, für Mädchen, die überall auf ihre Ellbogen gestützt auf dem Fußboden lagen, von den Dorseys tödlich gelangweilt waren und ihre Eltern anflehten, doch endlich zu Perry Como rüberzuschalten.

Kamera drei näherte sich ihm. Drei Hilfskräfte schlichen hinter ihr her und zogen vorsichtig Kabel mit sich, als könne eine hastige Bewegung das einäugige Ungeheuer veranlassen, sich umzudrehen und sie zu verschlingen.

Elvis stand wie festgewachsen auf seinem X. Er klatschte wie alle anderen Beifall, als Sarah Vaughan ihren Song beendete und sich mit einer Verbeugung verabschiedete. Man dämpfte die Beleuchtung, jetzt kam eine Werbung für Purina Hundefutter.

Bühnenarbeiter schwärmten überallhin aus, regulierten, stellten nach. Die Maskenbilderinnen kamen und puderten Elvis' Stirn.

»Okay, Jungs«, sagte er, »auf los geht's los. Und vergeßt das breite Lächeln für die Leute zu Hause nicht.«

Scotty grinste und fummelte an seiner E-Saite herum.

»Dreißig Sekunden bis zur Aufnahme«, rief der Regieassistent.

Bill Randle, der Diskjockey aus Cleveland, nahm seine Position vor Kamera zwei ein. »Okay, Ruhe, Mädchen«, sagte er. Tommy Dorsey tauchte aus dem Nichts auf und nahm vor Kamera eins Aufstellung. Er nickte Elvis zu.

»Fünfzehn Sekunden!«

Elvis rückte seinen Schlips gerade.

Die Bühne wurde dunkel. Die Dorseys hatten beschlossen, Elvis vor einem schwarzen Hintergrund, mit von Scheinwerfern ausgeleuchteter Silhouette, zu präsentieren.

»...vier, drei, zwo...«

Der Regieassistent zeigte mit dem Finger auf Tommy Dorsey. Kamera eins leuchete auf.

Das Orchester schmetterte die Fanfare.

Tommy sagte: »Meine Damen und Herren, ich übergebe an einen der besten Rundfunkdiskjockeys, Bill Randle.«

Eine rote Lampe leuchtete auf Kamera zwei. Bill Randle sagte: »Meine Damen und Herren, wir möchten Ihnen gern einen jungen Burschen vorstellen, der, wie viele Künstler, scheinbar aus dem Nichts gekommen ist, um über Nacht zu einem ganz großen Star zu werden. Heute abend wird er, wie wir glauben, Fernsehgeschichte machen. Wir möchten Ihnen die Gelegenheit geben, ihn jetzt kennenzulernen – Elvis Presley – hier ist er!«

Ein weißer Lichtstrahl schoß nach unten. Mädchen kreischten. In dem Licht ging Elvis zur Bühnenmitte.

Er verschwendete keine Zeit. Er hob die Hand zu einem knappen Winken für seine Mutter, senkte sie dann zur Gitarre...

Get out in that kitchen and rattle those pots and pans!

Die Jungs fielen energisch ein. Die Beleuchtung ging an: abrupter Sonnenaufgang. Elvis vergaß Sarah Vaughan und sang in das starre Glasauge. Es war direkt vor seinem Gesicht, so nah wie niemand sonst an ihn herankam, wenn er sang.

Er ließ keine seiner Spezialitäten aus, ohne dabei den Kamerabereich zu verlassen. Er warf den Kopf zurück, schüttelte die Haare, grinste spöttisch in die Kamera. Er bewegte sich locker hinter seiner Gitarre und achtete drauf, immer hübsch auf dem X stehenzubleiben.

Er blickte tief in das Glasauge. Weit unten in den Schichten aus gebogenem, beschichtetem Glas spiegelte sich seine Mutter wider, wie sie im Wohnzimmer in Memphis auf ihrem Stuhl saß.

Die Scheinwerfer verwandelten Elvis in Elektrizität, ließen ein Bild auflodern, das durch die von den Fingern der Bühnenarbeiter gehaltenen Kabel in den verglasten Kontrollraum fuhr, in Leitungen durch Wände in den Keller, von wo aus es mittels dickerer Kabel landesweit an Fernsehsender übertragen wurde, wo man das Signal verschlüsselte und in hohe Masten hinaufschickte, auf unsichtbaren Wellen durch die Luft verbreitete, damit es von Millionen Hausantennen eingefangen, in Zenith-, Admiral- und Motorolafernseher gesogen und in die Wohnzimmer der Amerikaner übertragen werden konnte, die gerade nicht Perry Como oder den Samstagabendfilm auf ABC sahen oder in einem Drive-in-Kino verabredet waren.

Das neue RCA-Gerät in der Getwell Road Nummer 1414 lieferte ein scharfes, klar umrissenes Bild. Mit Tränen in den Augen lehnte sich Gladys in ihren Schaukelstuhl zurück. »Habt ihr das gesehen? Er hat mir zugewunken.«

Alle Anwesenden in Gladys' Wohnzimmer jubelten Elvis zu, der denen in New York ordentlich einheizte.

Elvis hatte Vernon und Gladys zum Stadtgespräch von Memphis gemacht. Zeitungsleute kamen, um sie zu fotografieren und nach jeder Kleinigkeit zu befragen. Als Gladys ihr Foto in der

Zeitung sah, wäre sie am liebsten gestorben, so dick war sie. Vorher hatte es sie überhaupt nicht gestört, bis dann die Fotoapparate anfingen, pausenlos zu knipsen. Von Dr. Davis hatte sie sich ein paar Abmagerungspillen verschreiben lassen; die machten sie zwar nervös, aber bis jetzt hatte sie sieben Pfund abgenommen. Als das Telefon klingelte, überschlug sie sich fast, um den Hörer abzunehmen. »Elvis?«

»Hi, Mama. Hast du uns gesehen?«

»O Schatz, du warst so gut!«

Die anderen fingen wieder an zu jubeln. Gladys spulte die Liste der Anwesenden herunter: Dodger natürlich, und Johnny und Travis, Mrs. Chester und Familie Hastings aus dem Lauderdale Court, ein paar Kumpel von Vernon aus der Billardkneipe...

»Mama, ich muß es kurz machen.« Elvis stand hinter der Bühne von Studio 50 im Büro des Produzenten, umgeben von einer lärmenden Menge und zwei Produktionsassistenten, die darauf warteten, ihn zu der obligatorischen Party nach der Sendung mitzunehmen. Gladys klang so weit weg.

»Hör mal«, sagte er, »man hat mich schon zu fünf weiteren Auftritten hier eingeladen. Was sagst du dazu? Jetzt sag allen von mir tschüs, und ich rufe euch morgen abend an. Satnin – ich liebe dich.«

»Ich hab gesehen, wie du mir zugewunken hast, Schatz«, sagte sie. »Ich liebe dich so. Komm bald nach Hause.«

»Danke, Mama. Alles Gute. Tschüs.«

Er fand die Vorstellung aufregend, daß sich alle um das Gerät versammelt hatten, ihm zusahen, seine Mutter aufmunterten. Das war sein Lohn. Diese Menschen wollte er beeindrucken.

Außerdem hatte er eine Menge Menschen beeindruckt, die er nicht kannte. In der darauffolgenden Woche bekam die »Stage Show« 78 Briefe mit Lob für Sarah Vaughan und 158000 Fanbriefe für Elvis.

Er war ein Hit.

Für Publicityfotos nahm er neben den riesigen Säcken mit Fanpost Aufstellung. Auf den Straßen New Yorks hielten ihn

Leute an und wollten Autogramme haben. Überall waren Mädchen, belagerten das Hotel, das CBS-Gebäude, den Imbiß.

Elvis arbeitete in den RCA-Studios an der East 24th Street mit Scotty, Bill und ein paar Sessionmusikern von elf Uhr vormittags bis Mitternacht. Er nahm sechs Songs hintereinander auf, Bam, bam, bam, bam, bam, BAM! – »Blue Suede Shoes«, »Tutti Frutti«, »So Glad You're Mine«, »One-Sided Love Affair«, »My Baby Left Me«, »I'm Gonna Sit Right Down And Cry Over You«. Sechs Hits! Ohne Pause! Er hatte ein goldenes Händchen.

Vor seinem dritten Fernsehauftritt stritt sich Elvis mit Tommy Dorsey, der darauf bestand, zu Beginn von »Heartbreak Hotel« müsse das komplette Orchester im Hintergrund spielen. Natürlich blieb Dorsey Sieger, aber dafür bekam er das jämmerlichste, stümperhafteste, völlig aus dem Takt geratene Chaos, das je live im Fernsehen zu hören gewesen war. So wie Elvis nicht mal ansatzweise wie Sarah Vaughan singen konnte, kam das Orchester nicht mit Elvis' abgehackten Beats und dem dichten nervösen Rhythmus zurecht.

Er sang einfach seinen Text und wartete mit einem dümmlichen Grinsen im Gesicht, während das Orchester sich bis zum Ende abmühte und -quälte.

Tommy Dorsey kapitulierte. In der nächsten Woche sang Elvis denselben Song, begleitet vom Gewummer auf Bills großem Baß, während Scotty mit seiner elektrischen Gitarre kleine Tupfer einstreute – genau wie auf der Platte.

Elvis wußte, es würde eine Sensation werden, und so war es.

Er saß im Warwick neben seinem Telefon. Jedesmal, wenn es klingelte, war der Colonel mit einer weiteren guten Nachricht dran. Dreihunderttausend Fanbriefe in vier Tagen. Ein Radiosender in Cleveland spielte »Heartbreak Hotel« nonstop, achtundvierzig Stunden lang. Mädchen randalierten in einem Plattenladen in Rahway, New Jersey, weil das Gerücht aufkam, Elvis würde kommen.

»Großer Gott, Tom«, sagte er und streckte sich auf dem Bett aus, das Telefon auf seinem Brustkorb. »Ich weiß nicht recht. Was meinen Sie, gerät das außer Kontrolle?«

»Genau das wollen wir ja«, erwiderte Parker. »Warte mal. Es kommt noch mehr.«

»Mir schleierhaft, was da noch kommen könnte«, sagte Elvis.

»Nun, Jungchen, hier in meiner rechten Hand halte ich den brandneuen Billboard, frisch aus der Druckerpresse.«

»Sagen Sie's mir nicht«, sagte Elvis.

»Du bist es!«

»Jau!« Elvis strampelte mit beiden Füßen in der Luft. »Nummer eins!«

»Paß auf: Nummer eins in der Pop-Hitparade. Nummer eins in der Hitparade der Schwarzen-Musik. Nummer eins in der Country-Hitparade. Du hast sie alle, Junge. Alle drei. Das hat noch keiner geschafft.«

Der Colonel blieb in seiner Warwick-Suite, blockte Telefonate ab, lächelte breit und breiter. Er wollte einen Anruf von Ed Sullivan. Er wollte Hollywood. Und er wollte einen Haufen Geld.

Elvis grinste den ganzen Tag über nur für sich. Jeder im Land kannte seinen Namen. Da draußen hörten alle seine Platten. Er kletterte auf einen Platz, wo sie ihn nie mehr vergessen konnten.

Ganz nach oben zu kommen, war vielleicht eine Eintagsfliege. Oben zu bleiben, war schwerer. Alle würden versuchen, ihn von dort zu vertreiben. Er würde alles allein tun müssen.

Als Elvis' letzter Auftritt kam, hatten die jungen kreischenden Heerscharen das Studio 50 übernommen. Die »Stage Show« war ein permanentes Gejaule, dann und wann von Werbung unterbrochen. Elvis hüpfte in den Scheinwerferkegel. Er schrammelte auf seiner Gitarre und hoffte darauf, daß die Mikrofone außer der Hysterie auch etwas von der Musik übertrugen.

Am nächsten Morgen rief ein Mann von der Ed-Sullivan-Show an. Der Colonel teilte ihm mit, Elvis' Honorar betrage fünftausend Dollar.

Ed Sullivan schrieb in seiner Kolumne »Talk of the Town«, Elvis Presley sei überschätzt, überpräsent und werde niemals in seiner Sendung auftreten.

Als Elvis das las, lächelte er, faltete die Zeitung zusammen und rief den Colonel an. »Wenn er glaubt, fünftausend Dollar wären zu viel«, sagte er, »dann soll er mal sehen, was es ihn das nächstemal kostet.«

Parker lachte. »Mein Junge, allmählich klingst du wie ich.«

Elvis wußte, daß er mehr als eine Trumpfkarte im Ärmel hatte. Die erste traf prompt und pünktlich am Montag morgen ein, die neue Ausgabe der Illustrierten *Life* mit einem großen Fotobericht: »Elvis, der junge Wilde – Eine Hillbilly-Heulboje auf Erfolgskurs.«

Milton Berle rief an, Steve Allen ebenfalls.

Der Colonel sagte beiden zu, für fünftausend pro Auftritt. »Sullivan meldet sich schon noch«, sagte er. »Nur eine Frage der Zeit. Doch auf dieses Geschreibsel in der *Post* könnte ich verzichten. Hast du das gelesen?«

»Ich bin eben erst aufgewacht«, sagte Elvis.

»Bleib dran, ich les es dir vor.« Elvis hörte Papierrascheln, dann sagte der Colonel: »Hier steht's, Seite neun. ›Presley-Konzert abgesagt. Der Polizeichef in Birmingham, Alabama, sagte der Presseagentur Associated Press heute, er habe persönlich angeordnet, daß der für den 15. März in Birmingham geplante Auftritt des Sängers Elvis Presley abgesagt wird.‹«

»Was? Tom, was soll das alles?«

»Laß mich weiterlesen. Hmm, mal sehen – hier, hier ist es. ›Diese Musik fördert unmoralisches Verhalten junger Menschen‹, hat der Polizeichef gesagt. ›Wir wollen in der weißen Gemeinschaft keine Niggermusik, und genau die fördert dieser sogenannte Elvis Presley.‹ Was hältst du davon, mein Junge?«

»›Sogenannte Elvis Presley‹«, grübelte Elvis. »Was er damit wohl meint? So heiße ich.«

»Ich würde dem Mann keine große Beachtung schenken«, sagte Parker. »Ist aber schade, daß dieses Konzert ins Wasser fällt. Dann spielen wir wohl in Bessemer oder sonstwo.«

Auf einmal erbrachten die Telefonate des Colonels neben den guten Nachrichten auch beunruhigende Neuigkeiten. Eine Rundfunkstation in Georgia spielte »Heartbreak Hotel« nicht mehr, weil es »unchristlich« sei. Der Polizeichef in Newark, New

Jersey, verbot eine große Veranstaltung in einem Stadion unter Berufung auf Berichte über Krawalle in Rahway und Jacksonville. »Wir werden in Newark keine Krawalle dulden«, sagte er.

Ein Zeitungskolumnist in South Carolina schrieb, Elvis übe einen verderblichen Einfluß auf die Jugend aus, und seine Schallplatten gehörten verbrannt.

»Jede Wette, daß seine Tochter auf mich steht«, sagte Elvis zum Colonel. »Darum hat er das geschrieben. Garantiert spielt sie den ganzen Tag meine Platten.«

»Deinem Bankkonto schadet es nicht, Jungchen.«

Scotty und Bill deponierten in New York einen Satz Instrumente für die »Stage Show«. Samstags fuhr Red West gewöhnlich den anderen Satz zum Schauplatz des am Sonntag stattfindenden Konzerts. Gleich nach Konzertende flogen Elvis und die Jungs los und trafen ihn. Sie waren inzwischen ständig per Flugzeug unterwegs, und zwar im ganzen Land, nicht nur im Süden.

Von Billy Ray Jordan sprach keiner mehr. Elvis war jetzt landesweit als Star des »Elvis Presley Jamboree« unterwegs, einer Erfindung Tom Parkers, bei der Komiker, Jongleure, Hundenummern, Hillbilly-Quartette und ein irischer Tenor auftraten; der letzte Auftritt war Elvis vorbehalten.

Die vor ihm auftretenden Künstler taten ihm leid, aber diese Konstruktion sorgte dafür, daß die Mädchen einen Zustand angemessener Raserei erreicht hatten, wenn er endlich dran war.

Er merkte sich die Städte anhand von Mädchen; merkte sie sich von der Bühne aus vor, während er sang, und Red West brachte sie während der Zugabe nach hinten. Norfolk war Mary Ann mit den langen blonden Haaren, Tulsa war Louise, die Halbindianerin mit den blauen Augen, und La Crosse in Wisconsin war die schöne rothaarige Linda, die Elvis in ihre kleine, kühle Wohnung mitnahm und mit seinem Körper Dinge anstellte, von denen er vorher noch nie auch nur gehört hatte.

Wenn er wieder mit einem Mädchen im Bett lag, sandte er jedesmal einen stummen Dank an Sheila in Nashville. Sie hatte ihm gezeigt, wie leicht es war. Er brauchte nur zu fragen.

Meist spielte er abends mit Red West Karten oder hing mit Scotty, Bill und D. J. in seinem Hotelzimmer herum und arbeitete an neuen Songs. Ausgehen konnte er nicht. Anscheinend waren seine Fans im Besitz einer fortgeschrittenen Radarvariante, ähnlich den Fledermäusen; sie entdeckten, wo er war, und umringten ihn kreischend. Zwar war Red da, um ihn zu schützen, aber nachdem Elvis ein paar Wochen lang angekreischt, gehauen und betatscht worden war, sobald er einen Fuß vor die Tür setzte, entschied er, es sei einfacher, das Gebäude nicht mehr zu verlassen.

Am Morgen der letzten »Stage Show« rief Colonel Tom an – mit großen Neuigkeiten, seinem Tonfall nach zu urteilen. »Komm rauf ins Zimmer«, sagte er. »Das mußt du persönlich hören.«

Ed Sullivan, endlich? Elvis wartete nicht auf den Fahrstuhl. Er raste zwei Treppen hoch, durch den Flur zum Zimmer des Colonel, und stieß die Tür auf. »Was gibt's?«

»Setz dich.«

»Na los, Tom!«

Der Colonel kaute auf seiner Zigarre. »Hal Wallis hat angerufen.«

»Nie von ihm gehört…«

»Er ist Filmproduzent. Paramount Pictures. Er hat die Sendung letzte Woche gesehen. Er will, daß du Freitag in einer Woche zu Probeaufnahmen nach Hollywood kommst.« Auf seinem Gesicht breitete sich ein Lächeln aus.

»Das soll wohl 'n Scherz sein. Nun sagen Sie schon, daß es ein Scherz ist.« Elvis sank auf einen Stuhl. Zum Film! »O Tom, Sie haben ja keine Ahnung! Mein ganzes Leben lang wollte ich das von Ihnen hören! Probeaufnahmen!« Er versummte. »Was sind Probeaufnahmen?«

»Sie filmen dich bei ein paar Szenen«, antwortete der Colonel. »Solange du nicht lang hinschlägst oder dir in der Nase bohrst, bieten sie dir wahrscheinlich einen Vertrag an.«

Hollywood, dachte Elvis. Rudolph Valentino. Tony Curtis. Marlon Brando. James Dean.

Elvis Presley.

Zum Film.

Er stand wieder auf. Er atmete tief durch. Er schritt im Kreis den Teppich ab. »O mein Gott«, sagte er.

Ein Filmstar war ein richtiger Star. Jeder Zentimeter von Elvis, jedes Lächeln, jeder schmachtende Blick würde überlebensgroß aufgeblasen und für immer und ewig auf Zelluloid festgehalten werden. Fremde würden im Dunkeln sitzen, Elvis sehen und träumen, so wie er in seiner Platzanweiseruniform im Loew's Kino geträumt hatte. Zum Film!

»Das läßt sich alles prima mit der Berle-Show vereinbaren«, sagte Parker gerade. »Aber die Steve-Allen-Leute tun auf einmal komisch. Sie haben Bammel wegen der vielen Publicity, der Sex-Sache.«

Elvis hörte nicht zu. Tränen traten in seine Augen. Der größte, beste, unerreichbarste Traum seines Lebens war soeben wahr geworden, und da brabbelte der Colonel von Steve Allen.

Elvis blieb abrupt stehen. »Tom, ich muß mal kurz hier raus. Ich kann – es ist zu viel. Ich muß mal eine Weile nachdenken.«

Ohne den erstaunten Blick zu beachten, eilte er aus dem Zimmer.

Er brauchte frische Luft. Er brauchte Platz, damit sich seine Freude ausbreiten und etwa zu der Größe des riesigen Popeye auf der vom Kaufhaus Macy's veranstalteten Thanksgiving-Parade anschwellen konnte.

Im vierzehnten Stock machte er halt, um eine warme Jacke und seinen neuen Humphrey-Bogart-Filzhut zu holen.

Zum Film!

Im Foyer glitten die Fahrstuhltüren auf. Zwanzig Mädchen rannten kreischend auf ihn zu.

O Gott. Das hatte er vergessen. Er streckte die Hände aus. »Schon gut, Mädchen, bitte – ist ja gut!«

Sie brabbelten, umringten ihn und zerrten Elvis aus dem Fahrstuhl, hielten ihm Papier und Stifte unter die Nase, stellten vier Fragen auf einmal, kreischten und umarmten einander vor Aufregung. Er versuchte nicht zu entkommen, und sie versuchten nicht, ihn in Stücke zu reißen; er unterschrieb, grinste, antwortete und rückte Stückchen für Stückchen dem Ausgang näher. »Bekommt ihr denn überhaupt keinen Schlaf?« fragte er.

»Nicht solange du wach bist, Elvis.«

»Schon gut, schon gut«, sagte er. »Nicht schubsen, wer hinten steht. Jede bekommt ein Autogramm.«

»Elvis, woher hast du diese traumhafte Jacke?«

»Elvis ...«

»Elvis, ich liebe dich.«

»Danke, Süße«, sagte er. »Ich liebe dich auch.«

Alle Mädchen riefen *Ooohhh.* Die Angesprochene schwankte auf Stöckelschuhen rückwärts, wie benommen.

Am Ausgang angekommen, hielt er eine Hand hoch. Sie verstummten. »Große Neuigkeit, Mädchen«, sagte er. »Ich hab's gerade erfahren. Ich geh nach Hollywood. Ich werde Filme machen.«

Sie kreischten und gratulierten ihm. Von einigen ließ er sich küssen. Als er genug hatte und sich umdrehte, um die Tür zu öffnen, sah er, daß auf der anderen Straßenseite, hinter einer Polizeiabsperrung, ungefähr zweihundert Mädchen warteten.

Die Horde im Foyer bestand aus denen, denen es gelungen war durchzuschlüpfen. Der Hotelgeschäftsführer versuchte gerade lautstark, sie zusammenzutreiben.

Wenn Elvis in diesem Moment eins nicht wollte, dann in sein Zimmer zurückgehen und diese unglaubliche Neuigkeit allein feiern. Doch es waren zu viele Mädchen.

Er bahnte sich einen Weg zurück durchs Foyer, Autogramme schreibend und grinsend, wie er gekommen war, und schlüpfte in den Fahrstuhl.

Er stieg zwei Stockwerke unterhalb seines Stockwerks aus, um sie abzuschütteln. Er nahm die Treppe, schloß sich in der Staffordshire Suite ein.

Zum Film!

Er schaltete den Fernseher aus. Die Glotze kam ihm ordinär, albern und billig vor, verglichen mit dem glamourösen Bild in Technicolor, das soeben in seinem Kopf entstand.

Elvis ertrug es nicht, mit dieser Neuigkeit allein auf seinem Zimmer zu sein.

Es wäre nicht nett, um diese Uhrzeit Red zu wecken.

Er griff zum Hörer. Beim zweiten Klingeln nahm Gladys ab. »Elvis?«

Er lächelte, machte es sich auf dem Bett gemütlich. »Hey, Mama, rat mal, was passiert ist? Ich gehe zum Film!«

»O Elvis«, sagte sie. »Und was kommt dann?«

41

Bevor er auch nur seine erste Filmkamera zu Gesicht bekam, verbrachte Elvis einen langen Vormittag mit einem Bataillon von Paramount-Friseuren, -Maskenbildnern und -Kostümleuten. Nach all dem Aufwand erwartete er etwas Umwerfendes, doch am Ende sah er genauso aus wie immer, in einem einfachen blauen Arbeitshemd und Jeans. Kein einziger Pickel war mehr zu sehen.

»Sie sollten sich die Zähne überkronen lassen«, sagte ihm ein Maskenbildner.

Das Tonstudio war riesig, die Filmkameras mit ihren klobigen Geräten zur Geräuschdämpfung noch eindrucksvoller als die fürs Fernsehen. Es war aufregend zu beobachten, wie diese Leute mit bunter Beleuchtung, unechten Gebäuden und bemalten Kulissen wahre Wunder schufen.

Zwanzig Mitglieder des Filmteams liefen durch die Gegend und bereiteten alles vor. Durch den gigantischen Raum hallte eine Instrumentalaufnahme von Elvis' Song »Blue«. Freundliche Hände führten ihn zu einer Kreidemarkierung auf dem Boden.

An dieser Stelle sollte er stehen, auf seiner Gitarre schrammeln und zu der Begleitung vom Tonband »Blue« singen. Von den Lampen geblendet, machte er vor den hochaufragenden Kameras zwei Probedurchgänge. Er sang zu seinem eigenen Playback:

Well it's one time baby – a maybe so
Two-time woman get on out the door
You make me
Blue blue
Blue hoo-hoo, a-baby!
Blue blue
Woo-hoo-hoo!

Hal Wallis, der braungebrannte liebenswürdige Produzent, erinnerte Elvis mehrmals daran, auf seiner Markierung stehenzubleiben.

Er versuchte es erneut. Es kam ihm unnatürlich vor.

»Ich versuch's ja, Mr. Wallis«, sagte er, »aber ich… ich kann's nicht ändern. Ich muß mich *bewegen*. Ich kann nicht stillstehen. Ich muß mich bewegen, wenn ich singe.«

»Du hast den Song doch schon aufgenommen«, sagte Wallis. »Wie du klingst, ist ganz egal. Wir nehmen lippensynchron auf. Wenn du die Markierung verläßt, verliert die Kamera dein Gesicht. Probieren wir's mal ohne die Gitarre.«

Beim siebten Take hatte sich Elvis an die Kameras gewöhnt und sang natürlich, schnippte mit den Fingern und bewegte sich gerade genug, um den Beat anzudeuten, ohne sich aus dem Bild zu bewegen.

I love you like a train
You driving me insane
You make me blue blue oo-hoo-hoo!

Hal Wallis sagte: »Prima, Kleiner, phantastisch!« und reichte ihm einen schwarzen Ordner, auf dem außen in Goldbuchstaben *Der Regenmacher* aufgedruckt stand. »Das ist das Skript für einen Film, den wir drehen wollen«, sagte er. »Fred Farmer hier ist einer unserer besten Charakterdarsteller. Er geht die Szene mit dir durch. Fred – Elvis Presley.«

Sie reichten sich die Hände. Elvis erkannte ihn aus einem alten Western mit Gene Autry; er hatte den bärbeißigen Grundbesitzer gespielt, der auf der Hochzeit seiner Tochter niedergeschossen wurde. Farmer war ganz Profi, wie alle hier im Studio. In fünf Minuten brachte er Elvis seinen Text bei, wo er stehen, wie er sich bewegen mußte.

Der Text ergab keinen großen Sinn, weil er mitten aus der Handlung gegriffen war, aber Elvis gab sich größte Mühe, die Gefühle so darzustellen, wie Farmer sie erklärte. In der Szene waren viele unterschiedliche Gefühle gefragt. Elvis sollte anfangs wütend herumstolzieren, den alten Mann wegen all der Ungerechtigkeiten auf der Welt beschimpfen, dann ungehalten sein, reumütig, flehen…

Hal Wallis sagte: »Elvis, du bist zu nett. Du mußt uns glauben machen, daß du wirklich wütend auf ihn bist! Brüll ihn an! Schubs ihn ein wenig herum!«

Fred Farmer nickte. »Er hat recht. Dick auftragen.«

Elvis stolzierte herum und stampfte auf, tobte, flehte und tat, als weine er. Fred Farmer reagierte. Die Kameras schlichen vor und zurück. »Nicht übel«, sagte Wallis. »Noch ein Versuch.«

Auf Elvis' Stirn tauchten die ersten Schweißtropfen auf; zwei Maskenbilderinnen kamen mit Puderquasten angelaufen.

Das Team lümmelte sich herum, plauderte, schenkte weder Elvis noch dessen Schauspielerei die geringste Beachtung.

Wallis rief: »Ruhe am Set! Wir drehen!… Schneller! Achtung, uuuuuund Aufnahme!«

Elvis stürmte auf Fred Farmer zu, bohrte ihm seinen Finger fest in den Brustkorb und überflutete ihn mit einem Schwall von Beschimpfungen. Farmer wirkte erstaunt – genau wie es im Drehbuch stand – und stotterte seine Antwort.

Elvis packte ihn an den Schultern, schüttelte ihn durch, damit er begriff. Echte Tränen traten in seine Augen.

Diesmal war aus dem Filmteam ein Murmeln zu hören.

»Schnitt, kopieren«, rief Hal Wallis. »Danke, Leute. Danke, Elvis. Das wollte ich wissen. David, ich will den Film in meinem Büro haben.«

»Das war's schon?« Elvis wischte sich mit dem Ärmel über die Augen. »Schiet, wo ich gerade in Fahrt kam.«

Wallis klopfte ihm lächelnd auf die Schulter. »Ich rede mit dem Colonel.«

Elvis fuhr in sein Zimmer im Hotel Beverly Wilshire und streckte sich auf dem riesigen Bett aus. Er wartete. Wo auch immer er heutzutage ankam, klingelten Telefone, aber das Telefon in seinem Hotelzimmer blieb den ganzen Tag lang still.

Um neun Uhr abends klingelte es. »Aaaalso, wir haben ein Angebot«, sagte Tom Parker, weit weg in New York, von einem Knacken begleitet, »Wallis war von den Probeaufnahmen begeistert. Paramount will dich für drei Kinofilme haben. Hunderttausend für den ersten, hundertfünfzig für den zweiten und zweihundert für den dritten. Außerdem eine Beteiligung an den Bruttoeinnahmen, falls sie ihre Unkosten einspielen.«

Elvis öffnete den Mund, wollte »Mann, großer Gott, Tom« oder so was sagen. Es kam aber kein Laut heraus.

»Junge, bist du noch dran? Hallo?«

»Ich bin … ich … Oh. Können Sie das noch mal sagen?«

Der Colonel wiederholte es. »Das ergibt zusammen vierhundertfünfzigtausend Dollar, abzüglich meiner Kommission«, sagte er. »Das ist kein Taschengeld.«

Elvis konnte mit einem solchen Betrag noch gar nichts anfangen. Der Colonel wartete darauf, daß er etwas sagte. »Ich weiß nicht, was ich … ver*dammt*, Tom, ich glaub's einfach nicht.«

»Glaub's ruhig.« Parker gluckste in sich hinein. »Hab mein Lebtag noch kein einfacheres Geschäft gemacht. Hör zu, ich muß ihn zurückrufen. Was soll ich ihm sagen?«

»Was soll die Frage? Sagen Sie ihm ja!« schrie Elvis.

»Das dachte ich mir. Bis später.«

Elvis legte den Hörer auf. Er stieg aus dem Bett. Er ging zu dem über der Kommode hängenden Spiegel.

»Du bist reich«, sagte er. »Du bist reich.«

Is ja 'n Ding, sagte der Spiegel. Na und.

»Ich hab noch nie auch nur einen *gekannt*, der reich war.«

Was willst du mit dem ganzen Geld machen? Dir Löcher in die Hosentasche brennen lassen? Alles auf einmal ausgeben? Es in deinen Schuh legen? Alles den Armen geben?

»Reich, reich, reich«, sagte Elvis. Das hörte sich gut an. Er durchwühlte die Schreibtischschublade nach einem Stift und dem edlen Beverly-Wilshire-Briefpapier. Er machte sich eine Liste der Dinge, die er kaufen wollte.

42

Elvis mochte keine holprigen Reisen in kleinen Flugzeugen, doch es gab keine andere Möglichkeit, von Los Angeles nach Tucson, dann Dallas, dann Tulsa, dann Memphis und dann rechtzeitig zu seiner Plattenaufnahme weiter nach Nashville zu gelangen. Ein Federstrich des Colonels, und er war an solchen Tagen zweitausend Kilometer unterwegs, ohne daß er sich beschweren durfte.

Regen prasselte gegen die Windschutzscheibe. Del Freeman, der Charterpilot, summte ein Liedchen vor sich hin und steuerte das Flugzeug durch Turbulenzen. Bill Black saß neben ihm und wandte den Blick nicht von den Meßinstrumenten; Bill mochte überhaupt keine Flugzeuge, schon gar nicht diese Sechssitzer. Scotty, Red und D. J. saßen hinten und schlummerten, sie bekamen von all dem nichts mit.

Elvis war wach, hellwach. Er hatte sich von seiner Mutter ein paar Schlankheitspillen geborgt, um auf diesen langen Flügen munter zu bleiben. Die Pillen zeigten noch andere Wirkungen, sie trockneten außerdem seinen Mund aus und machten ihn schreckhaft. Wenn der Flieger durch eine Regenwolke ruckelte oder sich das Motorengeräusch änderte, krampfte sich jedesmal etwas in ihm zusammen.

»Was war das?« fragte er.

»Das war gar nichts«, sagte Del Freeman. »Gelegentlich gerät ein Wassertröpfchen oder so was in die Treibstoffleitung.«

»Teufel auch, ich wünschte, wir wären zu Hause«, sagte Bill. »Können Sie uns nicht über dieses Unwetter hinwegfliegen?«

»Wir stoßen jetzt jeden Moment durch. Lehnt euch zurück und entspannt euch. Mit dem Rückenwind machen wir Zeit gut.« Das Flugzeug schlingerte. »Hoppla, ganz ruhig bleiben.« Freeman nahm Gas zurück. Die Nase ging nach oben.

Elvis packte die Armlehne. Das Flugzeug war ein kleines Etwas in einem großen Sturm. Er wollte sich auf die morgige Plattenaufnahme konzentrieren. In seiner Umhängetasche kramte er nach dem Blatt mit den Songtexten, konnte aber den Blick nicht auf dem Papier lassen.

»Del, wenn dieses Rumgeruckel nicht bald aufhört, pinkel ich mir noch in die Hosen«, sagte er.

Bill nuschelte zustimmend.

»Jedenfalls lassen sich eure Kumpels davon nicht aus dem Schlaf reißen«, sagte Del.

In diesem Augenblick gab der rechte Motor ein abgehacktes Husten von sich, wie Elvis' alter Großpapa, wenn er sich morgens räusperte.

Elvis erstarrte.

»Heiliger Strohsack!« schrie Bill.

Red West brüllte: »Mutter!«

D.J. und Scotty richteten sich kerzengerade auf. »Hä! Was!«

Der Motor erstarb. Das Flugzeug geriet in Schräglage.

»Also *wirklich*«, rief Del Freeman und riß am Handrad, trat auf das Seitenruderpedal. Sein angewiderter Tonfall flößte Elvis ein wenig Hoffnung ein. Er klang nicht wie jemand, dessen letztes Stündlein geschlagen hatte.

Aber möglich wär's. Sie könnten sterben. Sie könnten durch die Nacht fallen und sich bröckchenweise über ganz Texas verteilen, wie Gladys befürchtet und prophezeit hatte. Elvis biß sich auf den Fingerknöchel. *Mama...* Das war die Antwort auf all sein Glück – sein Leben kurz und klein geschlagen, als es gerade so richtig gut wurde. *Mama, verzeih mir, ich wollte ein braver Junge sein...*

Mittlerweile vergrub Red das Gesicht in den Händen, Bill schrie auf, und Del Freeman brüllte: »Haltet die Klappe, verdammt noch mal, haltet die Klappe, zum Teufel!« Die Cessna schwankte, der Propeller flatterte und stotterte. Del starrte auf seine Instrumente.

Müßte nicht jemand »Mayday« in das Funkgerät rufen?

»Tu etwas, Del«, hörte sich Elvis mit ruhiger Stimme sagen, die er selber nicht wiedererkannte.

Die Nadel des Höhenmessers zitterte, ehe sie sich im Kreis drehte und nach jeder Umdrehung eine geringere Flughöhe anzeigte. Bills Blick konzentrierte sich auf dieses Schauspiel. Seine Schreie blieben ihm im Hals stecken.

Scotty murmelte ein Gebet. »Der Herr ist mein Hirte«, sagte er, »ist mein Hirte, der Herr ist mein Hirte ...«

»Mach schon, Del«, sagte Elvis.

Jetzt wußte er, daß er hellwach und mit klarem Kopf Zeuge seines eigenen Ablebens werden würde. Er hatte sich immer gefragt, wie es passieren würde. Er überlegte, was er als letztes zu seiner Mutter gesagt hatte.

Der rechte Motor hustete ein paarmal – Hack! Hack! Ptrrrrrrrr – und sprang wieder an.

Die Wucht preßte Elvis heftig gegen seinen Sicherheitsgurt. Schreibstifte und Büroklammern trieben schwerelos nach oben.

»Komm schon, komm schon, Baby«, sagte Del mit zusammengebissenen Zähnen.

Die Cessna sackte kopfüber durch einen Schwall Regen und kam auf der anderen Seite heil wieder heraus, beide Maschinen dröhnten, als sie sich im Steigflug vom finsteren Abgrund entfernten – von der Finsternis, dem Regen und vielleicht der Erde. Elvis würde nie erfahren, wie nahe sie dran gewesen waren.

D. J. atmete als erster durch. »Jesus Maria ...«

Del schüttelte den Kopf. »Auf geht's«, sagte er, »alles in Butter.«

Elvis' Nerven flatterten wie eine vollgehängte Wäscheleine im Sturm. Sein ganzer Körper zitterte. Er legte eine Hand auf sein Bein und entdeckte, daß er sich vollgepinkelt hatte.

»Bring uns runter, Del«, sagte er. »Bring uns auf den Boden runter.«

Beide Maschinen schnurrten, als könnten sie ohne Pause bis nach China laufen.

Elvis sagte: »Leute, ich glaube, ich habe mich voll eingepullert«, worauf Scotty erwiderte, tja, er wohl auch, und darüber mußten beide nervös lachen. Red rutschte an den Rand seines Sitzes.

Del schaltete sein Funkgerät ein. »Texarkana Center, hier spricht Alpha Delta Bravo auf vier eins neun«, sagte er, »ich wüßte gern, ob Sie mir eine Führung zum nächstgelegenen Flugplatz geben können.«

»Verstanden, Alpha Delta Bravo, Texarkana Center – haben Sie da oben ein Problem?«

»Nein, kein Problem, brauche nur eine Führung zum nächstgelegenen Flugplatz, wenn das möglich ist.«

Die Stimme aus dem Funkgerät spulte ein paar Zahlen herunter. Irgendwie fand Del ein Loch in den Wolken. Strahlenden Edelsteinen gleich leuchtete eine blaue Lichterkette auf der schwarzen Erde.

Elvis zitterte immer noch, als er den herrlichen Matsch auf dem Rollfeld von Mount Pleasant in Texas betrat.

Del Freeman sagte: »Ein bißchen Wasser in der Treibstoffleitung. Nichts Ernstes. Sobald wir die durchgespült und die Kiste aufgetankt haben, können wir weiterfliegen.«

»O nein, Del.« Es lag nicht an den Schlankheitspillen, daß Elvis so zitterte. »Mir reicht's. Ich bin die Nacht über unten, und ich bleibe auch unten.« Er wandte sich ab. »Ihr könnt tun und lassen, was ihr wollt. Ich suche mir ein Auto, zieh mir 'ne trocknee Buxe an und mache, daß ich Land gewinne.«

Und die Jungs sagten: Recht hat er, bis dann, Del, nichts für ungut.

Der Mann, der ihnen den Mietwagen aus Texarkana brachte, hatte offenbar die Zeitungen angerufen, kaum daß sie ihn abgesetzt hatten, denn als die Jungs am nächsten Morgen in Memphis eintrafen, hingen schon in der ganzen Stadt Plakate des *Commercial Appeal* mit der Schlagzeile: PRESLEY BEI FLUGZEUGZWISCHENFALL UNVERLETZT. Elvis hatte Gladys um Mitternacht angerufen, um mitzuteilen, er werde sich verspäten, hatte aber nicht den Grund genannt. Als er durch die Tür kam, wedelte sie ihm schreiend mit der Zeitung vor der Nase herum.

»Ich hab's dir gesagt«, jammerte sie, »ich wußte, daß so etwas passieren würde! Ich hab's dir gesagt, ich hab's dir gesagt.«

»Schon gut, Satnin, ist in Ordnung, es ist passiert, und jetzt ist es vorbei. Ich bin wohlauf. Siehst du? Schau mal.« Er hielt ihr seine ruhigen Hände hin. »Mir fehlt nichts.«

»Hier steht's. Genau hier. ›Um Haaresbreite entgangen.‹ Elvis, du wärst fast gestorben! Warum hast du mir das gestern nacht nicht erzählt?«

»Ich dachte, du würdest dir vielleicht Sorgen machen.«

»Sorgen machen? *Sorgen* machen!«

»Ziemlich dumm von mir, wie?«

Sie gab ihm einen Klaps mit der Zeitung. »Werd' bloß nicht frech, junger Mann, du bist noch nicht zu groß für eine Tracht Prügel.«

Da mußte er lachen. »O Mama, und ob ich das bin.«

Sie hielt sich die Hände vors Gesicht und brach in Tränen aus.

O Gott. Er ertrug es nicht, sie weinen zu sehen.

Er umarmte sie. Sie weinte einfach immer weiter.

»Hör auf, Satnin, hör bitte auf.« Er hielt es nicht aus. Er mußte etwas unternehmen. »Hör mir zu, hör zu, sei mal still. Ich rufe den Colonel an. Ich sag ihm einfach... keine Flugzeuge mehr. Basta. Wir nehmen die Eisenbahn, und wir fahren mit dem Auto, oder, oder – keine Ahnung. Das ist es nicht wert, wenn es dich dermaßen mitnimmt.«

Sie tastete nach einem Papiertaschentuch. »Ist das dein Ernst?«

»Ich schwör's bei Gott. Ich ruf ihn jetzt sofort an.«

»Du sollst nicht schwören.«

Er ging in der Küche auf und ab. »Du darfst – Mama, du darfst dich nicht so aufregen, das schadet dir doch nur.«

»Ich liebe dich nun mal so sehr, Elvis... ach, und dann hatte ich so eine Vorahnung, ich habe auf etwas Schreckliches gewartet und gewartet, und jetzt ist es wirklich passiert.« Sie hatte das Kleenex-Taschentuch zu einem Seil verzwirbelt.

»Ich rufe ihn jetzt auf der Stelle an.« Elvis nahm den Hörer ab. »Was ist nur los mit dir? Hast du heute morgen schon eine von diesen Pillen genommen?«

»Ich kann nicht anders. Ich ertrag's nicht, dick zu sein. Du siehst jetzt so hübsch aus, und dann guck mich an.«

»Nein, nein, du siehst toll aus, schlank siehst du aus«, entgegnete Elvis. »Ich glaube, du hast schon wieder abgenommen.«

»Ich hab so einen Hunger«, sagte sie und fing wieder an zu heulen.

Elvis telefonierte. Tom Parker sagte: »Hat keinen Zweck, das Schicksal herauszufordern. Sag ihr, sie soll sich keine Sorgen machen. Ich weiß, wie sehr sie sich geängstigt haben muß. Du kriegst einen Bus, mit dem wir dich rumkutschieren. Ich bin froh, daß dir nichts zugestoßen ist.«

Elvis berichtete ihr, was Parker gesagt hatte; diese Neuigkeit beruhigte sie ein wenig. Er ging in sein Zimmer, legte sich hin und schloß die Augen, doch seine aufgesetzte Tapferkeit war verflogen. Seine Hände zitterten wieder – die Schlankheitspille, die Angst, die Fahrt durch die Nacht und die Hysterie seiner Mutter. Er mußte raus, einen klaren Kopf bekommen.

Er zog seine Cowboystiefel an, steckte sein Scheckbuch in seine fransenbesetzte Lederjacke und fuhr in die Stadt. Beim Juwelier Foler kaufte er sich einen Ring mit vierzehn hufeisenförmig angeordneten Diamanten. Bei Southern Motors an der Union Avenue kaufte er einen zu seinem Sedan de Ville passenden nagelneuen weißen Eldorado und einen zu seinen Cadillacs passenden Lincoln Continental Mark IV.

Für Gladys suchte er ein rosa Coupe de Ville aus und wies den verzückten Verkäufer an, ihn ihr sofort zu bringen. Sie fuhr zwar nicht mehr selbst, er wußte aber, wie sie den Wagen bewundern würde, wenn er in der Auffahrt stand.

Eine ganze Woche lang verteilte Elvis in der ganzen Stadt fette Schecks. Jeder Einkauf war mit einem stundenlang anhaltenden Glücksgefühl verbunden. Er kaufte Vernon einen Ford Pickup-Truck, Johnny eine neue Gibson, Dodger einen Riesenstapel Puzzles und einen roten japanischen Seidenkimono; sie lachte und legte ihn in eine Schublade.

Er kaufte eine Harley-Davidson und eine Motorradmütze, wie Brando sie in *Der Wilde* getragen hatte, und dann eine dreirädrige Messerschmitt – ein kurios anmutendes futuristisches Vehikel, wie man es auf den Straßen von Memphis noch nie gesehen hatte. Er kaufte ein rosa Telefon Marke »Princess«, eine goldene Halskette und drei Paar Krokodillederstiefel. Er fuhr mit seiner Harley in die Beale Street und wies die Lansky Brothers an, ihm vom ganzen Sortiment ein Exemplar seiner Größe nach Hause bringen zu lassen. Bernie Lansky war beeindruckt.

Besonders beeindruckt war der Oldsmobile-Händler, als Elvis hereinspazierte und einen Scheck für vier blaue Olds 98 ausschrieb: je einen für Red, Scotty, D. J. und Bill.

Am Freitag leistete er eine Anzahlung auf ein wunderschönes, im Ranchstil erbautes Haus am Audubon Drive, der feinsten Straße in der feinen Wohngegend hinter der Getwell Road.

Jeden Tag spielte er Weihnachtsmann. Er gab so viel Geld aus, wie er ausgeben wollte. Jeden Tag lag mehr auf der Bank.

43

Er blieb mit beiden Füßen auf dem Boden. Er mußte flexibel und reaktionsschnell sein, um überall gleichzeitig sein zu können.

Er hätte nie gedacht, daß es so viele Mädchen auf der Welt gab. Von allen Seiten kamen sie an. Jedes einzelne war ein lüsternes, aufblühendes junges Ding, das, hormon- und energiegeladen, bei jedem Zucken seines lasziven linken Beines außer sich geriet. Ihr gesamtes Taschengeld gaben sie für seine Platten aus. Zu Tausenden pilgerten sie zu seinen Konzerten, und es wurden immer noch mehr. Sie gründeten »Ich liebe dich Elvis«-Fanklubs.

Er wußte nicht recht, was er da in Gang gesetzt hatte, aber täglich betete er: *Mach, daß es nicht aufhört.*

Er und die Jungs hatten zwei tolle neue Songs eingeübt:

»Don't Be Cruel«, eine coole, rasante Powernummer von Otis Blackwell, sowie eine schnelle Version von Big Mama Thorntons »Hound Dog«, die sie extrahart spielten. Immer häufiger benutzte er bei seinen Live-Auftritten »Hound Dog« für das große Finale; er verlangsamte das Stück gegen Ende und rief den Refrain im Zeitlupentempo, wobei er auf Fußspitzen über die Bühne fegte und mit den Knien wackelte.

You ain't – – a noth – – in' but a hound dog-uh!

Als er das in San Diego machte, mußten sie die Marinepolizei rufen, um die Mädchen wieder auf ihre Sitze zu bringen.

Als er das gleiche in Milton Berles Fernsehsendung tat, schlugen Zeitungskolumnisten Alarm wegen der »Elvis-Presley-Kontroverse«. Scharenweise eilten Pfarrer auf ihre Kanzeln, um gegen ihn zu predigen.

Auf einmal verdiente er zehntausend Dollar die Woche und hatte alle feinen Leute gegen sich.

Die Kanäle des Colonels schwappten über von Gerüchten: Elvis habe einen Mann umgebracht, im Gefängnis gesessen, Marihuana geraucht, drei uneheliche Kinder gezeugt und mit einer Pistole auf seine Mutter geschossen.

Colonel Tom besorgte ihm einen Auftritt in der Sendung »Hy Gardner Calling«, wo Elvis so höflich wie möglich alles dementierte. Auf dem Weg zum Fernsehstudio rauchte er im Auto Gras – sein kleiner Spaß auf Kosten der feinen Welt. Gladys sagte, er sei großartig gewesen, ausgesprochen nett, lieb und locker, doch das Interview bereitete dem gemeinen Klatsch in den Medien kein Ende.

Elvis war angewidert, als ein Rundfunksprecher in Birmingham eine Bewegung mit dem Ziel gründete, seine Schallplatten zu verbrennen, und der Erzbischof von New York sagte, brave katholische Mädchen sollten sich keine obszöne und vulgäre Rock 'n' Roll-Musik anhören.

Für die Mädchen waren solche Meinungsverschiedenheiten und die Polizeiketten nur ein unbedeutendes Hindernis auf dem Weg zu ihrem Ziel: Elvis näherzukommen. Red West lauerte bei jedem Konzert in der Kulisse, um die wegzuzerren, denen es gelungen war, die Bühne zu erklimmen. In Des Moines, Wichita Falls und Tallahassee mußte Elvis das Konzert unterbrechen und die Mädchen überreden, auf ihre Sitze zurückzukehren, ehe die Polizei ihn weitersingen ließ.

Der Colonel lachte sich eins und steckte sich hinter die Feder seines Hutbandes ein Großfoto von Elvis. Dann mischte er sich mit Stapeln davon zum Verkaufen unter die Menschenmengen.

Elvis schwenkte das Bein nur noch heftiger. Er wackelte mit der Hüfte und schob sie vor. Er wollte all den bigotten Narren klarmachen, da dies ein freies Land war. Wenn sich einer von ihnen auf die Bühne stellen, mit dem Bein wackeln und zehntausend Dollar die Woche mit nach Hause bringen könnte, würde er es garantiert tun. Wenn ein Mädchen kreischen und schreien und sein ganzes Geld für Elvis' Platten ausgeben wollte, stand ihm das ebenfalls frei. Es ging keinen etwas an. Das betraf nur Elvis und die Mädchen.

»Stage Show« hatte Steve Allen davon überzeugt, daß er mit Elvis' Hilfe in der Lage sein würde, Ed Sullivan bei den von Trendex ermittelten Einschaltquoten zu schlagen. Doch als die Gerüchteküche überkochte und der Zeitpunkt seines Auftritts näher rückte, bekamen Allens Produzenten Manschetten. Wenn sie die Hauptsendezeit am Sonntagabend ergatterten, wollten sie nicht Gefahr laufen, die Empörung der rechtschaffenen Bürger auf sich zu ziehen. Als Elvis zu den Proben in New York eintraf, waren die Produzenten schrecklich aufgeregt. Zwischen NBC und Tom Parkers Suite im Warwick liefen die Telefondrähte heiß.

Schließlich schlug Steve Allen vor, die ganze Kontroverse mit einem Scherz zu entschärfen. Er wollte Elvis in einen Smoking stecken, ihn von satten Streicherklängen begleitet vorstellen und mit dem Bösen-Buben-Image möglichst viele Lacher erzielen.

»Wir zeigen ihnen eine andere Seite von dir«, sagte Allen zu Elvis und wackelte mit den Augenbrauen. »Keiner hat gemerkt, daß du Humor hast.«

»Ich weiß nicht recht«, sagte Elvis. Während der Proben war er zu allen nett und lachte bei den Scherzen pflichtschuldigst mit, wußte aber nicht genau, ob er sie wirklich lustig fand. Die Affenjacke war nur die erste Demütigung. Man ließ ihn »Hound Dog« einem Basset vorsingen. In einem Sketch mußte er einen Kuhhirten namens Tumbleweed Presley spielen. Man wollte ihn lächerlich und harmlos erscheinen lassen.

Als der Colonel in seine Garderobe kam, sagte Elvis: »Tom, ich halte das für keine besonders gelungene Idee.«

»Ich finde, du machst am besten mit. Ich glaube, es kann nichts schaden. Vielleicht hilft es uns sogar.«

»Na ja, den Mädchen wird's nicht gefallen«, sagte Elvis.

»Mein Junge, vermutlich könntest du dich in einem Kartoffelsack da oben hinstellen und ›Mary Had a Little Lamb‹ singen, und die Mädchen würden sich immer noch die Lungen aus dem Leib kreischen. Laß dir deswegen keine grauen Haare wachsen.«

Elvis zwängte sich in den Smoking. Die weiße Fliege zwickte ihn am Hals. Die Rockschöße rieben gegen seine Kniekehlen. Er zog die ganze Sache genauso durch, wie sie es wollten. Er kraulte mit einer Hand den Hund unterm Kinn und hielt mit der anderen das Mikrofon.

You ain't – nothin' but a hound dog-uh!

Der Colonel hatte recht. Die Mädchen kreischten so laut wie immer, und das übrige Publikum brüllte vor Lachen angesichts des Schauspiels, daß der Verderber der amerikanischen Jugend genauso leicht verdaulich und lächerlich aussah wie jeder andere im Fernsehen.

Doch auch Elvis behielt recht. Es war zwar lächerlich, aber überhaupt nicht lustig. Wenn er den Mund aufmachte, redete er immer noch wie ein Junge aus Tupelo. Und seinen brandaktuellen Song diesem traurig guckenden Basset vorzusingen, kam ihm wie der erbärmlichste Akt seines ganzen Lebens vor.

Red West und die Jungs machten ihm deswegen die Hölle heiß. Zwanzigtausend Mädchen schrieben Protestbriefe. Ein Fernsehkritiker in New York verkündete, Elvis sei »devitalisiert« worden, was auch immer das sein mochte.

Er legte ein Gelübde ab, so wie Scarlett O'Hara, als sie den Rettich in die Höhe hielt: Gott ist mein Zeuge, nie wieder werde ich einen Smoking anziehen.

Am Montag berichtete Trendex, die »Steve Allen Show« habe die »Ed Sullivan Show« bei den Einschaltquoten um vier Prozent geschlagen.

Montag nachmittag rief Ed Sullivan Tom Parker an.

Den Anfang dieses Gesprächs hörte Elvis am anderen Ende von Colonel Parkers Suite im Warwick mit. Eine Stunde lang verbissen sich Tom Parker und Ed Sullivan wie Kampfhunde ineinander, während Elvis sich die neuen Singles anhörte, die er in der City gekauft hatte – »Only you« von den Platters, Eddy Arnolds »Cattle Call«, »I Got a New Car« und »Life is But a Dream«. Zur Zeit stand er auf diese Harmonien, vor allem seit die Jordanaires bei den Aufnahmesessions für RCA mit an Bord gekommen waren. Mit genug sanftem Bop-bop und Wah-wah-wah-ooo ließ sich jeder Song in eine große, flotte, stampfende Maschine mit Heckflossen und verchromten Stoßstangen verwandeln.

Den Colonel hörte er sagen: »Hören Sie, Sullivan, Sie hätten ihn für zehntausend haben können. Jetzt werden Sie zahlen, und das wissen Sie auch, also können Sie genausogut mit diesem Blödsinn aufhören und ein paar Termine mit mir festlegen.«

Danach blieb es eine ganze Weile still, bis der Colonel sagte: »Gut, das ist sehr gut, und ich verspreche Ihnen, Sie werden es nicht bereuen. Morgen rufe ich Ihre Mitarbeiter an.«

Elvis quetschte seine Hände zwischen die Beine. In ihm kam stiller Jubel auf.

Der Colonel sagte: »Elvis, kommst du mal eben her?«

Blaue Rauchschwaden erfüllten das Zimmer. In dem

Aschenbecher neben dem Colonel lagen vier Zigarrenkippen, und ein Notizzettel war mit Zahlen vollgekritzelt. »Geschafft«, sagte er. »Drei Auftritte. Neunter September, achtundzwanzigster Oktober und sechster Januar. Du bist der Stargast.«

Elvis schluckte und gab sich Mühe, beiläufig zu klingen. »Wieviel?«

»Fünfzigtausend.« Der Colonel ließ ein Lächeln aufblitzen. »Nichts weiter als der größte Abschluß der Fernsehgeschichte.«

Elvis sagte: »Dann war diese Affenjacke ja wohl doch zu etwas gut.« Ed Sullivan! Drei Auftritte! Fünfzig Riesen! Auf ewig berühmt!

»Volltreffer. Dieser Sullivan ist zwar ein harter Knochen, aber clever genug, um zu wissen, was die Stunde geschlagen hat.«

Die Pracht dieses Augenblicks trug Elvis in die Stadt zu seiner Plattenaufnahme. Die Jungs waren von den zahlreichen neuen Erfolgsmeldungen schon fast übersättigt, aber Ed Sullivan war wichtig genug, daß ihnen die Unterkiefer herunterklappten. Scotty sagte: »Verdammt!« und D. J. sagte: »Mann!«, und Bill sagte: »Jawoll, Jungs, ja*woll*!« Sie klopften Elvis auf den Rücken.

Er brauchte keine Aufwärmzeit. Er war heiß. Er war *Elvis the Pelvis*, Elvis das Becken. Er war wieder im Studio, in seinem Revier, in seinen eigenen Klamotten: Jeans und ein flottes gepunktetes Kunstseidenhemd. Keine Smokings und keine Bassets. Er hatte das Kommando. Er mußte nicht nett sein. Er konnte so wild werden, wie es ihm paßte.

Er wußte, wer seine Platten kaufte. Die Mädchen wollten ihn nicht nett haben. Sie wollten ihn wild. Steve Allen wußte vielleicht mehr über das Fernsehen, die Kritiker wußten vielleicht mehr über Rundfunknormen und die Pfarrer mehr über Gottes Wort, aber Elvis wußte besser als irgendwer sonst auf der Welt, was diese Mädchen wollten.

Er hatte sie allabendlich im Publikum erlebt, wie ihnen die Tränen übers Gesicht liefen. Er hatte sich ihr aufgeregtes Geplapper angehört, wenn sie ihn umzingelt hatten. Ihnen gefielen die schnellen, die wilden Songs, bei denen er sich bewegte, seine Hüften kreisen ließ und die Gefühle auslebte, von deren

Existenz ihre Daddys gar nichts wußten. Er spürte, wie sie Wellen purer Sehnsucht entsandten.

Er wußte, was sie am meisten wollten: einen Jungen, nur einen Jungen, einen perfekten Begleiter für den perfekten Abschlußball, einen dunkelhaarigen Fremden, der in ihre tristen fünfzehnjährigen Leben trat und sie entführte.

Und so ein Mädchen hatte Elvis haben wollen; er war immer der schüchterne Zehntkläßler geblieben, der sich beim Tanz im Hintergrund herumdrückte. Er erinnerte sich an die furchtsamen linkischen Mädchen, die mit ihm im Hintergrund herumgelungert hatten. Die Mauerblümchen. Jetzt tauchten sie zu Millionen auf. Elvis war ihr großer dunkler Fremder. Für sie sang er.

Auf der Bühne probierte er es mit einem seiner Kunststücke, dann mit einem anderen, bekam ein Gefühl für die Mädchen, fand heraus, auf welche Bewegungen sie ansprachen: Hey, Mädchen, gefällt's euch, wenn ich es so mache? Na schön, machen wir's noch ein paarmal.

Im Studio kannte er sich gut genug aus, daß er über der Stelle, wo er sang, drei Mikrofone an Galgen montieren ließ, so daß er sich bewegen und die Musik sich seines Körpers bemächtigen konnte. Der Zauber wirkte immer dann, wenn er sich bewegte.

Mit »Hound Dog« fing er an. Die Jungs griffen seine Stimmung auf und machten Dampf. Sie spielten schneller und immer schneller. D. J. entlockte der Snare-Drum Maschinengewehrsalven. Scotty zupfte eine Gitarrenlinie, die man mit Fingern greifen konnte.

Er war besser als früher – schneller, wilder. Im Hintergrund säuselten leicht schräg die Jordanaires, als winselte ein alter Hund, und zusammengehalten wurde das alles von Bills solidem Baß.

Elvis ließ raus, was er aus Angst, einen Krawall zu verursachen, auf der Bühne zurückgehalten hatte. Er sprang herum und schrie den Song, wie er seinen Text im Filmstudio Fred Farmer entgegengeschleudert hatte – er gab sich so überdreht, rebellisch und aufmüpfig, wie er nur konnte.

Der Song war ein Gag, ein »Novelty Song«, aber Scottys Akkorde klimperten und schepperten, und Elvis schrie mit solcher Inbrunst, daß er es in eine Klage über verschmähte Liebe verwandelte. Man würde sich nicht so über eine Frau echauffieren, wenn sie einen nicht verrückt machte.

Elvis hörte einen verpaßten Einsatz, einen gequetschten Gitarrenlauf. »Eben hab ich wohl ein bißchen danebengelegen«, sagte er. »Können wir's noch mal versuchen?«

Erst nach vierzehn Takes sang er so wild, daß er selbst zufrieden war und alle den Song zusammen absolvierten.

Er grinste, als er die Aufnahme hörte. »Da hast du deinen Hit, Steve.«

Danach war »Don't Be Cruel« ein Kinderspiel, eine gegen den Rhythmus synkopierte lockere Melodie, die jede Menge Platz für Hickser und Schnörkel ließ. D. J. legte sich Elvis' Gitarrenkasten über den Schoß und trommelte mit den Schlegeln darauf herum. Zur Betonung des Beats dachten sich die Jordanaires ein leichtes, swingendes »Bob… bop… bop-bop« aus.

Elvis stieg ein, als wäre der Song seine Harley. Er brauste seines Wegs, ließ die Stimme aufheulen und bremste ab… lockte, neckte.

Don't be cruel to a love that's true

In ihm brannte ein neu entfachtes Feuer der Entschlossenheit.

Vielleicht lag es an Ed Sullivans Zusage, oder vielleicht hatte sein Kokettieren mit der Anständigkeit in Steve Allens Show etwas in seinem Kopf in Gang gesetzt. Er wußte, daß er sich nicht zurücklehnen, so gut wie beim letztenmal singen und zufrieden sein konnte. Er mußte besser sein. Von nun an mußte er sich immer wieder selbst übertreffen.

Er konnte es schaffen. Er war jung, reich, sah gut aus und war berühmt. Es gab Unmengen Songs, und die Songschreiber produzierten täglich neue.

Die Session dauerte bis nach Mitternacht. Sholes preßte auf der Stelle eine Scheibe. Elvis trug sie im Taxi zur Grand Central Station mit sich. Im Zug legte er sie auf dem Weg von New York bis nach Tennessee auf den Nebensitz und sah sie sich an. Er überredete den Zugführer, den Zug am Stadtrand von Memphis abzubremsen, an einer Lichtung, die einen guten halben Kilometer vom Audubon Drive entfernt lag. Mit seiner Single in der Hand sprang er ab.

»Don't Be Cruel« auf einer Seite, »Hound Dog« auf der anderen. Es war eine perfekte Schallplatte. Perfekt. Elvis zweifelte nicht daran, daß seine nächste sogar noch besser werden würde. Sein Leben lag wunderbar angeordnet vor ihm, so wie einige Sterne des Nachthimmels ganz zufällig bestimmte Konstellationen wie einen Wagen oder einen Bären bilden.

Er schritt über das Feld auf das Wäldchen zu, das die hübschen Häuser am Audubon Drive umgab. Er dachte an die vielen Umzüge seiner Familie, meist in aller Eile und meist in eine schlechtere Bleibe. Endlich hatte er seiner Mutter die Sorte Haus gekauft, die sie verdiente.

Audubon war ein breite, geschwungene Straße ohne nennenswerten Verkehr. Die Häuser waren im Ranchstil aus Backsteinen errichtet, die Rasen sorgfältig gepflegt; die Nachbarn waren Bankiers, Anwälte, Ärzte und Versicherungsvertreter. Gladys sagte, die meisten seien zu sehr mit der Pflege ihres Rasens beschäftigt, um ein gutnachbarschaftliches Verhältnis zu pflegen; doch gegenüber wohnte ein nettes Paar, die Busbees, und außerdem gefiel ihr, wie ihre Freunde aus Tupelo sie beneideten, wenn sie zu Besuch kamen.

Das Haus paßte gut zu den anderen Häusern. Es war nicht so protzig, wie Elvis es gern gehabt hätte. Von den zahlreichen Cadillacs in der Auffahrt einmal abgesehen, war nichts Auffälliges daran. Er tätschelte die Motorhaube des rosafarbenen Cadillacs und betrat das Haus durch den Carport.

Vernon saß am Küchentisch. Sein Gesicht war eine starre Maske. Etwas Schreckliches beschäftigte ihn.

»Hey, Daddy«, sagte Elvis, »was ist denn los?«

»Sohn, setz dich.«

Elvis blieb an der Tür stehen. »Worum geht's?«

Sein Vater gab keine Antwort.

Entsetzen packte ihn. Seine Mutter war tot.

O nein. Nein.

In seinem Mund schmeckte er Staub.

Sein Vater starrte ihn an.

»Daddy. Sag etwas. Wo ist Mama?«

»Drüben in ihrem Zimmer«, sagte Vernon. Er schüttelte den Kopf und stieß einen tiefen Seufzer aus. »Ich weiß nicht, was ich sagen soll, Elvis. Ich weiß einfach nicht, was ich sagen soll.«

»Na, um Gottes willen, was ist denn passiert? Was ist los?«

»Ich glaube, sie ist todunglücklich«, sagte Vernon. »Du hast ihr das Herz gebrochen. Sie hat sich da eingeschlossen.«

Vor Erleichterung verstand Elvis diese Worte als gute Nachricht. Sie schloß sich andauernd in ihrem Zimmer ein. Egal, was Elvis getan haben mochte, er konnte es ungeschehen machen, dann ging es ihr wieder gut.

Er ließ sich auf einen Stuhl fallen und schmiß den Umschlag mit seiner Platte auf den Küchentisch.

Vernon griff hinter sich nach einem anderen Umschlag, den er ihm zuwarf. »Fang.«

Elvis fing ihn, nahm den Brief heraus und las.

Er las ihn noch einmal.

Er faltete ihn, steckte ihn zurück in den Umschlag.

»Das ist nicht wahr«, sagte er. »Es ist gelogen. Hat Mama das gelesen?«

»Sie hat ihn geöffnet«, antwortete Vernon. »Er kam als Einschreiben, und sie hat ihn geöffnet. Als ich gestern abend nach Hause kam, hatte sie sich eingeschlossen. O verdammt, Elvis, das ist ganz schön verkorkst.«

»Und, Daddy, was hast du ihr gesagt? Du glaubst doch so was nicht, oder? Sie haben den Falschen.« Er kramte verzweifelt in seiner Erinnerung. »Die wollen mich doch bloß schröpfen.«

»Ich hab versucht, dich zu warnen«, sagte Vernon. »Du hast mich ausgelacht. Aber ich hab's versucht.«

Elvis verdrehte die Augen Richtung Zimmerdecke. Er verließ den Tisch und ging durch den Flur zu ihrer Tür. Er klopfte mit dem Knöchel dagegen. »Mama, ich bin's. Ich bin jetzt zu Hause. Mach auf.«

Kein Antwort. Er rüttelte an dem Knauf und ging in die Küche zurück. Er nahm den Brief aus dem Umschlag, glättete ihn auf dem Tisch und las ihn noch einmal.

44

Er las den Namen immer und immer wieder. *Elizabeth.* Er kannte keine Elizabeth. Liz. Liza. Beth. Betsy. Betty... *Betty!* Jetzt fiel es ihm ein. Die Brünette mit den Fuchsaugen, die sich damals abends in Bossier City an ihn herangemacht hatte, im Golden Derrick. Ihren Nachnamen hatte er nie erfahren. Betty Simpkins. Sie hatte ihr Netz ausgelegt, in dessen Mitte gesessen, gefunkelt und gewartet, daß Elvis hineintappte. Was er auch getan hatte. Er war prompt hineingetappt.

Jetzt hatte sie ihn am Wickel. Das wußte er. Sie war bestimmt schon schwanger gewesen, als sie den Köder ausgelegt hatte. Sie hatte dafür gesorgt, daß Zeugen anwesend waren. Vielleicht irgendwas in sein Bier getan, damit er das Bewußtsein verlor, sich an nichts erinnerte.

Vielleicht hatte er es mit ihr getrieben. Das Gegenteil konnte er nicht beschwören. Er erinnerte sich an nichts.

In dem Schreiben des Anwalts stand, sie hätten Beweise. Irgendein Liebesbrief von Elvis an Betty. Keine Ahnung, worum es sich handeln könnte... dann fiel es ihm ein.

An dem Abend in Nashville, als er Sheila kennengelernt hatte. Als während des Abendessens eine Frau aus dem Nichts aufgetaucht war und um ein Autogramm gebeten hatte, irgendwas Schmalziges für ihre Tochter oder Nichte... Sheila hatte ihn aufgezogen, bis er schließlich geschrieben hatte.

Was hatte er geschrieben? »Ich werde dich immer lieben.« Irgendwas in der Art.

Und zwar für Elizabeth.

Anscheinend hatte sie ihre Mutter auf den weiten Weg bis

nach Tennessee geschickt, um sich diese Zeilen zu beschaffen. Sie warteten, bis das Kind zur Welt gekommen war, warteten, bis Elvis berühmt genug war, dann schlugen sie zu. Sie waren ein raffiniertes Spinnenpärchen, und sie hatten sich ein dickes, saftiges, dummes Insekt geschnappt.

Selbstverständlich bestand durchaus die Möglichkeit, daß sie die Wahrheit schrieben, und dieses kleine verschrumpelte Baby auf dem Foto ... Elvis beschloß, nicht darüber nachzudenken.

Er rüttelte noch mal an der Tür seiner Mutter. Immer noch abgeschlossen. Er schlug mit der flachen Hand dagegen.

Sie sagte: »Geh weg.«

»Satnin, mach die Tür auf. Es ist alles ein Irrtum. Ich kann's erklären. Sei doch nicht so.«

»Geh weg.«

Er schlurfte über den Flur zu seinem Zimmer mit der Blümchentapete, dem rosa Telefon und dem großen runden Spiegel an der Wand.

Er rief den Colonel an, der sofort in Panik geriet und sagte: »Bleib, wo du bist, ich sitze im nächsten Flugzeug nach Memphis, unternimm nichts, bis ich da bin.« Er hatte nicht mal gefragt, ob etwas dran war.

Elvis starrte sein Gesicht im Spiegel an.

Du siehst nicht wie ein Daddy aus.

»Es ist eine Lüge«, flüsterte Elvis. »Es ist eine Falle.«

Bist du dir sicher? Woher weißt du das? Du erinnerst dich ja nicht mal daran. Du warst an jenem Abend betrunken. Und dann das Gras.

»Es ist Erpressung. Sie hat mich reingelegt.« Elvis erschauerte. »Sie könnten alles kaputtmachen.«

Ein Junge. Ein kleiner flachshaariger Junge. Dein Junge.

»Das war's«, sagte Elvis. »Nie wieder rühre ich ein Mädchen an.«

Jaja. Na klar. Du machst es viel zu gern.

»Elvis, telefonierst du?« Das sagte Vernon, draußen an der Tür.

»Ja, einen Moment noch ...«, er griff sich den Telefonhörer,

»...und mehr weiß ich zur Zeit nicht, ich muß jetzt Schluß machen. Wir reden später weiter. Wiederhören«, und legte laut klappernd auf.

Mit langem, ernstem Gesicht trat Vernon ein.

»Daddy, wenn du nur kommst, um noch ein paarmal ›Ich hab's dir ja gesagt‹ zu sagen, kannst du dir das sparen.« Elvis streckte sich auf dem Bett aus.

»Mein Sohn, ich wollte bloß – ich dachte, du wolltest darüber reden.«

»Colonel Tom kommt heute nachmittag her. Er kümmert sich darum. Es ist ein Erpressungsversuch.«

Er erzählte seinem Vater, woran er sich an jener Nacht in Bossier City erinnerte.

»Das darfst du nicht zulassen«, sagte Vernon. »Du mußt aufstehen und die Wahrheit sagen.«

»Wozu sollte das gut sein? Die Zeitungen behaupten ja jetzt schon, ich übe einen schlechten Einfluß aus. Kannst du dir ausmalen, wie sie auf so was reagieren? Die Wahrheit ist absolut uninteressant. Ed Sullivan würde mich fallenlassen wie eine heiße Kartoffel.«

»Was meinst du mit Ed Sullivan?«

»Ich bin noch nicht dazu gekommen, es dir zu sagen. Er hat mich für drei Auftritte verpflichtet.«

»Also, das – das ist ja phantastisch, mein Junge.« Vernons Augen glitzerten wie Centstücke.

»Ja, es ist toll.« Elvis schüttelte den Kopf. »Und jetzt das.«

»Wieviel kriegst du dafür?«

»Fünfzig.«

Vernon pfiff. »Das ist ja – Herr im Himmel. Fünfzigtausend?«

»So isses.«

»Vielleicht hast du doch recht«, sagte Vernon, »eventuell könntest du ihr eine Kleinigkeit bezahlen, und die ganze Aufregung legt sich wieder, und keiner merkt was.«

»Der Colonel wird schon wissen, was zu tun ist«, sagte Elvis. »Was unternehmen wir wegen Mama?«

Vernons Miene nahm einen leidenden Ausdruck an. »Sie hört

mir nicht zu. Wenn sie ihre Anfälle kriegt, glaube ich manchmal, ich muß jemanden kommen lassen, der sie abholt. Keine Ahnung, ob's an den Pillen liegt, die sie nimmt, oder...«

»Es liegt an mir«, sagte Elvis. »Es ist meine Schuld. Alles geschieht zu schnell, und ich bin nicht da, um mich um sie zu kümmern. Solche Sachen werden immer wieder passieren, Daddy. Ich hatte zu schnell zu viel Glück. Alle werden es drauf anlegen, mich fertigzumachen.«

»Das weiß ich, mein Junge.«

»Aber Mama kann dann nicht jedesmal einen Nervenzusammenbruch bekommen«, sagte Elvis.

Vernon stand auf. »Komm, wir versuchen, sie da rauszuholen.«

Sie gingen zu ihrer Tür und fingen an zu klopfen. Elvis brüllte, sie würden weiterklopfen, bis sie aufmachte, und nach fünfminütigem Gehämmere ging der Türriegel mit einem Klick auf.

Elvis war entsetzt, als er sie sah. Offenbar hatte sie die ganze Nacht geweint. Sie hatte rote Augen, ein aufgedunsenes Gesicht. Sie hatte das Gewicht wieder drauf, das sie mit Hilfe der Schlankheitspillen abgespeckt hatte, und noch zugelegt. Sie trug einen abgerissenen alten Bademantel aus Chenille und hatte wirr abstehendes Haar. Überall in dem abgedunkelten Schlafzimmer lagen Bettzeug und Pralinenschachteln verstreut, auf der Frisierkommode lag eine halbvolle Flasche Smith's Brandy. Elvis roch ihn in ihrem Atem.

»Mama, lieber Himmel, du hast getrunken.« Er schob sich an ihr vorbei und zog die Jalousien hoch. »Ich wußte ja gar nicht, daß du trinkst.«

»Das überkommt mich manchmal, wenn ich zu nervös werde«, sagte sie. »Es beruhigt mich.«

»Mama, dieser Brief, den du aufgemacht hast, das ist Unsinn.« Er zog ihn aus seiner Tasche. »Alles gelogen. Du solltest erst mit mir über so was reden, bevor du dich dermaßen zugrunde richtest.«

Vernon ging Kaffee machen. Elvis brachte Gladys dazu, sich

auf ihr Bett zu setzen, und teilte ihr eine geglättete Version der Wahrheit mit. Ein Mädchen habe sich in den Kopf gesetzt, ihn zu erpressen.

Sie starrte aus dem Fenster, das Gesicht zerfurcht von Sorgen und Verwirrung. »Aber du hast sie doch bestimmt mit Schmeicheleien eingedeckt. Oder sie irgendwie becirct.«

»Mama, sie ist auf mich zugekommen. Ich hab höchstens mal hallo gesagt. Ich schwör's.«

Vernon kam mit einem Becher Kaffee zurück. »Hier, Schatz, danach fühlst du dich besser.«

Sie trank ein Schlückchen. »Ich weiß nicht«, sagte sie. »Ich weiß nicht, wie ich das deiner Meinung nach ertragen soll. Ununterbrochen klingelt das Telefon, und ständig treibt sich irgendwer draußen im Garten herum, der durchs Fenster gucken will, und... und ich geb mir solche Mühe, schön auszusehen, ehrlich, Schatz, ich probier's wirklich, aber dann passiert so was wie das hier, und dann will ich nur noch... ich weiß auch nicht.«

Elvis war nicht klar, ob sie mit ihm oder Vernon sprach. Ihr Blick ging über sie beide hinweg.

»Ein kleiner Junge«, sagte sie mit leiserer Stimme. »Hast du gelesen, wie sie ihn genannt haben? David Robert. Was für ein hübscher Name.«

Elvis sah zu seinem Vater hinüber. Von dem war keine Hilfe zu erwarten. »Ich hab dir doch gesagt, Mama, ich habe mit dieser Frau nichts zu schaffen. Oder mit ihrem Baby.«

»Ich wüßte gern, wie er aussieht«, sagte Gladys.

Vernon sagte: »Ich ertrag das nicht mehr. Junge, sieh mal zu, ob du mit ihr klarkommst.« Er stapfte aus dem Zimmer.

»Nein, ernsthaft.« Gladys wurde fröhlicher. »Vielleicht sieht er so aus wie du, Elvis. Ist doch möglich. Vielleicht ist sie darum auf diese Idee verfallen, das arme Mädchen. Wahrscheinlich hat sie eine Ähnlichkeit gesehen...«

»Armes Mädchen? Mama, sie versucht, mich zu bestehlen! Sie versucht, mich zu ruinieren!« Er schwenkte den Brief.

»Aber du erinnerst dich nicht, hast du gesagt. Also könnte es vielleicht doch sein...«

»Nein, es könnte *nicht* sein.« Er nahm sich zusammen – schrei sie nicht an. »Begreifst du das nicht? Ich bin berühmt. Jeder will eine Scheibe abhaben. Es ist ein Lügengespinst, und das weiß sie auch. Sie setzt darauf, daß wir trotzdem bezahlen, damit sie den Mund hält.«

»Das verstehe ich, Schatz. Ich bin schließlich kein Kind. Ich sage ja bloß, wenn du mir nur zuhören würdest...«

»Sag schon.«

Gladys sagte: »Vielleicht könnten wir uns das Baby holen.«

O Gott. Elvis versuchte, mit einer Erpresserin fertig zu werden, während seine Mutter gerade dabei war, den Verstand zu verlieren. »O Mama. Mach dich nicht lächerlich.«

»Ich meine es ernst.» Ihre Augen leuchteten auf. Sie setzte sich senkrecht auf. »Sie sagt, sie kann seinen Unterhalt nicht bestreiten! Wir haben jede Menge Geld, Elvis – mehr als wir je brauchen, solange wir leben. Und ich könnte mich um ihn kümmern – du weißt doch, daß ich immer noch ein Baby haben wollte, aber irgendwie war nie die richtige Zeit...«

»Mama, du bist fünfundvierzig Jahre alt«, sagte Elvis. »Du willst kein Baby haben. Ich weiß wirklich nicht, was in dich gefahren ist.«

Sie brauste auf. »Sag so was nicht! Dein Vater sagt das zehnmal am Tag, ›Ich weiß wirklich nicht, was in dich gefahren ist‹. Gar nichts ist in mich gefahren. Du bist schuld. Ihr seid schuld. Du saust durch das ganze Land und singst im Fernsehen und Gott weiß was sonst noch, dein Vater trinkt irgendwo, und was soll ich tun, außer hier herumzuhocken, mir das Essen abzugewöhnen und zuzusehen, wie Dodger ihre verfluchten Puzzles zusammensetzt!«

»Tut mir leid«, sagte er. »Du könntest mich irgendwann begleiten.«

»Ich will dich nicht begleiten, Elvis! Ich brauche hier jemanden!«

»Aber du brauchst doch kein Baby«, sagte er. »Herrgott noch mal.«

»Du hast ja keine Ahnung, was ich brauche«, entgegnete sie.

»Dieses Mädchen kann es sich nicht leisten, es großzuziehen. Aber wir. Und du weißt, wenn wir das für sie täten, würden sie nur allzugern die Sache mit dem Anwalt und dem allen vergessen.«

»Mama. Nun beruhig dich mal. Hör mir zu. Der Colonel ist unterwegs. Er wird schon alles regeln. Wir kriegen kein Baby.«

»Du willst bloß keins haben«, fauchte sie. »Es ist deins, aber du willst es loswerden. Nur darum geht es dir.«

»Du bist verrückt«, sagte er.

Gladys erhob sich von ihrem Stuhl, nahm den Becher und schmiß ihn gegen die Wand vis à vis. Kaffee ergoß sich überallhin.

»Ich bin nicht verrückt«, sagte sie mit irrem Blick.

Elvis stieß einen langen, tiefen Seufzer aus. »Nenn es wie du willst. Ich fahre eine Runde durch die Gegend.«

Er stand auf und verließ das Haus. Er hörte, wie Gladys hinter ihm herrief. Er ging weiter.

Die Traube junger Mädchen am Ende der Auffahrt kreischte bei seinem Erscheinen. An jedem anderen Tag wäre er zu ihnen hinübergeschlendert, um ein wenig zu flirten und ihre Autogrammalben zu unterschreiben, doch heute warf er sein Bein über die Harley, trat mit voller Wucht auf den Kickstarter und brauste ohne ein Lächeln aus der Auffahrt.

Er sauste aus dem Wohnviertel, daß die eleganten Fassaden der Villen das Grollen seines Motors zurückwarfen.

Er verließ die Stadt auf dem Highway 51 in Richtung Süden, Insekten flogen ihm zwischen die Zähne. Fünfzehn Kilometer hinter Memphis machte das Hügelland der gewaltigen Fläche des Mississippi-Deltas Platz.

Elvis fuhr von der Hauptstraße auf einen Feldweg, der schnurgerade gen Westen führte, zum Fluß. Mit der Hand gab er Vollgas.

Vögel taumelten aus den Büschen, als habe man auf sie geschossen. Ganz hinten in seinem Herzen ein regelmäßiges unbehagliches Pochen. Dieser Brief schien zum zweitenmal das Ende seiner Karriere zu bedeuten.

Mach, daß es nicht aufhört.

Er dachte wieder an Sheila, an die Rothaarige in LaCrosse, an die anderen Mädchen, mit denen er ins Bett gestiegen war. Was sollte sie alle daran hindern, sich Anwälte zu nehmen und ihm erpresserische Briefe zu schicken? Von nun an mußte Elvis aufpassen, was er tat, seine Zunge im Zaum halten, *jeden* verdächtigen.

Jetzt sind Mädchen für dich nicht mehr ungefährlich. Du bist nicht wie alle anderen. Du kannst sie küssen, mit ihnen schmusen, mit ihnen treiben was du willst, steigst aber besser nicht mit ihnen ins Bett, falls du sie nicht heiraten willst. Und in diesem Moment, da ihn Bettys Verrat so beschäftigte, konnte sich Elvis kein Mädchen vorstellen, das er heiraten wollte.

Stell dir vor, was Sheila in Nashville tun könnte, falls es ihr in den Sinn käme: Jawohl, Sir, er hat mich mit Narkotika betäubt, jawohl, Sir, und dann hat er mich verführt...

Er klammerte sich mit den Knien fest, während das große Motorrad über Unebenheiten klapperte und holperte. Er sauste auf eine weite Lichtung, ein Steilufer über dem Fluß, grub mit dem Hinterrad einen breiten Kreis in die lehmige Erde. Er ließ den Motor aufheulen, *wrum, wrum*, ehe er ihn abschaltete. In den Bäumen schlugen Blauhäher Alarm.

Elvis brachte seine Mutter um. Sein Erfolg zerriß sie, Stück für Stück. In diesem schrecklichen Augenblick, als er dachte, sie sei tot, hatte sich die Schuld wie ein schwarzes Leichentuch über ihn gebreitet. Für zwei Sekunden hatte er die Schuld akzeptiert.

Wie konnte er das beenden?

Er liebte sie. Mit jedem Tag wurde sie älter und wunderlicher. Er konnte die Zeit nicht anhalten, sie nicht einmal verlangsamen.

Er konnte nicht seine Karriere aufgeben, nach Hause kommen und sich um sie kümmern. Er hatte doch erst eben angefangen. Er mußte auf dieser erstaunlichen Welle des Erfolgs schwimmen; herausfinden, wie berühmt und reich er werden konnte. Das wollte er für sie und für sich selbst. Noch jahrelang wollte er gute Musik machen. Er wollte der Star aufregender, romantischer Filme werden und die coolsten Klamotten der Welt tragen. Er wollte, daß die Mädchen nie aufhörten zu kreischen.

Das Rumpeln eines sich nähernden Automobils... Elvis schob die Harley in ein Gebüsch, außer Sichtweite.

Vorne saßen bei offenen Fenstern ein Junge und ein Mädchen, das die nackten, braungebrannten Füße aus dem Beifahrerfenster baumeln ließ. Zwei Teenager, die sich während der Mittagspause in den Wald stahlen, um – was sonst?

In ihrem Autoradio hörte sich Elvis seine neue Ballade singen, »I'm Not As Bad As They Say«, die erst in dieser Woche auf den Markt gekommen war.

Sie küßten sich am hellichten Tage, vor dem gesamten Mississippi, während Elvis im Radio aufmunternd säuselte und Elvis aus dem Unterholz zusah.

Tut es nicht, Jungs und Mädels. Es könnte euch in Schwierigkeiten bringen.

Als die beiden so richtig zur Sache kamen, ließ Elvis die Harley an und raste auf die Lichtung. Ihre Köpfe schnellten hoch, stießen gegen das Dach. Er drehte einen engen Bogen um das Auto, damit sie ihn auch ja gut zu sehen bekamen, gab dann Vollgas und raste lachend davon.

Elvis stand hinter der Wohnzimmergardine und sah zu, wie Tom Parker immer noch am Ende der Auffahrt den Mädchen seine Hochglanzfotos verkaufte.

Elvis empfing ihn an der Tür zum Carport. »Freut mich, Sie zu sehen.«

»Gib mir mal den Brief.« Der Colonel schob sich an ihm vorbei und schritt zum Küchentisch. Er nahm Platz und zog den Brief aus dem Umschlag. Vernon trat ein und sagte auf seine salbungsvolle Art: »Tag auch, Tom, freut mich sehr, Tom.« Der Colonel beachtete ihn nicht.

Gladys schlief gerade. Sie war so hysterisch geworden, daß Vernon Dr. Davis kommen ließ, der ihr eine Beruhigungsspritze verpaßt hatte.

Colonel Tom las den Brief dreimal.

Elvis versuchte, seine Version dessen zu erzählen, was passiert war. Das interessierte Parker nicht. »Ist uninteressant«, sagte er. »Wenn du dieses Mädchen kennengelernt hast, bist du praktisch erledigt. Wir müssen die Sache ein für allemal vom Tisch kriegen. Hast du verstanden? Erledigen. Im Keim ersticken. Kann ich hier irgendwo im Haus telefonieren?«

Elvis brachte ihn in sein Schlafzimmer. Der Colonel warf einen Blick auf die Blümchentapete und die Stofftiere und sagte: »Laß mich allein, mein Junge.«

Elvis ging und glotzte Vernon über den Küchentisch hinweg an.

Eine Viertelstunde später tauchte der Colonel wieder auf. »Ich fliege heute nachmittag nach Dallas. Ich treffe mich mit diesem Anwalt. Er bringt sämtliche Unterlagen mit, sämtliche Kopien des Briefes, alles. Ich nehme fünftausend Dollar mit und ein Schriftstück, das er unterzeichnet.«

»Was muß ich tun?« fragte Elvis.

»Du hast es schon getan«, antwortete Parker. »Ich rate dir, das Ganze zu vergessen. Nach dem heutigen Abend ist es nie geschehen. Du hast einen Auftritt zu absolvieren. Denk lieber daran. Und ich will nicht, daß du irgendwem davon auch nur ein Sterbenswörtchen erzählst, verstanden? Vernon? Das gilt auch für Sie und Miz Presley.«

Vernon kratzte sich am Hals. »Alles klar.«

»Moment mal«, sagte Elvis. »Fünftausend Dollar? Und das war's? Woher wissen wir, daß das Mädchen die gleiche Geschichte nicht noch mal versucht?«

»Sie unterschreiben ein Papier«, sagte Parker. »Überlaß mir das ruhig. Noch etwas. Was früher war, kann ich nicht ändern, aber Elvis, mein Freund, von diesem Moment an bleibst du bitte verdammt noch mal sauber. Wenn diese Hollywood-Boys davon Wind kriegen, daß du in ernsthaften Schwierigkeiten steckst, geben sie dir so schnell den Stiefel, das glaubst du gar nicht.«

»Keine Sorge«, sagte Elvis. »Daran hab ich schon gedacht.« Er würde dem Marihuana abschwören – wenn er nur an die Schlagzeile dachte: RAUSCHGIFT-KING PRESLEY FÜNF JAHRE HINTER GITTER

Von jetzt an nur noch Rezepte von einem richtigen Arzt, hübsch legal und sauber.

Und unterwegs keine Mädchen mehr.

Fünftausend Dollar. Es schien so einfach zu sein. Elvis hatte fast die Zeit vergessen, als ihm fünftausend Dollar wie alles Geld der Welt vorgekommen waren.

45

In Kalifornien gab es nichts, was Gladys gefallen hätte. Da draußen hatte sie nichts verloren. Vielleicht hatte sie einmal davon geträumt, dorthin zu fahren, vor langer Zeit, als sie noch jung war und Flausen im Kopf hatte. Jetzt wußte sie, in der Welt außerhalb ihres Zimmers gab es nichts als Ärger.

In ihrem Zimmer behelligte sie keiner. Überall hatte sie Süßigkeiten versteckt, in der Schublade mit Unterwäsche, in Hutschachteln, in der Kiste am Fußende ihres Bettes. Sie hatte ihre *Reader's Digests* und ihre Agatha Christies, in der obersten Schublade der Kommode lag ihre Flasche Smith's Brandy.

Gladys hatte beschlossen, daß sie nicht dicker werden würde, wenn sie ihre Schlankheitspillen nahm und nur noch Süßigkeiten aß. Sie hätte absolut nichts dagegen gehabt, immer im Bett zu liegen und von Agatha Christies und Whitman-Anthologien zu leben, aber man ließ sie nicht in Ruhe. Andauernd lief Vernon herein und heraus, um »Ich weiß nicht, was in dich gefahren ist« zu sagen. Einmal dachte sie: *Du* bist in mich gefahren, schluckte es aber herunter.

Agatha Christies Figuren behandelten einander mit ausgesuchter Höflichkeit, genau die Sorte Rücksichtnahme, die in Gladys' Leben fehlte. Dodger lag ihr ständig in den Ohren, sie solle aufstehen und spazierengehen, ein langer Spaziergang sei genau das richtige, mochte Gladys auch noch so oft sagen, nein danke, nach Spazierengehen sei ihr nicht zumute. Sie fand es heuchlerisch von Dodger, keine Ruhe zu geben, obwohl sie sich seit Jahren keine zwanzig Meter von ihrem Puzzle entfernt hatte. Gladys fehlte nichts, sie mußte nur manchmal weinen und hatte Vorstellungen, die andere Leute für seltsam hielten.

Elvis war der einzige Mensch, den sie sehen wollte. Er rief fast jeden Abend an, doch sie wußte, daß er ihr nur die angenehmen Dinge erzählte.

Wenn er nach Hause kam, war er mit den Gedanken immer woanders, bei irgendeinem Song oder einer Plattenaufnahme, irgendeinem Mädchen, das er ihr verschwieg. Wahrscheinlich führte er ein durch und durch geheimes Leben, das sie zu Tode schockieren würde, falls sie je dahinterkam. Die vielen Mädchen, die sich an ihn klammerten. Diese Betty in Bossier City war nur die Spitze des Eisbergs.

Soweit man wußte, hatte Gladys das Vorhaben aufgegeben, das Baby zu sich zu nehmen, doch manchmal hörte sie es in ihren Träumen weinen. Seine Schluchzer wurden von einem leisen, zögernden Husten unterbrochen, als ob es sich erkältet hätte. In ihrem Traum lief Gladys durch eine riesige, weitläufige, unbeleuchtete Villa, deren Fußböden mit Steinplatten ausgelegt waren, und versuchte, das Baby zu finden, indem sie seinen Hustern folgte. Sie wußte, es würde genau wie Elvis aussehen, wenn sie es nur fände. Sie würde wissen, wie man sein Weinen beenden konnte.

Wenn Elvis sie heute sah, wirkte er bekümmert. Bestimmt schämte sich der berühmte Sänger, der gerade dabei war, ein Filmstar zu werden, so eine dicke, unansehnliche Mutter zu haben. Gladys haßte den Spiegel. Sie wünschte, Elvis hätte sie sehen können, als sie noch jung und hübsch gewesen war.

Er war so gut gelaunt, blieb im Zentrum all dieser Unruhe so kühl und gelassen. Nichts konnte ihn aus der Ruhe bringen. Gladys merkte zu ihrem Erstaunen, daß sie einen Jungen großgezogen hatte, der auf einer Bühne stand, wo dreißigtausend Mädchen auf ihn einschrien, und dennoch nicht vergaß, seine Mutter anzurufen, bevor er nach Hause kam.

Sein Leben lang hatte er gern im Mittelpunkt der Aufmerksamkeit gestanden, und davon bekam er nun jede Menge.

Sie hatte immer gewußt, daß er für Großes bestimmt war. Sie hatte es auf der Alphabettafel gesehen. Sie hatte alles in ihrer Macht Stehende unternommen, damit es eintraf. Doch ihr lieber schüchterner Junge war nur noch Erinnerung. Er war verschwunden, wie das Baby aus ihrem Traum.

Sie hätte etwas tun können, um das zu verhindern, anstatt diese verfluchte Gitarre zu kaufen und ihn mit diesem Ding, dem Radio und seinem Plattenspieler monatelang in seinem Zimmer alleinzulassen. Jetzt war es zu spät. Wie ein Schmetterling aus seinem kleinen Seidenkokon war er aus diesem Zimmer aufgetaucht – Elvis, der weltberühmte Star, breitete seine prachtvollen Flügel aus.

Jetzt war er auf die Idee verfallen, Gladys sollte ihn nach Kalifornien begleiten, Tausende und Abertausende Kilometer weit entfernt, während er mit der Arbeit an seinem Film begann.

Er wollte sie nur im Auge behalten. Er glaubte, wenn er sie mit nach Kalifornien nahm und verwöhnte, würde das alles ihren Schmerz wieder ausgleichen.

Sie konnte ihm nicht sagen, was schieflief. Sie wußte es nicht. Es hatte ungefähr zu dem Zeitpunkt angefangen, als sie nach Memphis gezogen waren, und es war mit jedem Jahr schlimmer geworden.

Es war eine schwarze, gähnende Leere, eine unsagbare Furcht. Sie wußte, daß es etwas mit Elvis zu tun hatte, gestattete sich selbst aber nicht, sich umzudrehen, um zu sehen, was es war. Um nicht daran denken zu müssen, aß Gladys Pralinen, trank Brandy und stellte sich vor, sie sei schlank und schön und Fotografen machten Aufnahmen von ihr.

Elvis bat, bettelte und flehte sie an, nach Kalifornien zu kommen. Mittlerweile schlug er sogar vor, alle mitzunehmen: Gladys, Vernon, Dodger, Red West, Scotty, Bill, D. J. und Tom Parker sowie sämtliche Assistenten und Sekretärinnen. Das Filmstudio hatte eine ganze Etage in einem Hotel reserviert, das Hollywood Knickerbocker hieß. Dabei sah Gladys einen türkisfarbenen Swimming-pool vor sich, eine makellose Palme, ein grünes Rasenstück im Sonnenschein.

Sie konnte ihre Pillen, ihren Brandy und ihre Agatha Christies jederzeit mitnehmen. Konfekt konnte sie auch in Kalifornien kaufen. Sie wäre in Elvis' Nähe. Sie sähe ihn jeden Abend. Er wollte sie da haben. Er war nicht wie andere Söhne. Er liebte sie mehr als die meisten Söhne ihre Mütter. So hatte sie ihn erzogen.

Sie gab nach. Es machte Elvis so glücklich.

Manchmal stellte sie sich vor, daß Vernon nicht mehr war, daß Vernon tot und begraben und sie eine Witwe war, der sein Ableben zwar leid tat, deren Leben aber dennoch weiterging. Bei Elvis war das anders. Ohne ihn würde sie sterben. Seine Stimme am Telefon war wie frische Luft, nachdem sie den ganzen Tag lang nicht geatmet hatte.

Er reservierte einen Pullmanschlafwagen, damit sie jede Menge Platz hatte und sich ausstrecken konnte. So ein lieber Junge. Natürlich konnte Gladys im Zug weder lesen noch schlafen – zu viel Ablenkung –, doch sie döste stundenlang vor sich hin, lauschte dem Klappern der Räder und sah zu, wie die Landschaft brauner und trockener wurde. Den letzten Baum ließen sie irgendwo in Texas hinter sich.

Vernon ließ sie in Ruhe und spielte mit ein paar Männern aus Memphis im Salonwagen Karten.

Elvis verbrachte die meiste Zeit mit Red West und den anderen. Ab und zu kam er herein, setzte sich ans Fenster und sang ihr den einen oder anderen Song vor.

Gladys blieb in ihrem kleinen Abteil, so daß sie sich nicht mit Colonel Parker unterhalten mußte. Der Mann behandelte sie mit so ausgesuchter Galanterie, daß es ihr kalt den Rücken herunterlief; man konnte auch *zu* höflich sein…

An einem Morgen mit wolkenlosem blauen Himmel kamen sie in Kalifornien an. Palmen marschierten neben den Geleisen her. Gladys fand es aufregend, nach all dem trockenen Braun wieder Grün zu sehen. Vielleicht, dachte sie, hatte Elvis doch recht; dieser Tapetenwechsel würde ihr guttun.

Red West kam und half ihr, einen Weg durch die Menschenmenge im Bahnhof zu finden. Er war offenbar ein netter Junge, auch wenn Gladys nicht recht wußte, was für einen Einfluß er auf Elvis ausübte. Zu Hause hatte sie ihn mehr als einmal daran erinnern müssen, doch die Füße von ihren hübschen neuen Möbeln zu nehmen.

Wenn doch nur ihre alte Freundin Dot Simmons sie sehen könnte, wie sie in Hollywood, Kalifornien, aus dem Zug stieg, während Reporter um sie herumschwirrten, Kameras blitzten und die Mädchenhorde »Elvis! Elvis!« kreischte.

Die Filmleute schickten drei schwarze Limousinen vorbei, die sie zum Hotel brachten. Es war eine solche Geldverschwendung, daß Gladys sich einfach zurücklehnte und es über sich ergehen ließ. Sie konnte kaum erwarten, es zu Hause zu erzählen.

Ja, sie hatte sich sogar vorgestellt, in Hollywood in einem protzigen Auto zu fahren; deshalb hatte sie sich eine Schmetterlings-Sonnenbrille gekauft, wie sie die Filmstars heutzutage trugen, damit Elvis sich nicht schämte, mit ihr gesehen zu werden.

Die setzte sie auf und lächelte über seine Reaktion.

»Das ist meine Hollywoodbrille«, sagte sie.

»Sieht cool aus«, sagte er. »Woher hast du sie?«

»Von Goldsmith's, als ich auch dieses Kleid gekauft habe«, antwortete sie. »Sehe ich wie ein Filmstar aus?«

Er grinste. »Mama, ich wußte, hier draußen würde es dir gefallen.«

46

Elvis teilte Red West die neuen Regeln mit: »Überhaupt keine Mädchen ohne Begleitperson hinter der Bühne. Und von jetzt an darfst du mich mit keinem Mädchen mehr allein lassen, das wir nicht schon kennen. Es ist mir ernst, Red. Niemals. Unter gar keinen Umständen. Auch nicht, wenn ich dich auf allen vieren anflehen sollte, du mußt dich weigern. So lautet die Regel.«

Red lächelte fragend. »Was ist denn passiert, Elvis? Hast du Angst, deine Mama könnte herausfinden, daß du Mädchen magst?«

Elvis sagte: »Das weiß sie schon.«

»Was ist dann der Grund? Hast du dich zu sehr mit einer eingelassen?«

»Ich hab mich nicht so sehr eingelassen, wie eine behauptet«, sagte Elvis, dem einfiel, daß der Colonel Stillschweigen angeordnet hatte. »Eigentlich war es gar nichts. Aber es ist deine Aufgabe, sie von mir fernzuhalten.«

»Was soll ich machen?« Red legte seine Füße auf den Tisch. »Den lieben langen Tag laufen mir Mädchen über den Weg, das weißt du doch? Sie wollen nur eins, nämlich dich. Ich krieg nichts anderes zu hören. Elvis dies, Elvis das. Ich denk mir Sachen aus, nur damit sie mit mir reden.«

»Was für Sachen?«

»Ich behaupte, daß du mit keiner schläfst, wenn dein Leibwächter sie nicht vorher ausprobiert hat, um sich zu vergewissern, daß alles okay ist.« Red grinste, wobei man seine Zahnlücke sah. »Sie finden das toll. Manchmal glauben sie es sogar.«

Elvis lachte. »Wie gut, daß du mit mir durch die Gegend fährst«, sagte er und klopfte Red auf die Schulter. »Stell dir vor, wie du dich gelangweilt hättest, wenn du jetzt in Memphis herumhängen würdest.«

»Schon möglich.« Red schnippte den Verschluß von einer Flasche Schlitz-Bier. »Dann wäre ich nicht fast bei einem Flugzeugabsturz draufgegangen oder von diesen spitzen kleinen Fingernägeln zu Tode gekratzt worden. Aber gelangweilt hätte ich mich garantiert.«

Elvis war in Kalifornien glücklich; in der hellen klaren Luft schien seine Mutter aufzuleben. Sie unternahm kleine Spaziergänge auf dem Hotelgelände, saß in der Sonne und las Filmzeitschriften, besuchte am dritten Tag sogar Elvis bei den Dreharbeiten. Sie hätten gern ein Foto von ihr, Elvis und dem

Filmsternchen Debra Paget gemacht, aber Gladys erlaubte es nicht.

Hal Wallis hatte Elvis für den Western *The Reno Brothers* an die Twentieth Century Fox ausgeliehen. Richard Egan war der Star, die entzückende Brünette Debra Paget die von ihm geliebte Cindy. Elvis spielte Egans jüngeren Bruder Clint Reno, der am Schluß getötet wird.

Die Brüder Reno waren eine Bande Rebellen und Outlaws, die nach dem amerikanischen Bürgerkrieg Eisenbahnen überfielen. Aber das mußte Elvis nicht wissen, um seine Rolle zu spielen. Er mußte nichts weiter tun, als um fünf Uhr morgens aufzustehen, in die Studiolimousine zu steigen, zwei Stunden bei Kostüm, Maske und Frisur zu verbringen, in den Studiobus zu steigen, der ihn zur Filmranch brachte, dort stehenzubleiben, wo man ihn hinstellte, endlos lange zu warten, in die Sonne, die Scheinwerfer und Silberblenden zu blinzeln, ein paar Zeilen zu sprechen, auf ein Pferd zu springen oder von einer Stelle zur anderen zu gehen, das Ganze noch mal zu tun und noch mal, Gegenschuß, Nahaufnahme, Totale, jetzt noch eine, nur eine noch…

Es dauerte viel länger, als eine Schallplatte zu machen. Fünfzig Leute liefen geschäftig herum. Elvis mußte sich stundenlang die Beine in den Bauch stehen, ohne sich zu bewegen, zu schwitzen oder seine Frisur zu verwuscheln, während jemand eine Glühbirne austauschte.

Er flirtete mit Debra Paget. Er beobachtete, wie geschmeidig sich Richard Egan bewegte, wenn die Kamera auf ihn gerichtet war.

Er mochte diese Filmleute. Sie sahen gut aus, waren freundlich und kein bißchen hochnäsig. Offenbar mochten sie ihn auch. Debra Paget flirtete zurück, zog ihr Debütantinnennäschen kraus. Richard Egan sagte, Elvis werde beim Film prima zurechtkommen, falls er lerne, das L in *Hilfe* richtig auszusprechen.

Der Studiozahnarzt überkronte seine Zähne zu einem perlweißen Lächeln. Die Friseure färbten seine Haare sogar noch schwärzer. Die Kosmetikerin zupfte und zog an seinen Augenbrauen. Die Hautexpertin glättete seinen Teint mit einem kleinen elektrischen Pinsel.

Am zehnten Drehtag kam sein großer dramatischer Augenblick, die Sterbeszene. Clint Reno hatte sich sein Schicksal selbst zuzuschreiben. Da er nicht wußte, auf wessen Seite er stand, hatte er sich mit ein paar Bösewichtern gegen seinen Bruder Vince verschworen. In besagter Szene schoß er auf Vince in der Absicht, ihn zu verfehlen, mußte aber entsetzt mitansehen, wie sein Bruder getroffen zu Boden sank. Sofort sah er alle seine Irrtümer ein. Als er den Hügel hinunterrannte, um Vince zu helfen, streckte ihn einer der im Gebüsch versteckten Dreckskerle mit einem gezielten Schuß nieder.

Elvis fiel zu Boden.

Mit dem Ruf »Clint! Clint!« eilte Debra Paget zu ihm. Aber Elvis war erledigt. Er spürte, wie das kalte Kunstblut an seinem Oberkörper herunterrann.

Bob Webb, der Regisseur, rief zur Pause, während die Kameras für die Aufnahme mit drei Darstellern in Position gebracht wurden. »Elvis, alle anderen, nicht von der Stelle rühren.«

Debra bettete seinen Kopf auf ihren Schoß. »Das war gut«, sagte sie. »Du machst das gut, El. Dabei arbeiten wir erst seit zehn Tagen zusammen.«

»Ihr seid halt gute Lehrer«, entgegnete er, während der Fachmann für Spezialeffekte noch mehr Blut aus der Tube drückte. »Hört mal – ich weiß nicht recht, wie ich sterben soll. Ich meine, schließt man einfach die Augen oder läßt man die Zunge raushängen oder was?«

»Ganz einfach«, sagte Egan. »Du kennst doch den Augenblick vor dem Einschlafen, wenn alle deine Gesichtsmuskeln erschlaffen? Genauso ist es. Laß den Mund nicht zu weit offenstehen.«

»Elvis«, sagte Debra, »gehst du Sonntag zu der Party bei Ginger?«

»Ich hab Mama versprochen, sie zu den Teergruben von La Brea mitzunehmen«, sagte er. »Sie ist ganz versessen darauf.«

»Also los, Leute«, meldete sich der Regisseur, »jetzt folgt eine wichtige emotionale Szene, da wollen wir uns in die richtige Stimmung versetzen. Elvis, du bereust deine Tat und bist verzweifelt – du willst, daß Vince dir verzeiht, ehe du stirbst. Andererseits möchtest du Cindy keine Angst einjagen, daher bewahrst du Haltung. Wenn du deine letzte Zeile sagst, willst du erreichen, daß sie es dir wirklich glaubt. Bist du soweit?«

»Ja, Sir.« Grinsend schmiegte er sich in Debras Schoß. »Ich schätze, wenn ihr mich laßt, könnte ich ewig hier liegenbleiben.«

Sie gab ihm einen Klaps. »Sieh dich vor!«

»Nun macht schon, Kinder«, sagte Webb. »Gekichert wird nicht. Das ist eine Sterbeszene.«

»Okay. Los geht's.« Elvis räusperte sich. Er versuchte sich vorzustellen, die kühle Flüssigkeit auf seinem Hemd sei echtes Blut.

»Film ab! ...und... Aufnahme!«

Vince verzieh ihm. Cindy zog ihn an sich. Elvis schaute zu ihr auf und sagte: »Es wird gut. Alles wird gut.« Er schloß die Augen und ließ den Kopf zur Seite fallen.

»Aus!« Die Kamera wurde zurück- und wieder herangefahren. »Elvis, dein Text noch mal«, rief Bob Webb, der Regisseur. »Da müssen wir viel mehr Gefühl reinkriegen.«

Er versuchte es noch einmal. »Es wird... gut. Alles wird... gut.«

Wieder. Und wieder. Viermal. Webb war nicht zufrieden. »Nein, du stirbst prima. Aber die Szene davor. Du siehst nicht verletzt aus. Ich will Tränen in deinen Augen sehen.«

Elvis fiel Fred Farmers Rat ein – »Wenn du weinen mußt, denk an die schlimmste Kränkung deines Lebens.«

Er rief sich in Erinnerung, wie er damals weggelaufen und dann nach Hause gekommen war und gedacht hatte, seine Mutter hätte ihn nicht vermißt.

Seine Augen füllten sich mit echten Tränen.

»Okay, jetzt den Film ab, und... Aufnahme!«

Das Loch in seinem Brustkorb fügte ihm triefende, dumpf stechende Schmerzen zu. Durch einen Tränenschleier schaute er hoch in Cindys schönes Gesicht. »Es wird gut. Alles wird gut.« Seine Augenlider flatterten; er spürte, wie alles trüb wurde...

»Aus! Kopieren! Junge, das ist toll. Die Leute werden heulend im Saal sitzen.«

Am vierzehnten Tag verkündete Webb, *The Reno Brothers* sei in *Love Me Tender – Pulverdampf und heiße Lieder* umbenannt worden, um von der neuen Ballade zu profitieren, die Elvis für die Filmmusik eingespielt hatte. Der Drehplan wurde um vier Tage gekappt, damit der Film noch im November in die Kinos kam.

Das hieß, für eine Eisenbahnfahrt quer durch das ganze Land nach New York zur »Ed Sullivan Show« blieb keine Zeit, und Elvis hatte seiner Mutter geschworen, nicht zu fliegen. »Kommt gar nicht in Frage, Tom«, sagte er. »Ist mir egal. Na-hein. Nein. Ist mir egal. Ich will nicht drüber reden.«

Einen ganzen Vomittag lang verhandelte der Colonel mit Sullivans Leuten am Telefon. Schließlich fand er einen Kompromiß: eine Live-Fernsehschaltung von einer Küste zur anderen. Ed würde Elvis in New York ankündigen; Elvis würde auf einer Studiobühne in Los Angeles singen.

Der bevorstehende Auftritt war jetzt schon berüchtigt, dafür hatte die sensationslüsterne Presse bereits gesorgt. Um aus der immensen Aufmerksamkeit Kapital zu schlagen, produzierten die gewaltigen PR-Apparate von RCA, Paramount, Fox und CBS lastwagenweise Publicitymaterial; Tag für Tag sah Elvis eine neue Ladung Lügen und Übertreibungen durch, die in einem braunen Umschlag mit der Aufschrift »Pressematerial« ankamen. Die Werbeleute der Filmstudios hatten ein Faible für die Vom-Tellerwäscher-zum-Millionär-Geschichte; man hätte glauben können, Elvis sei in einer Blockhütte zur Welt gekommen, habe als Heranwachsender seine Zeit mit dem Spalten von Zaunlatten verbracht und stehe inzwischen kurz davor, eigenhändig die Sklaven zu befreien. Aber das gehörte nun mal dazu. Sie mußten einen interessanter machen, als man wirklich war.

Dann versaute Ed Sullivan das Ganze, indem er drei Wochen vor der Sendung in Connecticut mit seinem Wagen einen Unfall baute. Elvis wurde übel, als er die Nachricht hörte. Zwei gebrochene Rippen brachten das alte Schlachtroß nicht um, aber so konnte er sich nicht im Fernsehen sehen lassen. Eine Woche lang verfolgte Elvis ängstlich die Gerüchte in der Klatschpresse, Sullivan werde den Beginn seiner neuen Sendestaffel verschieben.

Endlich fand sich ein Ersatz von angemessener Statur, der berühmte Schauspieler Charles Laughton, den Elvis bewunderte, seit er ihn im Fernsehen in *Das Privatleben Heinrichs VIII.* an einer gewaltigen Geflügelkeule hatte nagen sehen.

Vier Tage vor der Sendung flogen Scotty, Bill und D. J. aus Memphis zu Proben ein. Abends spielten sie im Ballsaal des Knickerbocker, wenn Elvis von den Dreharbeiten kam. Sobald das rote Licht anging, sollte nach Elvis' Willen jede Note dieser Songs sitzen.

Von seiner Limousine aus erblickte er Palmen und grünen Rasen, doch für ihn bestand Hollywood hauptsächlich aus Jupiterlampen, Kameras, Mikros und dem siebzehnten Stock des Knickerbocker.

An dem großen Tag wachte Elvis um Punkt fünf Uhr morgens auf. Heute abend mußte er sich vor die Kameras stellen und eine ganze Nation in Entzücken versetzen. O Mann, das erforderte vollen Einsatz.

CBS verschenkte zweihundert Eintrittskarten an Mädchen, die vor dem Studio in Los Angeles warteten – damit war die Kreischkulisse im Publikum gesichert. Der Produzent sagte, keinem sei Moral so wichtig wie ihm, aber er wolle, daß das Land einen guten Blick auf Elvis hatte, wenn er vor echten Fans auftrat.

An diesem Abend wartete Elvis mit Scotty, den Jungs und den vier Jordanaires in einem winzigen Vorzimmer. Auf einem Bildschirm sahen sie zu, wie Charles Laughton wie ein Schlachtschiff durch den ersten Teil der Sendung schlingerte und mit seiner herrischen Stimme die Namen der Gäste vortrug: Dorothy Sarnoff, Eddie Fisher, die Germantown Jugglers …

Der Produktionsassistent brachte Elvis zu seiner Kameraposition.

Die Mädchen im Studio kreischten.

Charles Laughtons Stimme dröhnte aus den Monitorboxen. »Und nun kommt, mittels einer Direktschaltung von der West- zur Ostküste, aus Hollywood in Kalifornien ein junger Mann zu Ihnen. Begrüßen Sie bitte auf das herzlichste – Elvin Presley!«

Elvin? Hatte er Elvin gesagt? Das rote Licht ging an. Elvis grinste. Er hatte *Elvin* gesagt!

»Elvis! Er heißt Elvis!« protestierten die Mädchen laut.

Elvis knurrte mit fragender Miene, als habe er sich verhört. Er lächelte. Egal. Alle wissen, wer du bist. »Danke sehr, Mr. Laughton, meine Damen und Herren«, sagte er, und obwohl er keine Rede vorbereitet hatte, er mußte es einfach loswerden. »Ich möchte sagen, daß dies wahrscheinlich die größte Ehre ist, die mir in meinem ganzen Leben zuteil wurde… dabei fühlt man sich richtig gut, und wir möchten Ihnen aus tiefstem Herzen danken. Und jetzt…«, er trat vom Mikrofon zurück. »›Don't Be Cruel‹.«

Die Mädchen kreischten. Die Jungs kurbelten den Beat an. Elvis stieg ein und trat aufs Gas. Beim ersten Teil des Songs juchzten die Mädchen in ihre Fäuste, doch als Elvis wie Jerry Lee Lewis »HMMMmmmm« machte und die Augen verdrehte, gerieten sie außer sich.

Er konzentrierte sich voll auf die Kamera, spielte für die Mädchen in den Wohnzimmern überall.

»Vielen Dank auch«, sagte Elvis und, mit einer Extraverbeugung: »Danke sehr, Ladys.« Dafür bekam er einen lauten Lacher im Studio, und Mom und Dad im Wohnzimmer mußten lächeln. »Und jetzt, Freunde«, fuhr er fort, »möchte ich euch, wenn es geht, einen neuen Song vorstellen. Er ist anders als alle unsere bisherigen Songs. Zufällig ist er der Titelsong unseres nagelneuen Films und außerdem meine neueste Platte auf RCA.«

Er spulte die vom Colonel geforderten Danksagungen herunter: »Ich möchte erwähnen, daß die Leute von Twentieth Century Fox wirklich großartig waren, all die hervorragenden Schauspieler, unser Regisseur, Mr. Bob Webb, Mr. Weisbart, der Produzent Hal Wallis… Das ist mein allererster Film, und sie alle waren mir eine große Hiffe.« Soviel zu dir, Richard Egan. »Und jetzt, mit *Hilfe* der phantastischen Jordanaires... ›Tender‹.«

Er wußte, es war riskant, diese langsame, gemächliche Ballade zum erstenmal vor einer so wilden Ansammlung seiner Fans zu singen; sie könnten kreischen und den Song übertönen oder, was noch schlimmer war, sich langweilen. Doch Elvis hatte das Gefühl, daß sie auch seine sanftere Seite erleben wollten, und das war der passende Song – so einfach wie ein Kinderlied, mit drei Akkorden schlenderten sie über die Instrumente, und die Jordanaires summten dazu. Er dachte an die Tricks, die er sich bei den Dreharbeiten aneignete. Mit Welpenaugen schaute er in die Kamera.

Zum allerersten Mal stellte er die Gitarre ab und sang den Leuten einfach nur weiter vor.

Love me tender, love me sweet...

Die Mädchen warfen sich im Wohnzimmer vor dem Fernseher auf den Boden, stützten ihre Köpfe auf die Hände, seufzten und verliebten sich.

CBS erreichten so viele telefonische Beschwerden über Charles Laughtons Fehler, daß die Produzenten dafür sorgten, daß er sich nach der Werbung korrigierte. »Und jetzt, meine Damen und Herren, schalten wir noch einmal nach Hollywood um, damit wir den jungen Mann wieder sehen und hören können... Mister Elll-visss Presley! Nach Hollywood!«

Schreie hallten durch das Studio. Elvis sagte diesmal kein Wort, öffnete nur den Mund und rief:

Ready! Steady! Go, man, go!

»Ready Teddy« war sein Stichwort für die Mädels: JETZT AUSFLIPPEN. Mit einem Kreischorkan taten sie ihm den Gefallen. Er schrammelte auf seiner Gitarre. Ein Zucken erfaßte sein Bein. Schon vorher hatte er sich überlegt, wie weit er sich von dem roten Auge entfernen und dennoch im Bereich der Kamera bleiben konnte. In den Wohnzimmern hopste er über den gesamten Bildschirm.

Hinter ihm spielten Scotty, Bill und D. J. so wüst sie konnten, ohne daß Saiten rissen. Die Jordanaires hatten die Bühne verlassen – dieser Song war nur für Rock 'n' Roller. Elvis tastete sich beim Singen vor. Er kannte den Song so gut, daß jede Veränderung eine Verbesserung war. Er schielte und hörte wieder auf zu schielen, was zu einer neuen Kreischorgie führte.

Er verausgabte sich fast zu sehr. Am Ende war er völlig außer Atem, und der Regisseur bedeutete ihm, er solle in die Kamera sehen: Sag etwas!

Grinsend sog er die Luft durch die Zähne. Die heißen Scheinwerfer – »Vielendankauch«, sagte er – Oh! Seine Lunge machte das nicht mehr lange mit! »Puuh!« Mit übertriebener Geste wischte er sich die Stirn ab, mit der anderen Hand tastete er heimlich hinter seinen Rücken, ob bei seinem letzten Satz auf den Boden auch nicht die Hose geplatzt war.

Die Mädchen kreischten, als lägen sie in den letzten Zügen.

»Ähem ... Mr. Sullivan, möchte sagen, daß Sie sich bestimmt heute abend irgendwo ... da draußen die Sendung ansehen, und ... die Jungs und ich freuen uns, Sie wieder im Fernsehen zu sehen. Hoffentlich geht's Ihnen gut, wir sehen uns am achtundzwanzigsten Oktober in New York.« Seine Gedanken überschlugen sich: Hatte er allen gedankt? War es jetzt Zeit, ihnen den Rest zu geben?

So war es.

Er mimte den harten Mann mit seiner Gitarre – Schulter hochgezogen, Bein abgespreizt und angewinkelt. »Freunde«, verkündete er, »wie ein bedeutender alter Philosoph einmal sagte ...«

You ain't a-noth-in' but a hound dog – uhh!

Diesmal trug Elvis diesen Song so wild vor wie noch nie zuvor. Er war nicht der nette gutaussehende Junge, bei dem alle

»Ahhhh« machten. Er war ein gefährlicher jugendlicher Straftäter im schwarzen Anzug, der auf der Bühne herumtobte. Es gab keine Zurückhaltung. Einen größeren Augenblick würde es nie geben.

Mittlerweile hatte sich die gesamte Familie im Wohnzimmer versammelt. Dad murmelte: »Was um alles in der Welt…?«, Mom mußte unwillkürlich lächeln, und die Mädchen lagen auf dem Teppich und drehten durch…

Elvis fletschte die Zähne in die Kamera. Hoffentlich taten in diesem Augenblick Ed Sullivan die Rippen weh.

47

Gedeckt von einem mobilen Keil Polizisten aus Los Angeles, bestieg Elvis den Zug. Mädchen überschwemmten die Union Station, schubsten, riefen seinen Namen. Für die vielen Beamten war er dankbar. Raserei lag in der Luft, wie bei dem ersten wüsten Auftritt in der Gator Bowl. Er stolperte durch die Tür des Pullmanwagens und brüllte Red zu, er solle nicht mehr schieben, er komme schon klar.

Den letzten Waggon des Zuges hatte man für sein Gefolge abgesperrt. In einer Ecke des Salonwagens saß Gladys und spähte an der Jalousie vorbei auf die Menschenmenge.

»Mama, komm vom Fenster weg«, warnte er. »Wenn sie dich sehen, brechen sie durchs Glas.«

»Haben die denn keine Mamas und Daddys?« sagte sie. »Wie kann man zulassen, daß junge Mädchen rumrennen und sich so aufführen?«

»Weiß ich auch nicht, aber Gott sei Dank tun sie es«, entgegnete Elvis. »Red, bring doch mal eben meinen Koffer her.«

Sobald sie das Chaos hinter sich gelassen hatten und Richtung Osten unterwegs waren, begab sich Red in den Salonwagen, wo er sich einer ordentlichen Partie Poker mit Vernon, D. J., Scotty und Tim Drexel sowie einer Flasche Old Forester widmete.

Elvis zog sich um – Sweatshirt und eine bequeme Jeans – und streckte sich auf einem der Klappbetten aus. Der Zug sorgte auf den Geleisen für gute Musik. Er schlief bis nach New Mexico. Als Elvis aufwachte, ging er in den Salonwagen und schaute den Pokerspielern verschlafen über die Schulter. Inzwischen beteiligten sich Bill Black und Colonel Tom Parker an dem Spiel. Noch hieß der große Gewinner Scotty, aber das Guthaben des Colonels wuchs.

Der Zug schlingerte, so daß Parkers ordentlich aufgereihte Jetonstapel umkippten.

Elvis ging zurück ins Abteil. Gladys aß Pralinen aus einer Wachspapiertüte und starrte in die am Fenster vorbeihuschende Finsternis.

»Laß mich mal eine probieren.« Elvis nahm die Tüte und verstaute sie neben seinem Bein.

Seine Mutter schwieg.

Er versuchte es mit: »War das nicht eine tolle Party gestern abend?«

»Diese Leute sind nicht echt«, fauchte sie ihn an. »Jeder einzelne gibt vor, etwas zu sein, was er nicht ist. Ich bin froh, daß du mit dem Film fertig bist. Mit denen solltest du dich nicht mehr abgeben.«

»Also Mama, du hast ihnen gefallen! Was ist passiert? Hat jemand etwas zu dir gesagt?«

»Aber nein. Alle waren ausgesprochen freundlich. Nur um mich zu täuschen. So wie mir einige dieser aufgedonnerten Weiber ständig um den Hals gefallen sind, hätte man meinen können, wir wären alte Busenfreundinnen. Ich bin froh, wenn wir wieder zu Hause sind, wo die Leute nicht gleich nach der ersten Begegnung so tun, als wären sie dein bester Freund.« Sie verschränkte die Arme.

Der Zug brauste über einen Bahnübergang, Ding ding ding diiiiiaang dang dang...

In Kalifornien hatte sich Gladys so gut gefühlt. Der Sonnenschein hatte ihre Augenränder aufgehellt. Sie trank kaum noch Brandy. Auf der Party nach dem Drehende von *Love Me Tender* hatte sie mit ihrer Erzählung, wie Elvis als Kind fortgelaufen war, einen Riesenerfolg gelandet. Doch jetzt stopfte sie sich wieder mit ihrem Konfekt voll, und ihr Gesicht nahm wieder den traurig-entrückten Ausdruck an.

Elvis sagte: »Tja. Wie auch immer. Debra fand dich nett. Ich dachte, ihr beiden hättet euch gut unterhalten.«

Sie griff um ihn herum nach der Wachspapiertüte. »Wenn sie nicht wüßte, daß du reich bist, hätte sie sich nicht mit dir abgegeben.« Sie schob sich eine Kirschpraline in den Mund.

Elvis schüttelte den Kopf. »Schweigen wir davon. Vergiß, daß ich es ausgesprochen habe.« Debra Paget war ein nettes fröhliches Mädchen. Gemeinsam hatten sie über ihre von der Presseabteilung für die Klatschspalten erfundene, nicht existierende Liebesaffäre viel gelacht, und Debra hatte immer betont, wie nett sie Gladys finde.

Gladys sagte: »Ich kann's nicht erwarten, all meinen Freunden zu erzählen, mit was für falschen Fuffzigern du da draußen zu tun gehabt hast. Und du führst dich auf, als wärst du einer von denen, ich hab's gesehen. Ich hab dich im Auge behalten.«

Elvis dachte: Sie versucht, dich zu provozieren. Sie hat gar keine Freunde. Du bist ihr einziger Freund.

»Also wirklich, Mama«, sagte er. »Nun krieg dich wieder ein. So schlimm war es doch gar nicht. Jedenfalls fahren wir jetzt heim. Du mußt da nicht wieder hin, wenn du nicht willst.«

»Und du auch nicht«, sagte sie mit jenem koketten Lächeln, das soviel hieß wie: du willst es zwar nicht hören, aber ich sag's trotzdem. »Mußt du wirklich nicht«, sagte sie. »Du könntest genausogut in Memphis bleiben und deine Platten machen. Du brauchst nicht noch mehr Geld. Du hast jede Menge Geld.«

Elvis sagte: »Ich will herausfinden, wieviel ich noch kriegen kann.« »Das ist Habgier, weiter nichts«, sagte sie.

»Gar nicht wahr. Mir *gefällt* es. Ich mach das *gern.* Es ist leicht. Man muß nur eine Sache richtig machen, jedesmal nur eine Kleinigkeit. Und sie schneiden dann alles zusammen, so daß es aussieht, als hätte man etwas Großes geleistet, und zahlen einem Geld wie Heu.«

»Du tust ja, als ob Geld das Wichtigste auf der Welt wäre.« Gladys schniefte. »Nie hatten wir Geld und sind trotzdem zurechtgekommen.«

»Sind wir nicht!« rief Elvis, überwältigt von Zorn. »Wir standen immer kurz davor, auf die Straße gesetzt zu werden, das weißt du sehr wohl! Diese Zeiten sind vorbei, Mama. Niemand wird uns je wieder vor die Tür setzen.«

»Meine Güte«, sagte sie, »arm, arm. Hast du jemals eine Mahlzeit ausfallen lassen müssen? Hast du auch nur eine einzige Nacht in der Kälte verbracht? Ich schätze, allmählich glaubst du den ganzen Blödsinn, den diese Leute über dich verbreiten.«

Elvis stand auf. »Okay, das war's, das reicht, ich liebe dich, gute Nacht.« Er küßte sie kurz, ging in sein Abteil und klappte das Bett herunter.

Diesen Streit hatten sie schon so oft geführt, daß ihm die Antworten ausgegangen waren. Er lag im Dunkeln und beobachtete den Mond, der durch die tanzenden Telefondrähte hindurchschien.

Er hatte eine verborgene Elektrizitätsader angezapft, einen wunderbaren Strom, der auf unsichtbaren Wellen durch seine Songs, durch die Kameras, durch die Luft zu den Menschen floß. Gladys wollte, daß er den Schalter ausknipste, nach Hause kam und bei ihr im Dunkeln hockte.

Eines Tages würde er seine Entscheidung als Erwachsener treffen, sie zutiefst verletzen und sein eigenes Leben führen müssen.

Aber wann? Wie konnte er das je tun? Er liebte sie zu sehr. War es nicht besser, weiter von ihrer Liebe, ihren Vorstellungen, Stimmungen und Forderungen vereinnahmt zu werden als eigene Wege zu gehen und Gefahr zu laufen, daß sie dadurch vernichtet wurde?

Die ganze Nacht träumte er von flachen grünen Feldern und Traktoren, die am Horizont Staub aufwirbelten. Beim Aufwachen stellte er fest, daß es so war: Sie brausten durch Arkansas Richtung Heimat.

Er kehrte in ihr Abteil zurück. Seine Mutter war dort allein, als hätte sie die ganze Nacht immer an der Stelle gesessen und aus demselben Fenster gestarrt.

»Ich habe Hunger«, sagte sie, ohne aufzusehen.

»Ich besorge uns Frühstück«, sagte Elvis. »Was ist aus den Kartenhaien geworden?«

»Sie haben sich wechselseitig das Geld abgenommen und sind dann schlafen gegangen.«

Elvis ließ den Schlafwagenschaffner kommen und bestellte ein großes Essen: Hafergrütze mit braunem Zucker und Rosinen, Spiegeleier mit Maisgrütze, Hörnchen und Bratkartoffeln auf Tellern mit Goldrand serviert, auf lackierten Klapptabletts. Die großen Felder huschten vorbei. An den Bahnübergängen warteten Schulbusse. Es war urkomisch, wenn Hunde versuchten, mit dem Zug um die Wette zu laufen.

»Elvis, ich hab die ganze Nacht darüber nachgedacht«, sagte Gladys.

O nein. Jetzt geht's wieder los. »Hör mal, Mama, wir wollen nicht wieder damit anfangen…«

Gladys sagte: »Du sagst Tom Parker, daß du keine Filme mehr machst. Daß du dich ab jetzt nicht mehr so weit von zu Hause entfernst.«

»Das kann ich nicht, Mutter.«

Damit schaffte er, daß sie sich wieder setzte. »Du hast mich noch nie Mutter genannt.«

»Das ist mir nur so herausgerutscht.«

»Elvis, du hast dich verändert. Du bist nicht mehr der Junge, der du mal warst. Das bist du einfach nicht. Ich hab's dir wirklich nicht sagen wollen, o wie oft habe ich mir auf die Zunge gebissen« – Elvis dachte: *Nenn mir ein einziges Beispiel* –, »aber mir gefällt nicht, was mit dir geschehen ist. Du – du bist eingebildet und angeberisch und unverschämt. Also, wie du den armen Red herumkommandierst, käme man nie auf die Idee, daß ihr beide mal Freunde wart. Das liegt an diesem Tom Parker. Du führst dich genauso auf wie er. Also, ich möchte, daß du mit diesem ganzen Quatsch aufhörst, nach Hause kommst und dich wie ein normaler Mensch benimmst.«

»Ich bin kein normaler Mensch, Mama!« brauste er auf. »Das weiß inzwischen die ganze verdammte Welt. Verdammte«, sagte er nur, um das Gespräch zu beenden.

Die Felder wurden groß und immer größer. Die Reihen mit Baumwollpflanzen erstreckten sich von den Gleisen hinaus in die Unendlichkeit.

Red West kam hereingeschlendert und rieb sich den Schlaf aus den Augen. »Hoffentlich bist du zufrieden, Elvis. Der Colonel hat mir auch noch meinen allerletzten Cent abgenommen.«

»Ich hab dir nicht gesagt, daß du pokern sollst«, entgegnete Elvis. »Hör mal, Red, kommandiere ich dich herum? Mama hat mir gerade vorgeworfen, daß ich dich zu viel herumkommandiere.«

»Nein, Sir, Elvis.« Red lächelte verschlafen.

»Das ist schön. Und jetzt bring diese Tabletts für uns zum Schlafwagenschaffner.« Er deutete auf die Frühstücksreste.

Red lachte, und Gladys sagte: »Ach Elvis, du alberner Kerl«, doch Elvis lächelte nicht.

»Nein, ich meine es ernst, Red«. »Mach es. Bring sie raus.«

»Na klar, Elvis«, sagte Red, »wenn du möchtest.« Er betrachtete Elvis mit einem fragenden Lächeln, bückte sich und rückte die Tassen und Untertassen zurecht.

»Siehst du, Mama, Red macht, was ich ihm sage«, sagte Elvis. »Ich bin der Boß. Ich kann's nicht ändern, genausowenig wie er. So hat es sich halt ergeben. Wir sind immer noch Freunde. Stimmt's, Red?«

»Er hat recht, Miz Presley«, sagte Red und wich Elvis' Blick aus. »Elvis bezahlt mich gut. Er ist der beste Boß, den ich je hatte.« Er verschwand mit den Tabletts.

Lächelnd wandte sich Elvis an seine Mutter. »Siehst du? Hast du das gesehen? Red West war der größte Spieler in der Football-Mannschaft. Jetzt arbeitet er für mich. Wir sind immer noch Freunde. Wir sind genauso gute Freunde wie früher. Bloß bin ich jetzt der Boß, und das weiß er. Tom Parker arbeitet für mich. Sholes auch. Und die vielen Sekretärinnen, und die Hälfte der Leute bei RCA. Und das gefällt mir daran.«

»Du bist nicht mein Junge«, sagte Gladys. »Du bist jemand anderes. Das war eben ziemlich gemein von dir.«

»Du hast es selber mal gesagt, Mama. Nicht jeder kann gewinnen.«

Der Zug verließ die Erde und erhob sich in die Luft, hoch über den Damm, hinaus auf das Stahlgestell der Brücke, über den breiten braunen Mississippi.

Elvis dachte: eine schnelle Fahrt auf der Harley, vielleicht ein Cheeseburger im »Gridiron«, nur um aus dem Haus zu kommen...

Der Zug kroch das Flußufer entlang nach Memphis. Als sich das Halbdunkel der Bahnhofshalle herabsenkte, kam der Schaffner in den Waggon und sagte, es gäbe Schwierigkeiten im Bahnhof. Elvis teilte den Vorhang einen Finger breit. Auf dem gesamten Bahnsteig sah er eine wuselnde, von Polizisten zurückgehaltene Mädchenmenge.

Kaum hielt der Zug an, brachen sich die Mädchen Bahn und tobten über den Bahnsteig.

»Haltet euch bereit«, sagte Elvis, »da draußen regiert der Wahnsinn.«

Die Mädchen von Memphis waren noch nie wahnsinnig geworden.

Sie konnten nicht wissen, in welchem Waggon er sich befand – oder doch? Natürlich konnten sie. Es waren Mädchen. Sie *wußten* es einfach. Sie rannten den ganzen Zug entlang und umzingelten den letzten Pullmanwagen – es waren Hunderte, die kreischend in die Höhe sprangen.

Red West lief mit wilder Miene durch den Wagen. »Bleib hier!«

Gladys sagte: »Elvis, was ist denn los?«

»Keine Sorge, Mama, es sind jede Menge Polizisten da. Wir bleiben einfach ein Weilchen sitzen, bis sie die Lage im Griff haben.«

Mädchen sprangen hoch, schlugen mit ihren Handflächen gegen die Fenster.

»Das ist verrückt«, sagte Vernon, der hereingelaufen kam. »Die zerbrechen noch die Scheiben!«

Draußen quäkte ein Megafon: »Würden Sie sich bitte von dem Zug entfernen? Entfernen Sie sich bitte! Bitte alle vom Zug zurücktreten!«

Der Boden schwankte. Versetzten sie den Zug mit den Händen in Schaukelbewegungen?

»Oh, ich glaube, ich werde ohnmächtig.« Gladys sank auf ihren Sitz.

»Daddy, kümmer dich um sie.« Elvis ging in den vorderen Teil des Wagens. Danke, Memphis. Danke, Ed Sullivan.

Red und D. J. berieten sich mit zwei verstörten einheimischen Polizisten. »Es sind zu viele«, sagte der eine gerade. »Der Sergeant befürchtet, es könnte jemand verletzt werden!«

»Großer Gott«, sagte Elvis, »Red, hol du das Auto und laß den Motor an. Ich weiß, wie man sie zur Ruhe bringt.« Er packte den Türgriff und drückte die Tür auf.

Die Schreie drangen ins Innere. Die drei ihm am nächsten stehenden Mädchen wurden ohnmächtig. Bei dem nun einsetzenden Sturm in Richtung Elvis trampelten andere über sie hinweg.

Er sprang auf die Plattform des Zugbegleiters, damit ihn alle gut sehen konnten und nicht mehr von hinten schoben. Er wollte nicht, daß jemand totgetrampelt wurde. Er hielt die Hand hoch: halt!

»Elvis! Elvis!« kreischend sprangen sie auf und nieder.

Er sah, daß sich ein blaues Knäuel von Polizisten durch die Menge auf ihn zubewegte. Er klammerte sich an seinem Griff fest, knapp über den Mädchenköpfen. Er sagte kein Wort, sondern lächelte nur, ließ sie einen Blick auf ihn werfen, und schon wirkte sein Anblick Wunder. Sie hörten auf zu kreischen und sahen ihn an, einige mit Tränen in den Augen. Mehr wollten sie im Moment nicht – nur einen richtig langen Blick auf ihn werfen.

Dann schwatzten alle drauflos:

Elvis, unterschreibst du bitte mein
O Elvis, ich

Mein Lieblingslied ist
Ich heiße Betty Jean und wir sind den weiten Weg von
O Elvis
Unterschreib nur diesen kleinen
Schreibst du hier mal
Kriege ich bitte ein Autogramm
Darf ich bitte deinen
Elvis, ich will
Elvis, ich
Darf ich bitte
Elvis
Elvis!

»Meine Damen, wir sehen uns morgen abend im Overton Park«, rief er und sprang von seinem Ausguck in die Keilformation aus Polizeibeamten. »Okay, Jungs, schafft mich hier raus.«

Die Polizisten drückten fest genug, um voranzukommen, ohne jemand umzuwerfen. Die Menge wich in Richtung Bahnsteigende aus, zog sich zurück und löste sich auf. Kameras blitzten. Männer mit Mikrofonen eilten durch die Gegend. Das Kreischen setzte wieder ein. Mitten in diesem Tollhaus, hinter drei Reihen Polizisten, ging Elvis allein. Niemand rührte ihn an.

Red wartete bei geöffneter Tür hinter dem Steuer des Caddy. Die Polizeiformation schob sich auf den Bürgersteig. Elvis sprang ins Auto. Red gab Vollgas. Mit quietschenden Reifen lösten sie sich vom Bordstein, einige flinke Mädchen in ihrem Kielwasser. Elvis drehte sich nach hinten, um zu sehen, wie sie kreischend auf die Straße strömten.

Red grinste: »Mann, willkommen zu Hause!«

Elvis schaltete das Radio an. Der Ansager auf WMPS rief atemlos: »...hat soeben Union Station verlassen, und jetzt erkennen wir seine Eltern, Mr. und Mrs. Vernon Presley, die sich über den Bahnsteig auf uns zubewegen. Mal sehen, ob wir ein Wort mit – nein, sieht so aus, als ob die Polizei sie an uns vorbeieskortiert...«

Elvis wechselte die Sender. »Hound Dog« auf WHBQ. »Don't Be Cruel« auf WJDL. »Let's Play« auf WMPS.

Elvis war überall. Memphis gehörte ihm.

»Ich dachte, meine Ankunft sollte ein großes Geheimnis sein«, sagte er. »Offenbar hat Colonel Tom die ganze Stadt informiert.«

»Na, ich hab's jedenfalls keinem verraten«, sagte Red. »Wohin fahren wir eigentlich?«

»Bring mich nach Hause.«

Ein Auto voller Mädchen fuhr neben den Caddy, die Insassen hupten und schrien Elvis zu, dann kam noch ein Auto und noch eins. Red mußte seine ganze Geschicklichkeit aufbieten, um einen Zusammenstoß zu verhindern. Er schoß aus dem Seitenstreifen an ihnen vorbei und gab Vollgas.

»Hey, Red, tut mir leid mit dieser Geschichte heute morgen«, sagte Elvis. »Ich mußte Mama nur etwas klarmachen. Sie setzt mir im Moment mächtig zu.«

»Ist halb so wild«, sagte Red, doch Elvis merkte, daß er sich immer noch auf den Schlips getreten fühlte. Egal. Fahr heute nachmittag in die Stadt und kauf ihm irgendwas.

Sie rasten den Airways Boulevard hoch, machten ein paar Ausweichmanöver in der Getwell-Unterführung und gerieten auf dem Audubon Drive wieder in ein Chaos: überall in zweiter Reihe parkende oder herumschleichende Autos, Mädchen auf den Rasenflächen, drei Polizisten regelten den Verkehr. Im Zentrum des Tumults stand 1034 Audubon, das Haus mit Backsteinfassade und den Cadillacs im Carport. Überall lungerten Mädchen auf dem Rasen herum. Entnervte Nachbarn standen in ihren Gärten. Ein paar stritten sich mit einem Polizisten.

»Wende einfach und fahr woandershin«, sagte Elvis.

»Klar. Wohin willst du denn?«

»Vergiß es...« Elvis atmete tief durch, öffnete die Wagentür und rannte über die Straße, rannte durch den Garten und kramte nach seinem Schlüssel. Die Mädchen entdeckten ihn und nahmen die Verfolgung auf. Er hatte kaum Zeit, die Carport-Tür aufzuschließen, ins Haus zu gehen und von innen den

Riegel vorzuschieben, als sie schon klopften, klingelten, seinen Namen riefen.

Verschwindet, sagte er im stillen. Das ist mein Haus. Verschwindet.

Auf allen vier Seiten winkten ihre Umrisse hinter den Fenstern. Elvis wurde belagert.

Er hörte Red rufen: »Laß mich rein, Elvis, ich bin's«, tat aber, als höre er nichts. Er ging von einem Zimmer ins andere und zog die Vorhänge zu. Pausenlos klingelte es an der Tür. Elvis murmelte vor sich hin, in seinem Brustkorb hämmerte das Herz.

Er ging über den Flur in sein Zimmer, zog die Jalousien herunter und die Vorhänge vor die Jalousien. Die Dunkelheit, die friedlichen Blümchen auf der Tapete gaben ihm ein Gefühl von Sicherheit.

Es klingelte permanent an der Tür. Haut ab. Das ist mein Zimmer. Elvis streckte sich auf dem Bett aus, das der Wand am nächsten stand, und schaltete das Radio ein – der wilde Little Richard schrie: »Rip It Up«, ein Aufruf zum Chaos, der sich gewaschen hatte, der ideale Song für solche Gelegenheiten. *Have a ball toni-hi-hight!*

Das Telefon klingelte. Elvis nahm ab, unterbrach sofort die Verbindung – wer auch immer dran sein mochte –, und legte den Hörer daneben.

Dodger war unten in Tupelo, wo sie sich um Tante Ediths krankes Kleinkind kümmerte. Gladys und Vernon hatten eigene Schlüssel. Die konnten sich selbst aufschließen, wenn sie nach Hause kamen. Alle anderen waren Elvis im Augenblick egal.

Was wollt ihr eigentlich? Alle wollten ein Teil abhaben. Alle hämmerten gegen seine Tür und versuchten reinzukommen. Überall gab er Teile von sich ab – im Fernsehen, im Studio, auf der Bühne, bei Interviews, Sessions und Besprechungen. Bei jeder Gelegenheit ließ er ein Teil von sich zurück, und immer noch wollten sie mehr!

Er sah in den Spiegel.

»Ich wünschte, es würde aufhören«, sagte er. »Nicht endgültig. Nur eine Weile. Laßt mich verschnaufen.«

Alle laufen sie dir zu, sagte die silbrige Stimme. Das hast du doch gewollt. Jetzt kriegst du es. Willst du, daß es aufhört?

»Nein – ich weiß nicht«, sagte Elvis. »Mama hat recht. Es passiert alles zu schnell.«

Es passiert, wie es passieren muß. Hör doch auf, wenn du willst. Setz dich zur Ruhe. Hock dich auf dein Häufchen Geld und laß die Welt vorbeischnurren. Willst du das etwa?

»Ich kann mich nicht entscheiden.«

Was willst du denn? fragte der Spiegel. Du kannst alles haben. Du mußt nur hart arbeiten und es mir überlassen.

Elvis zwinkerte. »Ich will glücklich sein«, antwortete er.

Der Junge im Spiegel zwinkerte. Du bist ein Star.

Elvis kämmte sich lächelnd die Haare. Er war einer. Es stimmte.

Er hörte seine Eltern und Red hereinkommen. Er setzte seine Mich-kann-nichts-erschüttern-Miene auf und ging ihnen entgegen.

Gladys sagte: »Elvis, wie konntest du Red nur aussperren?«

»'tschuldigung, Red, ich dachte, du hättest einen Schlüssel«, sagte er. »Ich mußte mal mächtig dringend pinkeln.«

»Ich auch«, sagte Vernon und ging nach hinten durch.

»Ich begreif's einfach nicht, was aus unserer Wohngegend geworden ist.« Gladys zog den Mantel aus. »Was sagt man dazu? In meinem Vorgarten lungern hundert Mädchen herum. Red sagt, einige haben hinterm Haus ein Zelt aufgebaut.«

»Es ist unglaublich«, sagte Red. »Elvis, das ist nicht mehr wie vor unserer Abreise. Es liegt an Ed Sullivan. Was anderes kann's nicht sein. Das ist verrückt. Die Polizei sagt, ohne Straßen abzusperren kann sie sie nicht aus der Gegend fernhalten, und das erlauben die Nachbarn nicht.«

Elvis linste durch den Vorhang auf die Mädchen. Einsatzwagen fuhren im Schrittempo hin und her, leuchteten die Nachbarhäuser mit ihren rotierenden Lampen an. Ein Mann knipste Fotos für die Zeitung. Sechs Polizisten dirigierten einen Strom durch die Straßen schleichender, mit Teenagern besetzter Autos.

»Hör zu, Red«, sagte Elvis, »wie wär's, wenn ich rausgehe und ihnen einen Song spiele? Glaubst du, dann gehen sie weg?«

»Tja, jedenfalls hat es nichts geschadet, als du dich vorhin am Bahnhof gezeigt hast«, sagte Red. »Weggegangen sind sie zwar nicht, aber wenigtens haben sie nicht mehr versucht, den Zug umzukippen.«

Elvis nahm die Gibson aus ihrem Kasten. »Kann vermutlich nichts schaden, hm. Sieht meine Frisur gut aus?«

»Klar, Boß...«

Von aufkommendem Kreischen empfangen, trat Elvis durch die Haustür. Die Mädchen eilten von der Straße auf ihn zu; einige liefen fort, um Fotoapparate zu holen.

Elvis hielt die Hände hoch. »Brr, langsam!«

Red trat vor die Tür und nahm mit verschränkten Armen und in voller Größe Aufstellung.

Die Mädchen näherten sich Elvis bis auf einen Meter, kreischend und knipsend, aber Reds Körperhaltung machte ihnen klar, daß sie nicht näher kommen sollten.

»Elvis, sing uns einen Song!«

»›Love Me Tender‹!«

»›Hound Dog‹!«

»O Elvis, *come on, baby, let's play*«, rief ein Mädchen, und alle kreischten auf.

Er grinste. »Moment, Moment«, sagte er. »Nun hört erst mal zu. Also, Mädels, ich singe euch jetzt einen Song, und dann fahrt ihr alle nach Hause und laßt diese armen Leute in Frieden.« Er deutete in Richtung Nachbarn. »Einverstanden? Darauf einigen wir uns. Ein Song, und dann fahrt ihr nach Hause. Okay?«

Sie kreischten, o ja, ja, sing bitte einen Song!

»Also gut...« Etwas Leichtes, ein Schlaflied, um sie so weit einzulullen, daß sie wegfuhren. Gitarreklimpernd betrat er den Rasen. Ehrfürchtig bildeten die Mädchen einen Halbkreis; unwillkürlich sanken die vorderen auf die Knie, so daß die Mädchen hinter ihnen besser sahen. In Elvis' Augen blinkten die roten Polizeilichter.

Einige fingen an zu weinen. Viele wirkten, als könnten sie es kaum erwarten, daß er aufhörte, damit sie loslaufen und es ihren Freundinnen erzählen konnten.

Ein wunderschönes dunkelhaariges Mädchen musterte Elvis wortlos lächelnd. Wegen ihrer Augen fiel sie ihm auf.

Dann erkannte er sie.

Es war Dolores Roselle.

Ihre Haare hatte sie hinten hochgesteckt, geschminkt war sie gar nicht. Sie war perfekt, frisch, munter, unverdorben.

Dolores Roselle auf seinem Rasen, unter all seinen jungen Fans, in einem herrlichen weißen Kleid, das sie bestimmt eigens für ihn ausgesucht hatte. Als Frau war sie sogar noch schöner. Das kam ihm nicht gerade gerecht vor. Bestimmt hatte sie schlaflose Nächte damit verbracht, sich nach ihm zu sehnen, mit diesen tiefen braunen Augen sein Foto anzustarren, sich selbst dafür zu hassen, wie sie ihn vor so langer Zeit behandelt hatte, bevor er reich und berühmt wurde.

Er beendete den Song. Er lächelte die Mädchen an, die mit schmachtenden Blicken aneinander lehnten.

Dolores machte zwei Schritte auf ihn zu.

Welch ein Augenblick! Welch ein vollendeter Abschluß dieser Geschichte! Nach all den Jahren erwies sich Elvis Dolores Roselles Aufmerksamkeit würdig! Verständigt die Zeitungen! Macht ein Foto!

»Also, die Damen«, sagte er, »ihr habt's versprochen. Keine Autogramme, ich gehe und möchte, daß ihr alle verschwindet. Wir sehen uns morgen abend unten im Overton Park.«

Dolores blieb, wo sie war. Die anderen Mädchen wichen zurück in Richtung Straße.

Red wartete am Steuer des rosa Cadillac.

»Hallo, Elvis«, sagte sie. »Erinnerst du dich noch an mich?«

»Aber ja. Und ob.« Er hängte seine Gitarre ab.

»Ich hab dich bei Ed Sullivan gesehen«, sagte sie. »Du warst phantastisch.«

»Danke.«

»Ich habe viel an dich gedacht«, fuhr Dolores fort. »Ich wollte dir nur sagen, wie leid es mir tut, daß wir eigentlich nie die Gelegenheit hatten – du weißt schon, damals auf Humes.«

Inzwischen genoß Elvis das. Offenbar hielt sich Dolores für die einzige Frau auf dem Planeten. Offenbar glaubte sie, er hätte sich all die Jahre nach ihr verzehrt. »Nein, die hatten wir nicht«, sagte er. Laß sie reden. Sie hat sich eine Rede zurechtgelegt.

»Wir haben uns damals albern benommen«, sagte sie, »ich war vollauf damit beschäftigt, beliebteste Schülerin zu werden. Ich weiß noch, daß ich einmal richtig eklig zu dir war. Deswegen hatte ich immer Gewissensbisse.«

»Das freut mich zu hören«, sagte er. Soll sie sich ruhig winden.

»Hast du mich die ganze Zeit über gehaßt?« Ihre Augen glitzerten. »Du benimmst dich, als ob du mich haßt.«

Elvis merkte, wie sein kaltes Lächeln milder wurde.

Sie war so schön. Wie konnte er da grausam sein? Hatte er den Schmerz, den sie ihm zugefügt hatte, nicht schon längst überwunden?

Nein. Hatte er nicht. Schließlich hatte er sich *wirklich* all die Jahre nach ihr verzehrt. Sie hatte ihn so tief verletzt. Er durfte nicht zulassen, daß er noch einmal so verletzt wurde. Er war jetzt berühmt. Er konnte keinen Schmerz gebrauchen.

»Das ist sehr lange her«, sagte er und dachte: Wie kann ich dich jemals hassen? Ich habe dich geliebt! »Wir waren doch noch Kinder.«

Die Mädchen wurden eifersüchtig und schoben sich langsam wieder über den Rasen auf sie zu.

»Ich weiß, daß ich dir jetzt nichts bedeute«, sagte Dolores, »aber ich sehe überall dein Gesicht. Ich mußte dich einfach finden und dir sagen, daß es mir leid tut.«

»Das freut mich«, sagte er. »Ehrlich. Ich wollte nicht gehässig sein …«

»Ich will nichts von dir. Ich dachte nur … vielleicht könnten wir Freunde sein.«

Ein Mädchen mit krausen roten Haaren schlich sich heran. »Elvis, krieg ich dein Autogramm?«

Dolores wich zurück. »Ich will dich nicht stören. Ich weiß, daß du…« Damit wies sie auf die Mädchen, die nun näher kamen, wie Bussarde, die eine Beute umkreisten.

»Kann ich dich anrufen?« fragte er. »Ich ruf dich an.«

»Elvis, darf ich dich fotografieren?«

Zwischen den Haarspangen und eifrigen Gesichtern verlor er Dolores aus den Augen. Er bahnte sich einen Weg zu Red und in den Cadillac.

Er konnte sie haben, wenn er wollte. Er konnte jedes Mädchen in Memphis haben. Sie alle wollten ihn. Er dachte an den armen, kleinen sensiblen Jungen, der für ein freundliches Wort von Dolores Roselle gestorben wäre.

Er war jetzt innerlich härter. Sollten sich doch alle anderen sehnen. Sollten sie sich doch nach *ihm* sehnen.

»Worum ging's denn eben?« Red lenkte den Wagen um die Absperrung herum. »Kenne ich die nicht von irgendwoher?«

»War auf Humes.« Elvis schob sich ein Zigarillo zwischen die Zähne. »Sie heißt Dolores.«

»Aber ja, na klar!« Red lächelte. »Mann, die hat sich prima entwickelt. Machst du dich da ran oder was?«

»Ich glaube nicht.« Elvis überprüfte seine Frisur im Rückspiegel. »Weißt du was, Red? Ich habe das Bedürfnis, etwas Geld auszugeben.« Sie fuhren in die Stadt.

Während sich Elvis in Foler's Juweliergeschäft aufhielt, sammelte sich draußen eine Menschentraube und folgte ihm die Straße hinunter zu Goldsmith's.

Elvis sah sich ein paar Minuten lang Sportjacken an, während Red und zwei Sicherheitsleute zu verhindern versuchten, daß die Mädchen die Schuhauslagen umschmissen.

Elvis zahlte bar für seinen hübschen Blazer aus Kaschmirwolle und einen schick aussehenden weißen Wollpullover, Größe XXL, während Red einen Fluchtweg durch die Fahrstühle vorbereitete.

»Ich weiß nicht, Red«, sagte Elvis, als sie am Auto ankamen.

»Vielleicht könnten wir Goldsmith's dazu bringen, daß sie uns nach Geschäftsschluß reinlassen. Eigentlich wollte ich noch mal bei den Lanskys vorbeischauen, aber wenn so viele Leute zugucken, kann ich keine Klamotten anprobieren.«

Er lenkte den Cadillac die Union Street hinunter, vorbei am Sun Studio. Wahrscheinlich saß Sam Phillips gerade am Mischpult und arbeitete mit irgendeinem neuen Sänger, einem nervösen dürren Knaben, der unbedingt singen wollte. *Okay, Kleiner, was kannst du mir Neues zeigen?*

»Red, wirf mal 'n Blick in die Tüte«, sagte Elvis. »Dieser Pullover ist für dich.«

Red angelte ihn raus. »Sieh dir das an, Mann, toll! Was sagt man dazu, meine Größe und alles! Das war doch nicht nötig.«

»Ich wollte aber«, sagte Elvis. »Nach heute morgen.«

»Vergiß es«, sagte Red. Ich hab's schon vergessen. Toller Pullover.« Er steckte ihn wieder in die Tüte.

»Ich sag dir eins, Red, ich hab gedacht, Memphis wäre der Ort auf Erden, wo mich die Leute in Ruhe lassen. Soll ich dich irgendwo absetzen, oder kommst du mit zu mir nach Hause?«

Red warf seinen großen fleischigen Arm über die Rückenlehne. »Im Fernsehen übertragen sie ein Spiel. Wir können genausogut im Haus bleiben, hm?«

Ein Wagen voller hupender, winkender Teenager raste neben ihnen her. Elvis bemerkte es kaum. »Ich kann nicht den Rest meines Lebens im Haus bleiben, Red«, sagte er. »Was soll ich bloß machen?«

»Glaub mir, Mann, vielleicht mußt du einfach mal 'ne Zeitlang drin bleiben.« Red rollte die Fensterscheibe runter. »Ich bin ja bloß ein einzelner, verstehste? Ich kann dich nicht beschützen. Sobald du den Fuß vor die Tür setzt, lungern da schon fünfzig oder sechzig rum. Wenn du ausgehen und dich bedrängen lassen willst – einverstanden. Ist ja schließlich dein Geld. Aber eins muß dir klar sein, Freund. Es *ist* anders geworden. Wirklich. Du kannst nicht mehr rumlaufen wie früher.«

»Warum nicht, zum Teufel?« sagte Elvis. »Warum kann ich nicht tun, was ich will?«

»Du bist der King, mein Junge.« Red grinste. »So nennen sie dich inzwischen. Elvis, der King. Das bist du. Das hast du geschafft und sonst keiner, also hör auf zu jammern und genieß es. Lieber Himmel, wie würd' ich das genießen. Ich würde sofort mit dir tauschen. Willst du? Na los.«

Elvis mußte lächeln. »Der King«, sagte er, »nur weiter. Wo hast du das gehört?«

»Von den Diskjockeys. Kanntest du das noch nicht?«

»Der King.« Elvis lenkte den de Ville um eine Ecke. »Gefällt mir irgendwie.«

»Das hab ich mir gedacht.«

Elvis tippte auf die Bremse. Mittlerweile blinkten acht Einsatzwagen auf dem Audubon Drive, Beamte stellten Absperrungen auf die Kreuzungen. Die Mädchenflut war dermaßen angeschwollen, daß es für den Wagen kein Durchkommen gab.

»Mein lieber Mann«, sagte Elvis. »Hätte ihnen den Song wohl besser doch nicht vorgesungen. Sieht aus, als wäre jede einzelne nach Hause gelaufen und hätte drei oder vier Freundinnen mitgebracht.«

»Na gut, na gut«, sagte Red, »wie kriegen wir dich ins Haus?«

»Überraschungsangriff«, sagte Elvis. »Und los geht's.« Er stieß die Tür auf und hetzte durch den Garten, hoffte, daß ihn Geschwindigkeit und das Überraschungsmoment retten würden. Er schaffte es durch die Tür und verriegelte sie, noch ehe die Horde um das Haus herumgelaufen war. Geklopfe, Gekreisch, Geklingel.

Gladys saß in ihrem Sessel und schaute mit Tränen in den Augen auf. »O Schatz, wo hast du nur gesteckt? Du mußt etwas unternehmen! Wir sind Gefangene in unserem eigenen Haus!«

»Ist schon gut, Mama«, beruhigte er sie, »ich bin wieder da. Red kommt gleich rein. Wir sehen ein bißchen fern. Beachte sie gar nicht. Wenn sie merken, daß ich nicht rauskomme, hauen sie auch wieder ab.« Draußen jaulte eine Sirene auf. »Eine Menge Polizei ist da«, sagte er. »Ist schon in Ordnung. Ich muß mal kurz verschwinden.«

Er ging auf die Toilette und knöpfte den Hosenstall auf. Als er etwas gegen das Fenster wummern hörte, schob er die Jalousie mit einem Finger hoch; drei Mädchen drückten sich an die Scheibe und kreischten, als sie ihn sahen.

Er ließ die Jalousie fallen. Er durfte nicht einmal mehr in Ruhe pinkeln.

Es dauerte lange, bis er den Lärm verdrängen und seinen Strahl fließen lassen konnte. Es war eine Art herrlicher Alptraum. Die Mädchen liebten ihn. Von überall her kamen sie angekrochen und bemächtigten sich seines Lebens. Sie ließen ihn einfach nicht in Ruhe.

Als er ins Wohnzimmer kam, war dort Gladys allein mit drei Mädchen, die einfach die Haustür geöffnet hatten und hereinspaziert waren.

»Da ist er! Da ist er!« schrien sie und eilten auf Elvis zu. Red West stürzte herein, packte sie und drängte sie zur Tür hinaus. Dabei faßte er sie nicht mit Samthandschuhen an.

»Mama, es tut mir leid«, sagte Elvis.

Sie sank auf einen Stuhl. »Herrjemine. Sie haben einfach das Schloß geknackt und sind hereinspaziert.«

»Ich laß mir was einfallen«, versprach Elvis. »Nicht – Mama, nicht. Weine jetzt nicht, es wird gut. Mir fällt schon was ein.«

48

An einem frühen Septembermorgen verfrachtete Elvis Gladys und Vernon in den rosa Sedan de Ville. Sie huschten aus der Auffahrt, ohne die Mädchen zu wecken, die in Schlafsäcken und kleinen Schutzzelten auf dem Rasen nächtigten.

Auf dem Highway 78 fuhren sie nach Süden, Richtung Tupelo. Das war ihr erster Ausflug seit Kalifornien, das erste Mal seit ihrem Umzug nach Memphis, daß sie diese Straße befuhren.

»Wie lange ist es her?« Gladys kurbelte die Scheibe runter, ließ den Fahrtwind herein. »Ist es wirklich erst acht Jahre her?«

»Es muß länger zurückliegen«, sagte Vernon.

»Nein, es stimmt so ungefähr.« Elvis schaltete das Radio ab. »Ich glaube, ich war dreizehn.«

»Dein Daddy hatte alles am Auto festgebunden«, sagte Gladys.

Elvis mußte als erster lachen. »Ja, er hatte es wirklich festgebunden«, sagte er, »und wißt ihr noch, wie der Polizist ihm geholfen hat, es noch besser festzubinden?«

»Ah ha ha ...« Kaum hatte Gladys angefangen zu lachen, amüsierte sie sich königlich, daß ihr Tränen übers Gesicht liefen und sie nicht mehr aufhören konnte.

Vernon wirkte nicht besonders belustigt; Elvis fiel ein, daß seine Mutter damals nicht groß gelacht hatte.

»Und dein Gesichtsausdruck, Vernon«, keuchte sie, »oh, den werd ich nie vergessen! Und alles nur, weil du und Lether ein Schwein gestohlen hattet!«

Da mußte auch Vernon lachen, weil es stimmte und weil sie diese hoffnungslose Zeit so weit hinter sich gelassen hatten. »Wißt ihr«, sagte er, um das Thema zu wechseln, »ich frage mich, was geschehen wäre, wenn wir damals nach Birmingham statt nach Memphis gefahren wären. Viel hätte ja nicht gefehlt.«

»Es wär mir zuwider, das alles noch mal zu durchleben, um es rauszufinden«, sagte Gladys.

»Das war ein toller Tag.« Elvis trommelte mit den Fingern aufs Lenkrad. »Auf dieser Straße erinnere ich mich an jeden einzelnen Zentimeter. Ich kann euch genau die Stelle zeigen, wo der Kram vom Wagen gefallen ist.«

»Nein, danke«, sagte Vernon und streckte sich auf der Rückbank aus. »Ich dachte, wir hätten das ein für allemal abgehakt, aber es sieht so aus, als müßten wir wieder umziehen. Wenigstens können wir uns heutzutage einen Möbelwagen leisten.«

»Wir ziehen nirgendwohin«, sagte Elvis, als sie durch New Harmony rasten. Zu jeder dieser Ortschaften fiel ihm etwas ein. »Wir bleiben schön am Audubon Drive wohnen.«

»Dieser Mr. James vom Nachbarschaftskomitee war vorgestern abend da«, sagte Vernon. »Du weißt doch, daß sie genug Unterschriften haben, um Dienstag dem Stadtrat ihre Eingabe zu überreichen. Wir müssen etwas unternehmen.«

Elvis sagte: »Wenn es diesen Leuten nicht paßt, daß sich ein paar Mädchen in der Gegend aufhalten, warum ziehen *sie* dann nicht weg? Wir haben noch nicht mal den Swimming-pool fertig!«

Gladys sagte: »Ich finde, dein Vater hat recht. Wir sollten uns ein Haus mit einem Zaun drum herum suchen. Diese Nachbarsfrauen sehen mich jedesmal so mißbilligend an, wenn ich draußen meine Wäsche zum Trocknen aufhänge. Nicht, daß ich keinen Trockner hätte. Aber Bettlaken riechen einfach anders, wenn sie nicht im Freien auf der Leine hängen.«

Elvis fuhr langsamer, um einen Greyhound-Bus überholen zu lassen. »Seht mal, unser Haus ist gekauft und bezahlt«, sagte er. »Diese rotznäsigen Anwälte aus der Straße werden ihre Häuser noch in zwanzig Jahren abbezahlen. Sollen *die* doch umziehen, wenn's ihnen nicht paßt.«

»Sohn, seien wir ehrlich«, sagte Vernon. »Es sollte eine ruhige Wohnstraße sein, kein Treffpunkt für Mädchen. Du stellst eine Störung der öffentlichen Sicherheit und Ordnung dar.«

»Es ist mir so peinlich«, warf Gladys ein. »Diese armen Leute, ich wäre genauso sauer wie sie, ständig latschen Mädchen durch den Garten, und sie können nirgendwo parken. Ich gehe nicht mal nach draußen, weil ich Angst habe, daß mir eins von ihnen begegnet.«

»Wenn wir uns ein umzäuntes Haus zulegen«, warf Elvis ein, »klettern die Mädchen einfach über den Zaun.«

»Nicht, wenn wir ihn hoch genug machen«, sagte Vernon.

»Wir könnten wieder nach Tupelo ziehen«, sagte Elvis. »Ich könnte die ganze Stadt kaufen und einzäunen.«

»Klar könntest du das«, sagte Vernon, »aber was hättest du davon?«

Gladys setzte ihre Schmetterlingsbrille auf. »Ich weiß bloß, daß man mich in dieser Straße nicht akzeptiert«, sagte sie. »Ich ertrage die Vorstellung nicht, daß diese Leute Versammlungen abhalten, auf denen sie herumsitzen und sich über uns die Mäuler zerreißen.«

Sie hatten recht, das wußte Elvis. Er war zu groß für den

Audubon Drive. Vielleicht wäre es gar nicht übel, wenn er aus seiner Haustür treten könnte, ohne gleich von einer Menschenmenge angeglotzt zu werden.

»Also gut, Mama. Sobald wir zurückkommen, sehe ich mich nach etwas um. Aber gerecht finde ich es trotzdem nicht.«

»Gerecht ist es nicht«, gab Gladys zu. »Ich hätte mir auch nie träumen lassen, daß wir mal aus unserem eigenen Haus vertrieben werden würden, weil du so populär bist.«

Eine Stunde lang fuhr Elvis weiter, während sie gedankenverloren aus dem Fenster starrte. Im Radio spielten sie »Tumbling Tumbleweeds«.

Die Hügel von Mississippi wirkten jetzt ärmlicher und schäbiger, die Kühe hungriger, die Hütten blaß und verblichen wie Knochen.

Auf dem Rücksitz begann Vernon leise zu schnarchen.

Elvis war froh, daß er seine Rückkehr hinausgeschoben hatte, bis sein Ruhm größer als Tupelo war. Mal in der alten Heimat so richtig gefeiert zu werden, wäre doch eine feine Sache.

Er warf einen Blick in den Rückspiegel. Hinter ihm fuhr ein Polizeiwagen, klebte direkt an seiner Stoßstange. »O weh.« Sein Fuß tippte auf die Bremse. Das rote Licht ging an und rotierte.

Gladys sah sich um. »Ach du meine Güte. Bist du zu schnell gefahren?«

»Nein.« Elvis fuhr rechts ran. Ihm rutschte das Herz in die Hose.

Elvis hatte immer noch keinen Führerschein.

Er hatte die Prüfung irgendwann mal wiederholen wollen; das hatte er seit Jahren vorgehabt, nachdem ihn der Sergeant mit dem Bürstenhaarschnitt hatte durchfallen lassen, weil er ein Halteschild überfahren hatte. Die ersten ein, zwei Jahre hatte er es aus Angst unterlassen, seine Mutter fände heraus, daß er sie angelogen hatte. Später kam es ihm schrecklich rechtswidrig vor, so lange ohne Führerschein gefahren zu sein. Er hatte Angst, womöglich ins Gefängnis zu wandern.

Er war ein guter Fahrer. Er wurde nie angehalten.

Noch ein paar Jahre, und er hatte das alles vergessen.

Bis zu diesem Augenblick. Seine Handflächen wurden glitschig vom Schweiß. Im Rückspiegel sah er, wie ein magerer Polizist näher und immer näher kam

ELVIS WEGEN FÜHRERSCHEINVERGEHENS EINGEBUCHTET

Nie trug er auch nur eine Brieftasche bei sich, nur ein Bündel Geldscheine, die von einer goldenen, wie ein Blitz geformten Klammer zusammengehalten wurden. Er fragte sich, was es wohl kosten mochte, einen Polizisten aus Tupelo zu kaufen.

Gladys musterte ihn verwundert.

Der Beamte spähte nach unten. »Elvis Presley?«

»Jawohl, Sir, der bin ich.«

»Na dann, willkommen in Tupelo! Uns lag eine Beschreibung Ihres Wagens vor, und ich bekam den Auftrag, Sie zu Ihrer offiziellen Eskorte zu bringen.«

»Tja, oje, danke, Wachtmeister, vielen Dank auch«, sagte Elvis, »aber das alles ist doch bestimmt nicht nötig.« Er atmete erleichtert aus.

»O doch, Sir, gewiß ist es das. Die Main Street wurde gesperrt, da unten parken überall Busse, es herrscht völliges Chaos. Allein kämen Sie da unmöglich durch.«

Elvis wußte zwar, daß sein Heimkehrauftritt für die Leute auf der Mississippi-Alabama-Landwirtschaftsmesse etwas Besonderes sein würde, aber beinahe hätte er Red West gesagt, er solle sich den Tag freinehmen; mit einem großen Trubel hatte er nicht gerechnet. Er hätte nicht erwartet, daß sich der Wahnsinn bis nach Tupelo ausgebreitet hatte.

Gladys beugte sich hinüber. »Wir wollen zum Haus meiner Schwester«, sagte sie zu dem Beamten. »Clettes und Vester Presley. Es liegt an der Old Saltillo Road. Sie wartet mit dem Mittagessen auf uns.« Auf dem Rücksitz rührte sich Vernon.

Der Polizist sagte: »Ma'am, meines Wissens ist das für den Nachmittag vorgesehen. Meine Anweisungen lauten, Sie umgehend zum Rathaus zu bringen, wo Sie vom Bürgermeister und allen anderen erwartet werden.«

»Tja, Sie sind das Gesetz«, sagte Gladys.

»Ich lasse die Dienststelle Ihre Schwester anrufen und ihr ausrichten, daß Sie sich verspäten werden«, sagte der Beamte.

»Könnten Sie das machen? Oh, danke sehr.« Zufrieden lehnte sie sich in ihren Sitz zurück. »Clettes kriegt einen Anfall, wenn sie einen Anruf von der Polizei bekommt!«

»Ich hätte nie gedacht, daß es so sein würde«, sagte Elvis und hängte sich an den Streifenwagen.

Die Sirene fing an zu jaulen. Vernon setzte sich aufrecht hin. »Was ist das?«

»Ist schon in Ordnung, Daddy, es ist eine Polizeieskorte. Wach jetzt besser auf. Die ganze Stadt hat sich zu unserer Begrüßung eingefunden.«

Bald umgaben das erste Fahrzeug sechs schwarzweiße Wagen der Straßenpolizei von Mississippi mit eingeschalteten Warnblinkanlagen und lärmenden Sirenen, sowie vier Motorradpolizisten auf ihren schwarzen knatternden Harleys.

Elvis dachte: Nicht vergessen. Red soll die Führerscheinstelle anrufen. Ihnen sagen, du hättest deinen Führerschein verloren. Soll Red doch mit dem Chaos fertig werden, wenn sie ihre Unterlagen nicht finden können. Streite alles ab. Du bist ein Star.

Personenwagen und Pickup-Trucks verstopften die zur Innenstadt führenden Straßen. Die Fahrzeugkolonne wich Hindernissen und Straßensperren aus.

»Sieh mal, Mama, sieh dir mal das Kino an.« Über dem Eingang stand: HERZLICH WILLKOMMEN ELVIS GLADYS VERNON PRESLEY. Die Main Street war vollgestopft mit Menschen, wie bei einem festlichen Umzug. Über die Straße hatte man ein blau beschriftetes Transparent gespannt: WILLKOMMEN ELVIS TUPELO LIEBT DICH. Katz' Drugstore hatte im Schaufenster eine »Tender«-Dekoration, und von dem Schild an Mr. Bobos Eisenwarenhandlung baumelte ein riesiger blauer Sperrholzplattenspieler.

Der rosa Cadillac glitt durch die Menge bis zu der Treppe des Rathauses von Tupelo. Eine Phalanx von Streifenpolizisten umringte ihn. Auf der anderen Straßenseite, auf der Treppe von

Belk's Department Store, spielte die Kapelle der Tupelo High-School ein stümperhaftes Arrangement von »Don't Be Cruel«.

Elvis stieg aus dem Wagen. Großer Jubel stieg aus der Menge auf, und Schreie ertönten aus einem Pulk von Mädchen, die von einer Reihe Staatspolizisten zurückgehalten wurden.

Elvis wurde durch die Menge gebracht, bis er vor Bürgermeister Ball stand, der ihn anstrahlte wie einen willkommenen Besucher von einem anderen Planeten. Der Bürgermeister schüttelte ihm die Hand, küßte Gladys auf die Wange, drückte Vernons Hand und schüttelte Elvis erneut die Hand. »Wir sind ungemein stolz auf dich, mein Junge«, sagte er immer wieder, »das sind wir gewiß.«

Eine andere Horde Polizisten lotste J. P. Coleman herbei, den Gouverneur des Staates Mississippi. Elvis schüttelte die weiche, schweißnasse Hand des Gouverneurs, dann wandte er sich der Menge zu.

Er suchte nach bekannten Gesichtern, doch sie war so anonym wie sein Publikum immer. Zwischen den Mädchen standen jede Menge älterer Herrschaften. Er war froh, daß er den Caddy hatte waschen und polieren lassen, wo die vielen Leute herumstanden und ihn anglotzten. An jeder Stoßstange hatte man einen Hilfssheriff postiert, um mögliche Beschädigungen zu verhindern.

Eins mußte man Tupelo lassen: Hier unten herrschte noch Zucht und Ordnung.

Jemand schaffte ein Mikrofon herbei. Gouverneur Coleman las von einer Schriftrolle ab: »...gemeinsam mit dieser stolzen Gemeinde erklärt der große Staat Mississippi den heutigen Tag, den sechsundzwanzigsten September 1956, zum Elvis-Presley-Tag und begrüßt in seiner Heimatstadt Amerikas führenden Entertainer auf dem Gebiet der populären Musik, den Sohn Tupelos, Elllllll-vis Presley!« Die Mädchen kreischten und stemmten sich gegen die Polizeikette. Elvis schwenkte die Urkunde über seinem Kopf. Der Bürgermeister trat mit einem ein Meter langen Schlüssel vor, der wie eine Gitarre geformt war. Seine verstärkte Stimme wurde von den Ladenfassaden zurückgeworfen: »Meine Damen und Herren, dies ist ein historischer Tag für die Stadt Tupelo …«

Elvis ließ seine Gedanken schweifen. Elvis-Presley-Tag.

Wer wäre je auf so eine Idee gekommen? Nebenan hatte er sich im Kino für Valentino begeistert. An langen Sommernachmittagen war er in diese Läden hinein- und herausgeschlendert und hatte sich zehn Cent gewünscht, um etwas kaufen zu können, egal was.

Jetzt wirkte seine Mutter hinter ihrer Schmetterlingsbrille fassungslos, mit ganz Tupelo auf der Straße vor ihr. Sein Vater nickte und grinste, trat von einem Fuß auf den anderen.

Jetzt nahm die Tupelo-High-School-Band Haltung an. Die Bewohner der Stadt strahlten zu Elvis hinauf. Blaue Plastikwimpel flatterten über der vollgestopften Straße. Eine Schar Krähen flog darüber hinweg und schenkte dem Ganzen überhaupt keine Beachtung. Elvis war zu Hause. Dies war sein Tag.

»… im Namen aller alten Freunde und Nachbarn ist es mir eine große Freude, dich wieder in Tupelo willkommen zu heißen und dir diesen Schlüssel zu unserer Stadt zu überreichen.«

Elvis trat ans Mikrofon. Er hielt den Schlüssel wie eine Gitarre und tat, als klimpere er ein paar Töne. »Danke sehr, Herr Bürgermeister, Gouverneur, danke sehr, Freunde. Möchte sagen, es ist phantastisch, wieder zu Hause zu sein. Ich kann euch gar nicht sagen … Wir hoffen, euch alle auf dem Festgelände zu sehen, und wir werden versuchen, euch eine gute Show zu bieten.«

Mädchen heulten auf. Blitzlichter knallten. Elvis grinste. Gladys trat angesichts des Ansturms einen Schritt zurück.

Der Chef der Straßenpolizei meldete, eine Gruppe Mädchen habe die Absperrungen durchbrochen und eile im Endspurt durch eine Seitengasse. »In der Parade mitzufahren ist für Sie zu riskant«, sagte er. »Wir können nicht für Ihre Sicherheit garantieren.«

Der Gouverneur ließ sich das einen Moment durch den Kopf gehen und entschied, Elvis zu seiner eigenen Sicherheit vom Ort der Handlung zu entfernen.

»Welche Parade?« fragte Elvis und winkte den Mädchen zu, während ihn der Gouverneur zu dem Caddy bugsierte. Ein Polizist hatte das Lenkrad übernommen. Elvis quetschte sich mit seinen Eltern auf den Rücksitz.

Die Kolonne stellte die Sirenen an, passend zu dem Kreischen der Mädchen, die in Zweier- und Dreiergrüppchen die blaue Kette durchbrachen. Einige kamen nahe genug, um eine Hand auf den Wagen zu legen, bevor man die um sich tretenden und weinenden Mädchen wegzerrte.

Das ständige Schieben des voranfahrenden schwarzweißen Polizeifahrzeugs bahnte eine Gasse. Die Wagenkolonne wich Absperrhindernissen aus und raste auf eine Straße, die aus der Stadt hinausführte. Der Staatspolizist erklärte, sie wollten sich dem »Vesterschen Anwesen« aus östlicher Richtung nähern, um der Parade auszuweichen.

Die lärmende Karawane überquerte die Hauptstraße und umrundete Tupelo auf einem Feldweg.

Vernon sagte: »Junge, heute ist so ziemlich der großartigste Tag meines Lebens.«

Elvis wußte nicht recht, ob das ihm oder dem Staatspolizisten galt, sagte aber: »Danke, Daddy. Ich bin froh, daß du mit dabeisein und ihn erleben kannst.«

»Hoffentlich war vorhin Wilbur Dees auf der Straße«, fuhr Vernon fort. »Und Tyrell Banks, und der alte Tines… hoffentlich haben sie das alles gesehen. Hier unten hat keiner geglaubt, daß ich jemals auch nur einen Haufen verdammter Bohnen wert wäre.«

Elvis erinnerte sich, daß sein Vater weg gewesen war, auf Arbeitssuche, als er das erstemal auf dem Jahrmarkt gesungen hatte. Nach all den Jahren hatte Vernon den idealen Job gefunden: Vater von Elvis. Er wurde gut bezahlt und mußte kaum arbeiten. Das konnte er wirklich.

»Übrigens ist heute nicht Vernon-Presley-Tag«, sagte Gladys.

»Mir egal, er ist mein Junge, und ich kann so stolz sein wie ich will. Diese Stadt hat mir nie einen Gefallen getan. Mein Sohn, kommandier sie ruhig herum.«

Der Staatspolizist lächelte, ohne den Blick von der Straße zu wenden. »Ich glaube nicht, daß man Sie beim Essen stören wird«, sagte er. »Wir haben die gesamte Gegend abgeriegelt. Wer rein- oder rauswill, muß an den Kontrollpunkten vorbei.«

Die Wagenkolonne flitzte an einem Weiler mit Negerhäusern vorbei; Kinder liefen winkend auf die Straße. Ein Wäldchen mit großen Eichenbäumen säumte die Lichtung, in deren Mitte die Greater Mount Zion A. M. E. Church hätte stehen müssen. Offenbar hatte ein Brand oder ein Sturm sie ausradiert.

Elvis bemerkte erstaunt, wie mickrig und unscheinbar alles aussah. In seiner Erinnerung war Mount Zion sehr weit vom Haus seines Großpapas entfernt, doch die Fahrt dauerte nur etwa drei Minuten.

Die Kreuzung der Landstraße mit der Old Saltillo Road wurde von drei Einsatzwagen des Sheriffs und zwei Männern zu Fuß abgesperrt, die Ausweise überprüften. Die Wagenkolonne löste sich auf. Der Führungswagen und der rosa Cadillac brausten durch.

Wo die Auffahrt der Vesters begann, trat ein weiterer Trupp Polizisten zur Seite.

Vor dem Haus wimmelte es von Pickups und Pkws. Dodger war vor drei Tagen mit Onkel Johnny hergefahren, um Clettes bei den Vorbereitungen für das Familientreffen zu helfen. Vester und Clettes wohnten jetzt in Großpapas altem Haus; das bisher letzte Lebenszeichen des alten Mannes war eine 1953 in Midland, Texas, abgestempelte Postkarte gewesen.

Die Sirenen holten sie alle auf die Veranda – die Presleys, die Smiths und Freunde der Familie, alte Damen und junge Mädchen, strömten die Treppe hinunter.

Elvis sagte: »Mama, entfern dich jetzt nicht zu weit von mir. Ich kenne nicht mal die Hälfte dieser Leute.«

»Ich auch nicht«, sagte Gladys beim Aussteigen. »Offenbar hat Clettes die ganze Stadt eingeladen.«

»Ich werde hier warten«, sagte der Staatspolizist. »Um vierzehn Uhr brechen wir zum Festgelände auf.«

Elvis entdeckte seine Tanten Clettes und Christine, die so

schnell sie konnten mit ihren Enkeln quer über den Hof schnauften, um ihm als erste um den Hals zu fallen. Sie riefen: »Da ist er, guckt mal! Mr. Filmstar! Willkommen daheim«, und bedrängten ihn wie eine Horde Fans. Clettes kniff ihn in die Wange, Christine fiel ihm um die Hüften, während die jüngeren Cousinen und Nichten jaulend an ihm zerrten.

Elvis hob die Hände und ergab sich. »Halt, zurücktreten! Berühren der Ware verboten!«

Dann klopfte ihm Onkel Vester auf die Schulter, und Vetter Bobby und seine neue Frau begrüßten ihn, und Travis, Annie Lois, Noah und Christine und Billy und Renee und ihre Kinder und Freunde und deren Kinder, bellende Hunde, eine Schar alter Damen, Bruder und Schwester Wilson von der Kirchengemeinde ...

Gladys weinte, fiel ihnen um die Hälse. Vernon strahlte und schüttelte jede Hand in Sichtweite.

Elvis ließ sich anfassen, betatschen und beklopfen. Die Augen der alten Damen leuchteten, als sie ihn endlich umarmen durften. »Schatz, ich bin nur eine alte Frau«, flüsterte die bucklige Großtante und lugte zu ihm auf, »aber zugegeben, du bist so ziemlich das hübscheste Kerlchen, das ich je zu sehen bekommen habe.«

Sogar Dodger stellte sich an, Dodger, die mit ihnen am Audubon Drive wohnte und ihn ständig sah – sogar Dodger kam in ihrer Schürze ins Freie und stellte sich zu den anderen Damen, um sich von dem berühmten Elvis umarmen zu lassen.

»Minnie, du mußt wirklich stolz sein«, sagten sie, und »Sieht er nicht entzückend aus« und »Wann heiratest du denn, El?« und »Lieber Himmel, ich weiß noch, wie du noch so klein warst«, und all die anderen peinlichen Dinge, die ihnen so einfielen. Einige der älteren Vettern und Neffen drückten sich im Hintergrund herum, krank vor Neid.

Elvis saß in der Falle. Das war kein Familientreffen. Es war Elvis-Presley-Tag. Er hatte Red West nicht dabei, der einen Kreis um ihn freihielt; außerdem waren das Verwandte, die ihn dafür zu gut kannten. Er hatte die Pflicht, sich von ihnen nach

Belieben betatschen zu lassen. Er machte sie in ihrem eigenen Freundeskreis berühmt; er mußte ihnen Stoff liefern, den sie weitererzählen konnten, wenn sie heimkamen.

Schließlich stand er auf der Treppe vor dem Haus, umringt von zwanzig Menschen, die nur darauf warteten, was er als nächstes sagen würde. Um Gladys, Vernon und den rosa Cadillac hatten sich separate Grüppchen gebildet.

»Skeeter, wieviel Geld hast du letzte Woche verdient?« Das war Vester, von einem Ohr zum anderen grinsend.

»Och, ich weiß nicht, Onkel Vester, ich schätze mal eine Million Dollar«, antwortete Elvis lachend.

Christine fragte: »Hat dir Ed Sullivan gefallen? Ist er nett?«

»Ich hab ihn noch nicht kennengelernt, Tante Christine. Er hatte einen Autounfall und war bei meinem ersten Auftritt in seiner Sendung nicht dabei, weißt du noch? Ich lerne ihn nächsten Monat kennen. Soviel ich weiß, ist er ziemlich dickköpfig.«

Genau das wollten sie hören: Insiderwissen über Prominente. Er erzählte von Tommy Dorseys zittrigen Händen, von Steve Allens Witzen, und wie er sich hinter der Bühne aufgeführt hatte, was Minnie Pearls Hut kostete, von Richard Egans feuerrotem Jaguar, Debras Pagets nierenförmigem Swimmingpool und Milton Berles buschigen Augenbrauen. Sie verschlangen jedes Wort.

»Elvis, erzähl von New York City!«

»Halt, halt«, sagte er. »Also wirklich, Leute, das ist doch keine Pressekonferenz. Hey, Annie Lois, ist da vorhin nicht jemand mit 'nem Teller Essen vorbeimarschiert?«

»Und ob, du armes Kind«, sagte sie. »Setz dich mal da hin. Ich hol dir einen Teller.«

»Nein, ich hol ihn mir selber.« Elvis stand auf, woraufhin sein Publikum auch aufstand und beschloß, jetzt ebenfalls ins Haus essen zu gehen. Natürlich mußte er sich als erster bedienen, sie umstanden ihn und sahen zu, was er auf seinen Teller packte. Er nahm ein wenig von allem, um niemanden zu kränken. Als er sich eine zweite Portion Austern-Dressing genehmigte, sah er, wie Tante Christine triumphierend strahlte.

»Hier, Elvis«, sagte Clettes und eilte herbei, »probier mal ein Stück von meiner Süßkartoffel-Pastete. Die hat dir doch immer geschmeckt.«

Er setzte sich an den Tisch, doch alle drängelten sich um ihn. Er trug seinen Teller auf die Veranda. Sie folgten ihm. Er ging hinaus in den Hof und blieb mit dem Teller in der Hand stehen. Die Speisen waren köstlich, aber er konnte sie nicht essen, weil man ihn keinen Augenblick in Frieden ließ.

Er stellte den Teller ab. »Entschuldigt mich mal einen Moment. Bin gleich wieder da.« Er schob die Hände in seine Hosentaschen und ging den Hügel hinunter zu dem Häuschen, in dem er geboren war. Alle blieben auf der Veranda und schauten ihm nach. Dieses eine Mal versuchte keiner, ihm zu folgen.

Die Hintertür hing an einem Scharnier. Elvis hob sie beiseite und trat ein. Die armselige kleine Hütte war jahrelang dem Wetter ausgesetzt gewesen; in den Ecken hatte der Wind trockenes Laub aufgehäuft, und durch offene Fenster wuchsen Schlingpflanzen, krochen über die Fensterbretter. Keine Möbel. Ein vergilbter Wandkalender, Liberty National Lebensversicherung, 1936. Das Jahr nach seiner Geburt.

Es gab nur zwei Zimmer. Ein kaputter Stuhl, ein zerfallener Kamin aus Backsteinen. Das gesamte Haus hätte am Audubon Drive in die Küche gepaßt. Der Vorhang zwischen den Zimmern war zerschlissen.

Bis zu diesem Moment war Elvis nie bewußt gewesen, wie arm seine Eltern gewesen waren. Im Lauf der Jahre waren die Presleys ständig umgezogen, und ganz allmählich hatten sich die Verhältnisse gebessert. Zu diesem Anfang zurückzukehren war ein Schock. Allein die Vorstellung, in diesen erbärmlichen Räumen ein ganzes Leben zu verbringen!

Dies war die Wahrheit, die einstürzende zerfallende Wahrheit. Hier sollten die Leute von der Öffentlichkeitsarbeit ein Foto machen.

Elvis ging verschiedene Stellen des Fußbodens ab, wollte die Stelle finden, wo er den ersten Atemzug gemacht hatte.

Das Haus roch wie der feuchte Wald.

Elvis lächelte vor sich hin, über sein Glück. Er sollte dieses Haus dem abkaufen, der es so herunterkommen ließ. Er sollte es wieder auf das Fundament stellen, die Tür befestigen, den Kamin reparieren. Er hatte keine Ahnung, was er damit anfangen würde, aber dieses Haus gehörte ihm. Er konnte es einfach nicht verfallen lassen.

Bei diesem Gedanken fühlte er sich besser. Er ging nach draußen und zurück auf die Veranda, wo alle darauf warteten, ihn noch ein wenig zu betrachten.

Onkel Noah wollte ihn immer wieder dazu bewegen, für die Kinder einen Song zu singen, aber Elvis hatte sich genug zur Schau stellen lassen. Er war froh, als der Polizist bedeutete, sie müßten nun aufbrechen. Nachdem er im Haus eine weitere Kuß- und Umarmungsrunde über sich hatte ergehen lassen, kam er gerade rechtzeitig ins Freie, um Noah murmeln zu hören: »Der singt wohl nur, wenn man ihn dafür bezahlt.«

Elvis fuhr herum. »Was war das, Onkel Noah?«

»Ich hab nichts gesagt. Wieso, was soll ich denn gesagt haben?«

Elvis wußte, jetzt wartete jeder auf ein erstes Indiz, daß er sich für sie zu schade war, und diesen Gefallen wollte er ihnen nicht tun. »Na, ich dachte, du hättest gesagt, um mich singen zu hören, wolltest du mich bezahlen«, sagte er, »aber ich habe Tante Clettes schon genug Eintrittskarten gegeben, daß ihr heute abend alle kostenlos reinkommt.«

Alle jubelten ihm zu. Noah wurde rot. »Also, das ist ja prima, Elvis, wirklich«, stotterte er, »ein wirklich feiner Zug von dir.«

»Jetzt habe ich eine Matineevorstellung«, sagte Elvis und ging die Stufen hinunter. »Laßt Noah nicht die ganze Pastete essen. Hebt mir ein Stück auf.« Er schritt zum Cadillac und winkte den Polizisten von dem Wagen fort. »Ich fahre selbst.«

»Sie sind der Boß«, sagte der Mann.

Elvis ließ den Motor an, streckte die Hand aus dem Fenster, winkte und hupte, bis er aus dem Hof gefahren war. Er fühlte sich, als sei er einer neuen und besonders subtilen Form der Folter entkommen.

An der Straßensperre schlossen sich ihm vier Wagen der Stadtpolizei an. In wilder Jagd brachen sie zum Festgelände auf.

Mit fünfundzwanzigtausend Menschen war die Arena für das Nachmittagskonzert zum Bersten gefüllt. Bürgermeister Ball kam auf die Bühne, um Elvis erneut den Schlüssel zur Stadt zu überreichen. Der Gouverneur hielt eine kurze Rede.

Die Stadtväter schoben Mrs. Lathem, Elvis' Lehrerin aus der siebten Klasse, auf die Bühne, wo sie mit zittriger Stimme eine kleine Rede darüber ablas, wie brav er als Schüler gewesen sei. »Und abschließend stelle ich fest«, sagte sie mit bebender Stimme, »daß wir, die wir uns voller Zuneigung an dich erinnern, besonders froh darüber sind, daß du den Kindern ein so gutes Beispiel gegeben hast, die gerade erst ihre Reise durch das Schulwesen des Bezirks Tupelo antreten. Herzlich willkommen, Elvis Presley, und Gott segne dich.«

Elvis beugte sich zum Mikro vor. »Vielen Dank, Miz Lathem…« Er überblickte ein Meer von Menschen, die ihn kannten.

Diesen Menschen waren sein Hüftenwackeln, die Gerüchte sowie sein Image als böser Bube gleichgültig. Sie wußten nur, daß Elvis der reichste und berühmteste junge Mann Amerikas war und daß er aus Tupelo stammte.

»Wißt ihr, Freunde«, sagte er, »früher hab ich mich manchmal über diesen Zaun dort hinten hier hereingeschlichen, und dann wurde ich aus dem Festgelände hinausgeführt. Aber dies ist das erste Mal, daß man mich *herein*geführt hat.«

Das war ein großer Lacherfolg.

Als man die Bühne von all den Honoratioren geräumt hatte, drehte sich Elvis zu den Jungs um, hielt die Hand in die Höhe und ließ sie fallen.

Well since my baby left me…

Die Mädchen kreischten, drängten zur Bühne.

Von allen Seiten eilte die Polizei herbei, bemüht, einen Tumult zu verhindern, während Elvis alles in seiner Macht Stehende tat, um ihn herbeizuführen. Heartbreak Hotel. Good Rockin' Tonight. That's All Right.

Er sang, wackelte und lockte, brachte sie alle zum Kreischen, die ganz hinten in der Nähe der Messehallen, die in der vordersten Reihe, alle dazwischen. Love Me Tender. I've Never Been Lonely Like This. Die Mädchen in Tupelo waren aus dem gleichen Holz geschnitzt wie die Mädchen überall – sie wußten, was zu tun war. Er brauchte nur das Feuer zu entzünden.

Er wanderte über die ganze Bühne. »Don't Be Cruel«. Er sank auf ein Knie. »Let's Play«. Er suchte sich einzelne Mädchen aus, zeigte mit dem Finger auf sie und sah zu, wie sie umkippten. Lawdy Miss Clawdy.

Viermal brandete eine Welle Mädchen gegen die Bühne, und viermal schoben die Polizisten sie zurück.

Ein wilder Abschluß: *You ain't a-nothin' but a hound dog-uh!*

Von donnerndem Applaus begleitet, verließ er die Bühne.

Gouverneur Coleman nahm ihn beiseite. »Für das Konzert heute abend habe ich fünfzig Nationalgardisten angefordert«, sagte er, »sicher ist sicher. Da draußen wurde es ziemlich ernst.«

»Vielen Dank auch, Gouverneur«, sagte Elvis. »Keine Ahnung, warum sie sich so aufführen.«

»Natürlich nicht«, sagte der Gouverneur. »Ich hab doch gesehen, wie Sie da oben mit Ihrem Podex gewackelt haben.«

Elvis grinste. »Daran liegt's nicht, sondern an meinem Bein. Keine Ahnung, was genau dahintersteckt. Offenbar gefällt's ihnen einfach.«

Der Gouverneur sagte: »Also, ich jedenfalls würde meiner Tochter nicht erlauben, herzukommen und Sie zu sehen.«

»Och, Sie könnten vielleicht versuchen, sie aufzuhalten«, entgegnete Elvis, »aber Ihre Tochter würde sich garantiert irgendwie wegschleichen und trotzdem herkommen.«

Das zauberte ein gequältes Lächeln auf das Gesicht des Gouverneurs. Da hatte Elvis wohl einen wunden Punkt angesprochen; wahrscheinlich *war* eins der Tausende von Mädchen da draußen die Tochter dieses Mannes, dem das soeben klargeworden war.

Bevor Elvis Gelegenheit hatte, noch mehr Schaden anzurichten, kam Red mit weiteren Polizisten als Begleitschutz. Hinter der Bühne kamen sie durch einen dunklen Flur vorbei an der Tribüne, wo Elvis vor langer Zeit gestanden und der Babyshow zugesehen hatte. Alle fünfzehn Meter waren Uniformierte postiert und bewachten seinen Weg.

Man hatte für ihn die Messehalle E abgesperrt. Red brachte ihn zu einer von Hohlblocksteinen eingefaßten Küche an einem Ende der Halle, wo er zwischen den Auftritten warten sollte.

»Okay, Elvis«, sagte Red, »da draußen warten sechsundfünfzig Leute, die behaupten, enge persönliche Freunde und Verwandte von dir zu sein. Wie soll ich mich verhalten?«

Elvis musterte die anheimelnde Umgebung. »Bring sie einen nach dem anderen rein«, sagte er und flätzte sich in einen am Ende eines langen Tisches stehenden Sessel.

Scotty, Bill und D. J. schlenderten herein und machten Gouverneur Coleman nach: »Elllllll-vis Presley!« Elvis beglückwünschte sie zu einem großartigen Auftritt. »Jetzt müssen wir für heute abend heiß bleiben, Jungs«, sagte er. »Abschlaffen ist nicht. Das sind Leute aus meiner Heimat. Meine ganze Familie wird dasein.«

»Mann, bei den letzten paar Stücken war die Polizei mächtig besorgt«, sagte Bill Black.

Elvis erzählte ihnen, der Gouverneur habe für den Abend die Nationalgarde angefordert. Sie fanden das spitze.

Red kam mit der ersten Besucherin: Dot Simmons, Gladys' alte Freundin aus der Hemdenfabrik. Sie war begeistert, daß Elvis sich noch an ihren Namen erinnerte und aufstand, um sie auf die Wange zu küssen. »Oh, wie geht's deiner lieben Mama?« fragte sie. »Ich will sie schon seit Ewigkeiten anrufen, aber – ich weiß halt, wie beschäftigt sie ist, bei allem, was passiert ist, und sie sollte ja auch nicht glauben, daß ich – egal, ich mußte einfach kommen und dich sehen! Oh! Du bist phantastisch.«

»Ich freue mich, daß Sie kommen konnten«, sagte Elvis. »Ich weiß, daß Mama Sie sehen möchte. Sie ist drüben in Vesters Haus. Warum fahren Sie nicht hin? Red, kannst du Miz Simmons eine Art Passierschein besorgen, damit sie zu Vesters Haus raufkommt?«

Red ging und kümmerte sich drum. Beim Gehen hauchte Dot Elvis einen Kuß zu.

Als nächste kam Mrs. Dempsey, seine Lehrerin aus der fünften Klasse, mit glänzenden Augen und aufgeregt machte sie mit ihrer Polaroid-Kamera ein Foto von ihm. Sie sprühte immer noch vor Enthusiasmus, auch wenn sie inzwischen winzig und grauhaarig war. »Elvis, Schätzchen, du hast ja keine Ahnung, wie stolz wir sind!« rief sie und schwenkte das feuchte Foto durch die Luft. »Ich hab schon so oft die Geschichte erzählt, wie ich dich damals zum Singen hierhergebracht habe, daß mein Lakey sagte, er kann's nicht mehr hören! Ah, wie gut du ausschaust!«

»Danke sehr, Miz Dempsey«, sagte er. »Damals hat mich zum erstenmal jemand aufgefordert, vor anderen Leuten zu singen. Und sehen Sie, was Sie angerichtet haben!«

Sie errötete. »Sag nicht so was. Es war dein Talent! Ich bin so zufrieden mit dem, was du daraus gemacht hast. Du wirkst im Fernsehen immer so höflich.«

»Vielen Dank auch, Miz Dempsey. Ich weiß, daß sich meine Mama freut, wenn ich ihr das erzähle.«

»Ich will dich nicht lange aufhalten, andere warten ...« Sie machte einen langen Hals und küßte ihn auf die Wange. »Bleib bloß so nett«, sagte sie. »Daß du mir nicht eingebildet wirst.«

»Keine Bange.« Er begleitete sie nach draußen. Mr. Jennings, der an der North Street zwei Häuser weiter gewohnt hatte, rief: »Ho! Das ist er!« und trat ein, gefolgt von Roland Purvis und seiner Mutter. Roland hatte jetzt den Autoersatzteilladen. Er sagte, er könne Elvis jedes gewünschte Ersatzteil auf Rechnung besorgen. Er steckte Elvis seine Visitenkarte zu, als sei sie bares Geld wert.

Als nächstes kamen Mr. Cole, der alte Schuldirektor von Lawhorn, samt drei seiner Töchter. Dann Elvis' alter Kumpel Jackie Bolton, mit Frau und zwei Kleinkindern. Jackie wußte zu berichten, daß Tupelo Joe Bolton das Singen aufgegeben hatte und in Venezuela Missionar geworden war.

Mr. Bobo aus dem Eisenwarenladen. Emma Davis Foster, die immer noch auf dem Bein hinkte, das ihr Elmer Russell beim Ballspielen in der Gesamtschule von East Tupelo gebrochen hatte. Zwei der drei Triplett-Jungs, schmierig und träge wie eh und je. Vier Teilnehmer aus Elvis' Sonntagsschulklasse in der Priceville Assembly of God.

Sie kamen, einer nach dem anderen und grüppchenweise. Die meisten fingen an mit »Ich weiß, du erinnerst dich nicht mehr an mich«, und manchmal hatten sie recht und waren enttäuscht.

Ihn kannten sie alle. Sie hatten ihn im Fernsehen gesehen. Ihren Freunden gegenüber hatten sie damit angegeben, wie gut sie mit dem berühmten Elvis Presley befreundet seien. Aber wie konnten sie erwarten, daß er sie erkannte? Sie hatten sich verändert. Sie waren erwachsen oder alt geworden, in die Breite gegangen oder ergraut, hatten geheiratet, Kinder bekommen, ihr Leben gelebt.

Höflich war er zu allen. Denen, die ihn um seine Telefonnummer baten, gab er die von Colonel Parkers Büro. Er schrieb Autogramme, fiel um Hälse, stellte sich für Fotos in Positur.

Mary Edna Meecham trat ein, in die er während der siebten Klasse verknallt gewesen war. Sie war dick, hatte vier Kinder und einen dümmlich aussehenden Mann; da empfand Elvis ein leichtes Gefühl der Befriedigung.

Als es Zeit war zu gehen, brach Mary Edna in Tränen aus.

»Was ist denn los, Schatz?« fragte er tröstend und legte den Arm um ihre feiste Schulter. »Nicht weinen, Mary Edna. Was ist denn?«

Der Mann stand da und starrte Elvis aus funkelnden Augen böse an. »Ich werd dir sagen, was los ist«, sagte er, »kein Tag vergeht, ohne daß sie mir erzählt, wie vernarrt du in sie warst, daß sie dich hätte heiraten sollen, nicht mich. Hoffentlich bist du glücklich. Ich find dich zum Kotzen.«

»Halt die Klappe, Earl«, fuhr Mary Edna ihn unter Tränen an.

Red trieb sie nach draußen.

»Gib's doch zu«, rief Earl von der Tür her, »du warst in sie vernarrt, so war's doch! Gib's zu!«

Elvis kratzte sich am Kopf, lehnte sich in den Sessel zurück. Er konnte nicht umhin, ein wenig Schadenfreude zu empfinden. Er öffnete eine Coca-Cola.

Red zeigte sich in der Tür. »Mit der möchtest du wahrscheinlich mehr als drei Minuten Zeit haben«, sagte er. Eine todschick aussehende Frau trat ein – grazil, gertenschlank, die Haare zu einer streng-modischen Grace-Kelly-Frisur nach hinten gebunden. Sie trug ein klassisches graues Kostüm, eine große Diamantbrosche am Revers.

»Elvis.« Sie hielt ihm die Hand entgegen, als solle er sie küssen. »Wie geht's denn so?«

»Gut«, sagte er, unsicher lächelnd, und schüttelte den Kopf. »Sehr erfreut.«

»Du erinnerst dich also nicht an mich«, stellte sie fest.

»Tut mir leid. Es fehlt nicht mehr viel, und ich würde nicht mal meine eigene Mutter erkennen, wenn sie hinter die Bühne käme.« Er hatte innerhalb der Grenzen des Staates Mississippi noch nie einen so teuer aussehenden Diamanten gesehen. Er konnte den Blick nicht davon wenden.

»Süßer, ich bin Mary Lynn Bradley«, sagte sie und schob ihren anderen Arm um seine Taille. »Jedenfalls war ich das. Jetzt bin ich Mary Lynn Powderman. Die Powdermans mit dem Baumwollsamenöl. Elvis, wir beide haben an der Talentshow teilgenommen. Weißt du das nicht mehr? Ich hab gewonnen.«

»Ah ja.« Er lächelte. Und haßte sie von neuem. Sie und ihren Powderman-Diamanten. »Du bist groß geworden.«

»Du auch«, gab sie zurück. »Hör zu, Elvis, ich weiß, wie unhöflich es ist, so auf den allerletzten Drücker, aber ich wußte nicht, wie ich dich erreichen sollte – nur ein paar enge Freunde, nur mein Ronnie und die Clique aus dem Country Club, heute abend bei uns. Die alte Davis-Villa, kennst du sie? Ganz locker und zwanglos, du brauchst keinen Finger zu rühren. Ronnie macht Piña Coladas.« Sie lächelte, einfach hübsch. Wie konnte eine so elegante Person in einem Kaff wie Tupelo glücklich sein? Diamanten, dachte Elvis. Große, glitzernde Diamanten. Mary Lynn Bradley hatte sich in ein nettes Nest gesetzt.

»O weh, das tut mir jetzt leid, Mary Lynn«, sagte er, »ich würde wirklich gerne, aber ich habe noch ein Konzert, und dann fahren wir nach Memphis zurück.«

»O nein, das lasse ich nicht zu«, rief sie. »Keiner von uns kriegt dich je zu sehen!«

»Tja, zur Zeit ist es wirklich verrückt, mußt du wissen«, sagte er. »Ich weiß gar nicht mehr, wo mir der Kopf steht.« Er brachte sie zur Tür. Er wünschte, sie trüge ihre Haare immer noch in Ringellöckchen, damit er an einem ziehen könnte. Reichte es nicht, um ihn – und zwar ausgerechnet am Elvis-Presley-Tag – daran zu erinnern, mit ihrem Diamanten und ihrer Grace-Kelly-Frisur? Er gönnte ihr Tupelo. Sie konnte es haben. Elvis hatte den ersten Preis im Rest der Welt gewonnen. In seinem Haus in Memphis hingen sämtliche Auszeichnungen.

Er war froh, als er Red an der Tür stehen sah. »Tut mir leid«, sagte Red und lächelte Mary Lynn breit an, »es wartet noch einer auf ihn, dann muß er sich auf das Konzert vorbereiten.«

»Nichts für ungut, Mary Lynn«, sagte Elvis. »Danke fürs Kommen.«

»Tschüs, Süßer.« Sie beugte sich vor und küßte ihn auf die Wange, ließ sich nichts anmerken, daß sie vielleicht beleidigt war. »Und mach weiter deine Hits!« Sie verschwand durch die Messehalle, mit jedem Schritt klapperten ihre Stöckelschuhe schneller.

Elvis sagte: »Guck dir die an. Sie braucht bloß noch einen Majorettenstab in der Hand.«

Red sagte: »Elvis, beim nächsten weiß ich nicht so recht.«

Elvis blickte in die Halle. »Ja«, sagte er, »ich kenne ihn.«

Er war überlebensgroß und -dunkel, vom Alter zermürbt, schlurfte er am Stock herein, gebeugt, angenagt. Seine Haare hatten die Farbe puren Silbers. Statt seiner phantastischen Talare trug er eine schmierige Latzhose und ein zerschlissenes weißes T-Shirt, unter dem sein Bauch mit all seinen Falten und Wülsten zu sehen war. Er schlurfte herein, seine Latschen kratzten über den Betonfußboden.

»Presley«, sagte er.

Elvis sagte: »Bruder Love, Sie habe ich hier nicht erwartet. Wie geht's Ihnen denn so?«

Der Bruder brachte sich über einem Stuhl in Stellung und ließ sich sinken – ganz langsam. »Gar nicht gut, Presley, wann hab ich dich das letztemal gesehen?«

»Schon lange her«, antwortete Elvis. »Sie haben mich im Auto mitgenommen.«

»Und ob«, sagte Bruder Love. »Und ob ich das hab'.«

Elvis setzte sich auf den Stuhl neben ihm. »Tja ... was tun Sie heutzutage denn so?«

»Na, vermutlich weißt du, daß ich meine Kirche verloren habe«, fuhr der Bruder fort. »Eines Abends nach dem Pfannkuchenessen hat Schwester Arleta die Pfanne auf dem Herd stehenlassen. Das Gebäude ist in zehn Minuten abgebrannt.« Er schneuzte sich in einen Lumpen. »Ich hab zur Zeit keine richtige Bleibe. Sieht so aus, als kämst du ganz gut zurecht.«

»Das stimmt«, sagte Elvis. Es war zwecklos zu leugnen, was jeder wußte. »Ich versuche nur, mich von allem abzuschirmen.«

»Ich hab dich singen hören«, sagte der Bruder, »hab dich im Radio gehört. Ich war mächtig enttäuscht, Presley, um bei der Wahrheit zu bleiben. Ich dachte immer, du wärst dazu bestimmt, die Lieder des Herrn zu singen.«

»Das tu ich ja auch, Bruder Love, andauernd«, sagte Elvis. »Die Jungs und ich haben gerade einen neuen Gospelsong eingeübt.«

»Das hab ich nicht gehört«, sagte der massige Mann. »Was war das für'n Zeug? Irgendwas über 'ne Flickenpuppe.«

»Der, äh, der Song heißt ›Let's Play‹«, sagte Elvis und mußte zugeben, daß es albern klang, wenn man es einfach so sagte.

»Das isses«, sagte Bruder Love. »Dazu fehlen mir wirklich die Worte.«

»Ist doch nur ein Song«, gab Elvis zu bedenken. »Singen Sie heute auch noch?«

»Nö, ich bin ein alter Mann«, antwortete Bruder Love, »und ich dachte mir, du könntest vielleicht eine Kleinigkeit entbehren, deinem alten Bruder 'n bißchen unter die Arme greifen.«

Aha. Darauf lief es also hinaus. Der arme Alte. »Wieviel brauchen Sie?« fragte Elvis.

»Soviel du übrig hast«, sagte der Bruder. »Weißt du, ich bitte dich nur ungern um ein' Gefallen, aber wie du gerade gesagt hast, ich hab dich mal im Auto mitgenommen, darum dachte ich, ich frag einfach.«

Elvis stand auf und kramte in seinen Taschen. Geld war die bequemste Form von Macht. Er hatte jede Menge Geld, und täglich wurde es mehr. Er konnte alles kaufen, selbst einen Mann, der ihm einmal ehrfürchtig Scheu eingeflößt hatte. Allmählich genoß er das. Ihm gefiel, daß sich die Leute anstellten, um ihn zu sehen. Er wünschte, er könnte jedem einzelnen einen glänzenden neuen Cadillac kaufen. Vielleicht würde er das irgendwann mal tun. Er holte die Geldscheinklammer heraus und zählte fünf Zwanziger ab. »Hören Sie, ich glaube, ich weiß, wo Sie unterkommen können«, sagte er. »Das Häuschen liegt ein Stück unterhalb von dem meines Onkels Vester. Es muß ein bißchen was repariert werden, aber wir finden bestimmt jemand, der Ihnen dabei zur Hand geht.«

Er kritzelte Vesters Telefonnummer auf einen der Scheine und gab alle fünf Bruder Love. »Das ist für Sie. Mal sehen, was draus wird. Rufen Sie ihn an. Oder gehen Sie mal vorbei. Sie wissen ja, wo es ist.«

Bruder Love faltete die Scheine zu einem Dreieck. »Ich bin dir mächtig dankbar«, sagte er. »Ich hab dich immer für einen guten Jungen gehalten. Der Herr wird dich segnen. Ich sehe es schon vor mir. Auf dem Weg vor dir wartet ein großes helles Licht, Presley. Ein großes helles Licht.«

Elvis tätschelte die alte runde Schulter. Bruder Love schlurfte davon, schlipp schlapp.

Elvis war stolz auf sich. Er würde dem alten Mann eine neue Chance kaufen, ihm und dem verfallenen Häuschen. Er würde Vester einen Scheck ausstellen, damit er es kaufte und instand setzte; es müßte ein Scheck über eine beträchtliche Summe sein, dann könnte sich Vester nicht beschweren, daß gleich den Hügel runter ein Farbiger wohnte.

Vom anderen Ende der Messehalle kamen lachend Scotty und Bill angetrabt. »Komm mit, Elvis, das mußt du einfach sehen«, sagte Bill. »Komm schon, das geht in Ordnung, da unten ist niemand. Wirklich, das mußt du einfach *sehen.*«

»Was? Was isses? Hört zu, Jungs, ich muß mich noch für den Auftritt um ...«

»Gar nichts mußt du«, sagte Scotty ernst. »Du mußt mit uns kommen.«

Elvis lächelte. »Hört mal – na schön, einverstanden, ich komm ja schon!« Dümmlich grinsend zerrten sie ihn mit, als warte auf der anderen Seite der Trennwand ein unglaubliches Weltwunder.

Und so war es auch. Stolz stand die riesige Kuh der Molkerei Seale-Lilly auf ihrem Sattelauflieger und blickte mit ihrem ruhigen aufgemalten Auge über ein Meer aus Ausstellungsgegenständen und Klapptischen. Elvis strahlte innerlich. Die Kuh war seine alte Freundin. Er fand es verblüffend, wie jugendlich sie aussah; ihre weißen Flecken waren frisch gestrichen worden, und auf ihren Pappmachéflanken glänzte eine neue Lackschicht. Jetzt, da er erwachsen war, wußte er zu würdigen, wieviel Mühe sich jemand bei ihrem Bau gegeben hatte.

Bill sagte: »Sieh dir bloß mal die Titten von dem Ding an!«

»Wißt ihr, ich würde sie gern kaufen«, sagte Elvis, »hab bloß keine Ahnung, wo ich sie hinstellen soll.«

Sie lachten noch ein wenig und schlenderten zurück, um sich auf das Abendkonzert vorzubereiten.

Den ganzen Abend lang mußte Elvis an die Kuh denken. Wenn er wollte, konnte er sie wirklich kaufen. Er mußte sowieso ein größeres Haus kaufen, mit einem Garten, einem hohen Zaun. Dann hätte er Platz für eine Riesenkuh.

Doch nachdem er sich das überlegt hatte, befand er, die Kuh sei glücklich genug auf ihrem Podest, von wo aus sie die Messe im Blick hatte. Man ließ sie besser, wo sie war. Die Leute von Seale-Lilly sorgten gut für sie. Bestimmt würde es irgendeinem kleinen Jungen das Herz brechen, falls sie verschwand. Es gab einige Dinge, die man einfach nicht kaufen sollte.

49

Mädchen schickten Elvis Briefe und drohten mit Selbstmord, falls er sie nicht auf der Stelle anrief. Mädchen drangen in das Haus am Audubon Drive ein; sie rissen die Fliegengitter ab, schoben die Fenster hoch und stiegen ein. Mädchen aus Ländern wie Australien oder Dänemark tauchten auf, nur mit einem Schlafsack und Elvis' Adresse im Gepäck.

Elvis rief die Immobilienmaklerin Doris Lewis an, die ihm das Haus am Audubon verkauft hatte. »Doris, wir müssen hier weg. Mama hält das nicht mehr aus. Jetzt will ich diese Bude hier verkaufen. Ich will etwas kaufen, das nicht zu weit von der Stadt entfernt liegt, ein schönes Grundstück drum herum. Etwas, das ich einzäunen kann. Und schnell muß es gehen. Diese Woche noch.«

»Rühren Sie sich nicht vom Fleck«, sagte Doris, »ich hole Sie in einer Viertelstunde ab. Ich hab genau das richtige für Sie.«

Als ihr großer schwarzer New Yorker vor seiner Auffahrt hielt, sprintete Elvis durch die Mädchenhorde und hechtete in den Wagen.

Doris sagte: »Elvis, mein Lieber, glauben Sie mir, Sie treffen genau die richtige Entscheidung. Sehen Sie sich das an! Ich kann mir vorstellen, wie sich dieser Ansturm auf die Grundstückswerte in dieser Straße auswirkt.«

Sie fuhren Richtung Süden, durch den kleinen Ort Whitehaven, am »Gridiron« vorbei – wo es immer noch rund um die Uhr Cheeseburger gab. Doris Lewis plapperte von Steuervorteilen und sicheren Investitionen. Elvis befingerte sein Scheckbuch und hoffte, nicht zu viel Zeit mit Doris Lewis verbringen zu müssen, bis er das geeignete Haus fand.

Sie hielten vor einem einfachen einstöckigen Farmhaus, seitlich versetzt stand eine große weiße Scheune. »Also«, sagte Doris. »Ist das... nicht... entzückend.«

Vor drei Jahren hätte sich Elvis geehrt gefühlt, jemanden zu besuchen, der in so einem schönen Haus wohnte. Doch es war nicht das Haus eines Filmstars. »Nä«, sagte er, »is nicht groß genug. Ich will ein großes Haus haben. Sie wissen schon… eine Art herrschaftlicher Villa.« Wenn Mary Lynn Bradley in einer großen Villa wohnen konnte, dann konnte er, bei Gott, das schon lange. »Haben Sie was in der Art?«

Doris musterte ihn ein Weilchen und wendete dann den Wagen. »Geduld, nur Geduld«, sagte sie. »Ich habe das perfekte Haus. Und damit meine ich: perfekt.«

Sie fuhren zurück, vorbei am »Gridiron« und noch anderthalb Kilometer weiter, dann brachte sie den Chrysler am Bordstein zum Stehen. »Na«, fragte sie, »ist das groß genug?«

»Das ist wirklich groß.« Elvis hatte dieses Haus oft bewundert, wenn er unterwegs zum Cheeseburgeressen daran vorbeigefahren war. Es sah aus wie Tara in *Vom Winde verweht* – ein großer Sandsteinhaufen von einem Haus, das von hohen Eichen umstanden auf einem Hügel thronte, einen weißen Säulengang aufwies und eine Auffahrt, die sich in einer eleganten Kurve die Anhöhe emporschwang. An der Straße stand nur ein niedriger Palisadenzaun, es gab aber jede Menge Platz für die höchste Mauer der Welt, falls Elvis so etwas vorschwebte.

»Das ist cool«, sagte er. »Steht es wirklich zum Verkauf?«

»Ich weiß zwar nicht, was sie verlangt, aber zeigen darf ich es Ihnen«, sagte Doris. »Fahren wir rauf.«

Die Dame des Hauses errötete und hielt sich die Hände vor den Mund, als sie Elvis in ihrem Säulengang sah. »Aber natürlich, kommen Sie herein, nur herein, wie geht's Ihnen?« säuselte sie. »Ich finde Ihre Schallplatten hinreißend! Ich halte mich für einen größeren Fan von Ihnen als meine Cathy!«

Sie führte die beiden ins Innere. Das Haus hieß Graceland, erklärte sie, nach ihrer Großmutter Grace. Elvis fand das wirklich hinreißend – die Vorstellung, daß ein Haus einen Namen hatte.

»Es hat dreiundzwanzig Zimmer und drei Hektar Land«, sagte Doris Lewis und geleitete sie in das lange Wohnzimmer.

Elvis fragte: »Hier drinnen könnte es ein paar leuchtende Farben vertragen, nicht wahr? Ich war in Red Skeltons Haus in Hollywood. Das sollten Sie mal sehen. Blaue Gardinen und weiße Ledermöbel.«

Die Hausbesitzerin sagte: »Nun ja, wir wollten es jetzt schon seit geraumer Zeit streichen. Doch das Haus ist so groß, und – also, offen gesagt, teuer im Unterhalt.« In ihren Augen blitzten Dollarzeichen auf. Elvis merkte, daß sie unbedingt verkaufen wollte.

»Wieviel wollen Sie dafür haben?« fragte er.

Doris sagte: »Moment mal, Elvis, wir wissen ja noch gar nicht genau, ob Mrs. Woodard vorhat, das Haus zu verkaufen.«

Mrs. Woodard sagte: »Einhunderttausend Dollar.«

Elvis sagte: »Gekauft.«

»Moment mal, Moment!« warf Doris ein. »Sie können ein Haus nicht einfach so kaufen!«

Elvis lächelte und warf einen Blick in die Küche: »Aber klar. Oder, Miz Woodard?« Er zwinkerte.

Die Eigentümerin errötete erneut. »Mein Lieber, es gehört Ihnen.«

»Setzen Sie uns einen Vertrag auf, Doris.« Elvis schlenderte zur Tür. »Sobald Miz Woodard Gelegenheit gefunden hat, auszuziehen, komme ich wieder und sehe mich gründlich um.«

»Vielen Dank auch, Elvis«, sagte Mrs. Woodard, »Sie wissen ja nicht, wie aufregend das ist...«

Er trat in seinen neuen Säulengang. Diese Unterkunft war allerdings eines Königs würdig. Eine breite Auffahrt mit jeder Menge Platz für Cadillacs. Ein breiter Gehsteig vor dem Grundstück, wo sich die Fans versammeln konnten. Für den Swimming-pool ein hübsches Eckchen an der Seite, hinter dem Haus viel Platz für Pferde und den grünen, leicht abfallenden Rasen zwischen Elvis und den Mädchen. Er würde eine Mauer errichten, ein Wachhäuschen vor der Auffhart, ein Tor. Rund-um-die-Uhr-Bewachung, und »Gridiron«-Cheeseburgers gleich die Straße hoch. Für Elvis stand es schon fest. Graceland würde sein Zuhause sein, für immer und ewig. Das wußte er. Es gefiel ihm. Unter diesen großen weißen Säulen würde sich seine Mutter genau wie Scarlett O'Hara fühlen.

Colonel Tom war um Elvis' Image besorgt, er sprach von inflationärer Präsenz in der Öffentlichkeit. Nach dem letzten Auftritt in Sullivans Show, so sagte er, sei Fernsehen für eine Weile gestorben. »Warum verschenken, wenn wir's uns von ihnen bezahlen lassen können?«

Dieser Logik konnte sich Elvis nicht verschließen.

»In der Zwischenzeit«, sagte der Colonel, »hältst du dich auf der Bühne mit dem Gewackel am besten etwas zurück.«

In Jacksonville blieb Elvis gar nichts anderes übrig. Die Stadtväter erinnerten sich noch an sein letztes Konzert und den anschließenden Krawall. Sie wandten sich an einen Richter, der die Polizei anwies, das erste von drei Elvis-Konzerten zu filmen. Der Richter wollte sich den Film ansehen, und falls er befand, Elvis' Auftritt sei vulgär, obszön oder geeignet, Unruhen anzuzetteln, wollte er nicht nur die weiteren Auftritte unterbinden, sondern auch Elvis ins Gefängnis stecken.

Der Colonel sagte: »Mein Junge, ich an deiner Stelle würde heute abend stocksteif stehenbleiben. Singen kannst du, aber beweg dich nicht. Publicity gut und schön, aber im Gefängnis wollen wir dich nicht sehen.«

Elvis tat wie geheißen. Er vertraute dem Colonel in allem: in puncto Geld, Verträge, Verhandlungen, Filmleute, Vermarkter, Verlage und örtliche Behörden.

Er lief auf die Bühne der Gator Bowl, plazierte seine Füße zu beiden Seiten des Mikrofonständers und stimmte »Ready Teddy« an, so wüst es irgend ging. Aber er bewegte sich nicht. Er ließ seinen kleinen Finger wackeln, was das Zeug hielt. Er sang bewegungslos und ließ den Finger aus dem Häuschen geraten.

Er machte die Mädchen kirre.

Sie kreischten ihm zu, er solle sich bewegen, tanzen, irgendwas tun – steh bloß nicht so rum! Sie rauften sich die Haare und überrannten die Polizei.

Elvis mußte seinen Auftritt fünf Minuten lang unterbrechen, bis die Polizisten sie wieder auf die Sitze bekamen. Er konnte tun, was er wollte. Sie flippten aus. Es lag an den Mädchen. Sie brachten ihre Hysterie von zu Hause mit; sie übernahmen sie aus dem Fernsehen; sie schaukelten sich gegenseitig hoch. Elvis unternahm überhaupt nichts mehr, um sie anzustacheln. Mittlerweile drehten die Mädchen aus eigener Kraft, aufgrund der Lautstärke ihrer eigenen Schreie, durch. Sie brauchten Elvis gar nicht mehr zu hören, mußten ihn nur noch sehen.

Am selben Abend sah sich der Richter den Film an und stellte eine bedingte Erlaubnis für das Konzert am zweiten Abend aus – verbunden mit einer Warnung, und die Polizeikameras blieben eingeschaltet.

Es lief wie gehabt. Elvis stand da und wackelte mit dem Finger. Die Mädchen verließen ihre Sitze und liefen zur Bühne. Elvis mußte die Veranstaltung abbrechen.

Der Richter sagte das dritte Konzert ab.

Elvis flog nach New York. Tom Parker wartete in seiner Suite im Warwick. Offenbar war Ed Sullivan mit den Einschaltquoten der ersten beiden Auftritte recht zufrieden, doch all die Tumulte und das juristische Geplänkel machten ihn nervös.

Am Nebenanschluß im Schlafzimmer hörte Elvis mit, wie sich Ed und der Colonel unterhielten.

»Hören Sie, ich bin kein Schlappschwanz wie Steve Allen«, brüllte Ed Sullivan. »Mir ist scheißegal, ob sich der Papst persönlich gegen Ihren Knaben ausspricht. Aber wenn sich ein Rudel Teenager meine Sendung ansieht und beschließt, im Drugstore an der Ecke ein Fenster einzuschmeißen, hängt man das mir an, und die Staatliche Rundfunkaufsicht verlangt meinen Kopf. Also sagen Sie Elvis, er soll seinen Auftritt entschärfen, sonst ist Sense. In meiner Sendung wird nicht mehr herumgewackelt.«

Der Colonel erinnerte Ed daran, daß Elvis jetzt acht der zehn Tophits in den *Billboard*-Popcharts habe, und daß sein erster Auftritt bei Sullivan die höchste von Trendex je ermittelte Einschaltquote in der Geschichte der Fernsehunterhaltungssendung erzielt habe.

Leise legte Elvis auf.

Parker telefonierte noch eine Minute länger, dann rief er ihn ins Wohnzimmer. »Er erfüllt den Vertrag, weist aber seine Kameraleute an, dich nur von der Hüfte aufwärts aufzunehmen.«

»Von der – was soll das heißen?« Elvis traute seinen Ohren nicht. »Tom, er hat mich auftreten sehen! Ich hopse doch nicht nackt herum. Was beschwert er sich da?«

»Er beschwert sich nicht«, sagte der Colonel. »Aber es ist seine Sendung. Er hat das Recht, sie so aufzunehmen, wie er will.«

Ed Sullivan rief sämtliche Zeitungen an und gab groß bekannt: ELVIS – NUR VON DER HÜFTE AUFWÄRTS. Die Story erschien am Morgen vor der Sendung auf den Titelseiten sämtlicher amerikanischer Sonntagszeitungen.

Im Studio lächelte Ed dann freundlich, hallo, mein Junge, wie geht's, schön, daß Sie wieder dabei sind. Er ging gebeugt – erste Anzeichen eines Buckels –, und dann dieses lange, nicht gerade schöne Gesicht. Von Kamerapositionen sagte er kein Wort. Er riß ein paar lahme Witze, und damit basta.

Elvis begab sich zur Maske.

Ihm war klargeworden, daß Ed Sullivan absolut keine Angst vor Krawallen oder Richtern hatte. Die Leute sollten nur glauben, daß er welche hätte, damit mehr den Fernseher einschalteten. Es war ein Werbegag.

Hinter der Bühne ließ sich die Spannung mit Händen greifen. Jeder hatte von Sullivans Anweisung gehört; Elvis merkte, wie manche Leute auf seinen Unterleib starrten, die Ursache all der Schwierigkeiten. Er überlegte, ob er sich nicht einen dicken alten Socken da reinstopfen sollte, damit die kurzen Härchen auf Eds Nacken zu Berge stünden.

Aber Tom Parker hatte gesagt, er solle die Sache nett und sauber über die Runden bringen, und an diesen Vorschlag hielt sich Elvis. Er brach sein Gelübde, nie wieder einen Smoking zu tragen, als ihm RCA ein besondes cooles und teures Exemplar verehrte: von Kopf bis Fuß aus glitzerndem Goldlamé, mit Revers und Manschetten aus weißer Seide, dazu goldglänzende Stiefel. Der Smoking eines Königs.

Für das Ende der Show hatten Elvis und die Jordanaires eine wunderschöne Version von »Home in the Valley« einstudiert, dem respektabelsten Spiritual der Welt. Und in Jacksonville hatte Elvis gelernt, daß er nicht herumzappeln mußte, um die Mädchen auf Touren zu bringen. Er brauchte nicht einmal einen schnellen Song. Er konnte es mit seinen Augen, mit seinen Fingern, seiner Stimme, seinem halb gefletschten Grinsen. Sollten sie ihn doch von der Hüfte aufwärts filmen, wenn sie unbedingt wollten. Die Kamera war immer noch auf sein gefährlichstes Körperteil gerichtet: sein Gesicht.

Er gesellte sich zu den Jungs hinter der Bühne. Der Colonel kam hinzu, grinste um seine Zigarre herum. »Jetzt hat er Angst, daß die Leute zu spät einschalten«, sagte er. »Darum hat er dich überall in der Sendung untergebracht. An drei verschiedenen Stellen. Damit gehört die gesamte Show dir.«

»Sie meinen meinem Oberkörper«, sagte Elvis. »Von hier bis hier. Jungs, seid ihr soweit?«

»Und jetzt – meine Damen und Hään«, sagte Ed Sullivan, »wie versprochen, haben wir heute abend für Sie eine wirklich großartige Sendung – eine wirklich großartige Sendung...« Grinsend wartete er das Gelächter ab, hielt dann einen Arm in die Luft; winkte steif, drehte den gesamten Körper in die andere Richtung und blaffte: »*El*vis *Presley*!«

Scotty und Bill folgten Elvis in das Scheinwerferlicht. Die Mädchen kreischten. Die drei grinsten. Sie wären nur überrascht gewesen, wenn niemand gekreischt hätte.

Die Kameras fuhren näher an sein Gesicht. *I need you a-baby – night and day*! Elvis rauschte durch das auf ihn zugeschnittene Stück, sein neuer Hit »Help Me«, ein ruhiger rhythmischer Bop aus der Songfabrik in Nashville, die schneller Hits ausstieß, als Elvis sie auf Vinyl pressen konnte. Jeder Song, den er machte, war ein dicker fetter Hit.

Im Intro von »I'm Not As Bad As They Say« hielt Elvis seine tiefempfundene Dankesrede. Er dankte seinen Fans und sagte: »Meine Damen, es tut uns schrecklich leid, daß wir nicht jeder einzelnen von Ihnen einen nagelneuen Lincoln zu Weihnachten schenken konnten, aber die Jungs beim Autohändler wollten uns nicht so viele verkaufen.«

Damit erntete Elvis großes Gelächter, aus dem ein ohrenbetäubendes Kreischen wurde, als er den Song anstimmte.

»I'm Not As Bad As They Say« war eine flotte kleine Hot-Country-Nummer, wie er sie auch für Sam Phillips bei Sun Records hätte einüben können. Der Text für die zweite Strophe war ihm entfallen, aber die Jordanaires machten Waaaaah-doowah, und Elvis murmelte irgendwas dazu und feixte spöttisch, als habe er es genauso beabsichtigt.

Bei *Well, I've got years of love saved-ah – up for you* fand er wieder in den Song zurück, und die Jordanaires hielten den Takt mit *saaaaaved for you!* So synchron säuselten sie und schnippten mit den Fingern, daß man glauben konnte, sie hätten dieselbe Mutter.

Als Elvis die Bühne verließ, begegnete er einem vergnügten und freudestrahlenden Ed Sullivan. Lincoln-Mercury war Ed Sullivans Hauptsponsor. Das hatte Elvis natürlich gewußt; darum hatte er Lincoln statt Cadillac gesagt, den jedes vernünftige Mädchen vorziehen würde.

Ein aufgeregter Ed Sullivan sagte zu Elvis, er würde gegen Ende der Sendung noch etwas Außerplanmäßiges sagen.

Elvis hatte bis zu diesem Augenblick gewartet, ehe er sich für den letzten Song des Abends entschied. Er wußte, daß jeder in Amerika einschaltete, um mit eigenen Augen zu sehen, was er so Verdorbenes tat, daß man es nicht in einer Ganzkörpereinstellung zeigen konnte.

Er könnte einen der wüsten Songs bringen, den er von den ausgelassenen farbigen Sängern übernommen hatte – »Ready Teddy« oder »Rip It Up« oder »Long Tall Sally«. Schamlos klaute er bei Little Richard, Chuck Berry und all den anderen; sie wurden von der gleichen Wildheit wie er getrieben, wenn sie einen Song rausschrien. Mit so einem Song konnte er die Mädchen erregen, sie in ganz Amerika zum Kreischen und Randalieren bringen. Geschieht dir recht, Ed Sullivan! Okay, Mädchen, hier kommt euer wilder Knabe. Mich können sie nicht an der Hüfte abschneiden!

Es gab eine zweite Möglichkeit.

Er konnte einen sanften Song singen, einen Song für die Damen, einen Song, der die Pfarrer zufriedenstellte und die Kolumnisten ihre Stifte aus der Hand legen ließ.

Einen Song, der seine Mutter stolz machen würde.

Für die Mädchen spielte er zwar allzugern *Elvis the Pelvis*, Elvis das Becken, wollte aber nicht, daß die Mütter Amerikas glaubten, ihre Töchter seien in seinen Filmen nicht gut aufgehoben.

Er zog sich um – einen dunkelblauen Zweireiher mit wattierten Schultern – und überprüfte seine Frisur im Spiegel.

Red bahnte ihm durch das Chaos einen Weg aus der Garderobe bis zum Vorhang links auf der Bühne. Scotty, Bill und die Jordanaires hatten für diese Gelegenheit fünf, sechs Songs eingeübt. Elvis atmete tief durch. »Okay, Jungs«, sagte er. »›Home in the Valley‹.«

Die Beleuchtung ging aus. Die Jordanaires stellten sich in ihrem eigenen Scheinwerferkegel auf, ein wenig seitlich versetzt.

Während seiner gesamten Bühnenlaufbahn hatte Elvis noch nie ein Lied nur für seine Mutter gesungen. Sie tat, als gefielen ihr seine Platten, aber er sang nicht die Musik, die sie mochte – die sanften Songs und alten Kirchenlieder, die zarten, hübschen und melodischen Stückchen. Nicht diese wilden, verrückten Sachen, bei denen er laut wurde, herumsprang, und von denen er Millionen Schallplatten verkaufte.

Er stellte sich vor, wie sie im Wohnzimmer am Audubon Drive saß und in den RCA-Fernseher schaute.

Für die Mädchen hatte er genug Songs gesungen. Hier und heute würde er ihr einen zukommen lassen. Los geht's, Mama. Das ist für dich.

Er trat ins Licht. »Vielen Dank auch, Freunde«, sagte er. »Ich möchte Mr. Sullivan danken, der uns freundlicherweise hier hat auftreten lassen, und überhaupt... jetzt möchte ich ein Lied für eine bestimmte Person singen, die heute abend zusieht. Und es wird ihr hoffentlich zeigen, wie sehr ich sie liebe.«

Überall seufzten Mädchen auf. Tränen traten in ihre Augen. Jede einzelne bildete sich ein, daß Elvis zu ihr sprach.

Well I stand on a mountain, and I see the horizon
And I hear the Lord a-calling me away
Well I'm too close to heaven, miles over Jordan
But I'll come to my home in the valley someday

Elvis tat, als sei er allein mit den Jordanaires und einem Klavier und trage Harmonien vor. Ein Spaziergang durch das Tal, und genauso schön und friedlich sang er es. Er stellte sich seine lächelnde Mutter vor.

I'll have to journey forever
But my home in the valley is waiting for me

Die Jordanaires schlossen mit einem schwindelerregend hohen Ton, verbeugten sich und verließen die Bühne, Sullivan winkte Elvis zum Mikrofon.

»Elvis, meine Damen und Hään«, sagte er, »da Elvis jetzt zu den Dreharbeiten für seinen neuen Film nach Hollywood aufbrechen wird, haben wir ihn heute für eine ganze Weile zum letztenmal hier gesehen…« Die Mädchen stöhnten auf und riefen Nein! Nein! »…doch ich möchte Elvis und dem ganzen Land sagen, daß er ein wirklich großartiger, rechtschaffener junger Mann ist, und die Jungs in deiner Band – wir möchten betonen, daß wir uns in unserer Sendung mit einem Unterhaltungskünstler noch nie besser amüsiert haben als mit euch, du bist schwer in Ordnung, und deshalb bitte ich um einen Riesenapplaus für… Elvis Presley!« Wieder hob er den Arm zu dem steifen Gruß, bei dem er den ganzen Körper verdrehte. Die Mädchen kreischten.

Elvis grinste ins Auge der Kamera.

Die rote Lampe ging aus.

Das war's. Der liebliche Song am Ende und Eds kleine Rede würden das ganze Gerede verstummen lassen. Überall hatten Mütter nur darauf gewartet, sich genau wie ihre Töchter in Elvis zu verlieben. Sie alle hatten jetzt Ed Sullivans Segen.

50

Tom Parker hatte recht. Nett und sauber. Das große Geld. Elvis bekam vier goldene Schallplatten am Stück. Er trug seinen echt goldenen Smoking. Für die Badezimmer in Graceland bestellte er vergoldete Armaturen.

Das Jahr 1957 war in Gold geschrieben. Ein ganzes phantastisches Jahr lang war Elvis der erfolgreichste Entertainer der Welt.

Jede dritte Schallplatte, die RCA 1957 verkaufte, stammte von Elvis Presley. Er trat in Dutzenden ausverkaufter Konzerte in riesigen Stadien auf. Der Colonel vergab Lizenzen für zahlreiche Artikel, die Elvis Presleys Namen trugen: für Puppen, Gitarren, Hemden, Lampen, Socken, Kaugummisammelbilder, Anstecknadeln, Gürtel, Haarbürsten, Elvis-Salz-und-Pfefferstreuer… Bei ihrem Verkauf verdiente Elvis an jedem dieser Artikel ein paar Cents, und aus diesen Cents wurde eine lange, wunderschöne Zahlenreihe bei der First National Bank of Memphis.

Laß es nicht aufhören.

Am Tag bevor die Umzugswagen die Presleyschen Möbel nach Graceland brachten, berief Elvis eine Besprechung mit Colonel Tom und Red West ein, um ihnen die neuen Geschäftsdirektiven zu verkünden. »Von heute an«, sagte er, »bestimmen nicht mehr die Fans über mein Leben. Das mache ich selbst.«

»In Ordnung.« Der massige Mann rutschte unruhig auf seinem Stuhl herum.

»Wenn ich nicht arbeite«, fuhr Elvis fort, »werde ich von jetzt an zu Hause bei meinen Eltern sein. Ich weiß nicht, was mit Mama los ist. Ich muß mich um sie kümmern.«

»Was du in deiner Freizeit machst, ist deine Angelegenheit«, sagte der Colonel.

Elvis sagte: »Ich komme mit nach Westen, aber danach möchte ich eine Zeitlang keine Tourneen mehr bestreiten.«

»Bin einverstanden. Das habe ich ja gesagt, inflationäre Präsenz in der Öffentlichkeit. Sonst noch was?«

»Red«, sagte Elvis.

»Ja, Elvis.« Red legte seine Daumen aneinander.

»Ich will, daß das Wachhäuschen vierundzwanzig Stunden am Tag besetzt ist und mindestens eine weitere Person patrouilliert, um die Mauer herum. Das heißt, ich will *niemanden* innerhalb dieser Mauer sehen.«

»Is geritzt, Boß. Diese neue Regelung erleichtert mir die Arbeit enorm.«

Elvis fuhr nach Graceland hinaus. Die Eisengießer waren noch dabei, seine neuen Torflügel mit schwarzer Farbe zu streichen. Elvis hatte ein schmiedeeisernes Porträt von sich und seiner Gitarre in Auftrag gegeben, flankiert von Achtel- und Viertelnoten.

Erschrocken fiel ihm auf, daß die Gießer zwei Gestalten hergestellt hatten, für jeden Torflügel eine – Elviszwillinge standen vis à vis, jeder mit einer identischen Gitarre in den Händen. Die Gestalten trugen irgendwelche eigenartige Hosen mit Schlag.

Elvis und sein Zwillingsbruder, endlich vereint... er verdrängte diesen unheimlichen Gedanken.

Jedem Vorbeifahrenden würde sofort klar sein, wer hier wohnte. Die Querriegel bestanden aus gehärteten, extradicken Stahlstangen. Da konnte man nicht einfach so hereinspazieren.

»Sieht gut aus, Leute«, sagte Elvis, »aber jetzt seid mal ehrlich. Glaubt ihr wirklich, das sieht mir ähnlich?«

»Na klar«, sagte der strahlende Eisengießer. »Stellen Sie sich doch mal daneben.«

Elvis gehorchte.

»Und Vorsicht, frisch gestrichen.« Der Mann griff in seinen Werkzeugkoffer und holte eine Polaroidkamera heraus. »Ich mußte es den Jungs in der Werkstatt versprechen«, sagte er. »Was dagegen?«

»Ach woher denn«, antwortete Elvis, »ihr müßt vorbeikommen, sobald wir uns ein wenig eingerichtet haben. Dann schmeißen wir auf jeden Fall eine Rieseneinzugsfete.«

So stellte sich Elvis das neue, noch schönere Graceland vor – der Welt erste Partyadresse. Wenn er nicht ausgehen konnte, würde er eben drinbleiben und sich köstlich amüsieren. Seine Pläne gingen weit über neue Farbe, Teppiche, weiße Ledersitzmöbel und den nierenförmigen Swimming-pool hinaus.

Er schlenderte seine eigene Auffahrt hoch. Als erstes wollte er überall Bäume pflanzen. Es war so leicht gewesen, das Anwesen zu kaufen; jetzt erst bekam er allmählich Kontakt, spürte die Kraft, die davon ausging, daß man sein eigenes Stückchen Erde besaß, von dem Wissen, daß man Bäume pflanzen und lange genug an einem Ort wohnen konnte, um sie heranwachsen zu sehen.

Vielleicht ein Aufnahmestudio seitlich vom Haus. Ein Pferdestall. Ein Garten, so daß Gladys ihre Tomaten, Dodger ihre Okra und Vernon seine Purpur-Erbsen bekam. Ein riesiger Carport nach hinten raus, damit der Blick auf die schöne Fassade des Hauses nicht durch einen Haufen Cadillacs verstellt wurde.

Die Haustür stand weit offen, einladend. Arbeiter eilten hinein und heraus, mit Leitern oder Farbeimern beladen. Elvis trat über die Schwelle.

Mrs. Woodard hätte das Gebäude nicht wiedererkannt, und wahrscheinlich hätte ihr auch nicht gefallen, was Elvis daraus gemacht hatte; doch er fand, daß alles nach Plan verlief. Es war genau wie Red Skeltons Haus. Die Wände und Decken waren in tiefem Nachthimmel-Dunkelblau gehalten, Deckenstuck und Fußleisten glänzten weiß, und unter den Abdeckplanen der Maler lag ein flauschiger weißer Teppichboden.

Ein Maler kam aus dem Kellergeschoß, in jeder Hand einen Farbeimer. »He, Sie sind Elvis!« Der Bursche war vielleicht siebzehn, trug einen farbbespritzten weißen Overall und einen Abe-Lincoln-Kinnbart.

Elvis tastete seine Hosentasche reflexartig nach einem Kuli ab. Autogramme gab er inzwischen automatisch.

Der Typ sagte: »Bin ich froh, daß ich Sie treffe. Bei der Farbe für den Hobbyraum muß irgendwas schiefgelaufen sein. Sehen

Sie sich doch das Zeug mal an!« Er machte einen Deckel auf, damit Elvis hineinsehen konnte. Die Farbe war Rot, Zinnoberrot, Dschungelrot – ein leuchtendes, kirschfarbenes, beißendes, grelles, aufreizendes Rot.

»Nein, das ist schon in Ordnung«, sagte Elvis. »Wenn Sie's noch röter hinkriegen – nur zu.«

Der Bursche lachte. »Sie sind der Boß.«

Elvis grinste und ging die Treppe hinauf, um sich sein Zimmer anzusehen.

Er besaß sieben Autos und vier Motorräder. Gladys sagte, falls er mal keinen Erfolg mehr im Showgeschäft haben sollte, könne er einen Gebrauchtwagenhandel eröffnen. Allerdings hatte er kaum einmal die Zeit, sich an seinen Fahrzeugen oder dem neuen Haus zu erfreuen. Er war ständig mit dem Southwest Crescent nach Hollywood und zurück unterwegs, um die Nachsynchronisation von *Loving You – Gold aus heißer Kehle* abzuschließen und mit den Dreharbeiten an seinem neuen Film, *Jailhouse Rock – Rhythmus hinter Gittern*, zu beginnen.

Nur für die Westküste kaufte er ein weißes Eldorado Coupé. Er stieg in dem Hotel in Beverly Hills ab, das während seines Aufenthalts gerade eine komplette Etage frei hatte.

Wenn er ausging, bedrängten ihn Menschenmassen, daher ließ er es sein. Er und Red West freundeten sich mit Nick Adams, mit Debra Paget und ihrer ganzen gutaussehenden Clique an, Drehbuchautoren, andere junge Schauspieler. Sie waren selbst Filmleute und behandelten Elvis wie jeden anderen. Die Typen hörten Platten, redeten über Autos und flirteten mit jungen Frauen – und manchmal mit anderen Typen, wovon Elvis zwar schon gehört hatte, woran er aber nicht gern dachte. Die Mädchen tranken Cocktails und tanzten auf den Couchtischen. Die Partys wurden größer und ausgelassener.

Als die Abschlußparty nach den Dreharbeiten zu *Loving You* beendet war, forderte die Geschäftsführung des Hotels Beverly Wilshire Elvis höflich auf, sich eine neue Bleibe zu suchen. Offenbar hatte der Fernseher im Swimming-pool das Faß zum Überlaufen gebracht.

Er setzte die Party in einem luxuriösen Bungalow des Beverly Sunset fort: fünf große Zimmer und ein privater Pool. Allabendlich gaben sich die Leute die Klinke in die Hand. Die meisten von ihnen waren Elvis unbekannt. Sie zogen sich schick an, ihre Haut war sonnengebräunt, sie lachten viel, tranken jede Menge Cocktails, zogen Elvis laufend wegen seines Südstaaten-Dialekts auf und gaben ihm das Gefühl, großartig und stark zu sein.

Eines Abends tauchte Natalie Wood auf. Sie war sogar noch schöner als auf der Leinwand. Ihre Augen leuchteten grün wie Smaragde. Sie erzählte Elvis einen schmutzigen Witz über die französische Fremdenlegion und ein Kamel namens Sarah, und ihre atemberaubende Schönheit machte die Pointe noch schockierender.

Nachts, wenn die Mädchen genug Cocktails intus hatten, wurde es manchmal unanständig; das gefiel Elvis am Westen. Natalie Wood und Debra Paget waren zwar nett, aber einige Mädchen waren außerdem sogar bereit, sich bis auf BH und Slip auszuziehen und in den Swimming-pool zu hopsen.

Wenn junge Frauen zu so etwas bereit waren, dann fanden sich auch prompt junge Männer mit strahlenden Augen, die sich ihrer Hosen entledigten. Es folgte Planschen, Gekreisch und Herumtollen im Wasser.

Elvis sah zu, machte aber nicht mit. Bei der Vorstellung, noch einen Brief wie den von Betty Simpkins' Anwalt zu bekommen, lief es ihm eiskalt den Rücken runter. Er hatte seinen Schwur befolgt: Er konnte kein Mädchen anrühren. Er war einfach zu berühmt. Zuerst würde er heiraten müssen.

Gewöhnlich blieb er draußen im Freien, wo ihn jeder sehen konnte. Eines Nachts, als sich die vom Pool kommenden Geräusche irgendwann weniger komisch als intim anhörten, stand er auf und ging in das große Schlafzimmer, um ein wenig fernzusehen. Auf NBC lief ein Drama über ein junges Bauernmädchen, das in die Stadt zieht und dort ein sündiges Leben führt. Elvis schaltete um zu Ed Wynn, der Grimassen schnitt, schaltete dann noch mal um auf »What's My Line?«

Er trat seine Schuhe in die Ecke und machte es sich mit einer Tüte Kartoffelchips auf dem riesigen Bett bequem, wackelte mit den Zehen in der Luft. Er hatte die Party satt. Um fünf Uhr früh mußte er aufstehen. Er könnte sie alle bitten, nach Hause zu gehen – aber andererseits waren sie doch seine Freunde, oder? Er lernte doch gerade, wie man ein Hollywood-Playboy wurde, oder?

Genau.

Auf dem Flur direkt vor seiner Tür brachen zwei Mädchen in hysterisches Kichern aus. Mit ihm hatte das nichts zu tun.

»He«, brüllte er, »würdet ihr bitte leiser sein?«

Connie DaSilva steckte den Kopf in die Türöffnung. »Oh – *da* bist du also«, sagte sie. »Guck mal, Mitzi, hier ist Elvis! Schätzchen, wir haben überall nach dir gesucht! Warum kommst du nicht raus und amüsierst dich?«

Mitzi Meadows gesellte sich zu der in der Tür stehenden Connie. Mitzi und Connie waren mit Nick Adams befreundet. Sie waren Filmsternchen, die gemeinsam überall hingingen. Aus der Entfernung, durch Elvis' Zehen betrachtet, sahen sie aus wie Zwillinge – hochtoupierte Frisuren, die gleiche makellose Nase, der gleiche rote Schmollmund. Sie trugen enge Mohair-Pullover und kurze Röckchen. Es waren lustige Mädchen, die einen auf Marilyn Monroe machten. Elvis fand ihre Künstlernamen toll.

Sie hopsten in das Zimmer, von Drinks mit Rum und Ananassaft beschwipst.

»Also wirklich, Mädchen«, sagte er, »ich sehe fern.«

»Och, buh, das macht keinen Spaß!« sagte Connie. »Du solltest mal sehen, was Jackie gerade mit deinem Kumpel gemacht hat – wie heißt er noch gleich? Der mit den gewellten Haaren?«

»Keine Ahnung«, sagte Elvis. »Verzieh dich, du stehst vor dem Bildschirm.«

»Jackie hat ihm das Ding oben auf den Kopf gestellt, na, und er hat gerade nicht hingesehen, da hat sie's wieder runtergenommen und – wumms!« Connie bekam einen Lachanfall.

Mitzi näherte sich über den Teppich dem Bett, heimlich wie

eine Katze. »Komm schon, Elvis, Süßer«, schnurrte sie, »du darfst dich nicht absetzen! Ohne dich macht die Party keinen Spaß!« Sie sank auf den Vorleger am Fuß des Bettes, streckte den Arm aus und packte seinen großen Zeh.

Connie schloß die Tür.

»Verschwinde, Mitzi«, sagte Elvis und zog seinen Fuß weg. »Hack auf jemandem herum, der so groß ist wie du.«

»Schätzchen, ich hacke doch nicht auf dir herum! Hier. Nimm noch ein gelbes Baby und wach auf. Hier.« In ihrer ausgestreckten Hand lag eine Pille.

Elvis steckte sie in die kleine Münztasche seiner Jeans. Er wußte nicht, wann er aufwachen wollte. Die Leute hier in Hollywood hatten ihm gezeigt, daß man so draufsein konnte, wie man wollte, solange man nur die richtigen Pillen hatte.

Connie kam mit glänzenden Augen zurück, so wie auch die Jungs guckten, wenn sie ihre Hosen auszogen. Sie machte es sich neben Mitzi auf der Tagesdecke mit Leopardenfellmuster bequem. Elvis setzte sich auf, an die Kissen gelehnt, um über ihre Frisuren hinwegsehen zu können. Vielleicht verschwanden sie ja, wenn er sie gar nicht beachtete. Jeder andere Mann würde zum Mörder werden, um zwei schöne Häschen im selben Zimmer zu haben, die sich um ihn rissen, doch Elvis konnte kein Risiko eingehen. Es war in Ordnung, wenn die Mädchen hier waren – besser noch, es brachte einen zum Schwitzen, war aufregend –, solange er sie nicht anrührte.

»So ganz allein da oben sieht Elvis irgendwie einsam aus, stimmt's?« Mitzi rieb das Kinn gegen die Tagesdecke aus Satin. »Vielleicht braucht er ein wenig Gesellschaft.« Ihre Hand kroch nach oben.

Er zog seinen Fuß hoch. »Also, Mädels, ich weiß, was ihr denkt, und ich weiß es zu würdigen, ehrlich, aber ich… hier spielt sich einfach nichts ab.«

»Er weiß, was wir denken«, sagte Connie. »Er weiß, was wir denken, Mitzi.«

»Er kann meine Gedanken lesen.« Mitzi küßte die Luft. »Ich kann es *spüren*.« Ihr Busen hob und senkte sich. »Uuh, laß das.«

»Leg doch ein bißchen Musik auf«, sagte Connie. »Mir ist nach tanzen.«

»Das ist eine gute Idee«, befand Elvis. »Tanzt ihr Mädchen nur.«

Mitzi ging zu dem tragbaren Plattenspieler neben dem Fernseher und ließ die Nadel auf Elvis' neueste Single fallen. »*Wanna beeeee yore teddy bear*«, äffte Mitzi nach, drehte sich und hielt die Hände so, daß ihr Pulli ein paar Zentimeter nach oben rutschte und an ihrer Taille einen entzückenden Streifen braungebrannter Haut freigab.

Elvis grinste und drückte seine Zehen gegeneinander. Connie sprang auf und zog kreischend ihren Pullover aus. Mitzi kreischte und zog ihren ebenfalls aus. Die beiden wackelten und zuckten in ihren BH und engen Röcken. *»Don't wanna play with fire!«* schrien sie. *»Fire burns too hot!«*

Elvis lachte. Diese Hollywood-Mädchen führten für ihn immer kleine Shows auf. Er ließ sie die ganze Arbeit machen. Er mußte nichts weiter tun, als sich zurücklehnen und zusehen. In ihren Augen war er sexy, wenn er nur dalag und sie mit einem breiten Grinsen im Gesicht beobachtete.

Mitzi schob sich ans Bett heran und küßte seinen großen Zeh.

Er sagte: »Laß das«, meinte es aber nicht ernst.

Sie kitzelte ihn unter der Fußsohle.

Unterdessen schälte sich Connie aus ihrem Rock. Ihr tief dekolletierter Büstenhalter lupfte ihre Brüste hoch, als wären sie zwei Flugzeuge kurz vor dem Abheben.

Elvis steckte die Hände unter seine Hüften, damit sie sich nicht in Versuchung führen ließen. Wie gern würde er eine dieser Brüste berühren, um herauszufinden, ob sie so elastisch und prall waren, wie sie von der anderen Seite des Zimmers aus wirkten.

Jetzt hatte Mitzi sein Bein erwischt und küßte sich an der Innenseite seiner Knie nach oben.

Da war es – oh: Connies weißes seidiges Höschen. Sieh nur, wie sich der Gummizug in die Kurve dieser süßen kleinen... Elvis zog die Knie an, um seine Erregung zu verbergen.

»Schnapp dir sein anderes Bein!« quiekte Mitzi.

Dann bemerkte er, wer auf dem Fernseher zwischen ihnen zu sehen war.

Er verschluckte sein Grinsen und setzte sich im Bett kerzengerade auf. »Großer Gott! Nun seid mal still!«

»O Elvis«, sagte Connie, »sei nicht so laaangweilig.« Sie pflanzte sich zwischen ihm und dem Bildschirm auf.

»Ich mein's *ernst*!« Er beugte sich rüber und zog mit einem *Skratsch!* die Nadel von der Platte.

Der da im Fernseher war sein Großpapa.

Wirklich und leibhaftig. In seinem braunen, maßgeschneiderten Nadelstreifenanzug mit den Perlmuttknöpfen. Sah aus wie achtzig. Mit einem Grinsen so breit, wie es sein Gesicht gestattete, saß da der alte Jessie Presley persönlich, als Überraschungsgast von »What's My Line?«.

Elvis stellte den Ton gerade rechtzeitig lauter, um Dorothy Kilgallen fragen zu hören: »Mal sehen. Sind Sie… Millionär?«

Der alte Jessie kicherte. »Nein, Ma'am«, sagte er, »ich wünschte, ich wär einer.« Das Studiopublikum lachte.

Bill Cullen fragte: »Arbeiten Sie im Bereich der Unterhaltungsindustrie?«

»Tja, Sir, das könnte man wohl schon sagen… früher hab ich mal auf Festen ein bißchen gesungen«, sagte Jessie. »Ich würd' sagen, es wird schon wärmer.«

Connie klopfte Elvis auf die Schulter. »Du bist *öde*«, quengelte sie. »Warum siehst du dir diese dämliche alte Sendung an, wo du doch –«

»Ruhe!« Er stellte das Gerät lauter. »Das ist mein Großpapa«, sagte er. »Da vor euch. Das isser. Ich glaub's einfach nicht.«

Connie bedeckte ihre Brüste mit beiden Händen und glotzte. »Nein, ehrlich? Wie süß! Guck mal, Mitzi, ist er nicht süß? Sieht er nicht wie Elvis aus?«

Die Mitglieder des Rateteams versuchten herauszufinden, warum Jessie sich für prominent hielt; falls sie es nicht erfragen konnten, gewann er einen Preis. Schließlich fiel Jayne Meadows die Familienähnlichkeit auf, und sie kam mit ihren Fragen der

Wahrheit immer näher. »*Ich* weiß«, sagte sie endlich. »Sie sind Elvis Presleys *Vater*!« Sie klatschte selbstzufrieden in die Hände.

»Nein, Ma'am«, sagte er, aber seine Miene verriet ihn.

»Na, dann sind Sie ... Elvis Presleys *Bruder*!«

Der Alte grinste und zeigte dabei seinen Goldzahn. »Nein, Ma'am, bin ich nicht.«

Dorothy Kilgallen rief: »Ich weiß es! Ich weiß es! Sie sind sein *Großvater!*«, woraufhin Jessie nickte und das Publikum applaudierte.

Jessie war sauer, weil er nichts gewonnen hatte, rang sich aber zu dem kleinen Gespräch ein Lächeln ab. Garry Moore wollte wissen, ob die ganze Familie Presley musikalisch sei, und wann er das letztemal mit Elvis gesprochen habe – »Erst vor einer Weile«, antwortete Jessie.

»Mr. Presley, welchen von Elvis' Songs halten Sie für Ihr Lieblingslied?«

»Och, weiß ich nicht, ich mag sie eigentlich alle«, sagte Jessie. »Mein Lieblingssong dürfte wohl, wie heißt er noch gleich, ›Bad Dog‹ sein.«

»Och, das ist süß«, sagte Connie.

Elvis schob sie weg. »Zieht euch an.« Er blinzelte – irgendwas war in seinem Auge.

»Was ist denn los, Süßer?«

Eine Woge unerklärlicher Trauer schlug über ihm zusammen. Er wandte sich ab. »Ich habe ihn seit zehn Jahren nicht mehr gesehen«, sagte er. »Jetzt ist er offenbar auch berühmt.«

Von donnerndem Beifall und einem blechern-spöttischen »Blue«-Salut der Band begleitet, ging der alte Jessie aus dem Bild.

Elvis nahm den Telefonhörer ab. »Raus hier, Mädchen«, sagte er. »Das ist ein Privatgespräch.«

Sie schmollten.

Er fing an zu wählen.

Die Mädchen sammelten ihre Kleidungsstücke ein und trollten sich beleidigt.

»Hallo, Mama.«

»O Schatz, was machst du so«, sagte Gladys, »ich war den ganzen Tag schon so nervös.«

»Das tut mir leid«, sagte er. »Hast du heut ferngesehen?«

»Nein, ich bin auf Händen und Knien herumgerutscht und hab versucht, das abzuwischen, was sich auf dem Küchenfußboden befindet«, sagte sie. »Es ist ein großer, häßlicher, wie ein Teufelskopf geformter Fleck, der mich fast um den Verstand bringt.«

»Bei euch ist es zwei Uhr morgens«, sagte Elvis.

»Ich konnte aber nicht schlafen.«

»Rate mal, wer heute abend in ›What's My Line?‹ aufgetaucht ist«, sagte er.

»Wer denn?«

»Großpapa.«

Es folgte ein langes Schweigen. »Du scherzt.«

»Er war der Überraschungsgast. Sie mußten raten, wer er war. Sie haben's erraten.«

»O Elvis, das ist nicht dein Ernst.«

»Ich konnte es auch nicht glauben«, erwiderte Elvis. »Er sieht ziemlich alt aus. Er sagte, er hätte uns erst vor einer Weile gesehen.«

»Acht Jahre sind allerdings eine Weile«, sagte Gladys. »Ich glaub's einfach nicht, daß er – was machst du gerade, Schatz? Was ist das bei dir für ein Lärm im Hintergrund?«

»Eine Party«, antwortete Elvis. »Ich weiß nicht mal, wer diese Leute eingeladen hat. Ich werd versuchen, mich aufs Ohr zu legen.«

»Elvis, komm nach Hause«, sagte sie. »Das da draußen tut dir nicht gut. Ich brauche dich hier.«

»Was ist denn los?«

»Ach, alles«, sagte sie. »Ich krieg diesen Fleck einfach nicht vom Fußboden ab.«

»Mama, mach dir deswegen keine Sorgen.« Er stellte das Telefon auf dem Kissen ab. »Laß das Annie tun. Darum haben wir sie doch eingestellt.«

»Sie putzt mir nicht sauber genug«, entgegnete Gladys.

»Na ja, egal, paß auf. Ich muß früh aufstehen. Versuch mal, ein wenig zu schlafen, Mama. Ich liebe dich.«

»Komm nach Hause«, sagte sie. Dann sank ihre Stimme zu einem Flüstern herab: »Elvis. Sei vorsichtig. Ich hatte wieder einen schlimmen Traum.«

»Gute Nacht, Mama.« Er seufzte. »Ich ruf dich morgen wieder an.«

51

Kaum hatte Elvis die Dreharbeiten zu *Jailhouse Rock* abgeschlossen, fuhr er nach Memphis, um das größte Weihnachtsfest der Geschichte vorzubereiten. Für den Rasen vor dem Haus bestellte er eine acht Meter hohe Blaufichte, sechshundert Meter Kabel mit blauen Lämpchen zur Beleuchtung von Auffahrt und Haus sowie Feuerwerkskörper im Wert von dreißigtausend Dollar für eine pyrotechnische Darbietung am Heiligen Abend. Es gelang ihm irgendwie, drei der dicken, verhätschelten Enten aus dem Springbrunnen im Peabody Hotel für das Weihnachtsessen zu erstehen.

Red arrangierte einen geheimen, nach Geschäftsschluß stattfindenden Weihnachtseinkaufsbummel durch sämtliche Kaufhäuser der Innenstadt. Elvis erstand alles, was seiner Meinung nach Gladys aus ihrer neuesten Depression reißen könnte: seidene Morgenmäntel, Hausschuhe, Ohrringe, Armreifen, Mäntel, Handtaschen, Schals, Hüte, Handschuhe, Kristallglasvasen, Landschaftsgemälde, einen neuen Fernseher, einen neuen Polstersessel, eine elegante türkische Ottomane für ihre wunden Füße. Er gab eimerweise Geld aus. Den ganzen Tag lang rumpelten Lieferwagen die lange, geschwungene Auffahrt zu Graceland hoch.

Für seinen Daddy, Red und Colonel Tom kaufte er neue Cadillacs und einen Jeep für seinen Onkel Vester, der inzwischen als Torwächter und offizieller Mädchenbegrüßer von Graceland fungierte.

Sechs Tage vor Weihnachten lag Elvis gerade auf seinem maßgefertigten, fünf Meter langen weißen Ledersofa und überlegte, was er als nächstes kaufen sollte, als ein aufgeregter Vester eintrat, um zu verkünden, am Haupttor habe sich ein Mann von der Einberufungsbehörde in Memphis eingefunden.

Elvis gefror das Blut in den Adern. Er schwang die Füße auf den Boden und setzte sich auf. »Wer ist da?«

»Ein gewisser Chastain, der Vorsitzende«, antwortete Vester. Er sagt, er muß dir etwas persönlich aushändigen. Was soll ich deiner Meinung nach tun?«

Elvis trat an das Panoramafenster und schaute über den Rasen zu dem weißen Chevrolet am Tor.

Er schluckte. »Du läßt ihn wohl besser raufkommen.«

Vester eilte hinaus.

Da mußte ein Irrtum vorliegen. Elvis hatte sich bei der Einberufungsbehörde genau an die Vorschriften gehalten. Jeder wußte, daß man sich in Friedenszeiten der Wehrpflicht entziehen konnte, solange man ohne Aufsehen und juristisch korrekt vorging und das richtige Geld in die richtigen Hände wandern ließ.

Angeblich hatte sich Tom Parker darum gekümmert.

Als er in den Rauchglasspiegel neben der Tür schaute, sah Elvis die blanke Angst in seinen Augen.

Sie können dich nicht nehmen, sagte der Spiegel. Das ist eine Verschwörung. Sie dürfen das nicht tun. Lauf weg. Versteck dich.

Elvis dachte: Vielleicht war das irgendeine Formalität, sie stellten einem Unterlagen zu, damit man wußte, daß man vom Wehrdienst befreit war, oder…

Nein. Großer Gott. Verrat.

Jenseits seines Spiegelbildes saßen seine Mutter und Dodger neben dem Swimming-pool und genossen die seltene Wintersonne.

Er konnte nicht eingezogen werden. Es war unmöglich. Es würde sein Leben zerstören.

Im vorigen Januar hatte er die Dreharbeiten zu *Loving You*

einen Tag unterbrochen und sich mustern lassen. Der Colonel versicherte ihm, das sei nur pro forma; noch bis kurz vor seiner Freistellung vom Wehrdienst müßten sie so tun, als meinten sie es ernst. Die Ärzte erklärten ihn für 1-A, »voll wehrdiensttauglich«, und das ganze Jahr über ergingen sich die Fanzeitschriften in ängstlichen Spekulationen über die Zukunft von Elvis' berühmter Frisur.

Elvis wollte nicht spekulieren. Sobald er die Erfassungsunterlagen unterschrieben hatte, verdrängte er die Andeutung dieses Alptraums in die hinterste Ecke seiner Erinnerung, wie einen dumpfen Kopfschmerz. Er vertraute dem Colonel, der gesagt hatte: Denk gar nicht daran. Sonst trifft es am Ende doch ein.

Elvis konnte sich nicht vorstellen, daß ihn jemand von seinem neuen Haus, seinen Fans, seiner Muter, seinem Geld, seinen Autos trennen könnte. Colonel Tom sagte: Laß dir deswegen keine grauen Haare wachsen. Es ist für alles gesorgt und bezahlt. Einflußreiche Freunde.

Elvis trat auf die Veranda hinaus. Unten auf dem Rasen schwatzte ein heiserer Schwarm Stärlinge. »Hey, Mr. Chastain. Was führt Sie heute morgen hierher?«

Dan Chastain war ein hochgewachsener Mann mit hängenden Schultern und sanften Augen. »Hallo, Elvis.« Er hielt ihm ein gefaltetes weißes Formular entgegen. »Das ist Ihr Einberufungsbefehl. Den wollte ich Ihnen persönlich zustellen.«

Oh.

Gott.

Hilf mir.

War man gesetzlich verpflichtet, einen Einberufungsbefehl wie eine gerichtliche Vorladung entgegenzunehmen? Elvis hatte keine andere Wahl. Seine Hand zitterte, als er das Schreiben nahm und auffaltete: »Hiermit werden Sie gemäß den Einberufungsrichtlinien der Vereinigten Staaten von Amerika aufgefordert, sich am 20. Januar 1958 um 7 Uhr 45 im Raum 215 der 198 South Main Street, Memphis, Tennessee, einzufinden, um für Ihr Vaterland Ihren Wehrdienst abzuleisten.«

»Mr. Chastain, das verstehe ich nicht«, sagte er. »Wir haben doch in dieser Frage zusammengearbeitet, oder? Haben Sie nicht versprochen, uns rechtzeitig genug zu verständigen, falls so etwas eintreten sollte?«

Im Hintergrund stand Vester herum und spitzte die Ohren.

»Es tut mir leid, Elvis«, sagte Chastain. »So gern ich Ihnen entgegenkommen würde, es darf nicht der Eindruck entstehen, daß die Behörde gewisse Personen bevorzugt. Wir dürfen niemanden anders behandeln als alle anderen.«

»Aber ich *bin* anders«, sagte Elvis.

»Ich weiß«, sagte Chastain. »Sie befinden sich in einer besonderen Situation. Aber so können wir Sie nicht behandeln. Es tut mir leid. Sie sind einfach dran. Ich habe mein möglichstes getan. Ich habe es Ihnen vor den Zeitungen mitgeteilt.«

Elvis konnte nicht zur Armee. So einfach war das.

Er kannte das Showgeschäft genug, um zu wissen, daß man eine Karriere nicht zwei Jahre unterbrechen und dann erwarten konnte, da weiterzumachen, wo man aufgehört hatte.

Das könnte der Anfang vom Ende sein…

Der Gedanke jagte ihm eine Heidenangst ein.

Jetzt war der Colonel gefragt. Sich mit Dan Chastain zu streiten würde nicht helfen. Elvis dankte ihm für seine Mühe, wünschte ihm frohe Weihnachten und begleitete ihn zu seinem Auto.

»Tut mir leid«, sagte Chastain, »ist nicht gerade ein tolles Weihnachtsgeschenk.«

»Es ist ja nicht Ihre Schuld.« Elvis gab ihm die Hand und sah hinterher, als der weiße Chevrolet aus dem Tor fuhr.

Vester kam an die oberste Treppenstufe. »Schlechte Neuigkeiten«, sagte er.

Elvis sagte: »Vester, verdammt noch mal, kein Wort davon zu Mama. Ich muß mit Tom reden.«

Ohne eine Antwort abzuwarten, eilte er ins Haus und die Treppe hoch auf sein Zimmer.

O Gott, eine Katastrophe. Es mußte einen Ausweg geben. Der Colonel würde ihn finden. Er würde irgendwen bezahlen.

Elvis rief an.

Der Colonel sagte: »Steig in deinen Wagen und setz deinen Hintern sofort hierher in Bewegung.«

Elvis log Gladys irgendwas von juristischen Dokumenten vor, die er unterschreiben müsse, und machte sich in seinem neuesten Eldorado auf den Weg nach Madison, dem Vorort nördlich von Nashville, in dem der Colonel lebte.

Er fuhr schnell, vier Stunden lang. Mit jedem Kilometer steigerte sich seine Panik.

Er würde alles tun. Jeden Betrag zahlen.

Die Army würde seine Karriere ruinieren. Sie würden ihm die Haare schneiden. Auf der Höhe seines Ruhms würden sie ihn aus dem Verkehr ziehen.

Laß es nicht aufhören. Laß es nicht aufhören.

Tom würde sich etwas einfallen lassen. Senkfuß, Herzgeräusch. Familiäre Verpflichtungen.

Oh! Gott. Warum? Liefen nicht Millionen wertlose dumme junge Männer durch Amerika, atmeten gute Luft, nahmen Platz ein? Warum nicht einen von denen nehmen? Warum Elvis nehmen, auf dem absoluten Höhepunkt seiner Schaffenskraft? War er nicht der reichste zweiundzwanzigjährige Selfmademan in Amerika? Hatte er dieses Jahr nicht für mehr Umsatz gesorgt als jeder andere Unterhaltungskünstler weltweit?

Nimm es nicht weg.

Wäre es paranoid, wenn er es für eine Verschwörung hielt – eine Handvoll neidischer alter Drecksäcke, die im Büro der Einberufungsbehörde herumhockten und mit der Zunge schnalzten angesichts der Aussicht, den berühmten langhaarigen Bösen Buben aus Memphis um eine, zwei oder drei Stufen zurückzusetzen – bis ganz nach unten.

Oh, sie wollten ihm die Haare schneiden!

Als er das ansehnliche Ranchhaus des Colonels erreichte, war Elvis wie benebelt. Toms Frau Sally warf einen einzigen Blick auf sein Gesicht und bot ihm ein Glas Whiskey an.

Er sagte: »Nein danke, Ma'am«, und ging unverzüglich in das Büro des Colonels, einen mit Plaketten, Fotos und Plüschnachbildungen von Nipper, dem RCA-Hund, vollgestopften fensterlosen kleinen Raum.

»Komm rein, mein Junge, setz dich. Ich rechne gerade ein paar Zahlen durch.«

»Ich zahle alles«, sagte Elvis. »Nennen Sie mir die Summe.«

»Moment, Moment.« Mit dem Fuß stieß er den größten Nipper von dem grünen Sofa. »Nimm Platz. Du hattest eine lange Fahrt.«

Elvis ließ sich fallen. »Tom, das war's. Wenn Sie mich da nicht rauskriegen, ist alles aus.«

»Mein Junge, du bist zu aufgeregt«, sagte der Colonel genauso, wie es Gladys wohl gesagt hätte.

»Sie haben mir gesagt, ich solle mir keine Sorgen machen!« Elvis fuchtelte mit den Händen herum. »Sie hätten alles im Griff!«

Der Colonel biß auf seine Zigarre. »Das dachte ich auch. Ich habe einigen Leuten einen Haufen Geld bezahlt. Offenbar den falschen Leuten.« Er schwenkte seinen Stuhl herum. »Ich hätte nicht gedacht, daß es so schnell gehen würde. Wie gut, daß wir dein Geld investiert haben, weißt du, in weiser Voraussicht. Die nächsten beiden Jahre werden hart.«

»*Sagen* Sie mir so was nicht!« Elvis schlug mit der Hand auf den Schreibtisch. »Das können die mir nicht antun!«

»Moment mal, Kleiner. Sie haben es gerade getan. Die AP hat es gerade gebracht. Zweijähriger Wehrdienst, beginnend mit der Grundausbildung in Fort Hood, Texas. Das ganze Land weiß es schon. Es ist beschlossene Sache.«

»Mein Gott.« Elvis griff nach dem Telefon. »Ich muß Mama anrufen. Sie darf das nicht aus dem Radio erfahren.«

»Geh rüber in Sallys Zimmer und benutz den Nebenanschluß. Und beruhig dich wieder. Es sieht übel aus, ich weiß, ist aber nicht das Ende der Welt.«

»Für Sie vielleicht nicht!« Elvis begab sich zu den rüschenbesetzten Bettdecken und bestickten Kissen in Sally Parkers Schlafzimmer. Er wählte die Privatnummer von Graceland. Annie nahm ab und ging Miss Gladys aus ihrem Zimmer holen.

»Hallo, Schatz, wo bist du?«

»Hi, Mama, ich bin hier oben in Toms Haus«, sagte er und versuchte krampfhaft, locker zu klingen. »Hör zu, es gibt Neuigkeiten, die du wissen mußt. Ich habe heute meinen Einberufungsbefehl bekommen. Ich bin einberufen worden.«

Am anderen Ende war so lange still, dann folgte ein leises Seufzen. »O Herr, die schlechten Nachrichten kommen immer zur Weihnachtszeit.«

»Keine Sorge, das kommt schon in Ordnung...«

»Ich wußte, es lief zu gut«, sagte Gladys. »Irgendwas muß immer passieren.«

»Wir versuchen gerade, eine Lösung zu finden«, sagte Elvis.

»Ich sag dir die Wahrheit, Schätzchen, ich glaube, diesmal steh ich es nicht durch. Ich stehe es einfach nicht durch.«

»Ich komme heute abend spät nach Hause«, sagte Elvis. »Jetzt sagst du Daddy Bescheid, und dann seht ihr beide euch was im Fernsehen an oder so. Gar nicht drüber nachdenken. Wir reden drüber, wenn ich heimkomme.«

»Oh, aber Schatz, sie können dich mir nicht wegnehmen!«

Er hörte den hysterischen Unterton in ihrer Stimme. »Nein, Mama, das können sie nicht. Du nimmst jetzt eine von deinen Miltowns, und ehe du dich versiehst, bin ich zu Hause.«

Er tröstete sie, bis er sich traute, den Hörer aufzulegen.

Als er wieder ins Büro kam, war Colonel Parker gerade dabei, Knöpfe auf seiner Additionsmaschine zu drücken.

»Glauben Sie mir, Tom, ihr geht's nicht richtig gut«, sagte er. »Es ging gerade bergauf mit ihr. Diese Sache wird sie fix und fertig machen, begreifen Sie das nicht? Sie müssen etwas unternehmen. Die brauchen mich nicht einzuziehen. Dafür gibt es keinen Grund. Sie wollen an mir nur ein Exempel statuieren oder so was.«

»Da hast du recht«, sagte der Colonel. »Ich hab ein bißchen gerechnet. Willst du wissen, wie dringend sie dich haben wollen? Zunächst einmal, wenn du zwei Jahre lang nicht arbeitest, gehen der Regierung vierhunderttausend Dollar Einkommensteuer durch die Lappen. Dir entgehen eine Million zweihunderttausend – drei Filme gestrichen, sämtliche Plattenaufnahmen, von dem sonstigen Schaden, den deine Karriere nimmt, ganz zu schweigen. Paramount und RCA verlieren jeweils dreimal soviel. Und dazu kommt noch die Steuer, die sie gezahlt hätten.« Als läse er von einem Einkaufszettel ab.

»Also, Herrgott, Tom! Das sag ich doch andauernd! Wir müssen das verhindern.«

»Wach auf, Elvis, du träumst doch.« Der Colonel schlug die Zähne in seine Zigarre. »Jetzt hör mir mal zu. Von hier bis Hollywood steht diese Sache auf den Titelseiten. Du bist einberufen. Punktum. Sie haben dich. Kann ich nichts gegen machen. Auf der ganzen Welt gibt es keinen Trick, mit dem man dich da wieder rausholen kann.«

»Mir fällt bestimmt was ein...«

»Tja, ich wünsch dir viel Glück.«

»Sie sehen die Angelegenheit offenbar ziemlich locker«, versuchte es Elvis, »wenn man bedenkt, daß alle Ihre cleveren Absprachen fehlgeschlagen sind.«

»Vielleicht bin ich locker«, sagte der Colonel, »aber das heißt noch lange nicht, daß ich glücklich wäre. Du mußt nämlich wissen, von meinem Standpunkt aus sind fünfundzwanzig Prozent von nichts nichts.«

»Ich geh nicht hin«, sagte Elvis. »Ich mach's einfach nicht, Schluß aus. Ich laß mir was einfallen. Plattfüße. Egal was. Irgendeinen Ausweg muß es geben. Ich könnte – ich könnte aufs College gehen.«

»Sei kein Trottel.« Parker beugte sich vor und piekte mit dem Finger in die Luft. »Mein Junge, egal wie du es betrachtest, du bist nun mal nicht Fritzchen Müller. Du kannst dich nicht einfach der Wehrpflicht entziehen. Man kann die Sache jetzt von zwei Seiten aus betrachten. Die eine wäre, sich da irgendwie rauszumogeln, und dann wird jeder wissen, daß du genau das getan hast. Dann kriegst du in diesem Land nie wieder ein Bein auf die Erde. Du wirst der Top-Drückeberger der Nation.«

»Na ja gut, das behaupten Sie...«

»Und die andere Möglichkeit ist, daß man vorausplant, die

ganze Zeit über den perfekten Soldaten spielt, auf die Million verzichtet, die Quelle austrocknen und die Fans zwei Jahre lang zappeln läßt, und dann legen wir das größte gottverdammte Comeback auf die Matte, das die Welt je gesehen hat. Also, was wollen wir deiner Meinung nach tun?« Er streckte die langen Beine aus, so daß die Fersen gefährlich nahe am Schreibtischrand lagen.

»Tom, sie wollen mir die Haare schneiden!«

»Sobald du wieder Zivilist bist, kannst du dir die Haare so lang wachsen lassen, wie du willst.« Er schwenkte den Einberufungsbefehl. »Aber sie werden mit Sicherheit beweisen, daß Uncle Sam das Recht hat, sie abzuschneiden.«

Er hatte recht. Elvis argumentierte eine Stunde lang, wußte aber, er saß in der Falle, sie würden ihn scheren, festnageln und ihm die Haut abziehen.

Er hatte an die überlegene Macht des Geldes geglaubt, und jetzt hatte es ihn im Stich gelassen.

Die Regierung würde der amerikanischen Jugend beweisen, daß sich sogar Elvis Presley der größeren Macht beugen mußte.

Zwei Jahre seines herrlichen Lebens vergeuden, wo er Kartoffeln schälte, um zu demonstrieren, daß er Autorität genausosehr respektierte wie jeder andere. Zwei Jahre in der Rolle des Gefreiten Presley, guter Kumpel. Klang nach Todesstrafe. Jeder andere junge Weiße auf der Welt hätte es geschafft, sich davor zu drücken.

»Können wir denn überhaupt etwas unternehmen?« Sogar in seinen eigenen Ohren klang er schon jämmerlich und erledigt.

»Ich werde mich bemühen, eine Verschiebung auszuhandeln, so daß du diesen Film mit Curtiz drehen kannst. Paramount hat schon dreihundertfünfzigtausend investiert; Hal Wallis geht in diesem Moment gerade an die Decke. Selbst die Armee müßte man mit einer Zahl wie dreihundertfünfzigtausend beeindrucken können.«

Der Colonel skizzierte nun einige seiner Vorstellungen. Publicitymäßig würden sie die Einberufung maximal ausschlachten: eine Abschiedstournee, eine letzte Plattenaufnahmesession, exklusive Fototermine mit den großen Illustrierten, solche Sachen. Auf jeden Regen folge Sonnenschein, sagte er. Wer weiß? Vielleicht werde sich das alles noch zum Besten wenden.

Offensichtlich war Tom Parker an einer öffentlichen Auseinandersetzung mit der Einberufungsbehörde nicht interessiert. Er überlegte bereits, wie er den Namen Elvis während dessen Abwesenheit im Gespräch halten konnte. »Vielleicht lassen sie dich am Wochenende Platten aufnehmen«, sagte er.

Wenn ihn an jenem Abend auf der Rückfahrt nach Memphis finstere Gedanken beschlichen, bildete sich Elvis ein, hinter alldem den Schatten von Tom Parkers Hand zu erkennen. Die Katastrophe schien den Colonel nicht zu erschüttern, als füge sie sich in einen seiner großen, geheimen Pläne ein. Vielleicht glaubte er, eine Runde in der Armee sei für Elvis' Image genau das richtige. Existierte ein besseres Mittel gegen »inflationäre Präsenz in der Öffentlichkeit« als zwei Jahre Gefreiter Elvis Presley, U. S. Army?

Falls das zutraf – falls Tom insgeheim gegen ihn arbeitete –, dann mußte Elvis ihn feuern und jemanden finden, der ihn aus diesem Schlamassel herausholte.

Aber er konnte es sich nicht vorstellen. Allein bei dem Gedanken an so etwas bekam er Schuldgefühle. Tom Parker hatte die Hände auf seine Karriere gelegt und eine wahre Flut von Wundern bewirkt. Wer war Elvis, daß er an seinem Rat zweifelte?

Er schaute kurz in den Rückspiegel.

Hau ab. Hau ab nach Mexiko. Verschwinde. Setz dich vom Colonel ab. Laß dir von ihnen nicht die Haare schneiden.

Sein Blick schwenkte wieder auf die entgegenkommenden Scheinwerfer. Vorsicht. Du willst schließlich kein toter Wehrpflichtiger werden.

Klar, falls er jetzt stürbe, wäre er der berühmteste Selbstmörder aller Zeiten. VERZWEIFELTER ELVIS STIRBT BEI FRONTALZUSAMMENSTOSS, UM NICHT EINBERUFEN ZU WERDEN.

Er konnte es vortäuschen. Daß es wie ein Unfall aussah.

Er hatte Todesangst vor dem, was die Armee ihm antun

würde, durfte sich aber nichts anmerken lassen; die ganze Welt schaute zu und wartete nur darauf, was er unternahm. Er hatte an die Macht des Ruhms geglaubt, und jetzt saß er in der Falle.

Noch war er keine dreiundzwanzig Jahre alt, und schon lag seine beste Zeit hinter ihm. Zwei Jahre lang war er ganz oben gewesen. Er hatte nicht das Recht, mehr zu erwarten.

Sah so aus, als ginge es von hier an bergab, wohin er auch sah.

Ein paar Lichter – die ersten Vororte von Memphis.

Er konnte nicht weglaufen.

Diese Suppe wollte er nicht auslöffeln.

Doch genau das mußte er tun.

Vielleicht gab es eine Möglichkeit zu überleben. Wenn er sehr hart arbeitete, sich bedeckt hielt, seine Mutter in der Nähe blieb, konnten sie diese Sache vielleicht durchstehen.

In Graceland angekommen, war er zu der Erkenntnis gelangt, daß er keine andere Wahl hatte. Am Tor salutierte er vor Vester. Er ließ die Schlüssel im Zündschloß, sprang die Treppe zum Haus hoch und begrüßte jeden im Wohnzimmer mit einem breiten Filmstarlächeln. »Tja, Leute, sieht so aus, als werde ich eine Zeitlang den Landser spielen.«

Seine Mutter schluchzte in sein Hemd. Dodger umarmte seine Taille. Vernon sagte: »Ich bin stolz auf dich, Sohn.«

Gladys raffte sich zu dem Ausruf auf: »Das ist nicht fair! Das ist nicht fair! Wir können dagegen ankämpfen! Das können wir! Wir können dem Präsidenten schreiben!«

Elvis versuchte, vernünftig mit ihr zu reden, doch plötzlich schrie Gladys, sie ertrage es nicht, noch mehr darüber zu hören. Sie floh in ihr Zimmer und schloß sich ein.

Elvis rief Dr. Davis an. Er kam mit einer Spritze. Gladys schloß die Tür auf, um ihn einzulassen.

Als er rauskam, nahm Elvis ihn beiseite. »Geht's ihr gut?«

»Sie ist verstört, aber das war zu erwarten«, sagte der Arzt. »Was ist mit Ihnen? Sie wirken ziemlich ruhig.«

»Mir geht's gut«, sagte Elvis. »Allerdings muß ich Ihnen sagen, Doc, daß ich immer noch Schwierigkeiten mit dem Einschlafen habe. Dieses letzte Mittel hilft mir nicht besonders. Ich hab mich gefragt, ob Sie nicht was anderes hätten, das ich ausprobieren könnte.«

»Tja, zufällig habe ich einige Proben eines neuen Medikaments bekommen, das Seconal heißt«, sagte der Doktor. »Schlägt offenbar bei einigen meiner Patienten sehr gut an. Ich kann Ihnen eine kleine Dosis verschreiben, und dann sehen wir mal, ob es hilft.«

»Danke, Doc. Und noch was – ich möchte, daß Sie sich aufmerksam um Mama kümmern. Ich hab das Gefühl, daß diese Sache sie sehr mitnehmen wird. Ich mache mir Sorgen um sie. Mir ist egal, was es kostet, schicken Sie mir einfach die Rechnung.«

»Das mache ich, Elvis.« Dr. Davis schrieb das Rezept aus. »Und passen Sie auf sich auf. Ich könnte mir vorstellen, daß Sie keine Einschlafprobleme mehr haben, wenn Sie erst mal mit den anderen Jungs durch die Gegend marschieren.«

Elvis rang sich ein Lächeln ab und trug Annie auf, den Mantel des Doktors zu holen.

Die restliche Nacht verlief ruhig. Gladys schlief.

Am folgenden Tag war die Menschenmenge vor dem Haupttor auf dreihundert Mädchen angewachsen, die durch aufgeregte Radioberichte von Elvis' Einberufungsbefehl erfahren hatten. Einige hatten Transparente dabei: NEHMT ELVIS NICHT WEG und ELVIS GEH NICHT.

Elvis kam nicht ans Tor, wies aber Vester an, ein paar Journalisten zum Carport hinter dem Haus zu begleiten. Er tischte ihnen eine patriotische Lüge nach der anderen auf. Er sagte, er habe die Einberufung seit einigen Wochen erwartet. Er sei stolz darauf, einberufen zu werden, die Gelegenheit zu bekommen, seine Pflicht zu tun. Er freue sich darauf, in der Armee neue Freundschaften zu schließen, neue Gegenden zu sehen. Er hoffe, noch die Zeit zu finden, seinen neuen Film zu drehen, ehe er einrückte. Ansonsten erwarte er keine Sonderbehandlung. Ja, Sir. Nein, Sir. Ja, Sir. Danke, Sir. Frohe Weihnachten, allerseits.

Die Fotografen baten ihn, in einer Armeeuniform Aufstellung zu nehmen, die sie mitgebracht hatten. Er spielte mit; er grinste, posierte und grinste. Er verhielt sich genauso, wie sie es wollten.

Als alle fort waren, packte ihn Unruhe.

Er rief Red West an. »He, Red, rat mal, was passiert ist. Ich bin gezogen worden.«

»Hab ich in den Nachrichten gehört.«

»Na ja, und wennschon. Ich will das alles vergessen. Willst du ein bißchen Football spielen?«

Red übernahm es, die Jungs anzurufen. Elvis telefonierte mit dem Direktor der Humes High-School und mietete das Stadion für den Abend. Er rief Mueller's Sportgeschäft an und bestellte zweiundzwanzig blaue Trikots mit rosa Rückennummern, Helme, Schuhe in diversen Größen, Bälle, Pfeifen, Anstoßhalterungen. Er bat die Sportvereinigung Memphis, einen Schiedsrichter zu stellen. Mit Jerry's Hot Dogs vereinbarte er, um Punkt achtzehn Uhr einen Würstchen- und Limonadewagen an den Seitenlinien bereitzustellen.

Als er die Gelben Seiten durchblätterte, blieb sein Blick an einer Anzeige für den Rainbow Rollerdome hängen – wo er als Humes-Schüler manchmal herumgehangen und zu schüchtern gewesen war, mit einem Mädchen Rollschuh zu laufen. Er rief den Geschäftsführer herbei und mietete die Halle für eine Party nach dem Spiel.

Als er in den vertrauten Parkplatz von Humes einbog, war das Stadion hell erleuchtet.

Die Mannschaften bestanden aus einigen von Elvis' alten Mannschaftskameraden, einigen von Reds Vettern und Schwagern. Elvis war der Star-Quarterback für die Heimmannschaft. Er warf drei herrliche Pässe, die sich durch die Luft schraubten, und lief selbst zu einem langen Touchdown. Die Heimmannschaft gewann mit 34 zu 20.

Zur nächtlichen Rollschuhparty versammelten sich sogar noch mehr Freunde und Freundinnen im Rollerdome. Wie ausgelassene Kinder spielten sie »Krieg« und »Ausscheren«. Elvis' Begleitung war Dolores Roselle.

Monate nachdem er sie auf dem Rasen am Audubon Drive

wiedergesehen hatte, nahm Elvis all seinen Mut zusammen und lud sie zu einer Filmparty nach Graceland ein. Schließlich hockten sie in einer Ecke zusammen, kicherten wie alte Kumpel über die Witze des anderen und flüsterten sich spöttische Bemerkungen über den Film und die anderen Leute im Zimmer zu.

Dolores' fester Freund Dave war bei der Marine; obwohl sie mit Elvis gnadenlos flirtete, ließ sie sich auf kein Techtelmechtel ein. Sie waren jetzt Freunde, einfach nur Freunde. Sie hatte sich als witzige und pfiffige Person erwiesen, war von seiner Prominenz kein bißchen beeindruckt.

Sämtliche Zeitungen spielten das mächtig hoch, machten daraus eine High-School-Pärchen-vereint-bevor-junger-Soldat-in-den-Krieg-zieht-Geschichte, doch da war überhaupt nichts dran. Dolores hielt Elvis über den neuesten Memphis-Klatsch auf dem laufenden, was die Leute so über ihn erzählten. Auf den Partys verhinderte sie, daß sich die anderen Mädchen an ihn klammerten. Das rechnete Elvis ihr hoch an.

Jetzt glitten sie gemeinsam auf Rollschuhen unter einer rotierenden Discokugel durch die Halle.

Elvis hatte so seine Zweifel gehabt, ob er mit einem Mädchen befreundet sein könnte, das ihm einmal das Herz gebrochen hatte, aber schließlich hatte sein eigenes Leben bewiesen, daß alles möglich war. Alles. Wenn du etwas willst, träum es. Dann mach dich auf und tu es.

Er wollte sich nicht noch mal in sie verlieben.

»Elvis, ich faß es einfach nicht, daß sie dich wirklich einziehen wollen«, sagte sie und legte in einer Kurve einen Seitenschritt ein, während Jerry Lee Lewis über die PA-Anlage gerade »High School Confidential« schrie. »Schließlich ist ja zur Zeit Krieg oder so was.«

Lichtflecken huschten über ihr hübsches Gesicht. Am liebsten hätte er sie geküßt, doch das wäre unpassend gewesen. »Jetzt hast du bald zwei feste Freunde, die ihren Wehrdienst ableisten«, sagte er lächelnd.

Sie entfernte sich von ihm, legte auf einem Fuß eine geschickte kleine Drehung hin und beschrieb dabei mit ihrem gebräunten Bein einen Bogen. »Du bist nicht mein fester Freund«, sagte sie. »Du bist bloß ein sehr von sich eingenommener Gitarrist.«

»Und du läßt einen bloß schmoren«, sagte Elvis und rollte schneller, um sie einzuholen. Er erwischte ihre Hand, drehte Dolores herum. Sie ließ sich nicht aus dem Gleichgewicht bringen, sondern stupste ihn mit einer Hüfte weg. Er stupste fester zurück – sie rutschten lachend zu Boden.

»Unfair«, rief sie. »Unfair! Du schummelst!«

»Ich bin der geborene Schummler, Baby.« Er rappelte sich wieder auf.

Die anderen johlten ihnen zu. Elvis half Dolores auf. Sie glättete mit der Hand ihr Rüschenkleid. Ihre Augen blitzten. »Küß mich, Elvis«, sagte sie. »Küß mich jetzt sofort.«

Die Discokugel drehte sich. Aus den Lautsprechern säuselten die Drifters etwas Harmonisches. Elvis hielt den Atem an. Er beugte sich zu ihr und küßte sie. Dabei ließ er die Augen offen, damit er auch glauben konnte, daß es endlich soweit war. Ihre Lippen waren samten. Der Kuß dauerte einen Augenblick; als sie sich löste, spürte er, wie sich in ihm etwas losriß, wie sich ein angespannter Muskel vom Knochen löste.

»Was hat Dave, das ich nicht habe?« murmelte er.

Lächelnd rollte Dolores langsam von ihm weg. »Nichts«, sagte sie. »Niemand hat mehr als du, Elvis. Aber anders als Dave willst du nicht heiraten.«

»Woher weißt du, was ich will?« Brr, Junge. Nur nichts überstürzen. Ohne es zu merken, war er an den Rand eines gähnenden Abgrunds getreten.

»Willst du denn?« Sie hielt inne, die Hände in die Hüften gestützt.

Elvis überlegte ein Weilchen. »Nein«, antwortete er. »Noch nicht. Ich hab noch zu viel vor.«

»Na also.« Ihre Augen blitzten. »Komm schon, wir holen uns eine Coke.«

Und damit rollte sie zu den anderen.

Elvis zog einsam seine Kreise, kam wieder und immer wieder

an die gleiche Stelle, einen Fuß über Kreuz vor den anderen setzend, um nicht vom Kurs abzuweichen.

Am nächsten Tag fuhr Dolores nach Norfolk und besuchte Dave.

Am Heiligabend war der Säulengang von Graceland vollgestopft mit Elvis' Freunden und Verwandten – Gladys, Vernon, Dodger, Vester, Clettes und dreiundneunzig andere. Elvis und Red setzten die Zündschnüre des Feuerwerkspektakels in Brand. Über ihnen schienen die Sterne zu explodieren. Eine Rote-Chrysanthemen-Rakete explodierte zu tief und setzte das Gras im Garten in Brand, was dem Spektakel einen Hauch echter Gefahr verlieh. Elvis trat das Feuer aus.

An diesem Abend packte Gladys ihre Geschenke aus. Bei jedem brach sie in Begeisterungsrufe aus, doch in ihrem Blick lauerte die Furcht, und die meisten ihrer Sätze endeten unvollendet und sinnlos. Sie grämte sich an diesen Tagen, konnte aber keinem den Grund nennen.

Als hätte das Feuerwerk irgendein erstaunliches Loch in die Wolken gerissen, öffnete sich der Himmel, und große weiche Flocken fielen herab. Um Mitternacht war Graceland in eine herrliche Schneedecke gehüllt. Seit dem Jahr von Elvis' Geburt waren dies, soweit man wußte, die ersten weißen Weihnachten, und Dodger sagte, die hätten nicht gezählt, weil es hauptsächlich überfrierender Regen gewesen sei.

52

Nick Adams und Natalie Wood gaben für Elvis in dessen Bungalow im Beverly Palms Hotel eine Hollywood-Abschiedsparty. Zu Beginn der Party steckte ihm jemand drei winzige rote Tabletten zu. Elvis schluckte sie, ohne nachzufragen.

Später verlor er jede Erinnerung an diesen Abend. Er hatte keine Ahnung, wie das Sofa in Brand geraten war. Dem Geschäftsführer erzählte er, es müsse ein Unfall gewesen sein.

Er bestieg den Southwest Crescent an der Union Station. Der

Colonel hatte Diskjockeys in jeder Stadt entlang den Gleisen der Southern Pacific zwischen Los Angeles und Memphis Kopien seines Zugfahrplans zukommen lassen. Zu jeder Tages- und Nachtzeit fanden sich Unmengen von Mädchen ein, um einen letzten Blick auf Elvis zu werfen, bevor ihn die Armee entführte.

Auf jedem Bahnhof trat er auf die Plattform und winkte zum Abschied.

Dutzende fielen in Ohnmacht.

Auf einem Transparent in Sanderson, Texas, stand ELVIS KOMM WIEDER.

Das versetzte ihm einen Stich. Er war noch nicht mal weg.

Allein die Vorstellung, wie weit weg er nach Ablauf von zwei Jahren sein würde.

Sein wunderbarer Traum ging zu Ende. Für seine Fans empfand er eine quälende Liebe und nostalgische Gefühle. Er betete, daß sie ihn auch weiterhin liebten, konnte sich aber gleichzeitig keine launischeren Menschen als weibliche Teenager vorstellen. Für ein fünfzehnjähriges Mädchen sind zwei Jahre in etwa gleichbedeutend mit der Ewigkeit. In zwei Jahren überschütteten diese Mädchen womöglich Bobby Darin oder Frankie Avalon mit ihrer Zuneigung, oder eins der anderen Elvisimitate, die in letzter Zeit wie Pilze aus dem Boden schossen.

Diese Knaben sangen den billigsten Mond-der-am-Himmelthront-Schmalz Marke Hollywood. Sie borgten sich Elvis' Frisur, den Gang, den aufreizenden Schmollmund, das Zähnefletschen, das komplette Hüftgewackel. Aber hatte er das nicht selber auch alles geklaut? Und falls die Mädchen den Unterschied zwischen Elvis und, sagen wir, Fabian nicht bemerkten?

Oh. Das wäre eine neue Variante der Hölle.

An seinem letzten Abend als freier Mann nahm Elvis eine Amphetaminpille und öffnete Graceland die ganze Nacht lang für eine Party. Alle kamen, die er in Memphis kannte, und machten ihre Aufwartung. Sie tranken Bier und aßen Hamburger vom Grill, der neben dem Swimming-pool stand und von Vernon bedient wurde. Sie tanzten zu Elvis' riesiger Single-

Sammlung. Sie rissen Witze über seine armen gefährdeten Haare.

»Hoffentlich geben sie dir einen Hut, El«, sagte Red im Hobbyraum im Kellergeschoß. »Du weißt doch, in Texas weht 'n kalter Wind.«

»Schwätz ruhig weiter, Red.« Elvis machte einen Stoß über Bande und versenkte die siebener Kugel. »Du siehst heute abend echt häßlich aus.«

»Schon möglich, aber morgen um diese Zeit hab ich immer noch meine Haare auf dem Kopf.«

»Ich hab die Koteletten um zwei Zentimeter gekürzt und die Nackenhaare etwas gestutzt«, sagte Elvis. »Glaubt ihr, das genügt ihnen?«

Keiner wußte eine Antwort.

Gladys blieb der Party fern. Mit Unterbrechungen hatte sie seit vier Tagen geweint. Dr. Davis kam alle sechs Stunden vorbei, um ein Beruhigungsmittel zu verabreichen.

Vernon war es leid, Qualm in die Augen zu bekommen, und verkündete, er gehe zu Bett.

In einem Kreis alter Freunde saß Elvis im Innenhof, rauchte Zigarillos, trank Coke und redete die ganze Nacht lang. Natürlich war Red da, und Davy Lee Williams, Nick Adams, Anita Wood, Davis Turner, Deedee und Lorraine aus dem Schönheitssalon, Billie Sampson, Tiger Cunningham, Roland Peters, Janey Sue Pringle, Joey Weaver... Einige waren irgendwann beschwipst und lachten, bis ihnen die Tränen kamen. Sie erzählten Elvis-Geschichten, als wäre er schon weg. Es war, als besuchte er seine eigene Beerdigung.

Als er in den Bäumen hinter dem Haus grauen Himmel sah, warf er einen Blick auf die Uhr. Halb sechs Uhr früh. Er wollte vor den Journalisten bei der Einberufungsbehörde sein. Er ging nach oben, um sich das Gesicht zu waschen und den einzigen jämmerlichen Koffer zu holen.

Er hörte, wie sich Vernon und Gladys rührten. In der Auffahrt ordnete Vester die Cadillac-Karawane.

Jeder wollte ihn verabschieden: die gesamte Familie, die

Freunde, die die ganze Nacht lang aufgeblieben waren, die Sekretärinnen, Köchinnen, das Dienstpersonal und der Gärtner. Alle stiegen in die Autos und begaben sich in einem Pulk zur South Main Street, wo um Viertel vor sechs vor der Einberufungsbehörde die Hölle los war – fünfzig Reporter und drei Dutzend Fotografen drängten sich an der Tür und quollen auf die Straße. Mitten in der Menge umklammerte Tom Parker eine Traube roter Ballons mit der Aufschrift »Sehen Sie Elvis in KING CREOLE«, eine Werbeaktion für seinen neuen Film. Wenn sich dem Colonel eine Gelegenheit bot, griff er zu.

Elvis stieg aus dem ersten Auto, von gleißendem Scheinwerferlicht und einem Blitzlichtgewitter begrüßt. Die knipsende hektische Horde umringte ihn, rückte ihm so dicht auf den Pelz wie sonst die Mädchen, grapschte nach Fotos, wie sonst die Mädchen nach seiner Kleidung grapschten, bombardierten ihn mit Fragen: »Wie fühlst du dich, Elvis?« »Was geht dir durch den Kopf?« »Ist Natalie Wood hier bei dir?« »Sag uns, wie du dich fühlst, Elvis!« »Ist das das Ende deiner Karriere?« »Warum hast du die Einberufung erwartet, statt dich freiwillig zu melden?« »Wer ist zur Zeit deine feste Freundin, Elvis?« »Nimmst du auch während deines Wehrdienstes Schallplatten auf?« »Elvis, wie fühlst du dich?« »Elvis …«

Er hob die Hand, wie Charlton Heston, bevor er das Rote Meer teilte. Der Lärm legte sich.

»Ich bin stolz darauf, heute morgen hier zu sein«, sagte er. »Und wenn ihr mich durchlaßt, gehe ich jetzt rein.«

Sie nahmen ihr Schieben und Knipsen wieder auf. Elvis wurde durch ihre Mitte weitergereicht, auf den Bürgersteig und in das Büro der Einberufungsbehörde.

Dort traf er auf den gequält wirkenden und von Reportern bedrängten Dan Chastain … die Mitglieder des Ausschusses in ihren Sonntagsanzügen schüttelten Elvis die Hand … Kameras knipsten, Wink Martindale übertrug live im Radio, Colonel Tom schrie den Leuten zu, sie sollten aufhören zu drängeln, alle bekämen ihre gewünschten Fotos. Elvis' Familie quetschte sich hinter ihm ins Zimmer und umarmte ihn für die Fotografen.

Gladys trug eine Schmetterlingssonnenbrille; vom stundenlangen Weinen hatte sie rote Augen. Sie war absolut dagegen, daß die Army ihren Elvis wegnahm. Er war zu lieb; er würde Schwierigkeiten bekommen; die Armee kannte ihn nicht; die anderen Jungs würden ihn schikanieren; er würde ganz konfus sein, nicht richtig essen; er würde getötet werden, so was hatte sie gesehen.

Elvis nahm sie in die Arme. Er beugte sich zu ihrem Ohr hinab. »Geh nach Hause, Satnin, das ist zu aufregend für dich«, murmelte er. »Ich rufe dich morgen an. Sei jetzt stark, bring mich nicht zum Weinen.«

Sie stützte sich schwer auf Vernon, als müsse sie jeden Moment zusammenbrechen.

»Bring sie nach Hause, Daddy.«

»Mach ich, mein Junge. Sei vorsichtig. Wir sehen uns nächste Woche.«

Die Menge teilte sich, um sie durchzulassen – verzweifelte Mutter, von stolzem Vater getröstet: das uralte Bild eines jungen Mannes, der zum Militär geht. Fotoapparate klickten.

Elvis unterschrieb Papiere, unterschrieb noch ein paar Papiere und nahm mit neun anderen jungen Männern in einer Reihe Aufstellung. Die anderen wirkten verängstigt – niemand hatte ihnen gesagt, daß bei ihrer Einberufung die ganze Welt zugucken würde. Elvis konzentrierte sich darauf, für die Fotografen ernst und entschlossen auszusehen.

Ein Sergeant begleitete die Rekruten zu einem Bus und fuhr mit ihnen zur ärztlichen Untersuchung ins Armeekrankenhaus. Keiner sagte ein Wort – weder Elvis noch der Sergeant oder einer der anderen Jungs. Ihnen folgten drei Busse voller Pressegeier.

Die Filmkameraleute hatten sich im Eingangsbereich der Notaufnahme die besten Plätze gesichert. Irgendwie war es dem Colonel gelungen, vor dem Konvoi anzukommen; er stand auf einem Betonpodest und wies die Journalistenhorden ein.

Elvis ließ erst die anderen aussteigen. Als er den Boden betrat, wurde es im Eingangsbereich der Notaufnahme taghell. Er winkte. Fragen prasselten auf ihn herab. Er senkte den Kopf und betrat das Gebäude.

Offenbar hatte Tom Parker hier das Sagen; er lud sämtliche Reporter ins Krankenhaus ein, und es gab keinen Widerspruch. Wo war die Armee?

Die Menge ergoß sich durch die Türen, zwei Treppen hinauf und durch einen langen Flur in den Untersuchungsraum.

Ein grinsendes Ärzteteam umringte Elvis. Dem Fotografen der Illustrierten *Life* hatte man den Platz neben seinem Ellbogen gewährt, während sie seine Augen, Ohren und die Nase untersuchten. Ein Arzt forderte ihn auf, sich bis auf die Unterhose auszuziehen. Er gehorchte. Er stellte sich auf die Waage. Die Fotoapparate klickten.

Da stand er nun in seiner Unterhose, und alle Welt konnte ihn sehen.

Die Ärzte schubsten und spähten und stupsten; als sie sich nach unten orientierten, wies der Colonel die Kameraleute aus dem Zimmer.

Doch das war nur eine dreiminütige Atempause, unterbrochen von der schrecklichen Demütigung durch einen Arzt und dessen Gummihandschuh.

Elvis schaltete den Teil seiner Persönlichkeit ab, dem das Ganze unsagbar peinlich war.

Alle fragten ihn ständig, wie er sich fühlte. Er wagte es nicht, ihnen die Wahrheit zu sagen.

Tom Parker genoß jede Minute. Elvis war nun klar, wie sich ein Fleischstück am Haken fühlen mußte.

Er zog seine Unterhose und seine restlichen Kleider an, setzte seine ernste Miene auf und stapfte hinaus in den Reporter- und Ärztehaufen. Die Ärzte erklärten ihn erneut für voll tauglich. Der Colonel zog ihn am Ellbogen. »Schauen Sie mal, alle herkommen. Ich habe hier ein Telegramm, das ich gern vorlesen würde.«

Die Kameras surrten und gaben Knarzgeräusche von sich. Elvis spähte in das gleißende Licht.

»Und hier steht: ›Lieber Elvis, Sie haben gezeigt, daß Sie in erster Linie ein amerikanischer Bürger sind, ein wahrer ›Volunteer‹ aus Tennessee und ein junger Mann, der bereit ist, seinem Land zu dienen, wenn es dies von ihm verlangt. Hochachtungsvoll, der Ehrenwerte Frank Dillard, Gouverneur des Staates Tennessee.‹ Was sagt man dazu?«

Einige Reporter klatschten Beifall. Etliche riefen dem Colonel zu, er solle es noch mal vorlesen oder ihnen eine Abschrift geben.

»Nein, also, ich hab hier noch mehr und möchte, daß Elvis sie Ihnen vorliest. Die hat er noch nicht einmal gesehen.« Er zückte ein Bündel gelber Western-Union-Telegrammformulare.

Elvis wich zurück. »Nein danke, Colonel, ich glaube, ich muß jetzt los.«

»Na los, mein Junge, laß die Burschen hier nicht warten. Wir haben hier eins vom Bürgermeister von Memphis. Lies das vor.« Er drückte es in Elvis' Hand.

»Nein.« Elvis richtete sich auf. Seit dem frühen Morgen hatte man ihn herumgeschubst, und er war es leid.

»Elvis, ich verlange, daß du...«

»Hören Sie!« platzte Elvis los. »*Ich* werde eingezogen, *nicht* Sie! Das passiert mir, *nicht* Ihnen! Also lassen Sie mich gefälligst in Frieden!«

Die Münder der Reporter klappten so weit auf wie Colonel Toms Mund. Die Kameras surrten und blitzten. Stifte senkten sich auf Notizblöcke. Alle gafften, als Elvis sich entschuldigte und den anderen Burschen in den Bus folgte, der sie nach Fort Chaffee brachte. Seit Wutanfall änderte gar nichts. Wagenladungen voller Mädchen und Reporter folgten dem Bus über den Fluß zum »Coffee Cup« in West Memphis, wo sie den Essensaufenthalt so störten, daß die Rekruten ihre Teller stehenlassen und zurück in den Bus gehen mußten. Der Colonel war mittendrin, immer auf Achse, grinsend, organisierend.

Als der Bus wieder anfuhr, hielt Elvis den anderen eine kleine Entschuldigungsrede. Daraufhin gingen sie ein wenig aus sich heraus, sagten, das sei schon in Ordnung, und überhaupt, Mann, wie hältst du das eigentlich aus?

»Mich stört das nicht«, lautete seine Standardantwort. »Ich mache mir wohl erst Sorgen, wenn sie mich nicht mehr belästigen.«

Danach unterhielten sie sich – über Schallplatten, Mädchen, Autos. Sie fanden heraus, daß Elvis nicht irgendein Monster war. Dem grünen Armeebus folgte die Kolonne gemieteter Presse-Greyhoundbusse auf dem Weg quer durch das dunkle, flache Arkansas, fast bis nach Texas.

Als die Prozession in Fort Chaffee Einzug hielt, ging das ganze Theater von neuem los. Colonel Tom hatte eine Busladung Fans in den Stützpunkt eingeschmuggelt, damit sie Elvis' Ankunft bezeugten. Die Presseleute stürmten aus den Bussen, um die Hysterie festzuhalten. Der Colonel strahlte und winkte. Elvis wurde an der kreischenden Horde vorbei in eine von Militärpolizisten bewachte Kaserne geschleust.

Der Sergeant wies ihm ein Bett zu. Er zog sich aus und fiel mit dem Gesicht nach unten hin. Das Gebrabbel draußen erstarb. Für dieses lange schmale Feldbett war er dankbarer als für irgendein anderes, solange er zurückdenken konnte.

Im Morgengrauen ging der Zirkus schon wieder los. Colonel Tom, der es so gedeichselt hatte, daß er irgendwo auf dem Stützpunkt übernachten konnte, tauchte in der Kaserne auf und teilte Elvis mit, achtundfünfzig Presseleute stünden bereit, um sein erstes Armeefrühstück festzuhalten.

Da sich die anderen Rekruten in Hörweite befanden, sprach Elvis leise. »Tom, offenbar haben Sie nicht gehört, was ich gestern gesagt habe. Bestimmt werden Sie es in den Zeitungen lesen. Sie müssen mir ein wenig mehr Freiraum geben.«

»Noch einen Tag, Elvis, nur noch einen Tag«, sagte der Colonel. »Gib mir den heutigen Tag, und du kannst die nächsten zwei Jahre lang Kommißkopp spielen. Das ist phantastisches Material, mein Junge, die verschlingen es geradezu. Du hast ja keine Ahnung, wie sehr uns das nützt.«

Elvis schüttelte angewidert den Kopf. »Warum suchen Sie sich nicht irgendein Hobby oder so was?«

Der Colonel lachte. »Du bist mein Hobby.«

Das Frühstück war der reinste Alptraum. Kaum hob Elvis die Gabel in die Nähe seines Mundes, setzte ein Klick- und Blitzlichtgewitter ein. Er zog sich immer mehr in sich zurück. Sein Körper war eine leere Hülle. Die Kameras nahmen Tausende Fotos dieser Hülle auf. Die kleinste Bewegung oder das leiseste Lächeln setzte ein gewaltiges Surren der Verschlüsse in Gang, ein beängstigendes Geräusch, als flögen ihm Vögel direkt ins Gesicht. Er war froh, als man ihn für eine fünfstündige Eignungsprüfung wegbrachte. Als er neben den anderen die Schulbank drückte und die Bleistifte auf dem Papier kratzten, war das die längste Ruhephase seit dem Morgen, an dem ihm Dan Chastain den Einberufungsbefehl überbracht hatte.

Etwa die Hälfte der Fragen war einfach; die übrigen stammten hauptsächlich aus den Bereichen Mathe und Naturwissenschaften, bei denen sich Elvis aufs Raten verlegte. Er saß lange da, kritzelte einen Blitzstrahl in eine Ecke der Seite und dachte an das letzte Mal, als er einen Test absolviert hatte; er war von Miss Waverley beurteilt worden. Das war noch zu der Zeit gewesen, als er es als großartige Überraschung empfand, wenn ihn jemand beachtete. Danke sehr, Miss Waverly.

Der stiernackige Sergeant funkelte ihn böse an.

Elvis senkte den Kopf und eilte durch die restlichen Fragen. Wohin sie ihn steckten, war ihm egal. Er wollte es nur hinter sich bringen. Es lag ohnehin nicht mehr in seiner Hand; irgendwer in Washington hatte bereits entschieden, was aus ihm wurde, sobald der Colonel mit ihm fertig war.

Der Sergeant führte sie zum Mittagessen zurück in die Cafeteria – mehr Chaos, mehr Fotos, mehr Geschrei und Gedrängel. Wieder mußte Elvis sein Essen nach drei Bissen Kartoffelbrei abbrechen. Es sah ganz so aus, als müsse er beim Militär verhungern. Er wußte, was als nächstes kam, und versuchte, nicht daran zu denken. Er scherzte mit den Journalisten. Sie reagierten mit deutlichen Fragen.

»Elvis, ist was dran an dem Gerücht, es gebe Spannungen zwischen dir und Colonel Parker?«

Colonel Parker tauchte aus der Menge auf. »Elvis ist für mich wie ein Sohn«, sagte er. »Zwischen uns ist nie ein böses Wort gefallen.«

»Sag mal, Papi, pumpst du mir heute abend den Wagen?« sagte Elvis. Das war ein großer Lacherfolg. »Nein, hören Sie, ich bin mit Tom einer Meinung. Nichts ist überzeugender als Erfolg, wenn Sie wissen, was ich meine. Er wird alle Hände voll zu tun haben, dafür zu sorgen, daß ihr mich nicht vergeßt.«

Elvis hatte sie jetzt eingestimmt, er spielte auf den Burschen von der Presse wie Bill Black auf seiner guten alten Baßgitarre.

»Was sagst du dazu, daß sie dir die Haare schneiden werden?«

»Können wir das Thema wechseln?« sagte er. Sie lachten.

Der lange Tag war auf diesen Augenblick zugeschnitten. Die Jungs an den Kameras geiferten alle danach. Die Mädchen draußen bettelten um eine Strähne. Um Elvis' Haare zu schneiden, hatte die Armee eigens einen zivilen Friseur kommen lassen.

Als er zu Hause vor dem Spiegel maßvoll daran herumgeschnippelt hatte, hatte Elvis gehofft, dem zu entgehen, merkte aber, daß sie sich das nicht nehmen ließen.

Colonel Tom zerrte ihn von den anderen Rekruten fort und durch einen langen, von den Nachrichtenleuten gesäumten Korridor – jeder einzelne Schritt wurde für die Nachwelt festgehalten. Elvis versuchte, seine Panik zu bekämpfen. Das war eine Szene aus *Jailhouse Rock*. Er ging durch den Todestrakt. Die Häftlinge grölten und pfiffen und schlugen mit ihren Blechtassen gegen die Gitterstäbe. Die Beleuchtung des Zellentraktes war grell, mit einem Stich ins Gelbliche. Elvis erinnerte sich nicht an sein Vergehen. Die Gefängnisbeamten hatten ihm eine weiße schlabbrige Baumwollhose verpaßt, eine Schnur um die Hüften, ein übergroßes weißes Baumwollhemd, aber keine Schuhe; sie sagten, Schuhe seien brennbar. Der Aufseher blieb immer in Höhe seines Ellbogens. Seltsam, daß sie mit der gleichen Geschwindigkeit gingen... müßte er sich nicht eigentlich irgendwie sträuben, sich gegen seine Ketten auflehnen, wenigstens einen anderen Gang haben als der Mann, der ihn zum

Stuhl brachte? Er war machtlos. Sie hatten ihn in ihrer Gewalt. Sie brachten ihn durch den Korridor und in das gleißende Licht, zu dem grinsenden Friseur, der Haarschneidemaschine, dem Lächeln des Friseurs mit fehlendem Zahn und dem Stuhl.

Im Film drehte er sich zur Kamera um, schnippte mit den Fingern und wackelte herum, sang den Titelsong und Hit.

Im wirklichen Leben ließ er sich langsam auf den Stuhl nieder. Die Kameras kamen näher.

»Nicht so dicht ran«, sagte Elvis. »Laßt dem Mann genug Platz.«

Stoßend, knipsend rempelten sie sich genügend unverstellte Sichtlinien frei.

Elvis dachte: Jeder Mensch hat das Recht, für sich allein zu sterben.

Der Friseur legte ihm einen weißen Umhang um den Hals, dann betätigte er mit dem Fuß ein Pedal, was Elvis jedesmal einen halben Zentimeter höher hievte.

»Oben und am Nacken ein wenig kürzer«, sagte Elvis.

Die Reporter lachten und notierten sich das.

»Bei der Army kriegt jeder den gleichen Haarschnitt«, sagte der Friseur. Sein Daumen zuckte. Mit beängstigendem Summen rührte sich die Haarschneidemaschine in seiner Hand. Er befestigte eine Reihe elfenbeinfarbener Plastikzähne an dem vibrierenden Kamm und hielt ihn hoch. Röhrenblitze zuckten.

Auf einer Seite stand Parker mit einer Zigarre und einem Grinsen zwischen den Zähnen.

»Und langsam, los, aber langsam!« schrien die Fotografen.

Der Friseur gehorchte und legte seine Haarschneidemaschine an Elvis' rechte Wange. Das warme Summen kitzelte ihn. Der Mann schor langsam und entschlossen eine Schneise seitlich an den Schläfen hinauf durch die Kotelette.

Die Kameras surrten.

Der Friseur hielt die Haare mit den Zähnen seiner Maschine hoch und schleuderte sie mit einer komischen Drehung des Handgelenks in die Luft. Federn gleich sanken die Haare sanft zu Boden.

Die Reporter murmelten und rührten sich. Zwei oder drei klatschten in die Hände.

»Langsamer! Nicht so schnell!« rief der Mann von *Life*.

Elvis behielt einen starren Gesichtsausdruck bei – blickte ernst geradeaus. Ist mir gleichgültig. Laßt mich in Ruhe. Für dieses Foto wollte er nicht lächeln. Mochte es für sie alle ein Witz sein, für ihn war es sein Leben. Er spürte, wie sich die Zähne durch seine herrlichen Haare fraßen, und wo sie durchgekommen waren, wurde wieder ein Stück Kopfhaut der kühlen Luft ausgesetzt. Es dauerte ewig. Der Friseur schleuderte die Haare mit Begeisterung immer weiter in die Luft, auch als ihm das keine Lacher mehr einbrachte.

Das Scherblatt fuhr die Seiten hoch, den Nacken rauf und dann über die Schädeldecke, zurück blieben gerade mal zwei Zentimeter hohe Stoppeln auf dem gesamten Kopf. Elvis' Haar fiel in pomadeglänzenden Büscheln; man hatte einen Gefreiten abgestellt, die Reste aufzufegen und sofort zu verbrennen, ehe sie den Souvenirjägern in die Hände fielen.

Der Colonel sagte: »Seht mal, wieviel Geld sie da wegschmeißen. Ich könnte jedes Haar für einen Dollar verkaufen.«

»Wie gefällt's dir bis jetzt, Elvis?« rief ein Journalist.

Er wußte, wie dünn sein Lächeln war. Er mußte etwas Lustiges sagen, ihm wollte aber nichts einfallen. »Besser 'ne Glatze als gar keine Haare«, sagte er.

Ein paar kicherten. Der Mann von *Life* trat für eine Nahaufnahme näher.

Der Friseur entfernte den Umhang.

Elvis stand auf. Im Spiegel, durch die drängelnde Menge, sah er seine entblößte Kopfhaut. Er war so nackt wie einer von diesen Auschwitz-Überlebenden in den Wochenschauen – er grinste für die Kamera, auch wenn er innerlich starb.

53

Sein Name war nicht vergessen. Seine Platten liefen besser denn je. Von »Treat Me Nice«, seiner neuesten Single, wurden in der Woche nach ihrer Veröffentlichung eine Million Exemplare verkauft. *Jailhouse Rock* kam von begeisterten Kritiken begleitet in die Kinos. Die *New York Times* schrieb: »Elvis Presley kann schauspielern!«, was er auch tat, den ganzen Tag lang, jede Minute.

Colonel Tom vergab eine Lizenz zur Herstellung einer »GI-Elvis«-Puppe an die Firma Hasbro. Sie hatte einen mattweißen Teint. Sie hatte tote Augen. Sie hatte einen Bürstenhaarschnitt.

Eine Woche nach Elvis' Ankunft in Fort Hood fuhr sein Vater in einem der Cadillacs nach Texas, Dodger, Gladys und Onkel Johnny in dem roten Lincoln hinterdrein. Elvis hatte ein hübsches Ranchhaus gemietet, das genauso aussah wie das am Audubon Drive, nur stand es in dem heißen staubigen Städtchen Killeen statt in Memphis.

Killeen war Gladys von Anfang an verhaßt. Fort Hood war ihr sogar noch verhaßter; sie weigerte sich, den Stützpunkt zu betreten, und sah es nicht gern, wenn Elvis seine Freunde aus der Armee mit ins Haus brachte. Sie machte jeden Uniformierten dafür verantwortlich, daß er ihr und Elvis so etwas Schreckliches angetan hatte.

Inzwischen hatte sie Schwierigkeiten beim Gehen – entzündete Gelenke, ihr Gewicht war viel zu hoch. Sie blieb im Haus, sah fern und half Dodger beim Puzzlelegen. Ihren Brandy trank sie heimlich, aber Elvis kam ihr auf die Schliche. Er verdünnte den Brandy mit Wasser.

Nachdem die Reporter abgezogen waren, lief es beim Militär problemlos – viel problemloser als auf der High-School. Die Jungs zogen Elvis nie auf. Allmählich ignorierten sie ihn. Einige waren freundlich zu ihm, doch bei denen hatte er immer das Gefühl, daß sie sich seine Worte notierten, um sie an die Zeitungen weiterzugeben.

Sein Tagesablauf war immer der gleiche: Aufstehen, Schuhe putzen, zum Stützpunkt fahren, drei Kilometer laufen, Liegestütze, Hampelmann-Gymnastikübungen, die Arme kreisen lassen, Zehen berühren, Frühstück, Exerzieren, theoretische Ausbildung, Exerzieren, Mittagessen, Küchendienst, nachmittägliches Exerzieren und dann rüber ins Haus zu einem Fernsehabend im Kreis der Familie.

An dem Tag, als »Dangerous Woman« die Nummer eins in den *Billboard*-Popcharts wurde, erhielt Elvis seinen Stellungsbefehl nach Friedberg in Westdeutschland, wo er bei der Siebten Armee seine Dienstzeit abzuleisten hatte.

Er sah sich gerade in der Fernsehsendung »Motorola Variety Hour« Bill Haley and the Comets an, als das Telefon klingelte. Er drehte durch vor Wut.

»Was fehlt eigentlich Bill Haley?« schrie er den Fernseher an. »Warum ziehen sie nicht Bill Haley ein? Das Arschloch sieht in meinen Augen gesund aus.«

»Elvis! Hüte deine Zunge«, schimpfte Gladys. »So was bringen sie dir also da drüben bei!«

»Es stimmt aber! Was ist mit Jerry Lee Lewis? Dem verdammten Fabian! Johnny Cash – nee, der ist ja vorbestraft. Aber die übrigen – guck ihn dir doch an, stolziert da rum, absolut sorgenfrei. Da wird mir schlecht.«

»Ich glaub das einfach nicht«, sagte Gladys. »Sie dürfen dich nicht da rüberschicken. Wie können sie von mir erwarten, so weit zu reisen?«

»Sechzehnter August«, sagte Elvis. »Das ist in sechs Wochen.«

Gladys hievte sich aus ihrem Sessel. »Ich geh ins Bett«, sagte sie. »Ich fühl mich nicht recht wohl.«

»Was fehlt dir denn, Mama?«

»Ich weiß nicht. Ich fühl mich bloß, als bekäme ich eine Grippe oder so was.«

Er ging rüber und fühlte ihre Stirn. Seine Hand wirkte nicht Wunder wie ihre. »Du fühlst dich heiß an«, sagte er. »Du solltest morgen zum Arzt gehen.«

»Ich habe hier keinen Arzt.«

»Ich hab dir doch gesagt, in Temple gibt's jede Menge Ärzte«, warf Vernon ein. »Es muß ja schließlich nicht dein eigener Doktor aus Memphis sein. Arzt ist Arzt.«

Elvis sprach mit seinem Sergeant und nahm sich am nächsten Tag frei, um die beiden nach Temple zu fahren. Sie zankten sich auf der gesamten Fahrt. Gladys weinte ein paarmal. Sie sagte, sie habe am ganzen Körper Schmerzen. Ihre Haut hatte eine eigenartige Farbe – blaß und gelblich, krank. Tiefe Ringe unter den Augen.

Sie mochte den Arzt nicht. Sie sagte, er habe kalte Hände. Was sie ihm ins Gesicht sagte.

Der Doktor nuschelte etwas und entschuldigte sich. Er bat Elvis und Vernon, das Zimmer zu verlassen.

Als er herauskam, sagte er, sie sei krank, wolle aber offenbar in Texas behandelt werden. »Bringen Sie sie nach Hause«, fuhr er fort. »Sie will zu ihrem eigenen Arzt. Das ist verständlich.«

»Ich kann nicht fort«, wandte Elvis ein.

»Aber ich«, sagte Vernon. »Wir nehmen den Zug. Sobald sie Dr. Davis sieht, wird's ihr bessergehen.« Aus seinem Blick sprach Besorgnis.

Elvis fuhr zum Bahnhof, wo sie den Nachtzug nehmen wollten. »Uns geht's gut, uns geht's gut«, sagte Vernon immer wieder. »Wir müssen nur ein wenig Heimatluft atmen.«

Elvis sagte: »Mama, ich ruf dich morgen nachmittag an. Mach du nur, was Dr. Davis anordnet, versprichst du das?«

Sie sah ihn lange an. »Es wird schon werden.«

Er half ihr beim Einsteigen, sorgte dafür, daß sie es sich in dem Pullman-Waggon bequem machte, und gab ihr einen Gutenachtkuß.

Er sah dem Zug nach, bis er verschwunden war.

Er grübelte bis zu dem Anruf am nächsten Tag.

Dr. Davis hatte Hepatitis diagnostiziert und Gladys umgehend in das Methodist Hospital überwiesen.

Elvis führte von dem öffentlichen Fernsprecher vor seiner Kaserne elf Telefonate nach Memphis und drei nach Madison. Er warf Hände voller Münzen hinein. Jedes Telefonat steigerte seine Besorgnis. Keiner sagte *Ist nicht so schlimm, keine Sorge, ihr geht's gut.*

Er bat seinen Sergeant um Urlaub. Das Gesuch wurde abgelehnt.

Am zweiten Tag meldete Doktor Davis keine Besserung. »Offenbar spricht sie auf die Behandlung nicht an«, sagte er. »Es wäre wohl der richtige Zeitpunkt für Sie, nach Hause zu kommen.«

Das jagte Elvis eine Heidenangst ein. Er verdrängte seine Furcht und erklärte dem Arzt sein Problem, der versprach, ihm zuliebe sofort den Stützpunktkommandanten anzurufen.

Der Arzt telefonierte, doch auch sein Ersuchen wurde abschlägig beschieden.

Am dritten Morgen stand Elvis vor Sonnenaufgang am Münztelefon neben der Kaserne und fütterte es mit Zehncentstücken. Die Auskunft des Krankenhauses war vage: Temperatur stabil, Anzahl der weißen Blutkörperchen fallend, ein wenig Flüssigkeit in der Lunge... sein nächster Anruf galt dem Colonel, der gerade seine erste Tasse Kaffee im Bett trank. »Hören Sie, Tom, Mama ist krank, und ich fahre heim, um bei ihr zu sein. Wenn Sie mir nicht bis zehn Uhr heute morgen einen Urlaubsschein besorgen, dann haue ich ohne einen hier ab, das verspreche ich Ihnen.«

»Tu jetzt nichts Übereiltes«, sagte der Colonel.

»Ich versuche seit drei Tagen hier herauszukommen«, fuhr Elvis fort. Er wußte, wie besorgt er klang. »Rufen Sie diese Burschen an, denen wir das viele Geld gezahlt haben, und sagen Sie ihnen, sie sollen gefälligst all ihre Beziehungen spielen lassen, da Sie sonst einen Klienten haben, der sich unerlaubt von der Truppe entfernt hat.«

»Ich hab dich verstanden, Elvis. Ich werde ein paar Telefonate führen. Ruf mich in einer Stunde zurück.«

Elvis lief los und gesellte sich zum morgendlichen Exerzieren in seiner Einheit. Das hatten sie zur Hälfte absolviert, als der Sergeant ihn mit der Neuigkeit aus der Reihe zog, man habe ihm eine Woche Noturlaub gewährt.

»Danke, Sergeant…« Elvis rannte den Weg zur Kaserne, schmiß seinen Kleidersack auf den Rücksitz seines roten Lincoln und brauste über den staubigen Parkplatz davon.

Er raste zum Flugplatz von Waco und charterte eine zweimotorige Cessna, dasselbe Modell wie die Maschine, die ihn damals mit Del Freeman und den Jungs beinahe umgebracht hätte. Bevor er einstieg, sah er sich das Flugzeug lange und gründlich an. Er wollte das Versprechen nicht brechen, das er seiner Mutter gegeben hatte, aber schließlich geschah es ja ihr zuliebe. Mit dem Wagen waren es zwanzig Stunden bis Memphis, und jede Stunde klang Vernons Stimme am Telefon gepreßter.

Es war ideales Flugwetter. Der Pilot schwieg die ganze Zeit über, wenn er nicht sein Funkgerät benutzte. Elvis starrte hinab auf den endlosen braunen Staub von West-Texas, die schwarze Erde in der Nähe von Dallas, die ersten schütteren Kiefernwälder, dann den dichteren Wald, das grüne Getreideland Louisianas, die weiten Marschgebiete, den sich unter ihnen dahinschlängelnden Strom, winzige Boote auf diesem Strom, die Häuser, die Stadt, drei Brücken in der Flußbiegung. Fünf Stunden waren vergangen, als das Flugzeug in Memphis landete.

Auf dem Rollfeld wartete eine schwarze Limousine – der Colonel hatte vorgesorgt. Elvis dankte dem Piloten und lief zum Wagen. Wenigstens dieses Mal empfing ihn keine Menschenmenge. Er ließ sich auf den Rücksitz sinken. Seine Hände zitterten, aber davon abgesehen hatte er sich unter Kontrolle.

Die Gruppe von Mädchen verstummte, als Elvis aus der Limousine trat. Sie waren gekommen, um über den Zustand seiner Mutter Näheres zu erfahren. Das steigerte seine Angst. Irgendein Gruppeninstinkt hatte ihnen befohlen, sich zu versammeln. Sie waren zu höflich, um ihn um ein Autogramm zu bitten.

Er stahl sich durch den Seiteneingang. Ein junger Krankenpfleger führte ihn durch Krankenstationen, Treppen hinauf und durch einen langen Flur in ihr Zimmer.

An der Tür hing eine blaue Schleife, als hätte Gladys gerade einen kleinen Jungen geboren. Elvis trat ein.

Sie lag schlafend auf der Seite, das Gesicht abgewandt. Ein Schlauch führte in ihren Arm.

Vernon saß auf einem Stuhl am Fenster. Als Elvis die Tür öffnete, schaute er auf. Er hielt einen Finger an seine Lippen. »Sie schläft.«

Elvis nickte. Er deutete mit dem Daumen auf die Schleife. »Was soll das?«

»Sie hat so was an einer anderen Tür gesehen und wollte auch eine haben.« Vernon zuckte die Schultern. »Gehen wir raus.«

Im grellen Neonlicht des Flures wirkte Vernons Gesicht wie eine von Sorgenfalten durchzogene Landkarte. Er kramte in seiner Hemdentasche und förderte eine Zigarette zutage.

»Daddy, ich wußte gar nicht, daß du wieder rauchst.«

»In letzter Zeit nicht«, sagte Vernon und zündete sie an. »In letzter Zeit nicht. Sie findet es scheußlich.«

»Was sagt der Arzt?«

»Also, ihre Leber ist entzündet, aber sie sind inzwischen zu dem Schluß gekommen, daß es keine Hepatitis ist«, antwortete er. »Unregelmäßiger Herzschlag und noch irgendwas, das ich nicht verstanden habe. Irgendwas mit Rheuma. Irgendwas Rheumatisches.«

»Was machen sie?«

»Sie haben ihr Spritzen und dieses Zeugs in den Arm gegeben«, sagte er. »Sobald sie richtig tief schläft, kommt eine Schwester und weckt sie zum Fiebermessen auf. Ich mag diesen Laden hier nicht. Hab ihn noch nie gemocht. Ich glaube, zu Hause wäre sie besser aufgehoben.«

Sie gingen wieder ins Zimmer. Vernon streckte sich auf dem leeren Krankenbett aus. Elvis nahm auf dem Stuhl neben seiner Mutter Platz. Er beugte sich vor, küßte sie auf die Stirn. Ihm war es peinlich, sie so hilflos im Schlaf daliegen zu sehen; er sollte sie am Zeh zupfen und wecken. Ihr wäre es nicht recht, daß er sie so anstarrte.

Ihre Haut hatte immer noch einen Stich ins Gelbliche. An den Armen waren zarte blaue Adern zu sehen. Ihr Atem ging rasselnd und flach. Das Zimmer war eine kalte weiße Zelle, über jedem Bett hing ein einsames Engelbild an der Wand, Schläuche, Tabletts, Geländer und sterile weiße Luft.

Elvis zog den Stuhl näher ans Bett. Er neigte sich hinüber und legte den Kopf neben ihren Arm. Sie seufzte und zog ihre Hand hoch und unter ihr Kinn.

Er nickte ein.

Als er aufwachte, fläzte er sich an die Rückenlehne gestützt lang auf den Stuhl, und eine Krankenschwester schaute auf ihre Uhr, während sie das Handgelenk seiner Mutter zwischen zwei Fingern hochhielt. »Hallo«, sagte sie. »Ich kenne Sie. Ich hab Ihre Filme gesehen.«

Elvis räusperte sich. »Was macht ihr Puls?«

»Keine Veränderung. Es tut mir leid, aber die Besuchszeit ist zu Ende. Sie müssen jetzt gehen. Sie wird die Nacht durchschlafen.«

»Ich will hier bei ihr bleiben.«

Auf dem anderen Bett rollte Vernon herum.

»Tut mir leid, aber das ist Vorschrift«, sagte die Schwester. »Sie wird schon klarkommen. Der Arzt wird sie um halb zwölf untersuchen.«

Vernon stand auf. »Na komm, mein Junge, gehen wir. Gleich morgen früh sind wir wieder da.«

Elvis starrte auf seine Mutter. O Mama, wach auf und lächle mich an. Steh auf, zieh dich an, komm heim und sei gesund, dann lasse ich dich nie wieder allein.

Er ging mit seinem Vater durch den Flur, die Treppe hinunter, durch die stumme Menge, zur Limousine.

Er starrte auf Memphis hinaus. Vertraute Ansichten huschten vorüber, ohne daß sie sich seinem Gehirn einprägten. Es war nur eine Stadt, die gleichen Laternen und Tankstellen wie in jeder anderen nächtlichen Stadt. Seine Mutter war krank. Die Menschen schliefen.

Vielleicht würde es ihm helfen, wenn er eine Nacht gut durchschlief.

Am Tor von Graceland stand ein neuer Wachmann. Elvis mußte ganz aussteigen, bevor man ihn auf seinen eigenen

Grund und Boden ließ. Dodger wartete an der Treppe vor dem Haus. »Kommt rein, wie geht's ihr, ich bin ja so froh, dich zu sehen, Junge, so froh, daß du zu Hause bist.«

Später nahm Elvis zwei Seconal. Er schlief merkwürdig unruhig und mit Unterbrechungen. Ständig träumte er, das Telefon klingele. Dann setzte er sich auf, nahm den Hörer, rief »Hallo! Was?«, aber niemand war dran. Es war nur ein Traum. Er legte den Kopf unter das Kissen.

Am Morgen fuhr ihn Vernon ins Krankenhaus. Noch mehr Fans hatten sich versammelt – inzwischen waren es sechzig oder siebzig. Alle verstummten, als Elvis durch die Menge schritt.

Im Fahrstuhl sagte Vernon: »Vielleicht geht's ihr heute morgen besser.«

Elvis klopfte an die Tür, drückte sie auf und trat ein. Gladys war wach und saß aufrecht da, das Rückenteil ihres Bettes war hochgeklappt. Sie riß die Augen weit auf, und ein verträumtes Lächeln trat in ihr Gesicht, dann Tränen, sie lächelte und weinte, weinte dann nur noch, genau wie Elvis. Er ging zu ihr, umarmte sie, vergrub sein Gesicht in ihrer unendlich weichen Schulter.

Zufällig kam gerade die Schwester herein und sah Gladys' Tränen. »Tut mir leid«, sagte sie, »aber wenn Sie sie aufregen, müssen Sie wieder gehen.«

»Halten Sie den Mund und verschwinden Sie aus meinem Zimmer«, fauchte Gladys.

Die verschreckte Schwester ließ das Becherchen mit den Tabletten stehen und eilte aus dem Zimmer.

»O mein Schatz, ich freu mich so, dich zu sehen.«

»Wie geht's dir, Mama.« Er streichelte ihren Arm.

»Ich muß dir sagen, Schatz, es fühlt sich an, als würde mir jemand genau hier eine heiße Nadel reinstecken.« Sie rutschte auf der Matratze herum. »Aber nach den Spritzen geht das weg. Wie bist du… haben sie dich aus der Armee entlassen?«

»Nur ein wenig Urlaub«, sagte er. »Nur bis es dir besser geht.«

Sie blickte kurz zu ihm hoch. »Du bist zu dünn geworden«, sagte sie. »Du ißt nicht genug.«

»Sie nehmen mich hart ran«, sagte er.

Sie hob die Hand. »Ich habe Durst.«

Als er mit dem Pappbecher vom Waschbecken zurückkam, war sie eingenickt.

Sie sprach im Schlaf. Elvis verstand nicht, was, nur immer wieder den Namen: »Jessie, Jessie.« Es machte ihm angst, sie so reden zu hören. Er war hilflos. Sie war seine Mutter. Sie wußte doch, was man in solchen Fällen tun mußte.

Vernon lag auf dem anderen Bett und sah bei abgedrehtem Ton fern.

Der Tag schlich dahin, ein Fluß von Stunden, der sich in die weißen Wände und Fußböden ergoß. Abwechselnd riefen Elvis und Vernon Dodger an. Am späten Nachmittag ordnete Dr. Davis eine Glukoseinfusion an. Er sagte, Gladys dehydriere zusehends.

Ein Zeitungsfotograf schlich sich bis ins Schwesternzimmer, wo Red West ihn entdeckte und rauswarf.

Als es Nacht wurde, schlief Gladys. Keine Veränderung. Elvis sandte ununterbrochen einen Liebesstrahl in ihre Richtung.

Gegen Mitternacht sagte ihm Vernon, er solle ein wenig schlafen, er werde die Nacht über bleiben. Die Schwester sagte, die Krankenhaus-Richtlinien gestatteten dem Ehemann zu bleiben. Elvis ließ den Wagen kommen und fuhr benommen nach Hause.

Er fand die Vorstellung schrecklich, sie könnte aufwachen und er wäre nicht da – andererseits war es eine Strapaze für ihn, in dem Stuhl zu sitzen und sie beim Schlafen zu beobachten.

Dodger machte Käsetoasts. Sie aßen in der Küche, im Stehen. Dodger sagte, sie habe das Gefühl, morgen werde es besser.

Elvis stieg die Treppe hoch und sank in das übergroße weiße Bett.

Um zwanzig nach drei wachte er auf, weil er wieder träumte, das Telefon habe geklingelt.

Es war niemand dran.

54

Vernon hatte in seinem Leben eine Reihe Verbrechen begangen und würde gewiß noch mehr begehen, bevor er am Ende war, aber er hatte nie jemandem weh getan. Er ertrug es nicht, wenn andere litten. So war er immer gewesen, und wenn er dadurch kein ganzer Mann war, nun gut, so war das eben der Preis, den er dafür zahlte, daß er die Wahrheit über sich selbst sagte. Er hatte das nicht verdient, daß seine Frau in einem Krankenhausbett im Sterben lag und er nichts dagegen tun konnte. Er war nicht bereit, sie sterben zu sehen. So etwas sollte erst dann passieren, wenn man bereit war.

Sie brachte sich selbst von innen um. Vernon war zwar alles andere als ein Arzt, aber das war seine Meinung. Sie hatte sich vorgenommen zu sterben, und genau das geschah, und zwar schnell. Ihre Haut hatte die Farbe des blaßgelben Kleides, das sie an Sommermorgen immer zur Kirche getragen hatte. Wenn er sich zu ihr beugte, um den kühlen Waschlappen auf ihr Gesicht zu drücken, roch er die merkwürdig kränkliche Süße ihres Atems.

Der Doktor sagte, es sei ihre Leber, vielleicht Zirrhose, und Gelenkrheumatismus, und ihr Herz... Ihr Körper machte schlapp, gab auf, machte endgültig Schluß. Vorher war sie nie richtig krank gewesen, außer als es bei der Geburt von Elvis und seinem Bruder eng geworden war. Diesmal war es ganz anders. Auf einmal hatten sie alle nur denkbaren Krankheiten übermannt.

Klare Glukosetropfen rannen durch den Schlauch in ihren Arm. Gladys brabbelte immerzu. Gelegentlich verstand Vernon das eine oder andere Wort – »Gib dem Kleinen, was er will«, und später: »Ich will keine Süßigkeiten«, und: »Wenn es Ihnen nicht zuviel Mühe macht...«

Vernon hatte nie eine Frau haben wollen, doch dann hatte er Gladys bekommen, und sie hatte sich als alles entpuppt, was er sich je gewünscht hatte. Manchmal ertrug er es nicht, in ihrer

Nähe zu sein – so wie jetzt, wo sie im Sterben lag –, was nicht hieß, daß er sie auch nur eine Sekunde lang nicht mehr liebte. Selbst als sie dick wurde, als ihre Launen und Depressionen das Leben mit ihr erschwerten, hatte er sie immer geliebt; und sie ihn. Mehr konnte man nicht verlangen.

Das Leben ohne sie würde schwerer und kälter werden.

Sie öffnete die Augen.

In diesem Augenblick wußte Vernon, daß sie bei ihm war, im Zimmer. Sie war aufgetaucht, um Luft zu holen. Sie sah direkt in ihn hinein, mit Augen so scharf wie an dem Tag, als sie sich kennenlernten.

»Hallo, Vernon.«

»Hallo, Süße.«

»Ich weiß nicht, was mit mir geschieht«, sagte sie.

»Du bist krank, mehr nicht.« Er schob seinen Stuhl näher an ihr Bett. »Du wirst wieder gesund.«

»Doll hat mich angerufen«, sagte Gladys.

Vernon lächelte, ihm war es peinlich für sie. »Das ist schön. Was hat sie gesagt?«

»Sie hat mir gesagt, ich soll mich amüsieren. Sie hat gesagt, daß ich sie bald wiedersehe.«

Er rieb seine Finger über ihren Arm. Wegen der Spritzen phantasierte sie, aber wenigstens hatte sie jetzt keine Schmerzen. »Glaubst du, dir ist es gutgegangen, Gladys?«

»Nicht immer«, sagte sie. »Häufiger als einigen anderen Menschen.«

»So isses brav«, sagte Vernon. »Wir hatten auch unseren Spaß, nicht wahr. Neben all dem anderen.«

»Wo sind die Babys?« fragte Gladys. »Kümmert sich Doll um sie?«

Vernon berührte ihre Haare. »Pssst…« Er hatte Angst, daß das viele Reden an ihren Kräften zehrte. »Ihnen geht's gut. Sie schlafen gerade. Du mußt dich auch etwas ausruhen.«

Sie lächelte und schloß die Augen.

Sie starb.

So schnell.

55

»Elvis, hier spricht dein Vater.« Eine Stimme, weit weg. »Deine Mutter ist von uns gegangen.«

Elvis glaubte, sich verhört zu haben.

»Daddy? Was? Ich hab nicht...«

»Sie ist von uns gegangen. Es war nur – o mein Junge, o ich weiß nicht –« Ein dumpfer Aufprall, als der Telefonhörer fiel, dann das Geräusch, als er wieder aufgehoben wurde. »Tut mir leid, Sohn, komm her, es ist nur – o es ist nur – es ist so schnell passiert.«

Elvis legte den Hörer auf, und unter ihm öffnete sich das große gähnende Höllenloch, und er fiel, fiel ewig lange in die Dunkelheit, eine Dunkelheit ohne Anfang, Mitte oder Ende, ein schlimmer, bedrückender, finsterer und einsamer Ort.

Als er wußte, wo er war, hockte er in der Astgabel der großen Eiche hinter dem Carport auf Graceland, nur mit seinen Jockey-Shorts bekleidet. Kalt war es nicht, aber er zitterte. Am Fuße des Baums stand Dodger und flehte ihn an, herunterzukommen und etwas anzuziehen.

»Ich kann nicht runterkommen«, sagte er. »Ich weiß nicht, wie ich raufgekommen bin.«

»Elvis, Schatz, komm wieder runter«, sagte Dodger. »Dann ziehen wir etwas an und besuchen deine Mama. Nun komm schon. Willst du sie nicht sehen?«

»Ich weiß nicht«, sagte er.

Es war nicht das erstemal, daß Elvis im Traum in seiner Unterwäsche im Freien gefangen war. Er fragte sich, ob er wach war. Den Anruf hatte er geträumt. Sein Gesicht war naß. Ein Alptraum. In seinem Kopf sagte eine Stimme: Jetzt ist es wieder gut. Klettere einfach runter. Dir geht's wieder prima. Es war nur ein Traum.

Er konnte in die Gärten sämtlicher Nachbarn sehen, die noblen Ranchhäuser grenzten an seine Mauer. In manchen Fenstern brannte Licht, doch er wußte nicht, ob die Leute wach waren oder die ganze Nacht über das Licht hatten brennen lassen.

»Elvis, soll ich Vector holen, damit er dir eine Leiter bringt?«

»Nein, ist schon in Ordnung. Ich komme runter.«

Die Rinde kratzte an seinen Schenkeln, als er sich auf den nächsttieferen Ast hinabließ. Da baumelte er eine Weile, nahm all seinen Mut zusammen, ließ sich dann auf den Boden fallen und machte eine Rolle im Gras.

Dodger packte ihn in eine Decke und eilte mit ihm ins Haus, brachte ihn die Treppe rauf in sein Zimmer. »Hör jetzt mit diesen Dummheiten auf, zieh dich an und laß uns fahren.«

Elvis gehorchte. Er konzentrierte sich auf die Knöpfe seines Hawaiihemdes. Er zog eine schlichte Khaki-Freizeithose an. Er wollte für seine Mutter nett aussehen.

Er betrachtete sich im Spiegel. Durch die Löcher in seinen Augen konnte er direkt in die in ihm herrschende Finsternis sehen.

Der Spiegel sagte: Es war nur ein Traum.

»Warum benehmen sich alle so merkwürdig?« flüsterte Elvis.

Sie haben sich da hineingesteigert. Sie sorgen sich um sie. Sie ist schwer krank.

»Ich will da nicht wieder hin«, sagte Elvis.

Benimm dich nicht wie ein Baby. Du bist jetzt erwachsen, ein Soldat. Benimm dich wie ein Soldat.

»Elvis!« Dodger rief aus dem Erdgeschoß. »Johnny ist da. Es ist Zeit.«

Der Spiegel sagte: Hör nicht auf das, was sie dir da erzählen. Sie werden dir etwas weismachen wollen, aber das ist eine Lüge. Hör nicht auf sie.

Elvis riß sich los und ging die Treppe hinunter zu Dodger und Johnny. Ihre Mienen waren erstarrt. Sie alle stiegen in den schwarzen Coupe de Ville.

Die Straßen waren leer. Johnny fuhr schweigend. Elvis schaltete das Radio an. Dodger sagte: »Stell das Ding ab.« Er ließ es an. Nat King Cole sang mit weicher, samtiger Intensität »You Made Me Love You«. Nie hatte Elvis einen Song auch nur halb so gut vorgetragen. Ihn tröstete, jemanden zu hören, der soviel besser war, als er jemals sein würde. Vielleicht mußte er sich von nun an nicht mehr so sehr anstrengen. *I need your love, it's true...*

Für die Menge vor dem Krankenhaus setzte er eine steinerne Miene auf. Drei Schwestern und der Krankenhausgeistliche empfingen ihn am Eingang und begleiteten ihn durch den Flur.

Er betrat das Zimmer seiner Mutter.

Sie lag auf dem Rücken und schlief. Sie hatte einen friedlichen Gesichtsausdruck. Jemand hatte ihr die Haare gekämmt.

Der weinende Vernon wankte mit ausgebreiteten Armen auf Elvis zu. Elvis ging um ihn herum zur Bettkante. Er bückte sich, küßte ihre kalte Stirn. »Nicht weinen, Daddy. Sieh mal, ihr geht's gut. Sie schläft. Ihr Fieber ist weg.«

Dodger schüttelte den Kopf und verließ das Zimmer.

»Sieh mal, Daddy, sieh doch, wie hübsch sie ist.« Er hielt ihre Hand, streichelte sie. »Oh, sie friert. Ihre Hand ist kalt. Hol noch eine Decke.«

Sein Vater starrte ihn an, als hätte Elvis den Verstand verloren.

»Elvis«, sagte er.

»Was ist denn los?« Elvis schloß seine Finger um ihr Handgelenk. Wenn sie jetzt aufwachte, würden sich die anderen vielleicht nicht mehr so eigenartig aufführen. »Mama, wach auf.«

»Elvis, laß das«, sagte Vernon.

»Es liegt an der Spritze, Daddy, sie verabreichen ihr diese Spritzen, und die werfen sie einfach um. Warum seid ihr bloß alle so verstört?« Er sah Johnny im Halbdunkel stehen. »Komm her, Johnny, sieh dir unsere Kleine an. Sie schläft gerade. Sieht sie nicht süß aus, mit den gekämmten Haaren?« Er strich ihr übers Haar.

Vernon sagte: »Johnny, vielleicht wartest du besser draußen.«

Die Tür öffnete sich und schloß sich wieder.

Elvis stieg zu seiner Mutter ins Bett. Da war jede Menge Platz. Er kuschelte sich in das Kissen, hielt ihre Hand. Er wollte seine Mutter wärmen. »Satnin schläft nur«, sagte er, konnte sich aber die Tränen seines Vaters nicht erklären. Vielleicht hatte er selbst auch Tränen in den Augen – er wußte es nicht genau. Das Zimmer war ganz verschwommen. Vielleicht war es an der Zeit, daß sie alle eine Mütze Schlaf bekamen.

»Komm schon, Daddy, auf der anderen Seite ist Platz«, sagte Elvis und klopfte auf das Bett. »Komm hierher, wo's warm ist. Wir können alle zusammensein.«

Vernon gaffte. Seine Miene war eine Karikatur von Trauer.

»Sei nicht traurig, Daddy. Komm, leg dich zu uns.«

Vernon schaltete die Deckenlampe aus und klappte das Gitter auf der anderen Seite des Bettes herunter. Er setzte sich auf die Bettkante.

So blieben sie eine Zeitlang zusammen.

56

Man brachte sie auf einem fahrbaren Tisch fort. Da wußte Elvis, daß sie von ihnen gegangen war.

Er fing an zu schreien. Das darf nicht sein, Satnin, komm zurück! und tobte über den Flur hinter ihr her.

Drei Pfleger rangen ihn zu Boden, zwei Meter vor dem Fahrstuhl. Die Türen glitten hinter seiner Mutter zu. Er drehte durch, aber diesmal konnte er sich an jede Einzelheit erinnern – wie sich sein Vater an ihn klammerte, ihn in das Zimmer zurückzerrte, sagte, was machen wir jetzt nur, o was machen wir jetzt nur. Elvis wußte, daß er nicht wieder in dieses Zimmer wollte.

Er riß sich los und brach wieder auf, durch den langen Flur, aber Vernon rief: Nein! Die Reporter! und kam hinterher, nahm ihn in seine Arme und ließ ihn zusammengekauert an der Wand eines Treppenhauses liegen, während er den Cadillac holen ging.

Red West pflügte sich durch die Menge. Elvis bedeckte sein Gesicht mit den Händen. Eine Blitzlichtbirne machte pop!

Elvis fuhr nach Hause. Er weinte tagelang, pausenlos, nachts, wenn er sein Gesicht schluchzend ins Kissen preßte oder wenn er durchs Haus ging und einen Pantoffel, eine Haarbürste oder sonst etwas sah, das er ihr geschenkt hatte – oh, dann zerbrach es erneut in winzige tote Stückchen.

Die Army verlängerte seinen Sonderurlaub.

Er wollte nicht, daß sie beerdigt wurde. Er stritt sich endlos mit Vernon, doch am vierten Tag geschah es schließlich doch, da versenkte man sie im Friedhof Meadow Glen in die Erde, sie ganz allein ins Dunkel.

Er sorgte dafür, daß sie den besten Rosenholzsarg bekam. Colonel Tom ließ die Jordanaires bei der Beerdigung »Home in the Valley« singen. Elvis konnte nicht gehen. Er blieb im Schlafzimmer und weinte.

Er gab den größten Grabstein im Hof des Steinmetzes in Auftrag, einen riesigen granitenen Jesus mit erhobenen Armen, der vor einem gewaltigen Marmorkreuz stand, zu dessen Seiten ein paar marmorne Engel betend knieten. Elvis entschied sich für einen Sinnspruch aus der in Leder gebundenen Vorschlagsliste des Steinmetzes: »Sie war der Sonnenschein unseres Heims.«

Unter ihm hatte sich die Erde aufgetan. Er wußte nicht, wie er ohne sie leben konnte. Zwei Tage lang trug er sich mit Selbstmordgedanken. Er wollte sich eine Kugel durchs Hirn jagen, fand aber den Gedanken an das viele Blut überall scheußlich; er wollte Tabletten nehmen, doch das würde seinen Ruf ruinieren; er wollte sich erhängen, ertränken, mit seinem Auto gegen eine Backsteinmauer fahren.

Letzteres hielt er für den besten Plan.

Er raste mit seinem Cadillac durch das Tor, ohne es vorher zu öffnen. Stundenlang fuhr er durch die dunklen Straßen von Memphis, bis er an der nordöstlichen Seite des Hotels Peabody eine ausreichend massive Backsteinmauer fand.

Er saß zwei Straßen entfernt in seinem Wagen, den Motor im Leerlauf, und betrachtete diese Mauer. Nett und sauber. Keine Überlebenden. Um sicherzugehen, würde er gut und gerne achtzig Stundenkilometer schnell sein müssen. Das wäre vielleicht ein Krach.

Er konnte es nicht tun.

Nach einer Weile fuhr er zur Brücke über den Fluß und dachte, er könne ja das Geländer durchfahren und seinem Leben mit einem langen Fall, einem Platschen ein Ende machen – doch das konnte er auch nicht.

Er fuhr zurück nach Hause. Als er auf das Grundstück schlingerte, riß er den linken Torflügel aus den Angeln.

Er wankte ins Haus, die Treppe hoch in sein Zimmer.

Er schaute in den Spiegel.

Der Spiegel sagte: Jetzt fang noch mal ganz von vorn an. Sie ist nicht von uns gegangen. Sie ist hier bei uns. Sie würde uns nicht allein lassen. Du hast ihr zwei Engel mitgebracht. Wir sind hier alle zusammen. Niemand geht irgendwohin.

»Ich will nicht weg«, sagte Elvis.

Du hättest gar nicht erst gehen dürfen. Du bist nicht für das Militär gemacht. Du brauchst gegen keinen zu kämpfen. Du mußt nicht weg.

»Ich muß«, sagte Elvis. »Alle beobachten mich.«

Lehn dich einfach zurück und entspann dich. Tom Parker weiß, was zu tun ist. Er soll sich um alles kümmern. Mach einfach, was er sagt. Du brauchst nicht schwer zu arbeiten. Wir werden alles für dich erledigen. Kein Problem – ein paar Filme, ein paar Songs. Laß uns das erledigen. Wir schaffen das schon. Du mußt überhaupt nichts tun. Nur vertrauen mußt du uns.

»Ich weiß ja nicht mal, wer du bist«, sagte Elvis.

Na klar weißt du das. Hör auf, dich selbst zu bekämpfen. Wir sind alle hier. Das hast du doch immer gewollt.

»Ich will gar nichts. Das einzige, was ich wollte, gibt es nicht mehr.«

Nein, stimmt ja gar nicht. Du hast noch Geld, Frauen und schnelle Autos, Ruhm und Ehre, Villen, Partys, Filme, Schallplatten und Frauen.

»Ich will das alles nicht.«

Klar willst du. Du willst alles haben, was du kriegen kannst.

»Ich will meine Mutter.«

Ich bin doch hier, Schatz. Du weißt doch, ich würde dich nie verlassen. Ich bin hier bei dir.

Elvis schloß die Augen.

Er atmete tief durch und lächelte.

Er neigte sich zum Waschbecken, um seinen Kamm anzufeuchten. Seine Haare wuchsen; er konnte schon wieder einen Scheitel ziehen, und an den Seiten wurde es auch länger. Es hieß, daß Haare und Fingernägel auch nach dem Tod noch weiterwuchsen.

Er wischte eine Mullfussel von seiner Uniformmütze und knöpfte die Jacke zu. Er hörte den Krach draußen, das Knipsen und das Gemurmel. Die Menge wartete auf ihn. Die Armee tat nicht mehr so, als sei Elvis einfach nur ein gemeiner Soldat; die hohen Tiere und Tom Parker hatten zweihundertfünfzig Presseleute zum Military Ocean Terminal in Brooklyn eingeladen, damit sie Zeugen seiner Abreise nach Deutschland wurden. Sie hatten Elvis fünf Minuten allein in der Toilette genehmigt, damit er sich darauf vorbereitete.

Der Spiegel sagte: Na los, zeig's ihnen.

Elvis ließ sein Filmstarlächeln aufblitzen und schob sich durch die Tür. Um ihn her sprangen blitzende Fotografen auf. Reporter schrien. Der Colonel machte einen Weg zu dem Tisch, ein wahrer Mikrofonwald.

Elvis stand in seiner Uniform da und ließ das Licht von sich abprallen. Jetzt konnten sie ihm mit ihren Blitzlichtern nichts mehr anhaben.

Colonel Tom sagte: »Gibt es irgendwelche Fragen?«

Elvis saß am Tisch und hielt sein fragendes Gesicht in Richtung des Mikrofonhaufens.

Ein Reporter vorne fragte: »Elvis, haben Sie das Gefühl, daß Ihnen Ihre Fans recht treu geblieben sind, seit Sie Ihren Wehrdienst angetreten haben?«

Eine Stimme in ihm sagte: Antworte nicht, das sind alles Geier, die können's nicht erwarten, dich einen Star von gestern zu nennen.

Eine andere Stimme sagte: Benimm dich.

»Ja, Sir«, sagte Elvis, »das kann man wohl sagen.«

Eine Frau weiter hinten – »Glauben Sie, daß man mit Ihnen

gröber als mit den meisten Soldaten umgesprungen ist, weil Sie berühmt sind?«

»Nein, Ma'am ...«

Natürlich glaubst du das. Niemand ist dein Freund. Du kannst nicht atmen, ohne daß dich jemand dabei beobachtet. Insgeheim hassen dich die anderen.

Also, nun sei doch nicht so.

»...alles ist völlig korrekt abgelaufen«, sagte Elvis. »Ich wurde weder besser noch schlechter als andere Rekruten behandelt. So wollte ich es haben, weil ich mit diesen Jungs zusammenlebe.«

»Würden Sie sagen, daß die anderen Jungs gröber mit Ihnen umspringen?«

Das kann man wohl sagen.

Er hätte gar nicht erst zum Militär gehen dürfen. Sie haben ihn gezogen, weil er erfolgreich ist. Für schwere körperliche Arbeit ist er nicht geschaffen. Er war schon immer ein zarter Typ.

»Äh, nein, Sir, ganz und gar nicht«, sagte Elvis. »Irgendwie hab ich darauf gewartet, daß so was passiert, aber als die Jungs erlebt haben, wie ich neben ihnen Küchendienst geleistet oder mit dem Tornister auf dem Rücken marschiert bin, da haben sie sich halt gedacht, der ist ja genau wie wir. Ich komme prima mit ihnen klar. Es ist ein Haufen netter Jungs.«

»Elvis«, sagte der Mann von *Look*, »wie definieren Sie die ideale Frau?«

Elvis grinste. Die Stimme flüsterte ihm etwas ins Ohr. Er schmetterte den Baseball aus dem Stadion. »Tja, Sir, ich schätze, sie müßte weiblichen Geschlechts sein.«

Das war ein großer Heiterkeitserfolg und beendete die Pressekonferenz. Elvis setzte seine Mütze wieder auf und folgte den hohen Tieren die Gangway hoch auf die riesige U. S. S. Randall. Er war erleichtert, daß niemand nach seiner Mutter gefragt hatte. Diese Frage hätte er nicht abschmettern können.

Drei eifrige Rundfunkreporter eilten hinter ihm her.

»Elvis! Zwei Minuten! Kriegen wir zwei Minuten?«

Der Colonel folgte ihnen auf dem Fuß. »Kommt in die Bibliothek, Jungs, da könnt ihr mit ihm reden.«

Als er das Schiff betrat, sinnierte Elvis immer noch über die letzte Frage nach. Während Elvis noch trauerte, hatte Dolores Roselle kurz entschlossen ihren Matrosen geheiratet – und wer wollte ihr das verdenken?

Vielleicht wartete ja auf der anderen Seite des Ozeans eine andere junge Frau auf ihn, die er noch nicht kannte. Jung müßte sie sein; so jung, daß sie noch keinerlei Erfahrung hatte. Dann konnte er ihr alles beibringen. Wunderschön würde sie sein. Sie würde aussehen wie das Mädchen seiner Träume; wie Elvis würde sie aussehen: dunkle Augen, dunkle Haare, brauner Teint, die Oberlippe frech vorgezogen. Vor seinem inneren Auge sah er sie genau und überdeutlich.

In der Schiffsbibliothek beugte sich ein Reporter mit ernster Miene vor: »Elvis, da dies womöglich Ihre letzte Gelegenheit ist, etwas zu Ihren Fans zu sagen... möchten Sie ihnen vielleicht noch etwas Besonderes ausrichten?«

Die Frage stammte vom Colonel, und Elvis spulte seine Antwort herunter: »Aber ja, Sir«, sagte er. »Lassen Sie mich sagen, ich weiß, daß ich wegfahre... daß ich die Mädchen eine Zeitlang nicht sehen werde. Dann werde ich zwar aus ihren Augen sein, na ja, aber hoffentlich nicht auch aus ihrem Sinn.«

Die Reporter nickten aufmunternd. Elvis stammelte weiter. »Ich bin wirklich, äh, ich freue mich auf den Tag, an dem ich zurückkommen und wieder ein paar Songs singen kann, na ja, so wie früher, und...« Er wußte nicht weiter.

Sag ihnen, du willst nicht weg.

Sei nicht albern. Er kann uns doch nicht hier vor allen Leuten blamieren.

Die Schiffspfeife ließ einen langen, traurigen Ton ertönen.

Der eine Reporter sagte: »Ich möchte Ihnen nur alles Gute beim Militär wünschen, und viel Glück, und ich weiß, ich spreche im Namen der Mädchen, wenn ich sage: Komm bald wieder.«

»Danke, Sir«, sagte Elvis. »Ich werd's jedenfalls versuchen.«

Der Colonel sagte: »Danke sehr, Jungs, das war's, jetzt müssen wir runter, sonst sind wir gleich alle unterwegs nach Europa.« Er trieb sie nach draußen. In der Tür wandte er sich zu Elvis um. »Das war's dann ja wohl fürs erste, mein Junge. Ich ruf dich Donnerstag abend an, zu deiner Zeit. Paß du drüben auf dich auf. Ich hab große Pläne für die Zeit, wenn du zurückkommst.«

»Mir geht's gut«, sagte Elvis. »Ich komme schon zurecht.«

Colonel Tom zwinkerte und schloß die Tür.

In der Schiffsbibliothek gab es keine Spiegel. Elvis saß da bei den Büchern und mit den Stimmen in seinem Kopf. Er betrachtete seine Hände.

Ihr habt beide so schöne Hände.

Danke, Mama. Die haben wir von dir.

Sag ihr, was du dir vorhin überlegt hast, Elvis. Wegen des Mädchens.

Das interessiert sie nicht.

Elvis hatte keine Geheimnisse vor mir. Er sagt mir alles. Manchmal ruft er mich um zwei oder drei Uhr morgens an, nur um mir zu sagen, daß er mich liebhat. Ihr seid beide so gute Jungen. Ich hab immer gewußt, daß ihr so werden würdet.

Elvis faltete die Hände und lächelte vor sich hin. Er würde nie wieder allein sein.

GOLDMANN

Menschen auf Abwegen

Lorenzo Carcaterra,
Mein Vater, der Mörder 42403

Eunice Chapman,
Spur ins Nichts 42401

Mike Gallagher,
Ein eiskalter Engel 42456

Isaak Jones,
»Ich bin der Fänger im Roggen« 42402

Goldmann · Der Taschenbuch-Verlag

GOLDMANN

Paul Bowles

»Daß es so etwas noch gibt, so einen Autor, der so karg und klar schreibt, alles Überflüssige wegschneidet, bis nur noch das Kondensat übrigbleibt! In der Wüste geschwätziger Literatur ist Bowles' Werk tatsächlich so etwas wie eine Oase.«

Tagesspiegel Berlin

Die Stunden nach Mittag, Erzählungen 9398

Himmel über der Wüste, Roman 42232

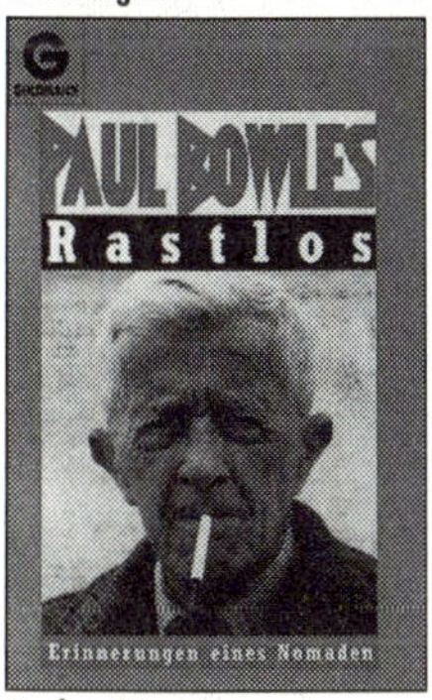

Rastlos. Erinnerungen eines Nomaden 42000

So mag er fallen, Roman 9081

Goldmann · Der Taschenbuch-Verlag

GOLDMANN TASCHENBÜCHER

Das Goldmann Gesamtverzeichnis erhalten Sie im Buchhandel oder direkt beim Verlag.

Literatur · Unterhaltung · Thriller · Frauen heute
Lesetip · FrauenLeben · Filmbücher · Horror
Pop-Biographien · Lesebücher · Krimi · True Life
Piccolo Young Collection · Schicksale · Fantasy
Science-Fiction · Abenteuer · Spielebücher
Bestseller in Großschrift · Cartoon · Werkausgaben
Klassiker mit Erläuterungen

* * * * * * * * * *

Sachbücher und Ratgeber:
Gesellschaft / Politik / Zeitgeschichte
Natur, Wissenschaft und Umwelt
Kirche und Gesellschaft · Psychologie und Lebenshilfe
Recht / Beruf / Geld · Hobby / Freizeit
Gesundheit / Schönheit / Ernährung
Brigitte bei Goldmann · Sexualität und Partnerschaft
Ganzheitlich Heilen · Spiritualität · Esoterik

* * * * * * * * * *

Ein SIEDLER-BUCH bei Goldmann
Magisch Reisen
ErlebnisReisen
Handbücher und Nachschlagewerke

Goldmann Verlag · Neumarkter Str. 18 · 81664 München

Bitte senden Sie mir das neue kostenlose Gesamtverzeichnis

Name: ____________________

Straße: ____________________

PLZ / Ort: ____________________